ВРАГ НЕВЕДОМ

УДК 882
ББК 84(2Рос-Рус)6-4
П 26

Разработка серийного оформления
художника *И. Саукова*

Серия основана в 1996 году

Дизайн обложки художников
П. Руденко, И. Саукова

Оформление и иллюстрации
художника *П. Руденко*

Перумов Ник
П 26 Враг неведом: Роман.— М.: ЗАО Изд-во ЭКСМО-Пресс, 2000. - 464 с. (Серия «Абсолютная магия»).

ISBN 5-04-001687-5

Судьба разлучает вождя клана Твердислава и главную Ворожею Джейану Неистовую. А жаль! Будь они вместе, еще неизвестно, как бы все повернулось, ведь перед сдвоенной мощью их Силы рушатся самые ужасные ведунские заклятья. А теперь они вынуждены порознь искать того, кто поставил чудовищный эксперимент на их родной планете, кто принес столько зла их сородичам. И не будет им покоя до тех пор, пока ВРАГ НЕВЕДОМ.

УДК 882
ББК 84(2Рос-Рус)6-4

ISBN 5-04-001687-5

ВРАГ НЕВЕДОМ

РОМАН

Таков тот бой: — Когда, на гнет восставши,
С тиранами толпа ведет борьбу, —
Когда, как пламя молний заблиставши,
Умы людей на суд зовут судьбу, —
Когда отродья гидры суеверья
Теснят сердца, уставшие от лжи, —
Когда свой страх в улыбке лицемерья,
Скрывают притеснители-ханжи —
Змея с Орлом тогда во мгле эфира
Встречаются — дрожат основы мира!

ПЕРСИ БИШИ ШЕЛЛИ
Поэма «Возмущение Ислама»
Песнь I, стих XXXIII.
(пер. К. Д. Бальмонта)

Such is the conflict — when mankind doth strive
With its opressors in a strife of blood,
Or when free thoughts, like litings, are alive;
And in each bosom of the multitude
Justice and truth, with custom's hydra brood,
Wage silent war; — when priests and kings dissemble
In smiles of frowns their fierce disquetitude
When round pure hearts, a host of hopes assemble,
The Snake and Eagle meet — the world's foundations tremble!

PERCY BYSSHE SHELLEY
The Revolt Of Islam,
Canto I, XXXIII.

Не верю Солнцу, не верю Луне —
Они просто крышки на дырах в Ад;
И пусть говорят, что Дьявол во мне —
Пусть; он мне и друг, и брат!

ПРОЛОГ

се мы есть дети Великого Духа. Он создал наш мир, и всех нас, и кланы, чтобы в правде и праведности жили мы здесь, совершенствуясь и ожидая того дня, когда придут за нами Летучие Корабли и отвезут туда, где Великий Дух изложит нам наш долг. И в милости и доброте своей дал он нам мудрых Учителей. И первым из них был Исса, Великий Учитель, коему открылось все».

— Джей!!! — заорал Твердислав, едва не бросившись вперед, в затопивший зал огненный вихрь, где исчезла фигурка девушки. В полу, где только что стояла Джейана, зияла округлая дыра с рваными краями, и больше ничего.

— Джей!!! — Твердислав рухнул на пол, чуть не последовав за Ворожеей.

Ничего. Темнота. Тишина. Пустота.

— Джей! Джей... Джей...

— Надо идти дальше, — негромко проговорила ламия[1] по имени Ольтея. — Ей ты уже не поможешь.

Твердислава пришлось поднимать. Сам он встать не мог.

---

[1] Ламии — создания Ведунов, имеющие вид молодых девушек.

— Пошли. — Голос его был тверд и сух. — Джей погибла, чтобы мы могли пройти. Чтобы вытащили Лиззи, чтобы жил клан.

* * *

«Ну, я и полетела. Это ж надо! И где это я? Я... я что-то сделала, да? И... перенеслась?»

«Да, — ответил неслышимый голос, поразительно напомнивший Ивана. — Перенеслась. А теперь смотри и решай!»

Джейана прижала пальцы к вискам. Ломающая незнакомая боль... стоп, а откуда я знаю, что вот эта штука называется *монитором*?!

Широко раскрытыми глазами Ворожея смотрела на плоское серое зеркало, послушно отражавшее исцарапанную и закопченную физиономию самой Джейаны.

«Да я же все это знаю! Ну да, конечно!..»

Новые слова укладывались, точно бревна ладно пригнанного сруба.

Комната была не слишком большой. С экранами по стенам, от пола до потолка. С непонятными панелями перед ними, усаженными длинными рядами пестрых кнопок. Три диковинной формы черных кресла. И еще много разного добра.

«Где я? Я ведь потянулась к Силе... воззвала к Силе... даже не к Великому Духу... я... я хотела очнуться там...»

И ты, похоже, очнулась.

Руки сами подвинули кресло. Пальцы легли на клавиатуру. Попробуем...

Джейана действовала по наитию, безошибочно выбирая, на что нужно нажать и что нужно сделать.

Она хотела видеть. Она хотела понять, что же здесь происходит.

Экраны послушно осветились.

«Переход на ручное управление требует введения защитного кода, подтверждающего вашу принадлежность к персоналу категории «А», осуществляющего управление воспитательным процессом в кланах...»

Вот как? Интересно! Значит, надо быть Учителем, чтобы управлять всей этой мерзостью? И ты, железячка, еще требуешь какой-то там код от меня, Джейаны Неистовой? Ну, я тебе сейчас покажу...

И она показала. Показала всю свою новообретенную мощь.

Не так уж трудно оказалось вычислить путь слабых токов под серыми панелями. Не так уж сложно оказалось разобраться, какую комбинацию цифр ждет от нее мертвая машина. Джейана могла бы легко справиться... но вместо этого предпочла ударить по электронному замку всей Силой.

— Центр ручного распределения магической энергии активирован, — произнес приятный женский голос.

Ручного распределения? Магической энергии? Что за ерунда?

— В подотчетном секторе заклятий, требующих санкции, одиннадцать... Дать развертку?

— Дать! — немедленно отозвалась Джейана.

Экраны засветились. Ничего необычного. Бытовые сценки различных кланов. Близких соседей, судя по всему. Ой, клан Мануэла!

На экране худенькая девчушка, закусив губу, поднимала руку, а перед ней с глухим ревом, расплескивая землю, поднималась косматая тварь.

Смертное заклятие! Ну же, дуреха, быстрее!

Но почему так медленно?

— Требуется подтверждение... или переход в автоматический режим...

Мамочка, да что же это? Разрешения на заклятия?!

— Переход в автоматический режим! — чужие слова на удивление легко срывались с языка.

— Принято. Подача энергии с восьмого генератора. Внимание. Ситуация под контролем, но требуется вмешательство наставников...

Все поплыло у Джейаны перед глазами.

Да. Именно так, и никак иначе. Разрешения на заклятия. Энергия с генератора. Санкция наставников. Все яснее ясного.

Перед глазами сами собой стали развертываться пути Силы. А начинались они все от чудовищных машин, там, глубоко под землей. Увидала Джейана и хозяев. Их дома и *лаборатории*.

Порт, откуда уходили в небо Летучие Корабли.

И нигде — ни малейшего следа Великого Духа.

«Я потребую вас к ответу, — на удивление спокойно подумала Джейана. — И сделаю это очень быстро. А начну с главного затейника. Сила, которую Учителя называют *динамической структурой*, способна в один миг перенести куда угодно».

Она сосредоточилась, пытаясь нащупать *Звёздный Порт*, и начала перемещение.

* * *

— Все пропало, ваше превосходительство... Они прошли. Генераторы защитных систем разрушены. Джейана в локальном распределительном центре и уже наверняка задает вопросы. Идут сигналы, что она расшифровывает кодовые последовательности...

Невысокий человек с мятым серым лицом, кого клан Твердиславичей знал как Учителя, со стоном обхватил голову руками. В забитой народом кабине штатного коптера царила страшная тишина.

— Они забрали Лиззи...

— Безумцы, девчонка же смертельно больна!..

— С этого дня я склонен верить, что они способны оживлять мертвых, господин генерал...

— Где, черт возьми, Летучий Корабль?..

— На глиссаде спуска. Как только они появятся на поверхности...

— Мы, похоже, не успеваем...

День уже истекал, истаивал, серые струйки полумрака, точно змейки, скользили меж скал. Раздался резкий свист, и с небес камнем рухнул Летучий Корабль. Больше всего он напоминал здоровенную птицу в оперенье и с крыльями.

— Ой... — вырвалось у Лиззи.

А голос, претендовавший на то, чтобы говорить от лица Великого Духа, уже вещал мерными, торжественными фразами, в которые Твердислав даже не очень и вслушивался, потому что в них были лишь ложь и пустота.

— ...Так взойди же, и я вознесу тебя к самому престолу Великого Духа... — проникновенно вещал Корабль.

Раньше это стало бы великой радостью. А сейчас вождь клана ощущал лишь отвращение и усталость.

— Я должен вернуться в клан! — И откуда только силы взялись?

— Но Великий Дух призывает тебя!.. А твои друзья доберутся домой сами.

* * *

— Господи, он, кажется, упирается!

— Хватит церемониться, Эйб, применяйте захват! И гипнообработку!

— Но тогда уж лучше убить!.. Он же станет идиотом!..

— Не станет. Эксперимент удался, вы забыли об этом, Эйбрахам?! Действуйте, черт вас возьми!..

* * *

Неведомая Сила стиснула Твердислава, скрутила в три погибели, потащив в раскрывшееся нутро Летучего Корабля. Головная боль навалилась и отступила, стоило ему неосознанно пустить в ход одно из заклятий исцеления.

Однако вместе с болью из души уходил и гнев.

Твердислав боролся. Он цеплялся за остатки ярости, точно утопающий — за ветку. И выдерживал!..

В нутро корабля его все-таки затянуло. Он ещё успел броситься на стену с кулаками, когда внезапно навалившаяся тяжесть прижала его к полу.

ЧАСТЬ ПЕРВАЯ

ЛЕСНАЯ ВЕДЬМА

Из *аппаратной* Джейана успела убраться лишь чудом. Перед глазами ещё стояло дивное видение — порт, из которого уходят к неведомым пределам звёздные корабли, куда она так стремилась, — когда обострившиеся чувства вовремя подали сигнал опасности. Бежать! Бежать, сейчас здесь будет огонь!..

Пол под ногами содрогался, предвещая скорый конец; однако в этом таилось и спасение. Последние остатки Силы, уходящие из этих проклятых мест, подхватили Джейану, закружили и понесли.

Трудно сказать, через что она прошла. Не тоннели, не воздушные пути, не морские глубины — все вместе, невероятное, невозможное, вывернутое наизнанку чрево мира, не иначе. То, что видели глаза Джейаны в эти короткие мгновения, невозможно описать словами — пока невозможно. Она крепко надеялась, что со временем найдёт ответы на всё.

Когда магический вихрь стих, когда истаяла последняя капля Силы и остановился безумный лет, оказалось, что Джейана лежит в глубокой яме под корнями старого копьероста, наполовину засыпанная песком и мелким лесным сором. Заплечный мешок потерялся в схватке. И лишь на поясе остался чудом уцелевший в кутерьме короткий нож.

Здесь было утро. «Кто знает, может, полёт сквозь пространство показался мгновенным лишь мне? — подумалось Джейане. — А на самом деле прошли недели и месяцы»?

Она протянула руку, сорвала лист копьероста, пожевала и, скривившись, выплюнула. Горечь ранней осени. Лето миновало. Идёт первая неделя Золотого Месяца. Урожай убран, наступает пора больших ярмарок. Когда листья облетят окончательно, наступит время великих охот. Лесные кланы будут заготавливать мясо на зиму. А мудрые Учителя — помогать им...

Мудрые Учителя... У Джейаны вырвался стон. Всё так запуталось... Ещё недавно верилось, что каждое слово Учителей — истина, и она убила бы всякого осмелившегося усомниться в этом.

...Жизнь Лесных кланов протекала в постоянной суровой борьбе. Главными врагами были Ведуны — могучие чародеи, которым повиновались многие злобные существа. Кланы же состояли из ребят не старше восемнадцати лет. В свой срок за каждым из них должен был явиться Летучий Корабль и вознести к престолу Великого Духа, где нужно было держать ответ за содеянное, ведь вся жизнь до этого — не более чем ниспосланное тебе Великим Духом, Всеотцом, испытание.

Никто не мог усомниться в существовании Великого Духа и магии, ибо она составляла основу жизни. Колдовать умели все без исключения члены кланов. Правда, эти способности проявлялись у них в различной мере — традиционно более сильно у девочек. И потому кланы управлялись вождём и главной Ворожеей. Баланс сил помогал поддерживать спокойствие...

...Клан, во главе которого стояли Твердислав и Джейана Неистовая, слыл одним из сильнейших. Здесь чтили Учителей; блюли законы Великого Духа; и всё, казалось бы, шло по заведённому порядку, когда в один из дней Твердислав наткнулся на свежий след Ведуньи. Вместе со старшими начал погоню.

Только теперь Джейана уверилась до конца, что всё это не было случайным. Если бы не Ведунья, если бы не нападение на посёлок Твердиславичей неведомого подземного зверя, может, и не заболела бы Лиззи, в свои пять лет одна из сильнейших Ворожей клана, а не утащи ее загадочная летающая тварь, Твердиславу с

Джейаной, может, и не понадобилось бы покидать родовичей и отправляться на поиски девочки, исполняя Долг Крови. Если бы да кабы...

Сложись всё иначе, может, Джейана не сидела бы сейчас одна в этой песчаной яме с горечью от листьев осеннего копьероста во рту и сотней вопросов, разрывающих мозг.

Ей никогда не забыть увиденного — там, в *аппаратной* (чужое слово так чётко уложилось в голове, что стало страшно), за считанные мгновения до того, как огненный смерч ворвался внутрь. Она видела... видела тех, кого не без оснований сочла хозяевами этого мира, который, как ей казалось, всегда принадлежал Лесным, Морским и Горным кланам.

Она разглядела не так много. Но и представшего перед её глазами хватило с лихвой. В те секунды она не успела ничего осознать — понимание приходило лишь сейчас.

Итак, под землёй — источники Силы. Каждое заклятие, даже самое малое, питается этой Силой, без неё оно — ничто. Кто управляет этой Силой — тот владеет миром. Откуда взялась Сила и действительно ли именно Учителя полностью и самовластно распоряжаются ею?

Чёрный Иван — Иван Разлогов (странное, непривычное имя), лишённый клана и отринутый другими Учителями наставник, уверял, что это правда. Но он умер. А мы прошли дальше. При таком могуществе Учителям ничего бы не стоило остановить нас. Испепелить на месте. Они этого не сделали — значит, Сила не подчиняется им? Или они просто не хотят её применять?

Однако это абсурд. Учителя, сколько Джейана помнила, почти не пользовались магией, только чтобы лечить или совсем уж в крайних случаях. Зато Ведуны без магии не продержались бы и дня. Их Сила — она что, другая? Берётся ли она из того же источника или нет? Кто наши враги, кто не пускал нас на зачарованный Остров?

Но самое главное — Джейана вдруг с ужасом поняла, что *нет* никакой связи между Учителем и теми, кого она видела сквозь магическое стекло в *аппарат-*

ной. Формально — нет. Она стала свидетелем, как, скрытая от глаз родовичей, совсем рядом, по соседству, не спеша работает чудовищная и непонятная *машина* — но не более.

И вот сознание, пасуя перед последним, невозможным выбором, начало трусливо корчиться, пытаясь придумать хоть какие-то отговорки. В тот миг Джейане они не показались весьма убедительными.

Воля Великого Духа непознаваема. Он поселил нас, своих детей, в этом мире, но никогда не говорил, что мы в этом мире одни. Кто знает, в чём состоял Его замысел? Быть может, он включал в себя и всех тех, кого она увидела?

...Но кто тогда был нашим врагом? Исса, Великий Учитель? Мы ни разу не увидели его. Нас пытались остановить — но был ли это именно он?

...Конечно, самое простое — побывать там, откуда стартуют Летучие Корабли, но вот только где искать это место?..

С непроглядного дна поднимались новые вопросы, каждый — колючий и болезненный. Девушка соединяла разрозненные обрывки, стараясь составить хоть сколько-нибудь внятную картину.

Она устала, она чувствовала себя донельзя измученной и разбитой. Хотелось не шевелясь сидеть в уютной яме, долго-долго, а ещё лучше — заснуть, с тем чтобы проснуться уже в клане...

Нет!

— И это говоришь ты, Джейана Неистовая?! — прошипела она самой себе. — Не поверю, что ты предпочтёшь ничего не знать! Здесь — тайна, здесь — ключи к Силе, и ты не отступишься!..

Про Твердислава, Чаруса, Лиззи и всех прочих она вспомнила с изрядным запозданием — и даже с некоторым удивлением. «Что? Я всё ещё думаю о них? Я, стоящая на пороге величайших тайн этого мира?.. Да, интересно, выбрались они оттуда... или нет... «Великий Дух, да ведь мне всё равно!» — внезапно поняла Джейана. Что-то надломилось в ней, что-то сгорело в тот миг, когда она, объятая пламенем, падала вниз, во тьму. Что именно? И почему? Кто ответит теперь...

Она испугалась. «Твердь, Твердь, да что же это

такое?! Что со мной? Я отпила из запретной чаши? Наверное, да». — Джейана не умела лгать себе.

Отпила. Полную меру. Когда там, в сплетении огненных вихрей, поняла, что *может* подчинить себе великую, необоримую Силу. И после этого всё, всё, всё, бывшее в прошлом, внезапно поблекло, точно стираная-перестираная ткань.

«Меня сейчас занимаю только я, — подумала Джейана. — Я, и больше никто...»

Странно, но от этой мысли вдруг стало легче — словно призналась себе и выбросила беспокоящее из головы.

* * *

Девушка выбралась из ямы. Её окружал привычный, как будто бы ничуть не изменившийся лес. Спокойный и вроде даже безопасный.

«Ты свободна, Джей, — подумала она. — Свободна ото всего. Обязанностей, привязанностей, друзей, подруг, ответственности — всего, абсолютно всего. А Сила? Твоя Сила осталась с тобой?..»

Замирая, она прислушалась к себе. Нет. Ничего необычного. Да, она могла бы хоть сейчас сотворить своё привычное огненное заклятие, метнуть расщепляющую деревья молнию...

Старый копьерост разнесло в щепки. Удар оказался настолько силён, резок и неожиданен, что сама Джейана едва удержалась на ногах. Молния обратила крепкое дерево в груду мелких обломков, разлетевшихся настолько быстро, что напором воздуха сбило занявшееся было пламя.

Да, обычные её способности, способности сильной Ворожеи, не пострадали. Но в какое сравнение шли они с той Сверхсилой, с теми сверхвозможностями, что испытала она на Острове Магов, повелевая потоками истребительного пламени, перед которыми её нынешняя молния была не более чем тонкой лучинкой перед всеуничтожающим лесным пожаром?

Вывод напрашивался сам собой: надо держаться поближе к источникам Силы, к тем самым *генераторам* (память услужливо подсказала нужное слово), что прячутся на самых нижних, запретных уровнях. Там очень, очень, очень опасно — но иного выхода нет. Только там, *внизу*, она сможет узнать правду. Как жаль, что она валялась без чувств, когда Чёрный Иван уводил их в свои подземелья!..

Однако же надо двигаться. Надо отыскать убежище, хотя бы и временное, ведь не за горами холода...

«Ты что?! — изумилась она самой себе. — Какие холода? Надо вернуться в клан! Или... или на этот самый Остров Магов! Ведь там остались наши!»

«Не глупи, девчонка, — ответила она. — Скорее всего их уже нет в живых. Неужели ты думаешь, что они сумели выжить без тебя? Ведь это ты прикрывала их всю дорогу!»

Сердце заныло. Точнее, оно *должно было бы заныть*. Невесть что случилось со спутниками, с самым дорогим из всех людей — Твердиславом, но... Боль в сердце шла *от ума*, не от души. Сердце болело, потому что должно было болеть. Когда-то, в незапамятном прошлом, оно крепко запомнило, так должно быть. И теперь просто повторяло затверженное.

«Они не могли спастись, — пришла холодная, как зимний лёд на Ветёле, мысль. — Они не могли спастись, а значит — нечего и думать о возвращении. Точнее, я, конечно же, вернусь... чтобы отомстить. Но это случится ещё не завтра. Мне нужна Сила! Много, много Силы, чтобы понять до конца, что же тут творится. И чтобы вернуть все долги!»

Однако эти прекрасные намерения для своего исполнения требовали сущей малости — еды и питья. А для начала необходимо хотя бы просто понять, куда её занесло?

Определиться со сторонами света не заняло много времени. Так... Север, юг, восток, запад. Куда?

Увы, способности Ворожеи, пусть даже и искусной, не позволяли ей воспарить над лесом подобно птице. Пришлось вскарабкиваться на дерево.

Джейана поднималась, пока ствол не начал опасно гнуться под её тяжестью.

Ничего. Лишь где-то далеко-далеко на юго-востоке плыла, паря над самым горизонтом, синяя изломанная черта незнакомых гор.

Чужое. Всё чужое. Деревья, правда, те же, что и дома, но это ещё ни о чем не говорит. Такие же точно могли расти и возле са́мого дома, и в тысяче поприщ от него. Обнадёживало лишь одно — там, на юго-востоке, среди лесной зелени как будто мелькнул голубой речной росчерк. Во всех остальных направлениях — на север ли, на восток или на запад — тянулся один беспросветный лес.

Джейане ничего не оставалось, как избрать юго-восточную дорогу.

Она двинулась в путь, всё ещё наполовину оглушённая, ещё не до конца осознавшая, что же произошло. Она ещё не ощутила пустоту рядом с собой. Одиночество казалось естественным.

* * *

Как ни странно, безумный план Чёрного Ивана удался полностью.

Они мчались над водной гладью, возвращаясь обратно в клан Твердиславичей. Шестеро начали поход, теперь осталось лишь двое. Да ещё Лиззи.

— Ну вот, Буян, — прекрасная ламия невесело усмехнулась. — Дело мы сделали. Девчонку вернём... подбросим потихоньку. Если только она не умрёт раньше. Не зря ведь её на этот остров потащили...

Лиззи и в самом деле выглядела неважно — бледная, глаза и щёки запали, волосы сухие и ломкие, худая.

Буян отмалчивался. Он всё ещё не пришёл в себя после острова, правда, так и не понял толком, что же там произошло; удивлялся он и отсутствию тех летучих тварей, одна из которых утащила девочку.

— Ну, чего молчишь? — напирала Ольтея. — Чего замер?..

С трудом освобождаясь от привычной уже немоты, Буян помотал головой.

— Так а что говорить... Твердислав Долг Крови выполнил — вот она, Лиззи... Теперь её — домой вернуть... Ты всё правильно сказала... Чего ж мне повторять-то? А коль не выживет — знать, на то Великого Духа воля...

Буян отвечал, почти не думая. Да, грело, да, сладко

потянуло где-то там, глубоко внутри — *а ведь за мной она шла! меня спасала! не бросила, несмотря ни на что*, но при всём при том надо было сперва разобраться в себе. Что делать дальше ему, Буяну? Великий Дух сохранил ему жизнь. Великий Дух подсказал Дело, которое нужно исполнить. Твердислав, наверное, теперь уже подле Всеотца — смотрит оттуда, с высоты, строго и взыскующе. Предвидел Буян и этот взгляд, и эту сосущую тревогу внутри себя: «Как справлюсь? Искуплю ли?»

Молчали оба.

«Нет, к эльфам я не пойду, — думал Буян, уже почти забыв об Ольтее, глядя в истончившееся личико Лиззи. — Не пойду. А надо, как и хотел... клан оборонять, чудищ выслеживать... Великий Дух на тебя смотрит, так уж не подведи его следующий раз!»

Были дни, когда хотелось наложить на себя руки — корил себя, что струсил, столкнувшись с никогда раньше не виданной тварью, убившей и сожравшей друзей Буяна, что стал эдаким чудовищем после экспериментов Ведуна Дромока... Выдержал. Потом жил надеждой — вот доберусь до эльфов, они помогут вернуть прежний облик, возвратиться в клан... Надо было пережить разочарование, прошагать рядом с Твердиславом и Джейаной весь путь, чтобы понять — его считают погибшим в бою, даже в мыслях не допускают, что Буян, славный парень, мог испугаться, согнуться, бежать, и, поняв всё это, здесь, в летящей над водами дивной *машине*, решить наконец — *ты нужен клану такой, какой есть.*

Мнилось: «Всё это кончится». Грезилось: «Буду таким, как прежде».

Ерунда.

Никогда не стать тебе прежним, никогда не избыть пьянящего чувства Обладания Силой, когда убивал тех, кто решил иссушить землю. И, излечи тебя эльфы — не стало ли бы это ещё горшей мукой?..

Не сомневайся в Великом Духе. Сомневайся в тех, кто толкует тебе Его волю. Но, когда ты *сам* понял и сердцем принял Его призыв, — никакие слова тебя не остановят.

Порой целые дни проходят в томительной мозговой пустоте. Кружишь, кружишь, без толку и без исходу; а порой всё в единые мгновения становится чётко, просто и ясно. И тогда понимаешь — сам Великий Дух осенил тебя, придав силу твоим размышлениям, и ты знаешь, что явившееся тебе —*истина*.

За каждое из таких мгновений не жаль и жизнь отдать.

Ольтея заметила, подошла, коснувшись грубой броневой чешуи тонкой нежной ручкой. Дитя Ведунов, она владела многими странными дарами.

— Придумал? — тихонько спросила она, прижимаясь плотнее. — Придумал что-то?

Без усилий держа невесомое тело Лиззи страшной лапой, человекозверь легко опустил другую на плечо ламии. Глаза его странно светились.

— Придумал, — легко ответил он.

* * *

— Разрешите доложить, ваше превосходительство?

— Да уж чего там... и так всё ясно. Ладно, докладывайте.

— Защитные системы госпитального комплекса полностью деактивированы. Степень физического уничтожения — тридцать один процент. Степень интеллектуального подавления управляющих контуров — шестьдесят шесть процентов... Восстановление, по предварительным подсчётам, займёт...

— Хватит, лейтенант. Его высокопревосходительство может быть доволен. Ему нужны были *впечатляющие демонстрации* — ну так вот вам, пожалуйста, куда уж ярче. Голыми руками поворачивать поток перегретой плазмы! Ладонью отражать лазерные лучи! Дыханием гасить объёмные взрывы! А ведь они сделали всё это...

— Так точно, ваше...

— Ступайте, лейтенант. Представьте мне подробную опись разрушений. Расшифруйте памятные регистры — пусть эксперты прикинут возможный уровень мобилизации энергии противодействия... А, вот и вы, Эйб! Ну, как вам это зрелище?

— Поражаюсь вашему спокойствию, Алонсо. После всего случившегося...

— Мне следовало бы застрелиться? Возможно, вы правы, Эйб. И, знаете, мне нравится, что вы хотя бы сейчас нашли в себе силы нарушить субординацию.

— При чём тут субординация, при чём?! Вот, смотрите — следы проникновения к распределительному центру! *Она уже знает*! И если не всё, то многое.

— Всегда можно списать непонятное на волю Великого Духа, наставник Эйбрахам.

— Джейана — умная девочка. Вдобавок... с этими столь желанными для стратегов *сверхвозможностями*. Она всегда умела смотреть *сквозь и вглубь*. Я знаю, что она не отступит.

— Значит, наша охота продолжится.

— Но как? И чем? Солдат практически не осталось. Вновь применять блокаду?

— Да, если другого выхода не будет. Только на сей раз осуществить отключение в куда более широких масштабах. До тех пор, пока её не возьмём. А кланам мы объясним, что совершён очень тяжкий грех против Всеотца. Очень тяжкий. И, пока отступница не будет схвачена, — магия не возвратится. Ведунам прикажем свернуть активность до минимума, ограничившись только необходимой самозащитой. А без магии Джейане долго не продержаться. Что же касается остальных и Лиззи... Девчонка так и так была обречена: лейкоз. Моя воля — я бы дал умирать таким без всяких «похищений» и прочей чешуи. Кому предназначено — пусть мрёт, если нет иного выхода. Посмотрим. Если они вернутся в клан — то главное предстоит сделать вам, Эйбрахам...

— Почему я всегда должен затыкать не по моей вине возникшие дыры?!

— Эйб, вы слишком взволнованы случившимся, и потому я прощаю вам слишком вольное обращение с моим генеральским званием и лацканами моего мундира. Да уберите же наконец руки!..

— Прошу простить меня, ваше превосходительство...

— Так-то оно лучше, наставник Эйбрахам. Я понимаю, вы были взволнованы... Вполне понятная и даже где-то оправданная реакция, ученики все-таки...

— Могу лишь вновь выразить своё восхищение вашим спокойствием. Если мне не изменяет память, вы говорили, будто его высокопревосходительство велит расстрелять нас с вами, если мы допустим исход, подобный сегодняшнему?

— Верно, говорил. И вновь повторю. Выбор у нас с вами невелик — либо попытаться исправить содеянное, либо застрелиться самим. Второй исход от нас не уйдёт; я хочу до конца использовать возможности первого, если вы понимаете, о чём я, Эйбрахам.

— Вы полагаете, мы сумеем...

— Время предположений кончилось, наставник Эйбрахам. Либо мы, либо нас. Вспомните клан Лайка-и-Ли, который пришлось накрыть бомбовым ковром... Адъютант! Подготовьте мой приказ о переходе на режим «Экстра» в планетарном... да, да, вы не ослышались! — в планетарном масштабе. Блокирование всякой магической активности. Гномам, эльфам, Ведунам — приказ свернуть всякую деятельность до особого распоряжения. Всем наставникам — приказ немедля отправиться в кланы с разъяснением текущего момента... Как только будет готово, дайте мне на подпись. Чего вы мнётесь? Что там у вас?

— Данные радиоперехвата... Депеша его превосходительства генерала-от-экологии Корнблата его высокопревосходительству господину верховному координатору Исайе Гинзбургу...

— Та-ак... Ну, после такого количества должностных преступлений нам с вами уже ничего не страшно. И что же там пишет этот надутый хлыщ?

— Осмелюсь доложить, господин генерал, критикует ваши действия в начальной стадии операции «Кольцо»... «Необратимые экологические последствия... фатальное воздействие на экосистемы среднего звена... полная — простите, ваше превосходительство, — полная некомпетентность... неуважение... применение силы...»

— А что там насчёт выводов? Риторику его можете опустить.

— Просит... гм... просит... о вашем смещении, господин генерал.

— Благодарю вас, Михаэль. Вы свободны. Ну, как вам этот опус, Эйб?

— Не вижу смысла придавать ему особое внимание, ваше превосходительство. Если мы сумеем выправить положение, на донос Корнблата никто не обратит внимания, если же провалимся — всё будет решено и так.

— Логично, Эйбрахам. Ну а теперь за дело. Если мне не изменяет память, в своё время вы пытались заставить клан Твердиславичей под водительством новой Ворожеи Фатимы начать охоту за нашей парочкой? И, насколько я помню, вполне безуспешно?

— Так точно, ваше превосходительство. Клан так и не сдвинулся с места. Хотя... Фатима, как мне казалось, была готова исполнить веление...

— Значит, она вовремя сообразила, что клан к подобному ещё не готов. Умная девочка. Вы сделали правильный выбор, наставник Эйбрахам, примите мои поздравления. Однако теперь положение дел, как вы понимаете, кардинально изменилось. После всех чудес, что мы видели на этом острове, боюсь, нам окажется не под силу взять Неистовую без помощи кланов. Не только Твердиславичей — вообще всех кланов континента. Михаэль! Михаэль!!

— Прибыл по вашему...

— Михаэль, распорядитесь, пожалуйста, — пусть шифровальщики повозятся с блоком памяти этого контрольного поста.

— Осмелюсь доложить, ваше превосходительство, — вся информация уничтожена, я уже имел честь докладывать об этом вашему...

— Пусть поищут тени файлов. Говорят, если поверх ничего не записывалось...

— Так точно, вас понял, господин генерал!..

— Хороший он мальчик, Эйбрахам, чёткий и исполнительный. Мне с большим трудом удалось отстоять его от фронта... Ах, если бы все тут были такими!

— Осмелюсь спросить, к чему это, ваше превосходительство?

— К тому, что от кланов нам сейчас нужна именно

такая исполнительность, Эйбрахам. Не знаю, как мы её добьёмся, но добиться надо. Иначе... У вас есть пистолет, друг мой?

— Пистолет?.. Зачем?..

— А из чего же вы тогда намерены стреляться?

— Гм... Я, по правде говоря...

— Запросите арсенал, вам доставят. Отличный «блитзард-бульдог» шестидесятого калибра. Гарантированно снесёт полчерепа.

— Ох... ваше превосходительство... я бы предпочёл пока не думать о таком...

— Когда здесь появятся коммандос его высокопревосходительства, полагаю, мы с вами не успеем даже намылить верёвку.

* * *

Клан Твердиславичей только-только начал приходить в себя, переводя дух после всего случившегося. Уход вождя и главной Ворожеи; схватка на Пэковом Холме с чудищами Ведунов, переход всей власти к Фатиме — было от чего голове пойти кругом!

Но, благодарение Всеотцу, мало-помалу жизнь налаживалась. Нежданно-негаданно присмирели Ведуны — то ли их действительно сильно потрепали, то ли сами вражины решили выждать, но так или иначе на северных рубежах клана царили мир и покой.

Сам же клан, напротив, кипел. Далеко не всем пришлась по нраву тяжёленькая ручка новой Ворожеи. Уж слишком круто взялась Фатима за наведение своих порядков — и откуда только прыть такая взялась? При Твердиславе-то небось у Джейаны в первых подружках ходила, а теперь что ни день костерит прежнюю Ворожею во все корки — мол, и тут не так, и это неправильно.

Власть в клане разом оказалась в девичьих руках. Раньше даже Джейана остерегалась совать нос в мужские дела — там управлялся Твердислав, — а теперь за всем следила сама Фатима. Мальчишек и юношей она во всеуслышание называла мохноумными глупцами, кои если и могут мыслить, так лишь о том, как увильнуть от работ (кто помладше) или куда сунуть свою болтающуюся между ног снасть (те, кто постарше). А раз так, обо всём должны позаботиться те, кто поумнее, — то есть она сама, Фатима, и её ближние подружки.

Старший Десяток смотрел на всё это и скрипел зубами.

Справедливости ради надо сказать, что и не всем девушкам клана пришлись по душе новые порядки. Не всем — но многим.

— Парни? — презрительно бросала порой Сигрид, ставшая правой рукой Фатимы. — Да что они могут? Разве что защитить, коли нужда припрёт или наша собственная магия подкачает. Знаешь, для чего сторожевых псов держат? Вот так и тут надо. Пусть нас слушают: а если беда случится, то клан защищают. Мы куда лучше их управимся! Да и то сказать — раньше кто лечил? Кто травничал? Кто роды принимал? Кто с маленькими возился или с неведомцами? Кто кашеварил? Кто ткал? Не мы ли?..

— А кто на охоту ходил? Дома строил? Кто обувку тачал? Кто кожи выделывал? Кто с Ведунами грудь на грудь сражался? — упрямо опустив голову, возражала разгорячившейся Сигрид тихая, незаметная обычно Файлинь. — Да и то сказать — разве те же старшие у котлов не стояли? В большой мясоед — забыла, что ли?

Разговор этот шёл без посторонних, в бывшем домике Джейаны, ныне занятом Фатимой. Главная Ворожея клана слушала спорщиц, недовольно хмуря брови. Чепуху эта Файлинь несёт, каждому понятно — мужчины для того и созданы Всеотцом, чтобы справлять всю тяжёлую, грязную и кровавую работу. Что ж тут удивительного?..

— Погоди, Фай. Никто ж не говорит, что совсем они не нужны. Но разве станешь ты спрашивать совета у караульной собаки? У тяглового вола? У быка безмозглого, что коров на лугу покрывает? Разве станешь их в дом вводить, к столу сажать, по-серьёзному с ними разговаривать? Каждому — своё, я так понимаю. Парни как свою работу справляли, так пусть и справляют — а вот думать теперь мы, девчонки, станем!

— И что надумали? — не сдавалась упорная Файлинь. Никто и помыслить не мог, что у мягкой доброй няньки неведомцев голос, оказывается, может наполняться сталью. — Чего такого придумали сногсшибательного? Как на том же поле вчетверо толстяков больше вырастить? Как корове помочь разродиться иначе, чем это Джиг делает? Как лес валить не так, как Дим валит? Или как с неведомцами управляться, чтобы меньше плакали, меньше маму звали?! А, Фатима?! Молчишь!..

За такие речи эту проклятую Файлинь следовало бы вздуть как следует — прямо здесь, сор во двор не вынося, — но, как ни крути, неведомцев меньше не становится, а никто лучше её, Файлинь, с ними справиться не может... Ладно, пожалеем на первый раз.

Неведомцами в клане звали малышей, которые появлялись неизвестно откуда с памятью, как жёлтый лист бумаги, испуганные и не приспособленные к жизни. Возни с ними бывало гораздо больше, чем со своими младенцами, но Файлинь как-то удавалось и покормить их, и успокоить, и обучить самому необходимому на первых порах, пока не станут самостоятельнее.

— Парни теперь своё место знают. Раньше они по дурости только и делали, что нас во всякие передряги впутывали. Тот же Твердислав... — Файлинь нахмурилась, Ирка-травница смущённо кашлянула, и Фатима поняла, что взяла слишком круто — сгинувшего вождя почитали героем, и рановато ещё было объяснять, что не храбрость проявил он, а несусветную глупость, но... но отступать было уже некуда.

— Да, да, тот же Твердислав! — Фатима возвысила голос. Сейчас ей самой уже казалось странным и стыдным, что в те дни она могла плакать вместе с Джейаной, выбиваясь из сил, чтобы помочь подруге. Вот дура-то была... — Твердислав тот же — зачем за Ведуньей увязался? Гнали своего паприроя — и гнали бы дальше! Так нет, пошёл следом, соседей, мол, предупредить; ничего не добился, сам чуть не погиб, пятерых из своего десятка потерял... А потом и зверь этот подземный явился, мало что весь клан не сожрал! Небось из-за того, что Твердислав ту Ведунью убил... А чтоб того зверя остановить, пришлось Лиззи-несмышлёнку в дело вводить; если б не сообразила я тогда, так небось и не сидели б мы все здесь. Так что, получается, весь этот дурацкий Долг Крови Твердислав сам на свои плечи и взвалил. Был бы умнее — никуда б и идти не пришлось. Нет уж, пусть Дим и дальше лес валит, пусть Джиг и дальше скотину пользует — только думать за них я... то есть мы теперь станем. Понятно тебе это, подруга, или нет?!

— Я пойду, пожалуй, — Файлинь невозмутимо поднялась. — К малышам пойду... небось опять все там рёвом ревут.

И вышла, не попрощавшись, даже не кивнув никому.

* * *

Для остатков Твердиславова Старшего Десятка настали дурные времена. И не только потому, что внезапно окрутевшая после исчезновения Джейаны её былая подружка всё взяла в свои руки; хотя с этим мириться — тоже невеликая радость. Клан всё увереннее разделялся на два враждующих лагеря — и чем дальше, тем глубже становилась эта пропасть.

— Дура она, что ли, Фатима эта?! — шипел сквозь зубы неугомонный Джиг. Трое друзей, Джиг, Лев и Дим, последние выжившие из соратников Твердислава, с утра наряжены были мстительной Ворожеей таскать воду в каменную цистерну, обновляя запас (Твердислав всё собирался сделать её проточной, да так и не дошли руки), и в домик травниц, и в её, Фатимы, собственное жилище.

— Дура, дура, как есть дура, — пыхтел Лев, подныривая под коромысло.

Дим, как всегда, работал молча, избегая лишних слов. Да и что тут говорить? Беды шли сплошной полосой. Распадались пары, ссорились даже те, кто уже год или два оставался вместе. Кое-кто из парней пустил в ход кулаки — но тут девчоночье племя немедленно показало, что в магии оно всё ещё сильнее. На шум завязавшейся драки прибежала Фатима с Линдой и Олесей; зачинщиков скрутили, а потом выпороли на виду у всего клана, невзирая на то, что тем парням уже стукнуло четырнадцать.

Дим аккуратно опорожнил оба ведра в распахнутую каменную глотку цистерны. Внешне он оставался прежним — невозмутимым, меланхоличным и молчаливым, хотя внутри всё кипело. И было от чего — вчера он насмерть поссорился с Хайди: просто взял за плечи и встряхнул как следут, стоило той в очередной раз пройтись по «мальчишеской глупости» да вякнуть нечто вроде «ну, теперь-то Фати ума вам прибавит...»

— Заткнись, — очень холодно и очень спокойно сказал он, глядя прямо в испуганно округлившиеся глаза девчонки, в те самые глаза, что столько раз закрывались в сладкой истоме, когда головка Хайди поудобнее пристраивалась к Димову плечу. — Заткнись... и чтобы я от тебя такого больше не слышал. Поняла?

И ещё разок встряхнул, для верности, да так, что у несчастной клацнули зубы. Потом оттолкнул, повернулся спиной и, посвистывая, принялся за работу — резать из хорошо высушенного белого бруска ладную деревянную ложку.

— Да ты что?! Ты что?! — взвизгнула Хайди, едва опомнившись. — Ты что это руки-то распускаешь? Думаешь, управы на тебя нет?..

— Прежде я сам из клана уйду, — спокойно обронил Дим. Кривой ножик в его руке мягко скользил по бруску; наземь падала белая ароматная стружка.

Хайди уже занесла руку, намереваясь вкатить своему забывшемуся благоверному добрую оплеуху (а чего он! Теперь не прежнее время, нечего задираться!), однако в этот миг Дим оторвался от работы, кратко взглянув в глаза бывшей подружке.

«Только попробуй, — сказал этот взгляд. — Только попробуй».

Хайди невольно попятилась. Ей было пятнадцать, она навидалась всякого — горела в лесном пожаре, тонула в болотах, дралась с Ведунами, ловила и жгла ламий вместе с Джейаной — однако только теперь поняла, что такое *смерть*.

Именно она, старая Тётка-Смерть, смотрела на неё сейчас из окон холодных глаз Дима. И девчонка, вместо того чтобы сказать: «Слушай, чего это с нами? Совсем взбесились мы с тобой, что ли?», не нашла ничего лучшего, как броситься к Фатиме...

Главная Ворожея не замедлила явиться. Вместе с ней пожаловал и весь её Старший Десяток, включая и неугомонную Гилви.

Неизвестно, что было бы с этой рыжей шустрой девчонкой, останься Джейана дома. Уж очень не по нраву пришлась ей своенравная и сильная в магии Гилви. На пятки стала наступать главной Ворожее клана. Но последней каплей все же оказалась пощёчина. В схватке с подземным зверем Джейана, истратив всю свою энергию, упала в обморок. Гилви, чтобы вернуть её в сознание, закатила Неистовой такую оплеуху, что не только мигом вылечила её, но и нажила себе смертельного врага в лице главной Ворожеи. Теперь, при Фатиме, Гилви чувствовала себя, не сравнить, вольготнее. В силу вошла. Без неё не принималось ни одного серьёзного решения.

Дим всё так же сидел на бревне, терпеливо стругая брусок-заготовку. Гневные тирады Фатимы он выслушал молча, не подняв головы от работы; а когда наконец поднял, черноволосая волшебница мгновенно поперхнулась собственной злостью.

В руках Дима удобно устроился небольшой изогнутый ножичек, острый, словно та самая *бритва*, коими скоблили себе щёки старшие из парней. Напружиненные пальцы готовы были в любой миг метнуть оружие — а все в клане Твердиславичей знали, что никто, и даже сам вождь, не одолеет Дима, если придётся состязаться в бросании ножей.

И точно так же, как и Хайди, Фатима осеклась. Всегда чудовищно, неправдоподобно спокойный Дим взорвался первым; взорвался первым, хотя сам ни на кого не кидался, а всего лишь спокойно сидел, вырезая ложку.

— Воду носить будете, — нашла в себе силы Фатима. — Чтобы впредь неповадно было...

Дим встал, повернулся к девчонкам спиной и, лишь отойдя шагов на пять, соизволил обернуться и небрежно кивнуть — мол, слышал я тебя.

Не стал ни упираться, ни отлынивать.

Когда носишь воду, мысли, точно по заказу, становятся короткими и чёткими. Где же, возьми меня Ведуны, мы так ошпарились? Где допустили ошибку? Были ли не правы Твердислав с Джейаной, покинув клан на скромную, верную, надёжную Фатиму — не разглядев, что скрывается в этой незаметной тихоне... Хотя нет, едва ли Фатима сама об этом догадывалась... Власть опаляет словно молния. Дим знал — каждый из Старшего Десятка хоть раз да командовал достаточно крупным отрядом, когда твоё слово — непререкаемый закон и ты вправе своей рукой казнить ослушника на месте. Такое из души вдруг лезть начинает — сам пугаешься...

Клан разделившийся есть клан погибший. И не важно, где пролегла граница. Достаточно того, что она есть. И уничтожить эту границу можно лишь двумя способами — если одна часть противостоящих покоряется другой... или если враждующие разом, вместе, отказываются от борьбы.

Судя по всему, Фатима ни от чего отказываться не собиралась.

Оставался также и третий путь, самый, пожалуй, лёгкий.

Бегство.

Вольные города на Светлой, где нет жёсткой власти вождей и Ворожей. Там свои беды, свои закорюки, однако нет такого, что брат встаёт на брата... или, точнее, брат на сестру.

Но это — решение труса. А трусом Дим никогда не был. Он не умел произносить красивые слова, он просто знал, что скорее даст Ведунам растерзать себя, чем откажется от схватки с Фатимой. Но — не такой, как это видится тому же Джигу. Тот, кипя от ярости, уже предлагал подстеречь главную Ворожею на узкой дороженьке, и...

— Клан спасать надо! — рычал он в ответ на укоры Льва и скептическое покачивание головой Дима. — А что с нами будет — уже не важно! Лишь бы Твердиславичи уцелели!

— А что, если Учителя весь клан... того? По другим разбросают? — разлепил тогда губы Дим, и Джиг както разом весь сник и поутих.

— Надо разобраться, — наступая на горло собственной гордости, заставил тогда себя сказать Дим, — может, для всего клана это как раз и лучше?..

Джиг со Львом чуть не отколотили приятеля.

Разобрались.

Нет, не хорошо это для клана. Ссоры вспыхивали теперь уже по каждому пустяку. Думали не об охоте, не о Ведунах — о том, как побольнее уязвить *противную сторону*. Теперь уже и речи не могло быть о клановых праздниках, даже День Урожая парни и девчонки отмечали сами по себе. Главной Ворожее подчинялись крайне неохотно, порученное исполняли спустя рукава, абы как. И, понятное дело, лучше от этого не становилось. Зима ещё не пала, а запасов — кособрюх наплакал. Отправляясь на охоту, ребята радовались возможности оказаться «на воле» — и Ведун с ней, добычей!

О ни в чём не повинных малышах-несмышлёнышах, ничего не знавших обо всех этих распрях, по молодой жестокости никто не думал.

Был, однако, и четвёртый путь. Самый опасный из всех. И самый невозможный.

— ...Хорош! — объявил Джиг, заглянув в цистерну. — Хватит, а то через край польётся.

Он терпеть не мог делать зряшной работы.

Сели перевести дух прямо под каменным боком резервуара. Несмотря на холодный осенний ветерок, распахнули рубахи — взмокли, таская здоровенные вёдра.

Дим шевельнул пальцами — надо поговорить. Нечего зря сотрясать воздух, когда можно обойтись коротким жестом. Повинуясь ему, Джиг со Львом мигом перешли на неслышимую иным речь.

:Начинаем сегодня. Вечером. Возьмём Фатиму и...:

:Ур-р-р-я!!!: — завопил Джиг.

:Не «урря», а слушай. Вечером, когда они с Мосластым купаться пойдут. На обратном пути. За третьим поворотом, там, где тесные камни...:

:И шею свернём!:

:Дурак, я тебе её сперва сам сверну! Слушай, что Дим говорит!: — вмешался Лев.

:Возьмём Ключ-Камень.:

:О-ох... Может, лучше самим со скал прыгнуть?!: — Джиг даже схватился за голову.

:Прыгай, если охота. Я предпочту по-иному, если уж Всеотец так судил.:

:Да ты, Дим, верно, ума лишился — у главной Ворожеи, да Ключ-Камень!..: — усомнился и рассудительный Лев.

:Если всё по-умному сделаем — то сил наших как раз и хватит. Что касается магии, Фатима любого из нас на обе лопатки положит и глазом не моргнёт, и с двумя легко справится... а вот когда трое, да ещё и внезапно... шанс есть. А если нет — то только бежать. Междуусобицу в клане затевать и впрямь последнее дело. А с Ключ-Камнем мы Фатиму заставим эти глупости бросить. Ведун с ней, пусть остаётся главной Ворожеей, но вождём — ни за что!:

:Но, Дим... кто же тогда?: — В мыслях Льва звучало сомнение.

:Вождя выкликнет Мужской Круг. Забыл?:

:Да ведь так никто никогда не делал!:

:Ну и что? Никто не делал — а мы сделаем! Тому, что Учитель говорит, это не прекословит — верно я говорю?..:

* * *

Учитель появился в клане ближе к вечеру — и вновь совершенно неожиданно. Просто перед стеной, защищавшей вход в скальное кольцо, внезапно, словно бы из ничего, возникла знакомая фигура в знаменитой широкополой шляпе. Стража из парней — Фатима решила, что отныне мальчишки и девчонки станут нести дозор особо, — так и обмерла.

— Ну, как тут у нас дела? — весело поинтересовался Учитель, однако примчавшийся к воротам одним из первых Дим заметил, что пальцы у наставника ощутимо дрожат.

В сопровождении Фатимы Учитель долго обходил клан. Кое-кому влетело за немытые руки и шеи — для иных мальчишек эта немытость стала знаменем борьбы, — а потом Учитель закрылся с Фатимой и её подружками, посулившись обратиться ко всему клану позже.

Дим решил, что с их «операцией» стоит погодить.

Наставник провёл в домике главной Ворожеи непривычно много времени, а когда вся компания наконец появилась на крыльце, девчонки казались перепуганными до полусмерти. Учитель же, напротив, держался очень спокойно.

— Чада мои! — начал он, оглядывая собравшихся Твердиславичей. — Чада мои, я пришёл возвестить, что наступают тяжкие времена.

По толпе пронёсся вздох. По общему мнению, тяжкие времена уже давно наступили.

— Я уже говорил вам об этом, чада мои, — продолжал Учитель. — Но в тот раз нам удалось отвести беду... а на сей — уже нет. Несчастья грядут... и немалые, но погодите опускать голову! Хотя не могу не напомнить — я просил в своё время вас помешать Джейане и Твердиславу... вы не послушались. И в конце концов ваш вождь...

Наставник сделал паузу. У всего клана пресеклось дыхание. Кулаки Дима свело судорогой; казалось, зажатое древко сейчас искрошится в труху.

— В конце концов он искупил содеянное им, и Всеотец, простив заблуждавшегося, дозволил ему подняться на Летучем Корабле.

Новый всеобщий вздох, на сей раз — облегчения. Правда, кое-кто в толпе зашмыгал носом — многие надеялись, что вождь, настоящий вождь, всё-таки вернётся и наведёт здесь порядок.

— Однако ваша Ворожея, Джейана Неистовая... — голос Учителя отвердел, — Джейана Неистовая отвергла всё и вся, вступив на путь бессмысленных разрушений...

Твердиславичи замерли. Джейана Неистовая?

— ...Убийств, — твёрдо закончил Учитель. — Она вступила в сговор с отвратительными Ведунами, дабы вредить всем, кто живёт под покровительством Великого Духа. Конклавом Учителей она проклята. Проклята — это много больше, чем изгнана. Отныне убить её — святой долг и обязанность всех истинно верующих и верных Всеотцу. Отныне не может быть никаких отговорок. Она более не член клана, Великий Дух отъял от неё свою охраняющую длань. По смерти её ждёт ужасная кара. Зная это, отступница стремится причинить как можно больше зла, пока эта земля ещё носит её. Все кланы, все до одного, получили строгую волю Всеотца — найти предательницу и покончить с ней. И особая роль отводится клану Твердиславичей — раз уж отступница принадлежала когда-то к нему. Вам предстоит обшарить всё вокруг, вплоть до владений Ведунов, и если именовавшаяся Джейаной попадёт к вам в руки — немедля передать её нам, смиренным слугам Великого Духа. Всё ли понятно, чада мои? Не таится ли в чьём-нибудь сердце сомнение, не точит ли кого червь неуверенности? Вам нужно знать, что содеяла Неистовая? Извольте, вечером, когда стемнеет, вам будет явлено видение. И тогда, полагаю, у вас исчезнут последние сомнения.

* * *

Клан жужжал, точно растревоженное осиное гнездо. Однако даже небывалые новости не смогли пригасить взаимной вражды — даже на краткое время. Учитель о чём-то совещался с Фатимой; а Дим, Джиг и Лев, собравшись вместе, дружно решили — как бы там ни было, задумку свою они осуществят. Не сейчас, так завтра. Не вечно же станет сидеть здесь наставник!

— Интересно, — промолвил Лев. — Он что же, ничего не видит? Считает, что всё так и должно быть?

— Да ему наверняка ничего ещё не сказали! — тотчас вмешался неугомонный Джиг. — Ключ-Камень он Фатиме отдал, потому что уж больно на нас рассердился. Слушайте, а может, лучше не Фатиму вязать, а Учителю всё рассказать, а?..

Лев хмыкнул, Дим ограничился тем, что презрительно скривил губы.

— А если он тебе скажет, что, мол, и это от Великого Духа?.. — возразил Лев.

— Ну... ну а если и в самом деле так? — Джиг понизил голос. В глазах его читался явный страх. — Если Великий Дух так и в самом деле решил?

— Нет! — не выдержал Дим. Даже его, всегдашнего

молчуна, на сей раз пробрало. — Великий Дух — он *справедлив*. И кто, как не он, заповедал, чтобы в клане *двое* правили? А Учитель, когда у Чаруса Ключ-Камень отбирал, — он разве с Всеотцом советовался? Молитву возносил? Обряды творил очистительные? Нет ведь! Сам же ты, Джиг, верно сказал — Фатиме Ключ-Камень отдал, потому что уж больно рассердился. Фатима... она ведь всегда такая тихая была, удобная... Вот и отдал. А она эвон как всё повернула! Палец дай — по самое плечо отхватит! А разве Учителя когда своё слово меняли? Да ни в жисть! Что, не так, скажете?! — и умолк, словно удивившись собственной длинной тираде.

Всё грозило увязнуть в бесконечной перепалке на тему, что может дозволять Великий Дух и чего не может, однако как раз в этот миг Дим и заметил вдалеке фигурку главной Ворожеи, что в одиночестве брела по тропе к горячей купели, устав, видимо, говорить даже с наставником...

Они ещё ничего не знали из того, что поведал потрясённой Фатиме суровый Учитель. Впрочем, всё равно. Они бы не отступили и тогда.

Трое парней неслышными тенями скользнули следом. Сомнения и колебания остались позади. Теперь все как на опасной охоте — либо ты зверя, либо он тебя. Джигу и Льву отводилась роль застрельщиков, в то время как Дим должен был нанести главный удар.

Фатима скрылась за поворотом.

Несколько мгновений спустя возле той же каменной глыбы в три погибели скорчились трое заговорщиков.

:Сейчас. Или никогда.: — Дим очень надеялся, что их не сможет засечь даже Учитель.

— Собираетесь подглядывать за Вождь-Ворожеей? — внезапно раздался ехидный голос.

Джиг едва не лишился чувств.

Учитель стоял, прищурившись глядя на парней.

— Вот ещё! Поди, у нас в клане и попригожее есть! — как ни в чём не бывало ответил Дим, поражаясь тому, как у него ещё не отсох язык за такие речи и такой тон.

— А если попригожее есть — так давайте-ка отсюда! — голос Учителя посуровел. — И быстро, пока я не рассердился по-настоящему!

Делать было нечего. Один Дим поколебался несколько мгновений — но что значили эти его колебания?..

* * *

Джейана шла на юго-восток. Ночью, по расположению звёзд, она сумела понять — и то лишь очень приблизительно, — что её забросило куда-то довольно далеко на юг, привычные созвездия оказались смещены к полуночной стороне. Делать было нечего, она попрежнему пробиралась на юго-восток, хотя следовало, конечно же, забирать севернее. Но без Силы — многое ли она может?

Всё сильнее терзал голод. В клане охотой занимались исключительно мальчишки, женской половине Твердиславичей хватало иных забот. Конечно, любая соплячка, окажись одна, сумела бы подстрелить птицу, однако здешний лес словно бы вымер. Тут не водилось ни птиц, ни зверей, ни даже насекомых. Одни мрачные деревья тянулись бесконечными унылыми рядами, словно воины, охраняющие эту потайную землю.

Излишне говорить, что Джейана нигде не видела и малейшего людского следа.

«Куда я иду? Зачем? День за днём, день за днём, а леса всё такие же пустые. Даже корешков погрызть — и тех здесь нет. Что ж это за проклятое место такое? Как меня сюда занесло? И, может, я оказалась-то на границе, а сейчас тащусь, как дура, в самую глубь? Может, надо было повернуть с самого начала?»

Однако она твёрдо знала, что плутать — это верная гибель. Единственный шанс — идти строго вперёд, никуда не сворачивая, может, у реки в лесу появится хоть что-нибудь съедобное...

Однако обманула и река. Над ней склонялись гигантские сосны — однако сами они коренились на голом песке. Тёмная вода неспешно катилась по нагому руслу, и даже на дне ничего не росло — даже самой завалящей подводной травки. И, как и в лесу, — ничего живого. Словно явился какой-то неимоверно могу-

чий злой волшебник и одним мановением руки покончил со всем, что живёт, растёт и дышит в этих краях.

Джейана выдержала без воды четыре дня — оставшейся магии хватило, чтобы выжимать драгоценные капли из расщеплённых стволов, — но теперь, несмотря на всю жажду, пить из мёртвой реки она не решилась. Лучше она ещё потерпит.

До смерти не хотелось и входить в тёмную воду, и девушка, не скупясь, сбила молнией толстенное дерево, так что ствол рухнул поперёк речного русла. Она не заботилась о том, чтобы скрыть свои действия. Любое столкновение может дать *информацию* — то, в чём она нуждалась сейчас больше, чем даже в пище и нормальной воде. Её выследят? Пусть, рано или поздно это всё равно случится. А в руки к *ним* (правда, непонятно ещё, к кому именно) она живой всё равно не дастся.

О том, что будет дальше, она не думала. Вернуться в клан? Продолжать поиски там, внизу, где живёт истинная Сила? Или... попытаться пробиться к сказочно прекрасному *Звёздному Порту*, откуда уходят к престолу Великого Духа Летающие Корабли? Она не могла сделать выбор.

Тёмный поток остался позади. Медленно, очень медленно приближались далёкие горы. Леса оставались мертвы по-прежнему, и, поразмыслив, Джейана решила вернуться к реке — должна же она куда-то впадать! — и по ней выйти к, быть может, обитаемым местам. Иного шанса у неё просто не было.

Несколько раз она пыталась дотянуться до Фатимы — да только куда там! До подруги — сотни и тысячи поприщ, один Великий Дух ведает, сколько...

* * *

— Похоже, нам удалось засечь её, ваше превосходительство.

— Вот как? Мои поздравления, Михаэль! Каким же образом?

— По косвенным данным, господин генерал. Её магия — назовём это так — стала очень странна и не поддаётся обнаружению традиционными средствами, однако энергию она для этого черпает там же, где и всегда, и вот, проследив тысячи и тысячи векторов, мы нашли один... очень странный... в районе Нового Строительства.

— Вот это да... как же её туда занесло?

— Не могу знать, ваше превосходительство. Математики, группа Эрнста, прикинули энергию переноса... говорят, получается нечто чудовищное...

— Ладно, об этом позже. Меня уже ничто не удивляет, когда речь заходит об этой девчонке... Так где же она сейчас?

— Позвольте продемонстрировать... Цепь отслеженных точек, где она применяла особо мощные, приравненные к боевым заклятия, пролегает вот так...

— К Двадцать первой речке... через неё... и дальше... а потом...

— Потом вниз по течению. Судя по всему, она надеется выйти к океану. Оно и понятно — в районе стройки кормиться нечем. Просто удивительно, что она ещё не протянула ноги...

— Скажите спасибо, адъютант, что она не свернула всем нам головы.

— Прошу прощения, ваше превосходительство, но при том расходе сил, коих требует управление магией...

— Не исключено, что она наловчилась есть кору. Повторяю, Михаэль, к Джейиане нельзя подходить с обычными мерками. После всего того, что она вытворила на Острове... Ну а конкретно — у вас есть какие-нибудь соображения?

— А... э-э-э... прошу прощения, ваше превосходительство, я ещё не думал об этом... расчётчики выдали схему, и я сразу же побежал к вам на доклад...

— Хорошо, Михаэль. Хорошо. Вы можете идти. Передайте связистам, пусть соединят меня с Эйбрахамом... и остальными членами Конклава. Нам надо решить, как поступать дальше.

* * *

Справа от Джейианы бесшумно — ни всплеска, ни звука — струилась неживая река. Девушка лежала на спине, закинув руки за голову. Голодные боли в животе утихли несколько дней назад — тело, похоже, смирилось с уготовленным.

Каждое утро оказывалось холоднее предыдущего. Несмотря на то, что края эти находились много южнее владений клана Твердиславичей, здесь тоже бывали зимы. Пусть не столь суровые, как в полуночных землях, — но для оставшейся с пустыми руками, в одной лёгкой дорожной куртке и таких же штанах Джейаны этого бы хватило. Пока что приходилось, растрачивая последнюю магию, разжигать костры, хотя огонь и дым могли привлечь к ней внимание врагов. Сейчас, впрочем, девушке было уже всё равно. Она не могла ни зазимовать в этих местах, ни идти дальше. Дневные переходы мало-помалу сокращались, пока Неистовая не поняла — всё, больше поприща ей от рассвета до заката не одолеть.

И тогда она решила остановиться.

Оказалось, что умирать от голода куда мучительнее, чем это описывали истории Учителя. Если бы не полученная закалка, она, наверное, просто сошла бы с ума.

Возле правой руки стоял сплетённый из полос коры туесок. На дне поблескивала мутная влага — то, что Джейане удалось волшебством выжать из странных, полуживых деревьев. Как ни странно, пить не хотелось вовсе. Впрочем, ей уже давно ничего не хотелось. Желудок сжался до такой степени, что, наверное, можно было прощупать через него позвоночник.

Она умирала и знала это.

Неведомый враг всё-таки отомстил за поражение на Острове.

Что ж, она честно дралась. Лёгкой окажется её дорога к чертогу Великого Духа. А там... там, наверное, уже ждёт не дождётся Твердь. Едва ли кому-нибудь удалось вырваться из огненной западни, когда она, Джейана, провалилась сквозь предательский пол...

Жаль, что всё так бездарно кончилось. Жаль, до нетекущих уже слёз жаль Чёрного Ивана, так и не успевшего выдать главную тайну этого жуткого мира, тайну его глубин, которую он, конечно же, знал досконально. Она, Джейана Неистовая, смогла лишь чуть-чуть приподнять завесу этой тайны. Хотелось, чтобы начатое ею довершили другие. Проклятие, под рукой ни одного магического создания, нет даже этих безмозглых фей — некого зачаровать и послать с весточкой к верной Фати. Некого послать... и, значит, всё напрасно. Они проиграли.

С запёкшихся губ сорвался звериный вой. Веки задрожали, глаза защипало — но из них так и не выкатилось ни одной слезинки. Тело тратило жалкие капли воды на более существенное.

Вот она лежит здесь, сильная Ворожея из славного клана Твердиславичей по имени Джейана, по прозванию Неистовая, державшая в железном кулаке без малого пять сотен родовичей. Лежит, издыхая, как последняя тварь, не имея сил даже на то, чтобы самой вскрыть себе вены. А в это самое время там, внизу, под ней, под земными пластами — реки, озёра, моря Настоящей, Истинной Силы, с которой она, Джейана, способна обращать во прах горные хребты и океаны в иссушенные пустыни. Казалось бы, так просто — протяни руку и возьми... зачерпни, сколько душеньке угодно. Но нет... она не умеет... не может... чего-то ей не хватает...

Она плакала беззвучно и бесслёзно, только едва заметно вздрагивали исхудавшие плечи. Перед внутренним взором вновь послушно разворачивалась картина подземного царства, где — она не сомневалась — удалось бы отыскать и еду, и нормальное питьё...

Кажется, у неё не осталось никакого иного шанса. Всё, что ещё задержалось в иссохшем теле, все силы следовало потратить на прорыв вниз — Джейана не сомневалась, под мёртвыми лесами залегает такая же точно подземная страна, что укрыла в своё время их с Чёрным Иваном. Жаль, что она лежала тогда без сознания на плече великана, не видела, как именно он находил вход в подземелье... ну ничего, она либо почует его, этот вход, что называется нутром, — или останется валяться здесь, пока её полуразложившийся труп не уйдёт под снег, — если, конечно, в здешних краях вообще случается снег.

* * *

— Смотри внимательно, она где-то здесь.

— Что, сенсоры опять отказали?

— Ну да. И, говорят, со спутников её тоже не видно.

— А вот такого, по-моему, не бывает. Мистика, да и только. Окурок и то засечь можно!..

— Да говорят же тебе — она какая-то особенная.

— Да уж, особенная... У меня дружок в Арриоле служил... Так они его на мелкие кусочки...

— Вот и я про то же. Так что не зевай. Жрать здесь нечего, высоколобые из штаба говорили — она ослабеть должна...

— Как же, ослабеет она тебе, держи карман шире... Ведьма Лесная!

— Ведьма не ведьма, а приказ есть приказ. Алонсо с тебя подписку взял? Вот и с меня тоже. А я на фронт как-то не слишком рвусь. Слышал последние сводки? В столице ещё два квартала Умникам отдали. Здание Совета теперь под прямым огнём.

— Так ведь было уже... с полгода назад. Отогнали.

— А вот обратно вернулись. С чего и начиналось.

— А стреляют там сейчас, ты не знаешь?

— Я слышал, что нет. Вроде бы и боя большого не было. Перерезали коммуникации.

— Ох, не продержатся... Скорее бы уж тут хоть что-нибудь получилось!

— Получится. Я уверен. Раз эта девка такое откалывает.

— Стой! Стой! Смотри! Вон там... дым!

— Поворот! Живее! Центр, я — Полсотни пятый! Квадрат бэ-шесть, вижу дым!.. Повторяю, квадрат бэ-шесть! Дым в квадрате!.. Что?.. Вас понял, есть ничего не предпринимать!..

— Неужто нашли?!

— Похоже. Сюда летит весь штаб...

* * *

Далеко-далеко, возле самого горизонта, в небе сверкнула быстрая искорка. Джейана увидела её не то что сквозь деревья, а даже сквозь плотно сомкнутые

веки. Чужие взгляды коснулись дыма её костерка... так и знала, что нельзя было его разводить...

«Кажется, это всё. Сейчас ко мне пожалуют гости, — вяло подумала она, не сделав даже попытки пошевелиться. Точно ненасытная ночная пиявка, голод высосал все силы. Неожиданно Джейане сделалось всё равно. Будь что будет.

Теперь на очертания паутины уходящих в глубь земли коридоров и ярусов наложилась ещё одна — медленно вырастающие в очень далёком небе тёмные силуэты мёртвых огромных птиц, таких же, как и принёсшая их всех на Остров Магов.

Она чувствовала разумы летевших к ней. Чужие. Очень чужие. Наверное, она легче смогла бы понять помыслы Учителя Иссы или даже самого Всеотца, но не этих существ, что так упорно разыскивали её по неживым пространствам этих пустых лесов. Что-то снуло шевельнулось в дальнем уголке сознания — «бежать... спасаться... это враги... чтобы жил клан... чтобы...»

Нет. Когда-то столь много значившие слова превращались в пустые звуки наподобие высохших шкурок, что сбрасывают весной после линьки длинные пятнистые змеи. Ничего уже не надо. Не надо. Не на-а-а-до...

И тем не менее пальцы вдруг судорожно заскребли по сухой земле. Заскребли против собственной Джейаниной воли. Лабиринты внизу полыхнули алым — словно призывая поверить, спуститься, войти в них. А вместе с приближением чёрного роя мёртвых *машин* нарастал и катящийся перед ними ужас, опрокидывая заслоны мужества. Наверное, это боролось то, что некогда составляло суть Джейаны, по праву носившей второе имя — Неистовая.

«Может, ещё не поздно?!.»

Она заставила себя потянуться к туеску. Глоток... другой... зеленоватая жижа имела совершенно отвратительный вкус, однако сил как будто бы прибавилось — разумеется, иллюзия, ничего больше, но разве не на иллюзиях строится вся жизнь кланов в стране разрешённого волшебства?..

Пальцы по-прежнему скребли сухую землю. И одновременно Джейана постаралась как можно ярче представить себе — её тело медленно, точно в морские волны, погружается, погружается, погружается... земляные пласты расходятся, освобождая ей путь... она уходит всё глубже и глубже...

В левом боку вспыхнула боль, словно по рёбрам прошлась лапа кособрюха. Джейана лишь зажмурилась ещё крепче. Ей показалось — тоннели придвинулись... Она боялась открыть глаза. Дневной, видимый даже сквозь плотно зажмуренные веки свет медленно угасал, и это — хотелось ей верить — означает, что чародейство удалось.

* * *

— Зафиксирован сильный воронковидный выплеск, координаты: квадрат бэ-шесть, подквадрат...

— Установлено взаимодействие с базовым узлом динамической структуры...

— Предпринята попытка прямого воздействия на энергонесущие контуры...

— Внимание! Опасная перегрузка контрольных цепей в квадрантном узле!.. Запрет автоматического контроля снят! Запрет системы самосохранения снят!.. Запрет локального компьютера... тоже снят!..

— Всем постам! Возможно неконтролируемое истечение энергии в квадрате бэ-шесть! Всему персоналу немедленно покинуть поверхность! Аварийным группам на танках начать движение к эпицентру!

— Ваше превосходительство...

— Да, да, Михаэль, я вижу. Наша красавица сообразила наконец, что на поверхности ей делать нечего, и пытается уйти вниз. Способ, конечно, варварский...

— Если там сейчас будет выброс...

— О нет, не надейтесь, она не поджарится. К великому моему прискорбию. Не из таковских. Полагаю, что она вынесет даже конвертор... здесь, на планете.

— А в других местах?

— Вот именно поэтому его высокопревосходительство верховный координатор так жаждет лично с ней увидеться... Что там у Эйбрахама? Есть ответ?

— Так точно. Наставник клана ТД-81 вылетел два

часа назад. Через тридцать семь минут ожидается его прибытие в точку встречи.

— Очень хорошо. Рапорт энергетиков получен?

— Так точно. Снижение энергоподачи в континентальную динамическую сеть до уровня поддержания минимальной эксплуатационной готовности должно завершиться через тридцать четыре часа с минутами.

— Очень хорошо. Больше никаких локальных блокад. Сразу — и на всю глубину.

— Докладывает Кристоферсон: группа захвата вышла в район ожидания. Готовы к началу акции по счёту «ноль».

— Не слишком там геройствуйте, Крис. Помните, что стало с Арриолом.

— Не извольте беспокоиться, ваше превосходительство, личный состав уведомлен обо всём.

— Крис, вы начнёте действовать не раньше, чем полностью будет блокирована динамическая структура. То есть через тридцать четыре часа. Так что разрешаю посадку и отдых. В районе ожидания, само собой.

— Уж больно долго ждать, ваше превосходительство...

— Прошлый раз уже поспешили. Кровью умылись так, что до смерти не забудем. Вы что, к Великому Духу собрались раньше времени?

— Никак нет, но...

— Никаких но! Приказы здесь отдаю я!

— Так точно, ваше превосходительство...

— Сообщение от криптографов, господин генерал. По поводу файловых теней в основной памяти компьютера на контрольном посту...

— Я ещё не совсем в маразме, Михаэль, не надо напоминать мне то, о чём я не прошу. Я отлично всё помню.

— Виноват, ваше...

— Извинения опустим. Что они там раскопали? Доложите экстрактно, у меня нет времени разбираться в их сверхнаучной галиматье...

— Согласно логфайлам, способы, коими Джейана Неистовая воздействует на энергосистемы, не могут быть алгоритмизированы ни в одной из известных систем счисления. Только путём ввода принципиально новых функций...

— Это можете пропустить. Выводы?

— Проект можно считать удавшимся, ваше превосходительство.

— Тьфу! Это я и так знал, много раньше их всех. Никакого толку от этих яйцеголовых. И почему только его высокопревосходительство не отправит их всех поголовно на передовую?.. Что это с вами, Михаэль?

— Прошу простить меня, ваше превосходительство... Вот я умом понимаю, что эксперимент удался... Проект дал выход... вроде б надо радоваться, а я... У меня друг погиб, вместе с Арриолом...

— Сочувствую, Михаэль... И — понимаю вас. Слишком уж... неожидан оказался этот заветный результат. Кстати, я жду сообщений о том, как поживает вторая половина этой парочки, а именно вождь Твердислав.

* * *

Влекомая неведомыми Буяну силами *машина* с лёгкостью пожирала расстояние. Лиззи беспечно дремала, уютно устроившись и опустив головку на плечо человекозверя. Царила тишина, лишь ветер пронзительно свистел в неплотно прикрытой двери.

Все слова уже отзвучали. Собственно говоря, Буян не придумал ничего сногсшибательного — просто объяснил Ольтее, что намерен, пока жив, оберегать рубежи клана, строго следя в то же время, чтобы никому не пришло в голову жечь подруг ламии на кострах.

— Ты хочешь остаться со мной? — выдохнул он напоследок, чувствуя, что броня его сейчас раскалится добела от смущения.

Ольтея опустила хорошенькую головку. Уголки её губ чуть дрогнули раз, другой, третий, точно не зная, расплыться ли в улыбке или, напротив, состроить саркастическую гримасу.

И наконец:

— Хорошо.

* * *

Давно осталось позади море. Промелькнули синие прожилки рек и речушек, голубые разливы озёр. *Машина* уходила всё дальше и дальше на северо-восток, к коренным владениям клана Твердиславичей. Оставалось надеяться, что Иван *запрограммировал* её опуститься в каком-нибудь не слишком заметном месте. Иначе... Фатима, конечно, тихоня, но случая спалить ламию тоже не упустит. Не из растяп.

Вот как будто бы и Ветёла, вот и Пожарное Болото, а вот впереди и Змеиный Лес засинел. Вот Пэков Холм... неужто тут и опустимся?

Однако Иван, конечно же, подобной ошибки не совершил. Владения Твердиславичей *машина* прошла на предельной скорости; а затем вдруг резко замерла в воздухе и быстро опустилась наземь.

Всё ещё держа на руках спящую Лиззи, Буян первым осторожно выбрался наружу.

Да, осень. Ольтея наверняка замёрзнет... да и Лиззи тоже. Скорее, скорее отнести девчонку в клан... а потом можно и о себе подумать.

Словно в ответ на мысли Буяна ламия зябко передёрнула оголёнными плечиками.

— Холодно, — пожаловалась она.

— Погоди, Лиззи подбросим — я зверя заломаю, шубу тебе справим, — пообещал Буян.

— Только смотри, побыстрее...

* * *

Понять, где они сели, оказалось нетрудно. Полдня пути от родных скал. По правую руку — Пожарное Болото, по левую — сухие увалы. Буян решил не рисковать; ни к чему раньше времени попадаться на глаза той же Фатиме. Главное — потихоньку подбросить Лиззи... хорошо бы успеть, пока она спит... и скрыться.

Ольтея вновь зябко повела плечами.

Мы... мы ведь зимой никуда нс ходим, — жалобно произнесла она. — Многие так и вовсе засыпали до весны, до солнышка. Я-то, правда, не спала... но всё равно.

Буян кивнул.

— Ага, ага, вот только девчонку положим... пока не проснулась...

— «Не проснулась»? — внезапно передразнила Ольтея. — Ты что, совсем ослеп? Она без чувств... и очень, очень, очень больна. Я думала, ты видишь...

— Как без чувств? Как больна? — только и смог выдавить Буян.

Ольтея только поджала губы.

— Я эту хворь лечить не умею. Давай же, давай шевелись! Тут уж не до церемоний... живой бы донести...

— Погоди, ты что... хочешь прямо в клан с ней?! — Буян чуть не подпрыгнул.

— Если мы оставим её в лесу, она может умереть... — Наморщив загорелый лобик, Ольтея всматривалась в личико Лиззи. — Болезнь вырвалась наружу... а до этого пряталась... вот почему я её не сразу и заметила...

Она бормотала всё тише и тише, ладони ламии уже скользили над грудью девочки, словно пытаясь на ощупь отыскать камешек в мелком песке.

— Быстрее! — поторопила Ольтея. — Идём... идём прямо в клан. Другого выхода нет. Или весь наш поход окажется напрасным.

Ламия впервые произнесла слова «наш поход». Это стоило запомнить, сказал себе Буян.

— А если...

— Но ведь ты не позволишь, правда? — Ольтея прижалась плечом к грубой чешуе своего спутника.

У Буяна было своё мнение на эту тему, однако он предпочёл не распространяться. Магия есть магия, победа над Середичами стоила недёшево. А здесь...

Однако он даже не замедлил шага. Если клану нужно — он схватится и с Фатимой, и со всеми прочими Ворожеями. Великий Дух вырвал его из объятий огненной смерти, провёл невредимым через неописуемые опасности, дав понять, что избранный Буяном путь — истинен. А раз так — что может заставить его повернуть?

Сухие увалы мало-помалу опускались, разглаживались, древесные стволы смыкались теснее, гуще становился подрост; над головами затанцевали крошечные молодые феечки, вспыхнула яркая радуга их тончайших, невидимых крыл. Ольтея подняла голову, коротко блеснула быстрая улыбка — и ламия вновь склонилась к бесчувственной девочке.

Вот и первая ограда, вот и первое поле... Буян осторожно раздвинул ветки. Осенний лес коварен, кажется, ты надёжно укрыт — ан нет, листвы почти не осталось и откуда ни возьмись может прилететь меткая стрела. Стрел Буян не боялся — не по ним его броня, — однако за стрелами могли последовать заклятия, что куда хуже.

Поле казалось пустым. Толстяки давно выкопаны... стоп! Как раз-таки и не выкопаны. Вернее, выкопаны, но не до конца. Не мало их так и осталось торчать, догнивая, в земле. Ботва растоптана, смята — словно прошёл прайд кособрюхов. Что-то плохо ты управляешься с делами, Фатима...

На не убранных до конца полях обязательно полагалась охрана. Хотя бы дозорные. Это Буян помнил крепко — однако на сей раз ни на самом поле, ни вокруг никого не оказалось.

— Буян! Пошли, нельзя мешкать!

Тонкой лесной перемычкой меж двух полей пробрались ближе к кольцу скал. Здесь уже чувствовалось пристальное внимание Ворожей клана, разлитое в воздухе, словно холодный колючий туман. Наполовину создание Ведунов, Буян ощущал это настороженное внимание каждой броневой чешуйкой тела, каждой жилой и поджилкой.

— Сейчас нас наверняка засекут. Давай мне Лиззи и уходи. Я отнесу и приду за тобой.

Сейчас это было наиболее разумно, однако Ольтея неожиданно замотала головой:

— Нет... не оставляй меня... я пойду с тобой... Да и Лиззи не оставишь — сам смотри!

И в самом деле, руки ламии безостановочно двигались над телом Лиззи, и Буян вторым, дарованным Дромоком зрением видел — именно эти движения ещё заставляют биться уже готовое замереть сердечко.

Они шли прямиком по непривычно пустой клановой дороге. Раньше, насколько мог припомнить Буян,

народ вечно сновал по ней взад-вперёд: к стадам, на дальние плантации, к порубкам, углежогным местам, или же к рыбным садкам на Ветёле. Осенью, в пору больших охот, по дороге чуть ли не весь световой день волокли туши добытого зверья. Девчонки добирали последние, поздние грибы; малыши таскали связки сизого мха, лишний раз проконопатить щели; осень всегда была порой больших работ перед суровой зимой. Однако сейчас дорога была пуста, совершенно пуста, и даже сторожевые вышки остались без всегдашних своих обитателей.

Этого Буян уже никак не мог уразуметь. В клане что-то стряслось? Голод? Или, может быть, мор, упаси нас, Великий Дух?

Не таясь, открыто, они шли давным-давно знакомыми поворотами. В груди больно трепыхалось сердце. Стало не хватать воздуха. Ещё бы, ведь он, Буян, не сомневался, что в этой жизни уже никогда здесь не очутится.

Ошибался.

Последний поворот. Здесь ведунскую тварь уже полагалось расстреливать из самострелов и поливать жидким колдовским огнём — если до этого не прикончили молниями.

— Что-то стряслось, — не таясь, в полный голос сказала Ольтея, благоразумно укрываясь за широкой спиной человекозверя.

Вход в скальное кольцо преграждала настоящая земляная стена с неширокими воротами и бревенчатыми башенками; она появилась недавно, свежеотёсанные брёвна ещё не успели как следует потемнеть. На башенке торчала фигурка дозорного; однако при виде Буяна караульщик лишь истошно заверещал нечто вроде «спасите-помогите!» и сиганул вниз. Насторожённый самострел выплюнул здоровенную, в целую руку длиной, стрелу куда-то в белый свет, не целясь.

— Нам нужна Ворожея Фатима! — рявкнул во всю мощь лёгких Буян. Сейчас он уже не думал о том, опознают его голос или нет. Не до того. — Нам нужна Фатима! Здесь Лиззи! Она больна!

Никакого ответа. По лицу бесчувственной девочки

медленно расползалась смертельная бледность, дыхание стало почти неслышимым.

Буян шаг за шагом приближался к плотно закрытым воротам. Что случилось с кланом? Или это преславная Фатима тут до такого накомандовалась?

По всем правилам сейчас на стене уже должно было стоять самое меньшее три десятка парней и девчонок, наиболее искушённых в стрельбе и боевой магии. Буян ждал такой встречи, готовился отразить колдовскую атаку, а вместо этого...

— Надо показать им девчонку. — Буян поднял Лиззи над головой и снова воззвал: — Эй! Эге-гей! Дозорные! Есть кто из старших? Дим, Джиг, Лев? Фатима, Ирка-травница, Дженнифер, Сигрид, Файлинь? Да покажитесь же вы, ну хоть кто-нибудь!

Молчание. Острый слух Буяна позволял разобрать какое-то шебуршение за стеной, там кто-то как будто бы шептался — и всё. Крепость клана не собиралась ни нападать, ни защищаться.

«Они что, ждут, когда я полезу через стену?» — подумал Буян.

На башне никто не появлялся. Никто не пытался атаковать, сплести боевое заклятие или хотя бы метнуть копьё в дерзкое чудовище.

Буян и Ольтея, растерявшись, стояли перед молчащей стеной.

А у них на руках умирала Лиззи.

* * *

Когда наставник ушёл из клана, Фатима разошлась вовсю. Все обычные дела оказались заброшены. В селении остались лишь роженицы, да те, у кого малышам не исполнилось и месяца. Все прочие были двинуты на Большую Охоту. Слова Учителя о том, что магия иссякнет, что гнев Великого Духа закроет источники силы и его чадам придётся забыть о волшебстве до тех пор, пока Джейана-отступница не будет схвачена, — не прошли бесследно. Однако же Твердиславичи вновь разделились почти поровну — недолюбливавшие властную Джейану девчонки отнеслись к идее поимки с куда большим энтузиазмом, нежели парни, меньше сталкивавшиеся с властной подругой Твердислава. Кроме того, поскольку на необходимости облавы особо настаивала Фатима — бывшая первая Джейанина подружка, — то не обошлось без презрительных гримас и шёпотом бросаемого «предательница!» за спиной Ворожеи. Кроме того, раз за идею стояла Фатима, — то парни уже поэтому должны были упираться всеми силами.

Но с обладателем Ключ-Камня не больно-то поспоришь. Разве что навалиться всей гурьбой в тёмном углу и отобрать...

Дим, Джиг и Лев не отбросили свою идею, однако Фатиму словно кто-то предостерёг. Даже на купание она теперь ходила со всем Старшим Десятком. При Учителе друзья не рискнули привести замысел в исполнение — о чём теперь горько жалели. Им уже не раз приходилось ловить на себе очень-очень подозрительные взгляды той же Фатимы вкупе с Гилви, что уверенно выдвигалась в ее первые помощницы. Слова Учителя о необходимости поимки мятежной Ворожеи Гилви восприняла с настоящим восторгом, перещеголяв саму Фатиму.

Воспользовавшись тем, что Ведуны и впрямь отступили на север, Фатима подняла весь клан прочёсывать ближние и дальние леса. На угрюмые слова Дима, волей-неволей оказавшегося в роли предводителя мужской половины клана, слова о том, что упускается золотое охотничье время, Фатима ответила лишь, что если Великому Духу неугодна смерть его возлюбленных чад, он найдёт способ дать им пропитание, если же, напротив, Всеотцу угодно стереть их с лица земли и заменить новым поколением — то уж ничего не поделаешь, надо собраться всем кланом и вознести Смертную молитву.

Покинуты оказались ближние и дальние дозорные посты. Сам посёлок охраняли едва ли пять-шесть умеющих наводить самострел или сплести боевое заклинание. Даже Файлинь — под страхом изгнания — оторвали от несчастных неведомцев, послав в цепь рядовой досмотрщицей.

Ходили широкими кругами, от одного края принадлежавших клану земель до другого. Никто, само собой, не знал, здесь ли Джейана или, может, за тысячу тысяч поприщ отсюда — но это Фатиму и не волновало. Учитель сказал — надо, и, значит, они обшарят каждый кустик в своих лесах, чтобы честно потом ответить на строгий вопрос Всеотца «что содеяли вы для поимки отступницы?!».

Девчонки, особенно из свиты Фатимы, и в самом деле старались как могли. Понимали — обратно дороги нет, вернётся Неистовая, так спросит, что пух-перо до самого Змеиного Холма полетит. Парни, напротив, глядели вполглаза, слушали вполуха — мол, не указ нам эта Фатима. Хотя слова Учителя о бедах действительно напугали, и изрядно.

* * *

— Стойте! — Фатима резко вскинула руку и замерла, прислушиваясь. Несколько мгновений простояла зажмурив глаза, а потом так же резко рубанула поднятой ладонью.

— Возвращаемся! Ведунская тварь у ворот! Олеся, Линда, Гилви, Салли! За мной!

Заклятие мгновенного перемещения с места на место, одно из величайших заклятий, было даровано Фатиме Учителем без обязательной для прочих защиты. Правда, эта штука требовала уймы сил, вдобавок перенестись можно было лишь в строго определённые места — например, из леса к посёлку. Учитель строго предупредил, что очень скоро этот праздник жизни кончится — как только Всеотец окончательно замкнёт золотым ключом подземные источники Силы; но пока ещё чары эти действовали. Чем Фатима и не преминула воспользоваться.

Они вынырнули из тьмы краткого небытия в полусотне шагов от возведённой Землеройным Червём стены.

...Тварь Ведунов и в самом деле стояла, бессмысленно пялясь на запертые ворота. А вместе с ним...

— Ламия! — азартно заверещала Гилви.

За серовато-зелёной, бугристой от мышц спиной чудовища и впрямь пряталось тоненькое существо в вызывающе коротком и не по времени года лёгком платьице.

— Девчонки, все вместе, сеть!..

И тут чудовище повернулось.

Кто-то рядом с Фатимой беспомощно пискнул. И было отчего.

Потому что чу́дные золотистые волосы Лиззи с их единственным, неповторимым отливом все узнали тотчас же.

— Великий Дух! — вырвалось у Олеси.

Фатима что было силы вонзила ногти в собственные ладони. Боль помогает преодолеть вражьи мо́роки; однако на сей раз, даже подкреплённое заклятием, вернейшее средство дало сбой. Чары не рассеялись, на руках твари по-прежнему лежала девочка, а не мшистое полено или ещё что похуже.

Заклятие ловчей сети распадалось, так и не успев набрать нужную мощь.

И тут тварь Ведунов заговорила. Голос показался Фатиме странно-знакомым, хотя кого он ей напоминал, она вспомнить так и не смогла.

— Твердислав исполнил Долг Крови! — не без мрачной торжественности возвестило чудовище. — Он спас Лиззи... и вот она здесь.

У Фатимы язык присох к нёбу. Пожалуй, впервые она не нашлась что сказать. Девчонка на руках говорящего зверя точно была Лиззи... тут её, опытную Ворожею, не обманешь. Но... само это чудище... ламия... неужто Твердислав спелся с *Ведунами*?! Да как же тогда Великий Дух мог призвать его к себе?!

— Лиззи... она очень больна, — продолжало тем временем чудовище. Дрожащая ламия пряталась у него за спиной. — Ещё немного, и... спасите её, — зверь опустил ребёнка наземь. Не поворачиваясь к Ворожеям спиной, начал медленно отступать к ближайшим зарослям.

Гилви атаковала внезапно и резко, в лучшем стиле Неистовой Джейаны. Голубая молния вспорола прозрачный осенний аэр; она лопнула с оглушительным грохотом, однако тварь успела в последний момент пригнуться. Все видели, как капли голубого огня скатывались по чешуйчатой броне, не причиняя заметного вреда.

— Гилви! — вскрик Фатимы хлестнул, точно кнут. Как она смела — начать без команды главной Ворожеи клана?!

Тварь Ведунов уже вскочила на ноги. Подхватив на руки ламию, она на удивление шустро рванулась прочь. Девочка с разметавшимися золотыми волосами неподвижно лежала на земле, точно брошенная игрушка.

Всё это было слишком невероятно, чтобы оказаться правдой. Кто знает, может, под истинной личиной несчастной Лиззи прячется теперь жуткий монстр, сотворённый на погибель всего клана? Не лучше ли его уничтожить прямо сейчас, даже и не приближаясь?

— Фатима, уйдёт! — простонала Гилви, приседая и зажимая руки коленками от нетерпения пустить в ход ещё что-нибудь из своего богатого арсенала.

Чудовище явно не собиралось принимать бой. Улепётывало во все лопатки; расстояние увеличивалось с каждым мигом, однако Гилви, не утерпев, вновь метнула вслед любимое свое копьё, всё сотканное из чистого, невероятно горячего пламени — им девчонка пробивала навылет гранитные глыбы в полтора обхвата, — и на сей раз попала.

Зверя швырнуло вперёд, словно в него угодила не струя огня, а тяжёлое катапультное ядро. Он с треском проломил целую просеку в молодой поросли игольников; упал, перекувырнулся через голову, однако ж с поразительной ловкостью вскочил, вновь подхватил ламию на руки — и был таков.

С лёгким треском занялись кусты.

Не обращая внимания на разгорающийся пожар (в случае надобности — моментом дождь вызовем, да такой, что любое пламя вмиг собьём), Фатима и её свита осторожно, мелкими шажками начали приближаться к неподвижной Лиззи — или, точнее, к тому *неведомому*, что как две капли воды походило на пропавшую малышку.

— Осторожнее! — пресекла возможную самодеятельность Фатима. — Кто без меня хоть самую малость сколдует — руки-ноги повыдергаю. Тебя, Гилви, это особенно касается. Ещё раз ссамовольничаешь... —

И кроткая, тихая Фати сунула девчонке под нос маленький, но крепкий кулачок.

Круг Ворожей склонился над лежащей девочкой. Да, плоха, да, очень плоха... но как знать, не уловка ли это? Не западня ли?

Первой, как ни странно, преодолела страх именно Линда.

— Фати, нет тут подвоха... Духом Великим клянусь! — она вцепилась в локоть Ворожее. — Ну хочешь, я сама её понесу?!

Позволить какой-то там Линде перещеголять смелостью её, Фатиму?! Да никогда!

— Не вздумай! — стали в этих словах хватило бы, наверное, на сотню добрых мечей.

— Да она ж умирает, Фати!

— Сама вижу, — проворчала Ворожея.

Проклятые чары наконец-то возымели действие. По заветам Великого Духа, у Ведунов нет таких заклинаний, которые нельзя было б осилить противоклятиями. Перед Фатимой и в самом деле лежала Лиззи... без чувств, едва живая и притом стремительно теряющая последние капли Дара Всеотца[1].

Линда подхватила девочку на руки.

— Ворота открыть! — зычно скомандовала Фатима. Смешно — раньше никто в целом клане и помыслить не мог, что подруга Джейаны способна на такое.

И закрутилось. Подозрения Вождь-Ворожеи никуда не исчезли, лишь на время отступили в тень. Пусть этой с неба свалившейся Лиззи сперва займутся травницы... если, конечно, они ещё могут хоть что-то сделать с этим полутрупом. Прошлый раз они вдвоём с Джейаной почти вытащили Лиззи из чертогов Великого Духа; вытащили, но, видать, хворь так до конца и не изгнали — девчонка умирает, ясно как день. И непохоже, чтобы её в плену особенно мучили... больше на болезнь смахивает...

По счастью, травницы никуда не ходили, оставались в посёлке при малышах и роженицах — этих последних, что ни месяц, всё больше и больше. Хорошо.

---

[1] Дар Всеотца — так в кланах называли Жизнь.

Растёт клан — под твоей, Фатима, рукой растёт! Есть от чего возгордиться.

Ирка вскинулась тотчас, помчалась разводить свои умопомрачительные отвары; несколько капель чёрной как смоль настойки, осторожно добытой из запылённой заветной бутыли «на самый крайний случай», мигом прогнали с лица Лиззи смертельную бледность, девочка задышала ровнее. Ирка же, облегчённо вздохнув, заметалась по комнате, точно дикая кошка, с неподражаемой меткостью выхватывая нужные ей пучки трав из густо покрывавшего стены ковра сухих растений.

Фатима прищурилась. Что-то не припоминала она этой тёмной бутылочки... да и прошлый раз, когда спасали всё ту же Лиззи, Ирка это снадобье не доставала.

Словно прочитав мысли Фати (а может, и прочитав; травницы, они на всякое способны), Ирка повернула голову:

— Прошлый раз много хуже было. Душа уходила. С полдороги вернули. А теперь нет. Средство же это такое, что при душе уходящей лучше и не пробовать — только конец убыстришь... Да ты что, Фати, сама не чувствуешь? — напоследок удивилась травница.

Фатима отмолчалась. В самом деле странно... раньше она много занималась как раз целительством, не травничала, а именно исцеляла, врачевала... и умела с полувзгляда распознать любую мыслимую и немыслимую хворь. А теперь... раньше, в суматохе повседневных дел, внимание не слишком обращала, только теперь заметила, что видит лишь общую тёмную ауру нездоровья, беды, близкой смерти, и больше — ничего. Деталей, мелочей, из которых и складывался талант целителя, она различить уже не могла.

Зато молнии научилась метать почти как сама Джейана...

Фатима тряхнула головой, отгоняя не слишком приятные мысли. Склонилась над Лиззи, напряглась до рези в глазах, пытаясь вернуть то странное состояние *проникновения* в чужое, когда мало кто мог поименовать беду точнее её, Фатимы. И никто, кроме одной лишь Джейаны, не мог превзойти её в искусстве врачевания.

На сей раз удалось — но с болью и хрипом.

Скопления призрачного зелёного гноя в жилах вместо здоровой крови. Тонкие отравленные нити, тянущиеся в мозг. И слабое трепетание уже готового остановиться сердца.

Та, прежняя Фатима уже давно бы хлопотала вместе с девчонками. *Та, прежняя Фатима* уже давно бы боролась за жизнь чудесным образом вернувшейся Лиззи, потому что — правы и Твердислав, и Джейана — в кланах не рождалось ещё столь сильной Ворожеи, способной приказывать морям и звёздам.

Однако *новая* Фатима думала не только об этом. В голову отчего-то лезли совсем неподходящие на первый взгляд мысли.

Не разгневается ли Учитель.

Не навлечёт ли она на клан новой беды.

И, наконец, совсем уж неожиданно — не станет ли эта Лиззи помехой ей, Фатиме?

Джейана, наверное, уже отвесила бы ей звонкую оплеуху, чтобы только привести в чувство. «Сдурела, подруга моя?! Да пока Лиззи в полную силу войдёт, мы с тобой обе уже у Великого Духа все ягодники объедим!»

И всё-таки... Кто знает, насколько велик дар Всеотца этой девчонке? Она уже справилась там, где спасовала знаменитая боевая магия Джейаны. Один Великий Дух ведает, что будет дальше. И это странное появление... Твари Ведунов... зверь и ламия... Что не устаёт повторять наш Учитель? Горе тому, кто словом перемолвится с Ведунами. Горе принявшему от них хлеб, горе испившему от них воды, даже если умираешь от жажды. Может, клану было послано испытание? Может, следовало оставить... — Фатима запнулась, не зная, как же назвать Лиззи, — следовало оставить *это* лежать где *лежало*?

Она почти не помогала травницам. Сигрид и Линда пару раз вопросительно взглянули — Фатима сделала вид, что не замечает. Впрочем, она видела, что здесь сейчас справятся и без неё. Однако не потому, что целительницы и травницы оказались настолько искусны — на помощь им пришла новая, неведомая сила, словно бы Лиззи, чувствуя помощь клана, сама рванулась навстречу спасителям, всеми силами разрывая стянувшую горло смертельную петлю.

И, похоже, это ей удалось.

* * *

Когда Джейана открыла наконец глаза, вокруг царил один лишь мрак. Полный, абсолютный мрак, без малейших проблесков света.

Подземелья. Мёртвые подземелья, где, как и на поверхности, в помине нет ничего живого. Откуда здесь взяться свету или тем симпатичным светящимся улиткам, прикормленным Чёрным Иваном? С чего она, Джейана, вдруг решила, что сможет найти спасение здесь? Просто умирать теперь придётся не на поверхности, а в норе, вот и вся разница.

Чародейство отняло остатки сил. Рука Джейаны всё ещё сжимала туесок — однако в нём не осталось ни капли воды. И где её взять здесь, в глухих тоннелях? На что она рассчитывала, прорываясь сюда? Что её не найдут? Ну так и не надо, она умрёт сама. И притом очень скоро...

Однако волшебство, высосав последние силы, сделало и доброе дело — начисто лишило Джейану ощущения телесных мук. Казалось, плоть её просто растворилась в чёрном море разлитого вокруг мрака, оставив бодрствовать одну лишь нагую душу. Девушка не чувствовала ни рук, ни ног, не могла сказать, сидит она, стоит или лежит. Впрочем, стоять она уже и так не могла; едва бы получилось и сидеть.

И всё-таки даже здесь, в первозданной тьме, ощущалось некое движение, чуть заметный ток воздуха; откуда-то снизу шла лёгкая дрожь, неведомо чем ощущаемая — ведь спины у Джейаны сейчас не было...

Она нагнула голову к туеску. Мокрый край ещё хранил следы влаги; губы прильнули к коре, всасывая, вбирая малейшие частицы животворного сока; Джейана не чувствовала ни голода, ни жажды, но вода волшебным образом придавала сил. У Ворожеи оставался последний шанс — дотянуться до Силы. Иначе — смерть.

Казалось, она окончательно рассталась с телом. Нечто тонкое, неовеществлённое, но хранящее в себе то, что было сутью Джейаны, медленно двинулось вниз, без помех одолевая сопротивление косных пластов земной тверди. Там, глубоко-глубоко, должна быть Сила. Её просто не может не оказаться там. Раз в этих тоннелях хоть что-то движется, значит, без Силы не обошлось. Джейана старалась не думать о том, что движение воздуха могло означать лишь простой сквозняк, открытый ход на поверхность, а дрожь — не более чем... не более чем... Джейана сама не знала. Очень хотелось верить, что под ней, в глубинах, прячется именно та мощь, обладать которой она так жаждала. Жаждала, наверное, даже сильнее, чем хотела жить. Потому что именно сейчас, на самой грани бытия, она, смотрясь в саму себя, понимала, что жизнь без Силы для неё — ничто, одна пустая тень. Наверное, поэтому она так спокойно отнеслась и к перспективе умереть здесь. Зачем ей жить, если она не найдёт доступа к Силе?

...Сперва это казалось лишь лёгким ветерком чуть теплее окружающего воздуха. Потом ощущение усилилось, тёплый ветер заметно погорячел, напитываясь жаром. По всему нечувствующемуся телу побежали легионы крошечных колючих муравьёв, а сухие глаза свело спазмом от желания заплакать и отсутствия слёз.

Джейана почувствовала Силу.

Она была очень груба, эта Сила, дика и первородна. Мало похожа на ту, что Ворожее довелось испробовать на Острове Магов (так до сих пор и непонятно каких). Там — мягкая, изощрённая, многоликая, управляющая ордами слуг Сила. Здесь — сплошной поток; его хотелось сравнить с горным водопадом, но от такой мысли вновь безумно начала мучить жажда, и Джейана поспешно выбросила образ из головы.

Клокоча и негодуя, Сила разливалась по телу. И — плоть начала повиноваться. Сейчас... сейчас... сейчас она, Джейана, окончательно придёт в себя и пойдёт... пойдёт вниз.

* * *

— Рад приветствовать вас, Эйб. Как дела в клане?

— Благодарю вас, ваше превосходительство, на редкость благополучно для этих недобрых дней. Клан полностью под контролем. Фатима оказалась очень удачным выбором. Она сосредоточила всю власть в своих руках...

— Фатима? Постойте-постойте... кажется, я видел фото... такая маленькая, чернявая, по прозвищу Сто косичек?

— Так точно. У вашего превосходительства отличная память.

— Прекратите отпускать мне комплименты, Эйб, я ведь не девушка. Вас уже ввели в курс дела?

— Да. Михаэль был настолько любезен, что...

— Понятно. Тогда я хотел бы услышать ваши предложения.

— Насколько я понимаю, ваше превосходительство, визуального наблюдения за местом локализации Джейаны не ведётся?

— У меня есть аэромобильная группа в пределах радиуса прямой видимости, однако риск...

— Простите, что перебиваю, но мне казалось бы разумным войти в односторонний оптический контакт. Никто не знает, что она может сейчас выкинуть.

— Никто не знает, как она выдержала такое время на Стройке без еды и воды, Эйб. Но это так, к слову. Очевидно, сей homo novus[1] организован, если можно так выразиться, по принципу mens sana in corpore sano[2], хотя в данном случае зависимость скорее обратная.

— Вы совершенно правы, ваше...

— К делу, Эйб. Что вы предлагаете, кроме визуального контакта?

— Разрешите вопрос, ваше превосходительство? Со спутника её видно?

— Видно. Пять минут назад был доклад... Эй, что там такое?!

— Ваше превосходительство! Доклад... мобильной группы... они взяли на себя смелость... посредством

[1] Homo novus — новый человек (*лат.*).

[2] Mens sana in corpore sano — здоровый дух в здоровом теле (*лат.*).

длиннофокусной оптики... без применения активных средств...

— Я вас когда-нибудь расстреляю, Михаэль, за неумение докладывать коротко, ясно и чётко. Что произошло?

— Джейаны Неистовой нет на поверхности планеты!

— Запросите спутник. Быстро!

— Осмелюсь доложить, я уже это сделал. Исчезла из поля зрения детекторов всех типов сорок семь секунд назад.

— Ушла в коммуникационные шахты, ваше превосходительство, я не сомневаюсь...

— Естественно. Хотел бы я только знать, как нам её оттуда теперь выкуривать.

— Через полтора дня генераторы будут полностью переведены на холостой ход, ваше превосходительство. Девчонке ничего не останется, кроме как подняться на поверхность.

— Если до этого она не скакнёт куда-нибудь за тридевять земель.

— Осмелюсь заметить, господин генерал...

— Что, Михаэль?

— На сей раз ей не удастся уйти так просто, ваше превосходительство. Вычислительный комплекс Стройки как раз и запрограммирован отслеживать несанкционированные перемещения посредством динамической структуры с установлением координат точки выхода с точностью до сантиметров.

— Чёрт возьми! Militavi non sine gloria[1]! Меня бы устроили и километры!..

— Нет проблем, ваше превосходительство.

— Так, с этим ясно. Что вы предполагаете сделать сейчас, Эйб?

— Выдвинуть в район ожидания группу захвата и параллельно попытаться вступить в переговоры.

— В переговоры? Но как? Кроме того, Джейана уже слишком много знает — или догадывается. Вы хотя бы

---

[1] Militavi non sine gloria — я боролся не без славы (*лат.*).

приблизительно представляете, наставник Эйбрахам, как именно следует говорить с ней?

— Осмелюсь предположить, что да, ваше превосходительство. Я намерен сказать ей всё... или почти всё.

— Вы с ума сошли, Эйб! Вы представляете, что будет? Нет-нет, я категорически запрещаю!

— Но, ваше превосходительство, она и в самом деле незаурядная личность, она тотчас почувствует обман!

— А не надо её обманывать. Что нам нужно? Либо отправить её на корабле... куда следует, пред светлые очи его высокопревосходительства верховного координатора, либо...

— А вы уверены, господин генерал, что Джейана не станет опасна... *там*? Твердислав ушёл, ничего не зная... или зная слишком мало. Джейана — случай другой. Совсем другой. Её нужно либо убедить, либо уничтожить — третьего не дано. Она по праву носит прозвище Неистовая, она не успокоится, пока не разберётся во всём до конца... Она моя лучшая ученица. Она не повернёт назад, если только её не убьют.

— Очень хорошо, Эйб. А теперь прикиньте — вы сообщаете ей... всё, что сочтёте нужным сообщить, и что ей тогда делать? Стать подопытным кроликом? Или...

— А какие указания дал на её счёт его высокопревосходительство?

— Указание одно. Она готова взойти на Летучий Корабль.

— Гм... это и так всем известно!

— Правильно. Указания его высокопревосходительства отличаются необычной расплывчатостью. И, признаться, я понимаю причины этой расплывчатости. Едва ли даже верховный координатор в полной мере знает, *что* мы станем делать, если Проект удастся. Не исключено... гм... что Джейана — так сказать, пробный шар, первый тест, на котором будет в полной мере проверена вся идеология Проекта. Ведь все предыдущие случаи... Ну, вы сами знаете.

— Да уж... весёлого мало, ваше...

— То-то и оно, что мало. Конечно, наилучший исход — это Летучий Корабль... но при том условии, что девушка... как бы это выразиться... по-прежнему лояльна по отношению к Великому Духу.

— Я теряю нить ваших рассуждений, ваше превосходительство...

— Когда они ещё только прорывались к Острову, наша задача представлялась мне более простой. Сейчас она выглядит практически неразрешимой. Как говорится, — nec plus ultra[1]. Мы не можем выпустить отсюда потенциально опасного человека, да ещё наделённого сверхвозможностями. Что, если она примет сторону Умников? Такое исключить тоже нельзя. Мы не знаем, насколько деформирована её психика. Не исключено, что даже и Великий Дух для неё не авторитет.

— Осмелюсь заметить, ваше превосходительство, что без непосредственного контакта с Джейаной нам не найти ответа на эти загадки. Мы вынуждены действовать вслепую, без возможности прогнозировать последствия... Я продолжаю настаивать на переговорах.

— Станет ли она ещё с вами разговаривать?..

— Надеюсь, что да.

— Хорошо! Тогда, раз она ушла в коммуникации... Михаэль! Узнайте, не было ли переноса!.. Мы будем ждать. И следить. Если она не уберётся отсюда в ближайшие полтора дня — мы её возьмём. Тогда вы с ней поговорите.

— Осмелюсь возразить, ваше превосходительство. Я считаю более рациональным вступить в контакт до применения силовых методов.

— Что ж, если нам удастся точно определить её местонахождение...

* * *

Сила. Сила. Сила. Поток грубой, обжигающей силы. Вернувшееся ощущение тела. Вернувшиеся чувства, нормальный слух, зрение, осязание. Джейана вновь стала сама собой, а не бесплотным призраком.

Правда, вернулись и приглушённые было голод и жажда. Сила давала возможность пока не обращать на них внимания. Но такое продлится недолго. Скоро,

---

[1] Nec plus ultra — высшая степень, крайний предел (*лат.*).

очень скоро ей, Джейане, придётся позаботиться о себе... или проститься с жизнью. Сила выжигала последнее, ещё таившееся в глубине мышц и костей.

Девушка судорожно пыталась вспомнить суть колдовства Чёрного Ивана. Того колдовства, что помогало в один миг очутиться за тысячи поприщ от того места, где ты только что стояла. В этом теперь был её единственный шанс. Может, там, внизу, она и смогла бы отыскать еду — но сколько на это потребовалось бы времени?..

«Да нет, ты что? Какая там еда? Здесь же всё такое... такое... ну, словно Великий Дух сюда только мимоходом заглянул, а доделать решил в следующий раз. Откуда взяться пище в мёртвых тоннелях? И Сила здесь совсем не такая, как на Острове...»

Значит, выход только один. Вспомнить, во что бы то ни стало вспомнить хотя бы малейшую деталь Иванова чародейства. И — прочь отсюда! Куда угодно... Впрочем, нет. Джейана подозревала, что система этих тоннелей может тянуться и под морским дном — что делать там бывшей Ворожее? Нет, нет, надо... надо вернуться в клан. Один Великий Дух знает как — но сейчас это неважно. Она либо отыщет способ, либо погибнет. Опьянение Силой опасно — подсказывал инстинкт волшебницы. Скоро ты не сможешь даже моргнуть.

Джейана встала, даже не опираясь о стену, — впечатляющий трюк для только что умиравшей от голода. Глаза оставались закрыты, да и на что смотреть в полном мраке? Тёплая, нежная, обманчиво-ласковая Сила разливалась по телу, изгоняя последние следы слабости. На время Джейана вновь стала прежней — ну разве что несколько исхудавшей. Сейчас она вновь готова была к бою — с любым противником.

Однако знала она и то, что продлится эдакая благость очень недолго. Так умирающий огонь вспыхивает ярко за миг до того, как погаснуть окончательно.

Джейана Неистовая стояла посреди моря тьмы. Снизу могучими толчками пробивалась Сила. Сейчас, сейчас... ещё немного, и она будет готова. Нечего даже и пытаться что-то вспомнить — память не сохранила и малейших намёков на колдовство Чёрного Ивана. Значит, нужно действовать ей самой.

Многие из высших заклятий строились на принципе подобия — грубо говоря, для того, чтобы вызвать огонь, иногда требовалось всего лишь представить его себе. Такой способ считался уделом скучающих виртуозов, у которых слишком много сил и слишком много времени, в бою такое не применишь, — но сейчас, за неимением лучшего, Джейане оставалось только это.

Она сосредоточилась. Прочь всё лишнее, прочь все страхи, тревоги, неуверенность; она должна убедить себя, что стоит возле родных скал клана... возле приметной белой прожилки, рассёкшей поверхность камня справа от ворот...

Горячо-горячо вдруг стало в груди. Очень горячо. Так, что невозможно терпеть. Боли не было, один испепеляющий жар. Джейане казалось, что даже мрак вокруг неё утратил свою первозданность, что вокруг её ног всклубилась тёмно-багровая туча слепой мощи, готовой и крушить всё вокруг, и, бережно подхватив свою повелительницу, нежно нести её, повинуясь приказу, на незримых, но очень сильных руках...

* * *

— Ваше превосходительство!.. Она начала перенос!..

— Не. Может. Быть! Не может быть, Михаэль!..

— Радарная группа... «кроты»... зафиксировали сверхвысокую концентрацию энергии... вот здесь... в сочетании со снятой защитой это грозит привести...

— Отключайте ближайший генератор, немедленно! Передайте механикам...

— Начальник генераторной секции Култхард на связи, ваше превосходительство...

— Вилли, рубите канаты. Немедленно остановите генератор! Иначе и от вас, и от тех, кто сейчас на поверхности, ничего не останется! Это приказ!

— Вашепрльство, генератор будет уничтожен внезапной остановкой! Только поэтапный сброс нагрузки...

— Ничего не знаю. Отключайте! Всю ответственность я беру на себя. Сейчас у вас будет письменный приказ — а теперь отключайте!

— Слушаюсь...

— Михаэль, пусть все, кто сейчас на земле и у кого рядом флаеры, немедленно взлетают. Передай захват-группе приказ выйти из района ожидания и двигаться... передай координаты энергетической аномалии. Да скорее же, чтобы тебя Умники забрали!

* * *

Это было как удар хлыста — даже не розги, а настоящего хлыста, что способен рассечь тело до кости. Только что вливавшийся в Джейану поток Силы внезапно и резко оборвался. Оборвался совсем, напрочь, и последние капли мощи, достигшие Ворожеи, обожгли, точно кипящая сталь.

Кажется, она закричала, раздирая грудь отчаянной предсмертной конвульсией. Она не хотела умирать! Не хотела! Что бы там ни говорили о Великом Духе, она не хотела!

Ноги подкашивались, однако рассудок, прежде чем его погасили ужас и боль, успел отдать последний приказ, и накопленная Сила, точно согнутое до земли молодое гибкое дерево, швырнула Джейану вперёд, в темноту и неизвестность.

Последнее, что она ощутила, — тело словно бы размазалось на сотни, если не на тысячи поприщ, стало длинным-предлинным, точно сказочные Мировые Змеи, о которых рассказывал когда-то Учитель...

* * *

— Перенос!..

— Вектор одиннадцать шестьдесят девять... Характер поляризации эллиптический...

— Мощность вторичного излучения составила 5G по шкале Фромюра...

— Генератор остановлен... обмотки горят... применяем пенотушение... отвожу людей... Култхард.

— Наблюдаются спонтанные выбросы энергии по всей территории строительства, роза векторов следующая...

— Разрушение третьего слоя динамической структуры, степень поражения девяносто три процента...

— На поверхности в квадрате бэ-шесть быстро формируется фронт лесного пожара, направление — северо-северо-восток, скорость распространения приблизительно сорок километров в час... высота пламени до пятидесяти метров... Сами не верим, но своими глазами видим!..

— Разрушения в сети контрольных постов — шестьдесят процентов... Управление вторым и первым слоями динамической структуры потеряно...

— Внимание, штаб! По месту первичной локализации энергии наблюдаю мощный взрыв... сейсмографы показывают двенадцать по Рихтеру... Столб дыма до облаков... Мощность взрывного устройства не менее десяти мегатонн в тротиловом эквиваленте...

— Болван, какие там тротиловые эквиваленты!..

— Успокойтесь, ваше превосходительство, умоляю вас... Не волнуйтесь... мы вычислим координаты переброски, я же вам говорил...

— Михаэль! Сжечь один генератор ещё допустимо — но не могу же я обесточить всю планету!.. Давайте, давайте ваших расчётчиков! Мне нужны координаты точки выхода! Кристоферсон!.. Да, да, операция здесь отменяется. Прогревайте двигатели — я хочу, чтобы вы стартовали немедленно, как только у нас появятся координаты...

— Отдать приказ готовить штаб к перебазированию, ваше превосходительство?

— Да, Михаэль. Я хочу держаться поближе к месту событий...

— Виноват, господин генерал, — доклад расчётной группы...

— Ваше превосходительство, на связи Стуруа. К сожалению, из-за больших помех...

— Чёрт! Чёрт! Чёрт!.. Уж не хотите ли вы сказать...

— Никак нет, господин генерал. Просто мы можем дать координаты с точностью лишь только до пяти километров...

— Неважно, дьявол, неважно! Цифры!

— 55°08′ северной широты и 45°11′ восточной долготы, ваше превосходительство. Угловые секунды определить не представлялось возможным, ошибка на данной широте в одну угловую минуту как раз и составляет примерно пять километров...

— Ваше превосходительство, но это... это окрестности посёлка Твердиславичей!

— Не может быть, Эйб! Вот так удача...

— Удача? Я бы так не сказал...

— Почему? Не вы ли уверяли меня, что Фатима не подведёт? Крис, вы приняли данные?

— Так точно. Разрешите старт, ваше превосходительство?

— Старт разрешаю. После прибытия на место действуйте по обстановке. Помните, что, если вы возьмёте эту девчонку мёртвой, никто не наложит на вас взыскания...

— Вас понял, господин генерал, запускаю ускорители...

— Виноват, ваше превосходительство...

— А, Эйб! Тот-то я удивлялся, что вы всё молчите...

— Разрешите мне отправиться с Кристоферсоном, господин генерал.

— Это ещё зачем?! Чтобы ваша Неистовая вам же и выпустила кишки?

— Я надеюсь на контакт. Нам нужна информация, ваше превосходительство. Даже, быть может, больше, чем решение судьбы самой Джейаны. Что, если за ней последуют новые?..

— Стоп! Я вас понял. Крис! Крис, задержите взлёт. Возьмёте с собой моё доверенное лицо, старшего наставника Эйбрахама Гиггу.

— Слушаюсь. Но только пусть поторопится! Мы стартуем через 15 минут.

— Держите постоянную связь, Эйб. Михаэль! Мобильный интерком! Наденьте, Эйб. Если и впрямь дойдёт до контакта — не скупитесь, говорите, говорите как можно больше, важно будет каждое слово!..

— Вас понял, ваше превосходительство.

— Да, и ещё одно. Дайте с орбитальной тарелки остронаправленный луч на клан Твердиславичей. Пусть у них это время магия действует. Если Неистовая и в самом деле окажется там — пусть Фатима тратит время на поиски, а не на борьбу за хлеб насущный...

* * *

Джейана открыла глаза.

Свет. Свет. Свет. Целые моря света, безжалостно терзающего успевшие привыкнуть к темноте глаза. Она ничего не видела, но уже по тому, что появился этот свет, девушка поняла — ворожба удалась.

Удалась! В груди словно бы взорвалась молния. Она сумела! Она подчинила себе колдовство Чёрного Ивана! И без всяких изощрённых заклятий! Она лишь *представила* себе перенос — и вот он вам, пожалуйста!

Сейчас она не обращала внимания на слабость. Пусть её. Главное — она вырвалась из мёртвой страны и сейчас, хочется верить, где-то возле родного клана.

Наконец боль в глазах утихла. Замирая, Джейана подняла веки.

Нет. Она не рядом с кланом. Кругом лес... хотя... стой... Ба, да это ж Ветёла! Точно! И приметный копьерост... а вон остатки рыбьего садка.... она не так чтобы очень близко от скал — десятка два поприщ, если по прямой, — но что такое, если разобраться, два десятка поприщ! Силы ещё есть. Сейчас она возьмёт левее, выйдет на дорогу, и...

Она оттолкнулась от ствола. Ноги не сгибались, ступая бесшумно и мягко, точно у той, прежней Джейаны. Она дойдёт, не может не дойти, встретит Фатиму... А потом всё будет хорошо.

* * *

Неразлучная троица, Дим, Джиг и Лев, лениво брела берегом Ветёлы. Парни были почти безоружны — если не считать коротких лесных ножей на поясах. Не слишком доверяя друзьям, Вождь-Ворожея Фатима уже давно позаботилась отобрать у них и боевые луки, и копья с железными насадками. Мечи отнять не решилась, но мечи, почти что ритуальное оружие, доставалось только в случае крайней опасности.

Следом за ними шли пятеро девушек. Эти в отличие от Дима и компании вооружились до зубов. Копья, самострелы, а самое главное — магия. Дим спиной чувствовал, как дрожит воздух, в любой миг готовый взорваться смертоносной волшбой.

Это было странно. Когда явившийся без зова Учитель сказал, что по великой милости Всеотца колдовская сила ещё на какое-то время задержится в ближних окрестностях их клана, Дим не поверил. Однако это оказалось правдой. В дне пути от скал не действовало ни одно даже самое простенькое заклятие. А в клане — всё как обычно, малыши в своих играх оживляли деревянных зверюшек...

Самым скверным оказалось то, что сегодня с ними увязалась Гилви. Эта участвовала в розысках прямо с каким-то остервенением. Если бы не она, парни, случись что, сумели бы повязать девичью стражу. Но против Гилви не больно-то попрёшь. Пигалица пигалицей, а колдует так, что небу жарко становится.

Кажется, первой насторожилась как раз та самая Гилви. У неё первосортный нюх на ворожбу. Вот и теперь — внезапно застыла, напряглась, вытянула тонкую шею, смешно закрутила головой, словно птичка-свистунок весной, в пору брачных игр. Остальные девчонки сгрудились вокруг неё, мгновенно образуя круг, готовые и наступать, и обороняться.

Сделав вид, будто ничего не заметили, Дим, Джиг и Лев продолжали брести себе вперёд. Охотничье чутьё подсказывало Диму, что опасности нет; а девчоночьих дел он последнее время на дух не переносил.

Джиг едва удержался от крика, увидев впереди в нескольких шагах Джейану Неистовую. Худая, измождённая до предела, она стояла, тяжело опираясь о ствол копьероста, и блаженно улыбалась, как может улыбаться только абсолютно, до невозможности счастливый человек. Глаза её были закрыты.

Прежде чем она смогла поднять шум, Дим в прыжке опрокинул её на землю. Настолько быстро и ловко, что друзья только и успели разинуть рты.

— Джей, — прямо-таки с невероятной для него горячностью зашептал парень, — Джей, лежи и не двигайся, это я, Дим, я тебе всё объясню, лежи и не двигайся, Джей!..

Повернувшись к Джигу и Льву, он скорчил самую зверскую физиономию, какую только мог, и пару раз махнул в сторону свободной рукой. Мол, уходите, быстро! И Гилви за собой уводите!..

Про них не зря говорили — понимают друг друга с полувздоха. Не требовалось спорить, не требовалось ничего объяснять. Если о чём-либо просит Дим — делай не спрашивая. Потом всё узнаешь.

Лев взял левее — в сторону от русла Ветёлы, немного, чтобы сзади ничего не заподозрили, но в самый раз, чтобы Дим и Джей остались незамеченными.

— Там уже ходили, — услышал Дим слова Льва. — А вот на тех пригорках, левее, — ещё нет...

Все уже давно привыкли, что Дим открывает рот только в самых крайних случаях, даже когда пользуется мыслью вместо слова. То, что заговорил Лев, а не признанный вожак неразлучной троицы, никого не удивило. И никому даже в голову не могло прийти, что Диму вдруг взбредёт в голову подольше задержаться на одном месте...

Густые заросли скрыли то, что впереди осталось лишь двое юношей, а не трое. Гилви некоторое время подозрительно повертела головой, однако мало-помалу успокоилась. Всяко бывает. Опасности нет. Её бы она почуяла. Быть может, как раз и наступают те времена, о которых предупреждал Учитель, когда магия откажет — до тех пор, пока не будет схвачена Джейана-отступница.

* * *

Джейана лежала не двигаясь и лишь глядя на Дима широко раскрытыми безумными глазами. Где она странствовала? Что ей пришлось вытерпеть? Как случилось, что Лиззи освобождена и подброшена в клан, а былая главная Ворожея сделалась, похоже, самым страшным врагом Учителей, хуже самого злобного Ведуна?..

— Джей. Слушай меня внимательно, — еле слышно хрипел Дим прямо в ухо девушке. — Ты понимаешь меня?

Лёгкий кивок головы, в глубине больших глаз медленно-медленно разгорается знакомый огонь Джейаны Неистовой.

— Тогда слушай и запоминай. В клане дела плохи. Тебя разыскивают Учителя. Велено схватить во что бы то ни стало. Фатима стала и вождём, и Ворожеей...

Нетерпеливый кивок, словно говорящий: «Знаю! Дальше!»

— Так вот, она поклялась Великим Духом, что, если ты только объявишься на этих землях, тебя немедля схватят. Ты объявлена отступницей. Ты вне закона. Так сказал Учитель. Ни один клан не даст тебе убежища. Нам грозят великими бедами. Говорят, что не станет магии... Так что тебе надо где-то спрятаться.

— Я... еды... — еле слышно прошелестели запёкшиеся губы.

— Ой прости. — Дим рванул завязки котомки, сорвал с пояса долблёнку. — Ешь, пей... только ни слова мыслями — тут рядом Гилви, она тебя ненавидит люто, а мыслеречь чувствует, наверное, лучше самой Фатимы...

— Поняла... — пальцы Джейаны уже ломали толстые ломти печёных толстяков. — Говори... дальше... — Она припала к горлышку долблёнки.

— Вся власть в клане ныне у Фатимы, — продолжал хрипеть Дим. — Она всем заправляет... всеми командует. Парни... в загоне... Любое слово соплячки — приказ... Крепко злы все, того и гляди пойдут стенка на стенку... в память о Твердиславе ещё держимся. Кончать надо с этим... и поскорее. На тебя вся надежда. Мы в боевой магии не так сильны.

Джейана прикрыла глаза. Никогда прежде она не ела с таким зверским аппетитом. Она знала, что после долгого поста нельзя накидываться на еду, надо привыкать к пище постепенно — и заставила себя оторваться от трапезы, съев едва один ломоть. Ничего. Теперь наверстает.

Зато в воде она себе не отказывала.

Мало-помалу голова прояснялась. Гибельная слабость отступала. Сила иссушила девушку, однако теперь всё будет в порядке. Может быть, именно поэтому, из-за крайней степени истощения, она и восприняла услышанное от Дима так спокойно.

Ах, Фати, Фати, *подружка* Фати! С какой же охотой ты *сдала* меня... Джейана не слишком удивлялась — всегда, даже в её девчоночью пору, находились любительницы понаушничать. Вождю ли, главной Ворожее или даже Учителю. Но Фатима оставила их всех далеко позади. «А ведь она и в самом деле схватила бы меня, — мелькнула мысль. — Схватила, пока я едва стою от слабости и не могу даже запалить лучинку. А потом отдала бы Учителям... Интересно, зачем я им понадобилась, если не они стоят за всеми этими островами магов и тому подобным?»

— Надо тебя спрятать, — шептал тем временем парень. — Отлежишься, отъешься... а потом Фатиме как следует выдашь. По первое число! Чтобы и как зовут её забыла!

«Да, наверное. Наверное, я сумею с ней справиться, несмотря на то, что Фатима ныне владеет Ключ-Камнем, а я ещё не знаю, сумею ли подчинить Силу, находясь здесь, наверху, а не в подземельях. Но всё равно. Клан на неё не оставлю. Не оставлю ни за что, слышите?! Этому не бывать. Никогда!»...

...Сказать «мы тебя спрячем», как известно, намного легче, чем сделать. Чтобы его не хватились из-за долгого отсутствия, Дим шагал широким мерным шагом, то и дело подхватывая мгновенно выбивавшуюся из сил Джей на руки. Она не сопротивлялась, лишь — память о Твердиславе! — старалась не прижиматься слишком плотно. Отчего-то это казалось постыдным, грязным, нехорошим — хотя тот же Дим совсем недавно попросту лежал на ней, прижимая к земле.

Они шли на северо-восток, куда не столь часто забредали охотничьи экспедиции Твердиславичей. Правда, неугомонная Фатима гоняла народ по десять раз проверять одно и то же место, приговаривая — мол, ещё вчера не было, а сегодня, глядишь, появится. Да и зима на носу, холода, метели. В шалаше не перезимуешь. Надо уходить на юг, неожиданно всплыло в голове. Надо уходить на юг... начинать оттуда. Но пока что надо поставить Джей на ноги.

Все их прошлые ссоры и раздоры мгновенно оказались преданы забвению. Сейчас главное — спасти клан, пока распря не стала всеобщей. Потому что тогда вмешаются Учителя... и кто знает, останется ли от Твердиславичей хотя бы одно лишь имя.

* * *

Буян закончил строить шалаш. Собственно говоря, «шалашом» это основательное сооружение назвать можно было лишь с изрядной натяжкой, просто уж так само выговаривается. Да и то сказать — что же это за дом, возведённый без топора, без пилы, без иной плотничьей снасти? Пусть даже углы — на могучих глыбах, пусть стены — из брёвен чуть ли не в обхват толщиной, пусть крыша крыта дёрном — всё равно. Стволы не ошкурены, комли выставили на всеобщее обозрение растопырку щепы, оставшейся, когда Буян лапами ломал толстенные стволы. Кое-где торчали даже корни.

Окна пришлось мало что не прогрызать. Очаг он сложил из дикого камня; после того, как с Буяна сошло семь потов, удалось устроить нормально тянущий дымоход.

Не жалея себя, ладил лежаки, полки (появится ведь в конце концов, что на них ставить!), мастерил посуду, плёл корзины и вообще делал всю ту немереную прорву дел, что бывает всегда при поставлении нового дома.

Он почти всё время молчал. Говорить стало не с кем. Ольтея который уже день лежала без сознания. Молния этой проклятой соплячки Гилви — да поразит её Великий Дух бесплодием, чтобы никто из парней на неё даже и не покосился! — всё-таки сделала своё чёрное дело.

На безупречном теле ламии не осталось ни единой раны. Она дышала медленно и мерно — однако Буян готов бы поклясться, что дыхание это с каждым днём становится всё слабее и слабее.

Буян ухаживал за ней как мог. Близились холода, нужно было укрытие — и он затеял строительство. Выбрал самое глухое место, надеясь, что уж тут точно не найдут; но, помимо этого, не жалея сил, таскал дёрн, вознамерившись обложить им не только крышу, но и стены, так, чтобы со стороны шалаш походил бы на обычный холм, каких немало в здешних лесах.

Что случилось с Лиззи, что вообще происходит в клане, он не знал. Пару раз, отправляясь на охоту (он отпаивал Ольтею горячим мясным бульоном, свято веруя, что это поможет одолеть любую хворь), Буян

сталкивался с Твердиславичами. Была пора больших осенних облав, однако сородичи если на кого-то и охотились, то явно не на обычного промыслового зверя. Скорее они кого-то ловили... уж не его ли?

Он боялся схватки, боялся, как бы вновь не пришлось убивать или хотя бы ранить *своих*, однако всё обошлось. Незамеченным он возвращался назад, свежевал дичину, варил мясо в большом каменном котле (счастливая находка, что бы он без неё делал!), поил бесчувственную Ольтею... а потом долго сидел возле неё, глядя на замершее лицо и едва-едва заметно подрагивающие ресницы. С каждым днём они подрагивали всё реже и всё слабее...

Сегодня день оказался и вовсе дурным. Губы ламии так и не открылись, когда Буян поднёс к ним сплетённую из коры плошку с горячим, дымящимся варевом.

И тогда он испугался. Испугался даже сильнее, чем в тот проклятый день, когда они со Ставичем и Стойко нарвались в лесу на серую боевую копию Творителя Дромока.

Он уже знал, что такое одиночество. И, видит простивший его Великий Дух, второй раз он ни за что бы не остался один. Тогда он этого не понимал. Цена, заплаченная за осознание этого, была непомерно высокой.

Он растерянно поставил плошку на камни. Раньше он надеялся, что всё наладится, что в один прекрасный день Ольтея придёт в себя; гнал прочь чёрные мысли, а вот теперь понял — как и Лиззи, ламия медленно умирает. И есть только одна сила, способная её спасти.

Великий Дух? О нет, конечно же, нет! Всеотцу нет дела до ведунских тварей. Для него они все на одно лицо. Вседержитель лишь терпит их, посланных для испытания твёрдости и праведности Его детей. Значит — надо вновь идти... к Творителю Дромоку. Просить. Невесть как, но просить. Отчего-то Буян не сомневался, что Дромока едва ли тронет смерть какой-то там ламии. Для Творителя все они были не более чем «копиями», созданными для определённой цели. Захочет ли он лечить Ольтею? Ведь заставить его нельзя. Никакими силами...

Что будет с ним самим, перебившим немало созданий того же самого Творителя, Буян даже и не подумал.

Сказано — сделано. Завернул бесчувственную ламию в кособрюхову шкуру, легко, точно пёрышко, закинул на плечо, подпёр дверь «шалаша» колом и пустился в дорогу.

Он рассчитывал добраться до Змеиного Холма самое большее за три полных дня пути.

* * *

К полному удивлению Фатимы, Лиззи медленно, но верно выкарабкивалась. Куда-то бесследно исчез зелёный призрачный гной, заполнявший жилы вместо простой, здоровой крови, щёки приобрели обычный цвет, девчушка пришла в себя.

И оказалось, что она ничего, ну просто ничегошеньки не помнит. Как Фатима ни билась, ни расспросы, ни даже заклятия так ничего и не дали. Похоже, чья-то сила полностью стёрла у Лиззи все воспоминания. Надежды Вождь-Ворожеи вызнать хоть что-нибудь о загадочных злых волшебниках так и остались надеждами.

Тем временем клан продолжал ретиво прочёсывать окрестные леса. Точнее, ретивость он проявлял лишь в её, Фатимы, сообщениях Учителю; сама же Вождь-Ворожея понимала, что несколько кривит душой. Старалась лишь примерно четвёртая часть, в основном девчонки постарше; остальные же лишь, как говорится, отбывали наряд.

Вызывала подозрения и неразлучная троица — Дим, Джиг и Лев. Дим повадился куда-то исчезать, да так ловко, что выследить его не удалось и самой Фатиме. Парень мастерски уходил от преследования; а если вместе с ним отправлялись человек тридцать, то он просто не делал попыток скрыться. Однако людей не хватало, и Фатиме скрепя сердце приходилось мириться с отлучками Дима.

Вождь-Ворожея присматривалась к нему особенно пристально ещё и потому, что, если бы не Учитель, — Ключ-Камень после осуждения Чаруса и гибели Кукача достался бы ему, Диму. Кто знает, не задумал ли длинный, тощий молчальник какие-нибудь козни? Не готовит ли втихомолку ловушки?

Впрочем, вскоре объяснение этим отлучкам нашлось. В клане стало плохо с мясом — из-за облавы на Джейану оказались заброшены всегдашние осенние охоты, — и тут Дим открыто, ни от кого не скрываясь, явился после очередного своего исчезновения в клан, сгибаясь под тяжестью туши молодого оленя. Молча подошёл к дверям домика Фатимы, молча сбросил груз на крылечко, молча кивнул подбежавшим девчонкам — разделайте, мол.

— А у самого — ручки отсохнут?— подбоченилась Викки, одна из помощниц Фатимы по части запасов. С недавних пор (и с лёгкой руки Фатимы, скажем прямо) вся не просто тяжёлая, а и почему-либо неприятная работа оказалась переложена на плечи юношей. Раньше мужским делом было добыть — разделывали и запасали мясо впрок куда более сведущие в травах девчонки.

Дим медленно поднял голову, прямо взглянул Викки в глаза, усмехнулся, ничего не сказал и прошёл прочь.

— Эй! — крикнула девушка. — Забыл своё место, что ли?! Быстро давай шкуру снимай!

Это оказалось ошибкой. Когда Дим повернулся, малоподвижное его лицо, на котором почти никогда не отражалось никаких чувств, было совершенно белым от бешенства. Он не носил боевого меча, но копьё с железным навершием уже смотрело Викки в живот. Глаза Дима сузились, он качнулся, потёк вперёд мягким охотничьим шагом, каким привык подкрадываться к жертве, так, чтобы даже чуткое ухо осторожного зверя не уловило и малейшего шороха.

— Эй, эй, ты чего? — только и успела пискнуть Викки. В следующий миг тяжёлое древко крутнулось с неожиданной быстротой, подсекло ей ноги, и девушка, охнув, плюхнулась прямо на задницу.

Кое-кто из мальчишек помладше прыснул.

— Что здесь происходит? — вихрем вылетела из-за спин Гилви, рыжие волосы растрепались по ветру — так бежала. — Что случилось? Викки! Дим! В чём дело?!

Парень не удостоил её ответом. Нарочито медленно закинул копьё на плечо и процедил сквозь зубы, обращаясь ко всё ещё сидевшей Викки.

— Я своё дело сделал. Зверя выследил. Подстерёг. Добыл. Принёс. Дальше пусть другие постараются. Мясо-то небось все жрать станете, — он обвёл толпу недобрым взглядом.

— Забываешься, ты! — взвизгнула Гилви, вскидывая руки для заклятия.

Однако парень оказался скорее. Не меняя выражения лица, он резко крутнулся, и тупой конец древка врезался аккуратно в середину лба Гилви. Дим бил, конечно, не в полную силу — иначе девчонка в тот же миг отправилась бы к Великому Духу, — и потому юную Ворожею лишь отбросило и сшибло с ног.

Гилви самым постыдным образом разревелась.

— Всем понятно? — Дим вновь оглядел толпу. Оглядел настолько нехорошим взглядом, что вся девчоночья половина тотчас брызнула наутёк, громко призывая Фатиму.

Вождь-Ворожея не замедлила появиться.

Гилви лежала ничком и бурно, самозабвенно рыдала. Викки сидела, с ужасом уставившись на Дима, который вторично, всё тем же неспешным движением, поднимал копьё.

Едва взглянув на лицо Дима, Фатима сообразила, что дело плохо. Когда человек *так* смотрит, он уже не испугается ни смерти, ни суда, ни даже изгнания.

Школа Джейаны всё же не прошла совсем бесследно.

— Так. Все спокойно. — Фатима старалась напустить в голос побольше холода. Пальцы торопливо вытащили из поясного кармана Ключ-Камень — на тот случай, если Дим *наделает глупостей*. — Что произошло?

Дим равнодушно опёрся о копьё. Викки на всякий случай отползла подальше, не обращая внимания на высоко задравшуюся юбку.

— Я зверя добыл, — скучающим голосом сообщил парень. — Вели, чтобы разделали, Фатима. Стухнет иначе.

— А сам что, не мог? — ядовито осведомилась Вождь-Ворожея.

— С зари ноги по чащобе ломал. Выслеживал. Подкрадывался. Потом тушу назад пёр. И я ещё и разделывать должен?

— Да. А как иначе?

— Как раньше было. Парни охотятся, девчонки добычу уряжают.

— Ты прежние времена тут не вспоминай!— вспылила Фатима. — Ишь, белоручка выискался! Шерсть поднимать вздумал?! А ну живо за работу!

— Я свою работу сделал, — Дим цедил слова медленно и лениво, в обычной своей манере. — Завтра снова за мясом пойду. Интересно, чем ты клан по зиме кормить станешь, Фатима...

— Великий Дух не даст пропасть своим верным слугам! — со страстью выкрикнула Фатима. Глаза её расширились, рот некрасиво искривился; истовость веры не красит, тем более молоденькую девчонку.

— Только лучше, чтобы кладовые были полны, — упрямо сказал Дим. — Завтра я пойду на охоту... мы пойдём втроём. А Джейану ловите сами. У нас есть дела поважнее.

Он повернулся к Фатиме спиной, и в тот же миг давно уже пришедшая в себя Гилви остервенело всадила ему между лопаток магический заряд.

* * *

Сперва Дим приходил часто. Приносил еду, то немногое, что удавалось стащить из клана. Рассказы его, поневоле краткие, становились всё мрачнее. Фатима обезумела. Она ведёт клан к голодной смерти. В то, что Великий Дух спасёт и сохранит Твердиславичей, Дим не верил ни на грош. Великий Дух помогает тем, кто сам себе помогает. Он тебе еду не разжуёт и в рот не засунет. Он зверя посылает, пролётную птицу, рыбу в садки на Ветёле, урожай на поля. А уж как ты этим распорядишься — не его дело. Хочешь зимой от голода подыхать — подыхай, никто слова не скажет. Твоя вольная во всём воля!

А потом Дим исчез. Его не было день, два, три... Джейана поняла — что-то случилось. Не иначе, в от-

крытую схлестнулся с Фатимой, и... Если у Ворожеи в руках Ключ-Камень, она на многое способна.

На третий день Джейана, чувствуя странную, неведомую ранее сосущую тоску в сердце, осторожно разожгла на камне поминальный огонёк. Точно такие же огоньки отгорели в своё время по Стойко, Ставичу, близнецам, Чарусу, Кукачу... и по Буяну тоже... Великий Дух, сколько же народу полегло за эти страшные месяцы! А теперь наверняка ещё и Дим...

...Они никогда с ним особенно не ладили — молчаливый и упрямый, парень признавал над собой только одну власть — Твердислава. У Джейаны же, однако, хватило ума не оттачивать на нём коготки.

И вот его нет. Конечно, могло произойти всё, что угодно — например, не было возможности уйти из клана по причине очередной дурости Фатимы, — но Джей не дала увлечь себя ложной надеждой. Дим пришёл бы непременно. Днём ли, ночью — неважно. И если он не появляется — значит, уже на пути в чертоги Великого Духа.

И тем не менее главное он сделал. Она пришла в себя. И хотя до прежней Джейаны было ещё далеко, Ворожея уже не падала на каждом шагу. Не падала, несмотря на то, что вся её Сила иссякла.

Как она пережила первые часы после этого — страшно даже вспоминать. Кажется, выла и каталась по земле точно раненая маха. Чудом не наложила на себя руки — спас всё тот же Дим, принёсший весть, что в клане и в ближайших окрестностях волшебство попрежнему в силе. Передал он и слова Учителя о великой милости Всеотца.

— Это неспроста, Дим, — хриплым от ещё не высохших слёз голосом проговорила Джей. — Неспроста, ох, неспроста, чует моё сердце!..

Однако что именно «неспроста», в тот раз так и не сказала... а другого случая, как оказалось, больше и не было.

Едва оправившись от первого шока, потребовала, чтобы Дим помог ей подобраться как можно ближе к клану. Парень долго упирался и сдался, лишь когда она сказала, что без этого не укоротишь Фатиму.

Да, она ощутила знакомое тепло и расползающееся

по коже лёгкое покалывание, когда они подошли к скалам на треть дня пути. Для опытной Ворожеи не составило труда проследить путь Силы — она лилась с небес. Узкой струйкой, пробивая облака и толщи аэра... но откуда? Ведь там, наверху, — только обиталища Великого Духа?

Сила, шедшая сверху, почти ничем не отличалась от той, что довелось хлебнуть там, внизу, разве что — разве что эта казалась какой-то тонкой, хлипкой, «несытной», как наконец сумела подобрать определение Джейана. Той, глубинной Силой, могли управлять многие... в том числе и враги. Так зачем же Великому Духу делать исключение для одного только клана Твердиславичей? Уж не потому ли, что она, Джейана, сейчас здесь?..

...На третий день после исчезновения Дима она отправилась на охоту. Все скудные припасы закончились, предстояла новая голодовка — а на носу уже была зима. Зиму надо проводить либо на юге, либо под надёжной кровлей. Юг отменялся сразу и категорически — возможно, там и удалось бы протянуть до весны, но что за это время случилось бы с родным кланом? Кроме того, на юге, попадись она в руки тамошних племён, разговор вышел бы короткий — в один миг предстала бы перед Великим Духом. Она же теперь отступница, самая опасная тварь во всём мире, опаснее даже Ведунов... Лесная Ведьма, как, по словам Дима, прозвал её Учитель.

Нет, она останется здесь. Поскольку тут с небес льётся хоть и слабый, но всё же ручеёк истинной Силы и поскольку в родном клане чудит спятившая Фатима, она, Джейана Неистовая, останется здесь, доколь возможно. Если ей не удастся спасти клан, то тогда и жить незачем.

Однако справиться с Фатимой, за которой, оказывается, стоит Учитель, которая владеет Ключ-Камнем, далеко не так просто. Без Силы не обойтись. Лучше всего, конечно, использовать не ту жидкую небесную струйку, а необоримые подземные потоки; однако Джейана ясно видела и чувствовала, что глубинные реки пересохли, словно кто-то возвёл на их пути непроницаемую запруду. Кто? И зачем? Великий Дух?

Но... неужто Ему, Великому Духу, настолько важна она, Джейана Неистовая? И если Он на самом деле всеведущ — как же может Он не знать её, Джейаны, мыслей и намерений? Что *такого* она сделала? Убивала? Так ведь в бою. И откуда ей было знать, что те тогдашние враги — Его избранные слуги, если Он и впрямь прогневался на неё за те схватки? Так за что её карать? За непослушание? Но... непослушание случалось и раньше, и в других кланах... и так сурово не карали, если, конечно, не считать клан Чёрного Ивана.

Непослушание... непослушание... Но разве ж нужны Ему покорные во всём куклы? И почему, если уж на то пошло, *нельзя было освобождать Лиззи?* Да я сама, я, Джейана, была против. Но всё-таки: почему это преступление? До сего времени Великий Дух не был щедр на бессмысленные запреты.

От мыслей начинала трещать и кружиться голова. Усилием воли Джейана заставила себя сосредоточиться на охоте.

Дим притащил ей добрый самострел, длинный нож, вдоволь стрел. И осенью леса были полны зверем, однако Джейане пришлось попотеть, прежде чем она сбила двух лесных малышек-косуль.

Возвращалась она кружным путём — «по лесу обратно той же дорогой не ходят!», звенел в ушах голос Твердислава. Хотя — ох и удивился бы вождь, походив по нынешнему лесу! Из него словно бы ушла жизнь. Нет, зверей, птиц, поздних осенних летунов-насекомых хватало, а вот иных обитателей, что черпали жизнь в магии, почти не стало. Вернее даже сказать, совсем не стало. Или запрет Великого Духа на колдовство коснулся и их?

И потому так удивилась Джейана, заметив ясный, хорошо заметный след, от которого отдавало Ведуньим чародейством.

Волшебство! Здесь! Откуда? Да ещё... да ещё такие знакомые отпечатки!.. Не может быть! Не может быть! НЕ МОЖЕТ БЫТЬ!!!

Кажется, она даже подпрыгнула и совершенно неприлично взвизгнула. А потом рванулась следом за обладателем этих знакомых лап.

* * *

— Итак, затишье.

— Так точно, ваше превосходительство.

— Докладывайте, Эйб, что вы предприняли? Сенсоры по-прежнему не показывают цели... не знаю уж почему. Генераторы-то остановлены!

— Осмелюсь напомнить вашему превосходительству, что...

— Ну да, да, по моему приказу энергия подаётся узким лучом с орбиты. Но в пределах круга, где волшебство всё ещё разрешено, Джейаны, насколько я понимаю, нет.

— Так точно. Фатима прочесала эти места вдоль и поперёк. Коллега Феличе поднял на поиски клан Середичей — у них с Твердиславичами давняя вражда, они откликнулись очень охотно, — но выходного следа так и не обнаружили. Наша беглянка где-то здесь, рядом, и я не сомневаюсь, что со дня на день её обнаружат — ну хотя бы просто наткнутся. Когда лес сутки за сутками прочёсывают без малого четыре сотни человек, рано или поздно они её найдут.

— Мне бы вашу уверенность. Его высокопревосходительство уже справлялся о Джейане.

— О...

— Не бойтесь, Эйб, не бойтесь. Я спросил его... о тех словах, помните — «эти смогут»? И знаете, что он мне ответил? Что я всё неправильно понял, что он имел в виду лишь то, что они точно окажутся устойчивы к соблазнам Умников... ну, словом, повторил всё то, что говорил и в первые дни Проекта «Вера».

— У меня нет слов, ваше превосходительство...

— У меня тоже. Но это неважно. Как бы то ни было, экзекуция пока откладывается. Его высокопревосходительство даже доволен, что Джейана... гм... ускользнула. Потери в людях списаны.

— Я потрясён...

* * *

Когда Дим открыл глаза, вокруг стояла тьма. Всё тело пылало от неведомой, незнакомой доселе боли; из точки откуда-то между лопаток по спине разбегались колючие, жгучие волны. Дим попытался пошевелиться — и понял, что крепко-накрепко связан, точно оглушённый хряк-кособрюх, предназначенный улучшить породу домашнего скота.

«Великий Дух, чем же это меня?» — подумал он.

Боль не только не отступала, но, напротив, усиливалась. Лоб парня покрылся потом, он до хруста стиснул зубы, чтобы не застонать.

— Гляди, Гилви, очнулся, — сказал чей-то знакомый голос совсем рядом. Кажется, голос Файлинь. — Твоё счастье... кто ж с живым-то родовичем так... — в словах девушки сквозила открытая неприязнь.

— А ты не задирайся тут, — последовал заносчивый ответ, и Дим, как бы ни было больно, удивился — чтобы раньше тринадцатилетние соплячки, пусть даже ловко выучившиеся ворожить, смели *так* обращаться к старшим?! — Не задирайся, поняла, а то Фатима всё узнает!..

— И что она мне сделает? — холодно поинтересовалась невидимая Фай.

— Увидишь тогда, да поздно будет!

— Ну так и иди к ней. А мне недосуг. Если ты Дима от последствий своей молнии лечить не будешь, я это сделаю!

— А вот и не сделаешь! Не сделаешь! Фати что сказала? Чтобы только в себя пришёл, ясно?!

— Дура ты, Гилви, прости меня, Дух Великий, — спокойно ответила Файлинь. — Раньше я думала — зря тебя Джейана задевает. А теперь вижу — тебя не то что задевать, тебя пороть надо было каждый день. Утром и вечером. Тогда бы, глядишь, и поумнела. А так... силы много, а голова дурная. И не зыркай на меня своими глазищами! Не испугаешь.

— Ах ты!.. — пронзительно взвизгнула Гилви. Правая рука Фатимы уже успела привыкнуть, что ей не осмеливаются перечить даже старшие девушки, которым через полгода-год и на Летучий Корабль пора будет всходить.

Дим услышал какую-то возню, потом приглушённый писк и звонкий шлепок, словно кто-то отвесил кому-то смачную оплеуху. В следующий миг воздух застонал и загудел, щёку юноши на миг окатило жаром... а потом раздался по-прежнему спокойный голос Фай.

— Ну что, помогла тебе твоя молния? Такое я отобью, не сомневайся, Гилви. А выдрать я тебя ещё выдеру. Насчёт этого тоже не сомневайся. Неделю на задницу сесть не сможешь. А теперь пошла вон, соплячка!

Несколько мгновений царила громкая тишина. Слышно было тяжёлое сопение Гилви. Точно кособрюх, вдруг подумалось Диму.

— Очнулся? — спросил голос Файлинь, на сей раз обращённый к Диму. — Крепко она тебя, паршивка... Ну ничего, главное теперь — лежать тихо и не вставать. Тогда всё пройдёт. И зрение вернётся.

— Фай... точно вернётся? — прохрипел парень.

— Точно, точно, не сомневайся. Я хоть и не считаюсь ни лекаркой, ни травницей, а в этих делах тоже кое-что смыслю. С малышами-неведомцами только так и можно.

— А... Фатима...

— Фати сошла с ума, — девушка понизила голос. — Она больна, и притом сильно. Сперва эта дурацкая идея девичьего превосходства... которая вот-вот обернётся кровью, потом охота за Джейаной... Далеко не все думают так, как Гилви. С этой рыжей какой спрос — Неистовую она ненавидит люто. Насчёт остальных можно и нужно думать. А тебе Фатима ничего не сделает. Она, видите ли, решила снова воззвать к Учителю... чтобы тебя судили.

Несмотря на всю храбрость, Дима прошиб страх. Стать изгоем! Чтобы любой мог невозбранно убить его!..

— Судить... нет! Лучше... пусть уж сразу, — выдавил юноша.

— Не дури! — строго, точно на одного из своих питомцев, прикрикнула Фай. — Не дури! Я тебе так скажу... — теперь она шептала, так что почти ничего и не было слышно, — я тебе скажу, что не все и Учителя понимают. И в историю с Джейаной не слишком верят. Я вот, например, не верю. А ты?..

— А я... я её видел, Джейану... — вырвалось у Дима.

Файлинь мгновенно зажала ему рот ладошкой.

— Молчи! Молчи! Всех погубишь! — горячо зашептала она в самое ухо раненого. — Я так и знала, так и знала... ты её нашёл! Ну и что? Говори скорее, но только тихо! Совсем тихо! Так, чтобы и щелкунчик пролётный ничего бы не разобрал!

— Она... никакая не злодейка, Фай... Не знаю, почему Учитель так сказал... Очень измучена, истощена... она умирала от голода, когда я её нашёл... Таскал ей еду. Шалаш сделал... Оружия какого-никакого принёс... Послушай... я долго был... долго тут провалялся?

— Долго. Сегодня уже четвёртый день.

— Ох!..

— Дим, скажи мне, где она! Скажи, Великим Духом клянусь, что скорее умру, чем выдам это!

— Фай...

— Понимаю, боишься. Я бы на твоём месте тоже боялась. Но иного выхода нет. Она ведь умрёт там, ты понимаешь, Дим?!

— Я ей... самострел оставил...

— Самострел оставил! — злым шёпотом передразнила его Файлинь. — Да Джей уже забыла, когда в последний раз охотилась! Не дело главной Ворожеи по болотам за птицей скакать! Она из этого самострела только твою башку глупую прострелить и сумеет!..

— Но... что же... было... делать?!

— Что делать... Гм... да, ты прав, извини меня... это я не подумавши... Ладно, Дим, хватит болтать, скажи мне, где она! Если сейчас выйду, может, до темноты успею...

Дим как мог подробно описал дорогу к шалашу.

— Далеко... — призадумалась Файлинь. — Далеко, но ничего не поделаешь. Ежели бегом, то и впрямь успею... Ладно, ты лежи. Явится Фатима — не перечь, упрямство своё спрячь! А то... кто их с Гилви, бешеную парочку, знает...

Она вскочила — воздух упруго толкнул Дима в щёку. Хлопнула дверь. Юноша вздохнул. Ему оставалось только ждать.

* * *

Невысокая, неприметная Файлинь без помех выбралась за ворота клана. Девичья стража в воротах неприязненно покосилась, но не остановила.

«До чего дожили! Твердиславичи друг на друга дикими махами смотрят! — сокрушалась Фай, торопливо семеня узкой тропкой. — Эвон Мариха — раньше мало что в глаза не смотрела, а теперь гляньте на неё — «мы, мол, с Гилви за нашу Вождь-Ворожею горой, всех парней-козлов надо как следует прижать, они, тупицы, только и могут, что...». Великий Дух, я в её годы и слов-то таких не знала, и думала, что все детишки, как и неведомцы, прямо из руки Всеотца приходят... Наперекосяк всё пошло в клане, шиворот-навыворот, и кто знает, как теперь всё исправишь? Даже если Джей вернётся... даже если Фатиму одолеет... За Вождь-Ворожеей немало родичей пойдёт... Что ж, братскую кровь проливать, со своими, как с Ведунами, драться?!»

Солнце уже успело опуститься довольно-таки низко, ещё немного — и деревья скроют его. Переводя дух, Файлинь остановилась на крохотной полянке перед вознёсшимся на два человеческих роста буреломом.

— Джей! Джей, это я, Файлинь! Я принесла поесть!

Молчание. Что ж, верно. Кто знает, может, всё это — ловушка Фатимы.

Фай осторожно подобралась поближе к зарослям. Пожухлые стебли скороногa, застывшая, точно воины в строю, поросль лесной красавки... Растения, используемые травницами для усиления способности повелевать магией и в то же время мешающие ту же магию распознать. Дим не мог выбрать места лучше. Пока не пролезешь в сам шалаш, ничего не узнаешь.

Согнувшись в три погибели, Фатима нырнула в некое подобие лаза.

Искать по непроходимому бурелому пришлось долго. Шалаш был искусно спрятан; однако, когда Файлинь в конце концов на него наткнулась (ей показалось, что чисто случайно), девушку ждало разочарование — укрывище Джейаны пустовало.

«Великий Дух, да куда же она могла деться? На охоту пошла? Да, наверное, ничего другого не придумаешь...» Поразмыслив несколько мгновений, Файлинь оставила принесённую снедь, быстро начертила рядом свою Руну и заторопилась прочь. Надо во что бы то ни стало успеть в клан до темноты...

* * *

Тот, за кем гналась Джейана, шёл небыстро. Отпечатки лап казались непривычно глубокими даже на сухой земле — так, словно идущий нёс на себе ещё и груз. Нёс очень осторожно, обходя буреломы и завалы; но, с другой стороны, строго придерживался раз взятого направления. Направление это очень не нравилось Джейане — прямиком к Змеиному Холму! — однако теперь она могла срезать углы, мало-помалу нагоняя.

Наконец она увидела.

За сухим увалом начиналась очередная полоса болот. По пробитой во мхах стёжке медленно шагал Бу. На руках у него лежала... ну да, Ольтея!

Джейана замерла, точно налетев на незримую стену. Ольтея!.. Вот уж кого она хотела бы встретить меньше всего. Нельзя сказать, что *нынешняя* Джейана ненавидела ламий так же глупо и пламенно, как раньше, но...

Человекозверь, разумеется, тотчас ощутил её присутствие. Резко повернулся, чуть не выронив свою драгоценную ношу.

«Великий Дух, как же я рада его видеть, — в смятении вдруг подумала Джейана. — И его, и... страшно признаться... и Ольтею тоже!»

Бу широко осклабился, показывая жуткие клыки. Очевидно, это должно было означать радостную улыбку. Приподнял ламию (да она вроде как без чувств, что ли?) и дёрнул головой — мол, подходи, махнуть тебе не могу, видишь, все четыре руки заняты.

Джейана спустилась в болото. Слабость всё-таки чувствовалась, нечего и думать сейчас о схватке с той же Фатимой...

— Привет! Привет, Бу! — И почти сразу из самого сердца рванулась та самая, только что пришедшая на ум фраза: — Как я рада тебя видеть!..

Бу растерянно заморгал, как-то неловко дёрнул уродливой башкой, отворачиваясь и пряча глаза. Джейане на миг показалось, что он вот-вот расплачется... но нет, создатели Бу предусмотрительно лишили его способности проливать слёзы. Вместо этого лишь быстро-

быстро затряс головой, точно говоря — и я, и я, и я тоже!

— Что с ней? — рука Джейаны донельзя естественным жестом легла на могучее предплечье человекозверя. И вновь поразилась сама себе. Спросила не про Лиззи, не про то, удалось ли донести её до клана, спросила о ламии, той самой ламии, на которую раньше и смотреть не могла!

Спросила и тут же обругала себя — как он ей ответит?

Бу вновь ухмыльнулся, потом состроил жутковатую гримасу — мол, плохо.

— А куда же ты её?

Махнул рукой на северо-запад.

— К... к Ведунам, что ли? — Джейана невольно понизила голос.

Кивок.

— Не боишься?

Бу равнодушно пожал плечами. Дескать, никакой разницы, раз надо, так надо, выбирать не приходится.

— Поня-а-атно... А Лиззи? Что с Лиззи? Донесли?

Кивнул не без гордости.

— Уф... — рука Джейаны сама собой прижалась к сердцу извечным женским жестом облегчения. — Хвала Великому Духу! Жива?

Бу вновь утвердительно склонил голову.

— Здорова?.. Нет? Сильно больна?.. Проклятие... Сумеют ли вытащить... Ох, в клане надо быть, а не по лесам бегать! Ты знаешь, что с остальными?..

Помнила, помнила то звенящее равнодушие, что навалилось после упоения Силой! И сейчас — о Твердиславе почти не думала. Отчего-то сердце было спокойно, словно знало наперёд что-то, успокаивало без слов, одним потаённым знанием... А сейчас — ёкнуло разом, заныло, засвербило внутри, и по бедру поползли мурашки, точно вспомнив крепкую, уверенную в себе, взбугрённую мозолями ладонь вождя.

Но Бу надо было задавать чёткие вопросы, такие, чтобы можно было ответить «да» или «нет».

— Твердислав... — набрала воздуху в лёгкие. Не сразу удалось и выговорить: — Твердислав — жив?

Бу медленно, торжественно кивнул.

— Где он? Здесь, в клане?

«Нет».

— Где-то поблизости?

«Нет». И — палец Бу поднимается кверху, указывая на небо.

— Что, *там*? — охнула Джейана, разом почувствовав, как задрожали колени. — Жив — и там? Ушёл...

«Ушёл на Летучем Корабле, — вдруг родилась холодная, трезвая мысль. — Ушёл... ушёл без меня. А ведь поклялся... мол, умру, но без тебя не пойду...»

Стой, но ведь... кто знает, как это было на самом деле?

— Он... — ох, как трудно выговариваются слова! — Он пошёл туда сам? Или... или насильно?

Бу сперва покачал головой, потом кивнул, и Джейана поняла, что вот-вот разревётся. Куда подевалась та зацикленная, не видящая ничего, кроме Силы, Ворожея? Обычная девчонка, не чующая ног под собой от счастья, — ОН не бросил, не предал, его, оказывается, увели насильно...

Бу взглянул в лицо бесчувственной Ольтеи и тотчас посерьёзнел. Вздохнул, покачал головой — мне, мол, надо идти. Ты со мной?

— Нет, Бу, куда ж мне вместе с тобой к Ведунам, — вздохнула Джейана.

Неожиданно человекозверь, ловко перехватив тело ламии одной лапой, второй потянул Неистовую за собой.

— Стой... ты что?!

Бу досадливо дёрнул подбородком. Мол, не трепыхайся.

И точно — отпустил, едва только они выбрались на следующий увал. А там, осторожно опустив Ольтею на мягкий мох, принялся ловко рисовать какой-то план. Джейана вгляделась — Великий Дух, да ведь это окрестности клана! И притом не так уж далеко от её шалаша...

И тут Бу удивил её ещё раз. Закончив набросок, он изобразил на нём жирный крест, а чуть ниже вывел: «Мой дом. Иди туда».

— Ты умеешь писать? — поразилась Джейана. Бу кивнул, как показалось Ворожее, не без досады.

— Там настоящий дом? Так, что можно и зимой?..

«Да».

«А ведь это выход, — смятенно подумала девушка. — Едва ли меня там найдут...»

— А ты вернёшься туда?

Бу ответил сложной комбинацией гримас и жестов, которую можно было примерно истолковать как «если получится — то да».

— Хорошо, — медленно сказала Джейана. — Изгоям лучше держаться вместе... Но, Бу, послушай, можно я взгляну на Ольтею? Может, смогу помочь...

...И оказалось, что смогла бы. След Гилвиной боевой магии она узнала тотчас, с полувзгляда. Сильна стала девчонка, сильна и бьёт на удивление метко. Да, с привычной Силой Джейана справилась бы с последствиями удара без особого труда, а сейчас непонятно, что и делать. Как всякая Ворожея, Джейана умела травничать, но на этот раз Ольтее не помогли бы никакие травы. Только волшебство. Высокое волшебство. Собственно говоря, нечего было даже и смотреть. Зная Гилви, она, Джейана, вполне могла представить себе последствия.

Бу напряжённо ловил каждое движение Джейаниных рук.

— Ничего не выйдет, Бу, — вздохнула девушка. Сейчас ламия для неё ничем не отличалась от любой другой девчонки из клана. Человекозверь дёрнулся, глаза его потускнели. — Ничего не выйдет. Мне нужна Сила... а вот её-то и...

«Почему же тогда Ведуны не нападут? — вдруг мелькнуло в голове. — Такой удобный момент. Клан сейчас всё равно что беззащитен. Копьями много не навоюешь...»

Бу меж тем скорчил гримасу и вновь поднял Ольтею на руки. Джейана понимала его. Последний шанс — там. Иначе ламию будет уже не остановить... на пути к чертогам Великого Духа, привычно закончила девушка мысль и невольно даже вздрогнула: «Да что это со мной? Думаю о ведунской твари как об истинном чаде Всеотца!»

Ну, так что же ты сделаешь, Джейана Неистовая, лесной изгой? Куда пойдёшь теперь? Обратно, назад в укрывище, ждать невесть чего, предоставив Бу возиться с умирающей ламией? Или ты, как встарь, пойдёшь в Неведомое, туда, к Лысому Лесу и Змеиному Холму, потому что чувствуешь — сидя на месте, лишённая Силы, ты всё равно ничего не добьёшься?

— Погоди, Бу. Я с тобой и дальше.

Глаза человекозверя стали как плошки. Он яростно замотал головой. Нельзя, мол, нельзя!

— Нельзя? Это почему ж? Мне ведь теперь бояться уже нечего. Так что я пойду, и нечего на меня так лыбиться! — сердито буркнула Джейана, отчего-то стыдясь собственного порыва. — Сказала — пойду, значит, пойду. Может, пригожусь.

«А кроме того, едва ли Учителю придёт в голову искать меня там!»

Дорога до Лысого Леса недальняя, много на себе тащить не надо. Да и кто знает, придётся ли возвращаться?

Девушка и разумный зверь шли рядом, как всегда, молча. Молчали и окрестные чащобы — опустевшие, мёртвые, непривычно, невозможно тихие. Куда-то подевались даже летунки-щелкунчики.

Ночь путники провели в густом буреломе, а наутро перед ними во всей зловещей своей красе предстал Лысый Лес.

* * *

— Ничего не понимаю, Эйб. А вы?

— Виноват, ваше превосходительство, но вынужден признать, что...

— Эйб, вы когда-нибудь доведёте меня своей лексикой до белого каления! Неужели трудно ответить по-человечески?.. Итак, что мы имеем? Достославная Джейана Неистовая таинственным образом исчезла где-то в районе обитания своего собственного клана, в районе, где который уже день продолжаются усиленные поиски. Это наводит на некоторые размышления...

— О нет, нет, ваше превосходительство! Уверяю вас, поиски ведутся очень тщательно. Фатима знает своё дело. Народ у неё не отлынивает. К тому же у Джейаны хватало недоброжелателей.

— А почему тогда ничего не видно на снимках с орбиты? Оптики уверяли меня, что их камерам никакие леса не помеха. И это действительно так! Я со счёта сбился — столько там кособрюхов! Всех видно. А её — нет. Вот как такое можно объяснить?! Может, она вообще невидима и все старания вашей Фатимы — впустую?

— Но, ваше превосходительство, признание такого факта означает опровержение фундаментальных законов природы... А поскольку яблоки всё ещё падают вниз, а не взлетают вверх, гиперприводы и подпространственные маяки работают нормально, перебоев в надпространственной связи не наблюдается, нам остаётся признать, что Неистовая ушла в коммуникации.

— В коммуникации... что ей там делать? Генераторы заглушены.

— Может... акт отчаяния?

— Она не слишком похожа на истеричку.

— Да, но отключение энергии должно было вызвать жестокий психологический шок типа того, что происходит с уже ушедшими. На этом фоне возможно всё, что угодно, в том числе и суицидальные проявления.

— Ещё никто не сопротивлялся так упорно, как Джейана. У неё сердце из камня, простите за банальное сравнение, Эйб. Я не верю, что она могла покончить с собой. Не из таких. Скорее уж она постарается добраться до вас... а, вы вздрогнули, мой добрый друг! — и умереть, запустив зубы вам в горло... Впрочем, выбирать нам особенно не из чего. Передайте Фатиме — поиски продолжать. Я отправлю группу захвата пошарить по коммуникациям, хотя в зоне подачи энергии с орбитальной тарелки это может быть равносильно потере всех людей. Но надо рискнуть. Мне страшно даже подумать, на что окажется способна Неистовая, когда нам придётся вновь запустить генераторы, — не можем же мы вечно сидеть без энергии! На кой чёрт тогда весь Проект?

— Вы правы, ваше превосходительство. Надвигается зима. Без запуска климатизаторов...

— Вот именно. Ах эти мне проектировщики! Всё пытались сэкономить, всё пытались выгадать — копеечку тут, фартинг там, пфенниг сям... И вот вам результат!

— Но, господин генерал, в тогдашних условиях крайней нехватки ресурсов монтировать вторую глобальную энергосистему...

— Не обращайте внимания, Эйб, это так, старческое брюзжание. Значит, резюмирую, нам осталось только одно — ждать, пока Джей сама проявит себя, и обшаривать тоннели. Последним я займусь лично, а вы, Эйб, передайте Михаэлю мой приказ — посадить на невидимость Джейаны всех аналитиков. Пусть яйцеголовые отрабатывают свои пайки. Всё. Свободны...

* * *

Целый день после стычки Файлинь и Гилви к Диму никто не заходил. Даже воды не дали. Он вытерпел, решил не унижаться; подействовало, и на следующий день к нему заявилась сама Фатима.

Остановилась возле дверей и долго смотрела, брезгливо поджав губы. Дим равнодушно поднял глаза разок и тотчас же отвернулся. Невыносимо хотелось пить.

— Валяешься, — холодно произнесла Фатима.— Валяешься грудой мяса, тупой козёл. Такой же, как и все вы, парни...

Дим ничего не ответил. Слова звучали где-то далеко-далеко; и какое ему дело до них?..

— Тебя будут судить, — напыщенно проговорила Фатима. — И приговорят к изгнанию. А потом ты попадёшь на Суд наставников.

— Фатима... а скажи... ты всё ещё с Дэвидом спишь... или сучком себя удовлетворяешь? — прохрипел в ответ пленник.

Ответом был яростный удар в рёбра — да такой,

что пресеклось дыхание и глаза застлало оранжевой пеленой. Он забился, судорожно хватая воздух.

— Ну ничего, — прошипела Фатима, наклоняясь к самому лицу парня. — Выйди только из клана... после приговора...

Повернулась и, мало что не вышибив плечом дверь, вылетела прочь.

Вот так. Милая, тихая, добрая Фатима. Чувствительная, глаза всегда на мокром месте. Верная. И пикнуть не смевшая при Джейане. Врачевательница. Боевые заклятия — ни-ни, разве что в обморок от них не падала. Никогда за ней ненависти к парням никто не замечал. А вот поди ж ты...

Воды Диму принесли только к ночи, когда он уже готов был зубами перегрызть вену — лишь бы смочить губы.

Вместе с водоношами появилась Файлинь. Правда, не одна. За спиной у неё маячили Линда и Гилви. Оно и понятно — с каждой из них поодиночке неуступчивая девушка бы справилась, а вот когда они вдвоём...

Файлинь молча и ловко занялась Димом.

:Берегись. Ты оскорбил Фатиму. Она замышляет убийство.:

:Я знаю.: — В мыслеречи слова выговаривались ловко и складно, куда лучше, чем запёкшимися, искусанными губами. — *:Я знаю. Она мне сама сказала. Мол, сперва меня изгонят, а потом, после приговора...:*

:И Учитель её не урезонивает...: — скорбно вздохнула Фай. — *:Не знаю, что с ним сделалось... не знаю. Закон не блюдёт. Справедливость не справляет. Ходит и ходит по клану, с самого утра, как появился... ни на кого не взглянет, ни с кем, кроме Фатимы, и словом не перемолвится. Словно беда какая... хотя окрест магии не стало, куда уж больше! Только у нас пока заклятия и действуют. Середичи уже больных да раненых понесли. И от Петера гонцы явились... А тебе я вот чего скажу — бежать надо. Учителю сейчас не до тебя... да, да, я сама всю ночь проревела, когда он от меня отмахнулся, слушать не стал. Так что ты уходи, не мешкай. Я к Джейаниному шалашу ходила, но её саму не застала. Может, на охоте она была. Туда иди. Джейану найди. Без её магии Фатиму не угомонить. А ежели не угомонить...*

то, будь уверен, скоро она родовичей и смертью казнить начнёт.:

:Да как же... да что ж это...:

:Никто не знает, Дим. Никто. Не одна я так думаю, но все, с кем ни поговоришь, одно твердят: рухнуло всё, смешалось, перевернулось, куда ж Великий Учитель Исса глядит, почему непотребства Фатимы и её присных терпит?!.. И нет ответа. Что-то страшное, верно, стряслось. Такое страшное, что нам с тобой про такое лучше и не думать. О другом забота должна быть — чтобы в клане вновь мир и лад настали. И чтобы Фатима прежней стала. Её ж все любили, ту Фатиму...:

:И сейчас любят... те, кто её милостью тяжёлую работу на других свалил.:

:Отольётся нам ещё это! Ох, как отольётся! Запасов, считай, никаких. Я Учителю сказала, а он — ничего, мол, ничего, твоё дело — Великого Духа почитать и слушать, а уж он позаботится, чтобы Его верные слуги ни в чём недостатка не знали! Ох, ох, что-то не верится... Всеотец, Он, конечно, милостив, но что-то не припомню я еды, с неба падающей. Ну всё, управилась я. Теперь, если ничего не случится, завтра встанешь как новенький.:

:Слушай... а ты не боишься при этих такое говорить?: — спохватился вдруг Дим. Файлинь и бровью не повела:

:При этих? Нет. Им моего Неслышимого Слова вовек не переломить.:

И ушла. А Дим остался лежать, слушая собственное тело, радуясь мало-помалу отступающей слабости, и пока даже не думал, что станет делать завтра, в день, когда Фатима посулилась отправить его прямиком к Всеотцу.

* * *

Лысый Лес. Вот он, вечное пугало, всегдашний страх клана. Бу глядел на него равнодушно-пристально: верно, чему ему там удивляться. Джейана же, *никогда* не забредавшая дальше Пожарного Болота, невольно ожидала узреть нечто совершенно кошмарное, едва лишь ступив на край ведунских владений. Однако всё оказалось не так. Лес как лес. Такого уж *особенного* ничего и нету. Даже обидно.

Она уже собиралась двинуться дальше, когда Бу внезапно схватил её за предплечье — крепко, до боли.

И внезапно заговорил.

Неимоверно знакомым голосом.

Голосом, который, по мысли Джейаны, мог звучать сейчас только в чертогах Великого Духа.

«Не может быть! Это... это всё ведунские уловки!» — в отчаянии завопил рассудок.

— Тебе нельзя туда идти, — пристально глядя в глаза Ворожее, сказал человекозверь голосом мёртвого Буяна.

— Тебе нельзя. Я думал... я надеялся... — он произносил слова чисто, без всякого труда и совсем не походил на разомкнувшего уста впервые за много месяцев. — Думал, ты повернёшь. Если ты попадёшь на Змеиный Холм, с тобой сделают то же, что и со мной!

Великие Силы! О, Всеотец-Создатель, Великий Дух, защити и оборони! Буян! Буян во плоти и совсем даже не мёртвый!.. Так вот, значит, что с тобой случилось!.. Ставич и Стойко погибли, а тебя, несчастного, конечно же, скрутили и чарами превратили в это жуткое чудище! Понятно, почему ты готов драться и умирать за ламию... Наверное, она была единственной, с кем ты мог поговорить. Однако почему же молчал, почему не открылся нам с Твердиславом раньше?!

На миг, на краткий миг Джейана смогла заглянуть в сердце человекозверя, и... о, нет, нет, ей не открылись все глубины его памяти, просто она вдруг уверовала, что это — не ведунская подделка, а Буян, самый настоящий Буян, только изуродованный, изувеченный безумным колдовством.

И — не выдержала. Глаза защипало; Джейана вдруг всхлипнула и бросилась на шею Буяну, царапая щёки об острые края чешуйчатых грудных пластин. Громадная лапа, вооружённая смертоносными когтями, осторожно легла девушке на талию, несмело и бережно привлекая ещё ближе.

Обнялись, разрыдались, успокоились, вытерли слезы и замерли, глядя друг на друга.

Велик был соблазн тут же начать теребить и расспрашивать чудом обретённого сородича, однако Буян предостерегающе поднял руку.

— После, Джей, после. Не сейчас. Тебе надо повернуть. Что, если они схватят тебя и превратят в такое же чудище?

— Не превратят, — уверенно бросила Джейана. — Не чувствуешь — магии-то не осталось? Ни одно заклятие не действует. А сдается мне, что всё волшебство здесь, и у нас, и у Ведунов, — из одного источника. Так что я не боюсь. Да и потом, Бу... прости, уже привыкла так тебя звать, ничего? — потом, нам с тобой в лесу делать по большому счёту нечего. Только свои шкуры спасать. А я, я хочу дознаться. До всего, что здесь происходит. Кто украл Лиззи, с кем мы дрались на острове, кто и почему охотился за нами... Ты, наверное, тоже можешь немало мне рассказать! Но — всё это потом. Сперва — Ольтея.

Джейана не стала спрашивать беднягу, почему же он не открылся раньше. Кто бы ему поверил! Это ведь она только теперь, искупавшись в огненном горниле истинной Силы, может обходиться порой вообще без всякого волшебства. А явись такой зверёк к воротам клана, что бы с ним сделали? Ну вот то-то же.

После боя на Острове Магов с Джейаной случалось всякое, и она тоже становилась всякой. То, наслаждаясь в потоке Силы, она чувствовала себя завоевательницей, покорительницей, мстительницей, готовой ради власти схватиться с кем угодно и уже почти забывшей, кто такой Твердислав; то всё внезапно возвращалось, и она, стискивая зубы, убеждала себя, что осталось потерпеть совсем-совсем недолго и за ней тоже придёт Летучий Корабль, а потом они встретятся с Твердиславом и всё станет очень-очень хорошо...

Сейчас настало время как раз второго состояния. Собственно говоря, когда схлынуло опьянение, то, первое, помрачающее сознание, почти и не возвращалось. Но... но... как забыть упоение Силой, восторг обладания властью и мощью, превосходящие всякое воображение?..

Как бы то ни было, сидеть на месте нельзя. Нужно действовать. Но, быть может, сперва следовало бы справиться с Фатимой? Дим сказал, что в самом клане магия ещё действует, Ключ-Камень не утратил силы. Тогда... тогда остаётся только свернуть зарвавшейся подруженьке шею. Или предложить сделать это Буяну, например.

Ой нет, нет, только не Буяну! Ему и без того несладко, не хватало ещё и собственных родовичей убивать. Нет. Верх надо взять *самой*, другими бойцами не прикрываясь. Тогда, и только тогда ты по праву вернёшь себе власть над кланом.

Но для этого нужна Сила. Истинная Сила, что покинула сейчас мир. Жалкие крохи остались в клане Твердиславичей. Зачем? Для чего? Уж не оттого ли, что кому-то нужно, чтобы Ключ-Камень в руках Фатимы смог бы всегда дать отпор ей, беглой Ворожее Джейане Неистовой?..

...Они долго простояли на краю Лысого Леса, пока Джейана наконец не убедила Бу.

— В крайнем случае на когти твои надеюсь, — мрачно пошутила она. — Если деваться станет некуда... убей меня, Бу, ладно? Не дай им взять меня живой!

Тот дёрнулся, с ужасом покосившись на Ворожею.

— Да ладно тебе. Не дойдёт до такого, я верю.

И они пошли дальше.

«Безумие, безумие, — твердила про себя девушка, пробираясь следом за Буяном извилистой полузаросшей тропкой. — Безумие». Но в безумном положении, как говаривал Учитель, хороши только безумные шаги. Клану не выжить, если враг не перестанет быть чем-то неведомым, смутным, неуловимым; он, враг, должен стать таким же понятным и осязаемым, как те же Ведуны — кстати, необъяснимо присмиревшие, по словам всё того же Дима. И чтобы явить клану этого врага, она и должна пройти всеми, даже самыми чёрными путями. А Ведуны — они и есть Ведуны. Старый враг. Но сейчас, судя по всему, почти беспомощный. Их главное оружие — магия; а как умеет драться Буян, она, Джейана, знает, и притом очень хорошо. Тут, кстати, на подходе и ещё одна очень интересная мыслишка — если у Ведунов нет магии, чем они смогут помочь Ольтее? Но Буяну об этом пока говорить не нужно, ох, совсем даже не нужно...

Миновав Лысый Лес (Джейана почти и не смотрела

по сторонам), путники достигли Змеиного Холма. Буян остановился, глаза его странно остекленели, края рта подёргивались от ярости.

— Вот он, — прошептал человекозверь. — Ух, гады!..

— Гады-то они гады, — сквозь зубы негромко отозвалась Джейана, — да только ты сам подумай — без этого тела тебя бы уже сто раз убили...

Буян несколько диковато воззрился на девушку — что, мол, несешь?

— Да пусть бы убили, — наконец выдавил он. — Все лучше, чем так-то...

— Ох, подивился бы Твердь, на тебя глядючи! — покачала головой Джейана. — Ты ведь, Бу, считай, один из последних остался. Старшего Десятка больше нет, сам Твердь... — она с усилием оборвала себя, на миг прикрыла глаза ладонью, судорожно вздохнула, однако, справившись с собой, через секунду вновь говорила по-прежнему: уверенно и твердо. — Да, да, подивился бы! Раз уж такая беда приключилась, то, пока исправить нельзя, надо пользоваться! Что я, не помню, как ты сражался?

— Ага, пользоваться, — проворчал Буян. — Вот сама бы и пользовалась. А мне уже давно тошно. Кабы не милость Великого Духа...

— Это какая же? — тотчас заинтересовалась Джейана.

Буян принялся рассказывать. О том, как увидел странных людей над разорванным холмом; сверкающая пирамидка; волны боли, едва не сжёгшей его мозг; катящаяся на юг волна стремительного увядания, иссыхания, умирания; и его, Буяна, мысль о том, что Великий Дух посылает ему последнее испытание.

Джейана с досады даже стукнула себе по коленке. Проклятие! Это она должна была оказаться там, чтобы увидеть всё собственными глазами! Перед мысленным взором все ещё стояли напичканные *машинами* подземелья; там, где по металлическим жилам бежит жгучая невидимая кровь замурованных чудовищ; описания Буяна как нельзя лучше совпадали с тем, что увидели её собственные глаза.

На время она даже заколебалась. Может, всё-таки не лезть на рожон в ведунье логово, а вернуться в клан?

По словам Дима — да и по рассказу того же Бу, — там все ещё действуют кое-какие заклятия, там отчего-то сохранилась Сила... Может, использовать её? Исцелить Ольтею, и...

За этим «исцелить Ольтею» зияла черная пустота.

Нет. Ей надо идти вперед, а не назад. Поворачивать поздно. Её уже столько раз пытались убить, что теперь бояться совершенно нечего. Она на правильном пути — иначе её точно оставили б в покое. И её деяния не прогневали Великого Духа — ведь, будь это так, жизнь её пресеклась бы с единым вздохом.

Она пойдёт дальше. Если Силы лишены и Ведуны... что ж, она сможет поговорить и с ними. Потому что у них, у людей и Ведунов, может появиться общий враг.

— Идём, — сказала она человекозверю. — Идём. Я... мне тут пришло на ум, что едва ли мы найдём помощь и там... но всё равно идём.

Буян коротко и резко кивнул, вновь поднял ламию на руки и зашагал вперёд.

На Змеиный Холм.

* * *

О многом, ох, о многом ещё хотелось поговорить с нежданно объявившимся родичем Джейане! Вспомнилась загадочная встреча с эльфами, толковавшими нечто вроде того, что Буян-де не прочь остаться тут с ними... Вспомнилось и загадочное исчезновение — на месте схватки не нашли никаких его следов, он тогда пропал, точно воспарив в небеса. Конечно, хотелось побольше узнать и о Ведунах, и о ламии... Но всё это потом. Потом. Расспросы подождут. Сейчас у несчастного оставалась одна только мысль — донести Ольтею до обиталища Ведунов да слабая надежда, что там помогут. Когда родович в таком состоянии, спрашивать его бессмысленно. Так что подождём.

* * *

Наутро к Диму ввалилась целая толпа. Впереди всех — Фатима, всему клану хозяйка; Линда, Гилви, Олеся — её ближние; нынешняя свита Фатимы. Файлинь видно не было.

За ночь Дим окончательно оправился. И хотя руки оставались связаны, он смотрел на сгрудившихся девчонок весело и совсем без страха.

— Вставай давай, — распорядилась Фатима. — Вставай. Учитель тебя уже ждёт.

Равнодушно глядя в сторону, Дим поднялся. Не противясь, вышел на свет. Над кланом замерло не поосеннему яркое солнце; родовичи клубились на площади, точно растревоженные лесные пчёлы.

Учитель тоже был здесь. Ходил взад-вперёд возле Кострового Дерева, словно поджидающий толстую древесную мышь леодавр. На Дима Учитель бросил лишь один короткий взгляд, и тот вдруг понял, что наставнику нет никакого дела до заблудшего чада — мысли Учителя занимало нечто тайное, недоступное простым обитателям лесов.

Когда появилась Фатима, Дим невольно подумал, что девушка отнюдь не выглядит торжествующей победительницей. Скорее наоборот, Фатима казалась растерянной. Оно и понятно — толпа приглушённо гудела десятками голосов, но было не заметно, чтобы клан Твердиславичей дружно требовал смерти Дима.

Здесь сейчас будет кровь, внезапно понял он. Много крови. Зоркий глаз охотника сразу приметил слишком много заострённых колов в руках парней; они явно собирались отбить осуждённого. Невольно Дим повернулся к Фатиме. Неужто она ничего не замечает и не чувствует?

Фатима нервничала и, как показалось Диму, чего-то боялась. Гилви и Линда за её спиной напряжённо шептались, а сама Вождь-Ворожея тщетно пыталась согнать с лица предательскую бледность. Она поняла, что ещё немного — и в клане вспыхнет братоубийственная смута.

Меж тем Учитель неожиданно замер, как-то неуловимо повел плечами, словно сбрасывая груз иных забот, и в свою очередь обратился к Фатиме.

— Начинаем!.. О, поистине, настали чёрные времена. — Голос Учителя возвысился и окреп, захватывая всё пространство внутри скального кольца. — Верные и преданные, покорные слову Всеотца один за другим встают на стезю порока!.. Творят непотребство, затевая

ссоры и свары между своими, не подчиняясь Вождь-Ворожее, являя собой причину и начало кровавых склок...

* * *

Учитель говорил *как всегда.* И ошибался. Потому что *как всегда* сейчас ни действовать, ни даже думать было уже нельзя. Фатима не принадлежала к дурам-мужененавистницам, грезящим одной только властью и жаждущим только её. Она если и впала во временное ослепление, то до конца не ослепла. Куда лучше, чем кто бы то ни было, лучше даже, чем Джейана Неистовая, она умела слушать клан. Недаром в былые дни Фати считалась самой внимательной исповедницей, и никто не умел так ловко погасить готовую вот-вот разгореться ссору.

Сейчас голос клана был голосом тяжелобольного, одержимого буйством. Вот-вот рухнет последняя утлая запруда, и давно копившаяся ненависть выплеснется огневеющим потоком; и тогда скалы потемнеют от крови. Как обычно, было две группы зачинщиков с обеих сторон; остальные же, подавляющее большинство, отнюдь не горели желанием драться, но если свара всё-таки начнется, они тоже не останутся в стороне — хотя бы потому, что остающиеся в стороне как раз и погибают чаще всех.

Среди толпы мрачных, неумело прячущих за спинами заострённые колы юношей стояла Файлинь, тонкая, прямая, напряжённая до последнего предела; Фатима тотчас почувствовала заклятие былой подруги. Та изо всех сил пыталась сдержать мутную ярость готовых сражаться за Дима.

«Всеотец! — ужаснулась вдруг Фатима. — Ну почему же так получилось? Ведь Дим виноват, виноват по всем законам и уложениям, он ударил девчонку... и Викки, и Гилви... Раньше никто и пальцем бы не пошевелил, чтобы защитить его! А теперь?.. Но я ведь не виновата! Не виновата! Эти парни — придурки... править должны мы, девушки, потому что мы способны думать о чём-то ином, кроме охоты и удовольствий... это же так естественно...»

Да, девчоночья часть кланов всегда была хранительницей всей небогатой истории рода детей Великого Духа. Травничая и кухарничая, леча больных и рожая, именно старшие девушки передавали младшим правдивые знания, обмениваясь ими при необходимости и с другими кланами. Парни же признавали только охоту и войну, право же, не слишком отличающиеся друг от друга. Им не было дела, отваром из каких трав отпаивают их, измученных, вернувшихся из очередного рейда против Ведунов. Секрет отвара знали девчонки. Поэтому семена, щедро брошенные Фатимой, нашли плодородную почву. Но яд возросших из них побегов готов был отравить сейчас весь клан.

Ключ-Камень предостерегающе потеплел.

Что делать тебе, Ворожея Фатима? Ты безоглядно веришь Учителю... но сейчас здравый смысл подсказывает тебе, что история с Димом может кончиться совсем не так, как того желает наставник.

* * *

— Генерал, ситуация угрожающая. Генерал!..

— Успокойтесь, Эйбрахам. Что там у вас в клане и чем, собственно говоря, я тут могу помочь?

— Клан на грани войны. Сторонники нынешней Вождь-Ворожеи Фатимы и их противники готовы вот-вот вцепиться друг другу в глотки. Это, несомненно, негативно повлияет на эффективность розыскных мероприятий.

— Эйб, что случилось? Ведь вы же сами неоднократно убеждали меня в том, что...

— Да, всё верно, Фатима решительными мерами склонила на свою сторону весь цвет Ворожей клана, недовольных деспотичной Джейаной и своим приниженным положением, не отвечающим их высоким магическим способностям. Однако мы не учли два фактора...

— Эйб, мы не на Конклаве. Вы потребовали экстренной связи. Зачем?

— Ваше превосходительство, удержать клан под контролем прежними методами считаю невозможным. В этой связи прошу...

— Опять категория «игрек»?

— Да, ваше превосходительство.

— Охо-хо... Эйб, у меня и так проблем выше головы. Его высокопревосходительство настойчиво интересуется судьбой Джейаны. Кроме того, у нас ещё добрых три сотни кланов на обоих континентах. А получается, что мы зациклились на Твердиславичах... Нет, Эйб, я не стану разогревать генераторы ради только одного впечатляющего действа. Ищите выход из ситуации, вы же их наставник, чёрт побери! Уступите в чём-то в конце концов... Ну, мне что, учить многоопытного Учителя?

— Уступки резко и негативно скажутся на эффективности поисков...

— Я больше верю в группы захвата. При отключённой энергии...

— Но если столкновение произойдёт под облучаемой территорией?

— Отключить луч с тарелки можно за четверть секунды. Как только пройдёт сигнал обнаружения. Так что ищите компромисс, Эйб. Мой вам настоятельный совет. Все. Alonso out[1].

* * *

Джейана взирала на Змеиный Холм, точно военачальник, готовящий свою армию к штурму. Она видела то же самое, что и Буян несколько месяцев назад. Те же уродливые бревенчатые срубы, обращённые к югу, где стерегла врага стража Пэкова Холма; те же странные, ни на что не похожие строения из тёмного блестящего стекла; однако на сей раз здесь всё казалось пустым и вымершим. Нигде ни единого живого существа. Тропинки даже начали зарастать живучей лесной травкой-неудержкой, той самой, что удлиняется на ладонь за ночь, если только не выполоть корни.

В то время как Джейана с изумлением глазела на открывшийся её взору вид, Буян зря времени не терял, пристально изучая как раз ту самую неудержку, под-

---

[1] Alonso out — здесь: «Алонсо прекращает связь» (*англ., воен. сленг*).

нявшуюся по краям приведшей путников на Змеиный Холм тропки. Неудержка казалась совсем свежей. Дня четыре, как её перестали дергать. И это значит... Точнее, в людском клане это значило бы, что стряслась беда, раз Ворожея никого не послала неудержку тягать...

— Идём, Джей, — не таясь, в голос позвал спутницу Бу. — Идём, я так думаю, нет здесь никого...

«Силы здесь нет тоже», — едва не откликнулась Джейана, сама с трудом одолевая разочарование. Пока шли сюда, не могла не надеяться — у Ведунов-то Сила точно есть... только спрятана она, не сразу найдёшь... Оказалось, зря надеялась.

— Идём, идём, — настаивал Буян.

Они успели миновать целую вереницу строений, когда Джейана внезапно ощутила за спиной чьё-то движение. Именно движение, не взгляд, как обычно. В тот же миг обернулся и Буян; свисавшая рука Ольтеи безжизненно мотнулась.

Опираясь о косяк дверного проёма и молча глядя на них, во всём своём ужасном великолепии стоял Ведун. Громадного роста, весь закованный в серую броню; две пары могучих рук-лап, увенчанных убийственными веерами когтей. Джейана сдавленно охнула; руки её сами собой сложились в форму атакующего заклятия... и тут же она бессильно уронила их. Ни одно заклятие здесь не действовало.

К полному её изумлению, Буян отнюдь не казался испуганным. Напротив, он шагнул вперёд, держа на руках бесчувственное тело Ольтеи и чуть ли не умоляюще протягивая её чудовищу.

— Что ж, это интересно, — слабо, едва различимо прошипело чудище. Только теперь Джейана поняла, что тварь едва стоит, судорожно цепляясь за край тёмного проема. Громадные колени заметно дрожали, готовые вот-вот подкоситься.

— Творитель Дромок, — голос Буяна срывался. — Я пришёл к тебе с просьбой... Ты, наверное, уже знаешь с какой... Прошу тебя... спаси её. Если хочешь, возьми мою жизнь... или вообще сделай со мной что хочешь. — Последние слова он вытолкнул из себя, точно неподъёмные глыбы.

— Интерес-с-сно... — по-прежнему еле слышно проговорил Дромок. — Как интере-с-с-сно... А, вот и ты, Джейана из клана Твердиславичей, по прозванию Неистовая, вот и ты, о могучий враг мой! Было интересно бороться... И ты, Буян... ты нашёл странное применение моему дару...

— Творитель! — На уродливой морде человекозверя обрисовалась гротескная маска страдания. — Творитель, я в твоей власти. Но... спаси её! Прошу! Умоляю!..

И, не выпуская тела ламии, Буян рухнул на колени.

— Эта *архаичная* форма преклонения не вызывает у меня никаких *эмоций*, — прошелестело в ответ, и Джейана невольно поймала себя на мысли, что примерно такими же словами любил уснащать свою речь и Учитель. — Однако твои чувства я понимаю. И они мне приятны. Да-да, о Неистовая, они мне приятны. Ведуны тоже способны испытывать радость. Удивительно, да?.. Но я спешу разочаровать тебя, о творение моих рук, — здесь я бессилен. Ты видишь — здесь всё вымерло? Только у меня и осталось немного сил, чтобы выйти навстречу таким знатным гостям. Разве ты не чувствуешь ПУСТОТУ, ты, могучая Ворожея?

— Ч-чувствую, — запинаясь, пролепетала Джейана. Говорить с Ведуном — тут у кого хочешь затрясутся поджилки.

— Я ничем не могу помочь тебе, — повторил Дромок. — И мне неведомо, почему твои силы не убавились... почему ты остался прежним, в то время как все мои боевые копии не могут шевельнуть и пальцем... Но на этот вопрос я получу ответ позже. А вам...

— Скажи, ты знаешь, где Сила? — вдруг медленно проговорила Джейана.

— Знаю. Внизу. Там, под самыми глубинными из глубинных тоннелей. Наши туда не заходили. Там — смерть. А мы, Ведуны, тоже хотим жить... по крайней мере некоторые из нас. Там жилище Силы. А несколько дней назад эта Сила умерла... или, скорее, уснула.

— А можно ли... разбудить её? — Джейана замерла в ожидании ответа.

— Нет *информации*. Но можно предпринять попытку.

— И тогда... — в свою очередь замер Буян.

— И тогда я смогу излечить твою Ольтею. А пока вы будете ходить, пусть она останется здесь.

— Джей. Мы идём. — Буян не колебался ни секунды.

Дромок пристально поглядел на него.

— Вход в тоннель вон там. Спускайтесь вниз всеми возможными путями. Но прежде я бы хотел услышать твою историю, Буян... Она подарила бы мне пищу для размышлений... ничего иного мне не остаётся.

— Погоди! — внезапно вмешалась Джейана. — Д... Дромок... — Нелегко было выговорить имя того, кто испокон веку считался лютым врагом! — А ты не знаешь... кто управляет Силой? Кто сделал так, что она исчезла?

На уродливой морде чудища появилось нечто вроде ехидной улыбки.

— Не скажу.

— Погоди! — отчаянно выкрикнула Джейана. Это чудовище знало, явно точно знало — и отказывалось ответить! — Погоди! Скажи мне!.. Умоляю!..

Невыразительные глаза Дромока на сей раз показались ей изумлёнными.

— Сказать тебе?.. — Он словно бы раздумывал. — Ты умоляешь?.. *Семантика* и значение этого слова мне знакомы... Но... Сказать тебе... Нет.

— Да почему же?! — прижимая руки к груди, выкрикнула Джейана.

— Потому что... потому что... — голос Дромока странно изменился, словно вместо него готовился заговорить тот, другой, холодный и безликий, не имеющий даже такого, пусть и уродливого, тела. Тот самый, что потребовал от Джейаны *допуск*.

— Задача не имеет решения, — внезапно пробормотал Ведун. — Неразрешима в текущих этических координатах.

Повернулся спиной к ошарашенным Джейане и Буяну, а в следующий миг их взорам предстала сплошная, без малейших признаков двери, тёмная поверхность стены.

Буян ринулся было вперед, ударился о преграду всем телом — и покатился по земле. Рыча, вскочил, готовый повторить попытку, и тут Джейана повисла у него на плече.

— Не надо! Бу, да остановись же!..

* * *

...Они оставили Ольтею возле дома Дромока. Вход в тоннель отыскали сразу — широкий, он зиял в склоне холма точно жадно разинутый рот. В чёрную пасть ныряла хорошо заметная утоптанная тропа — правда, и она уже поросла по обочинам неудержкой.

На сборы и приготовления им осталось совсем мало времени. Спасибо Диму, успел притащить из клана всё самое необходимое. Наспех заготовив некое подобие факелов, Буян и Джейана нырнули в тёмное чрево земли. Их путь лежал вниз. Туда, к Силе.

* * *

Голоса Твердиславичей сливались в ровный, однако далеко не спокойный гул. Дим, по-прежнему связанный, стоял в середине широкого круга. Справа от него застыл чем-то чрезвычайно раздосадованный Учитель, слева — Фатима со свитой. И все медлили, словно ожидая чего-то. Учитель казался полностью погрузившимся в себя; Фатима же явно ждала его слова.

Наконец Учитель соблаговолил оторваться от своих размышлений. Поднял голову. Коротко и остро взглянул на Фатиму — так, что та даже вздрогнула. Дим уловил стремительно пронёсшиеся отзвуки мыслеречи — наставник и Ворожея быстро обменялись фразами — однако разобрать, о чем они, парень, конечно, не смог.

Зато округлившиеся глаза Фатимы говорили лучше любых слов.

Девчонки из свиты тревожно зашептались, не слишком доверяя, как видно, даже мыслеречи.

Наконец Фатима шагнула вперёд.

— Твердиславичи!..Сегодня мы судим...

Дим опустил голову. Отчего-то ему вдруг стало всё равно. Быстрая мыслеречь Учителя... изумление во взгляде Фати... Нет, будет не так, как он ожидал и к чему готовился.

А Фатима всё говорила и говорила, точно надеясь заворожить окруживший её народ. Когда рядом Учитель — её никто не дерзнет прервать. Напоминала о тяжёлых временах. Толковала о преданности клана заветам Всеотца, Великого Духа. Коротко прошлась и по отступнице Джейане...

Словом, упомянула всё, что только могла упомянуть.

Народ внимал. Сперва внимательно. Потом уже не столь. Негодование сменялось скукой. Для чего она повторяет всем известные вещи?..

Шло время, а Фатима даже и близко не подошла к тому, ради чего вокруг неё собрался весь клан, — к суду над Димом.

Малыши в первых рядах совсем измучились. Кое-кто, не выдерживая, стал усаживаться наземь. Многие, постепенно замерзая, всё откровеннее выражали нетерпение — ну чего она тянет, чего?!..

Только теперь Дим обратил внимание, что сама Фатима и её свита одеты куда теплее других.

Будь здесь Джейана или Твердислав, они мигом раскусили бы несложную игру. Однако здесь был только Дим, да ещё Джиг, да ещё Лев — хорошие, славные парни, но, увы, ни один из них не мог сравняться с ушедшим на Летучем Корабле вождём. Иначе они бы не бездействовали.

И когда речь наконец дошла до Дима, многие, слишком многие уже изрядно подрастеряли и злость, и азарт, и боевой задор.

— Так, ну и про Дима теперь, — быстрой скороговоркой, как о чём-то незначительном, бросила Фатима. — Он ударил двух сородичей... первым... тех, кто слабее его... оружием... за такое дело, думаю, надо, чтобы посидел бы он седмицу взаперти на варёных толстяках да воде. Приговорите, клан?

Ответом был нестройный, растерянный хор. Не мощный гул негодования, а именно рыхлая волна разрозненных выкриков. Многие сочли, что наказание более чем мягко, и устраивать по этому поводу потасовку совсем не стоит. Дим видел, как вскинулся было горячий Джиг и как уже сам Лев схватил друга за плечо, что-то быстро втолковывая шёпотом.

Сам же осуждённый не знал, радоваться ему или грустить. С одной стороны, хорошо, что серьёзного наказания не последовало; но, с другой, неужто он, Дим, *согласится с ИХ правом судить себя?*

«Но всё же ты ударил их. И должен отвечать.

Да разве ж мне такое взбрело бы в голову при прежнем-то вожде?

При прежнем, при новом — какая разница?..»

Самокопание Дима прервала подошедшая девичья стража во главе с Гилви. Девчонка смотрела так, что, казалось, прочная, шитая коротким мехом наружу охотничья куртка парня вот-вот задымится и вспыхнет.

Дима отвели в стоявший на отшибе кособокий домишко, где и заперли, оставив его в обществе крохотной печурки да невысокой поленницы дров.

«Что с Джейаной? Где она? Жива ли?.. И как теперь отыскать её? Стыд и позор, что приходится просить её о помощи, но... что же ещё я могу сделать? Проклятие, кто бы мог подумать, что девчоночье превосходство в волшбе обернётся эдаким непотребством!»

Не пользуясь чародейством, словно отныне и вовек сотворение заклятия становилось недостойным мужчины, Дим высек искру на тщательно приготовленный трут. Вскоре в печке уже весело трещал огонь, а узник сидел, положив подбородок на прижатые к груди колени, и неотрывно смотрел на пляшущее пламя. Больше ему ничего не оставалось делать.

* * *

— Первый, Первый, я — Орион. Вышел на исходные позиции, начинаю прочёсывание по большой дуге обходного концентратора первого яруса. Напряжённость поля — следовая; магическая активность — ноль.

— Первый — Ориону: принято. Особое внимание заухам и западкам. Не концентрируйтесь на узлах, нам сейчас главное — отыскать хоть малейший след. Как поняли?

— Орион — Первому, понял вас хорошо. Продолжаю движение. Конец связи.

— Первый, я — Антарес. Двигаюсь по левому магистральному рукаву фертилизирующей сети. Никаких следов Джейаны не обнаружено. Продолжаю поиск.

— Понял тебя, Антарес. Когда будете проходить около путевой отметки 47-881, усильте бдительность. Самая близкая к поверхности точка. Возможен прорыв.

— Принято.

— Какие ещё новости, Михаэль? Есть что-нибудь от наставника Эйбрахама?

— Так точно, ваше превосходительство. Сообщает, что всё прошло успешно, клан остаётся под контролем. Однако наземно-поисковые работы придётся практически свернуть. Не более тридцати человеко-выходов в день.

— Н-да. Меньше чем ничего. Ну да пусть его. Главное — что не возникло междуусобицы... Знаете, Михаэль, а вам не кажется странным, что, несмотря на все усилия, нам так и не удалось найти беглянку?

— Осмелюсь заметить...

— Не тянитесь вы так, это ж я просто размышляю вслух. Мы знаем, что Джейана оказалась невдалеке от собственного клана. Мы знаем, что её нет в клане, и скорее всего — нет и в ближайших подземельях. Точка входа не фиксируется, если, конечно, эта чертовка ещё не научилась входить в динамическую систему, не оставляя следов.

— А если...

— А если научилась, значит, мы имеем дело с полубогиней. И впору не гоняться за ней, а строить храм, воскурять фимиам и совершать иные, столь же отвратительные современному образованному человеку действия. Я предпочитаю не придерживаться данной гипотезы. Нет, мне кажется, что её вообще нет в подземельях под кланом.

— Но где же она тогда?

— Посмотрите на карту, Михаэль. Мы с вами лезем из кожи вон, стращаем ужасными карами расчетчиков, недоумеваем по поводу молчания приборов... А в то же самое время совершенно открытая точка входа имеет место быть совсем неподалеку. Вот здесь, чуть севернее самого клана.

— Виноват, ваше превосходительство, но... Точка 14-12, на местном жаргоне...

— Правильно, Змеиный Холм.

— Неужто Джейана могла отправиться туда? Ведь согласно её воззрениям — это верная смерть!

— Джей всегда была умненькой девочкой. Она могла и сообразить, что отсутствие Силы, как они это называют, скажется не только на кланах. Но и на их врагах. Вот в чём беда. Признаться, мы зря упустили это из виду. Как и ту парочку, унёсшую Лиззи.

— Какие будут приказания, ваше превосходительство?

— Передайте Кристоферсону, чтобы отправил одну из групп к точке 14-12. Лучше всего Антарес, они ближе всего.

— Так точно. Осмелюсь заметить, что, быть может, стоит перебросить...

— Конечно. Лучше всего отправить туда всех людей Кристоферсона. А ещё лучше автоматы резерва. Но... сперва надо исключить уход в наиболее близких областях. Это всё, Михаэль. Выполняйте!

* * *

Тоннель наклонно вёл вниз. Низкий, полуосыпавшийся, без малейших признаков крепи. Напрягая память, Джейана старалась вспомнить, как это выглядело во время их блужданий по подземельям в компании с Чёрным Иваном, — однако здесь слишком многое казалось таким же, как и в приснопамятных мёртвых тоннелях далеко отсюда, где она умирала от голода и жажды. Вокруг — непроглядная, плотная тьма; свет факелов с трудом прорывается сквозь неё. По стенам не ползают улитки, которых можно было бы заставить светиться; но самое главное — Джейана не ощущала *пространства*, не ощущала бесконечной, уходящей вниз сети переходов и шахт; чувство было такое, словно она стоит где-нибудь в Гостевом Гроте клана Мануэла, куда, помнится, тоже надо было пробираться длинным и низким ходом.

Потрескивал факел. Пламя горело ровно, никуда

не отклоняясь, — в пещере не было сквозняков, впереди путников не ждал выход.

«Шахта. Нам нужна шахта. По ней — вниз. Вниз. Навстречу обитающему там. Я должна вновь оказаться там... в этом диком и непонятном мире, в котором я — безъязыкая, где я не знаю имен и названий, но где я... где я могу всё!»

Вскоре тоннель начал ветвиться. Джейана помнила рассказ Твердислава о тех тварях, что обитают в подземельях, и потому даже с некоторым испугом вглядывалась в низкие тёмные арки — однако они оставались безжизненными, ни шороха, ни движения, ни огонька.

Неожиданно Буян остановился.

:Там кто-то есть. Точно. Живой.: — Человекозверь пригнулся, точно готовясь к прыжку. Рыжие блики весело заиграли на бесшумно выпущенных когтях.

Они замерли. Джейана как могла напряглась, пытаясь уловить хотя бы слабый отзвук или ощутить чужое присутствие так, как она, бывало, чувствовала в лесу зверя или Ведуна.

Ничего. Без Силы она не может ничего. Хозяева Силы превратили Ворожею Джейану Неистовую в самую обычную девчонку, ну разве что покрепче и порешительнее остальных. Её, безраздельно уверенную в том, что *магия у неё в крови!*

:Прошли: — с облегчением просигналил Буян. — *:Мимо протопали.:*

:Люди? Или...:

:Не знаю. Живое что-то. И опасное. А больше ничего не понял.:

:Так нечего тогда и болтать!: — рассердилась Джейана. — *:Вот засекут нас сейчас — тогда узнаешь...:*

Буян поспешил умолкнуть.

Ведущий под уклон тоннель вывел их к первой настоящей развилке. Справа и слева виднелись два совершенно одинаковых хода, какой выбрать? Пробовали поднести факел — пламя горело по-прежнему ровно. Буян долго стоял на самом разветвлении, шумно шмыгал носом, точно стараясь почуять хоть что-то. Стоял-

стоял, сопел-сопел, однако в конце концов разочарованно махнул лапой и сел на корточки возле стены.

:Ничего. Совсем одинаковые.:

Буян скривился — мыслеречь давалась ему с большим трудом.

:Ну, раз одинаковые, то и куда идти, тоже всё равно,: — решительно отрубила Джейана.

Не колеблясь она повернула направо. Даже под землёй ей удавалось не терять направления; и сейчас она инстинктивно стремилась уйти как можно дальше от клана. Мало ли что...

:Здесь можно плутать вечно,: — не слишком оптимистически проворчал Буян. Джейана не ответила — спутник её был совершенно прав. Спускаясь вниз, она надеялась... трудно даже сказать, на что она надеялась. Наверное, на себя, на свою «избранность», на то, что Сила — или хотя бы её дремлющие остатки!— всё же не оставит её, поможет найти дорогу. Всё оказалось не так. Дороги не было. По паутине подземных ходов и впрямь можно было странствовать всю жизнь. А здесь вдобавок ко всему не было ни воды, ни пищи.

«Если мы не найдём Силу, придётся возвращаться, — старалась думать Джейана с показным бесстрастием. — Но возвращаться — куда? И, главное, зачем? У Фатимы — Ключ-Камень. Правда, в клане действуют заклятия, и можно было б попытаться... если бы я не знала, *какой* стала теперь подружка Фати. Впрочем, если не останется другой надежды...»

Однако она тотчас же оспорила саму себя.

«Но если за Фатимой стоят Учителя? Что ты сделаешь тогда? Бросишься на виду у всех вниз головой со скалы?»

«Если это всё, что я смогу сделать для клана, — брошусь!»

Несколько мгновений Джейана не без некоего жертвенного упоения представляла себе эту картину — распростёртое тело... столпившиеся вокруг Твердиславичи... стон и плач... раскаяние той же Фатимы... разумеется, она, Джейана, при этом не погибла до конца, а смотрела на всё как бы со стороны, прежде чем воспарить к престолу Великого Духа...

Потом ей стало стыдно. Хорошо сочинять такое капризной девчонке, крутящей хвостом перед кавалерами, но не ей, Джейане Неистовой, покорившей и подчинившей себе Силу на Острове Магов! Нет, нет, нет, она будет, она должна жить! Рано или поздно магия вернётся... не может же Великий Дух вечно гневаться на своих детей!

Стоп. А с чего ты взяла, что закрыть врата Силе может только Великий Дух, и никто другой? Учителя, действующие Его именем, тоже способны на многое. Не исключено, что...

Однако тут она вновь сворачивала на проложенную Иваном столбовую дорогу, простую и ясную — во всём виноваты Учителя. Простота злила, не давала покоя — уже давно Джейана привыкла, что простые решения только на первый взгляд кажутся наилучшими. Когда всё слишком просто, жди подвоха.

Ох, ох, как же это, оказывается, тяжко — оказаться без Силы, без изначально дарованной тебе магии! Джейана остановилась, прижавшись плечом к неподвижной и мёртвой стене тоннеля. Сразу вспомнилось, как Иван вытягивал земную жилу, пробивая путь наверх. Тогда в земной плоти всё жило, текло, трепетало, содрогалось, прокладывало себе дорогу; теперь же вокруг всё оставалось недвижно и мертво.

Интересно, отстранённо подумала девушка, а те... страшные... что жили в глубинах шахт, — они тоже уснули? Или?.. А, впрочем, чего гадать — отсюда всё равно ничего не почувствуешь. Во рту — противная сухость; даже когда Джейана умирала от жажды в опустевших тоннелях под безжизненными лесами, этой сухости не было. В груди настойчиво стучали злые молоточки — без магии ты ничто... ничто... ничто... Найди Силу, иначе ты не сможешь жить. Ты так и так не сможешь остаться прежней, ты, зачерпнувшая и отпившая из Чаши Могущества, — и потому твоя потеря особенно мучительна. Кто-то изобрёл поистине изощрённую пытку, словно в тех страшных историях Учителя, — сперва дать отведать терпкого напитка Власти, а потом внезапно и резко лишить его. Наверное, так должны чувствовать себя те несчастные, что остаются без дурман-травы, подумала Ворожея. Учителя всех без исключения кланов пуще огня и внутренних распрей боялись этой заразы; и на памяти Лесных кланов был лишь один случай, когда парнишку приговорили к изгнанию и *принудительному лечению* за пристрастие к сладким видениям, что вызывал вдыхаемый дым тлеющих листьев дурмана. В свой клан он больше не вернулся, и среди старших шёпотом передавались жуткие истории о его участи. В своём клане Джейана не допускала подобного, но вот в других — нет-нет да случалось. И тогда Ворожеям приходилось самим бороться с этой напастью, поминутно трясясь, что наставник всё же дознается...

Да, обладание Силой подобно этому дурману, смогла признаться себе Джейана. Она хотела *подумать* ещё о чём-то столь же правильном, но... тут её вновь затопили пьянящие воспоминания.

Море огня, и в самом сердце пламенного шторма — она, Джейана Неистовая, повелевающая, властвующая над испепеляющими потоками, Джейана Непобедимая, Джейана Неуязвимая, Джейана Великая! Что, что, что во всём мире сравнится с этим?.. Чувства? То, что связывает с Твердиславом или что могло бы связывать с другим, возникни у неё такое желание? Нет. Ей нужно всё. Без обладания Силой ничто не сможет заполнить пустоту сердца... ничто. Но без всего остального, неожиданно для самой себя закончила она, и Сила не даст ожидаемого.

Не даст, не даст, не даст... Она перекатывала внутри себя эти слова, точно малышня перекатывает камушки на берегу Ветёлы. Она действительно не понимала...

...В себя её привел только чувствительный рывок за плечо. Над ней нависал Буян — пасть оскалена, глаза горят зелёным огнём.

А лиц их касалось слабое, едва ощутимое дуновение. Навстречу им по тоннелю дул лёгкий ветерок, такой, что не сразу и ощутишь. Однако даже этого слабого движения в недвижном воздухе тоннеля хватило, чтобы понять — шахта близко. Еле-еле слышимый странный запах, запах металла и смерти, тот самый, что поднимался от обитающих внизу тварей и который

Джейана запомнила во время пути с Иваном. Она не могла ошибиться.

Однако Буян встревожился не только поэтому, точнее говоря, совсем даже не поэтому. Не доверяя даже мыслеречи, он провёл лапой перед грудью старым охотничьим жестом — «впереди засада».

* * *

— Первый, я — Антарес. Инфракрасники нашли их след. Движутся в направлении основного колодца 45GF. Перекрываю возможные пути отхода. Прошу подкрепление.

— Антарес, я — Первый. Орион сейчас же двинется к вам. Постарайтесь ничего не предпринимать. Ставка слишком высока. Каков ваш прогноз их действий?

— Коммуникационная сеть в районе точки 14-12 развита слабо. Считаю, что при отсутствии каких бы то ни было опознавательных знаков они шли просто наугад. У колодца они остановятся. Это узел локальной сети, там восемь разноуровневых выходов... Я поставил людей там. Полагаю, Джейана выйдет к шахте и там остановится. Ей нужно время, чтобы разобраться в ситуации...

— Всё ясно, благодарю вас, Антарес. Михаэль, переключите меня на Кристоферсона... Крис? Ты слышал?

— Так точно, господин генерал. Веду Орион и весь резерв к колодцу 45GF. Полагаю, мы возьмём их без проблем.

— Вы что, забыли пословицу о том, когда надо хвалиться?..

— Никак нет, ваше превосходительство, но сейчас у Джейаны нет магии.

— Вашими б устами, Крис... Ладно, конец связи. Михаэль! Кто у нас курировал квадрат в районе точки 14-12?

— Старший психотехник Валери Сайон, вашепрльство...

— Пусть немедленно отправляется туда. Я должен знать, как Джейана прошла через Змеиный Холм!

— Будет исполнено.

— И ещё. Передайте Эйбрахаму, что он нужен мне здесь. И тоже немедленно!

...

— Эйб? Это вы? Вы это, говорю?! Дьявол, Михаэль, опять помехи...

— Без стабилизирующего поля, ваше превосходительство, связь подвержена влиянию случайно флюктуирующих факторов...

— Да я совсем не вам в упрёк... ага, наконец. Хоть что-то слышно. Эйб, вы нужны мне здесь. Кажется, мы окружили беглянку. Будет лучше, если первым её встретите вы.

— Понял вас... понял... прошу...

— Они возле колодца 45GF, подтягивайтесь туда. Я посылаю наземную команду, ребята снимут блокировку люков. Всё понятно? Быстрее!..

* * *

Сколько же мы ещё будем так стоять, подумала Джейана, нервно облизывая губы. Чего мы ждём? Там, впереди, засада... но и стоя здесь, мы ничего не добьёмся. Ох, Твердь, Твердь, вот когда нужен твой совет... Конечно, куда тут Буяну что-то придумать. Эвон даже Ведунам ухитрился в руки попасться.

Притаившись в крошечной нише, Джейана и Буян ждали. Факел был погашен, путников окутывала тьма. Глухая, абсолютная тьма без малейшего проблеска. Не доносилось ни звука, не изменился и едва заметный чужой запах, приносимый лёгким ветром. Девушка по-прежнему не могла взять в толк, как Буяну удалось почуять засаду.

А тот стоял, замерев точно глыба, — и ни слова, ни мысли. Буян словно слился с землёй, сам превратившись в уродливый отвалившийся от стены пласт. И когда плечо девушки вздрагивало уж слишком нетерпеливо, осторожно, чуть-чуть касался её локтя холодными изгибами стальных когтей, точно успокаивая.

— ...Так всё-таки... нам что тут, вечность стоять?!.. — Джейане всегда претило бездействие. — Чего мы тут выстоим? Вперёд надо идти!.. Или... или, скажем, назад.

А потом впереди внезапно замаячил свет.

Это было настолько дико и неожиданно, что Джейана едва не вскрикнула. Мотающееся из стороны в сторону пятно бледного света, точь-в-точь как от живого фонаря, где в прозрачном рыбьем пузыре толкутся пойманные светящиеся жуки. Такие фонари были в ходу, пользовались ими и Твердиславичи.

Послышалось шарканье, неразборчивое кряхтенье; идущий, похоже, совершенно не прятался — или старался показать, что не прячется. Пятно света приближалось; некто с фонарём двигался от вожделенной шахты. Двигался, покряхтывая, судя по звукам, ощупывая перед собой дорогу посохом.

О Великий Дух, в смятении вдруг подумала Джейана. Не может быть. А вдруг это...

— Да куда же они делись, безобразники... — проворчал во мраке тоннеля бесплотный голос. Человек с фонарём остановился, словно озираясь по сторонам. Лампа мотнулась из стороны в сторону.

Пальцы Буяна сжались на локте девушки.

Навстречу им шёл невесть откуда взявшийся здесь Учитель.

Были мгновения, когда Джейана готова была убить его при первой же встрече. Однако та ярость мало-помалу прошла, растворилась где-то во время странствий, встали вопросы, спасительные для старого, привычного мирка главной Ворожеи клана Твердиславичей... И вот уже казавшееся прямым, ясным и очевидным вдруг затуманивается, а руки, уже приготовившиеся убивать, вдруг сами собой складываются в некрепко затверженное приветствие, почтительное и покорное.

Рядом беззвучно напрягся Буян. Хотя вот уж кому ничто не грозит, так это ему, вдруг подумалось Джейане. Интересно, а почему он с самого начала не пошёл к Учителям?..

— Джей! Джей, девочка моя! — Учитель стоял на одном месте и, приподняв фонарь, заглядывал в какой-то узкий отнорок, бравший начало где-то под верхним сводом тоннеля. — Джей, отзовись, ты здесь? Это я, я, Учитель! Джей, ты ведь где-то поблизости! Отзовись, Джей, тут опасное место, нам надо скорее выбираться отсюда! — голос его узнаваемо дрогнул, как и всегда, если Учителю приходилось говорить о чём-то страшном, грозящем смертями.

«Проще всего отступить, — мелькнуло в голове Ворожеи. Уйти, пока дорога свободна. А там... глядишь, найдём и другую шахту. Главное — не паниковать и не дать себя обнаружить. Едва ли Учителю понравятся мои поиски Силы... А раз так — назад, Буян, назад!»

Однако они опоздали.

Там, позади, тоже послышались шаги. Затаившиеся там не скрывались, даже напротив — старались обнаружить своё присутствие.

— Они уже здесь! — неожиданно высоким фальцетом выкрикнул Учитель. — Я слышу их шаги: я чую их смрадные души! Они пришли за тобой, дочь моя, пришли пожрать тебя, поглотить, сделать одной из них!.. Берегись!.. Беги от них, они — смерть, они хуже смерти!..

«Когда дело плохо, так не орут», — вдруг вспомнила Джейана спокойный и чуть насмешливый голос Твердислава.

Конечно!.. Как она могла не догадаться!.. Мысли вспыхивали и гасли стремительными ночными зарницами. Буян неотрывно смотрел ей в глаза; и взгляд этот девушка чувствовала даже в совершенном мраке. «Приказывай, — говорил этот взгляд. — Приказывай, одно твоё слово, и...»

Джейана потянула человекозверя за собой. Они отступят. Встречаться с Учителем ей совсем не хотелось. Она помнила силу его слов, мастерство убеждения... и сейчас, как бы ни тянул её простой и привычный мир, где всё ясно и понятно, кто враг, а кто друг, она не могла, не желала, чтобы её *убеждали*. Она сама убедится во всём.

Жизнь в Лесных кланах учила в случае необходимости красться бесшумнее дикой тростниковой кошки. Две тени скользнули вдоль стены тоннеля, сливаясь с чернотой, неотличимые от окутавшей их тьмы, — ни дать ни взять два творения злой ведунской магии. В отношении одного это было справедливо полностью; вторая уже сама не знала, на чьей она стороне, кроме клана и своей собственной.

Учитель продолжал тревожно взывать к Джейане,

фонарь его беспокойно мотался туда-сюда; в той же стороне, куда крались сейчас Твердислав и Джейана, всё оставалось тихо и мертво. Сейчас, сейчас... они минуют опасное место, ускользнут, скроются в бесконечной паутине ходов, отыщут другие колодцы... быть может, там повезёт больше.

Лёгкий, наилегчайший, на самом пределе слуха шорох наверху...

...Буян каким-то чудом успел отшвырнуть её в сторону, так что Джейана со всего размаху врезалась в мягкую земляную стену. Сверху, из мрака, бесшумно упала невидимая тонкая сеть; миг спустя ячейки её затрещали под напором когтей человекозверя. И тотчас же вспыхнул свет. Джейана невольно зажмурилась, ослеплённая этой неистовой яркостью, жгучим потоком, что, казалось, давил и прижимал её к земле.

С противоположной стороны тоннеля, там, где не было Учителя, появились тёмные безликие фигуры; в ярком, светившем им в спины свете они казались совершенно чёрными. Движения охотников — быстрые, слитные, неразличимые — напоминали змеиные. Лица их скрывали плотные тёмные маски. Они осторожно приближались к бьющемуся в сети Буяну.

Рука Джейаны вытащила из-за пояса длинный боевой нож, тот самый, что принёс ей Дим. Добрая сталь Горных кланов, доброе остриё, не раз пившее вражью кровь, когда с ведуньими тварями дело доходило до рукопашной. Сейчас!..

Дико рыча, Буян что было сил рвал опутавшую его паутину, но тончайшие нити не поддавались. Всей его исполинской силы, дарованной Дромоком, не хватило на то, чтобы порвать путы. И Джейана не стала тратить последние секунды драгоценной свободы на безнадёжное.

Она прыгнула на тех, кто приближался.

Позади что-то кричал Учитель.

Похоже, никто не обратил внимания на бессильно привалившуюся к стене девушку. Люди в чёрном смотрели на бьющегося в сетях Буяна; клинок Джейаны ударил в горло ближайшему, тот попытался защититься, но Лесная Ведьма оказалась слишком быстра. Лезвие с неожиданным скрежетом скользнуло по краю чёрного одеяния, в следующий миг разорвало менее прочную сетку, что защищала шею, и выставило остриё с другой стороны, насквозь пробив мягкую плоть.

Человек (или очень похожее на него существо) не успел даже вскрикнуть.

Клинок словно сам собой оказался в руке Джейаны, она прыгнула вторично... однако на сей раз её прыжка ждали. Нацеленный в горло врагу кинжал отлетел в сторону, а сам враг каким-то лёгким небрежно-презрительным движением заломил девушке руку так, что у Джейаны от боли разом подкосились ноги; её швырнули на пол, мгновенно сковав чем-то руки за спиной.

— Вот и всё, — прогнусавил над ней мерзкий голос, впору лишь чудищу Ведунов или им самим.

Задыхающаяся от боли и ярости Джейана оказалась лежащей лицом вниз на земляном полу тоннеля. Рядом ещё рычал и трепыхался Буян, но и его участь была решена — никто из охотников не собирался лезть под его когти. Сеть стягивалась всё туже и туже сама собой.

— А ты, оказывается, далеко не так и крута, достопочтенная Джейана, — вновь прогнусил тот же голос. — Что ж, это была славная охота... Теперь мы поджарим всю вашу троицу. Смотри!..

Джейану схватили за волосы, заставив приподнять голову.

В круге света появился упирающийся Учитель, руки заломлены, по бокам — двое молодцов в чёрном, лица под масками.

— Ха-ха-ха! — грянул со всех сторон многоголосый хохот. — То-то будет славная пирушка! Со старика навар невелик, зато эта парочка ох и мясиста!.. Добрая охота! Добрая добыча!..

От удивления Джейана на миг даже позабыла о боли. Так это что же получается, Учитель их тут вовсе не ловил?..

— А ну вставай, *мясо*, — её пнули в бок.— Вставай, вставай, нечего разлеживаться. Дальше пойдёшь ножками.

— Не пойду!.. — гордость опередила все прочие чувства.

— Не ерепенься, дура. Пойдёшь как миленькая. —

Вражий голос выговаривал слова правильно, но с каким-то гнусным пришёптыванием и причмокиванием. — Покажите-ка ей наш залом. Должно понравиться.

В следующий миг от боли в выкрученной руке Джейана едва не лишилась сознания. Попробовала брыкнуть ногой, но тут же получила такой удар в рёбра, что едва смогла отдышаться.

— Дочка... не противься! — со страданием в голосе выкрикнул Учитель. — Ничего не сделаешь... подчинись... иначе они замучают тебя прямо здесь!.. Да и нас всех в придачу!.. Подчинись, может, потом ещё будет шанс!..

Со всех сторон грянул громовой хохот — уродливый, отвратительный, похожий на кваканье болотных обитателй.

— Смотрите, какие смелые!.. У них ещё будет шанс!.. Да, да, конечно, будет — попасть к нам на вертела! Из тебя, старик, мы сварим суп — ты небось костлявый, иначе и не прожевать, — а вот эту милашечку, пожалуй, зажарим!..

Джейана чувствовала, что покрывается липкой испариной ужаса. Они попали в руки к людоедам? Но Учитель никогда не говорил о таком...

Наконец поимщикам наскучило изощряться в остроумии. Пленников — Джейану и Буяна — поставили на ноги, пинками заставив идти. Повели их назад, туда, по старым следам Ворожеи и человекозверя. Некоторое время спустя миновали развилку и двинулись дальше по уходящему влево тоннелю.

* * *

— Ваше превосходительство, на связи Кристоферсон. Операция завершена успешно. Обе птички взяты... Господин генерал! Вы слышите меня? Алло, алло, штаб! Приём!..

— Всё в порядке, Крис, я просто не мог поверить своим ушам. Неуловимая Джейана...

— В надёжных наручниках.

— Как приятно слышать!.. А её спутник?

— С ним несколько сложнее. Очень силён и аномально агрессивен. Пока приходится держать в коконе. Очевидно, умиротворим уже здесь, на базе.

— Ну что же... примите мои поздравления, Крис. Личный состав подразделения будет представлен к наградам и поощрён материально.

— Рады стараться, ваше превосходительство!

— Всё, Крис. Доставьте их куда следует и можете отдыхать. Конец связи.

* * *

С самого утра Файлинь не находила себе места. Забот полон рот, крутись не перекрутись, всего не переделаешь — а сегодня что-то всё из рук валится. Малыши ревут, то к одному подойди, то к другому, а перед глазами — совсем иное.

Главная Ворожея клана Твердиславичей Джейана Неистовая.

Раньше они никогда не были особенно близки. Файлинь неплохо разбиралась в магии, и в мирной, и в боевой, но зато напрочь была лишена честолюбия и напористости. Ещё более скромная и молчаливая, чем *тогдашняя* Фатима, Файлинь нашла отраду и отдохновение, возясь с малышами-неведомцами. При случае она могла и врачевать, и травничать, но всё же главным делом оставались те беспомощные малыши, что, словно грибы после дождя, нежданно появлялись в окрестностях клана. Джейана занималась своим, Фай — своим; ни та, ни другая не соперничали и, за редким исключением, почти не сотрудничали.

Однако когда власть в клане попала к внезапно и на первый взгляд необъяснимо преобразившейся Фатиме, Файлинь сразу и бесповоротно встала на сторону бывшей Ворожеи. Как могла, она утишала страсти, не давая разгораться гибельным ссорам, изо всех сил пытаясь удерживать шаткое, вот-вот грозящее рухнуть равновесие. После принесённого Димом известия о том, что Джейана не сгинула, что она нашлась, Файлинь и вовсе потеряла покой. Найти её! Найти и вернуть в клан! Потому что ещё немного — и Твердиславичи пойдут друг на друга, одни — с мечами и копьями, другие — с не менее убийственными заклятиями...

Однако уже нашедшаяся было Джей вновь исчезла. Обязанности — ревущие, ничего не понимающие в происходящем неведомцы — держали Файлинь крепче самых надёжных пут. Она не могла покинуть клан, отправившись на поиски. Дим сидел взаперти, за его друзьями Фатима учредила строгий и постоянный надзор, остальные парни, по мысли Фай, для такого ответственного дела не годились.

Девушка ещё колебалась, не в силах принять никакого решения, однако в этот день всё стало совсем плохо. Тревога, что называется, поедом ела Файлинь изнутри, не давая ни мгновения покоя. Джей в беде, Джей в беде!— молотами стучало в ушах.

В том, что это предчувствие явилось, для Файлинь не было ничего странного. В клане по-прежнему действовала магия, хотя и далеко не так сильно, как раньше, а девушка всегда очень остро ощущала грозящую другим опасность, тем более если перед этим долго думала о ком-то определённом. Сейчас таким «определённым» стала Джейана.

Сжав кулачки, Файлинь стояла возле самых ворот клана. Туда! Туда! Джей попала в беду!.. Но... это далеко... и там не оказаться в один миг — заклятие перемещения известно одной Фатиме.

На сердце стало совсем тяжело. Перед мысленным взором проплывали какие-то мрачные своды подземелий, и сама Джейана в окружении безликих серых фигур, что немилосердно волокли её куда-то, грубо заломив руки за спину.

Но что толку в бессильной тревоге, если ничем не можешь помочь?..

Несколько мгновений Файлинь как будто бы колебалась. А потом вдруг решительно закусила губу и твёрдым шагом направилась к домику травниц, где хозяйничала Ирка (подружка, хоть и не слишком близкая) и где Фатима до сих пор держала медленно выздоравливавшую Лиззи.

— Ой, это ты, Фай, привет, что не заглядываешь? — Как всегда, Ирка суетилась вокруг булькавшего на небольшом огне чёрного котелка, где парилось какое-то густое, остро пахнущее варево. В углу, на лежаке, прикрытая тканым одеялом, дремала Лиззи, на подушке рядом с головой девочки примостилась любимая тряпичная кукла. Кукла ворочалась и забавно пыхтела во сне.

— Смотри, Лизёныш игрушку оживила, сама заснула, а кукле хоть бы что, — с улыбкой прошептала Ирка, кивая в сторону спящей маленькой волшебницы. — Вот силища, да? Нам бы такую...

— Ага, — напряжённо кивнула Фай, сбрасывая кожушок, — в доме было жарко натоплено. — Ага, нам бы всем... Слушай, Ир, я к тебе по делу.

— По делу? — тотчас насторожилась низенькая травница. — Из малышей кто-то заболел?..

— Да не-ет, малышня в порядке... чего с ними будет... — махнула рукой Фай. — У меня другое... Совсем.

Файлинь совершенно не умела обманывать. Иногда, если припрёт, могла она и проявить твёрдость, и дать отпор любому, однако когда дело доходило до вранья — тут она была последней.

— Иркин, разбуди Лиззи. Можешь? Мне поговорить с ней надо.

— Лиззи? — изумилась травница. — Зачем это, только заснул ребёнок...

— Ир. Нужно. Очень. Для всего клана нужно, — Фай умоляюще прижала руки к груди.

— Так ты скажи толком, зачем? — Ирка начинала сердиться.

— Джейана в беде, — одними губами произнесла гостья. — И, думаю я, если ей кто и может помочь, так это только Лиззи. Разреши, а?

— Фатима нас прибьёт, — травница боязливо покосилась на дверь.

— Ир, если мы Фатиме укорота не дадим, клан очень скоро кровью умоется, да так, что никаким Ведунам и не снилось. А укорот дать одна Джей и может, понимаешь? Или ты думаешь, парни без конца терпеть будут? Уже сейчас бунт затевают!

— Великий Дух! — испуганно охнула Ирка. — Слушай, боюсь я...

Файлинь внезапно встала. Боль в сердце сделалась почти нестерпимой, а это значило, что с Джей совсем плохо.

— Эй, ты чего? Фай! Как смерть бледная! Что с тобой?! — переполошилась хозяйка.

— Что, что! Ничего! — процедила сквозь зубы гостья. — Плохо! И ещё хуже сделается, если ты у меня поперёк дороги встанешь! — Она резко встала. Голова внезапно закружилась, Файлинь тяжело оперлась на стол. Не обращая больше внимания на растерявшуюся Ирку, подсела к спящей Лиззи и осторожно потрясла её за плечо.

* * *

По тоннелям их вели бесконечно долго. Сворачивали то вправо, то влево, шагали то вверх, то вниз; сперва Джейане показалось, что она чувствует пробуждение Силы; её живительный поток шёл откуда-то сверху, однако пленившие их тоже оказались не дураками и тотчас свернули в боковой отнорок. Девушка слышала, как предводитель людоедов выговаривал проводнику:

— С ума сошёл... куда завёл, тут же магия действует!..

Очевидно, они оказались на дальних подступах к клану, где уже начинало работать волшебство, неведомо как уцелевшее во владениях Твердиславичей.

Мало-помалу бдительность стражей слабела, и Учитель, которого поначалу вели отдельно, не подпуская к двум другим пленникам, в конце концов очутился совсем рядом с Джейаной.

— Вот видишь, к чему привело твоё упрямство, — шёпотом укорил он её. — Угодили в переделку... не знаю теперь, как и выбираться. Только и осталось, что молить Великого Духа... глядишь, Он поможет.

Джейана отмалчивалась. Простенький приём, Учителем же и внушённый, — слушай, когда тебе говорят. А наставник, словно и не предстояло ему быть сваренным в супе, принялся распекать свою непослушную ученицу, методично припоминая ей все грехи, начиная с самовольного оставления клана.

— ...Что вот нам теперь делать? — Он в упор посмотрел на девушку; правда, глаза он отвёл как-то уж чересчур поспешно.

— Драться, — коротко ответила Джейана — всё, что пришло ей в тот миг на ум. Она чувствовала себя совсем сбитой с толку: Учитель пришёл ей на помощь... хотел спасти... что же получается?!

— Драться... Не успеешь оглянуться, как угодишь на вертел, — жизнерадостно посулил Учитель. — Осталось только одно — молить Всеотца, чтобы он вернул мне силу... хотя бы на время. Но едва ли Он станет стараться для отступницы. — Тут он посмотрел на невольно смутившуюся девушку более внимательно и на сей раз уже не отвёл взгляда. — Нужно покаяться и попросить Его прощения, Джей... Искренне покаяться, рассказать Ему всё... Я знаю, что тебя искушал некто, именовавшийся Чёрным Иваном, — Великий Дух открыл мне это в своей неизречимой милости. Покайся в этом, открой мне содержимое прельстительных его речений, и тогда Великий Дух, быть может, склонит слух к нашим молитвам. Иначе... — наставник безнадёжно покачал головой, — иначе никакой надежды.

— Но... — Джейана что было сил боролась с предательской слабостью. Так хотелось поверить! Поверить во всё, что говорит Учитель! Разве не выручал он клан раньше, разве не приходил на помощь, стоило его только позвать?! И потом... похоже, что иной надежды у них уже не осталось. Без магии они не в силах бороться. Значит...

У Буяна вырвалось глухое рычание. Джей мимоходом скосила глаза — её спутник вновь изображал дикого зверя. Судя по всему, Буяна тоже не радовала *перспектива*, как говорил Учитель, удариться в раскаяния и покаяния.

Девушка ничего не ответила наставнику. Опустила голову, изо всех сил борясь с подступающими слезами, — они, проклятые, упорно не хотели слушаться её гордого сердца.

Тем временем тоннель вывел отряд людоедов и их пленников в просторную круглую пещеру. Раздались команды, враги начали располагаться на отдых. Пленников поместили всех вместе, приставив трёх стражей, однако те занялись какой-то своей игрой с несколькими катающимися костяшками и не слишком обращали внимание на вверенных их попечению.

Учитель привалился плечом к Джейане; девушка неосознанно попыталась отодвинуться. Плечо старика казалось горячим и отчего-то оставляло ощущение липкости, однако с другой стороны Ворожею подпирал показавшийся сперва таким удобным выступ стены. Деваться было некуда; а вкрадчивый голос всё лился и лился, упрямо лез в уши, проникая в сознание...

Учитель произносил, наверное, свою самую лучшую речь.

— Вы совершили ошибку в самом начале, покинув клан, — журчал и журчал он подозрительно спокойным для их положения голосом. — Нельзя было этого делать, ни в коем случае нельзя! Вы дерзко попрали законы Великого Духа, вы бросили доверившихся вам; но этого мало, вы пошли дальше, и вот итог — мы все в плену, и спасти нас может лишь чудо!.. — Он трагически понизил голос. — Покайся, Джей, пока ещё не поздно, покайся, я приму твою исповедь, и тогда... Великий Дух простит тебя, вернёт остальным кланам магию, а ты, быть может, взойдёшь на Летучий Корабль, если таково будет Его соизволение... взойдёшь, как Твердислав.

Ох как хотелось повернуться, прижаться лбом к этому знакомому плащу, облегчить душу, выплакаться, выкричаться, до дна выплеснув наболевшее! Но — руки, ладони, кожа, пальцы, вся плоть Джейаны помнила, каково это — повелевать огненной стихией, круша и выжигая всё встающее у тебя на дороге. Такое не забывается. Такое неспособна вытравить из души, наверное, даже сама Смерть. И к Престолу Великого Духа Джейана пойдёт, скорбя об одном — об утраченной власти. Нет, она ничего не станет говорить. Если пути её суждено прерваться здесь — что ж, она постарается умереть сражаясь. Хорошо бы проделать это вместе с Буяном. Тем более что есть их немедленно никто, похоже, не собирается.

Правда, можно начать спрашивать Учителя. Пытаться узнать, кто всё-таки украл Лиззи; что за люди нападали на них во время пути; кто такой на самом деле Чёрный Иван и в чём его преступления... Хотя какое это теперь имеет значение? Всё равно они скоро... — сознание упорно отказывалось произнести слово «умрут». Слишком это страшно. До сих пор, несмотря на всё пережитое.

— Ну, что же ты молчишь? — не отставал Учитель. — Ты не поняла ещё, что это наша последняя надежда?

— А ну потише там, старик! — лениво процедил кто-то из стражей, не отрываясь от игры, — видимо, решил хотя бы формально исполнить свои обязанности. Правда, никаких иных действий не предпринял.

— Учитель... Я хотела бы узнать...

— Что, дитя моё? С радостью отвечу тебе на все вопросы, если только смогу, но умоляю — не здесь и не сейчас! Если мы спасёмся... если Великому Духу будет угодно вызволить нас — тогда пожалуйста, я всецело твой. Но сейчас...

— А я хочу сейчас, — заупрямилась Ворожея.

Учитель сделал попытку сокрушённо всплеснуть связанными руками.

— Джей! Ну о чём ты?! Опомнись, прошу тебя! Если ты расхотела жить сама, пожалей хотя бы меня! Мне кажется, я ещё пригожусь твоему родному клану! Скорее, не тяни, девочка!

— Только если вы мне кое-что скажете...

— О Великий Дух! — простонал старик. — За что ты караешь меня столь сурово!.. О чём ты хочешь спросить меня, несносная?

Джейана тотчас же выпалила весь список.

— Ух ты... — вырвалось у наставника. — Я попытаюсь, Джей, но и ты, в свою очередь, обещай мне свою исповедь! И притом немедленно! Иначе... — он нервно покосился на толпившихся в отдалении людоедов.

— Так всё-таки? — напирала Джейана. Кажется, это последняя возможность заглушить в себе неотвратимо копящийся ужас перед готовящимся.

— Я уже говорил тебе, — Учитель несколько раз облизнул пересохшие губы, — Лиззи украли служители Чёрных Колдунов...

— Почему же вы их не уничтожите?

— Дитя моё, по тем же причинам, что и Ведунов, — они существуют, потому что таково желание Великого Духа, ясно выраженное им через Иссу, а кроме того, многажды подтверждённое в откровениях. Ведуны,

Колдуны и... и вот эти, схватившие нас, — посланы нам в испытание...

Ничего нового Джейана не услышала.

— Значит ли это, что нам нельзя было сражаться с Чёрными Колдунами?

— Нет, конечно же, нет... Но... видишь ли... Лиззи была очень, очень больна... я надеялся вернуться с необходимыми средствами и излечить её, однако Колдуны оказались быстрее.

— Зачем им нужна была Лиззи?

— Воистину Всеотец не открыл сего своему скромному служителю...

— Хорошо, — напирала Джейана. — А кто тогда пытался напасть на нас? С кем мы сражались по пути?

— Воинство Колдунов, похитивших малышку, — не моргнув глазом тотчас же выдал старик.

Джейана прикусила губу. Да... хорошие ответы.

— Учитель, вы сказали, что Всеотец гневается на меня. Он отнял у кланов магию. Однако я видела, что лишились силы и Ведуны...

— Всеотец нежно любит Своих детей, даже нарушающих Его установления. Поэтому Он не до конца отъял свою охранительную длань от Лесных кланов, не дав Ведунам творить невозбранное зло. Подумай, что случилось бы, сохрани Ведуны всю присущую им мощь!

Бойко. С таким не сразу и поспоришь. Но... Джейана помнила взгляд Дромока. Сейчас ей казалось, что с чудищем вполне можно было б договориться... Разграничить владения... Может, даже выплачивать дань, если они в ней нуждаются... Он не казался кровожадным злодеем, этот Дромок. Отнюдь не казался.

Оставался последний вопрос. Уже произнесённый в самом начале.

— Если по дороге мы сражались с воинством Чёрных Колдунов, за что же на нас гневается Великий Дух?

— За то, что вы бросили клан и внимали лживым словам Чёрного Ивана! Кстати, а что он всё-таки вам говорил?..

Джейана замолчала, опустив голову. Всё это так стройно... так просто... поневоле начинаешь сомневаться. Она даже не стала спрашивать об увиденном под землёй. Ответ Учителя она знала уже сейчас. «Сложны и неисповедимы пути Великого Духа». Более чем удобно.

Более чем. Слишком удобно для правды.

* * *

Лиззи сладко потянулась, просыпаясь. Файлинь со страхом смотрела на девочку — сможет ли, сумеет ли исполнить то небывалое, что только и может ещё спасти Джейану? Рядом дрожала Ирка, но это и понятно — травница как огня боялась Фатимы, боялась и того пуще, поскольку в былые дни они оставались на равных и не раз спорили чуть не до драки — Ирка не считала Фати выше себя во врачевании.

— Лиззи. Лиззи, маленькая, помоги нам, а? Очень-очень нужно!

Девочку никогда не надо было упрашивать или уговаривать. Едва ли среди малышей клана нашёлся бы кто-то сговорчивей Лиззи.

— Помочь? Ой, а чем? Тётя Фай, а я уже поправляюсь! Честное слово! Скоро гулять можно будет? — Она приподнялась.

— Скоро, родная моя, скоро. Только вот сейчас нам помоги, ладно? Надо нам тёте Джейане помочь...

— Ой, а как?

Файлинь вздохнула. Она действовала наобум, да и кто мог подсказать сейчас хоть что-нибудь?

— Ей нужна наша сила. Ты сможешь?..

Нелегко втолковать такой крохе, что нужно сделать, Файлинь приготовилась к долгим объяснениям, однако Лиззи поняла всё на удивление быстро.

— Тяжело-о, — озабоченно протянула она с недетской серьёзностью. — Но я попробую.

Фатима понятия не имела, как у Лиззи может такое получиться. Но если не выйдет у неё — то уж и ни у кого больше.

Лиззи села, тихонько вздохнула, крепко зажмурилась... и вдруг протянула ручонку кому-то невидимому.

— На... на, возьми, у меня ещё есть, — словно делилась игрушками.

— Ой, мамочка... — вырвалось у Ирки. Травница почти рухнула на низкий табурет.

В чём состояло колдовство Лиззи, девушки так и не поняли. Однако обе внезапно увидели перед собой низкий чёрный свод какого-то подземелья, и — бессильно привалившуюся к стене Джейану. А рядом с ней... нет, невозможно поверить... Учитель?!

* * *

Это было как касание прохладного ручья в знойный день или, наоборот, тепла костра посреди зимней стужи. Нечто давным-давно ожидаемое, нечто, без чего невозможно жить. Джейана поперхнулась на полуслове. Всё прочее потеряло сейчас для неё значение. Точно во сне она услыхала голосок Лиззи — словно песня пичужки в весеннем лесу.

«На... возьми... у меня ещё есть...»

Тонкая струйка Силы скользила по самому дну сознания, и Джейана припала к ней, как умирающий от жажды. Да... да... да!

Однако это не осталось незамеченным. Лицо Учителя внезапно дёрнулось, глаза полезли на лоб.

— Откуда?.. — только и смог прохрипеть он.

Джейана начала медленно приподниматься. В такие мгновения воин чувствует себя неуязвимым, и враги «бегут одного его лика».

Руки девушки были скованы, ручеёк Силы едва-едва журчал по незримым камням, однако и этого хватило с избытком. Умение пришло как будто бы ниоткуда, схватка на Острове Магов сама подсказывала нужное. За спиной что-то негромко щёлкнуло, металл соскользнул с запястий.

— Бежим!..

Из-за пут Буян мог лишь идти, да и то лишь мелкими шажками, однако рванулся за Джейаной он так, словно в былые времена за подраненным кособрюхом, пока лакомая добыча не ушла в густой подрост на краю болота.

Уже на бегу Джейана дотянулась до стягивающих лодыжки человекозверя верёвок и одним усилием мысли обратила их в пепел.

Людоеды с воплями ринулись в погоню. Вместе с ними, спотыкаясь, — Учитель.

«Проклятие! Но не оставлять же его на съедение...» — мелькнула мысль.

Разъять оковы было делом одного мига. Странно, однако враги не обратили на старика никакого внимания. Казалось, им вообще всё равно, угодит он к ним в суп или нет.

Прежде чем преследователи настигли их, Джейана низким огненным клинком рассекла стягивающую Буяна паутину, про себя поражаясь лёгкости, с какой ей повиновалась Сила. Заклятия превратились в мгновенно выстраиваемые цепочки образов, слова почти не требовались.

Буян с рёвом содрал с себя последние остатки пут. Блеснули готовые к бою когти; на миг опередив родовича, Джейана метнула в гущу нападающих сплетённый из огненных сгустков шар — обычное своё оружие. Шар, конечно, получился слабее обычного, но и этого хватило. Серые фигуры разбросало в разные стороны; одного, самого неудачливого, Буян наколол на когти — стремительным, неуловимым движением.

Эти двое быстро приобретали сноровку убивать себе подобных.

Рядом вдруг оказался стонущий Учитель.

— Назад! — крикнула Джейана наступающим. — Ещё шагнёте — всех спалю!

Между ладоней у неё уже зрел второй огненный шар.

Из большой пещеры прямо в глаза бил яркий свет, хорошо ещё, что тоннель начал сворачивать. Буян, Учитель и Джейана пятились; людоеды медленно наступали, но ни те, ни другие не решались сблизиться для решающей схватки.

* * *

— Сэр! Сэр! Кристоферсон на связи! У них беда!..

— О Господи, ну что там ещё?..

— Джейана освободилась.

— Что?! Не может...

— Виноват, ваше превосходительство. Может и даже уже.

— Бросьте эти ваши претензии на остроумие, Михаэль!.. Дайте мне Криса.

— Ваше превосходительство. Они смогли освободиться. Не знаю как, похоже, ожила магия. Имею потери в людях, есть убитые и раненые. Прошу вашей санкции для ведения огня на поражение. Если у этой чертовки в руках волшебство...

— Прекратите панику, Кристоферсон. Эйбрахам с ними?

— Да.

— Тогда ничего не предпринимайте. Ведите преследование, не давайте им оторваться. Берегите людей. Сделайте вид, что вам позарез нужен именно Эйбрахам, отнюдь не Джейана и не её спутник. Всё ясно? О причинах случившегося поговорим позже. Действуйте!..

— Ситуация под контролем, ваше превосходительство. Судя по карте, Джейана будет медленно отступать к колодцу 45GF, больше там нет ответвлений. Осмелюсь посоветовать...

— И без вас знаю, адъютант. Какие есть соображения по поводу того, откуда у Джейаны взялась магия?

— Гм...

— Вот что, Михаэль. Бережёного, как известно, его высокопревосходительство бережёт. Передайте Ормузду, пусть отключит луч.

— Слушаюсь.

— И дайте мне снова Кристоферсона. Крис!.. Крис, ничего не предпринимайте. Оттесняйте её к колодцу, а часть людей пошлите на поверхность. Пусть зайдут сверху. Всё ясно? И помните, стрелять только в самом крайнем случае! Я отключаю тарелку, действие магии сейчас прекратится, так что ждите. Берегите людей. Всё ясно?

— Так точно, выполняю.

* * *

Джейана и Буян медленно пятились, не давая врагам в сером приблизиться. Ни те, ни другие не пускали в ход оружия, словно ждали чего-то.

Рядом тащился и хныкал Учитель. Джейана старательно пропускала мимо ушей его бормотание.

Броситься в бой? Но Силы мало, очень мало; чтобы лепить огненные шары молний один за одним, её всё-таки не хватает. А без магии их сомнут в секунду, и даже несравненные когти Буяна задержат врага на несколько мгновений, не больше. Что делать? Что делать? ЧТО ДЕЛАТЬ?

А внизу, под ногами, уходила в неведомые бездны многослойная паутина тоннелей. Всё было на месте. Магия вернулась.

«Дура, у тебя же в руках Сила! Неужели ты только и можешь, что плеваться огнём, словно какая-нибудь безмозглая саламандра?!»

Джейана никогда не думала, что способна на такое. Ударить не всесокрушающим тараном, а тонкой иглой отточенного клинка точно по слабым точкам. На миг она замерла, подняв руки и запрокинув голову. Свод... тёмный земляной свод кажется несокрушимым, и мощи, чтобы обрушить его целиком, не хватит... но вот если кольнуть здесь, здесь и здесь...

Дальнейшее заняло долю секунды. Прежде чем испуганно взвизгнувший Учитель повис у неё на плечах, прежде чем люди в сером успели дотянуться до неё, волосяной пламенный росчерк мазнул по верху тоннеля, земля неожиданно вспыхнула... а потом её массы с глухим грохотом осели, погребая под собой первые ряды наступающих и отделив от остальных Джейану со спутниками надёжным, непреодолимым заслоном.

Всё тотчас же погрузилось в первобытный, непроницаемый мрак.

А магия внезапно исчезла, словно никогда её и не было.

— Вот так, — непослушными губами проговорила девушка. Руки её тряслись. Отчего-то содеянное повергло в шок едва ли не больший, чем дуэль с огненной смертью там, на Острове Магов.

— Джей, Джей, Джей, что же ты наделала... — Трясущиеся пальцы Учителя цеплялись за её плечо, дёргались, срывались и цеплялись вновь.

— Что я наделала? — мгновенно ощерилась Джейана. — Нас бы сожрали иначе! Идём, надо выбираться отсюда...

Придвинулся громко сопящий Буян — сопел он, по-видимому, только для того, чтобы дать знать, где находится. Наверное, решил, что при Учителе лучше вновь притвориться немым.

— Идёмте, — скомандовала девушка. — Учитель! Вы знаете дорогу?

— Смотря куда... — слабым голосом отозвался тот.

— Мне надо к шахте, — твёрдо заявила Джейана. Время ожиданий и увёрток прошло. На миг обретённая и вновь утраченная Сила терзала хуже жажды, хуже жары и мороза, сильнее горечи утрат, сильнее обиды поражения, вновь вытесняя всё прочее вон из сознания. Твердислав? Кто такой Твердислав?..

...Она доберётся до магии или погибнет. Жить без этого — горькая мука, ничего не бывает горше.

— К шахте?.. Зачем?.. — шелестел Учитель. — Нам надо наверх, надо выбираться отсюда... тебе надо предстать перед...

— Ни перед кем я не хочу представать!— взорвалась девушка. — Всё! Хватит! Напредставалась! Теперь сделаю то, что решила!.. А потом и клану смогу помочь. Всё! Идём!..

— Ты бросаешь вызов слуге Великого Духа? — в панике, совсем не величественно, а вовсе даже жалко, с привзвизгом, заверещал Учитель, точно кутёнок, которому отдавили хвост.

— Я брошу вызов кому угодно! — выкрикнула Джейана. И точно — в этот миг она готова была сойтись в единоборстве даже с самим Великим Духом.

— Страшное проклятие и ужасная кара ожидают тебя... — забубнил было наставник, но тут Джейана просто на ощупь сгребла его за складки плаща и что было сил встряхнула.

— Молчи! — она уже позабыла про «вы». — Молчи! Одно моё слово — и тебя не защитит даже Всеотец! Бу! Возьми его, пощекочи ему шейку и, если он дёрнется, прикончи на месте! Показывай дорогу, почтенный, если хочешь жить! — Последнее, разумеется, относилось к оторопевшему Учителю.

Буян придвинулся тёплой, душащей массой. Легко сграбастал Учителя; когти человекозверя сомкнулись на горле старика. Более никаких слов не потребовалось.

— А я-то шёл тебя спасти... — собрав остатки мужества, прохрипел наставник, однако тут когти несколько сошлись и его речь прервалась, утонув в неразборчивом бульканье.

По залитому тьмой тоннелю пришлось двигаться на ощупь. Хорошо ещё, что земля под ногами была ровной.

Вперёд, вперёд, скорее вперёд! Пока те, за спиной, не оправились, не сообразили, что надо делать... Кстати, как попал сюда Учитель? Он-то шёл нам навстречу? Так что, быть может, — даже наверняка — есть и ещё ходы, ведущие к шахте. Людоеды могут и сообразить, как выбраться на поверхность... Впрочем, будем надеяться, что на подобные рассуждения их головы не слишком способны.

Шагай, шагай, шагай. Вот правая рука провалилась в пустоту — это значит, что мы миновали развилку. Теперь — по левому тоннелю. И ходу, ходу, ходу!..

* * *

— Ваше превосходительство. Здесь Кристоферсон. Они снова ушли. Обрушили свод. И ушли. У меня трое попали под обвал. Гипоксия. Контузии. Вывожу людей на поверхность. Идём к сорок пятому колодцу. Надеюсь успеть.

— О-о-ох... Ещё немного, Крис, и я прикажу открыть огонь. Я начинаю сомневаться, что мы её вообще когда-нибудь возьмём. Эта погоня... мне кажется, начинает терять смысл... Медики на месте?

— Да, ваше превосходительство.

— А наставник Эйбрахам?

— Остался с ними, господин генерал.

— Поня-а-тно... Ну что ж, вы всё решили правильно... Действуйте по обстановке, Крис, и помните — резервов у меня больше нет. Послать вам на помощь некого, разве что штабную обслугу.

— Постараемся справиться своими силами, ваше превосходительство.

— Конец связи, Крис... Михаэль!.. Михаэль!!.. Кликните кого-нибудь из врачей... что-то у меня с сердцем неладно...

* * *

Лиззи вновь сладко посапывала, отвернувшись к стене и свернувшись в комочек под одеялом. На подушке рядом с девочкой по-прежнему лежала любимая кукла, однако она больше не вздыхала и не ворочалась, повторяя движения хозяйки. Магия иссякла. Похоже, Великий Дух решил распространить свой запрет и на доселе хранимый клан Твердиславичей.

— Ой-ой-ой... — Ирка сидела, обхватив голову руками и раскачиваясь из стороны в сторону. — Ой, ну точно дознается... Ой, да это небось из-за нас... Ой, Фай, да что же теперь будет?..

— Ничего не будет! — жёстко отрубила та.— Главное — язык за зубами держи. Я нутром чую — Джей мы если и не вытащили, то по крайней мере помогли...

* * *

Наверное, их в тот день хранил дух Чёрного Ивана. До самого жерла шахты Джейана и Бу добрались без всяких приключений. Учитель время от времени начинал слабо трепыхаться, однако жалкие эти попытки немедленно пресекались, стоило Буяну чуть-чуть пошевелить когтями. Преследователей слышно не было.

В шахте было не так темно, однако наверху виднелась дыра в кровле; через неё лился слабый свет. Похоже, наступил вечер, однако даже в слабых закатных лучах, чей неверный отсвет проник в подземелья, можно было различить карниз, опоясывающий по периметру бездонное жерло, тонкие перильца и тёмные провалы ходов на противоположной стороне шахты.

Из снаряжения у Джейаны не осталось ровным счётом ничего; нож отняли, заплечный мешок, где был припасён моток верёвки, сняли ещё в пещере. Голые руки — делай что хочешь.

Джейана перевесилась через перила. Нет... нет... нет, ничего не чувствуется. Если что-то и было там, на самом дне, — оно ничем себя не обнаруживало. Но всё равно — другого выхода нет. Она должна попасть туда... потому что наверху надежды нет совсем. На неё теперь точно ополчатся и Учителя — разве простят ей такое обращение с наставником её собственного клана?

Смотри, смотри, смотри пристальнее... Ага! Что это у нас там?

Внизу, уже на самом пределе зрения, смутно виднелся второй карниз, примерно в двух человеческих ростах ниже того, где стояла девушка.

В минуты опасности бывает так, что нужные решения сами вспрыгивают в голову. Вот и сейчас:

— Бу, оставь его! Перила ломай!.. Опускай шест!.. Теперь держи крепче! Я спускаюсь!..

— Останови-и-ись! — завопил Учитель.— Прокляну-у-у!..

Несколько месяцев назад от этого крика у Джейаны, наверное, отнялись бы ноги. Теперь же она лишь сплюнула.

Спуститься по шесту было делом нескольких секунд.

Второй, нижний, карниз ничем не отличался от первого. Разве что темнотой.

— Спускайтесь, наставник! — окликнула старика Джейана. — Что вы на нас сердитесь, мы ж вас какникак у людоедов отбили... Ещё б немного, и точно к ним в котёл бы попали!

Ответа не последовало. Вместо него раздалась какая-то возня, сопение, кряхтенье, затем отчаянное «я же упаду!», и Учитель съехал по шесту прямо в руки своей недавней ученицы.

Под тяжестью Буяна шест жалобно затрещал, однако выдержал.

— Вот таким порядком, — бросила Джейана, когда они миновали третий карниз.

Глубоко? Неважно! Сколько бы ни было — одолеем. Сейчас она не чувствовала ни голода, ни обычной жажды. Их заменила жажда иная — жажда Силы. Скорее, скорее, скорее вниз! Высоко над головами осталась дыра в крыше шахты, дыра, очень не нравившаяся Джейане. Если людоеды хорошо знают дорогу, чего им стоит промчаться поверху и спуститься следом?..

* * *

— На связи Кристоферсон. Мы на месте. Начинаем спуск. ИК-детекторы показывают след. Они ушли вниз по стволу коммуникационника.

— Быстрее, Крис, быстрее! Я боюсь даже и думать, что случится, если вы не успеете!

— Но с ними наставник Эйбрахам. Он может помешать...

— Сомневаюсь. Полагаю, он взят в заложники.

— Будет приказ освободить?

— Нет. Для Джейаны он обуза. Так что, напротив, нужно молиться, чтобы она его не бросила. И помните — его высокопревосходительству господину верховному координатору живой нужна именно Джейана Неистовая, а не... а не наставник Эйбрахам. Отчего вы замолчали, Крис? Что-то неясно?

— Гхм... виноват, ваше превосходительство. Всё ясно. На сей раз я её не упущу.

— Да уж, постарайтесь, Крис. Конечно, я не верю, что она сможет запустить хоть что-нибудь, даже если доберётся до низа, но... Лучше не рисковать.

— Так точно. Разрешите закончить сеанс?

— Разрешаю. Удачи, Крис.

* * *

Когда сверху прокатилась волна серого неяркого света, Джейана поняла — их настигают. Погоня не заплутала, не сбилась с дороги, она деловито отыскала выход шахты на поверхность и теперь торопилась следом. Ну что ж... тем хуже для них.

— Бу. Пришло время...

Человекозверь коротко взглянул на девушку и кивнул. Да, всё правильно. Они будут драться.

Очень быстро стало ясно, что соперничать с преследователями в быстроте не приходится. У них были

длинные верёвки, и они скользили по ним вниз с ловкостью лесных зверей. К тому времени как погоня поравнялась с беглецами, Джейана оставила за спиной добрый десяток карнизов.

Тёмные фигуры замелькали на противоположной стороне шахты. Благоразумные, они держались подальше от когтей Буяна. Взлетели к плечам короткие чёрные штуковины, очень похожие на те, что изрыгали свистящую смерть, когда Твердислав, Буян и Джейана прорывались сквозь ряды воинства Чёрных Колдунов, а Иван прикрывал их отход.

Буян одним движением толкнул Джейану назад, во тьму какого-то коридора, ринувшись по узкому карнизу навстречу атакующим. Сверху по верёвкам уже скользили следующие, причём скользили как-то очень странно — руки их при этом оставались свободны.

И тотчас вокруг чёрных дул заплясали быстрые пламенные венчики. Земля возле самой головы Джейаны брызнула небольшим фонтанчиком. Знакомое дело... Оружие врагов питалось той же самой Силой. Лишившись её, изрыгающие огонь устройства превращались в никчёмные железяки. А это — это тот же самый лук, или самострел, только похитрее...

Учитель валялся грудой грязного тряпья на земле, закрыв голову руками и тихо завывая.

Джейана видела, как дёрнулся, однако не остановился задетый вражьим оружием Буян, как мелькнула его чудовищная лапа, погружаясь в горло неосторожному противнику; в следующий миг рядом с Джейаной шлёпнулось нечто продолговатое, чёрное, горячее, остро пахнущее разогретым металлом.

Руки опередили сознание. Подхватить... вскинуть... пальцы сами нашли легко поддавшийся крючок, и отвратительное устройство плюнуло горячим градом. Ему было всё равно, в кого стрелять. Оно мечтало только убивать, и ничего больше.

Два тела мешками обвисли на канатах, отчего-то не сорвавшись вниз. Буян с рёвом швырнул через перила третьего, однако и сам человекозверь уже еле держался на ногах. Сверху хлестал гибельный незримый ливень, и не было Силы, чтобы поставить надёжный щит...

— Беги, Джей! — простонал Буян. Схватился за перила — и сполз вниз, растянувшись на узком карнизе. — Беги-и-и!..

Бежать? Нет. Здесь некуда бежать. Нет дороги для отступления. Блуждать в тёмных тоннелях?.. Да ей просто не дадут уйти. А чужое оружие в руках дёрнулось в последний раз и замерло, опустошённое.

Некуда бежать. Да и незачем. Этим тварям она живой не дастся. Радости им она не доставит.

«Холодное спокойствие и бесстрашие. Чёрная бездна, гробница Силы, ты ждёшь меня. И я иду. Я слышу твой зов. Вперёд!»

Она закричала и невидяще ринулась вперёд, прямо на ограждающие провал перила. Воздух вокруг пел и звенел от смерти, однако она, Джейана Неистовая, оказалась сильнее. Она уже ничего не боялась.

Перемахнула через жердь, на ускользающе краткий миг зависла в воздухе — и беззвучно, словно подбитая птица, канула в слепую глубину.

— Дже-е-е-ей!..

Проломив последним усилием преграду, следом за ней вниз тяжело рухнул израненный Буян.

ЧАСТЬ ВТОРАЯ

ТАМ, ЗА НЕБОМ

Он не помнил, что было с ним, когда неведомая сила втянула его внутрь проклятой *машины*. Он не мог сопротивляться. Всё, что он имел и умел, оказалось бесполезным. Можно выть, можно кататься по серому полу — ничто не поможет. Ты в клетке, ты заперт. И это, значит, называется Летучий Корабль? Но разве Великий Дух нуждается в грубой силе, чтобы призвать к себе одного из собственных чад? Нет, конечно же, нет!

Когда схлынуло первое отчаяние, Твердислав смог осмотреться. Правда, оказалось, что смотреть-то как раз и не на что. Серо справа, серо слева, серо вверху, серо внизу. Серо со всех сторон. И так же серо, тяжко и безрадостно внутри. Да, он смог, он выполнил Долг Крови, он освободил Лиззи... но вот донесут ли её до клана Бу с Ольтеей? Не окажется ли всё напрасным?.. Перед глазами до сих пор стоял алый берег, распластавшаяся на песке дивная железная птица, спустившаяся за ним с небес... Как он мечтал в своё время об этом! Оказаться подле самого Великого Духа! Взглянуть в Его бездонные очи, «вместившие всю мудрость и всю боль мира», как любил повторять Учитель...

Куда всё это пропало? Почему он сидит, скорчившись в углу, уронив голову в ладони, с трудом сдерживая постыдные слёзы? Ведь даже с друзьями он расстался ненадолго! Там, в Чертогах, его будут ждать встречи с теми, кто погиб, не дождавшись своего Дня, там он встретится с Джейаной — быть может, поглощённая

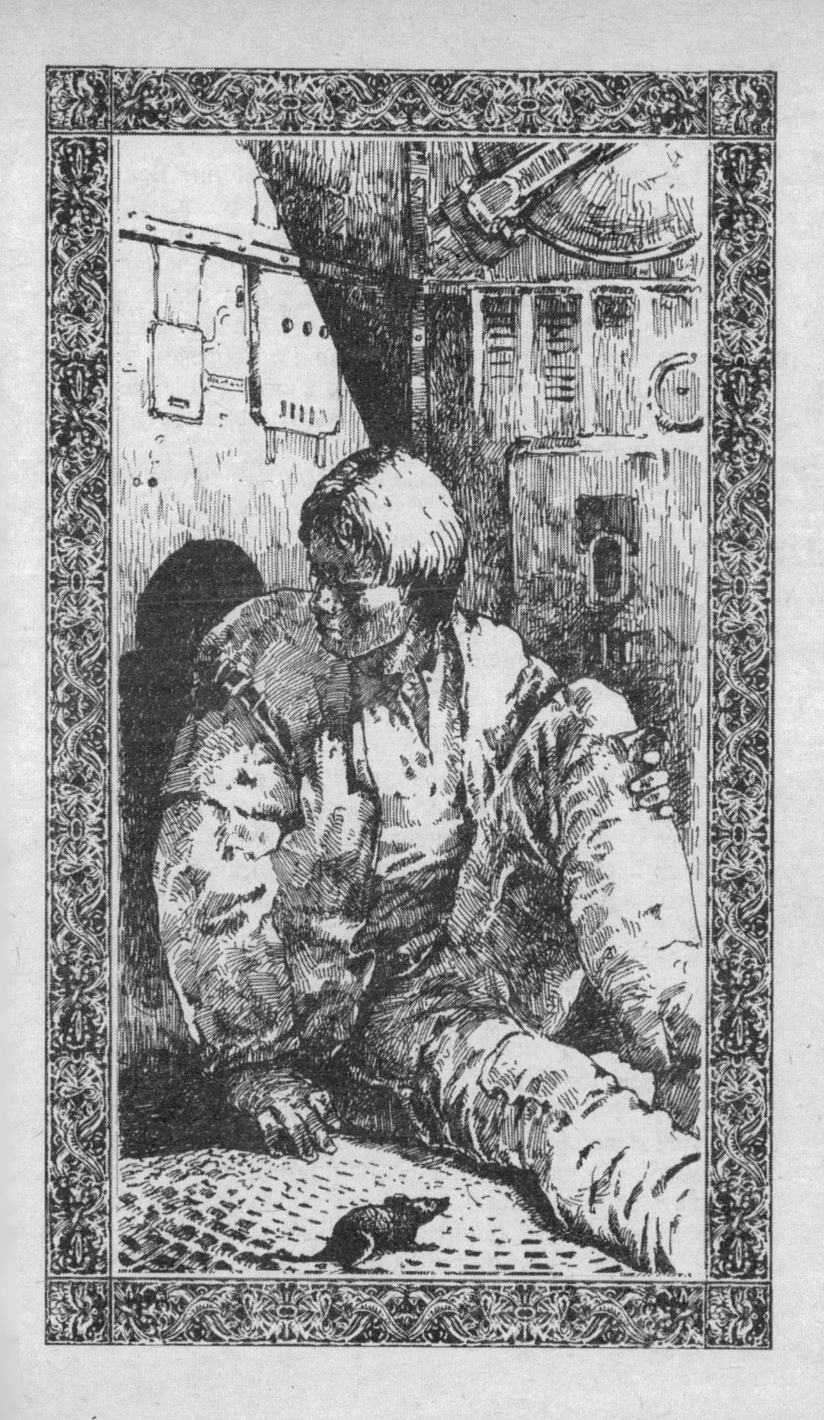

огненной пастью, она уже ожидает его?.. И сердится, что его нет так долго, что он не радуется предстоящей встрече?..

Твердь тяжко вздохнул. «Прости меня, Великий Дух. Прости. Я должен был это сделать... Вождь из Вождей и Воин из Воинов, ты, наверное, поймёшь меня. Как же так — бросить крошечную малышку, и пальцем не пошевелив, чтобы попытаться выручить! Знаю, знаю, «клан без тебя мог погибнуть». Но что же это за клан — и что же я за вождь, — если без меня он обречён на погибель? Тогда, наверное, тянуть и в самом деле нельзя. Пусть каждый встретит свою Судьбу. Но встретит не с покорно опущенными руками!»

Тишина. Откуда-то издалека доносился еле слышный, приглушённый гул. Стена едва заметно подрагивала. Больше ничего не менялось.

Как ни взвинчен он был, как ни разгорячён схваткой, однако мало-помалу начинал успокаиваться. Жизнь в кланах приучала переносить удары Судьбы, не опуская головы. Заполненная пламенем пропасть поглотила Джейану... но, как бы то ни было, они ведь всё равно ещё встретятся. Там, у Престола Великого Духа. Что бы ни случилось. Старая, привычная жизнь осталась позади. Летучий Корабль нёс его в неведомое, навстречу самому важному событию всей его жизни и навстречу тому, что последует за ним. Можно было гадать до бесконечности — но ведь всякий знает, пути Всеотца неисповедимы. Никто никогда, даже Учитель, даже Исса, Наставник наставников, не сможет сказать, что ждёт тебя за Небом. Иная жизнь — или вечная Тьма, в которой навсегда тонут согрешившие против Его установлений? Если это правда, ему, Твердиславу, несдобровать. Уж он-то, похоже, нарушил все установления, какие только мог.

А Летучий Корабль, чуть подрагивая, всё нёс его дальше и дальше. Жаль, что здесь нет окон, что нельзя в последний раз посмотреть на родной мир с высоты. Остаётся только ждать — кто знает, сколько? По этому поводу, кстати, — неплохо было бы поесть.

Стыдись! — попытался он одёрнуть сам себя. — Стыдись! Готовишься предстать... а сам думаешь о жратве!

Однако это помогло слабо. Живот бурчал что было сил, словно решив отыграться за долгую и вынужденную покорность, — в дороге, как известно, ели что попало, а зачастую и вовсе постились.

Некоторое время Твердислав убил, борясь с этой стыдобой. Пока что — надо признаться — *Полёт На Летучем Корабле*, о котором в кланах ходило столько придумок, его разочаровывал. Сидишь в слепой коробке, точно пойманная малышней землеройка. Ничего не видишь, ничего (почти) не слышишь, ничего (почти) не чувствуешь. Ничего не изменяется. Ходишь по полу, как по земле, не трясёт, не качает. Всё слишком деловито и буднично. Не так, нет, совсем не так рисовался ему этот миг...

Но что толку роптать на Им решённое? Уж Летучие-то Корабли, не сомневался вождь, это точно — деяние Великого Духа. А всё прочее... Многие могут святым именем прикрываться: пользуясь Его несказанной добротой и всепрощением...

А как же клан Хорса? Или прав Чёрный Иван, и не Всеотца длань поразила их?..

Чем больше времени проходило с того дня, как Твердислав познакомился с Чёрным Иваном, наставником-изгоем, тем сильнее убеждался, что встреча та — вещая. Жаль только, пробыли вместе недолго. А теперь и спросить будет не у кого. Разве у самого Великого Духа? Но не станешь же у него выяснять, зачем-де в глубине земли вырыты тоннели, кто такие Чёрные Колдуны с Острова Магов и почему так верилось во всё, что говорил Иван, хотя это было совершенно не то, чему учил родовичей Учитель. Да и ответит ли Великий Дух? Смешно.

Твердислав ни на миг не верил, что Лиззи похитили, потому что на это-де, мол, была воля Всеотца. Не верю! Великий Дух благ... по крайней мере в это хочется верить.

А потом внезапно раздался громкий и неприятный лязг пополам с шипением. Корабль ощутимо встряхнуло.

От неожиданности Твердислав замер, не зная, что делать. Руки сами собой сложились в один из охранных знаков — как будто бы подействовало, тряска разом прекратилась. Неведомые твари за стеной пошипели ещё немного в бессильной ярости и тоже умолкли.

Сердце вдруг заколотилось часто-часто. Сейчас... сейчас... Сейчас!!!

Серую поверхность стены рассекла чёрная отвесная трещина. Открылся проход — освещённый тусклыми огнями, вдаль тянулся длинный коридор. Это явно было сделано руками людей — идеально правильные углы, на стенах — крупные непонятные знаки, и сами стены тоже не гладкие, а все в каких-то мелких выступах, нишах, видны дверцы, круглые и прямоугольные, перемигиваются огоньки...

Стой. Да стой же!.. Нога Твердислава замерла над порогом.

«Ты забыл?! Именно так *всё* выглядело в подземельях Острова Магов!»

Он замер. Разум привычно потянулся к надёжным, испытанным боевым заклятиям — напрасно. Мысль встретила одну лишь пустоту.

«Но кто тебе сказал, *как* всё должно быть возле Его престола? Сколько ты будешь стоять здесь — вечность? Нет, надо идти...»

Он осторожно двинулся вперёд, то и дело невольно сбиваясь на мягкую, крадущуюся охотничью походку, глаза и уши наготове.

За стенами шла какая-то своя, особая жизнь, большей частью, правда, не слишком приятно звучащая — чмоканье, погромыхивание, высокое гудение, иногда какие-то всхлипы, точно там рыдал настоящий кособрюх. Время от времени что-то начинало лязгать, точно кто-то с силой лупил друг о друга двумя здоровенными железяками.

Наконец коридор завернул. Аккуратно пройдя поворот по внешней дуге, Твердислав оказался в небольшой, очень светлой комнате без окон. Панели на потолке сияли белым огнём. А посредине, возле здоровенного белого же стола, уставленного какими-то замысловатыми штуковинами, нетерпеливо покачиваясь с пятки на каблук, Твердислава ждал высокий черноволосый человек в странном одеянии.

Блистающе-коричневатое, оно обтягивало его с ног до головы, и юноша нигде не видел ни швов, ни застёжек. На вид незнакомец казался ровесником Чёрного Ивана и даже чуть-чуть походил на того лицом — такое же жёсткое, решительное выражение тёмных глаз; такой же выпяченный подбородок, даже застарелый шрам на левом виске был похож. Руки незнакомец держал за спиной, и Твердислав тотчас же насторожился. В кланах это было не принято. Встретившись с кем-либо на тракте или на лесной тропе, полагалось дать понять, что не питаешь вражды, а значит — держать ладони на виду.

— Привет, Твердь, — поздоровался незнакомец. Он старался, чтобы голос его звучал спокойно и дружелюбно, однако глаза подвели. Там стояли страх и недоверие.

Но откуда могут взяться страх и недоверие здесь, возле самых Чертогов?..

— Мне поручено встретить тебя. Можешь называть меня Александром... Ну, может, всё-таки поздороваемся?

Твердислав шагнул вперёд. Готовый в любой момент к отпору, протянул раскрытую ладонь. Он ругал себя за эти постыдные предосторожности, но сделать с собой ничего не мог.

— Не доверяешь мне — и правильно, — назвавшийся Александром попытался не упустить инициативу. — Верно. Здесь никому доверять нельзя...

«Сейчас скажет — даже собственной тени...»

— ... даже собственной тени, — с оттенком напыщенности закончил человек, и Твердислав с трудом удержался от улыбки. Мысленно он процитировал одно из любимейших выражений Учителя. — Ну, что же ты молчишь? У тебя ведь, наверное, масса вопросов.

— Что с моими... с Джейаной... с Лиззи?

Александр удивлённо поднял красивые брови.

— Друг мой, но откуда ж мне знать? *Информации* не поступало. Кроме того, прими мой искренний и совершенно бесплатный («это как?» — не понял юноша) совет — оставь свою прошлую жизнь в прошлом. Перед тобой совершенно новый путь. Куда труднее и опаснее. Где тебе преградят дорогу не какие-то там Ведуны, с коими можно вполне управиться немудрёным колом.

Понимаешь? Я рад бы ответить тебе, но... — он развёл руками.

— Но нам говорили... — От волнения голос у Твердислава сорвался. — Нам говорили, что, возносясь на Летучем Корабле к Престолу Великого Духа, мы встретимся с теми, кто не дожил до этого дня, кто погиб, сражаясь с Ведунами...

— Одним словом, ты хочешь спросить — жива ли твоя Джей? Этой информацией я владею. Она жива, и это всё, что мне дозволено открыть тебе, — заторопился собеседник Твердислава, видя, как вспыхнули глаза юноши, а на губах уже затрепетали десятки иных вопросов.

Голова у Твердислава внезапно закружилась. Она жива! Джей жива! Ну конечно, как он мог сомневаться! Конечно же, такая Ворожея, как она, не может поддаться какому-то там пламени! Великий Дух, как сразу стало жарко!.. И.. как в груди-то щемит!.. А глаза? Глаза?! Что это — слёзы наворачиваются?!..

Стыдясь, юноша отвернулся. Александр деликатно отвёл взгляд.

— Да, да, она жива. Утешься этим, вождь Твердислав. Утешься, но в то же время помни — ваши судьбы пока что разделились, и сойдутся ли они ещё — ведает один Великий Дух. Ну а теперь пойдём. Тебе предстоит долгая дорога. Очень долгая.

— К-куда?

— О! — похожий на Чёрного Ивана человек улыбнулся одними губами. Глаза его остались холодны. — Очень, очень далеко. Туда, за небо.

— Н-но...

— Ты предстанешь перед Ним, — голос торжественно зазвенел. — Это случится совсем скоро. Сегодня... ночью. А наутро ты отправишься дальше.

— А что же это за место? Как оно называется? Я думал...

— Разве наставник не объяснил тебе? Это — дом меж землёй и небом, место, откуда уходят к дальним мирам звёздные корабли... Разве тебе не рассказывали о множественности звёзд, планет, обитаемых миров?

— К-конечно... — Твердислав как мог боролся с постыдным заиканием, вдруг привязавшимся к нему.

— Тогда ты всё поймёшь. Тебе предстоит проделать невообразимо далёкий путь, пройти сквозь исподнее пространства, сквозь его мягкое, потайное подбрюшье. Всеотец проведёт тебя тайными тропами звёздной страны, и дальше... дальше всё уже будет зависеть от тебя.

— Но что это будет? И что мне там делать?..

Александр внезапно и резко взглянул в лицо Твердиславу.

— То же, что и здесь. Биться с врагами Великого Духа!..

...Короче и яснее сказать было нельзя.

* * *

Его долго вели по коридорам, странным коридорам, где за серыми, изукрашенными *приборами* стенами текли ощутимые струйки Силы. Даже он, не слишком способный к магии, чувствовал их, а уж как развернулась бы здесь Джейана!.. Вместе с Александром они шли бесконечными переходами *Звёздного Дома*, Преддверия Дорог, как ещё порой называли это место. Им встречалось немало людей, все почтительно кланялись Александру и ещё — каждый стремился улыбнуться или хотя бы одобрительно кивнуть ему, Твердиславу, а лучше — и то и другое вместе. К удивлению своему, Твердислав совсем не видел молодых лиц. Александр казался едва ли не самым юным. Остальные — куда старше; немало встречалось и настоящих стариков вроде Учителя.

Странными были и взгляды. За дружелюбием прятались страх и непонятная, робкая надежда. Причём боялись отнюдь не его, Твердислава. Страх казался становым хребтом этих людей, всё вокруг воспринималось ими через этот страх — хотя то, чего (или кого) они боялись, явно было очень далеко. Люди выросли с этим страхом, они сроднились с ним, и Твердиславу вдруг начало казаться, что страх — это всё, что здесь есть. Страх — первопричина всему. И его путешествию тоже. Сказал ведь Александр о «врагах Великого Духа»! И, конечно же, сказал не случайно. Неужто и здесь, за небом, тоже есть свои Ведуны?.. Жаль, жаль, что нет здесь Джей — порой она любила повоевать. Когда нет угрозы клану.

— Куда мы идём?

— Подобрать тебе новую одежду. Нет-нет, не беспокойся, меч останется при тебе. А потом, когда ты поешь, я проведу тебя по всему *Звёздному Дому*. Покажу, где и что, познакомлю с его обитателями. Ты посмотришь на свой мир... сверху, из-за неба. Потом поспишь — если, конечно, сумеешь заснуть перед встречей с Великим. Ну а уж что скажет тебе Он, — Александр развёл руками, — поистине неведомо никому. Его речи ты передашь мне. В зависимости от этого я распоряжусь, чтобы тебе приготовили новый корабль — он понесёт тебя дальше. Всё понятно?..

Звёздный Дом оказался поистине огромен, однако переходы его отнюдь не казались запутанными. Напротив, всё было очень легко запомнить. Яркие указатели на стенах — знакомые буквы, складывающиеся в не слишком понятные слова типа *«навигаторская», «первое машинное отделение», «второе машинное отделение», «рекреационная зона», «общий узел связи»...*

Потом был небольшой тесный закуток, где Александр достал из открывшейся в стене ниши тугой свёрток одежды, — она оказалась нежно-солнечного цвета, такого Твердислав не видел ни на ком из встреченных в *Звёздном Доме*.

— Конечно, — заметил Александр, видя удивление юноши. — Ты ведь не просто один из нас, чтящих заветы Всеотца. Ты — из числа его избранных чад. Отсюда — и твой особый цвет. Всё очень просто.

Новая одежда прилегла к телу точно вторая кожа. Она вообще почти не чувствовалась. Слева на поясе имелись застёжки для ножен; Твердислав не замедлил повесить меч на место. Как-то неловко было всё время таскать его в руках.

— Ну вот, теперь ты готов, — Александр критически оглядел парня. — Пойдём, тебе надо перекусить...

В *Звёздном Доме* таилось немало чудес. Твердислав чувствовал — его поводырь ожидает от него, вождя Лесного клана, широко разинутого рта, вылупленных глаз и тому подобного. Как бы не так. *Машинами* его не удивить. Он же чувствует текучий бег Силы... и может лишь скрипеть зубами, что Сила эта ему неподвластна. Правда, в ней он и не слишком нуждался. Это — удел Ворожей. Ему вполне хватит тех старых, надёжных заклятий и наговоров, что никогда не подводили его в дальних и опасных экспедициях там, внизу. Не подведут они и здесь, он не сомневался. Ведь ближе к небу — ближе к Великому Духу, разве не так? Так что не надо стараться, проводник. Я не испугаюсь и не рухну на колени перед твоими мёртвыми монстрами. Я знаю — мудрость Великого Духа безгранична, и он не напрасно лишил нас всего этого, желая, чтобы мы стали сильными, способными обходиться без всего этого.

— Я ведь могу спрашивать?..

— Конечно, вождь Твердислав.

— Кем построено всё это? — юноша обвёл рукой вокруг себя. — Кто создал всё это?

— Кто создал? — Александр весело поднял тонкие брови. — Создали люди. Разве ты ещё этого не понял? Разве наставник не рассказывал тебе о храмах? Считай *Звёздный Дом* ещё одним храмом, правда, не совсем обычным. Мы ведь сейчас высоко-высоко над твоим миром, вождь Твердислав. Плывём в пустоте, и вокруг нас нет сейчас ничего...

Да, об этом Учитель говорил. Что ж его, Твердислава, тут держат за полного дурачка?

— Я знаю, как всё устроено, — набычился он.

— Извини меня, — тотчас одёрнулся Александр. — Извини. Конечно, ты знаешь. И, я полагаю, этим твои вопросы не исчерпываются?

«Говорить ему о Чёрном Иване или нет? Хотя, собственно говоря, почему бы и не сказать — если Великий Дух ведает все дела мои с первого до последнего вздоха, и если Он решил, что я всё-таки достоин вступить на Летучий Корабль, — какой смысл скрытничать? Не умею я этого и не люблю. Лучше уж напрямик, всё как есть».

— Расскажи мне о мире, откуда ты пришёл... откуда пришли вы все. Можешь?

— Ты держишься молодцом, — одобрительно кивнул Александр, однако глаза его странно похолодели, а левый уголок рта нервно дрогнул — собеседник Твердислава заметно волновался и даже не слишком пытался это скрывать. — Ты держишься молодцом и задаёшь правильные вопросы. Но, помысли сам, — как расскажу я тебе о громадном мире, мире, раскинувшемся далеко-далеко по звёздным пределам, мире, где сотни планет, сотни солнц? Разве ты сможешь рассказать *мне* о своём собственном мире? Да так, чтобы я всё понял? А, Твердислав? Что мне делать? С чего начать? — Александр откинулся на спинку сплетённого из тонкой волосяной сетки *кресла*, как поименовалось оное седалище.

— Отчего же? — удивился юноша. — Спроси — я расскажу. Это же очень просто. Начать с кланов. Какие они, сколько, как живут, как управляются, как воюют. Про леса наши. Про зверей, про охоту, про Ведунов. Долго говорить не придётся, ежели про самую суть сказать.

— Про самую суть... — Александр опустил глаза. Пальцы задумчиво барабанили по поверхности стола, до невозможности гладкой и блестящей. Чтобы добиться такой чистоты, надо много дней тупо тереть камень полировальной шкуркой, до крови стирая ладони. Но здесь-то, понятно, ничего никому стирать не придётся. На то *машины* имеются.

— Про самую суть... Ну, если угодно, слушай. Суть такая. У нас война.

— С кем? — непроизвольно вырвалось у Твердислава.

— Везде есть свои Ведуны, — Александр криво и некрасиво дёрнул ртом. — Везде. Только у нас они называются Умниками.

— Умниками? — удивился парень.

— Да-да, именно так. Умниками.

— Но... кто они? — первоначальный вопрос был уже забыт. Война и враг — что ещё нужно молодому?

Праведная война и донельзя отвратный, не имеющий никакого морального права существовать враг. Тогда всё становится ясно, чётко и понятно.

— Не знаю, — собеседник покачал головой. — Не могу тебе ответить ничего, кроме... кроме лишь того, что они тоже дети... дети Великого Духа, как и все мы.

— А почему не можешь ответить? Вот про Ведунов я столько могу порассказать!..

— Верно, — через силу улыбнулся Александр. В глазах его застыл лёд, и Твердиславу казалось, что вот-вот, один неверный шаг, и он сам провалится в убийственно холодную, тёмную воду мрачной и страшной тайны, от которой его старательно пытаются уберечь. — Верно, Ведунов ты видел в лицо, дрался с ними... У Умников же масса обличий. И имён тоже масса, и способов, которыми они сражаются. А вот цели их ничем не отличаются от ведуньих — мы, люди, должны исчезнуть. Уйти с этой земли, освободив её для новых хозяев...

— Погоди! — встрепенулся Твердислав. — Когда я дерусь с саламандрой, или с кособрюхом, или ещё с кем, — он передо мной, я его вижу. И могу рассказать другим. А у вас...

— У нас всё гораздо сложнее, вождь Твердислав. Намного сложнее. Война — слово короткое, а вмещает в себя так много! — Александр с усилием потёр лоб, словно это могло помочь. — Ты задаёшь неудобные вопросы, но это и хорошо. Ты всё поймёшь сам. Ну так вот, мы воюем как будто бы сами с собой. С зеркальным... ты ведь знаешь, что это такое?.. с собственным зеркальным отражением. Нет никаких чудовищ, вождь Твердислав. Ты встречаешь друга, старого друга, с которым вместе учился, которого знаешь много солнечных кругов, — а он вдруг поворачивается и всаживает тебе нож в сердце. То, с чем ты работал, внезапно оказывается под контролем совершенно иной, чуждой тебе силы, и твои собственные творения, неживые, механические, вдруг начинают гоняться за тобой следом. Ох, прости, мне не хватает слов... Видишь ли, наша жизнь сильно отличается от вашей, многих *терминов* ты просто не знаешь...

— Но что такое *термин,* Учитель нам говорил, — пробурчал юноша.

— Да?.. Ну и очень хорошо... Я постараюсь объяснить. Наши города разделены — в большинство мест там мы не можем и сунуться, в лучшем случае это означает медленную и мучительную смерть...

— Смерть есть врата к иному, лучшему, — пожал

плечами Твердислав. — Умирая, а тем паче погибая в бою за Его дело, ты попадаешь прямо к Нему в чертоги...

Он осёкся, потому что Александр смотрел на него совершенно дикими глазами, разом утратив всю выдержку и лоск. Так смотрят на сморозившего невероятную, невообразимую глупость, — и парень тоже застыл, недоумённо глядя на остолбеневшего человека.

— Да-да, прости... — смешался Александр, отводя взгляд. — Прости меня, пожалуйста... я не... Ну, в общем, я лучше продолжу.

— Так вы их что, совсем не видите?

— Н-ну... нет. Не совсем так. Видим, конечно же, и сдерживаем.

— Что-то я совсем ничего не понял, — признался Твердислав. У него и в самом деле *ум заходил за разум*, как любил говаривать Учитель.

— Это ничего, — ободряюще заметил собеседник. — Так происходит со всеми. Не надо пугаться собственного непонимания: это лишь свидетельство твоей чистоты. Великий Дух просветит тебя. Кроме того, тебе предстоит самому увидеть этого врага... и в открытую сразиться с ним. Это великая честь! — заторопился Александр, видя недоумение юноши. — Впрочем, не стану говорить за Него. Ты всё увидишь сам.

— Но... что это за враги? Зеркальное отражение, сказал ты? Но как можно воевать с отражением? Неужто вы не видите их лиц, не можете схватиться в открытую?

— Не видим и не можем, — последовал ответ. — Пойми, вождь Твердислав, — привычного тебе врага там не будет. Мы со всей нашей мощью, что позволяет... гм... помогать Великому Духу в многотрудном деле зажигания и гашения звёзд, — мы бессильны. Мы ещё можем кое-как сдерживать их натиск... но сами перейти в наступление не в силах.

— Так куда же наступать, если вы их не видите?

Александр сокрушённо развёл руками.

— Мы рассчитываем на тебя. На тебя и твоих сородичей. Вы — любимые дети Всеотца, вам, и только вам, может он даровать победу. Мы, наверное, недостойны...

— Если вы недостойны... — начал было Твердислав.

— Нет-нет, я совсем не то хотел сказать, — заторопился говоривший. — Конечно, если мы прогневали Его, спасти нас не может уже ничто... но Он благословил вас, ваши кланы... Он не отверз от нас свой лик... в вас Он даровал нам надежду...

— А остальные? — задал наконец юноша давно вертевшийся на языке вопрос. — Не первый год наши уходят на Летучих Кораблях... И что же? Они преуспели?

Гладкое лицо Александра внезапно помрачнело, лоб пересекли морщины; он опустил голову, пальцы нервно забарабанили по столу.

— Сказать по правде, из них мало кто преуспел, — нехотя проговорил он. — Мне горько признаваться тебе в этом... но у нас не принято лгать и скрывать правду, как бы горька она ни была. Многие погибли сразу, в первых же боях. Многие... многие не выдержали. Усомнились. Усомнились, и Всеотец... лишил их Силы. Они стали самыми обычными людьми. Понимаешь? Дарованная Всеотцом мощь ушла, растаяла бесследно, словно её никогда и не было. Подобное пережили немногие... — мрачно закончил Александр. Взгляд его при этом блуждал, старательно избегая встречи со взором Твердислава. — Но, — голос собеседника отвердел, — я надеюсь, что тебя Всеотец не оставит. Будь праведен и чист, следуй Его предначертаниям, сражайся с Его врагами так же, как ты бился внизу.

— Мы пошли против Учителя, — с сумрачной откровенностью вдруг произнёс юноша. Ему не нравился этот разговор — непонятно отчего, но не нравился, и чем дальше, тем сильнее. Слишком уж уверенно вещал от имени Великого Духа этот человек... слишком уж много мёртвых машин находилось тут в подчинении людей (а зачем машины, если есть магия?), и Сила, уж очень похожая на покорённую Джейаной, текла здесь по незримым жилам за серой оболочкой тонких стен. С некоторых пор Твердислав не слишком доверял таким вещам. Сказать по правде, совсем не доверял.

Человек по имени Александр молча и выжидательно смотрел на юношу. На лице его не отразилось никаких чувств, ни удивления, ни тем более гнева.

— Мы пошли против предначертанного наставником. Пошли освобождать...

— Я знаю, — мягко проговорил Александр, чуть привставая и кладя руку Твердиславу на плечо. — Мне ведомы твои деяния и твои сомнения. Великий Дух открыл мне всё это, готовя к встрече с тобой. Но... тебе нечего страшиться встречи с Ним. Ведь иначе, гневайся Он, никакой Летучий Корабль не спустился бы с небес за тобой. Он простил тебе содеянное. Но...

— Но?

— Остальное Он сокрыл от меня, — вздохнул Александр. — Он скажет тебе об этом сам, своими устами, не чужими... Спрашивай ещё, вождь Твердислав. Я отвечу на все твои вопросы, если только смогу. О твоей миссии, правда, я ничего не знаю. Это осталось тайной даже для меня. Хотя... о, если бы Он разрешил тебе хоть чуть-чуть задержаться здесь! Тогда, быть может, ты смог бы отправиться дальше со своей подругой... Но — умолкаю. Мои недостойные уста и так изрекли слишком много. Ты должен спрашивать, а я — отвечать...

Твердислав помолчал, пытаясь успокоить мысли. Вели они себя, надо сказать, весьма неподобающим образом. Спросить... о чём? Что ещё может сказать ему этот человек с холёным ложноспокойным лицом? Ближний слуга Великого Духа... Но если он, Твердислав, избран и отмечен, если Всеотец простил ему весь поход за Лиззи, — тогда чего ему бояться и скрытничать? Почему бы и в самом деле не спросить напрямую — о Чёрном Иване, о погибшем клане Хорса... Чему быть, того не миновать. Но негоже уходить из родного мира, оставив позади вопросы.

— Я хотел бы узнать... почему погиб клан Хорса? Если, конечно, тебе это открыто, — он твёрдо взглянул в глаза собеседнику.

Александр не отвёл взгляда.

— Я думал, тебе известно, — спокойно ответил он. — Или ты хочешь проверить, не отличается ли известное мне от рассказанного тебе Учителем? Не отличается, вождь Твердислав, отнюдь не отличается. Они согрешили против заповедей Великого Духа. И он покарал их. Как согрешили, в чём покарал — мне неведомо. — Он едва заметно усмехнулся. — Прости, если я разочаровал тебя. Но...

— Я понял! — это получилось чуть резче, чем хотелось. Твердиславу-вождю не раз приходилось вести переговоры с теми же Середичами, владеть лицом он умел и знал, как это важно — не выдавать собственных чувств.

— Тогда скажи — а что ты вообще знаешь про нас, про кланы? Можешь ответить, кто украл Лиззи? Где — точно! — сейчас Джейана? Что происходит в моём клане? Можешь? А?

Александр некоторое время молчал, поджав губы и рассматривая собственные ногти, неправдоподобно чистые и ровные.

— Не злись, вождь Твердислав. Здесь, в *Звёздном Доме*, нет места низким чувствам. Подумай, тебе остались считанные часы до лицезрения Великого Духа... а ты всё ещё не очистил мысли от суетного. На эти твои вопросы я ответа дать не могу. От меня это слишком далеко. Я не знаю, кто такая Лиззи. Я не знаю о ней ничего, кроме одного лишь короткого имени. Мне известно о похищении...

— Кто её украл? Кому принадлежит остров посреди моря, где мы нашли её? Кому служит летучее чудище, едва не отправившее меня к Всеотцу раньше времени? Ты сказал — тебе ведомо о совершённом мной!..

— Тобой! — с нажимом в голосе прервал юношу Александр. — Тобой, а не *вокруг* тебя. Есть разница, ты не думаешь?

— Короче — обо всём этом я ничего не узнаю, — теперь пора криво усмехаться настала уже Твердиславу.

— Нет, отчего же, — возразил собеседник. — Узнаешь. Если на то будет соизволение...

— Великого Духа! — почти выкрикнул юноша.

— Правильно, — невозмутимо кивнул человек напротив.

* * *

Александр отвёл его в *Комнату Размышлений*, как пышно именовалась тесная каморка с жёстким полом и без всякой обстановки. Правда, отсутствие оной искупало громадное, во всю стену, окно, настоящая дверь в чёрную беспредельность, заполненную мириадами звёзд. Знакомый рисунок созвездий — Дерево, Дева, Копьё; только теперь нижнюю четверть неба занимал громадный голубой диск, весь подёрнутый лоскутьями сероватого одеяла.

— Твой мир, вождь Твердислав, — негромко произнёс Александр, остановившись у порога. — Посмотри на него. Вспомни всё случившееся с тобой. Предстоящая ночь — самая главная в твоей жизни... И кто знает, выпадет ли тебе счастье пережить подобное ещё раз. Оставайся здесь. Когда настанет *время*, тебя проводят. Прощай. — И, не дожидаясь ответа, провожатый Твердислава исчез. Дверной проём заполнила серая мгла; наступила мёртвая тишина, когда слышен ток крови в ушах.

Комната Размышлений. Да, ему есть о чём подумать. Или... уже не о чем, и всё, что случится с ним дальше, предрешено окончательно и бесповоротно?..

Он честно старался успокоиться, «освободить мысли от суетного» — правда, получалось плохо. Он ждал... чего он ждал? Невероятного, немыслимого, невозможного, чего не опишешь никакими словами и после чего дорога только одна — в Его длань, распасться на мельчайшие частицы и вновь быть собранному, уже новым существом из Его замысла. Чертоги Великого Духа! Сколько шептались и спорили о них! До хрипоты, а случалось, что и до драки... И вот он здесь. За небом. На пороге тайны. И видит — *Звёздный Дом*, творение рук человеческих. Преддверие — или?..

Нить рассуждений ускользала, точно стремительная подкаменная водяная змейка. Это злило, это не давало покоя — в клане вождь привык, что все мысли были, как правило, чёткие, определённые, и, если размышлять, непременно придёшь к *правильному* выводу, то есть выводу, от которого всем будет хорошо. А здесь... Почему этот Александр так уверенно и даже буднично говорит о Всеотце? Или он настолько близок к Нему, что беседы с Ним — обычное дело?

Юноше наскучило сидеть взаперти. Грандиозный вид, открывавшийся из окна, занимать перестал — ну, пустота, ну, чёрная... ну и что? Пустота, она пустота и есть. И этот голубой диск внизу, родной мир, — что в нём такого уж интересного? Чередование синих, коричневатых и серых пятен — вот и всё. Другое дело, предстань ему, Твердиславу, уходящие в бесконечность невообразимые ярусы Его твердыни, господствующей над всем Сущим!

Каморку свою он покинул беспрепятственно. Никто не держал его под замком, никто не ограничивал его свободы. Однако, уходя, парень не забыл наложить простенькое заклятие Порога — оно не остановит незваного гостя, но по крайней мере, вернувшись, он, Твердислав, будет знать, что к нему заходили.

Это заклятие требовало и кое-чего ещё, кроме Силы и воли. Например, тонкую нить, что укладывается в пыль перед самым порогом; пыли тут не было, как, впрочем, и порога, и все попытки выдернуть нитку из собственной одежды провалились. Неведомая ткань не поддавалась даже мечу. Остриё скользило по гладкой блестящей поверхности, не оставляя ни малейших следов.

Ну и дела. Эх, нам бы такое... когда за Ведуньей шли. Небось и близнецы бы тогда уцелели... и вообще всё по-иному пошло...

И вновь остро шевельнулось внутри — Учителя, служители Всеотца, сидят на таком богатстве... на такой мощи... и не могут (или не хотят?) поделиться даже и крохами. А ведь имей он, Твердислав, хоть малую толику того, что довелось увидеть, — Змеиный Холм утонул бы в крови, а Лысый Лес выжгли бы до последней головешки. И зажил бы клан спокойно...

Разумеется, он помнил — Ведуны попущением Всеотца оставлены для испытания избранным Его детям, дабы не отверзали истинный путь, дабы закаляли дух и тело, дабы... дабы... дабы...

Всё так. И... всё не так. Неправильно. Как неправильны холёные пальцы Учителя. И нежные, не знающие мозолей руки Александра, беспокойные руки, выдающие постоянный страх своего обладателя.

Покончив с заклятием, Твердислав осторожно двинулся по пустынному коридору. Куда? Он и сам не знал. Куда вынесут ноги. Он не крался, не прятался, он просто медленно шёл, полузакрыв глаза. Эх, эх, Лиззи бы сюда... или даже рыжую Гилви... Они здорово умели чувствовать Силу... ну, или, уж конечно, Джей. Хотя нет, она тотчас ринулась бы разбираться — что, где, откуда, куда и как. Твердислав хоть и не так остро, но тоже ощущал чуткую дрёму гигантской, непредставимой Силы, затаившейся где-то далеко под ногами. Правда, чувствовал он её плохо, куда хуже, чем, скажем, дома. И это казалось странным — ведь ближе к Небу значит ближе к Великому Духу...

Биения Силы короткими волнами накатывались со всех сторон. Сперва казалось — никто и никогда не разберётся в этом хитросплетении, даже если собрать тут всех без исключения Ворожей всех без исключения кланов.

Коридор вывел к громадному купольному залу. Сверху нависала чернота вечной ночи, истыканная, точно шкура взятого на охоте зверя, огоньками-стрелами неведомых охотников. Крышу было не разглядеть.

В этом зале народу оказалось чуть больше. И вновь Твердиславу досталось лишь несколько спокойно-доброжелательных, но лишённых назойливого любопытства взглядов. Немолодые большей частью люди тихо переговаривались, стоя небольшими группами или устроившись на длинных сероватых скамьях, свернувшихся разорванными кольцами, точно змеи, ловящие свой хвост.

Здесь было тихо и скучно. Бесцельно обогнув зал, поглазев на развешанные по стенам большие картины (и ничего не поняв, ибо собой они являли безумную смесь изломанных разноцветных линий и пятен), Твердислав вышел в другую галерею, с прозрачной крышей. Побрёл дальше.

Отсюда он смог разглядеть малую часть *Звёздного Дома.* Испещрённая какими-то многоугольными выступами и впадинами, серая, чуть заметно скруглённая стена уходила далеко вверх и вниз, насколько мог окинуть взор. С одного бока открывалась чёрная пустота — с другой воздвигалась серая громада *Дома*. И ничего больше.

Чёрное и серое. Молчаливые, измотанные постоянным страхом люди, у которых сил хватает только на тихие разговоры. Проходя по залу, Твердислав вновь ощутил их постоянный давящий страх. Страх этот имел имя. Смешное, совсем не подходящее для смертельной угрозы всему их существованию — Умники.

«Умники — враги Всеотца? И я должен сразиться с ними? Но если Ведуны — это ниспосланное нам испытание, то почему же Великий Дух не уничтожит *настоящих* врагов? Или... как там говорил Иван? Люди жили неправедно, и Всеотец создал мир кланов, потому что только мы можем... ну и так далее. Совсем запутываюсь. Так что же тогда, *мы и есть то самое оружие, кое Он приуготовил, дабы поразить Его врагов?*»

Твердислав чувствовал — ещё немного, и он окончательно перестанет хоть как-то разбираться в происходящем. Новые, совершенно необычные вопросы. На которые нет ответов, кроме одного, до боли знакомого, о неисповедимости путей Великого Духа.

...Он бродил по бесконечным лабиринтам *Звёздного Дома*, пока не начали ныть уставшие ноги, — у него, привыкшего отмерять за день сколько один Великий Дух ведает поприщ! Казалось, здесь не существует времени. Всё тот же мягкий свет заполнял коридоры и залы, всё те же люди неслышно передвигались по ним, занятые какими-то своими непонятными делами, всё так же, ровно и неизменно, билось в глубинах *Дома* Сердце Великой Силы.

Всё вокруг — ровно и неизменно. Сколько таких, как он, Твердислав, уже пришло сюда? И почему Всеотец потом отвернулся от них? Вроде бы ничего и не скрывал Александр, отделывался словами о незнании да ссылался на Великого Духа — а в то же самое время чудилась парню здесь какая-то мрачная тайна, укрытая множеством только на первый взгляд призрачных покровов, как та крепость на Острове Магов.

Ночь! Ну когда же здесь ночь? Похоже, лишь когда сам от усталости свалишься. Обладая острым чувством времени, Твердислав на сей раз не мог понять, сколько же длились его блуждания. И когда он совсем было собрался прилечь прямо тут, на полу очередного коридора, глазам его внезапно предстали знакомые очертания Комнаты Размышлений.

«Это я круга такого дал, что ли? — удивился юноша. — Лихо! А как тут моё заклятие?»

— Нагулялся? — Александр шагнул из-за угла. Как он ухитрился спрятаться в крошечной каморке, Твердислав не понял, да и едва ли бы смог от усталости. — Вот и хорошо. Входи. Твоё время близится...

Заклятие Порога было мертво. Твердислав мысленно потянулся к нему и раз, и другой, и третий — безрезультатно. Шагнул внутрь — и ничего не почувствовал. Казалось, что ничего и не делал, не накладывал никаких чар, а ведь на такую волшбу способен был и семилетний малец.

Неробкого десятка, Твердислав ощутил, что по спине его продрал лютый холод. И разум послушно принялся выдумывать заклинания...

Правда, это не слишком помогло. Он не мог ошибиться, *Дом* был пронизан Силой — так почему же его чары не действуют?

Александр шагнул ближе, пытливо вгляделся в глаза.

— Ты долго ходил, — заметил он как бы вскользь. — Видел что-нибудь интересное?

Однако собеседник из Твердислава был сейчас никакой.

— Ничего я не видел, — не слишком вежливо буркнул он, мало что не отталкивая своего поводыря плечом. — Скучный у вас здесь народ — поговорить и то не получилось.

— А о чём же тебе говорить с ними, друг мой? — негромко рассмеялся собеседник. Они стояли лицом к лицу посредине каморки. — Они занимаются тем, что ухаживают за *Домом*. Ты и твои дела их не касаются. Каждый занимается своим. Разве это не естественно, как ты полагаешь?

— Ничего я не полагаю, а только у нас в кланах гостя бы не так встретили, — упорствовал Твердислав.

— Вот! Вот именно! — обрадованно подхватил Александр. — Потому что вы — избранные Его дети. О чём я тебе всё время и толкую. По сути дела это, — он широко повёл рукой вокруг себя, — и все мы, здесь находящиеся, — существует лишь постольку, поскольку нужны вам. Вот и всё. Дело, ради которого ты покинул свой клан, ждёт тебя не здесь. Тебе вот-вот предстоит встреча с Ним... разговор с Ним, и путь твой тебе откроется. Я пришёл сюда на всякий случай... вдруг потребуется помощь?

— Спасибо, — буркнул парень. Никакая помощь ему, разумеется, не требовалась. Хотелось, чтобы этот докучливый человек поскорее ушёл... Чудное дело — ему предстоял разговор с Великим Духом, со Всеотцом, а он, Твердислав, отчего-то отнюдь не радовался, не трепетал и не страшился. Словно... словно первое разочарование оказалось настолько сильно, что затмило всё остальное. Он и впрямь ждал сверкающих чертогов, чудес Иномирья. А увидел однообразные серые коридоры да тихих пожилых людей с источенными страхом душами.

За спиной Твердислава не было опыта, раз ступившие на Летучие Корабли не возвращались, кланы сами только-только начинали создавать *свои*, деликатно предложенные Учителями праздники, обряды и обычаи. Опереться было не на что. Память хранила воспоминания о схватках с Ведунами, о повседневной жизни клана, о Долге Крови — сейчас ничто из этого помочь не могло.

И перед самой важной... нет, даже не встречей, перед тем, что раз и навсегда изменит его судьбу, Твердислав не чувствовал ни волнения, ни подъёма. Только смутная, неясная злость. Всё, всё, всё шло совсем не так, как он себе представлял.

И заклятие не сработало...

Александр ещё произнёс несколько пустых, ничего не значащих фраз и наконец исчез. Твердислав так и не понял, зачем приходил этот человек.

Вот он снова сидит, тупо уставившись в стену. Сидит и думает почему-то только над тем, что отказала привычная магия, словно на свете нет ничего важнее этого.

Потом началось ожидание. Томительное и пустое, словно перед неизбежной болью. Краем сознания Твердислав чувствовал, как слабеют биения Силы, как замирают её волны вокруг Комнаты Размышлений; тишина сгущалась, словно ночная тьма — медленно, исподволь, но — неотвратимо.

Великому Духу дóлжно внимать в молчании.

...Он не заметил, как стены комнаты бесшумно исчезли, растворившись в неярком сером свечении. Наверное, тут крылся какой-то секрет, — и Твердислав, подняв глаза, вдруг обнаружил, что находится в середине абсолютно пустого пространства — плавает, точно в воде. Мгновение острой и неизбежной паники — а потом он увидел неторопливо приближающуюся к нему человеческую фигуру.

Она двигалась по незримой дороге, опираясь на длинный посох на манер того, что носили Учителя. Невысокая, совсем не величественная и не грозная. Твердислав впился в неё взглядом, вернее сказать — это она приковала к себе его взор.

Он почувствовал, как кружится голова, и серый мир начинает всё быстрее и быстрее крутиться перед глазами. По замкнувшей его в себе исполинской скорлупе внезапно зазмеились полыхающие огнём трещины; медленно и бесшумно гигантские пласты серого начали обваливаться куда-то наружу, открывая глазам дивное буйство красок и пространств.

Вот тут и в самом деле стоило забыть обо всём. Не плоская чёрная пустота с холодной россыпью звёзд — а великое сопряжение исполинских взаимопроникающих сфер, прозрачных и чистых, точно сказочный *хрусталь*, нежно-голубых, словно драгоценный гномий камень, добываемый Горными кланами, угрожающе-чёрных, словно шкура пещерной паучихи; светло-травянистые, как Первый Венок, что девчонки плетут по весне; и ещё много-много разных, кои и сравнить-то оказалось не с чем.

Сферы уходили в бесконечность, и тем не менее Твердислав непостижимым образом видел их все, всю исполинскую совокупность, усеянную многоцветными огнями звёзд — ярко-жёлтыми, алыми, голубыми, красными и белыми, настолько чистыми, что свет их резал глаза. В эти мгновения взгляд парня проникал до головокружительных глубин, до той самой Границы, страшной Границы, за пределами которой — вечное, неизбывное, неизменное Ничто, всепоглощающая бездна, из коей в своё время вышло всё Сущее.

— Нравится, вождь Твердислав? — Голос раскатился от края до края Пределов, отразился от Границы и победным молотом грянул со всех сторон. — Нравится ли тебе, о вождь, сын мой?

Фигура с посохом внезапно начала расти, исчез посох, исчез тёмный покров; взорам Твердислава предстал великан с могучим телом бойца, с мрачным и суровым лицом, изборождённым шрамами, с полуобнажённым, перевитым мышцами торсом. Длинные волосы, чуть тронутые на висках сединой, падали до плеч. У левого бедра в простой ременной петле висел клинок — точная копия принадлежавшего Твердиславу.

Гость оказался одет почти так же, как одевались в кланах — ноги босы, простые холщовые порты грубого сукна подпоясаны ремнём кожи кособрюха, на могучие плечи небрежно наброшена безрукавка.

— Вот и пришёл твой час, — прогремело вокруг.

Наверное, следовало бы преклонить колено, как наставлял Учитель, — но юношу словно бы парализовало. Всё, что он мог, — это неотрывно смотреть в горящие, лишённые зрачков и радужной оболочки глаза, заполненные яростным белым пламенем.

Всеотец. Вот Он.

— Давай поговорим, — великан уменьшался, одновременно приближаясь. Не прошло и секунды, как рядом с Твердиславом оказался могучий, высокорослый, но отнюдь не достающий головой звёзд воин. Из глаз исчез белый огонь, они становились человеческими...

— Нам надо поговорить на равных, — прозвучало в тишине. — Ну? Что же ты молчишь?

Только теперь, пересилив себя, Твердислав преклонил колено. Под ногами ощущалась незримая, но прочная твердь.

— Встань, сын мой.

Юноша повиновался — бездумно, не рассуждая.

— Твой путь в клане окончен. Я посылаю тебя спасти тех, кто слаб, кто недалёк и разъедаем сомнениями вкупе с неверием. — Всеотец не терял времени даром. — Отправляйся, через бездны пространства, за дальние звёздные реки, туда, где среди каменных городов льётся кровь тех моих чад, что не могут защитить себя сами. Обрати веру в оружие! Пусть она станет разящим клинком, и помни, что, когда ты будешь разить — рази от Моего имени и с Моим благословением. Ибо те, кого ты послан защищать, хоть и огорчают меня своими грехами и неверием, но всё же они Мои дети и я не могу бросить их на произвол судьбы. Ты и твои братья — Моя карающая длань. Не желаю быть пастырем, не желаю, чтобы слабые привыкали к тому, что Моя защита вечно распростёрта над ними; ты и тебе подобные, в ком сильна Вера, станут их Щитом и Мечом. Я знаю, ты непокорен, привык искать свои пути, — сурово сжатые губы на миг дрогнули в усмешке. — Что ж, я люблю дерзких! Но умей и держать ответ за содеянное. Среди поражённых смертью, среди павших от твоей руки были и невинные. За это ты заслуживаешь наказания.

Твердислав слушал — слушал так, что, похоже, у него вообще перестало биться сердце и пресеклось дыхание.

— Ты будешь во всём повиноваться моим слугам здесь, в *Звёздном Доме*. Внимай словам назвавшегося Александром, он распорядится твоей дальнейшей судьбой. И помни — когда окажешься в мире, что нуждается в твоей защите, пуще всего береги Веру! Ибо без Веры в Меня ты — даже меньше, чем ничто. Ты понял? — Голос Всеотца вновь загремел, проносясь над бесчисленными звёздами. — Ответь мне! Я должен слышать тебя!..

...Сухой язык с усилием выдавливал слова из окостеневшего рта.

— Я понял тебя, Отец.

— Разрешаю спрашивать, — милостиво кивнул воин.

— Великий... Всеотец... — о чём же спросить? Столько вопросов, столько больных, не дающих покоя вопросов — и все вдруг разом куда-то делись, точно и не было их никогда, и сомнений тоже не было... И вдруг, как молния во тьме, единственное, что осталось, причина всему, камешек, сорвавший лавину: — Всеотец, кто украл Лиззи?

Творцы Сущего не удивляются, это ясно.

— Я отвечу тебе, — прогремел чудовищный голос, нет, не голос даже — а Глас. — Отвечу. В схватке с подземным чудищем Лиззи получила незримую, но смертельную рану. Ей, невинной, предстояли долгие и ужасные мучения. Не Мне, создателю Небес и Тверди, менять собственные же установления. Она должна была умереть, как умирает в свой срок всё живое, как в свой срок умру и я сам, и тогда из волн Хаоса явится новый Творец, дабы священный огонь разума никогда не угас бы в просторах Вселенной. Ради прекращения её мучений она и была перенесена в особое место, где специальные слуги Мои должны были облегчить, насколько возможно, её участь. Ты вырвал её из их рук.

Юноша похолодел, перед глазами всё померкло.

— Я не корю тебя, — продолжал Всеотец. — Долг Крови — великий долг. Не терзайся — я позабочусь о малышке, хотя и не дано мне повернуть время вспять. Тебя же ждёт дорога. Ну а теперь — прощай! И помни — повинуйся моим слугам, среди коих Учителя возвышены наипаче!..

...Всеотец уходил медленно и торжественно, в распахнувшиеся небеса, в льющееся оттуда золотое сияние, сквозь проход в бесчисленных сферах, куда-то за грань мира, к дальнему пределу, к самой Границе... Твердислав следил за Ним, не в силах оторвать взгляд. Сколько длилось... видение? разговор? наставление?.. Он не знал.

Вокруг него медленно собиралась обратно серая скорлупа. Гасли огни чудесных сфер; исчезали звёзды, что куда красивее и величественнее тех, что ему дано было видеть обычным взором через окна *Звёздного Дома*.

Он застонал от боли. Нет, нет, только не это! Он согласен на всё, лишь бы увидеть это чудо ещё раз!..

...Скорлупа неумолимо сдвигалась. Схлопывались трещины, точно звериные пасти; а потом через серую мглу проступили очертания стен. Твердислав сидел на полу Комнаты Размышлений; а рядом с ним тихонько голубел небольшой, с фалангу указательного пальца, кристалл; на верхней плоской грани поражённый юноша увидел вырезанный прямо в камне портрет — лицо того самого воина, в облике которого оказалось благоугодно явиться Великому Духу. Кристалл мягко светился; парень бросился на него, точно змея к добыче.

Это у него отнимут только после смерти.

Шумело в голове, ломило виски; в горле пересохло, мучительно хотелось пить.

Он выбрался из каморки. Машинально проверил заклятие — мертво. Как наложил его, так и всё. Хотя едва ли простенькое волшебство смогло бы сказать ему — у тебя в гостях был сам Великий Дух!..

С Александром они столкнулись за первым же поворотом. Казалось, этот человек вообще никогда не отходит далеко от Твердислава.

— Хочешь соку? — Александр вполне буднично и спокойно протянул Твердиславу прозрачную кружку с жёлтой жидкостью. — Выпей. Я знаю, каково говорить с Ним...

— Он сказал мне... что ты укажешь мне путь.

— Укажу, укажу, конечно же, укажу! Тем более что шагать вместе со мной тебе осталось совсем немного. А потом ещё один Летучий Корабль... и всё. Там тебя встретят. И что делать, тоже скажут. Погуляй пока, я скоро тебя найду. Сможешь поесть на дорогу...

* * *

— Я безумно устал сегодня.

— И вся аппаратура на пределе. Я уж думал — все предохранители пережжём.

— Это твои-то стоамперники?! Да ни в жисть не поверю.

— Верь не верь, дело твоё, а только я правду говорю. Этот парень — твёрже гранита. Чем его убеждать — так легче горы свернуть и вверх ногами поставить, это точно.

— Да, мальчики, сопротивляемость у него...

— Гелла! А ты куда смотрела, пока я его укатывал?

— Куда я смотрела?! Не тебе судить! Да если хочешь знать, не перехвати я его на самом краю — не только твои стоамперные пробки бы сожгло. Весь комплекс бы расплавился... вместе с нами, кстати.

— Алонсо доложили?

— Алекс пошёл в рубку. Его высокопревосходительство только что депешу прислал. Волнуется.

— Ничего. Всё в порядке. Пошёл тёпленьким. Показатели у него отличные.

— А взаимодействие? Взаимодействие, мальчики? Почти как у этой девчонки, Джей! У неё-то эффект вообще не просчитывается! Есть — а не ухватишь.

— Ты, Гелла, вечно всё алгоритмизировать стремишься. С университета, сколько я тебя помню... уже лет шестьдесят, наверное?

— Фи, Мартын, выдавать возраст дамы...

— Ну, Геллочка, мы же однокурсники, и вообще тут все свои. Лучше уж об этом, чем про этих... Умников.

— Погодите. Гелла, говори толком. Что там с твоей цифирью?

— Ничего хорошего, Феликс. Во время контакта он не утратил самоконтроля. Удивление, изумление, любопытство... но не более того. Не знаю, что надо показать ему, чтобы по-настоящему потрясти. Всё, что с ним было, объект воспринял как просто диковинное зрелище... воздействие крайне поверхностно. Боюсь, что скоро он освободится от установок.

— Так... ну что ж, будет работа для психологов и реализаторов. Дальше. Что со сверхвоздействием?

— Взаимодействие с тестовой энергетической сетью — минимально. Собственно говоря, объект не слишком и стремился к взаимодействию. То же, что я засекла, — не поддаётся объяснению и...

— Ага. То есть как у Джейаны?..

— Да.

— То, что нужно, Гелла. То, что нужно. Правда, остаётся проблема перехода. Боюсь, адаптироваться он всё равно не сможет.

— Слушайте, о чём мы вообще говорим, господа? Феликс, Гелла, Мартын! Может, вы объясните мне наконец, что происходит?! Я в Проекте с самого начала. Как формулировалась задача? Вырастить поколение со строгими моральными правилами, нечувствительное к соблазнам Умников. Так?

— Господи. Мортимер опять за своё.

— Не морщись, Гелла. Скольких ребят ты пропустила через свою машину? Сотню, две?

— Какие две, Мортимер? Опомнись. Я, конечно, уже достаточно... гм... зрелая женщина, но из ума пока не выжила и считать не разучилась. Ровно девяносто шесть. Нынешний объект — девяносто седьмой.

— И что произошло со всеми девяносто шестью?..

— Мортимер!

— Что Мортимер?! Не смотри на меня так, Феликс. Я всегда говорю, что думаю. Вы понимаете, что мы столкнулись с явлением, которого не может быть в принципе?! Психокинетическое взаимодействие с энергосетями! Мудрые слова, а за ними — наши пустота и растерянность! «Не поддаются алгоритмизации ни в одной из известных систем счислений!» Ха! Мы сумели смоделировать даже гиперпространственный переход, даже петлю времени, даже таяние «чёрных дыр» и возникновение вещества из ничего под действием наложенного на вакуум сверхмощного гравитационного поля, мы объяснили кварковый распад и трансмодификацию элементарных частиц. Мы создали...

— Мортимер, ты не в клубе ветеранов с публичной лекцией «Основы современных представлений о пространственно-временном континууме».

— Брось своё остроумие, Мартын. Вы все — и здесь, и на планете, и в Штабе — все делаете вид, что произошло то, чего так долго ждали. А чего, спрашивается, ждали? Может, теперь будем ждать, что следующее поколение сможет накормить пятью хлебами пять тысяч страждущих?..

— Почему ты так горячишься, Мортимер? Успокойся, ну пожалуйста. Вспомни про своё сердце.

— Гелла! Кажется, я могу обойтись и без твоих напоминаний. И почему вы все делаете вид, что понимаете происходящее?! Если понимаете, то объясните мне, старому дураку, наивно полагавшему, что докторская степень и шестьдесят лет занятий теоретической физикой дают мне некоторое право судить!..

— Ну, знаешь!..

— Друзья, друзья, остыньте, прошу вас. Ты, Мартын, и ты, Гелла. Мы здесь все свои. Руководители групп. Мортимер вправе ставить любые вопросы... но только в этом, избранном кругу. Рядовые сотрудники по-прежнему не должны ничего знать. Для них цели и смысл

Проекта «Вера» остаются прежними. Об этом, кстати, я тоже хотел бы поговорить сегодня. Мы получили от Алонсо подробные расшифровки всех активных действий Джейаны и её команды во время прорыва в госпитальный комплекс...

— Но у нас и так есть вся телеметрия...

— Погоди, Гелла, прошу тебя, пожалуйста. Тем более что я полагаю — тебе эти новые данные пригодятся в первую очередь. Это не просто телеметрия. Это более глобальные показатели центральных следящих станций. Это динамика состояния *всей* сети в момент столкновения. Ты знаешь, что она, отражая плазменный удар, играючи сгенерировала просто из ничего гигагауссное поле?

— Гига?.. Хм...

— Для этого, Гелла, она выпила энергию в радиусе трёх с половиной километров. Судя по этим новым данным, она играючи замыкала на себя все управляющие контуры, молниеносно создавала виртуальные волноводы, более того, области локального понижения и повышения гравитации и соответственно времени. Ничего этого у нас не было. Ты куда, постой, Гелла!..

— Её не остановишь. Помчалась смотреть...

— Какой толк во всём этом, скажите мне, господа! Я и так знаю — Гелла просидит весь день, всю ночь, весь следующий день, затерзает машину, ассистентов, архивы, потом потребует выделенный канал для выхода на Большую, потерпит фиаско, истребит за это время половину неприкосновенного запаса кофе, снова начнёт курить, и в результате...

— Сколько желчи, Мортимер! И всё ради чего?

— Зав. научным отделом базы господин Феликс Кришеин проигнорировал мою прошлую докладную — ту самую, что я подал после того, как Джейана с Твердиславом стали вовсю распоряжаться магией, хотя их ментальные усилители были отключены. У них ничего не должно было получаться с самого начала — а получалось, да так, что головы только летели. Достопочтенный завотделом не снизошёл до скромного завлаба. Хорошо. И вот теперь следующее. Явление по всем меркам — сверхъестественное. Что же мне после этого, уверовать в Великого Духа?

— Это было б нелишне, Мортимер...

— Погоди, Мартын. Мортимер, я постараюсь ответить. Хотя мне странно — ведь ответ на твой первый вопрос лежит на поверхности. Ментальные усилители — штука, как ты знаешь, довольно капризная. Человек с сильной волей, как оказалось, способен преодолеть блокаду и снять пароль самостоятельно. Аппаратурная недоработка. Как ты знаешь, устранённая. Во всяком случае, после этого ни один из поставленных на пароль взять этот барьер не смог.

— А Ли?

— Ли? Какая Ли?

— Ты не в курсе, Мартын. Девочка по имени Ли. Главная Ворожея клана Лайка.

— А, тех самых бедняг...

— Ну да, тех самых, которых этот солдафон Алонсо накрыл бомбовым ковром без отклонения.

— Мортимер, ты отлично знаешь, что Алонсо такой же генерал, как и ты.

— Ну да, ну да, он поступал ко мне в докторантуру, да провалился и пошёл по военной части...

— Не смеши меня, Мортимер. Ты отлично знаешь, что такое наши «военные части». Добровольцы и те немногие молодые, что нам удалось сохранить.

— Не переводи разговор, Феликс! Мы обсуждаем сейчас не достоинства нашего доблестного командующего. Я говорил о совершенно конкретных фактах, не поддающихся объяснению в рамках существующих представлений физики. Гелла, когда придёт в себя, мои слова потвердит. И я хочу наконец понять, почему вы так спокойны!

— Послушай, Мортимер, ты совсем не веришь в сверхспособности?

— Не верю, Мартын, не верю, не верю! Не верю, чёрт возьми! Я учёный, а не шарлатан. Дайте мне любого из ваших феноменов, и на поверку выяснится, что все они — не более чем ловкие обманщики. А их... гм... демонстрации — просто фокусы.

— Так, может, ты и в йогу не веришь?

— Хватит веселиться, Мартын!.. Нет, положительно с вами невозможно разговаривать!..

— Мортимер. Мне странно, что ты не понимаешь

очевидных вещей. Ты, учёный. Да, мы столкнулись с невероятным. Но неужто мне надо напоминать тебе, что дело представлялось таким всякий раз во время кризиса физики? Всё понятно, всё известно, всё разложено по полочкам, и вдруг — бац! — появляется нечто, не лезущее ни в какие ворота! Потом на основе этого «бац!» создавались великие теории и менялся мир. Что же до моего спокойствия... я теоретик, я привык работать с отвлечёнными понятиями. Гелла мыслит слишком конкретно, она слишком доверяет машинной алгоритмизации... что же до новых функций, необходимых при описании феномена, то я их уже ввёл. И сейчас разрабатываю правила первичных операций с ними. Хочешь познакомиться с результатами?..

— А... э...

— Конечно, хочешь. Так что приглашаю тебя на маленький импровизированный семинар. Ничего страшного, Морти. Мы слишком долго были в кризисе... в кризисе физики, я имею в виду... и только из-за Умников не занимались этим всерьёз.

— Вот и славно. Не люблю ссор, господа. Мы слишком давно работаем вместе...

— Почему так официально, Мартын?

— Феликс, у меня тоже мозги встали поперёк черепа, когда Алонсо прислал первые файлы. Но... видишь ли, несмотря на все контрольные цепи, я всё же скорее склонен поверить тому, что Джейана просто заставила работать на себя обычные системы реализации их «магии». Работать с невероятной эффективностью, за пределами заложенного проектировщиками, всё так. Но... видишь ли, у них на планете такое возможно в *принципе*. Так что моя официальность... я пока не верю в то, что это — выход из кризиса. Вот если Твердислав сумеет отразить ладонью лазерный луч здесь... Где *нет* и никогда не было того, что смонтировано внизу, на планете... Тогда другое дело. Тогда и впрямь можно браться за ввод новых функций.

— Погоди-погоди... Но ведь телеметрия не содержит никаких следов работы Джейаны с обычными управляющими магией контурами! Это точно!

— Когда у тебя напряжённость магнитных полей достигает сотен гигагауссов, я поверю во всё, что угодно. Исчерпай резерв объяснений в пределах существующей теории и только потом берись за новую. Потому что в противном случае... тебе, Феликс, несмотря на все твои функции, придётся признать, что в нашем мире действует Господь Бог и что этот Господь Бог внимает молитвам девочки по имени Джейана из клана Твердиславичей.

* * *

...И что они тут всё время болтают? В клане для пустой болтовни время выпадало крайне редко. Твердислав стоял на пороге просторного зала; в самой середине журчал родничок, окружённый камнями и зеленью. Незнакомой зеленью, со слишком яркими цветами и слишком большими, тонкими листьями, чтобы уцелеть, не быть сожранными и затоптанными собирающимся на водопой зверьём. Но... красиво. Вода не просто журчала — казалось, она выводит какую-то сложную мелодию.

При виде Твердислава трое пожилых мужчин в одинаковых голубых одеждах разом умолкли и повернулись в его сторону.

Впервые на *Звёздном Доме* Твердислав уловил в этих взглядах нечто большее, чем внешне спокойный, доброжелательно-отстранённый интерес, под которым прячутся вечный страх и наивная надежда.

Острее и пристальнее всех на него смотрел самый высокий, статный мужчина с гривой совершенно белых волос. Впалые щёки, острый подбородок, нос с едва заметной горбинкой — в облике чувствовалась властность. Он мог бы стать вождём... настоящим вождём, это точно.

Второй, рядом с ним, пониже, с полноватым морщинистым лицом, зачем-то потирал левым указательным пальцем бровь, точно в мучительном раздумье.

И, наконец, третий просто смотрел на Твердислава, как на чудо. Самый низенький, с великолепными кустистыми бровями и торчащими из ноздрей пучками белых волос. Он казался старше остальных.

Он и подошёл к Твердиславу первым.

— Мортимер, — представился он и протянул руку.

При всей неприязни к Учителям (а этот тип очень даже смахивал на Учителя) не пожать протянутую руку парень не мог.

— Твердислав.

— Вождь клана Твердиславичей... Оч-чень, оч-чень любопытственно... — назвавшийся Мортимером обошёл вокруг юноши, рассматривая того, словно редкую диковинку. — А я вот занимаюсь тем, что ломаю себе голову, разбирая твои подвиги... Ну да, те самые, на Острове.

— Милостью Великого Духа... — начал было Твердислав, однако Мортимер только махнул рукой:

— Равно как и именем его. Послушай. Ты не мог бы... повторить кое-что из того, что вы проделали там?

— Мортимер! — резко сказал седовласый. — Извини его, Твердислав. Он у нас немного не в себе.

— Почему же нет, Феликс? — Мортимер смешно поднял брови. — До отлёта сего достойного отрока ещё есть время. Позволь, я отведу его в *лабораторию*, позовём Геллу, и...

— Ты неисправим, — седой нахмурился.

Твердислав молчал, насторожённо озираясь. Происходящее ему сильно не нравилось. В Мортимере было что-то от парнишки, только что нашедшего редкостного жука. Только вот Твердислав в оной роли себе совсем не нравился. Они что-то хотели сделать с ним — ну вот уж баста!..

— Никуда я не пойду, — буркнул юноша, правда, тотчас же вспомнив слова Всеотца о том, что надо повиноваться.

Наконец седовласый вмешался.

— Во-первых, Мортимер, на Острове действовала Джейана. Остальные тут ни при чём. Так что оставь парня в покое. С тобой мы поговорим позже.

— И почему ты вообще решил, что у тебя есть время, Морти? — подал голос молчавший до этого третий. — Корабль совсем скоро.

— И тем не менее, — упорствовал Мортимер. — Его надо *протестировать*. Неужто непонятно?

Слово «протестировать» Твердиславу тоже очень не понравилось.

— Хватит! — резко вмешался седой. — Хватит, Морти. Это приказ.

Мортимер весь скривился, резко дёрнул плечом и, ни слова не говоря, пошёл прочь. Седой приблизился к Твердиславу.

— Извини его. Он очень любознателен. Ты — избранник Всеотца, ты способен на великие дела — вот почему он к тебе и привязался. Кстати, как тут уже правильно сказали, твой Летучий Корабль отправится совсем скоро. А, кстати, вот и Алекс!

В дальнем конце зала появился Александр.

* * *

Обед был вкусным. Наверное, это был самый вкусный обед во всей его жизни. Александр привёл его к себе в жилище — небольшое, совсем не роскошное и полностью лишённое каких бы то ни было *запоминающихся* предметов. Окно во всю стену; серый *ковёр* на полу; прозрачный стол из тёмного *стекла*; два кресла. Больше — ничего. Голые стены светло-серого цвета.

— Теперь мы расстанемся, и, быть может, навсегда, вождь Твердислав. Может, ты хочешь ещё о чём-то спросить до отлёта?

— Хочу, — вырвалось у юноши. — Мир, где я окажусь... он похож на *Звёздный Дом*?

— Ну, как тебе сказать... в общем, да.

— И там тоже полно *машин*? Питающихся Силой?

— Силой?.. Ах да, Силой... Правильно.

— Но я же ничего про этот мир не знаю, — на миг в голосе Твердислава прорезалось отчаяние. — Всеотец сказал мне повиноваться... биться с Его врагами... но как я могу это сделать, если ничего-ничего не умею? Если законы совсем иные, чем в кланах? Я вот, например, хорошо умею охотиться... на кособрюхов хотя бы. Владею мечом, луком, самострелом. Умею распорядиться в клане. Но *машины*?.. Что мне делать с ними? — Его прорвало и несло всё дальше и дальше — когда говорят уже просто для того, чтобы выкричаться. — Я никто. Как могу я исполнить веление Всеотца, если... если меня надо водить за руку, словно глупого неведомца? Почему нам никогда ничего не рассказывали? Почему не готовили?.. Как мне теперь сражаться?..

Глаза Александра стали совершенно темны и непроницаемы.

— Почему не рассказали? Это очень просто. Мы больны... очень больны, вождь Твердислав. Я думал, Всеотец сказал тебе...

— Он сказал, что вы слабы.

— Он рёк святую истину. Да, Твердислав, мы слабы. Мы породили Умников, страшное зло, разъедающее нас изнутри... разъедающее весь мир, с непонятным упоением ведущее его к гибели, к торжеству хаоса... И для того, чтобы уберечь вас от заразы, вам не рассказывали об ином мире. Впрочем, нельзя сказать, что вас держали и в полном неведении. Так?

— Так. Но подробностей — никаких и никогда. Кроме одного бывшего Учителя, у которого что-то случилось с памятью, никто никогда ничего не пытался нам рассказать.

— Потому что Всеотец не хотел, чтобы в ваши чистые души раньше времени вползла бы отрава нашего мира. Потому что он хотел, чтобы вы успели стать достаточно стойкими и выдержать этот удар. Успели бы сами стать силой, прежде чем понять, что могущественные Учителя, по сути, слабее вас. Вы, вы и только вы — Избранники Великого Духа. Мы — лишь смиренные слуги Его. И именно Его приказ запечатал нам уста. Тебе будет проще ступить на почву того мира, где тебя ждёт святая война, не имея почти никаких сведений, чем если бы ты заранее знал, что тебя ожидает. Свежий взгляд видит незаметное взгляду привычному. Быть может, именно тебе суждено узнать, где кроется главная слабость нашего врага... и поразить его. А может, это сделает кто-то иной из кланов. Главное в ином — Избранники начинают покидать родной мир... И скоро, очень скоро Всеотец возрадуется, узнав о ваших деяниях.

Александр вытер пот со лба. Казалось, он и впрямь сильно взволнован. Твердислав слушал его, оцепенев, точно самого Великого Духа. *Впервые с ним заговорили по-настоящему.*

— А насчёт машин не беспокойся, — сделав паузу,

продолжал собеседник. — Иметь с ними дело тебе почти не придётся, или же — если заставит нужда — я уверен, ты быстро освоишься. Создавать их — забота других. Тебе предстоит встреча лицом к лицу с самым страшным врагом, какого только можно себе представить, — думай о нём. Ненавидь его. Презирай. Не позволяй сомнениям вползти в твоё честное сердце. А теперь... нам пора.

* * *

— Клянусь, Феликс, я был красноречив, как сто Кикеронов. Ух! Клянусь Аллахом, за этого парня ты просто обязан дать мне недельку отпуска.

— Майор-психолог Александр Тойвни, ваша просьба об отпуске отклоняется... Алекс, чёрт возьми! Ты забыл, что у нас завтра прибытие сразу троих — клан Петера, клан Горовица, клан Амантиды? Какой отпуск? И ведь каждый, не забудь, должен встретиться с Всеотцом!

— Да уж... понятно. Извини, Феликс, я, конечно, шутил насчёт отпуска. Как там у Геллы? Слышно что-нибудь?

— Слышно, что ничего не слышно. Измочалила компьютер, в комнате надо надевать инфракрасные очки из-за табачного дыма, а результата нет. И быть не может, пока не отработаем эту самую «новую систему счисления»...

— А что Алонсо? Они взяли девчонку?

— В том-то и дело, что нет. Не взяли. А от их телеметристов идёт такое... У всего моего отдела волосы стоят быдом.

— Как, прости?

— Быдом. Даже не дыбом. Ещё круче. Мартын продолжает отстаивать версию, что, мол, всё дело в неполадках аппаратуры и что девочка по-прежнему распоряжается энергией обычным порядком. Не знаю. Алонсо готов пойти на то, чтобы вовсе остановить генераторы.

— Планета...

— Окажется по самые уши Бог знает в чём. Но, похоже, это единственный способ взять чертовку. Вот уж кого я с наслаждением отправлю к Мортимеру, а рядом посажу Геллу, чтобы уж точно ничего бы не упустить...

— А если она разнесёт всю базу, как едва не разнесла госпитальный комплекс?

— А вот для этого, друг Алекс, прошу тебя, подготовь для неё такую встречу с Всеотцом, чтобы она раз и навсегда перестала рыпаться. Сдаётся мне, её и впрямь надо отпрепарировать. Послушным орудием в борьбе с Умниками она не станет. Характер не тот. Это точно.

— У меня такое чувство, Феликс, что, когда мы возьмём её, никакой Всеотец уже не понадобится.

— Не попусти, Господь, Алекс. Не попусти.

— Но раз уж он попустил появление Умников...

— Умников! Что Умники — они могут то же, что и мы, только намного лучше, потому что молоды и у них горячая кровь. Первое их поколение мы уничтожили почти под корень...

— И сами потеряли при этом половину миров.

— Верно. Потеряли. И всё же средняя продолжительность жизни у Умников едва ли превышает двадцать пять стандартных лет. Что они могут успеть за это время?

— Однако же успевают.

— Успевают, Алекс. Но... рано или поздно мы их всё равно задавим.

— Несмотря на продолжающееся отступление?

— Мы почти не несём людских потерь. Пружина сжимается всё туже, Алекс, и скоро удержать её не сможет даже хвалёная Сенсорика Умников.

— Хотелось бы верить. Хотя... Сенсорика, о которой никто ничего не знает, кроме слова...

— Ничего, Алекс, ничего. Скоро узнаем. Через таких, как этот мальчишка Твердислав.

— Кстати, почему бы не отправить его вместе с той троицей, что мы ожидаем завтра?

— Не знаю, друг мой Алекс, не знаю. Личный приказ Верховного. И точка.

* * *

Второй корабль, что нёс Твердислава дальше, очень отличался от первого. Здесь у него была настоящая комната — правда, кроме этого, ничего больше. Чувство такое, словно вошёл в дом без окон и сидишь сиднем. С тоски можно взвыть.

Единственное, что ему осталось, это развлекаться с элегантным *сантехоборудованием*. Тоже мне занятие!.. Да над ним бы весь клан хохотал, прознай об этом родовичи.

Собственно говоря, здесь всё было очень просто и примитивно. Нажал кнопку — открылось окошечко — завтрак. Поел, свалил грязное туда, нажал кнопку — окошечко закрылось. Ни хлопот, ни забот. А попробуй-ка перемой посуду в клане!.. Недаром гончарным делом Твердиславичи всегда манкировали, несмотря на строгие указания Учителя. Ну зачем, спрашивается, нормальному человеку какая-то там *тарелка*, если на плотном листе лопуха есть куда сподручнее и удобнее? Поел и выбросил. А тарелки эти... скреби их с песочком...

«Великий Дух, о чём я думаю?! — иногда накатывало на Твердислава. — Я отправляюсь на войну, отправляюсь с Его напутствием и благословением, а в голове... Я думал, что буду гореть в огне, что приказ его повергнет меня... повергнет... ну, не знаю даже, что он со мной сделает! А оказалось... Почему так? Что со мной? Или я уже начинаю терять Веру? Тарелки... лопухи... родовичи смеяться станут...»

...Однако любому пути рано или поздно приходит конец. Твердислав провёл в наглухо закрытом *коробе* — клановичи держали в таких мелкое зверьё — по его счёту дня два. По крайней мере спал он дважды.

...Корабль мягко качнуло. Парень поднялся на ноги... и тут дверь в его конуру бесшумно растворилась, исчезнув без следа. Прозрачная ладонь свежего ветра коснулась лица — только ветер этот пах не лесом и не лугом, а гарью, причём какой-то донельзя мерзкой гарью, от которой враз запершило в горле. В дверном проёме была ночь; и из этой ночи, из зыбкого, промозглого сумрака перед юношей возникли двое. Пожилые, как и Учителя. Седовласые, с властной осанкой, в неразличимых сероватых *комбинезонах*, как называлась эта одежда. На рукавах красовались сверкающие золотые треугольники — вершиной вниз. Мелкими буквами по золоту было выведено — «ВЕРА». Лица новоприбывших, уверенные и почти спокойные, могли бы показаться приятными, если бы не всё тот же потаённый страх, что так удивил Твердислава ещё в *Звёздном Доме*.

Человек с глубоко посаженными тёмными глазами, слегка сутулясь, шагнул вперёд.

— Я Исайя Гинзбург, — голос звучал глуховато, чуть надтреснуто. — Приветствую тебя на Земле, вождь Твердислав.

— На З-земле?.. — не нашёл ничего лучшего юноша.

— На Матери-Земле. На Начальном мире. В колыбели всех нас. Там, откуда мы пришли в Мир кланов, исполняя повеление Всеотца, мы, сохранившие истинную веру.

Твердислав коснулся протянутой руки. Пожимая неожиданно крепкую, с ощутимыми буграми мозолей ладонь, вдруг поймал себя на мысли, что Исайя не боится. Никого и ничего. Точнее... нет, где-то очень-очень глубоко в его душе тоже прятался страх, однако — не за себя. За других... но притом непонятно, за кого.

Исайя улыбнулся — неожиданно тепло и приветливо. На лбу разгладились суровые морщины.

— Идём, вождь Твердислав. Тебе предстоит начать совершенно иную жизнь. Будь готов к ней — точнее, я не сомневаюсь, что ты и так готов. Каждому — по делам его, а твои дела говорят сами за себя. — Он медленно протянул руку, коснувшись ладонью лба юноши. — Освобождаю тебя от пут.

Что произошло в этот миг? Наверное, это было как грохочущий водопад, сорвавшийся наконец с захватывающей дух вышины. Лавина слов, *понятий*, образов в один миг затопила Твердислава. Мир перед его глазами померк, и Гинзбургу пришлось подхватить зашатавшегося вождя под руку, с пытливой тревогой заглядывая тому в помутившиеся глаза.

Правда, дурнота длилась недолго — несколько мгновений, не больше, и спутник Исайи, по-прежнему стоя в дверном проёме и глядя на светящийся *циферблат* какого-то прибора у себя на запястье, даже крякнул от удовольствия, прошептав нечто вроде «хорошо!».

— Идём, парень, — Исайя грубовато-ласково подтолкнул Твердислава к выходу.

...На улице царила тёплая мокрая ночь, пронзённая со всех сторон тонкими белыми клинками света. Твердислав ошарашенно вертел головой. Он *знал*! Знал, как называются и смутно виднеющиеся арочные конструкции неподалёку, усеянные, точно дерево птичьими гнёздами, гроздьями *прожекторов*; и машины о четырёх колёсах, деловито снующие от громады принёсшего его Корабля к разверстым в отдалении тёмным вратам в какие-то подземные склады; и ещё многое, многое другое вдруг оказалось ему если и не знакомо, то по крайней мере понятно.

— Я освободил твою память, — не дожидаясь вопросов, заметил Исайя. — Наставник потихоньку вкладывал туда кое-что, могущее пригодиться здесь. Правда, без твоего ведома, за что я теперь и приношу свои извинения... от имени всех нас.

— Вкладывал потихоньку? — тупо повторил Твердислав. — Так это что ж, он и в моей голове мог копаться?!..

— Лишь в самой необходимой степени, — голос Исайи звучал смущённо-доверительно. — Мы хотели избежать мучительного для вас раздвоения... Впрочем, о таких вещах лучше всего поговорить потом. Едем! Мне надо многое тебе рассказать...

* * *

За последние дни с Твердиславом произошло столько чудес, что, казалось, он уже совсем разучился удивляться. Невероятные, взметнувшиеся к тёмному небу громады зданий, блестящие, словно политые водой; тянущиеся чуть ли не к самым облакам, скрывшим звёзды, узкие ленты магистралей; оставшаяся далеко внизу земля. Они мчались по трассе (нет, это всё же настоящее чудо — нужные слова сами вспрыгивают в голову!), что змеёй вилась между громадными, вонзившимися во тьму иглами исполинских построек, где не светилось ни одного огонька. Было даже не понять, есть ли там окна или что-то в этом роде, — сплошная блестящая поверхность, не то тёмно-серая, не то просто чёрная...

Никто не прикасался к коротким рукояткам управления, всем заведовала автоматика. Твердислав поймал себя на том, что представляет — в общих чертах, конечно, — как работает данное устройство, и ему вновь стало не по себе. Если Учителя так могущественны — кто знает, что на самом деле они сделали с ним? С Джей? Со всеми остальными?

Время от времени им навстречу попадались летающие машины, и тогда Твердислава, Исайю и третьего молчаливого спутника окатывала волна басовитого гудения и неприятной, тошнотворной дрожи.

— Защитные поля, — виновато развёл руками Исайя. — Ничего лучше мы, увы, не придумали. А если без них — Умники либо перехватывают управление, либо просто сжигают. Обычная броня не помогает. Хорошо ещё, они не добрались до эстакад...

— Однако же непременно доберутся, — неожиданно вступил в разговор спутник Исайи. — Доберутся, если ты, Твердислав, и твои товарищи не поможете нам.

— Мы... поможем, — вырвалось у юноши. Слова Всеотца он помнил твёрдо. — Вот только как?..

— Думаю, примерно теми же средствами, какими и на Острове, — вполголоса заметил собеседник.

— Погоди, — Исайя недовольно поморщился. — Слишком уж ты спешишь, Андрей Юрьевич. Дай человеку осмотреться, а потом уж спрашивай...

«Стоп, — подумал Твердислав. — Так вот что им надо! Нет, я точно не в себе... Это ж проще простого! Сила! Сила Великого Духа! Они *погрязли в грехе*, они нарушили заветы Всеотца и больше не могут управлять Его мощью. И тут понадобились мы. Верные. Наставленные Им самим. Ну что, теперь ясно... Конечно, после того, что Джей творила на Острове...»

Бессознательно он потянулся к родной, привычной, точно солнечный свет, Силе. Хотелось ощутить её прямо здесь, немедленно, сейчас же!..

Однако в голову вдруг очень некстати полезли совсем иные мысли — все про того же Учителя, что «копался в его голове», вкладывая непонятное знание, вдруг пробудившееся в нужный момент... Как же Он мог разрешить такое? А что, если бы наставник сделал бы что-то не то, не в согласии с Его замыслом? «Я не хочу, чтобы со мной так поступали! Эвон Чёрный Иван, светлая ему память, — как страдал, когда узнал, что ничего не помнит! А что, если и я всё забуду? Если это сочтут ненужным? Я ведь не знаю, почему вдруг ко мне пришли эти слова, что их разбудило; а если мне вот так же точно прикажут — и прощайте клан, Джей, ребята — и живые, и мёртвые?..»

Его словно обдало ледяной водой. Словно посреди зимы он вдруг оказался под ветёльским льдом. Стало страшно — гораздо сильнее, чем когда они дрались с Ведунами или прорывались на Остров Магов. Потому что здесь открывались вещи настолько отвратительные и непонятные, что... что и сказать нельзя. Ему не хватало слов. Кулаки сжались сами.

— Нет-нет, — успокаивающе положил руку ему на плечо Исайя. — Я понимаю, о чём ты сейчас подумал. Ах, твари, подумал ты, копаться у меня в голове, да я б за такое...

Твердислав невольно покраснел. Спутник Исайи деликатно кашлянул, скрывая смешок.

— Пойми, вождь Твердислав, здесь тебе предстоит совершенно иная жизнь. Здесь повсюду — машины, предметы, которые могут показаться тебе опасными и непонятными. И, чтобы ты не чувствовал себя так же неуютно, как на борту *Звёздного Дома*, у нас — с соизволения Всеотца, конечно же, — и было решено помогать вам таким способом. Не самым приятным, конечно же, — но ничего лучшего нам придумать не удалось. А Он — он ведь не делится с нами Своей мудростью. Мы должны справляться с бедами сами.

Сзади донёсся странный звук — точно кто-то изо всех сил сдерживался, чтобы не расхохотаться. Исайя и бровью не повёл.

...Нить трассы петляла меж взносящимися в поднебесье тёмными громадами зданий — и Твердислав вдруг заметил, что громады эти мало-помалу перестали быть такими уж тёмными. Вокруг, словно дивный сад, расцвело многоцветье огней; гладкие отвесные стены опоясали ярусы широких балконов, к которым тянулись бесчисленные трассы *монора*. Огни пульсировали, переливались, на балконах появились человеческие фигурки...

— Эту часть города контролируем мы, — заметив

взгляд юноши, пояснил Исайя. — Тут многое выглядит так же, как и до войны. Если, конечно, не помнишь, как же это было в действительности...

Под нарядными балконами, внизу, ближе к основаниям колоссов, таилась тьма. Ни огонька, ни движения. Ни одна трасса не опускалась туда. Лишь отдельные окрашенные в тёмный цвет летающие машины, крупные, с самый большой дом в клане, угрожающе-угловатые, издающие то самое неприятное гудение, время от времени ныряли туда, словно пловцы в омут.

— Патрульные *танки*, — объяснил Исайя. — Мы держимся большей частью наверху и в подвалах. А вот земля, пространство между зданиями и часть самых глубоких коммуникаций принадлежат Умникам. И они медленно, но верно теснят нас...

Вираж. Вираж. И ещё вираж. Трасса вывела к балкону одной из башен, и тут машина замерла.

— Приехали. — Прозрачный колпак сдвинулся вверх и назад. — Приглашаю тебя в гости, вождь Твердислав. — Исайя легко, по-молодому выскользнул наружу. Его спутник, кряхтя, выбирался гораздо дольше.

Твердислав очутился на широченной террасе. Под ногами расстилалось нечто светло-серое, приятно упругое. Вдоль ограды цвёл настоящий сад. Таких дивных цветов в родном мире вождя никто никогда не видел — крупные, яркие, необычайно чистых красок, самого невероятного их смешения... Между тёмно-зелёных куп по камням журчали ручейки.

— Идём, идём, вождь Твердислав. Это не чудо, отнюдь нет. Это лишь малая, ничтожная часть тех красот, коими славился город до момента, когда пришли Умники. Завтра Андрей покажет тебе зону боёв. Думаю, она произведёт впечатление.

Терраса имела в ширину шагов, наверное, двести. Стена здания прямо-таки полыхала сиянием бесчисленных огней — они сливались во вспыхивающие, гаснущие, извивающиеся прямо в воздухе буквы.

— Магазины. Рестораны. Бары. Места... гм... иных развлечений, — несколько смущённо пояснил Исайя, видя, как Твердислав с недоумением уставился на прихотливый пламенный танец вывесок. — Сколько лет прошло, а это как было, так и осталось. Человеку надо где-то делать покупки и где-то расслабляться после работы. Точно так же, как в древнем Вавилоне, Риме или Афинах.

Вавилон. Рим. Афины. Да, Твердислав вспоминал эти слова. Старые-престарые города, тысячи и тысячи солнечных кругов тому назад. Посреди вакханалии огней темнела невысокая арка, затканная темнотой. Исайя уверенно направился прямо к ней. Следуя за ним, Твердислав ощутил вдруг болезненный толчок в грудь, словно чья-то невидимая ладонь упёрлась, не давая ему прохода. Машинально, не думая, он бросил заклятие пропуска — бывает, что дом, или пещера, или ещё какое-то место заговорены, как, например, частенько случалось на границе с Середичами. Обычно вождю удавалось преодолеть чужую защиту, даже если ставила её опытная Ворожея.

Однако на сей раз ничего похожего не произошло. Но не это оказалось самым странным — в конце концов, здесь, в ином мире под иным небом, законы заклятий и магии могут отличаться. Вся сила, которую Твердислав вложил в собственное волшебство, ушла, точно вода в песок, без всякого результата. Ничто даже не попыталось преодолеть чужой барьер перед входом. Чары не удалось не только наложить, но и даже создать!

От Исайи же скользнула какая-то быстрая пламенная искра, искра из невидимого огня. Твердислав ощутил её слабо, очень слабо, совсем не так, как привык чувствовать чужое волшебство.

Нельзя сказать, что это хоть сколько-нибудь его успокоило. Не может быть! Как же ему исполнить волю Великого Духа, если главнейшее его оружие тут бессильно? Не рубить же неуловимых Умников мечом, что, по правде говоря, вдруг начало казаться смешным и нелепым в этом мире, совершенно непохожем на родной мир кланов, где сталь была символом доблести, мужества и отличия?..

Посланная Исайей искра открыла путь. Давящая преграда исчезла. Они вошли.

Внутри здание не сильно отличалось от *Звёздного Дома*. Те же коридоры, залитые мягким светом, то же еле слышное гудение машин за переборками, те же немолодые люди в одинаковых комбинезонах, со спокойными лицами и страхом в глазах, бесшумно скользящие по упругому полу, с нарочитым безразличием не замечающие Твердислава, зато не забывающие поприветствовать странным жестом — кулак прижимается к сердцу — самого Исайю. Ещё обращало на себя внимание обилие скрытой Силы, предназначенной только для убийства. Нечто подобное он ощущал в подземельях Острова Магов; но тогда рядом была Джей, умеющая ладонью поворачивать вспять огненные реки...

— Садись.

Кабинет Исайи Гинзбурга оказался едва ли не больше Кострового места в родном клане Твердиславичей. На неоглядном столе перемигивалось огоньками нечто блестящее, смахивающее на паука. Возле стола имелось два совершенно обыкновенных кресла.

— Не люблю эти модные штуки с вырастающей из пола мебелью, — пояснил хозяин. — Голоден?

Твердислав помотал головой. Какая уж тут еда...

— Думаю, пришла пора объяснить тебе, что же мы от тебя хотим, — Исайя смотрел на свои сцепленные пальцы, упорно пряча взгляд. — А хотим мы, вождь, очень многого. И от тебя, и от твоих соплеменников. Мы проигрываем войну. И стоим на грани полного истребления. Об этом знают не все. Я — из числа посвящённых. *Должность* моя... гм... примерно соответствует твоей. Я отвечаю за Мир кланов. *За интеграцию* его уроженцев в нашу цивилизацию... и за их дальнейшую судьбу.

Так что теперь — об Умниках. Хочу заранее извиниться — нам придётся, так сказать, ex ungue leonem pinegere[1], поскольку цельной и полной картины нет и едва ли когда появится — если только не поможете вы, рождённые в кланах.

Исайя сделал паузу. Побарабанил по гладкой столешнице ногтями. Вздохнул. Кашлянул. Однако глаз так и не поднял.

— Умники зародились внутри нас, точно гниющая язва. Они — плоть от нашей плоти и кровь от нашей

---

[1] Ex ungue leonem pinegere — по когтям льва избражать (*лат.*), то есть по частям судить о целом.

крови. Однако они отринули заветы Всеотца; если мы грешили против Него по слабости, по малодушию, лености, но никогда — по злобе, то Умники как раз и есть воплощённая злоба. У них, как и у ваших Ведунов, посланных вам в испытание, цель одна — истребить нас, старшее поколение. Заставить нас корчиться от боли и умирать под пытками. Жечь, осквернять, разрушать и уничтожать. Я не могу — да и никто среди нас не может — найти объяснения их поступкам. Иногда кажется, что они все больны... словно заражённые бешенством махи, бесцельно убивающие всё на своем пути из одной лишь жажды чужих мучений и смерти. Мы не можем совладать с этой стихией. Мы — ученые... гм... и... и другие, словом, люди сугубо мирные, мы сражаемся изо всех сил, под нашим контролем ещё немалые мощности, у нас вдоволь военной техники, но всё, на что способны мы, у Умников получается ещё лучше. Мы сражаемся сразу на множестве фронтов. Каждый город разделён надвое. На линии соприкосновения В ОСНОВНОМ бьются *автоматы*, роботы — однако Умники могут себе позволить пустить в ход живых бойцов КУДА ЧАЩЕ, ЧЕМ МЫ. Мы — нет. Наши годы немалы, и едва ли на сотню найдётся хотя бы один умеющий сражаться сам, а не управлять из безопасного места грудой мёртвого металла с пушками и лазерами.

— Но нас же мало, — перебил Исайю юноша. — Раз-два и обчёлся...

— Об этом поговорим чуть позже. Итак, помимо прямой борьбы — сила против силы, броня против брони и снаряд против снаряда — Умники действуют и более тонко. Они ухитряются проникать в самые тщательно охраняемые места... и тогда люди гибнут, пропадают или сходят с ума. Твой вчерашний друг... хотя, наверное, тебе уже это говорили.

Твердислав кивнул.

— Это уже просто лежит за рамками нашего понимания. Логика пасует. Такое впечатление, что среди Умников дважды два не четыре, а... а вермишелевый суп с мятой. Когда-то я надеялся, что мы сможем уладить конфликт миром. Потом — что сумеем удержать существующее положение вещей военной силой. Увы... Как мы все ошибались! «O fallacem hominum spem!» — «О обманчивая надежда людская!», как сказал один очень умный римлянин по имени Марк Туллий Цицерон, речь «De oratore», три два семь...

— Чего «три два семь»? — не понял Твердислав.

— Прости, пожалуйста... латынь — моя любовь. Древний язык... предпочитаю древность современности... а цифры — цифры просто означают место речи Цицерона «Об ораторе», откуда я и взял цитату. Дурная привычка. Ещё раз прости, пожалуйста. Так вот, я говорил о ложных надеждах. Все они рухнули. Мы не удержали фронт, мы не смогли обезопасить себя в крепостях, мы не смогли понять, что же движет нашим врагом... Мы оказались обречены. И тогда появился Великий Дух... который и указал нам дорогу.

Так родился Мир кланов, вождь Твердислав. И выросло уже первое поколение тех, кто вступит в бой по слову Всеотца. И... мы надеемся... что вам удастся переломить ход войны. Да, вас мало, но у вас — Вера. Истинная вера, не затуманенная ни страхом, ни грехом. Вы родились с ней и с ней вы уходите дальше, когда истекает мера вашего земного пути. Вера — вот чего мы лишены... Вернее сказать, были лишены, — поправился Исайя. — Однако обретших Веру попрежнему мало, очень мало... Люди по неведению и черствости сердца верят лишь в то, что увидели собственными глазами... а Всеотец, конечно же, является далеко не каждому, — он усмехнулся. — Но — ближе к делу.

— Ну да мне-то теперь что делать? — осмелел Твердислав. — Что я — один! — могу? В конце концов, ведь на Острове — там ведь Джей всё сделала. Не я.

— С Джейаной Неистовой — ситуация, конечно, особая. Нам ещё предстоит разобраться в случившемся. Но речь сейчас о тебе. На несколько дней поступишь в распоряжение Андрея, — кивок в сторону молчаливого спутника. — Он тебя проведёт по передовой. Посмотришь, что к чему и как. Вернёшься — и тогда уже я послушаю тебя. Свежий глаз всё видит острее.

* * *

Твердислав шёпотом ругнулся, помянув некоторых особо мерзких Ведунов, злостно нарушив тем самым одну из учительских заповедей, строго осуждавших бранные слова. Впрочем, сейчас-то как раз ругаться было от чего. Заклятия не работали. Ни одно, даже самое слабенькое.

За окнами медленно разгорался серый и безрадостный рассвет, а юноша сидел на полу в отведённых ему *апартаментах* неподалёку от кабинета самого Исайи Гинзбурга, «человека номер один» по отношениям с кланами и рождёнными там. Эти самые апартаменты являли собой настоящее *чудо техники*, как выразился Андрей. Этот самый Андрей, конечно же, ожидал от Твердислава отвисшей челюсти при виде всей этой *машинерии*, коей битком было набито жилище, — да только не дождался. Не на таковского напал. *Не вчера с дерева слезли*, как говаривал Учитель. Да и что может по-настоящему удивить удостоенного свиданием с самим Всеотцом? Хитроумные устройства — вот уж чему он, вождь Твердислав, станет дивиться в последнюю очередь.

Наверное, в другое время он бы тоже позволил себе удивление, позабавился со всякими кнопками, ручками и тому подобным, заставил бы здесь всё подняться на уши, в потом вернуться к прежнему — если бы не свидание с Великим Духом. Если бы не Его слова. Если бы не возложенный им Долг, который надо исполнить, не думая о том, как выжить самому. Для клана он и так всё равно что мёртв. Ключ-Камень... ах, Чарус, Чарус... остаётся надеяться, что Фатима не окажется совсем уж непроходимой дурой.

Нет, об этом думать нельзя. Нельзя. Тем более когда не можешь сплести и самое немудрёное чародейство. Что же, во имя Всеотца, я делаю не так? Ведь Сила рядом... я чувствую... далеко не так остро, как дома, но всё же чувствую! И — не могу дотянуться.

Он вытер пот. Да ну что же это?! Вот-вот придёт Андрей... которого Исайя назвал «наставником». Не люблю это слово — с некоторых пор. Нужно идти к передовой — а у него, Твердислава, ничего не получается!..

...Андрей возник рядом совершенно бесшумно. Вот уж что-что, а подкрадываться в этом мире умели. Дверь Твердислав запирать не стал — ему не от кого таиться, а кому надо, пусть заходит невозбранно.

— Ты готов? — На Андрее был тёмный комбинезон, несколько объёмнее обычного. В руке — свёрток. — Возьми вот это. Наденешь.

Твердислав повертел принесённое.

— Зачем?

— Наше боевое *обмундирование*. Надень.

Юноша подчинился.

— Вот это — кнопка управления встроенным оружием... — с увлечением начал было Андрей, однако Твердислав неожиданно покачал головой и принялся стаскивать с себя комбинезон.

— Нет. Не надену. Мешает очень.

— Т-то есть как?.. — опешил Андрей.

Как ему объяснить, что, когда одежда напичкана этой их хвалёной *машинерией*, совершенно перестаёшь чувствовать что-либо вокруг себя? Тонкие цепочки из искорок Силы сводят с ума кажущейся доступностью — и в то же время полной недосягаемостью. Всё это плюющееся огнём, ядом, или чем там ещё, оружие только мешает. Воин полагается на свои руки, держащие меч.

— Ты не понимаешь, что такое фронт! — зло бросил Андрей. — От тебя там в один миг останется мокрое место! Ты не знаешь Умников!

— С этими штуками я никогда ничего и не узнаю, — упёрся Твердислав.

— Ну да, твоя подружка Джей умеет превратить ладонь в идеальное зеркало с абсолютным теплоотводом, чтобы отбивать лазерные лучи; а у тебя не получится?

Тон нового *наставника* Твердиславу совсем не понравился.

— С этими штуками я — никто, — возразил он.

И вновь — в другое время, конечно же, он с удовольствием *проактивировал* бы всё оружие, пострелял бы вдоволь по мишеням... Откуда же сейчас эта твердокаменная уверенность, что чужая техника может только помешать?..

Он отбивался так настойчиво, что в конце концов хозяин не выдержал.

— Ну ладно, — сдался Андрей. — *Чёрт* с тобой, оружие можешь не включать. Но обычная-то броня не помешает! Но уж если ты и от неё откажешься — пусть с тобой сам господин Исайя Гинзбург разговаривает.

— Поговорю, ну и что? — пожал плечами Твердислав. Только теперь он как-то понял для себя, что *никого не боится в этом мире*. Над ним — только Всеотец. И никаких посредников. Воля Его выражена самому Твердиславу — а все прочие только помогают наилучшим образом исполнить Его завет.

Правда, комбинезон всё-таки надел. Старательно заглушив всю суетливую машинерию в нём.

До передовой добирались не по стальной ленте монора, а в одном из тех самых *танков*, про которые говорил Исайя.

Железный зверь не отличался ни красотой, ни удобством. Видно было, что клепалось всё это кое-как, на скорую руку. И здесь смертоубийственных орудий наверчено и накручено было столько, что у Твердислава зашумело в ушах.

«И какой смысл был глушить всё натыканное в одёжку?..»

— Мы держим центр и северо-восточные окраины, дорогу к *Звёздному Порту*, — говорил меж тем Андрей. — Всё остальное — Умники. И это столица! Лучшие войска, лучшие люди!.. Хотя, — он вдруг осёкся, — какие-такие особые войска? Добровольцы, ополчение... Знаешь, когда мы в последний раз воевали?..

— Так ведь и Умники не воевали, — заметил Твердислав.

— Они много чего не делали, — мрачно обронил его спутник. — А вот поди ж ты, всё умеют.

Обзор из этого самого танка был преотвратный. *Экраны*, на коих отображалось всё творящееся впереди, позади и с боков, — это совсем не то, чем когда смотришь собственными глазами.

Улицы-ущелья. Внизу — сумрак, хотя день обещал выдаться ясным. В этом мире, похоже, не существовало ни зимы, ни весны, ни лета — какая-то сплошная осень, точнее — предосенье, безрадостная, хоть и изобильная пора. Тепло и дождливо. А деревья, похоже, здесь вечнозелёные...

Город вновь изменился. Исчезли нарядные балконы. Тёмные иглы зданий испятнало рваными дырами — иные едва заметны, в иные свободно мог пройти летающий танк. Одна из трасс монора оборвалась, вздыбившись и изогнувшись чудовищной спиралью, железной, вставшей на хвост змеёй. Конец её измочалило так, что превратило в стальной веер.

Андрей нажимал какие-то кнопки, бормоча себе под нос непонятные и неразборчивые слова.

—...Иначе враз собьют, — только и уловил Твердислав. — Ну всё, приехали. Спускаемся, и дальше — пешком.

Прямо перед ними оказалась громадная пробоина в стене дома. Танк влетел внутрь и замер.

Здесь было очень много извергающего смерть. Слишком много, чтобы люди смогли по-настоящему воевать, а не *управлять* смертоносной техникой, на которую они беспечно переложили грязное дело истребления себе подобных.

Казалось, в дом раз за разом вгрызалось исполинское огненное сверло, рвало, пробивало стены и перекрытия, оставляя длинные оплавленные тоннели, словно червь-древоточец в стволе.

Много людей. Куда больше, чем где бы то ни было в этом мире. Усталые и осунувшиеся старики. Молодящиеся женщины в подогнанных боевых комбинезонах. *Кабели, аккумуляторы, генераторы* и тому подобное питающее войну мёртвое воинство. Стволы, раструбы, решётчатые антенны — все смотрят через узкие зрачки амбразур. Смотрят на точно такой же дом, тоже весь избитый и испятнанный. Из сумрака внизу поднимается баррикада — серые блоки, местами покрытые гарью, громоздятся один на другой высоченной стеной.

«...Интересно, зачем тут стены, если Умники властвуют в подземельях?..»

— Это передовая, — сказал Андрей, возвращая Твердислава к реальности. — На *той стороне* — Умники.

Царила тишина, лишь из глубины доносился негромкий гул машин. Пожилые люди возле бойниц ле-

жали безмолвно, не отрываясь от оружия, словно подстерегая редкостного зверя.

Никаких следов того, что здесь когда-то было жильё или что-то иное. Голые серые стены. Торчащие из потолка жгуты проводов. Наспех заделанные пробоины. Жёсткий пол, всё могущее гореть безжалостно изгнано. Люди лежат прямо на плитах перекрытий.

— Но мы сюда добрались как по ровному, — не удержался Твердислав. — А ты говорил — нечто страшное...

— Сам удивляюсь, — буркнул провожатый. — Даже ни разу не обстреляли. Не к добру. Не иначе как готовят штурм.

— А зачем им штурмовать дом, если можно пройти подземельями?

— Не всё так просто. Глубинные уровни — да, у них. Но технику там не протащишь. А головы свои класть — Умники не дураки. Коммуникации — это для *диверсий*. Да и вообще... сдаётся мне, атаки и штурмы для Умников не самое главное. По-моему, они ждут, пока мы все перемрём... или сойдём с ума от отчаяния и безысходности. А! Чего гадать! Никто никогда так и не сумел понять Умников.

Андрей махнул рукой и лёг к ближайшей амбразуре. Твердислав потоптался немного и тоже последовал его примеру — свободных бойниц хватало.

Тишина. Наверху — тучи. Внизу — темнота. Спереди — избитая стена. Обгоревший остов танка в одной из самых крупных пробоин в доме напротив. Чего тут опасного? И более того, что здесь интересного?..

Он замер. Прислушался. Машины далеко позади. А вот что впереди, за баррикадой, за стеной напротив? Сила? Злоба? Ненависть? Клыки и когти? Ярость Ведунов? Что?

Твердислав напрягся. Он отлично умел предчувствовать опасность, он обладал чутьём... однако на сей раз неоднократно проверенные на охоте и в бою инстинкты говорили ему — дом напротив пуст. Там нет живых. Там не чувствуется Силы. Там нет и мёртвого металла. Там нет *ничего*.

Он уже открыл рот...

Как услыхал хохот. Заливистый хохот, как может

смеяться девчонка лет тринадцати, отмочив какую-то лихую шутку и выставив кого-то на посмешище.

Первый закон охоты и войны — не дёргаться. Что бы ни случилось. Даже если Ведун вдруг протянет тебе руку и предложит в жаркий день хлебнуть из его баклажки.

Он обернулся медленно. Меч, с которым он так и не расстался, несмотря на косые взгляды Андрея Юрьевича, неспешно описал дугу.

Никого. Молчаливые бойцы замерли у амбразур.

Кроме них, никого нет.

— Ты чего?.. — поднял голову Андрей, и тут из пустого дома напротив хлестнуло огненным бичом.

Т-Р-Е-В-О-Г-А!!!

Истошный вой, пополам с треском, гулом, рёвом и грохотом. Твердислава отшвырнуло от бойницы, точно зверёныша. Дом напротив полыхал огнями, колючими огнями смерти, теми самыми огнями, что пытались убить их в подземельях Острова Магов. И — повторилось прежнее жуткое ощущение: вся убийственная мощь целится сейчас в него, и только в него. А ни одно заклятие не работает...

Мелькнуло искажённое лицо Андрея. Кажется, уже окровавленное. Над головой Твердислава толстенную внешнюю стену с шипением резал огненный нож, добела раскалённые края загибались внутрь. Женщина у соседней бойницы дважды воспользовалась своим оружием — *выстрелила*, хоть и не из лука, — плечи её вздрогнули раз, другой, а в следующий миг в её бойнице что-то сверкнуло, и тотчас же со змеиным шипением повалил густой белый дым.

— Га-а-а-зы!!! — чей-то вопль слева.

Смерть уверенно наступала. Рядом замер, скорчившись, закрыв руками голову, Андрей. По-прежнему ничего не понимая, Твердислав подхватил раненого на плечо и ринулся к выходу.

...Женщина у бойницы слева лежала и не двигалась.

Едва Твердислав, волоча на себе Андрея, очутился в коридоре, как за его спиной с грохотом что-то рухнуло. Оказалось — плита из какого-то *бронепластика*, наглухо закупорившая поражённый отсек. Кто не успел, тот опоздал. Тому не повезло.

— «Белый поцелуй», — хрипел старик рядом с Твердиславом. — Знаю... попадал... новая штука... потом — только в дурку... *Противогазы* не спасают. Не придумали, значит, пока ещё, как нас спасать...

Машинально Твердислав обернулся, ища глазами травниц и целительниц. В клане они бы уже неслись сюда во весь опор... Впрочем, здесь на подобное рассчитывать не приходилось. Каждый стоял за себя, и один лишь Великий Дух — за всех. За неимением лучшего юноша опустил раненого прямо на пол. И понял, что вынес на себе уже труп. Андрею не снесло, не разворотило, не сбрило — а сожгло, именно сожгло полчерепа. Лицо осталось целым. Броневой капюшон остался откинут — погибшему отчего-то стало лень натягивать его. И вот расплата.

— Пусть будут лёгкими твой путь и твои слова пред Великим Духом, — прошептал парень, закрывая глаза убитому. Пусть спит. В оный день Всеотец даст ему новую жизнь — так что зачем горевать по мужественно погибшему?..

— «Белый поцелуй», — продолжали бубнить рядом. — Не-ет, без обезвреживания и обеззараживания туда теперь год не войдёшь, уж вы мне поверьте, молодой человек...

Совсем рядом что-то вновь громыхнуло. Примерно в полусотне шагов из пролома в стене хлестнуло пламя, закружилось яростным водоворотом — и угасло, сбитое жёлтыми пенными струями с потолка.

— Огнемётный бластер, — резюмировал старик. — Двойной заряд — первый прошибает броню, второй воспламеняется внутри. Пойдёмте отсюда, молодой человек, за нас взялись всерьёз и, пока не подойдут штурмовики, нечего даже и думать об обороне.

Однако коридор оставался совершенно пуст. Шипение, свист и грохот, бушующие снаружи, заставляли мало что не кричать.

:Нравится? А можем и ещё круче!:

Прежний насмешливый голос. Наверное, так могла бы сказать Гилви, возгордившаяся Гилви, очутись она здесь.

Невидимая холодная ладошка прошлась по разгорячённому лбу.

:Здравствуй, маг. Haile ande faile, man.:

Последних слов он не понял. Да и не до того было — катящийся издали рокот взорвался яростным оглушительным громом, всё вокруг зашаталось, по крепчайшим стенам зазмеились трещины. Из доброго десятка проломов так и хлестал огонь — клубился, рычал, плевался дымными струями, рвался в распахнутые двери с противоположной стороны коридора. Из живых вокруг остался один только полубезумный старик — несчастный хватал Твердислава за бронекостюм скрюченными бессильными пальцами, о чём-то умолял, кажется, даже плакал...

— Вставай, — сказал юноша. Ждать здесь было больше нечего... хотя услышать лишний раз тот премилый голосок, пожалуй, он бы не отказался. Но, если он хочет по-настоящему исполнить порученное Великим Духом, едва ли есть смысл бездарно погибать в первом же бою.

...Он брезгливо перешагнул через валявшееся на полу оружие. Ему хватит одного меча. Потому что, если он правильно всё понял, Всеотец ждал от него не только и не столько призовой стрельбы из местных огненных луков.

— Вниз... вниз давай... — проскрипел старик. — Наверху только пламя...

Сам Твердислав предпочёл бы уже знакомый пролом, но дорогу к нему перекрыл огонь, а Пожарное заклятие, разумеется, не сработало. Справа и слева ярилось пламя; а вот прямо под ногами очень кстати оказался вполне симпатичный провал. Внизу Твердислав разглядел уходящую ещё дальше лестницу.

Старик проворно прикрепил невесть откуда взявшуюся верёвку к торчащему из скола стены железному пруту и с неожиданной для его возраста лёгкостью скользнул в пролом. Твердислав не заставил себя ждать, и вовремя — новый взрыв, на голову посыпался мелкий мусор, огненное дыхание обожгло макушку...

— Успели, — выдохнул старик. — Дальше уже легче, молодой человек. Лестница...

Этому этажу досталось меньше, но защитники отступили уже и здесь.

— Надо ещё ниже, — авторитетно заявил спутник

Твердислава. — Двумя ярусами. Там отличный выход на трассу... Думаю, все побежали именно туда. Когда в дело идут огнемётные бластеры, у народа на пятках вырастают крылья, — он нехорошо усмехнулся.

Узкая лестница, железные полосы перил. Серые стены. Никого — ни живых, ни мёртвых, никаких следов отступления. Если защитники здания и покидали свои места, но явно не этим путём.

Однако, опустившись на эти самые два яруса, они обнаружили, что дороги нет и здесь. Лестничная клетка оказалась наполовину завалена обломками. Открытым оставался единственный путь — вниз.

— Ну уж до какого-нибудь пролома мы доберёмся, — пыхтел старик, так и не успевший назвать Твердиславу своё имя.

:Haile ande faile, wiz-man,: — вновь раздался тоненький голосок.

«Проклятие! Эти Ведуны и Ведуньи делают со мной что хотят, а я даже не могу их учуять!» — Твердислав свирепел. Ясно, как день, что все эти «хайле анде фэйле» есть не что иное, как шуточки Умников. Эх, изловить бы эту шутницу... да всыпать как следует, чтоб долго помнила...

Они миновали ещё шесть уровней. И всюду картина оставалась одной и той же — вправо и влево дороги нет, её преграждают либо огонь, либо завал, либо облака медленно плавающей молочно-белой взвеси, куда спутник Твердислава наотрез отказался входить даже в противогазе.

Пересчитывая ногами ступени, Твердислав попытался вспомнить, на каком же уровне находились они изначально. Старик уже ничего не говорил, только сдавленно хрипел.

:Haile ande faile! Taeme faile!: — теперь в нежном голоске звучало неприкрытое злорадство.

Твердислав внезапно остановился, да так, словно налетел на незримую стену. Нигде поблизости не было Силы, не из чего творить боевые заклятия — однако каким-то нюхом дикого зверя он ощутил: враг рядом. Может, уже всего в одном лестничном марше.

Наконец-то пришло время вспрыгнуть в ладонь мечу.

Хватаясь за сердце, привалившись к серой шершавой стене, тяжело дышал Твердиславов спутник. У него на боку болталось нечто металлическое оружейного вида, но ясно было, что в случае опасности он не успеет даже вздохнуть.

«Ну, где же вы, где вы? Таитесь, прячетесь, сводите с ума голосами — мол, всё видим и всё про тебя знаем. Может, вы даже читаете мои мысли. Но вот о чём вы забыли — на мне благословение Всеотца, и я сокрушу вас, если только на то будет Его воля!»

Ответом был многоголосый заливистый смех.

:Чья воля? Всеотца? Да его ведь не существует, глупец!: — произнёс кто-то на понятном наречии, а затем вновь прозвучало: *:Haile ande faile!:*

И тут снизу рванулся мрак. Абсолютный, непроглядный, всепоглощающий.

:Haile ande faile!:

Старик что-то сдавленно вскрикнул.

Тело само приняло защитную стойку. Немудрёный железный клинок, выкованный гномами родного мира, подарок Учителя в те времена, когда Учитель ещё почитался настоящим, — с размаху прошёлся по плеснувшей навстречу чёрной волне.

:О-о! А-а-а!!!...: — вопль ужаса и боли плеснул в сознание. Чёрное покрывало конвульсивно дёрнулось, сморщилось, посерело, сквозь него начали проступать очертания лестницы. Раздался мокрый всхлип, и тьма рассеялась.

В Твердислава слепящей волной ударила чужая ненависть.

:Faile! Morte! Deade!:

— Идё... — начал юноша. В следующий миг железяка на поясе старика внезапно извергла огонь.

Удар швырнул парня на ступени — броня смягчила удар, но получилось всё равно чувствительно. Ни испугаться, ни понять, в чём же дело, он не успел. Как не успел и выкрикнуть что-нибудь вроде «спятил, ты...?!»

Глаза старика превратились в два ярких факела. Из черепа хлестал самый настоящий огонь, жидкие волосы вспыхнули, занялся воротник бронекостюма... Тем не менее уже, несомненно, мёртвый человек шагнул вперёд, вновь поднимая своё оружие.

«Ведун. Как есть — Ведун».

Наверное, именно эта мысль и спасла. Ведун, творящий молнию. Уход «одиннадцать». Давным-давно разученный и затверженный в мельчайших подробностях. Форма отката... форма щита... форма отвода...

Падая назад и вбок, Твердислав вскинул по-особому скрещённые руки. В решающие моменты это помогало, когда жест намертво связан с мыслью и образом, и позволяет вызвать, сотворить заклинание намного быстрее, чем когда «продумываешь» все до последней мелочи сам.

НО ВЕДЬ В ЭТОМ МИРЕ ЗАКЛЯТИЯ НЕ РАБОТАЮТ!

Как вспышка, яркая, белая, высвечивающая все потайные уголки и не щадящая секретов. Наверное, подумай он об этом на долю мгновения раньше, лежать бы ему на серой лестнице с продырявленной головой.

Однако в тот миг, когда творилось чародейство, Твердислав об этом не думал. И алый росчерк сверхраскалённого огня впустую скользнул по человеческим рукам, оставляя проплавленную бороздку на броне, даром уйдя в потолок.

Разумеется, последовавший за этим выпад только позабавил бы истинного мастера меча. Какие там «смертельные вихри», «разящая сталь» и всё прочее! Пребольно стукнувшись боком (проняло сквозь всю броню), Твердислав ухитрился вскочить на ноги (каким-то чудом не рухнув при этом вторично) и неловко, вслепую ткнуть остриём меча куда-то в область головы оборотня. В своих силах пробить броню голыми руками он сильно сомневался.

Старик, из глазниц которого по-прежнему хлестало пламя, не менее неловко вскинул руку — защититься. Меч скользнул по обшлагу рукава, с неожиданной лёгкостью пронзил лицевую кость и погрузился в мозг.

И вновь в ушах беззвучный вопль агонии и боли.

Тело повалилось Твердиславу под ноги, едва не уронив ошалевшего победителя. Никакого огня из глазниц теперь, разумеется, не летело — просто две чёрные дыры в черепе с обгорелыми крошащимися краями.

Оружие выскользнуло из мёртвой руки и сорвалось вниз. Стука падения юноша так и не услышал.

Наверное, истинный герой и теперь сумел бы выкрутиться, нанести ответный удар — однако вождь Твердислав некоторое время просто стоял, привалившись к стене, машинальным движением стирая с меча несуществующие пятнышки крови.

На странный миг он увидел себя со стороны — застывшего где-то между небом и землёй, в мире, где не видно ни того, ни другого, где война идёт меж чёрными иглами рукотворных гигантов, которые и домами-то назвать трудно. Невесть как оказавшийся здесь Твердислав твёрдо понимал лишь то, что он ничего не понимает.

Если мощь Умников настолько велика, почему они уже давно не расправились с теми, кто им противостоит? Вопрос логично вытекал из уже задававшегося раньше — а почему Учителя при всей их мощи не уничтожат проклятых Ведунов?..

Как по команде рёв и грохот разом стихли. Доносился лишь треск пламени да изредка — характерное шипение устройств, что пытались бороться с огнём. Бой кончился. Защитники отступили, но и атакующие отчего-то не спешили занять вражеские позиции.

Не придумав ничего лучше, Твердислав продолжил спуск.

Так, значит, волшебство всё-таки работает? Или нет? Ни в чём нельзя быть уверенным. Да, он сделал всё, как полагается при уходе «одиннадцать», но кто поручится, что его враг попросту не промахнулся — к примеру, оступившись на узкой ступеньке. Если у тебя из глаз бьёт фонтанами пламя, то неудивительно, что мог чего-то и не заметить.

Юноша остановился. Проверки ради сплёл несложное заклятие, помогающее путать следы. Оно не сработало. Оно просто не появилось на свет.

Так, значит, ему тогда всё-таки показалось, оборотень промазал? Ай, никто не знает, как на самом деле...

Он продолжил спуск. Интересно, Исайя говорил об *автоматах*, что держат оборону на передовой; что-то я тут ни одного не видел. Одни только люди, и никого больше. Странно. Неужели и его словам нельзя верить?..

В кланах ложь почиталась одним из тягчайших грехов перед Всеотцом.

Узкая каменная труба вела всё дальше и дальше; Твердиславу оставалось лишь поражаться точности удара Умников — все, *все* до единого выходы в коридоры оказались завалены. Оставалось только одна дорога — вниз, и это уже начинало тревожить парня. Если прав Исайя и поверхностью владеют Умники — что он станет там делать, с трудом вдобавок представляя, как отсюда выбираться?

...Когда лестница кончилась, ноги его уже гудели — притом, что шёл вниз, не вверх.

Пустое запылённое помещение. Пыль лежит чуть ли не вековым слоем. Стены изодраны, точно громадный кот точил о них когти; тут и там свисают мотки кабелей. Какие-то решётки, овальные люки, переломанные стулья и кресла; перекошенные двери застыли, не сойдясь примерно на три ладони; мутное стекло исполосовано трещинами. Ни огонька, ни движения. Мёртвая тишина. Похоже, что здесь никогда не бывало ни Умников, ни их врагов.

Оставляя рубчатые следы в пыли, Твердислав прокрался к выходу. Оглянулся, с охотничьим разочарованием покачал головой — того, что он здесь прошёл, не скроешь никакими силами.

За дверьми царила серая полумгла. Неба не видно; в бесконечность возносятся блестящие чёрные стены. Над головой — жуткая паутина: какие-то трубы, кабели, тросы разной толщины, разных цветов; ныряют под землю, прячутся в стенах, поднимаются куда-то вверх; под ногами — пружинящий серый покров. Шагах в десяти — здоровенное пятно гари, в середине — бесформенные обломки. На всякий случай Твердислав обошёл их стороной.

Далеко вверху тускло мерцало багровым — там всё ещё полыхал пожар.

Теперь предстояло выбраться отсюда. Счастье ещё, что он вышел по нужную сторону от преграждавшей улицу баррикады. Та-ак... а вот если теперь подтянуться... да на этот шланг... да ещё выше... то вон она, серовато-стальная трасса монора!

Сориентировавшись, юноша спрыгнул вниз. Дело представлялось простым и лёгким — знай себе следуй за путеводной нитью трассы, не собьёшься.

Так он и поступил.

Мрачный, злой город. Как в таких люди-то живут? Тут по земле и ходить-то нельзя. Через каждые два шага — или груда обломков, или что-то сгоревшее. Попадались и совсем свежие, ещё пахнущие дымом. Обрубленные, перебитые в ряде мест кабели и трубы судорожно дёргались точно живые; одни искрили, из других вырывался плотный пар. Твердислав крался вдоль поблескивающих стен — почему, интересно, тут все дома одинаковы? Могли бы ведь, наверное, выстроить и что-нибудь покрасивее унылых чёрных игл.

Это хуже, чем битком набитый ведуньим зверьём лес, подумал юноша. В лесу я всё понимал — а здесь я не понимаю ничего. Не знаю, откуда ждать опасности, где можно укрыться... Он с отвращением пнул ногой уродливую железную загогулину, откатившуюся от груды совсем свежих, неостывших и ещё дымящихся обломков. Железяка внезапно заскрежетала, в ней что-то щёлкнуло, она резко распрямилась точно живая. От неожиданности парень аж подскочил на месте.

— Тьфу, пропасть!

И тотчас устыдился. Достойно ли такое вождя Твердислава?

Кое-как, с трудом следуя за вьющейся высоко вверху светлой ленточкой трассы, он уходил всё дальше от передовой. И мог лишь поражаться абсолютной глухой тишине, что царила здесь. Жизнь и шум остались наверху. Судя по всему, сюда уже давно никто не заглядывал...

Было время поразмыслить.

Конечно, трюк со старичком-оборотнем — штука впечатляющая. Огонь из глаз — такое никому из Ворожей не под силу. Интересно, этот бедняга был заколдован с самого начала или его зацепили уже во время боя? И как Умники с такой лёгкостью дотянулись до него, Твердислава? Как можно справиться с таким противником?.. Да ещё и без боевых заклинаний?..

Он уже совсем было собрался обогнуть очередную кучу ржавого лома (никак не привыкнуть, что здесь драгоценного железа в изобилии, валяется и гибнет, никому не нужное) и свернуть за угол дома, вслед за трассой, — как волосы у него внезапно встали дыбом. С необычайной остротой он ощутил впереди врага. И не просто врага — а Врага с большой буквы, как говаривал Учитель.

В серой мгле, между низкой сетью кабелей и заваленной непонятными обломками землёй (точнее, тем, что эту землю покрывало) скапливалась, стягивалась в тугой комок кипучая нечеловеческая ненависть, и неведомо было, чем и как отражать такой удар. Меж чёрных стен курился тяжёлый туман; пар поднимался из открытых люков, точно из алчно распахнутых, ждущих ртов. Угроза таилась там, впереди, злорадно поджидая жертву — а жертва не могла даже свернуть. Потому что серебристая лента в вышине, как назло, указывала именно туда.

Твердислав остановился. Теперь он не сомневался — представился случай воочию наблюдать этих самых Умников. И, надо сказать, первые ощущения не радовали. Ничего хорошего ждать не приходилось — хотя разве не об этом же самом предупреждал его Великий Дух?

Единственное оружие — меч — Твердислав держал в руке; но что может такое оружие против хорошего арбалета? Стоит ему появиться на открытом месте — его играючи снимет даже самый неважный стрелок, если только догадается бить не с рук, а с опоры. Можно, конечно, понадеяться на туман — что он помешает засевшему впереди так же, как мешает сейчас Твердиславу, но на подобное вождь отучился уповать уже давно, едва только принял командование кланом в первом же серьёзном столкновении с Ведунами.

Стояли. Ждали. Парень не сомневался, что тот, в тумане, тоже его учуял. И знает, что Твердислав догадывается о его присутствии. Однако же тварь может не торопиться — ей спешить некуда...

Когда на пути непреодолимое препятствие, учил наставник, разумнее поискать обходной путь, а не штурмовать преграду в лоб, умываясь собственной кровью.

Ничего не скажешь, правильно говорено. Парень с тоской взглянул вверх. Нет, потеряешь трассу — потом нипочём не отыщешь. Надо идти вперёд. Разве заповедал Всеотец трусливо бегать от боя?..

* * *

— Итак, вы его потеряли.

— Да, ваше высокопревосходительство. Но атака была настолько неожиданной и мощной... Без артподготовки, со всех сторон — из-под земли, с воздуха, штурмовые группы по фронту... Моя рота сожгла двенадцать танков. Самоходок — тридцать девять...

— Оставьте, Конрад. Ни их, ни наши потери меня сейчас не волнуют, — верховный координатор на миг с усилием прижал ладони к глазам. — Меня интересует только одно — где мальчишка?

Высокий и костлявый человек в форме, что не слишком удачно пытался изобразить стойку «смирно» перед гневными очами начальства, совсем не по-уставному пожал плечами.

— Не могу знать. Координатор Глебский погиб в самом начале штурма. Связь с мальчиком была утеряна. К тому же фронтальный прорыв начался именно на их уровне...

— В чьих руках сейчас здание?.. Судя по тому, что вы ни слова не сказали об успехе контратаки, там у нас теперь угнездились Умники.

— Да... Контратаки не было, господин Исайя. Тяжёлые потери, перерасход боепри...

— Не оправдывайтесь. Завтра подтянем резервы и восстановим фронт. Не это меня заботит... — Исайя вновь закрыл лицо руками. Голос сделался невнятным. — Не мог ли Твердислав... попасть в руки Умников?

— Едва ли, — покачал лысой головой Конрад. — Наши сенсоры в здании работали достаточно долго. Потом их, конечно, заглушили, но я могу с уверенностью сказать — Твердислава среди пленных не было. Среди подобранных нами мёртвых — тоже.

— Поисковые партии?.. — Исайя вопросительно взглянул на Конрада. Взгляд верховного координатора

Проекта «Вера» не сулил забывшему об этом ничего хорошего.

— А... э... — замялся Конрад. — Не высылали. Не до того было.

Исайя раздумчиво пожевал губами, и виски Конрада заискрились от пота.

— Разжалую, — страшным голосом сказал верховный координатор. — В младшие ассенизаторы. Даю сутки. Прочесать всё вокруг места прорыва. Любые следы фиксировать. Двойной контроль — и техникой, и людьми. Мне нужен мальчишка — и притом живой.

— Быть может, есть смысл подключить к поискам остальных воспитанников — они из кланов, лучше смогут понять друг друга, — предположил Конрад. Исайя выразительно поднял бровь, и тот осёкся.

— Их у нас осталось восемнадцать, и каждый ни на что не годится. Сколько сбежало к Умникам за последнюю декаду? Двое?.. Нет, им у меня веры нет.

— А чем же тогда отличается этот парень?

Исайя долго и пристально смотрел на Конрада. Пот у того проступил уже не только на висках, но и на лбу.

— В отличие от них всех, — изрёк верховный координатор, — Твердислав не разуверился, когда не сработали первые заклятия.

* * *

В схватке зачастую проигрывает начавший, дрогнувший первым, у кого не хватило сил ждать. Твердислав к таковым не относился. И потому выжидал, осторожно пытаясь прощупать готовую к броску Силу. Получалось плохо, да и как могло быть иначе, если магия мертва?

— Давай-давай, — проворчал он. — Мы ещё посмотрим, кто кого перестоит!

Однако «перестоять» не получилось. За спиной, во мгле, внезапно зародилось быстрое движение, точно короткий и лёгкий смерч взволновал неподвижный туман. Не донеслось ни звука; только внезапно заколебались, судорожно задёргались нависшие над головой трубы и арматура.

Твердислава брали в кольцо.

Повернуть назад? Нет! Возвращаться нет смысла. Если уж прорываться — то вперёд.

«Великий Дух, Отец Живущих, помоги, не оставь своей милостью!»

Из-за угла Твердислав рванулся мягким перекатом, обманывая «стрелка». Туман не шелохнулся, только взревел в ушах тысячеголосый торжествующий хор.

:Он здесь! Он мой!:

Мир вокруг начал меняться. На глазах меняя цвет, поплыли струи тумана, сперва бледные, потом — тёмно-серые; и, наконец, чёрные как ночь. Стены домов таяли, вместо них возникали скалы, по уступам карабкались примученные холодом и ветрами сосенки. Паучья сеть кабелей превратилась в самую настоящую паутину, затянувшую длинное ущелье с крутыми склонами. Под ногами развернулась тропа.

— Т-ты-ы м-мо-ой!!! — прогрохотал чудовищный голос. — И-и не спа-а-сет те-е-бя тво-ой Все-о-тец!

Голос гнусавил и вдобавок противно растягивал слова.

«Напустили мо́роков, защити и оборони, Великий Дух!»

Камни у тропы загрохотали, раскатываясь по сторонам.

Здоровенный, на две головы выше Твердислава, бородатый, с толстенными ручищами и ножищами, с косматой гривой спутанных рыжеватых волос, с могучей корявой палицей в руках, маленькими красными глазками — кто знает, как называлось это порождение вражьего чародейства? Но для Твердислава это было всё равно — более того, он внезапно успокоился. Перед ним Ведун... всего-навсего Ведун. Громадный, конечно, в дикарского вида безрукавке, весь увешанный железяками — на манер браслетов и ожерелий — опасный противник, но в то же самое время — *знакомый.*

— Всеотец, может, и не спасёт, а вот я сам себя — очень даже и спасу! — нахально ответил парень. Он понимал — мо́роки — это не видения, не зыбкие картины, проплывающие где-то за гранью реальности. Мо́рок — когда ты внутри его — так же реален, как камни и скалы родного мира. И биться тут надо всерьёз, не уповая на то, что перед тобой — бесплотный мираж. — Скажи, как тебя прозывают, чтобы я знал, кому счас башку снесу!

— Башку снесёшь? — зарычал великан. — Мне, *огру* Кхаргу, снесёшь башку ты, недоносок?! Да знаешь ли ты, что сорок знатных рыцарей уже поверг я, в добычу взяв и *появ* двунадесять их дев! Сам король Артур...

Кто такой *король Артур*, Твердислав не знал и знать не хотел. Правой сжимая меч, левой рукой он незаметно подобрал увесистый булыжник с вершины очень кстати оказавшейся рядом каменной груды и недолго думая без замаха засветил этим булыжником огру в глаз.

— Му-а-а-а!!! — взревел гигант, роняя дубину и прижимая обе ладонищи к разбитой глазнице. Из-под волосатых пальцев быстро закапала кровь.

Когда имеешь дело с Ведуном и тебе удалось его огорошить — не теряй ни секунды. Снести башку одним ударом Твердиславу, конечно же, не удалось — насилу проскользнув между ручищами огра, клинок проткнул толстую стёганку-безрукавку и замер, дойдя до сердца.

Кхарг глухо взревел и рухнул. Эфес вывернулся из руки Твердислава, меч оказался погребён под чудовищной тушей.

— Сорок *рыцарей*... — пробормотал Твердислав, с усилием подсовывая дубину огра под мёртвое тело. — Сорок рыцарей, говоришь? Врал, поди...

— Конечно, врал, — засмеялись совсем рядом.

Твердислав так и замер со своей дубиной. Подловили!

На девчонке, что с ловкостью горной козы прыжками спускалась по головокружительной тропке, было нечто зелёное, короткое, загорелые ноги открыты много выше колен, за спиной — короткий лук в саадаке, торчат оперения нетолстых стрел. На загорелой шее — массивная цепь из необработанных золотых самородков. Выгоревшие волосы схвачены на лбу расшитым мелким бисером ремешком.

— Какие там сорок рыцарей! — хмыкнула девчонка, брезгливо попинав мёртвого острым носком сапожка. — Никого он никогда не убил, так, пугал только. Большой, сильный и глупый. Ладно, сейчас воскресим...

От мгновенного удара Силы Твердислав на секунду просто ослеп. Это была настоящая, чистая, незамутнённая Сила, коснувшаяся его души, словно вода — губ исстрадавшегося жаждой путника. С рук девушки потекли струйки тёплого пламени — не обжигающего, не испепеляющего, а именно тёплого, словно ласковое весеннее солнце.

— О-ох... — заворочавшись, промычал огр. — Опять, Аэ, опять! Опять убили! А ведь я...

«Что за бред? Что за ужасный бред? Верно, у меня уже всё совсем в голове помутилось... Не может такого быть! Я ведь стою сейчас на серой земле, над головой — не эта паучья сетка, а...»

— Какая разница, где ты стоишь? — вскользь, осматривая мгновенно затянувшуюся рану огра, бросила девушка со странным именем Аэ. — Потрогай этот камень. Он тяжёлый и холодный. Или иголки на сосне. Они пахучие и острые. Или... — она задорно улыбнулась, сдув со лба ухитрившуюся выбиться прядку, — можешь потрогать *меня*. Я — мягкая и тёплая.

Твердислав не выдержал — покраснел, и девчонка довольно хихикнула.

— По этой тропинке можно уйти далеко-далеко, за горы. Там у самого моря стоит замок старого чародея. У него собираются рыцари в поисках достойного подвига. Хочешь, мы отправимся туда? Или... к эльфам? Хочешь к эльфам? Настоящим, не то что ваша подделка! Там, где недоступная смертным красота обжигает сердца и взоры... где ручьи по-настоящему *хрустальны*, где...

Твердислав медленно пятился. Он не верил уже ничему. Ни глазам, ни ушам, ни даже ощущению Силы. Есть только одно, чему он может доверять, — чутьё на опасность. И оно, это чутьё, говорит — он на самом краю. На самом. Он уже завис над обрывом, над тёмным обрывом, на дне которого нечто худшее, чем смерть.

Его меч валялся у тропы. Огр, ворча, приводил себя в порядок. Два шага. Даже меньше — полтора. Но... что он может сделать против такой волшебницы? Даже если он дотянется до клинка...

— Вот и правильно, — одобрила его девушка. — Не надо хвататься за железки. Здесь они ни к чему. Во всяком случае, со мной. Ну так как, идём?

— Нет, — ответил он. — Нет.

— Почему? — огорчилась девушка. — А позволь спросить, куда же ты отсюда денешься?

— Куда-нибудь да денусь, — Твердислав как можно более равнодушно пожал плечами.

— Так для того, чтобы куда-то деться, всё равно придётся идти. Не лучше ли проделать дорогу вместе?

— А что тебе во мне? — Твердислав ответил вопросом на вопрос. — На кой я тебе сдался?

— А мне такие, как ты, нравятся! — с вызовом бросила девчонка. — Интересно мне с такими! И потом — тебе ведь отсюда всё равно никуда не деться. Понимаешь? Этот мир — мой!

«Этот мир — мой». Х-ха! Мы ещё посмотрим, кто кого, — хорохорился парень. Меч в полутора шагах, м-да...

* * *

— Милош! Умники впереди. Триста метров. Опускаю танк... о, чёрт!.. Я в захвате!.. Сажусь!..

— Всем группам. Я — Милош. Скопление противника, сектор 12, восточный сегмент. Детекторы показывают активную Сенсорику. Перекрыть пути отхода, огонь вести на парализацию. Тяжёлое оружие применять запрещаю. Конец связи.

— Милош, я — пост тринадцать пять. К границе подходит группа бронетехники противника численностью до двадцати единиц. «Росомахи». Сопровождения не наблюдаю...

— Внимание всем! Район сенсорной активности блокировать, подвижным группам резерва выдвинуться к посту тринадцать пять.

— Милош, я — Конрад. К посту тринадцать пять идут три колонны. Общая численность — около семидесяти. Тяжёлые танки прорыва. Периметр тебе не удержать. Эвакуируй посты тринадцать три, четыре и пять. Немедленно! Я ставлю огневой заслон, там сейчас будет жарко.

— Вас понял. Внимание всем! Подвижным группам задержаться на рубеже северного сектора. Дальнейшее продвижение только по моей команде, повторяю — только по моей команде, если не хотите попасть под наш же огонь.

— Милош, я Сапсан. Перекрёсток Семнадцатой и Сорок пятой улиц блокирован противником. Активность Сенсорики — шестьсот шестьдесят три. Видимость ноль. Останавливаюсь, приступаю к перекрытию подходов. Огня не открываю. Живых объектов не наблюдаю. Трупов не замечено.

— Вас понял. Разверните заграждения. Ничего, ничего, хоть так. Всё лучше, чем совсем без защиты.

— Милош, я Рокамп — двигаюсь к перекрёстку Семнадцатой и Сорок пятой со стороны Семнадцатой. Видимость — полтора балла. Локальный туман. Сенсоры отказывают. Активность противника — шестьсот восемьдесят и продолжает нарастать.

— Рокамп, это Конрад. Немедленно стоп. Все противотанковые средства...

Эфир заполнило бушующее море звуков. Миг спустя грохот сменился нестерпимо высоким завыванием, точно разом заорали сто тысяч котов, которых тянут за хвосты. Вой терзал уши; на экранах бешено плясали хаотичные сполохи.

Скрючившись в три погибели, высокий костистый Конрад сидел в кабине командного танка. Все экраны перед ним ослепли; человек зло усмехнулся, с лихорадочной быстротой переключая тумблеры. Шлем для мысленного управления всей этой техникой небрежно валялся в стороне. Конрад не признавал «нововведений», даже если им — несколько веков. Руки его порхали над клавиатурами, точно у заправского пианиста. Раз, два, три — подключаются резервные мощности. Четыре, пять, шесть — меняется частота приёма/передачи. Семь, восемь, девять — переход на псевдоволоконную связь. Он понимал, что там, возле поста тринадцать пять, Умники начали прорыв, и теперь остаётся только гадать — давно ли запланирована эта операция или Умникам и в самом деле позарез, ещё больше, чем его высокопревосходительству верховному координатору, нужен этот проклятый мальчишка, от которого всё равно не будет никакого толку. Который если не покончит с собой, как иные его сородичи, то сойдёт с ума или выкинет что-нибудь ещё хуже.

— Связь налажена. Милош.

— Связь налажена. Рокамп.

— Связь нала... меня атакуют! Роботы... ставят помехи!.. Теряю контроль... Милош, Милош, помоги! Я — Сапсан!.. Прошу помощи!..

— Сапсан, здесь Конрад. В чём дело? Кто атакует? Где? Какими силами?

— Нахожусь в ста метрах от перекрёстка Семнадцатой и Сорок пятой. Атакуют «кобры». Одиннадцать... нет, уже десять. Плотный огонь... Звуковой барьер... Так... галлюцинации... стены... плывут... Чувствую... атака... психическая... Веду... ответный... Потерял... О-ох!..

Голос прервался протяжным мучительным стоном. Конрад недовольно поднял брови, и пробормотал что-то о вышедшем из ума старикашке, что полез на передовую, перекинул ещё несколько тумблеров.

— Резервные группы Шимана и Колдуэлла. Прорыв в районе поста тринадцать пять. Немедленно выступить сюда. Цель контратаки будет разъяснена по вашем прибытии. Поторопитесь.

Голоса Шимана и Колдуэлла отозвались одновременно. Конрад хладнокровно залез в нагрудный карман расстёгнутого бронекомбинезона, выудил оттуда нечто вроде яркой конфеты, содрал обёртку и начал аппетитно хрустеть. Оператор за соседней тройкой экранов посмотрел на начальника с почти суеверным ужасом. И тут сквозь треск помех и бешеную пляску радужных полос к ним внезапно прорвалось:

— Я — пост тринадцать пять, пост тринадцать пять! Веду бой... окружена... боеприпасы на исходе... роботы блокированы. Отстреливаемся из личного оружия. Помогите нам, или нас тут всех сейчас перебьют!..

Перемазанное гарью лицо немолодой женщины на экране было дико перекошено. Из глаз катились слёзы, оставляя на грязных щеках мокрые дорожки. Конрад недовольно дёрнул щекой и проскрипел прямо в искажённое ужасом лицо несчастной:

— Прекратите панику, пост тринадцать пять. Вы на

острие прорыва Умников, так что ведите себя соответственно. Все резервы моего участка я направил вам на выручку. Идёт тяжёлый бой. Сейчас постараюсь послать кого-то сбросить вам боекомплект. Всё поняли, пост тринадцать пять?

Некоторое время женщина молча смотрела на Конрада. Губы её беззвучно шевелились, точно она силилась что-то сказать и никак не решалась.

— Не занимай мне аварийный канал, — пробурчал Конрад и отключился.

* * *

— Милош, я — Рокамп. Вижу Сапсана. Атакую Умников с тыла, прикрой меня огнём...

— Понял тебя, Рокамп, я — Милош, перенацеливаюсь...

— Милош, я — Эстерра, подвижная группа три. Двигаюсь по Сорок пятой в сторону перекрёстка, противодействия нет. Связи с Сапсаном нет, координировать контратаку с ним не могу...

— Эстерра, я — Рокамп, мне осталось триста метров. Приборы показывают... А-а-а-а!!!...

Голос Рокампа оборвался. Истошный крик замер, экран его отряда погас. Конрад вскочил, со всего размаху врезался головой в низкую броневую крышу танка и с проклятием упал обратно на жёсткий табурет.

— Всем отрядам. Отступление. Отход. Немедленно! Остановить продвижение, занять оборону! Людей — назад! Всем батареям — заградительный огонь, сектор 12, сегмент «восток», девятьсот метров севернее маркера. Эстерра, стоп! Подвижные группы один и два, немедленно на соединение с группой три!.. Сапсан! Ответь мне!

— Конрад, это Милош. Я веду заградительный огонь, однако...

Треск помех заглушил голос. На экране заметались алые блики. Тяжёлая машина ощутимо вздрогнула, снаружи донёсся глухой гул.

— Милош, я — Колдуэлл. Нахожусь в твоём секторе, жду подтверждения на контратаку. Конрада не слышу, повторяю, нет связи с Конрадом...

— Колдуэлл, я — Милош. У меня тоже пропала связь. Конрад, Сапсан и Рокамп не отвечают. Эстерра! Ответь мне!

— Милош, я — Эстерра. Заняла оборону, не доходя двухсот метров до перекрёстка. Сенсоры зашкаливает. Впереди — багровое облако... спектр... к вам пошёл.

— Вижу, Эстерра. Противник?..

— Активности не проявляет.

Конрад в бешенстве ударил кулаком по клавиатуре. Потом нажал отдельно расположенную жёлтую кнопку.

— Гинзбург на связи... а, это ты, Конрад. Нашел мальчика?

— Они прорвали фронт, — мрачно сообщил Конрад, вполглаза косясь на замершего и оцепеневшего оператора — немолодого уже мужчину с простым лицом. — Сейчас они на перекрёстке Семнадцатой и Сорок пятой. Подтягиваю к месту прорыва Шимана и Колдуэлла. Нет связи с Милошем и остальными боевыми частями, Исайя. Милош открыл заградительный огонь... Думаю, после этого искать нам придётся один пепел.

Исайя на экране вздохнул и потер лоб.

— Не пори горячку, Конрад. Никаких контратак. Закрепиться там, где сейчас. Заградительный огонь прекратить. Доведи мои приказы до кого сможешь. Если не будет связи, то советую самому прокатиться на передовую. Хватит отсиживаться в тылу. Договорились?

Экран погас. Ругаясь сквозь зубы, Конрад некоторое время пытался дотянуться до остальных командиров; поняв никчёмность своих усилий, чертыхнулся и ударил по панели управления. Танк сорвался с места и, скользнув над серой бронёй улицы, исчез за углом.

* * *

Меч лежал в полутора шагах. С таким же успехом он мог находиться и за тысячу поприщ. Девчонка не сводила с Твердислава пристального взгляда — глаза у неё были красивые, нежные, с томной поволокой.

— Так ты идёшь? — повторила она, отчего-то вдруг быстро взглянув вверх. Высокий и чистый лоб пере-

зала озабоченная морщина. Что-то неладное случилось там, под высоким небесным сводом (Твердислав никогда не видел аэра такой голубизны и бездонности). Она отвлеклась. На миг ослабила внимание. Ведь парень стоял такой растерянный, почти покорный...

Ведун может принять любой облик. Девушки или даже беспомощного ребёнка. Отбрось жалость, потому что иначе ты мёртв ещё до схватки.

Юноша рванулся не к мечу. Он бросился даже не на девчонку — а ей в ноги. Такого не ожидали ни она сама, ни здоровенный огр. Аэ пискнула и повалилась. Не теряя ни секунды, Твердислав подхватил камень, коротко размахнулся, целясь ей в висок...

Его рука замерла на полдороге. Девчонка широко распахнутыми глазами пялилась на булыжник в его ладони... и казалось, что рука упёрлась в непреодолимую стену. По виску Аэ скатилась капля пота.

— Вот так... — прохрипела она. — Вот...

За спиной шумно засопел огр. Не оглядываясь, Твердислав наудачу лягнул ногой — попал, великан разразился жалобными воплями. Чувствительные места у него оказались даже ещё более узявимы, чем у людей, несмотря на толстую стёганку.

Проклятая колдунья оказалась слишком сильна для него.

И тогда Твердислав сделал, наверное, последнее, что ему оставалось. Нехитрый приём — лбом ударил в лицо волшебнице. Свободная левая рука нашарила на её пояске нож.

Кончить дело одним ударом!

Огр опоздал. На долю секунды, но опоздал.

Клинок вошёл в бок девчонке.

Небо над головами вспыхнуло; тяжкий раскатистый гром отозвался яростным эхом в скалах. Аэ скорчилась, зажимая рану в правом боку, — болезненную, но едва ли особенно опасную. Замер и огр, тупо глядя в пылающее небо, по которому неслись, сбиваясь на лес и скалы, длинные огненные струи. Затянувшая ущелье паутина мгновенно вспыхнула, вниз посыпался горячий пепел. Из-за ближайших камней высунулась узкая рыбья морда какого-то самоходного боевого устройства, высунулась, плюнула огнём, и тут ему навстречу поднялась неестественно прямая человеческая фигура. Из рук брызнуло солнечно-ярким светом, и коричневый лоб машины немедленно вспыхнул.

...А по склонам, выжигая всё на своём пути, текли огненные реки, и туча перепуганных птиц в ужасе металась перед наступающей стеной пламени...

Хрипло взвыв и закрыв башку здоровенными плоскими ладонями, огр бросился наутёк, забыв даже о собственной спасительнице.

Аэ стонала. Из-под пальцев сочилась кровь; легкомысленный зелёный наряд темнел вокруг раны.

— За... зачем, глупый... — в груди у неё странно клокотало, точно лёгкие уже заполнились кровью. — Ты... не понимаешь...

Огонь играючи перемахнул через каменный гребень шагах в ста от замершего Твердислава. Еще немного — и пламя будет здесь.

Не раздумывая, парень подхватил Аэ на руки.

— Колдовать не будешь?

— Не-ет... не могу... ох...

Он бросился бежать. Чутьё на опасность заставило его повернуться спиной к перевалу, за который его так настойчиво звала эта самая Аэ.

Горели уже все склоны ущелья, а пламенные духи всё никак не могли уняться. Выли и ревели в поднебесье, осыпая всё вокруг испепеляющими стрелами. Юноша бежал, невольно вжимая голову в плечи. По матовому боку серого боевого комбинезона скатывались тёмно-алые капли чужой крови. Он не знал, куда бежит. Он просто уходил от огня и не думал, откуда здесь взялись танки и иное оружие, принадлежащее совсем иному миру.

— П-положи меня, — простонала девчонка. — Положи... и уходи. Это будет твой приз...

Твердислав оглянулся. Огонь наступал им на пятки.

— Сгоришь же, дура!

— Положи, — терпеливо проговорила девушка. — Меня... вытащат. Может быть. Мне... не уйти отсюда.

Голос её звучал совсем не как у безумной. Твердислав осторожно опустил её на землю.

— Может, всё-таки...

— Нет, — она неожиданно улыбнулась, правда, улыбка тотчас сменилась гримасой боли. — Беги. А я...

Из огненной стены, что наступала им вслед по ущелью, начали выныривать странные нечеловеческие силуэты.

— За мной, — с усилием выдавила она. — Уходи!

Глаза её меняли цвет. Из карих они становились цвета расплавленного золота, начиная светиться изнутри самым настоящим светом.

— Уходи! — в грудь толкнула невидимая ладонь.

«А себя вот залечить не сумела...»

— Уходи, — губы дрогнули в странной усмешке. — Я ещё раз приду к тебе... а потом уже ты ко мне, и навсегда.

Фраза эта Твердиславу совсем не понравилось. Словно в детской сказке про воина и Смерть.

— Не оглядывайся! — хлестнул ее голос.

* * *

Эстерра командовала почти сотней автоматов и тремя десятками людей при пятнадцати тяжёлых танках. Подвижная группа, резерв Милоша, командира сектора 12, заняла оборону на Сорок пятой улице. Сражения редко разыгрывались на земле — чаще в воздухе или на верхних ярусах построек. В узкие ущелья улиц не любили соваться ни Умники, ни их враги. Хотя Умники частенько проникали в контролируемые Советом Старших кварталы, используя даже не глубокие коммуникации, а самые обычные, предназначенные для хождения улицы.

Эстерра всё выполнила по инструкции. Слишком много повидавшая, чтобы понапрасну рисковать собой или своими подчинёнными, женщина выставила вперёд четыре танка с экипажем из автоматов. На скорую руку возвела заграждения — вал мгновенно затвердевающей пены поднялся выше человеческого роста. Впереди, на перекрёстке, по-прежнему властвовал алый туман. Реактивная артиллерия била зажигательными зарядами, ставя заслон перед выдвигающимися к месту прорыва резервами Умников; Эстерра в эффективность подобных заслонов не верила. Слишком часто из моря сплошного огня начинали возникать один за другим вражеские танки... или кое-что много хуже танков.

А потом из тумана внезапно вынырнула человеческая фигура. В обычном для боевых частей сером комбинезоне, без оружия, с нелепой железкой в руках...

Бывалый командир отряда, вышедшая без единой царапины из пяти общих штурмов и сотни мелких боёв, Эстерра не колебалась ни секунды. Палец её вдавил кнопку активатора всех защитных средств в ту же секунду, как она заметила бегущий силуэт. Она ни на полпальца не верила, что тот мальчишка мог выжить. У Умников не выживешь. А если он уцелел в Сенсорике... значит, это уже не соратник, не друг, а...

Ведунская тварь, как сказал бы сам Твердислав.

* * *

Горело справа, горело слева. Горели чёрные стены домов. Горело серое покрытие под ногами. Прямо в грудь целилась огненная смерть, и спасти мог один только Великий Дух.

Уход «два». Когда позорная смерть уже совсем близко.

Это заклятие он отрабатывал особенно долго. Не с первого, не со второго — лишь с третьего раза защитил перед Учителем право владеть им.

Он даже не знал, есть ли где-то поблизости Сила. Разум не спрашивал, а действовал.

Из-под ног рванулось нечто, раскалённая смесь *компонентов* дорожного покрытия, того, что залегало под ним, и того, что оказалось рядом. Звенящий удар швырнул его в глубину беспамятства так, что он не успел даже воззвать к Всеотцу со смертной молитвой.

* * *

Доклад Конрада и Милоша длился недолго. Здание Х-12. АЮ845 потеряно. Общая убыль личного состава сорок два человека, из них большинство безвозвратно. Сапсан и Рокамп погибли. Остатками их отрядов теперь командует Эстерра, организующая новую линию обороны. Мальчишка найден, состояние крайне тяжёлое.

Броня изрешечена, множественные проникающие ранения грудной клетки. Просто чудо, что ни один из осколков не угодил в сердце. Лёгкие пробиты. Если бы не медики Эстерры, парень уже был бы трижды мертв.

— Непохоже, чтобы он владел хоть какой-то магией, — проворчал Конрад, когда за Милошем закрылась дверь. — Сдаётся мне, ваше прльство, такой же он, как и все. Зря только с ними возимся. Да и вообще... — он осёкся, испугавшись собственной смелости.

— Что «вообще»? — недобро прищурился Исайя. — Что половина Совета спит и видит разжаловать меня из верховных? Опираясь на прошлые неудачи?

— Но, господин Гинзбург...

— Давай без чинов, Конрад. Мы заигрались в войну... точно постаревшие, но так и не поумневшие дети. Все эти наши регалии, звания... — Исайя устало прикрыл глаза. Раздражение уходило из взгляда, истаивая без следа. — Солдаты, офицеры, смех один... Налево кругом, шагом марш... Садись и говори толком.

Конрад уселся на край кресла, точно на огнедышащий вулкан.

— Я убеждён в провале всего Проекта, — трагическим шёпотом заявил он. — Никто из прошедших кланы так и не стал надёжным союзником. Наши потери это нисколько не компенсирует...

— Но пока ещё не было массового выхода. — Исайя массировал себе веки. — На планете сейчас больше трёхсот кланов. Примерно по пятьсот человек каждый. Это сто пятьдесят тысяч человек, которых не коснулась зараза Умников... И прирост населения в кланах измеряется процентами в день. Оттуда пока вышло всего несколько сотен. Сейчас двинется вал. Надо лишь чуть-чуть подождать...

— И всё равно. — Конрад опустил голову. По обтянутому кожей черепу можно было изучать анатомию. — Рассчитывать на массовое проявление паранормальных способностей...

— Конрад. Ты же читал все до единого рапорты Алонсо и votum separatum[1] Эйбрахама. Я с часу на час

---

[1] Особое мнение (*лат.*).

жду финального доклада аналитиков *Звёздного Дома*, из команды Феликса Кришеина. Паранормальные способности у нашей парочки были! И, судя по этим данным, — Исайя потряс пачкой распечаток, — способности колоссальные, гигантские, непредставимые!.. Побочный результат, о котором, я не могу этого не вспомнить, кое-кого заранее предупреждали.

— И тем не менее, — гнул своё Конрад. — Когда этого мальчишку едва не изжарило, он так ничего и не смог сделать. Понимаешь? Ничего! У остальных его... гм... сородичей — тоже полный нуль. Кое-кто стал неплохим солдатом... но не более. Куда большее их число...

Исайя вздохнул:

— Покончило с собой, впало в наркотическое забытье, перебежало к Умникам? Договаривай, Конрад. Сегодня у нас не тот разговор, чтобы обижаться. Да и годы наши не те. Пора обид давно миновала... Всё правильно, Конрад. Но ведь в небывалом деле ничего никогда сразу получаться не может, верно?

— Совет так не думает, — угрюмо буркнул Конрад. — Они предлагают...

— Я знаю, что они предлагают, — задушевным голосом сказал Исайя. — Не надо повторять. Изменить идеологию кланов, никакого Всеотца, никаких эльфов... Курс молодого бойца по двадцать часов в сутки, потом бластер в руки — и на фронт... Дикая чушь. Нам нужны не столько солдаты, сколько, — тут голос его торжественно зазвенел, — сколько нравственно здоровое поколение! Вот в чём спасение, Конрад! А не в пушках и танках!

Старик напротив Исайи мрачно молчал, уставившись в пол.

— Я слышал, — наконец заговорил он, — что полтора десятка членов Совета собрались сегодня, чтобы документально оформить своё требование твоего отрешения от должности и переориентации Проекта.

Исайя остался невозмутим.

— Знаю. Но у них ничего не выйдет. Когда я обнародую доклады Алонсо и Кришеина...

— Кое-кто заранее объявил все исходящие от тебя данные фальшивкой и утверждает, что ты готовишь кадры собственной гвардии для захвата власти. Прости, Исайя, я в это не верю, но так говорят...

— А что ещё говорят? — негромко спросил верховный координатор. Взгляд его сделался совершенно непроницаемым, так что Конрад, как ни силился, не мог понять, о чём думает Гинзбург. Неужто обиделся?.. Да нет, нет, такое невозможно.

— Самого безумного слуха тебе ещё, наверное, не сообщили, — проворчал Конрад. — А заключается он в том, что ты продался Умникам и теперь выполняешь их задание. И что весь Проект «Вера» есть их, Умников, хитроумная диверсия.

— А-атлично, — Исайя откинулся, тряся головой. — А в том, что я пью кровь невинных младенцев, меня ещё не обвинили?

— Нет данных, — Конрад даже не улыбнулся. — Но я не удивлюсь, если сочинят и такое.

— Твои предложения?

Конрад вновь помолчал. Пошевелил бескровными губами. И наконец решился.

— Взять власть.

— Что?!

— Другого выхода нет, господин верховный координатор. Я не слишком верю в паранормальные способности... Но я верю тебе. Мы остановили Умников только потому, что ты стал верховным. Иначе всё было б уже кончено. Поэтому я — за тебя. Во всяком случае, отдавать власть этим горлодёрам из Совета — чистое самоубийство. На следующий день Умники будет пировать в этом кабинете!

— Сдаётся мне, они и так могут это сделать... — проворчал Исайя себе под нос.

— Что-что?

— Ничего, прости, Конрад, дурацкая привычка думать вслух... И всё-таки сказанное тобой есть редкая чушь. На такое я никогда не пойду, и ты это знаешь. Да и кто исполнит такой приказ, вздумай я его отдать?

— Мой боевой участок, — голос Конрада упал до хриплого шёпота. — Милош, Эстерра, Шиман и Колдуэлл. Ещё кое-кто.

— Только гражданской войны нам и не хватало! —

всплеснул руками Исайя. — Ты забыл о Малкольме, о Мак-Найл, о Сергее Иванове, наконец!

— Гм... С Ивановым и в самом деле проблема, — признался Конрад. — Он таких, как я, пучок заломает и не поморщится. И команда у него...

— Поэтому пусть всё идёт так, как идёт. Если они запустят процедуру импичмента — что ж, там достаточно крючков и лазеек, чтобы затянуть это дело на неопределённый срок. А к тому времени, глядишь, что-то и изменится. Не волнуйся, Конрад, не переживай. Сейчас тебе надо заняться кое-чем конкретным. Я хочу, чтобы штабисты разобрались наконец, была ли атака на здание в твоём секторе случайной, планировали ли они прорыв или же охотились за Твердиславом.

— Да откуда ж им об этом знать? — поразился Конрад.

— Я уже привык, что Умники знают всё, на то они и Умники, — Исайя кивнул, давая понять, что разговор окончен.

* * *

Когда сознание возвращалось, это было очень неприятно. Потому что вместе с ним возвращалась и боль. И ещё — горькая обида. «Я ведь сделал всё по правилам... а заклятие не сработало, Всеотец отъял от меня защищающую длань. Почему, отчего? Разве я согрешил или усомнился? Ведь Он же хотел, чтобы я добился цели! Но как я смогу с одним-то мечом?..»

А ещё приходить в себя было очень противно из-за Аэ. Девчонка упрямо не желала уходить из памяти. Левая ладонь всё ещё помнила тепло её крови.

Сомневаешься, Твердислав. Не уверен. Это очень плохо. Ведь она была врагом, страшным врагом почище любого Ведуна. С такими нельзя разговаривать, таким нельзя верить... а ты поверил, глупец, и едва не погиб.

Вопросами, откуда взялся и куда потом исчез огр, что там виднелись за перевалы, Твердислав мучиться не стал. Понятно и так — вражья магия. Мо́рок. Понятно теперь, почему справиться с такой угрозой могут лишь они, дети кланов... и совершенно непонятно, почему же тогда здесь не работает их боевое волшебство. Совсем непонятно.

Лекари — по-местному *врачи* — бесшумно колдовали над ним, ковырялись в развороченной груди, извлекая на свет острые осколки. Сращивали жилы. Сшивали мышцы. От незнакомых и злых лекарств в редкие моменты прояснений невыносимо кружилась голова.

...Боль отступала неохотно. Наверное, она прошла последней, когда, уступив здешним лекарям, без следа пропали исполосовавшие грудь шрамы.

— Ты молодец, — сказал Исайя, едва появившись в палате. — Всего неделя после такого ранения — и, смотри, уже отпускают! Меня бы они продержали вдесятеро дольше.

О том, что по крайней мере половина ран была абсолютно несовместима с жизнью, он умолчал. На столе верховного координатора уже лежал изобилующий восклицательными знаками рапорт лечащего врача.

Твердислав поднялся с койки. Растерян как-то мальчишка, отметил про себя координатор. Как бы Конрад прав не оказался — вдруг кольнуло сомнение.

— Что мне делать дальше? — глухо спросил парень. — Зачем я вам? Всеотец отказался от меня... не знаю, за какой грех... Магия не действует. Она мертва. Я... могу сражаться лишь вашим оружием, а так, — он скривился, пряча горечь и разочарование за неумелой усмешкой, — так от меня никакого толку. Ваши люди владеют им, оружием то есть, куда лучше.

— Ты не понимаешь, — ласково сказал Исайя. Аккуратно отогнув одеяло и простыню, сел на широкую кровать. К гигиенической ткани всё равно не мог пристать никакой микроб, но верховный координатор был человеком старой закалки и старых привычек. — Ты значишь гораздо больше, чем лишние руки, держащие огнемёт, или лазер, или бластер. В конце концов у нас достаточно автоматов. Дело не в этом. На тебя возложена *миссия*, и только тебе решать, каким образом она претворится в жизнь. Не исключаю, что Всеотец сознательно лишил тебя дара магии. Его путей нам не дано предугадать.

Твердислав сел рядом. Лицо у него было угрюмо.

— Слишком уж часто я слышал про неисповедимость Его путей, — сообщил юноша. — А я вот так думаю — что если Он чего-то хочет, чтобы мы сделали, так должен и нам порядок объяснить, ведь верно?

— Может, и верно, — согласился Исайя. Он смотрел на мальчишку, и у него щемило сердце. Неужели и тут — провал? Неужто и здесь — победа того, кого он называл Идущим по Следу, не желая осквернять *этот* мир подлинным именем своего преследователя?

— Расскажи лучше, что ты видел, попав в облако, — сменил тему координатор. — Хочешь, кстати, что-нибудь перекусить? На голодный желудок истории излагать плохо.

Твердислав покачал головой. К нему уже приходили с этим. Помня слова Всеотца, он рассказал — подробно, как только мог. Сдавленным голосом признался в том, как пытался убить девчонку. Оба старичка, явившиеся его расспрашивать, только выпучили блеклые глаза.

— Так ведь и надо было убить! — решительно заявил один, с тонкой козлиной бородкой. — Ещё немного, и пропал бы ты, парень. Твоё счастье, что наши начали артналёт.

Юноша пожал плечами. Левая ладонь упрямо не желала забывать кровь девочки.

— Нужно повторить, координатор?

— Факты я уже знаю. Расскажи об ощущениях.

Парень был в самом сердце Сенсорики, думал Гинзбург, Сенсорного облака, ужаса и проклятия, сотворённого Умниками. Там не мог выжить ни один человек. Ни один автомат. Там отказывала любая, даже самая примитивная электроника. И только старые добрые пороховые патроны не подводили стрелков. Но этого оказывалось недостаточно. Ни один танк, ни один истребитель, ни одна из наших машин не прорвались через это облако. А ведь известно — сведения стоили жизни доброй сотне лучших, наверное, последних *настоящих* агентов земной разведки, что эти облака — лишь детские шалости. Что там, где Умники свили гнездо, дело не ограничивается вымышленными мирами, тонким покровом наброшенных на реальность декораций, когда дома оборачиваются скалами, улицы — тропами, а залпы РСЗО — пляской огненных духов.

Что такое истинная Сенсорика, не знал никто, даже верховный координатор Исайя Гинзбург. Об этом знало совсем иное существо... и ещё один, носящий прозвище Идущий по Следу. Собственно говоря, война-то и началась из-за стремления Умников охватить своей Сенсорикой весь мир, все человеческие колонии, раскинувшиеся на пол-Галактики. Поколению Исайи Сенсорика не несла ничего, кроме безумия и жуткой смерти.

Медицина была способна на многое. Клонирование и замена отживших свое органов, выращенных из пары-тройки старых клеток. Биологи вели свой собственный бой с Владычицей Сущего, с безобразной старухой, века и тысячелетия утаскивавшей свои жертвы в чёрную пустоту Ничто. Вели и порой выигрывали. Однако даже они не способны сделать солдат из тех, кто разменял уже третью сотню лет.

* * *

Твердислав напрягся. Видно было, что рассказывать об этом ему не сильно хочется.

— Ощущения... да какие там ощущения! Просто дрался, как с Ведунами. Хотел выжить. Её... Аэ то есть... хотел убить. Не вышло.

— И ты как будто даже рад?

— Рад, — вздрогнув, признался парень. — Рад. Я и ламий-то никогда не убивал... — Он покраснел. *Хорошо, что Джей не видит — точно глаза бы выцарапала.*

Исайя задумчиво пожевал губами.

— Что ж, я тоже рад. Ведь когда-нибудь эта война кончится. Понадобится кто-то, могущий понять вчерашних врагов.

— Почему же Он сказал, что врага надо истреблять? — прошептал юноша, подтягивая колени и опуская на них подбородок.

— Наверное, Он имел в виду — дать наглядный урок нашей силы... — осторожно предположил Исайя. Надо быть аккуратнее. Парнишка на грани срыва. — А потом можно, наверное, и заключить мир. Пусть каждый идёт своим путём, не мешая другому, верно? А поголовного истребления... не надо, конечно же.

«Мне отмщение и Аз воздам», припомнились слова.

И ещё: «Destruam et aedificabo»,[1] на любимой звонкой латыни. Вот уж воистину «destruam»... Сколько крови понадобится, чтобы *вразумить Умников*? Сколько смертей, раз уж здесь у него нет иного оружия?

Noli me tangere, не тронь меня, и я тебя не трону... Умники нарушили эту заповедь. Как и все прочие. Не было такого закона, завета или же моральной нормы, которую они бы не отринули. Память отказывалась воспроизводить те жуткие картины, когда мятеж Умников ещё только начинался, и родители смотрели на невинные шалости детишек, не подозревая, что на следующий день семи- и восьмилетние сорванцы начнут резать мам и пап прямо в их собственных постелях.

«Nil admirari, prope res est una, Numici, Solaque, quae possit facere et servare beatum...»[2]

Воистину в многой мудрости много печали. Точнее, даже не в мудрости, а в памяти. Простирающейся много дальше проклятого мятежа.

Твердислав молчал. Парень казался каким-то опустошённым, выгоревшим, точно та звонкая сила и ярость, переполнявшие его, только ступившего на эту землю, исчезли без следа. Скис? Так быстро? Неугомонный бунтарь, прорвавшийся к медицинскому комплексу и вытащивший свою девчонку? Не забыть запросить Алонсо — уж не выжила ли бедняжка чудом? После отбитых голой рукой плазменных зарядов поверишь и не в такое.

— Хорошо, — Исайя поднялся. — Тебе нужно расслабиться. Долечивайся и делай, что хочешь. Ходи, присматривайся... Думай. Уверен, в свой час ты поймёшь, что же именно хотел от тебя Всеотец и в чём будет состоять твоя миссия.

* * *

Твердислав последовал совету. Выпущенный из лечебницы, он обосновался в скромной, по здешним меркам, «конурке» невдалеке от апартаментов самого

---

[1] Разрушу и построю (*лат.*).

[2] Ничему не дивиться, Нумиций пожалуй, что первый Истинный способ счастливым стать и таким оставаться (*лат.*). *Квинт Флакк, «Epistulae», I, 6, 1-2. Перевод А. А. Фета.*

верховного координатора. Да, наверное, тот прав. Надо присмотреться и не лезть на рожон. Конечно, дома он бы немедля поднял Старший Десяток, и они устроили бы вылазку. Осторожно, прикрывая друг друга... совсем не так, как шли в Озёрную страну за злополучной Ведуньей. Но, поскольку здесь он один, придётся сработать за десятерых.

Он начал с долгих обходов. Поднимался на самый верх и спускался на самый низ. Очень хотелось разузнать, как там обстоят дела дома, что с Джей и остальными, — однако он старательно гнал эту мысль. Старая жизнь сгорела. Возврата к ней нет. Так сказал Всеотец.

Однако именно из-за Всеотца и начались первые неприятности.

Заметно было, что Великого Духа призывают и поминают лишь сам Исайя да несколько особо приближённых к нему людей. Остальные же, если к кому и обращались за помощью, так к не совсем понятному *чёрту*. Твердислав решил выяснить, кто такой этот самый *чёрт*, чем знаменита его бабушка, почему, отказывая, собеседнику сулят *«чёрта лысого»*, и вообще приписывают этому существу, судя по всему, колоссальные магические возможности. При первом же случае, когда ему снова выпало поговорить с верховным координатором Исайей, он задал этот вопрос.

И вновь странно было видеть, как тот смутился.

— Это... гм... как бы тебе сказать... ну, dii minorum gentium, боги малых племён... Из прошлого, когда верили во всякую чушь... Не обращай внимания, Твердь.

— А почему не поминают Всеотца? — в упор спросил юноша.

— Именно потому, что не поминают, ты и находишься сейчас здесь, — серьёзно пояснил координатор. — Иссякла вера... нет её здесь больше. Вот Умники и берут верх. Пока что.

Твердислав кивнул. Однако тревога не пропала.

Исайя повнимательнее глянул ему в глаза.

— Понимаю, понимаю... О своих думаешь? Мол, как там Джейана, как клан? С кланом всё в порядке. Да и с Джей тоже. Жива, бегает. В клан, правда, не вернулась.

— Почему? — вырвался жадный вопрос.

— Наверное, поссорилась с этой, как её? — Фатимой, — предположил Исайя. — Не кручинься. Впрочем, я понимаю, naturam expelles furca, tamen usque recurret[1]. Подружку тебе надо.

Твердислав повесил голову. Стыд ожёг, словно удар бича. Молодое и сильное тело, несмотря на раны, требовало своего. Вот только все дни в этом мире он не видел ни единого молодого лица. Интересно, а куда деваются остальные ушедшие из кланов?

— Нет, — выдавил он. — Никого мне не нужно.

— Это почему же? — весело поднял взгляд Исайя.

— Слово дадено, — нехотя пояснил Твердислав. — Не надо нам об этом, а?

— Конечно, конечно, — охотно согласился верховный координатор. — Ты, я так понимаю, спрашивал про клан? Про кого именно? У меня есть информация. Я запрошу детали...

— Нет, — внезапно отказался юноша. *С кровью на руках не возвращаются в клан. Даже в мыслях. А от крови странной девочки Аэ — пусть даже она и осталась жива! — ему не отмыться. Долго ещё не отмыться.*

...Тот разговор кончился ничем. Собственно говоря, почти все разговоры здесь кончались ничем. Странно как-то получалось — здесь не поминают Великого Духа даже в мыслях, здесь — страшно подумать! — в него даже не верят, почти никто не верит, кроме небольшой лишь горсточки, а Он по-прежнему не отымает своей длани от лишившихся пути людей, подставляя избранных своих чад под когти, клыки и заклятия Ведунов...

...Город медленно умирал. Жизнь брезгливо поджимала ноги, забираясь повыше, к нарядным террасам, где скудно зеленела какая-то поросль, где мигали яркие огни, где обитатели некогда великой столицы земной расы старательно делали вид, будто ничего страшного не происходит.

Странно, но Умники, не оправдывая собственное имя, отнюдь не пытались перерезать пуповину трасс,

---

[1] Naturam expelles furca, tamen usque recurret — гони природу вилами, она всё равно вернётся (*лат.*).

что соединяли отчаянно цеплявшееся за центр воинство координатора Исайи со *Звёздным Портом*. Казалось, что Умников вообще не интересует ничего за пределами города. Твердислав осторожно поинтересовался у Конрада, и тот подтвердил, что да, во всех мирах сражения идут лишь за обладание городами. Окрестности, давно обезлюдевшие и позаброшенные, никого не занимали. Там войны не было — но лишь до того срока, как кто-то из горожан, отчаявшись дождаться конца этой бойни, бросал всё и уходил прочь из города. С неотвратимостью самой Смерти за ним являлись Умники, и человек исчезал навсегда. Укрыться, спастись, отсидеться не удалось ещё никому. И потому давно уже никто не пытался отыскать спасения в одиночку.

Магия не оживала. Твердь превратился в самого обыкновенного парня, без особых знаний и талантов, с одной лишь верой в Великого Духа... и Его же иссякшим даром. После некоторого размышления он не стал искать иных клановичей. Любой разговор станет мукой, вдобавок бесцельной. Он не может найти путь к выполнению возложенного на него Великим Духом Долга — как после такого смотреть в глаза соплеменникам?

Оставалось только одно — ждать Его знака...

Ждать? На такое Твердислав просто не был способен. Не совать нос туда, где оного можно лишиться, — это не по нему. Удача улыбается сильному. Начни, а там видно будет. Вызови огонь на себя, как говорили здесь. Заставь врага действовать первым. Если Великий Дух не снисходит к скромным твоим усилиям — всё равно действуй так, как будто бы Его рука в каждый миг у тебя на плече.

В тяжком раздумье минуло несколько томительных дней. Исайя не забывал Твердя; несмотря на всю свою занятость, находил время хотя бы раз в день поговорить — притом обязательно лично, никакой *голографической* связи его высокопревосходительство в таких случаях не признавал. Ничего особенного эти разговоры не содержали. Казалось, Исайя ведёт их исключительно для того, чтобы иметь предлог пытливо вглядываться в глаза парня, точно каждый миг ожидая чего-то.

Чего он ждёт, Твердислав понять не мог. Гордость не позволяла больше задавать вопросов о Джей, хотя внутри всё сжималось от странной, неведомой раньше боли.

Когда тяжко, когда слишком много дряни лезет в голову, гласила несложная мудрость кланов, — выйди в поле, натяни лук, и пусть оголовки стрел твоих отведают ведунской крови!

Так он и поступил.

На пятый день, облачившись в *полное боевое*, навесив на шею тяжеленную плюющуюся огнём железку (всё, на магию и меч надежды мало!), он отправился туда, где мрачные чёрные иглы *небоскребов* обернулись скалами... нормальными, живыми скалами с живым лесом в седловинах и упрямыми деревцами в расщелинах. Где рычал могучий огр... «Пожалуй, не стоило его убивать. Ты использовал не все ещё слова, а уже схватился за оружие, — укорял себя Твердислав. — Ты мог бы о многом поговорить с девчонкой... Ведь даже с Ведунами можно найти общий язык, если очень захотеть!»

Исайя рассказывал, что прорыва фронта тогда так и не произошло. Умники слегка потеснили своих противников, но не более. Эстерра приняла бой на земле. Подтянувшиеся резервы Колдуэлла и Шимана вступили в дело на верхних ярусах. Драка выдалась жаркой, Умники накрыли-таки Сенсорным облаком один из обороняющихся взводов, однако Эстерра бестрепетной рукой отдала приказ всем огневым средствам бить по этому квадрату на поражение, и смертельный туман трусливо уполз обратно в своё логово.

Нет нужды говорить, что взвод полег полностью. Эстерра получила награду и ушла на повышение.

Вновь начиналась вялая позиционная война. Строились новые доты, помпы качали бронепластик, роботы-строители во множестве выпекали защитные щиты, делали бойницы, бластерные и огнемётные гнёзда, наращивали перегородившие улицу баррикады, пытались исправить подходящие к передовой трассы монора, особенно пострадавшие от Конрадова заградительного огня, наглухо заваривали люки — входы в подземные коммуникации. Умники же, оправдывая свое прозвище, ещё в самом начале мятежа сумели ловко стереть из вражеских компьютеров все планы подземелий; с тех пор отыскать входы туда удавалось лишь случайно.

Твердислав не воспользовался монором. Не стал он и спускаться на землю — очень уж велик был риск получить полновесный плазменный заряд от слишком длительного автомата, которому и опознаватель «свой-чужой» не указка. Он шёл длинными, изящно изогнутыми мостами, перекинутыми через бездонные пропасти улиц. Шёл теми самыми террасами, где всегда, казалось, царит поздняя весна, пора самого яркого цветения. Невиданные цветы раскрывали непропорционально большие венчики, яркие мясистые лепестки должны были бы услаждать взоры — однако именно так выглядели хищные деревья-птицееды на Южном взморье, судя по рассказам вождя соседнего клана Лайка. Самому Твердиславу там побывать не удалось — но Лайк тем и отличался, что никогда ничего не приукрашивал и не присочинял, если речь шла о жизненно важных для соседей сведениях.

Птиц юноша не видел здесь ни разу. Исайя говорил — они остались только за городом, в лесах. Вот куда бы хорошо отправиться. И уж там поговорить с Умниками, как это он умеет — по-честному, грудь на грудь, меч против меча! И, быть может, тогда ему удастся наконец разорвать эту липкую паутину непонимания — зачем и для чего он оказался здесь, почему Великий Дух назвал Умников врагами и почему лишил его, Твердислава, необходимейшего оружия, если хочет, чтобы вождь выполнил свой Долг?

Верный старым привычкам, Твердислав пустился в путь с восходом. День не так долог, как в первую половину лета; но до заката успеть можно многое. Террасы и мосты оставались пустынными. Мигали, светились и переливались надписи, приглашая, завлекая и зазывая. Твердислав на них не смотрел. У каждого клана свои игрушки и свои забавы. Он слышал, что в некоторых Морских кланах любили жестокие кулачные бои, у Петера — развлекались метанием камней в цель и лазанием по неприступным скалам (смельчаки частенько срывались и разбивались насмерть, но других это почему-то не останавливало), Мануэл превыше всего ставил песни с плясками, ну а в клане Лайка состязались в ворожбе и ещё забавлялись чрезвычайно сложными играми на разрисованных досках, передвигая разноцветные фишки.

Ни людей, ни *автоматов* парень не встретил. И это понятно. Под элегантными мостами пролегли толстые серые трубы соединительных тоннелей, по которым в иглы-дома доставлялось всё необходимое. Каким образом — бывшему вождю было неинтересно. Это не его мир. Он здесь только потому, что таково слово Всеотца.

Утром, на рассвете, когда ещё не стянулись со всех концов неизменные серые тучи, чёрный город казался даже красивым. Блестели крупные серебряные капли на широких пальмовых листьях; мирно жужжала летучая мелочь вокруг алых, малиновых, жёлтых цветов; самое место для фейных танцев.

Но здесь не было фей. И гномов тоже не было, не говоря уж об эльфах. И нельзя было влюблённым в самую короткую ночь Месяца Песен постоять, обнявшись, в светлой роще, внимая дивным звукам фейного хора. Нельзя было... много чего нельзя было. Собственно говоря, Твердислав не слишком понимал, зачем соотечественникам Исайи вообще жить, если жизнь для них — одна лишь бесконечная борьба за существование. В кланах всё было иначе. Даже на Летучие Корабли уходили с радостью и Верой. Впереди ждал Всеотец и Великий Долг, — который надо было выполнить во что бы то ни стало.

Вождь шёл упругим охотничьим шагом, с носка — на пятку, с носка — на пятку. Пока нет привычки, так ходить — сущее мучение, зато когда приноровишься, уже и непонятно, как можно было по-другому. Медленно поднималось солнце. Мало-помалу город просыпался; а от недальней уже линии фронта донёсся глухой взрыв.

Вот и приметная развилка монорных трасс. Вот появился угрюмый, отлитый из бронепластика дот. Холодный взгляд автомата-часового скользнул по Твердиславу. Мигнуло зелёным — можешь идти.

Твердислав миновал длинный мост. Ещё один караульщик. Дальше начинались испятнанные войной дома. На чёрных фасадах слепыми глазницами, уродливыми бельмами светлели заплаты из свежего бронепластика, ещё не затвердевшего. С басовитым гудением прошла тройка патрульных танков. Попискивая, пролетел быстрый серебристый зонд. Вдоль террас поубавилось зелени, то тут, то там замелькали недавно заделанные пробоины. Нарядные витрины пропали, закрытые тяжёлыми щитами. Замелькали грозные надписи, предупреждая, какой стороны лучше держаться при внезапных огневых налётах. По краям мостов потянулись уродливые броневые гребни, иссечённые осколками, латаные-перелатаные ремонтными роботами после недавнего *артобстрела*, как по привычке говаривал верховный координатор.

Твердислав шёл вверх вдоль Сорок пятой улицы, повторяя маршрут отряда Эстерры. Впереди смутно забелело — новёхонькая, ещё не успевшая до конца остыть баррикада. На гребне её чернели автоматы — неутомимые, прикрытые от огня Умников защитными полями, они поднимали преграду всё выше и выше. Твердислав слышал, что такими же баррикадами решено отгородить все районы, ещё удерживаемые теми, кто именовал себя «нормальными людьми».

Зрительная память вождя, привыкшего ориентироваться в дремучих чащобах родного мира, не подвела и на сей раз. Вот он, тот самый перекрёсток. Сразу за баррикадой.

Дома здесь пострадали особенно сильно. Даже сверхпрочные фасады не выдержали концентрированного огня и наступающих, и обороняющихся. Чёрные панели лопнули, словно за ними, в помещениях, разом взорвался весь воздух. Обнажились скелеты конструкций, такие же чёрные, как и всё остальное. Впереди дрожали очертания захваченных Умниками домов. Твердислав напрягся, ибо эта дрожь означала пресловутую *Сенсорику*, то самое облако *изменённой реальности*, куда его угораздило попасть после первого боя. Изменений реальности там и впрямь хватало — чего стоил один огр Кхарг! Да и сама Аэ... Хочется её увидеть! Очень! И не обманывай себя, что это просто бунтует молодая плоть, не желающая слушать никаких доводов рассудка. Если местные Ведуны — то есть Умники — способны на такое... то хотелось бы понять, как им это удаётся. Мо́рок? Наваждение? Но в памяти упрямо держались глаза девчонки. И помнила её кровь левая ладонь.

Сенсорика. То, что лучше защитных полей, — правда, ими Умники тоже не пренебрегают. Она прикрывает сейчас их работы — на своей стороне они возводят точно такие же огневые точки, амбразуры, заделывают пробоины, подтягивают силовые коммуникации, оборудуют позиции для танков, чинят искорёженные монорные трассы... Всё то же самое. И до сих пор непонятно — во имя чего воюем? Если бы не слова Великого Духа, Твердислав не один бы раз усомнился в том, что эту войну надо обязательно длить, вместо того чтобы покончить дело миром.

Он остановился. Здесь уже начинались позиции защитников. Твердислав осторожно опустился на корточки. Теперь надо попасть на ту сторону — но сперва надо всё как следует осмотреть.

На той стороне что-то тускло блеснуло. Миг спустя донёсся глухой рёв — «выдра», тяжёлая стенобойная ракета, врезалась в соседний мост, и тонкий чёрный росчерк мгновенно утонул в объятиях распустившегося пламенного цветка. Сильно тряхнуло.

В ответ взвыло сразу пять или шесть установок залпового огня, торопясь подавить так неосторожно проявившую себя пусковую. Чёрную иглу вдалеке заволокло дымом.

Умники больше не стреляли. Торопливо выплюнув по сотне снарядов, умолкли и орудия защитников. А Сенсорика осталась, какой и была.

Риск угодить под шальной снаряд, ракету или боевой луч существовал всегда. Но если хочешь понять всё сам, нужно лезть в пекло.

На последнем отрезке пути его останавливали трижды. И автоматы, и живые бойцы. Твердислав уже привык к мёртвым воинам, что сражались в самых опасных местах и бестрепетно шли на гибель, закрывая собой хозяев, — но понять и принять этого всё равно не смог. Негоже слать в бой вместо себя кого-то другого, пусть даже оживлённого чародейской Силой железного болвана.

Наконец удалось добраться до амбразуры. Вглядевшись, Твердислав только присвистнул — что он надеялся разузнать здесь? Внизу — пропасть. Впереди — дрожь Сенсорики...

:*Haile ande faile, wiz-man!*: — прозвенел тонкий, неслышимый для прочих голос. Только теперь он был полон скрытой угрозы.

Так. С этим мы уже знакомы. Значит, меня уже засекли. Твердислав невольно пригнулся. Казалось, с той стороны ему прямо в переносицу вперился немигающий холодный взгляд — живоглоту впору.

Какое-то время посидел возле бойницы, тупо глядя в пол. Умники чуяли его за целые поприща. Их взгляд проникал сквозь любые преграды...

Что сделал бы на месте Твердислава *нормальный, цивилизованный человек* из числа сторонников господина верховного координатора? Постарался бы как можно скорее унести ноги, и это было бы разумно и правильно, поскольку по всем канонам военного искусства нет смысла начинать бой, если враг тебя уже обнаружил, а ты его нет, и вряд ли это тебе удастся.

Губы Твердислава искривились в злой усмешке. Похоже, у него остался только один способ выполнить волю Всеотца. Нелепый и глупый способ, но за неимением лучшего... Он сам поднял бы на смех любого дерзнувшего предложить ему подобное. Дойти до такого человек может только сам.

Не говоря ни слова, он двинулся вниз по бесконечным лестницам, провожаемый недоумёнными взглядами немногочисленных бойцов. Любимец верховного координатора, его выкормыш — а толку-то с него на передовой... вот и сейчас — зачем приходил, спрашивается?

Он спустился до самой земли. Выход на улицу преграждала здоровенная свежеприваренная броневая плита — колотиться лбом в неё без толку. Надо искать обходные пути... ...Твердь провозился почти до самого вечера, однако не чувствовал ни голода, ни жажды. С поистине звериным упорством он отыскивал вход в подземелья. Именно так он ещё мог рассчитывать очутиться «на той стороне»...

* * *

Конрад получил маркированное жёлтым крестом сообщение в 12.40. Служба внешнего наблюдения ничего не упустила, ничего не прохлопала, как это обычно случалось. Объект явно собирался удрать за Черту.

Костлявое лицо старика всё искривилось, точно от оскомины. Его штабной танк замер, тщательно замаскированный под грудой развалин. Старому вояке не хотелось рисковать — ходили упорные слухи (и Конрад склонен был им доверять), что Умники способны перехватывать даже кодированные сообщения, отправляемые по экранированному оптоволоконному кабелю. Он не хотел раскрывать местонахождение своей машины — в подобном случае огневой налёт был бы ему гарантирован, — однако и промолчать не имел права. Жёлтый крест как-никак.

Ему пришлось нажать клавишу экстренного вызова.

Верховный координатор отозвался немедленно. У Исайи было усталое, осунувшееся лицо. И Конрад знал почему. За последние дни из Мира кланов прибыла ещё почти дюжина мальчишек и девчонок — и ничего. Ничего из того, на что надеялся Исайя, и ничего из того, что он обещал Совету. Воодушевлённые встречей со Всеотцом, ребята страшно терялись, когда здесь, на Земле, отказывала магия. И это несмотря на то, что программа «свидания» была должным образом видоизменена! Выросшие в кланах слишком привыкли к волшебству. А здесь, оказавшись лицом к лицу с неведомым врагом, они... они просто не знали, что делать. Кое-кто, правда, честно взял в руки оружие — но одного убили в первой же стычке, он понятия не имел, как действовать, если враг массово применяет огнемёты. Ещё один попросту сбежал к Умникам.

Всё это уже было известно Совету.

— Слушаю тебя, Конрад.

— Объект... — старый сподвижник Исайи прокашлялся, — объект разыскивает входы в подземелья. СВН считает — будет пытаться уйти на ту сторону. Какие будут приказания?

Исайя несколько раз медленно кивнул.

— Не препятствуйте, Конрад. Не препятствуйте. Сейчас такой момент... что всё висит на волоске. Если бы вы знали, что творится на планете и что вытворяет там наша девочка Джей... Пусть Твердислав идёт. Постарайтесь вести его как можно дольше. Но людьми ни в коем случае не рисковать! Отступать немедля, при первой опасности! Мне не нужны лишние трупы перед заседанием Совета...

— Ваше высокопревосходительство, быть может, всё-таки...

— Нет, Конрад. Нет и ещё раз нет. Даже если произойдёт худшее — у меня есть в запасе несколько вариантов. Но я уверен, что они не понадобятся. Считай, что Проект проходит последнюю проверку.

— Но если он решил перейти?..

Исайя устало закрыл глаза. И ответил очень странной фразой:

— Тогда это будет означать, что Идущий по Следу победил и надеяться уже больше не на что.

И дал отбой.

* * *

Люк удалось отыскать, конечно же, чисто случайно. Твердислав наудачу пнул груду насквозь проржавевшего хлама (хотя, конечно, делать этого не стоило — в подобных кучах могли отыскаться и весьма неприятные сюрпризы вроде чего-нибудь неразорвавшегося или специально установленного) — и увидел аккуратный серый круг *мембраны.* Ещё одно новое слово послушно всплыло в памяти — и когда это только Учителя сумели заложить в него столько?

С легким чмоканьем преграда исчезла. Несмотря на почтенный возраст, вся техника действовала превосходно, если только не погибала от прямого попадания. Пахнуло затхлостью, сыростью и вообще всем тем, чем положено пахнуть в подземелье. На уходивших во тьму железных скобах собралась пыль, и это при том, что по идее пыль вообще не могла проникнуть через мембрану — ну разве что самая малость. Очевидно, люк не открывали уже очень, очень давно.

Твердислав начал спуск.

Сперва всё шло хорошо. Среди захваченного им снаряжения был вечный фонарик, укреплённый на правом плече комбинезона; его света вполне хватало. Ничего интересного в отвесно уходящем вниз колодце не было — покрытые какими-то разводами и пятнами стены да изредка попадающиеся чёрные панели со странными переключателями и кнопками. Выяснять, действует вся эта механика или нет, было некогда, и Твердислав решил заняться этим в следующий раз или по крайней мере на обратном пути.

Когда он уже изрядно спустился, кружок света над головой внезапно померк — мембрана автоматически перекрыла слишком долго остававшийся свободным проход.

Твердислав искал поперечный ход и вскоре нашел — колодец кончился, упершись в дно полукруглого тонneля. Вдоль стен тянулись настоящие джунгли из кабелей; невольно Твердислав вспомнил подземелья, по которым они шли вместе с Чёрным Иваном, — насколько же там всё было иным! Здесь — лишь мёртвый, вылизанный камень стен да гирлянды проводов — иные совсем тонкие, иные толщиной в человеческое тело. Непохоже, чтобы всем этим хозяйством пользовались — множество разрывов, свисают разлохмаченные концы, на гладком сером полу кое-где чёрные маслянистые пятна.

Подземелья, подземелья... Почему так? Почему мы так настойчиво бежим от чистого неба и честной схватки в вольном поле, забиваясь в каменные лабиринты? Почему не можем решить дело сразу, почему длим нестерпимую муку войны? Когда в кланах вождь не мог разрешить спора, назначался поединок. Один. И никому не приходило в голову оспорить его итог. Одна яркая искра — вместо тлеющего годы огня... Вопросы, вопросы, вопросы — и нельзя надеяться даже на Великого Духа. Он, наверное, хочет посмотреть, как Твердислав справится без Его помощи, — ну что же, мы справимся. Потому что клан Твердиславичей не отступал никогда и ни перед кем. Не ему, вождю, нарушать этот неписаный закон.

Идти оказалось неожиданно легко. Парень ожидал ловушек, хитроумных капканов, каких-нибудь злоб-

ных тварей наподобие тех, что встретились им с Чёрным Иваном, — однако он оставлял позади поприще за поприщем, а прямой, как стрела, тоннель оставался попрежнему пуст и мёртв. Ровная дорога, ведущая прямиком во владения Умников, — почему же они до сих пор не воспользовались ею? Странная какая-то война. Если бы ему, Твердиславу, представился шанс одним ударом — пусть даже и в спину — покончить с вечным ужасом ведунских набегов, он не стал бы колебаться. Жестоко, но справедливо. Клан должен жить — и не он начал бесконечную войну с силой Змеиного Холма.

...Трудно сказать, что заставило его насторожиться. Изменился воздух? В нём появилось нечто... нечто неуловимое, словно слабый цветочный аромат поздней и холодной весны, когда уже распустились первые венчики солнечников, а в глубоких оврагах упрямо держатся купы синеватого снега?

«Я перешёл Границу, — понял Твердислав. — Я перешёл Границу». И было в этой короткой фразе нечто завораживающее, притягательно-волшебное. Он шёл по владениям неведомого врага, врага, непонятно к чему стремящегося и непонятно чем вооружённого. Несложно было догадаться, что огр и всё прочее, явленное ему силой Аэ, — лишь малая толика из доступного Умникам. Ничтожно малая толика — и где же тогда настоящий предел?

Юноша стоял, глубоко и размеренно дыша. Он старался сосредоточиться, старался отыскать хотя бы слабое дуновение великой Силы — ведь как бы иначе Умники смогли творить свои миражи?

Ничего. Ничего. Ничего. Сосущая пустота там, где должен бурлить могучий поток. Как, во имя Всеотца, удаётся той же Аэ её чародейство? Откуда, кроме как от Всеотца, может проистекать Сила этого мира?

Мало-помалу он перестал ощущать запах — то ли притерпелся, то ли волна тонкого аромата миновала его. Дальше, Твердь, дальше!

Дальше стало хуже, и притом намного. Запахи теперь накатывали волна за волной, то лёгкие, ускользающие, то тяжёлые, сладкие, тягучие, от которых вдруг начинало стучать в висках, пересыхало во рту, а на ум приходили самые неподходящие для такого момента видения, все, как на подбор, непотребные. Приходилось останавливаться, усилием воли отгоняя томные грёзы.

Коридор кончился глухой стеной. Вправо и влево уходили два низких отвода — там пришлось бы идти согнувшись. Прямо перед глазами Твердислава вверх вела лестница из железных скоб — такая же точно, как и та, по которой он спускался под землю. Настоятельное приглашение подняться?

Он не торопился. Слишком многое зависело от этого похода. Умом юноша понимал — игра, куда он ввязался, смертельна, и ставка в ней — его голова, а может, и бессмертная душа. Погибни он, Долг останется невыполненным — как посмотрит он в глаза Великому Духу?

И тем не менее выходить надо. Надо рисковать, полагаясь на закалённое чутьё, — а оно, это чутьё, говорит сейчас: наверху опасности нет, по крайней мере сейчас.

Руки легли на сухие и отчего-то горячие скобы. Аромат цветущего луга, окутавший Твердислава несколько мгновений назад, резко усилился.

Поколебавшись, парень забросил за плечи шестистволку и взял в правую руку меч. Несмотря ни на что, ему он доверял больше, чем всей остальной смертоубийственной технике этого мира вместе взятой.

Шлем упёрся в жёсткую мембрану. Шелест. И — солнце!

Он наверху.

Вокруг шумел дикий лес. Самый настоящий, с птичьим многоголосием, с поднявшимся вокруг разнотравьем, с брызгами солнца, раздробившегося о сочную листву. Высоко в небо уходили могучие кроны; а сам люк обернулся полузаваленной не то дырой, не то норой под корнями толстенного дерева, очень смахивавшего на копьерост, только листья пошире да не такие изрезанные. Вокруг — ни души.

Неторопливо, без резких движений подтянув тело на сильных руках, Твердислав осторожно перекатился на бок и замер в густых зарослях.

Так. Опять мо́роки? Непохоже... У Аэ всё же можно было догадаться, что всё — искусственное, маскировочный плащ, наброшенный на стальные остовы чёрных домов, где идёт схватка, а здесь... Твердислав осторожно сорвал травинку — колется, на сломе — капелька сока. Сунул в рот, пожевал — обычная лесная трава, девчонки называли её кособрюшьим корнем, потому что могучие звери, всеядные по природе, никогда не обходили стороной делянки этой, в общем-то, ничем не примечательной горьковатой травки.

А ягодка-красника, алеющая под резным, зубчиками, листом, — это тоже мо́рок? Твердислав протянул руку, сорвал. М-м-м... вкуснятина... точь-в-точь такая, как и росшая вокруг клана. И это они тоже подделали?

Но если не подделали, приходилось признать, что он оказался либо за тысячу поприщ от чёрного города, либо... либо даже в другом мире. Кто их знает, этих Умников, на что они способны...

Он лежал долго. Осматривался, оглядывался, в любой миг ожидая знакомого «haile ande faile!». Исайя, услышав эту фразу, поднял было брови, а потом сказал, что, мол, это слегка изменённый древний язык, и фраза значит нечто вроде «привет и пади!»[1]. Не слишком-то приятное такое приветствие, надо заметить...

Поднявшись, Твердислав как мог отметил для себя люк. Разумеется, не затёсами — а особыми охотничьими знаками. Надломленная ветка тут, царапина на коре там... Ведуны тоже отлично умели ходить по затёсам, если понадобится.

Тропы под ногами не обнаруживалось. Что же, на дерево лезть?.. Ничего нет хуже бесцельного блуждания по незнакомой чаще, даже если у тебя вдоволь еды. К тому же непохоже, что где-то здесь поблизости домаиглы, баррикады и всё прочее. Тихо и покойно. Только теперь Твердислав понял, что дышит необычайно чистым и свежим воздухом, поистине живым, а не прошедшим многократную очистку в фильтрах. Воздух что, тоже мо́рок?..

После недолгих раздумий он решил всё-таки подняться. Рискованно, но... что ж поделаешь. Хотя не

[1] Традиционное арийское приветствие (например, римский аналог: «Идущие на смерть приветствуют тебя»). (*Примеч. ред.*)

исключено, что хозяева этих мест только этого от него и ждут — ничего, поиграем пока по их правилам.

Ни один из многочисленных приборов, вделанных в бока и рукава боевого комбинезона, не торопился поднять тревогу. Не наблюдалось тут ни отравляющих веществ, ни силовых полей опасной для жизни напряжённости, ни *радиации* в любом её виде. Чувствительные детекторы не улавливали выхлопа недавно прошедшей поблизости техники, судя по всему, не работали в окрестностях приёмопередающие средства, в том числе и с остронаправленными антеннами... и электронная техника не работала тоже. *Пастораль*, как сказал бы Учитель.

Твердислав без труда вскарабкался по раскидистым ветвям, стараясь не повредить ненароком непривычно мягкую кору. В глаза брызнуло солнце, высокое летнее солнце. Припекало, в системе охлаждения комбинезона что-то загудело.

Его взору открылась крыша древесного царства. Лиственные великаны поднялись навстречу щедрому светилу, и незаметно было в их бесконечных рядах ни единого просвета. Ни на севере, ни на юге. Ни на востоке, ни на западе. Везде — только лес. Без конца и без края...

Конечно, доверять глазам здесь было нельзя. Когда враг использует мо́роки, обмануть глаза — легче лёгкого. Руки уже гораздо надёжнее, но не станешь же пробираться по лесу на ощупь?

Так или иначе, Твердислав решил начать обход. Длинными концентрическими кругами, тщательно помечая ориентиры и по возможности держась поближе к дереву с ходом. Лишний раз определился по сторонам света и пошёл считать шаги.

Первый круг — ничего особенного. Лес как лес. Даже птицы есть.

Второй круг, раза в два шире. То же самое. Наткнулся на богатый ягодник.

Третий круг. Увидел дорогу.

Узкая, мало отличавшаяся от тропы, она петляла между лесными исполинами, кое-где проходя даже под сросшимися стволами. Твердислав плюхнулся на живот у обочины и, не жалея глаз, принялся изучать следы.

По дороге ездили на повозках — правда, на узких и с небольшими колёсами. Отпечатались и копыта — тоже маленькие, под стать остальному. А вот и отпечаток сапога! Нормальный сапог, обладатель, наверное, не уступит в росте Твердиславу. Есть и следы поменьше. Вели они все в одну сторону — на юг.

Что ж, на юг так на юг. Все туда, и мы тоже.

Разумеется, по дороге юноша не пошёл. Крался вдоль, не теряя извивистой ленты из виду.

Идти пришлось долго. Сперва Твердислав ещё пытался убедить себя — мол, водят меня здешние хозяева за нос, дурят голову. Но потом решил, что вряд ли — уж слишком нужно было для этого исхитриться. Несложно застлать глаза и заставить кружить по чаще — но только не опытного в лесном деле человека. А уж когда есть дорога, по которой уже не одно поприще отмахал, — как? Если уж Умники способны *так* глаза отвести — то в этом случае он, Твердислав, не знает способа с ними справиться. Не знает, и всё тут.

Мало-помалу лес стал редеть — а солнце опускаться к горизонту. Похожие, на копьерост деревья уступили место более тонким, не столь высоким, с причудливой корой цвета спелого колоса, пронизанной алыми прожилками. Железа в земле тут много, что ли — а иначе откуда красный цвет?

Вот и кусты пошли. Высокие, в два человечеких роста, листья вытянутые, острые, низ — мягкий, серебристый. Пичужье царство. Тропа, словно бы кособрюхами протоптанная, — низкий тоннель в сплошной стене зарослей. Согнувшись в три погибели, Твердислав пробирался вперёд. Вокруг становилось всё светлее; и вот наконец заросли кончились .

Он лёг. На открытое место сейчас сунется только глупец.

Впереди был холм. В отдалении блеснула речная гладь. Склоны густо поросли лесом, но не простым — деревья тут казались втрое выше и толще, чем в остальном лесу. А в кронах — какие-то легкомысленные шалашики, сплетённые из живых ветвей и раскрашенные во все цвета радуги, словно специально выставленные на всеобщее обозрение.

Дорога покидала лесные теснины, вела между засеянных незнакомыми злаками полей прямо к древесному городу.

Что ж, ничего удивительного. Судя по рассказам, именно так жили в зачарованных своих рощах эльфы. Жаль, что сейчас не ночь — болтали, что в сумерках всё в таких лесах светится несказанной, волшебной красоты светом, переливающимся и мигающим в такт волшебной музыке Дивного народа.

Правда, единственная встреча Твердислава с эльфами получилась совсем иной, но...

Что станешь делать дальше, вождь Твердислав? Вечер близок. Не пора ли возвращаться назад, к его высокопревосходительству Исайе, в мир беспощадной войны? Или взять да и остаться здесь... переждать до утра? По делу если, задерживаться тут не стоило — обитателей не видно, кто знает, чем всё это обернётся, тем более если считать весь тот лес одним сплошным мо́роком?

Солнце опускалось. Зазвенели комары. В окошечках шалашей вспыхнули слабые, но отчего-то кажущиеся донельзя уютными огоньки. Потянуло чем-то жареным, и Твердислав невольно проглотил слюну.

Ай, пропади всё пропадом! Раз уж попал сюда, глупо отступать. Кто знает, останется ли открытым этот путь и назавтра? А Исайя не пропадёт. Ничего с ним не сделается.

Твердислав устроился поудобнее и стал ждать темноты.

* * *

Его высокопревосходительство верховный координатор господин Исайя Гинзбург был один. Руки праздно покоились на полированной поверхности стола; глаза словно бы и не замечали неистового мельтешения разноцветных огоньков на старомодном пульте связи.

Идущий по Следу подобрался совсем близко. Пижон и щёголь, он не мог обойтись без дорогого парфюма, и сейчас координатору казалось, что он различает едва заметный аромат.

Исайя многого не понимал в этом мире. Не понимал, как появился здесь Идущий и почему обрёл столь необоримую власть. Разумеется, они ни разу не встречались лицом к лицу, однако Исайя не сомневался — его визави пристутствует тут не астрально, а вполне телесно.

Пальцы Исайи наконец ожили. Выдвинули секретный ящичек стола. На свет появилась карманного формата книжечка в зелёной клеёнчатой обложке, напечатанная на папиросной бумаге мелким, едва различимым шрифтом. Одна за другой шли строчки:

От Владимира святое благовествованіе.
От Іоаѳама святое благовествованіе.
От Ісаіи святое благовествованіе.
От Екклесіаста святое благовествованіе.

Он усмехнулся, быстро пролистывая страницы. «От Исайи святое благовествование...»

«Спаситель же сказал им — всё это лишь по неверию вашему, о малодушные! Ибо истинно говорю я вам — кто имеет веру с горчичное зерно и скажет горе дальней — перейди ко мне и стань рядом, повинуется она; и ничего не будет для вас невозможного.

И ещё говорю вам — явятся многие, хулящие Меня и Моё имя; не отверзайте слух свой, закройте глаза свои, бегите от них, ибо они есть посланцы Прельстителя. Но, веру имея, поразите вы их оружием духовным, ибо жажда борьбы уже есть Вера в Меня; и истинно говорю я вам, нанёсши поражение служителям Прельщающего, уже тем самым спасётся, а многие, фимиам воскуривавшие и многие жертвы жертвовавшие говоря — вот, сделаю доброе дело и спасусь — спасены не будут...»

Бедный, бедный древний философ — ему так хотелось сделать жестокий мир вокруг хоть чуть-чуточку лучше...

«Пилат же, не видя в словах и речах Его преступления, хотел уже отпустить Его. Но фарисеи и саддукеи подступили нему с такими речами: — вот, милуешь ты его, а назавтра он опять поднимет смуту в Иерусалиме, а виновен будешь ты, ибо, отпустив одного сегодня, придётся тебе убить сто безвинных завтра. И Пилат, смущённый этими словами, вновь спросил Спасителя: — обещаешь ли ты поутру же уйти из города?

И обещаешь ли ты мне не чинить бесчинств во вверенном мне городе?

Спаситель же ничего не говорил. И, возрадовавшись, закричали фарисеи и саддукеи: — видишь, видишь, о наместник, он не хочет отвечать тебе!..»

«И когда похоронили они тело Спасителя, и завалили пещеру камнем, то пролился вокруг свет как бы золотистый, и услыхали они голос, вещавший с неба, но каждый слышал только к нему обращённые слова. Я же скажу, как передал мне их ученик Его именем Ездра: «Запечатайте грот и ступайте на все четыре стороны, и рассказывайте всем о жизни, смерти и слове Спасителя, и там, где сильнее всего будут гнать и угнетать вас, бросать каменьями и предавать смерти, — там остановитесь и возведите скрину...».

Исайя вздохнул и отложил книгу. Он знал её наизусть и тем не менее перечитывал всякий раз, как выдавалась тяжёлая минута. Вот и сейчас, когда шаги Идущего по Следу раздались совсем близко.

Теперь всё зависело от Твердислава. От него одного. Ну и ещё в какой-то степени от Джейаны Неистовой, наделённой поистине вселенской верой, что металась сейчас по опалённой Планете Сказок...

«Все реки текут в море, но море не переполняется: к тому месту, откуда текут, реки возвращаются, чтобы течь опять»[1].

Всё точно. Но дальше...

«Видел я все дела, какие делаются под солнцем, и вот, говорю вам — почти всё из них есть суета и томление духа!

Кривое не может сделаться прямым, и чего нет, того нельзя считать.

Однако если творишь ты всё по данному нам Закону, если умножаешь ты Веру делом своим, и жизнью своей, и именем, — не будут дела твои ни суетой, ни томлением духа.

И кривое сделается прямым по слову твоему;

И будет дана тебе власть над градами и нивами, над разящими и над рожающими, над приносящими и воз-

---

[1] «Книга Екклесiаста или Проповедника» (гл. I, стх. 7, кроме слова «почти»).

водящими, над молящими и молящимися, и над землями, и над морями.

И когда родится таковой человек, скажем мы — явился Спаситель»[1].

* * *

Конрад с трудом пробился к Исайе по спецканалу. Верховный координатор долго не отвечал на вызовы.

— Что тебе, Конрад?

— Объект скрылся в глубине Сенсорного облака. Мои люди дальше не пойдут. У автоматов...

— Отказ управляющих контуров?

— Как обычно, ваше высокопревосходительство. Продолжить преследование не представилось возможным.

— Но хоть все вернулись?

— Да. Потерь нет. Я выставил усиленную охрану возле люка.

— Правильно, — Исайя вздохнул. Конраду показалось, что верховному координатору совершенно безразличны его слова. Мысли его высокопревосходительства витали где-то очень, очень далеко.

— Всё верно, Конрад. Ведите тщательное наблюдение. По возможности фиксируйте все изменения в Сенсорике. Докладывайте каждый час. Если что-то экстренное — то немедленно, сами понимаете. — Исайя с усилием потёр красные, воспалённые глаза.

— Вас понял! — бодро отрапортовал Конрад и отключился. На душе, правда, по-прежнему скребли кошки. Провал, провал, как есть провал! Парень как пить дать сбежал к Умникам. И стоило на него тратить столько времени! Совет встанет на дыбы, как только узнает... И Конрад недрогнувшей рукой тотчас же своей властью начальника боевого участка засекретил всю эту информацию.

К заседанию Совета надо подготовиться. Подтянуть верные части, где уже давно в открытую возмущаются бездействием «коллегиального органа» и восхищаются его высокопревосходительством, вот только не

[1] Там же, гл. I, стх. 14, 15.

понимают, зачем же всё-таки нужен этот дурацкий Проект «Вера»...

Повинуясь приказу не заделывать наглухо очередной крысиный ход, Конрад перебрасывал к нему тяжеловооружённую технику. Нужно ждать. Сколько потребуется.

* * *

Ночь сгустилась непроглядная. Над полями лёг плотный туман; ярко горели огоньки в окнах древесных домиков.

Мгла — это хорошо. С одной стороны. А с другой... Твердислав ползком скользил по мокрой и холодной траве. Ночь — не самое лучшее время для обследования местности, но идти днём ещё глупее.

Собственно говоря, толкового плана у него не было. Добраться до рощи, а там видно будет.

Никто не пытался его остановить. Эдакая беспечность!.. Что, неужто тут никто не таится в ночи, мечтая полакомиться обитателями игрушечного городка?

Он добрался почти до самых деревьев, когда тишина позади него взорвалась визгливыми воплями пополам с низким кровожадным рыком.

Твердислав рывком обернулся. От невидимой во мраке стены леса катилась волна ярких огней. Нападающие (а он ни секунды не сомневался в том, что это — нападение) шли в атаку с факелами.

Где-то высоко на деревьях тревожно зазвенели колокольцы. Ясно было, что изначально на них только и собирались, что играть детские песенки, и лишь по суровой необходимости они превратились в набатные. Коротко перекликнулись тонкие голоски — смысла Твердислав не понял, но ужас и отчаяние не требовали перевода. С крон деревьев на землю упала светящаяся сеть из огненных отблесков.

Исполинские стволы были обвиты лесенками, они смыкались в настоящую паутину переходов, перекрёстков, площадок и площадочек. С визгом и писком оттуда спускалась толпа древесных жителей — все, как на подбор, невысокие, едва ли по пояс Твердиславу, тонкие, в зелёных кафтанчиках со смешными алыми шапочками набекрень. Они очень походили на приснопамятных щелкунчиков, только гораздо больше. В руках их Твердислав увидел короткие луки, обоюдоострые топорики-секиры и показавшиеся ему игрушечными мечи. Лезвия ярко серебрились, они светились словно бы сами собой.

— Изгаш! — истошно вскричал один из малышей, свалившись едва ли не на голову замершего возле громадного корня Твердислава. — И-и-и-згаш!!!

Твердислава спасла только отменная реакция. С полдюжины стрел прогудели там, где только что была его голова. Метнуться в сторону, упасть, перекат, перекат, уход, прыжок — едва он успел укрыться за могучим стволом, как стрелы уже звонко ударили в старую кору.

Бессмысленно было орать, что я, мол, свой. Не поймут, а если и поймут, то лишь после того, как угостят стрелой. Сейчас Твердислав горько жалел, что не надел положенного по уставу шлема — с ним не страшны никакие стрелы.

Вокруг суетились, визжали, вопили десятки тонких голосов. Нарастая, близился низкий рёв — те, что поднялись от леса в атаку, приближались тоже. Обитателям древесного городка следовало бы встретить врага ливнем стрел из укрытий, следовало позаботиться о боевом охранении, заграждениях, ловушках, волчьих ямах, а ещё лучше — о полноценном частоколе вокруг рощи.

— Да уймитесь же наконец! — гаркнул Твердислав, когда его в очередной раз заметили, разразившись истошными «Изгаш, изгаш!». Он встал в полный рост, прикрывая лицо бронированными рукавами комбинезона и изо всех сил моля Всеотца, чтобы шальная стрела не попала бы в висок или затылок.

— Изгаш! — взвизгнули прямо перед ним, но стрелять не стали. — И-итр ав оххо, изгаш!

«На их месте я бы скомандовал «бросай оружие!» — подумал Твердислав, но расставаться с мечом не спешил.

— Онтро изгаш! — властно бросил ещё один голос. Сверху по толстому канату ловко соскользнул коротышка в богатом камзоле; алую шапочку украшали самоцветы. — Онтро изгаш! Оххо аук, ыввыгз! — и широко размахнулся рукой — мол, давайте, давайте, по местам! — Он! Он ыв дор!

Его не смогли ослушаться. Поднятые луки медленно и не слишком охотно опустились. Предводитель подошёл поближе, властно отвёл руки Твердислава от его лица.

— Онтро изгаш, — удовлетворённо кивнул он. Кивнул — и, захлёбываясь, начал что-то говорить, подпрыгивая на месте и размахивая тонкими ручками. При этом он всё время тыкал себе за спину, откуда нёсся звериный рёв нападающих, и Твердислав решил, что правитель смешного городка хочет, чтобы большой и сильный гость — назовём пока так — сражался бы вместе с ними.

Всё происходящее заняло совсем немного времени. Едва ли те, что, завывая, сломя голову бежали к городку от леса, успели за это время приблизиться намного.

Твердислав поудобнее перехватил меч и зашагал вслед за человечком. Он уже давно отбросил мысль о том, мо́рок это или не мо́рок. Сейчас он не имел права ничему удивляться. Его задача — увидеть и понять как можно больше. Потому что иначе он обречён тыкаться наугад, словно слепой щенок.

На окраине рощи огни были потушены. Щеки Твердислава коснулось чьё-то частое дыхание; еле слышно скрипели тетивы.

Те, с факелами, уже покрыли три четверти отделявшего их от древесного города расстояния. Слабые луки защитников едва ли смогли бы причинить хоть какой-то урон издалека. Оставалось бить в упор.

Мельком Твердислав взглянул на контрольные огоньки возле правого обшлага комбинезона — все погасли. Нельзя сказать, что это его удивило — он слышал, что в *Сенсорном облаке* отказывает вся привычная техника. Значит, как и в клане, рассчитывать придётся только на свой ме́ч.

За его спиной внезапно взвилось высокое пламя костра. Парень невольно обернулся — огонь вырвал из темноты высокую, вырезанную из тёмного дерева статую. Женское лицо и тяжёлые, спускающиеся на грудь косы. Больше Твердислав ничего разглядеть не успел, потому что стоявшие рядом с ним лучники дружно метнули стрелы навстречу атакующим.

Зачем те шли в атаку с факелами, вождь понять не мог.

За спиной, возле пылающего костра, отчаянно зазвенела музыка. Кто-то изо всех сил рвал нежные струны, торопливо, захлёбываясь и частя, брал аккорды, спеша докончить мелодию. Несколько голосов выводили какое-то песнопение; но Твердислав не смотрел назад. Из тьмы один за другим выныривали те, что бежали через поле с факелами, и парень только теперь понял, почему они идут в атаку со светом.

Это были не враги. Добрая сотня мохнатых высокорослых существ с добродушными глуповатыми мордами, истошно взрёвывая и завывая, мчалась к городку, размахивая факелами. Лучники посылали стрелы через их головы, наугад во мрак...

А затем появились и те, что спугнули мохнатых великанов.

Прямо посреди истоптанного поля появился крошечный бело-лунный огонёк. За спиной Твердислава кто-то истошно заверещал — нечто вроде «Иззан! Иззан! От-тан изгибир Иззан!».

Не двигаясь с места, огонёк стремительно разрастался, распухая ввысь и вширь. Вот он уже выше самых высоких деревьев... вот он закрыл полнеба... вот в белом пламени стали появляться чёрные точки — десятки и сотни, они стремительно росли, приближались, иные внезапно оборачивались клубками пламени, роящиеся огненные призраки с рёвом вырывались на свободу, разевая исполинские пасти.

Точки приближались, и уже можно было разглядеть неуклюжих, машущих крыльями существ: вместо голов — лишь странное вздутие между плеч, с парой торчащих на коротком торсе глаз.

Теперь защитники били уже прицельно, и Твердислав не мог не поразиться меткости маленьких лучников — они играючи всаживали непомерно длинные для них стрелы прямо в выпученные буркалы чудовищ, и те взрывались. На месте взрывов распускались диковинные рыжие цветы, тотчас сменявшиеся облаками удушливого, стелющегося по земле дыма.

Первая волна атакующих опустилась в полусотне шагов от края рощи. Молча, без боевого клича крылатые двинулись в атаку. Когтистая лапа каждого сжимала ослепительно белый, лучащийся светом клинок, чуть изогнутый наподобие сабли. Обычно летучие создания не слишком-то уверенно чувствуют себя на земле. Но эти твари ковыляли хоть и косолапо, но сноровисто.

А там, возле непонятной статуи, всё тянули и тянули свои песнопения высокие голоса.

Твердислав успел, похолодев, вспомнить наконец, кого же напомнило ему лицо изваяния, когда первая тварь оказалась достаточно близко, чтобы пустить в ход клинок.

Кровавый туман битвы привычно охватил разум. Твердислав заученным движеним вскинул меч, отводя сияющее белым оружие врага, легко миновал зацеп на чужом эфесе и коротким выпадом вогнал сталь прямо в один из выпученных глаз.

— О Боже! — умирая, простонало чудовище. Самым что ни на есть обычным, полным му́кой человеческим голосом. Твердислав в ужасе отшатнулся.

Как?! Жуткие чудища, только что вывшие и ревевшие так, что, казалось, лопалось небо, — и говорят нормальным, обычным языком, его, Твердислава, языком? Он знал, что такое «Боже»...

Справа и слева от него крылатые легко сломили сопротивление древесных обитателей. Схватка вскипела лишь вокруг юноши — для наступавших о́н оказался слишком крепким орешком. Слишком быстр, слишком ловок, слишком силён. Но что мог поделать один боец против целой орды?..

Торжествующие вопли мешались с полным смертного ужаса и отчаяния визгом. Опаляя кору исполинского дерева, взметнулся огонь — кто-то из крылатых поджёг груду хвороста возле корней.

Струны отчаянно прозвенели в последний раз и лопнули.

Отмахиваясь мечом, Твердислав отступал, уже понимая, что это конец и, если не случится чуда, отсюда ему не вырваться — крылатые уверенно теснили его, окружая со всех сторон. Потеряв четверых, они уже не лезли под удары смертоносного клинка, а пытались выбить оружие из рук юноши длинными и толстыми жердями. Сила этих существ позволяла им легко ворочать настоящими лесинами.

Что произошло потом, Твердислав понял не очень хорошо. Где-то на поле чуть ли не до неба взметнулся огонь — тёмное, хищное, перевитое дымом кровавое пламя. Дрогнула земля. Словно в ужасе, под внезапным порывом ветра затрепетали деревья. Кора их быстро покрывалась новыми и новыми складками, точно они и в самом деле тряслись от испуга.

Языки пламени, уже обглодавшие лестницу и добравшиеся до нижних ветвей, внезапно опали, словно под ударом ливня.

Крылатые дружно взвыли. Бессильная злоба, ненависть, какую невозможно выразить словами, и безысходное отчаяние слышались в этом вое; дружно бросая оружие, они взмыли вверх, к ночному небу, но с равнины наперерез им рванулась целая стая огненных птиц; с оперения дождём сыпались многоцветные искры. Птицы с клёкотом устремились в атаку, безжалостно терзая отстающих. Безголовые крылатые существа, по-прежнему истошно воя, поднимались всё выше, стремясь укрыться в наползающих тучах; птицы мчались следом, и вскоре нижний край облаков засветился изнутри переменчивым, мигающим светом. Битва смешалась, уходя в небо; на земле же всё стихло, только стонали раненые защитники городка.

Твердислав опустил меч. Нагнулся, сорвал пучок травы и принялся привычно стирать кровь с клинка. За кого и против кого он сейчас сражался? Во имя чего убивал? Из самого простого соображения — чтобы не убили его самого?.. Разве в этом наставлял его Всеотец, посылая вершить Свой приговор?..

Он поднял взгляд. Прямо перед ним застыла деревянная статуя; незрячие глаза, казалось, с усмешкой смотрели на него.

А позади послышались нарочито громкие шаги.

— Здравствуй, — сказал он не оборачиваясь. Он и так знал, кто стоит за спиной.

* * *

Доклады Конрада становились всё более и более паническими. Опытный, бывалый офицер с опалённой шкурой неожиданно пал духом. «Впрочем, так ли неожиданно, — устало подумал Исайя, — мало кто может выдержать прямую атаку Идущего по Следу. Что-то он последнее время совсем осмелел, — подумал верховный координатор, машинально регистрируя сообщения и даже успевая отвечать на некоторые вызовы. — Осмелел, осмелел, да и как же не осмелеть! Мой Проект... А вот у него никаких проектов, никаких Планет Сказок, никаких кланов, никаких Всеотцов. Каждый за себя, и никого нет, кто за всех — вот и вся нехитрая философия. А может, философия там как раз совсем иная — я не знаю, что творится в душах по ту сторону Черты, я запретил себе это, а чтобы вернуть способности, нужно вернуться... не будем сейчас даже и думать, куда. Пусть лучше я останусь в убеждении, что, несмотря ни на что, творю благо».

Зелёная книжечка с тончайшими страничками внутри...

«Откровение святаго Андрея Богослова», глава вторая, стих третий. «Ты много переносил и имеешь терпение, и для имени Моего трудился, и не изнемогал, и увещевал маловеров, и помогал утвердиться сомневающимся, вопрошающим о Воскрешении и Вознесении — а было ли?»

Там же, глава третья, стих тринадцатый. «Имеющий ухо да слышит, что Дух говорит церквам: уверуйте же, о вы, столпы и светочи! Ибо мало в ком из вас вижу я истинную веру, а посему ей! Гряду скоро и сдвину светильники ваши с мест!»

Исайя осторожно закрыл книжечку. Кто сейчас помнит эти — *хотя бы эти строчки?* Не говоря уж о других...

«И если кто отнимет что от слов книги пророчества сего, у того отнимет Бог участие в книге жизни и в святом граде, и в том, что написано в книге сей.

Свидетельствующий сие говорит: ей, гряду скоро! аминь. Ей, гряди, Господи!..»

Исайя выпрямился. Взгляд его готов был пронзить

ночную тьму, и сотворённые (наверняка сотворённые!) Идущим по Следу завесы, но...

А что, если барьеры, которые он встретит, окажутся непреодолимы? Что, если Умники ещё сильнее, чем он полагал, и дело тут вовсе не в Прельщении? «Аз есмь Алфа и Омега, начало и конец, Первый и Последний». Так? Или не так? Вот в чём вопрос — если, конечно, ещё осталось право на вопросы.

Что с Твердиславом? Что с ним, скрывшимся во мгле Сенсорики? Кем он вернётся — если вернётся? Умником? Или чем-то хуже — апостолом Тьмы, слугой Идущего по Следу? Или же, напротив, — вернётся утвердившимся в своём пути апостолом Света?

Что толку гадать, сказали бы ему. Но ведь когда гадаешь, когда душа твоя всеми помыслами тянется к тому, за кого болеешь, кому страстно желаешь удачи, — то ему, бьющемуся в тенетах Мрака, становится легче, и отступают сомнения...

Был большой соблазн — двинуть по обнаруженному Твердиславом проходу десятка два «гончих», новейших боевых биомехов; эти способны были продержаться какое-то время даже в самой глуби Сенсорного облака благодаря минимуму микрочипов и максимуму специально выращенных живых тканей. Узкие и длинные, похожие на громадных богомолов, невероятно гибкие, способные протиснуться почти в любую щель, несмотря на внушительные размеры, хорошо забронированные, великолепно вооружённые... Но даже они не способны оказались внести перелом. Могли лишь продержаться дольше других своих собратьев. Умники останавливались, встретив на пути не броню и бластеры, а живых людей, тех, что готовы были сражаться, забыв о собственной жизни. А таких с каждым днём становилось всё меньше и меньше; кланы же не оправдывали надежд.

И всё громче и громче звучали голоса недовольных в Совете.

Нет, он не пошлёт мертвых воинов по следу парня. Это Твердиславов крест, ему и нести бремя. До конца, каким бы горьким и страшным оно ни оказалось. Пусть юноша даже не знает, *что́ ныне лежит на весах и что́ совершается ныне*[1] — всё равно. Схватка, где в ход не идут ни мечи, ни огнемёты. Где нет нагло ухмыляющегося тебе в лицо врага, топчущего самое для тебя дорогое. Собственно говоря, врага там и нет вовсе. Он неведом, этот враг. Бестелесен, невидим, неосязаем. Даже он, Исайя, так до сих пор и не столкнулся с Идущим по Следу, он лишь знает, что Враг его — здесь... Незримый поединок идёт сейчас в сердцах — и Умников, и его, Исайи, последователей — или это тоже ему кажется, ему хочется, чтобы так было, а на самом деле и те и другие просто бьются за своё право властвовать над остальным, до сих пор непокорным? Старшие — за право помыкать младшими, младшие — за право избавляться от докучливых старших...

Исайя стиснул голову ладонями. Насколько всё было просто... *ТАМ*. Враг есть враг, а друг есть друг. Тут же...

Но как бы то ни было, свой долг он исполнит до конца. Если Идущему по Следу суждено взять верх, это, несмотря на весь ужас и всю боль подобного, означает торжество великих, универсальных законов Бытия, постигать которые он начал лишь недавно. Да, да, торжество Идущего неизбежно станет лишь ступенькой к его падению — полному и окончательному. Это произойдёт не сейчас, это произойдёт не скоро, но произойдёт непременно.

Реки возвращаются, чтобы течь опять.

Исайя встряхнулся и, чтобы кровь не застаивалась в жилах, не терпящим возражений голосом приказал Конраду провести короткий кинжальный артналёт на цели, расположенные в таком-то и таком-то квадрате...

* * *

— Здравствуй, — повторил Твердислав. Он по-прежнему не поворачивался; рука сжала эфес.

— Здравствуй и ты, — легко ответил знакомый

---

[1] Мы знаем, что́ ныне лежит на весах
И что́ совершается ныне.
Час мужества пробил на наших часах,
И мужество нас не покинет.
(Анна Ахматова. Мужество, 1942.)

голос. — Вот уж поистине странная встреча! Как ты оказался здесь?

Твердислав пожал плечами.

— Шёл, шёл и дошёл. Какая теперь разница?

В ответ засмеялись.

— Ты прав, никакой.

Крепкая рука опустилась ему на плечо, и мускулы непроизвольно напряглись, готовые в любой миг сбросить её — или защититься как-либо ещё.

— Да расслабься ты, — вновь засмеялись у него за спиной. — И, может, ты всё-таки повернёшься ко мне лицом? Разве тебя не учили, что разговаривать, обернувшись к собеседнику затылком, крайне невежливо?

— Меня много чему учили, — заметил Твердислав. — Да вот только кто учил? И зачем, спрашивается?

— О! Зачем учили — это понятно. Солдатики, пушечное мясо, как говаривали в старину. Всё — оттуда, из прошлого. Игры, обряды... ими порой любопытно развлечься.

— Вроде как сейчас?

— Вроде как сейчас... Нет, я так не могу! Не могу говорить с человеком и не видеть его глаз. А ну-ка, посмотри на меня! Быстро! — шутливый тон не мог скрыть откровенного приказа.

В бастионы воли Твердислава грянул могучий таран. Нечто небывалое, неслыханное, не имевшее ни формы, ни сути, ни названия, наползало, надвигалось, накатывалось, само по себе являясь и туманом, и мглой, и ночью, и мраком. Юноша же лишь пожал плечами.

Ведь противостоять именно такому врагу его и обучали в кланах. Исподволь, незаметно, скрытыми приёмами. Учителя знали своё дело. Чёрный Иван был прав, они оказались отменными негодяями, но учили они хорошо.

Твердислав рывком обернулся, усмехнувшись прямо в широко раскрывшиеся глаза девушки Аэ.

— Брось эти свои штуки, — посоветовал он. — Меня этим не проймёшь.

Он понятия не имел, в чём суть этих самых «штук», но на войне как на войне — чем меньше противник знает о том, что в действительности тебе известно, тем лучше.

— Я знаю, — просто ответила Аэ. — Ты позволишь мне присесть рядом с тобой?

Из мрака у неё за спиной выдвинулась громадная туша огра Кхарга в варварски великолепном одеянии — красное, оранжевое и жёлтое, меха неведомых зверей, бурые, чёрные и, похоже, даже зелёные, поверх — грубо откованные, гнутые железки доспехов с вычеканенными чудовищами. Волосы огр заплёл в полдюжины косичек; на конце каждой болталось по мелкому черепку какого-то зверька.

Кхарг беззвучно опустился наземь. Аэ грациозно устроилась у него на широкой спине. В отличие от своего сопровождающего сама она одета была подчёркнуто скромно — нежно-розового цвета широкая, целомудренная юбка до щиколоток и белоснежная просторная рубашка. На груди посверкивало уже знакомое ожерелье из необработанных золотых самородков, а волосы охватывал всё тот же расшитый бисером ремешок. Ноги босы. Никакого оружия.

— Здесь оно мне ни к чему, — похоже, девчонка бесстыже подслушивала его мысли. — Догадайся почему!

— Нет у меня сил загадки разгадывать, — махнул рукой Твердислав.

— Нет? Ну так хотя бы извинился, что ножом пырнул! Моим же...

— *Дураков и в алтаре бьют*, — очень кстати припомнилась ещё одна поговорка Учителя. Однако левая ладонь вдруг предательски заныла... и отчего-то подумалось, что единственное лекарство — это положить ноющую руку на тёплое, округлое плечо... чуть-чуть сжать, прижимая к себе стройное тело... а дальше всё будет так хорошо, что и сказать нельзя.

— По-моему, тебе очень хочется меня обнять, — проницательно заметила Аэ.

Твердислав покраснел. И, наверное, имел столь же глупый вид, как и в прошлый раз, когда она дерзко предлагала ему удостовериться, что она — живая, мягкая и тёплая. Охо-хо... а ведь хочется удостовериться, сожри меня Ведун! Очень!

Аэ изящно пожала плечиками.

— Расскажи мне, что ты здесь делал? Собирался сражаться за *долгарнов с изгашами?*

— Не знаю, кто это такие, — лишь самую малость покривив душой, ответил Твердислав.

Аэ хитренько сощурилась.

— Мечом махал, а за кого — не ведаешь?.. Ну что ж, я тогда тебе тоже ничего не скажу. Сам выясняй, так даже интереснее. — Она хихикнула.

Вокруг них царила мёртвая тишина. Даже раненые *долгарны* перестали стонать. И никто живой не осмеливался появиться в пределах видимости.

— А почему здесь твоя статуя? — спросил Твердислав. Если честно, он не очень знал, о чём спрашивать дальше. Надо было или лезть в глубину, или уж ограничиться болтовнёй о пустяках, какой бы глупой она ни показалась. Лезть вглубь Твердислав опасался. Что-то останавливало его, наверно, испытанное охотничье чутьё, для которого ещё давно Учитель так и не нашёл подходящего названия. Пикироваться тоже не имело смысла — Аэ честно оборвала действие своих «штук», и сейчас они говорили словно обычные парень и девушка из какого-нибудь клана.

— Так ведь этот мир — мой, — просто ответила она. Точно так же, как и в прошлый раз.

— Твой? — юноша не мог удержаться.

— Мой, — кивнула она. — Но не такой, как ты видел. Тогда это было... — она неопределённо покрутила ладошкой. — Ну, в общем, несерьёзно. А здесь... — Она глубоко вздохнула и мечтательно зажмурилась.

«А ведь я могу убить её сейчас одним ударом, — подумал Твердислав. — Один удар — неужели она ничего не боится? Или забыла про нож? Но ведь нет же!»

— А может, я тебя проверяю, — не открывая глаз, сказала девчонка. — И про нож я не забыла... бок до сих пор чешется, шрам такой, что купаться не выйти... открытое не надеть...

Твердислав попытался представить себе это самое «открытое», очень быстро дойдя до таких выводов, что вновь покраснел.

— Ну и как проверка? — скрывая смущение, спросил он.

— Выдержал, — рассмеялась она. И тотчас посерьёзнела: — Ну а теперь-то ты со мной пойдёшь?

— Куда это? — насторожился юноша.

— Какой же ты недоверчивый, — Аэ покачала головой. — Подумай сам — желай я твоей смерти, убила бы в единый миг. Как этих несчастных *изгашей*.

— Вот как? — он постарался улыбнуться как можно шире. — А вот мне кажется... не по зубам я тебе. Вокруг нас-то ведь мóрок! Мóрок, и ничего больше!

— Никакой не мóрок! — обиделась девчонка. — Не будь ты таким Фомой неверующим, шли бы мы с тобой... день за днём, месяц за месяцем... и ни конца ни края. Леса, горы, равнины... Болота, пустыни, тундры... Моря, океаны...

Похоже, она решила перечислить всю *географию*, подумал Твердислав.

— Моря, океаны... — передразнил он вслух. — Да ведь если мóрок, так и будешь по кругу ходить, а покажется — поприщ немерено отмахал! А ежели мóрок ещё и с умом навести — так и вовсе не отличишь!

— Так если не отличишь — зачем же искать различия? — негромко и неожиданно серьёзно спросила Аэ. — Для чего? Этот мир — мой. У тебя тоже может быть свой мир. Когда станешь одним из нас!

«Заманивает», — подумал парень. Отчего-то вдруг стало холодно, тоскливо и скучно. Так вот она здесь зачем... Нужен я им, оттого и старается...

Он опустил голову. Великий Дух, почему ж так горько-то?!

Аэ молчала. Сидела, болтая ножкой, и разглядывала идеальной формы розоватые ногти.

— Думаешь, я тебя *вербовать* стану? — ровным голосом спросила она. Так обращаются непосредственно перед тем, как влепить пощёчину. — Ошибаешься, мой дорогой. Ты сам придёшь к нам, понимаешь? Сам. Прошлый раз мне уговорить тебя не удалось... но, может, теперь получится?

Огр вздохнул и пошевелился под сидевшей на нём Аэ. Покряхтел — мол, сколько же можно?

— Уговорить делать что? — спросил Твердислав.

— Скорее не делать, — девчонка откинулась назад, обеими руками опершись о спину Кхарга. — Трудно даже сказать, что именно. Уговорить быть самим собой, наверное. Да, и ничего более. Стремиться к исполнению своих желаний, именно своих, а не внушённых тебе кем-то. А для того, чтобы разобраться в себе, нужны покой, тишина... и одиночество, — она лукаво стрельнула глазками. — Лучше всего, конечно, одиночество вдвоём. И тебе всё станет ясно — чего ты хочешь, а чего не хочешь, это тоже важно. Пока же ты исполняешь приказ, а это плохо.

— Почему?

— Потому что тебе приказывают люди, поражённые страхом. Страх застил им глаза, они ничего не видят и не понимают. Они безумны, они готовы перебить всех нас, чтобы только обеспечить себе спокойную старость. Они так хотели, чтобы мы выросли такими же, как они! Разведчиками, учёными, пилотами, фермерами... — Аэ скорчила гримаску. — А мы не хотели! Мы хотели быть свободными... и мы стали. — Она обвела вокруг себя руками, точно предлагая восхититься миром окрест — *её* миром.

Наступало самое время для вопросов типа «а как вы это делаете?», и, наверное, Аэ ждала чего-то подобного, но Твердислав молчал. Молчал, поглядывал искоса, словно все эти чудеса уже успели ему давным-давно надоесть.

Потом пожал плечами, словно решившись на что-то, и повернулся к ней.

— Слушай, а поесть здесь дают? Или нет?

— Поесть? — удивлённо и, похоже, разочарованно протянула Аэ. — Ну-у... да, конечно...

Она взмахнула рукой. Только взмахнула, и ничего больше, однако уже миг спустя к ним со всех сторон бросились невелички.

— Их собственная еда тебе едва ли придётся по вкусу, — усмехнулась девчонка. — Но они всегда держат кое-что для гостей... или же для меня.

«А ты-то кто здесь?» — так и напрашивался вопрос. Однако Твердислав вновь отмолчался. Всё это было сейчас неважно. Глаза, странные глаза цвета расплавленного золота — что в них? Искренний интерес, тяга, симпатия — или холодный расчёт врага, решившего обвести дурачка-пленника вокруг пальца и превратить в покорного раба?

Твердислав полностью отдался воле нёсшего его потока. Не надо ни сопротивляться, ни пытаться вырваться. Всё произойдёт само собой. Нужно лишь дождаться правильного момента. Поддаваясь, побеждай — говорил Учитель, наставляя Старший Десяток Твердиславичей в тонкостях рукопашного боя. Сейчас вождь намеревался использовать этот принцип в полной мере. Ничто так не раскрывает врага, как интересы. Пусть его ведут, а он посмотрит, чем окончится эта дорога.

Он молчал. Молчал, истребляя принесённую коротышками снедь, не чувствуя даже вкуса; молчал и смотрел на огонь. Полная внутренняя тишина. Пусть этот мир сам скажет, что он хочет от случайного гостя.

— Так и будешь здесь сидеть? — осведомилась Аэ. Огр, на чьей спине удобно устроилась девушка, алчно дёргал мясистым носом, улавливая запахи пищи, сопел и фыркал, но хозяйка не обращала на это ровным счётом никакого внимания.

— По крайней мере пока не рассветёт, — пожал плечами юноша.

— А потом? — настаивала Аэ. — Что потом?

Так, потихоньку начинают раскрывать свой интерес. Ясно, что зачем-то он очень нужен Умникам; и они готовы буквально на всё, лишь бы заполучить его, Твердислава. Зачем?

— Скажи, что вам от меня надо. Без этого — никаких разговоров. — Он поднялся, кланяясь невидимым хозяевам и благодаря за угощение.

— Что нам от тебя надо? Да ровным счётом ничего, — пожала плечами Аэ.

— Так не бывает, прости. — Спрятав меч, Твердислав шагнул прочь от костра, в темноту. — Тебе — и тем, кто послал тебя, — очень нужно, чтобы я что-то сделал — или не сделал, не важно. И ради этого вы ведёте со мной разговоры, делаете какие-то намёки... Надоело! — он рубанул ладонью. — Говори прямо, что вы хотите. Нет — я пойду. Мне ещё возвращаться далеко.

Аэ закусила губу. Опустила голову, словно стыдясь. Водя пальчиком по краю железного наплечника своего огра, тихонько проговорила:

— А если я скажу, что ты *никому* из наших не нужен? Что ты нужен только мне, потому что мне приятно с тобой видеться и говорить? Ты поверишь в это?

Гибко соскользнула со спины Кхарга, оказалась рядом, положила пальцы на локоть. Заглянула в глаза — зовуще, маняще...

Ох, дурман её тела! Изгиб мягких губ; влажное мерцание зрачков; касание пушистых волос... Мутная волна желания поднималась в чреслах, разливаясь по обмякшему телу.

«Бойся женской магии, бойся её любовных чар», — говорил рассудок. «Да пошло бы оно всё подальше! — вопила жадная, изголодавшаяся плоть. — Хочу, хочу сейчас, не упускай момент, дурак!»

Твердислав осторожно отодвинулся. Аэ вдруг закусила губу, резким движением прижалась, обхватывая за шею, — и запрокинула голову, подставляя губы и закрывая глаза...

Как он сумел устоять, не поддаться, не сдаться? Наверное, успел вспомнить, что она — из Умников, что они — враги, злейшие, смертельные, вечные; что именно для битвы с ними его послал сюда Всеотец; Твердислав вспомнил всё это — и, несмотря на кровавое колотьё в висках и в глазах, грубо оттолкнул гибкое тёплое тело, словно в объятиях его оказалась облачённая в чёрные лохмотья Ведунья.

— Ты что? — вскрикнула Аэ. Губы её задрожали, из громадных глаз выкатились первые слёзы. — Почему?!

— Не хочу, — глухо пробурчал Твердислав, пятясь задом. — Не хочу... и не могу. Другая у меня есть, понятно?

— Как это мило, — розовые губки жалко и неловко скривились в неудачной попытке усмехнуться поглумливее, — встретить в наши дни такую потрясающе непоколебимую верность! *Чёрт возьми*, теперь тебя следует соблазнить хотя бы из принципа!

Но облик её плохо вязался с надменными насмешками. Дрожь губ, набухающие слезами глаза, судорожно сцепленные пальцы, побелевшие костяшки... Подалась вперёд, непохоже, чтобы врала... Или всё это тоже игра? Тонкая и коварная — от мастеров создавать такие мóроки можно ждать всего.

— Как же вас испортили! — вскрикнула Аэ; лицо ее исказилось от боли. — Испортили, испортили, так что вы теперь ни во что не верите, ни во что не можете верить, ни во что не умеете верить! Ничего не хотите, ничему не радуетесь, слепцы! Ах, да что я с тобой говорю!

Она взмахнула рукой и тут же коротко пнула беднягу Кхарга в бок.

— Вставай, лежебока!..

— А пожрать так и не дала... — огрызнулся огр, однако ослушаться не посмел.

Твердислав провожал их взглядом, пока странная пара не скрылась в темноте.

* * *

— Но что, если он не вернётся до начала заседания Совета?

Конрад вновь сидел на самом краешке кресла в кабинете его высокопревосходительства верховного координатора. На столе Исайи валялась небрежно скомканная сводка. Что в ней, Конрад знал — двое парней, прошедших кланы, погибли, участвуя в отражении попытки прорыва Умников к трассе монора, связывавшей центр со *Звёздным Портом*; ещё один покончил с собой, приняв смертельную дозу галлюциногенов; одна из только что прибывших девушек, едва столкнувшись с тем, что магия не действует, и оказавшись в непосредственной близости от Сенсорики, вдруг завопила «Сила! Сила!» и слепо бросилась вперёд; её расстреляли огнём в спину.

Разумеется, все эти чёрные вести немедленно становились известны и вождям оппозиции. Было, правда, и другое — из новичков пятеро мужественно восприняли бездействие своего чародейства и отважно сражались, отбивая приступы Умников. Многие девушки из кланов стали пользовать раненых, и толку от их мазей с примочками зачастую оказывалось больше, чем от экспресс-аптечек.

Но неудачи всё равно пока перевешивали. И недоброжелатели не преминут этим воспользоваться. Положа руку на сердце, Конрад не видел иного выхода, кроме военного переворота. Только так ещё можно было сохранить хоть какую-то надежду сдерживать натиск Умников и в дальнейшем. Конрад пережил не одного главнокомандующего, не одного начальника боевого участка и ротного командира, и знал — только верховный координатор Исайя Гинзбург мог свести воедино разрозненные части, превратить рыхлую толпу стариков в организованную и крепкую армию ветеранов, раз за разом бьющую зелёный молодняк. Не станет его — и те же люди, при том же оружии и тех же командирах, не выдержат первого серьёзного штурма. Почему, отчего — Конрад не задумывался. Он был тактиком, не стратегом. Стратегия оставалась уделом Исайи, и Конрад твёрдо верил в него.

Может, именно поэтому он и продержался в доверенных лицах его высокопревосходительства так долго. Конрад не был соперником. Никогда. Он мог командовать отделением, взводом, даже ротой — или боевым участком, как сейчас, — но не думал ни о чём большем.

— Твердислав вернётся, Конрад. — Исайя сидел, не поднимая глаз от какой-то странного вида маленькой книжечки в зелёной клеёнчатой обложке. — Он не может не вернуться. Слишком сильна Вера. Он не согнулся и не сломался, как остальные. Он борется. Пытается оживить магию. Пошёл к Умникам — стремясь узнать про них всё сам. И нам следует ждать его возвращения. На случай же возмущения в Совете... Мне кажется, я смогу убедить колеблющихся. Не стоит прибегать к крайним мерам — мой принцип: не совершать необратимых поступков; а то, что вы предлагаете, Конрад, как раз из их числа. Мы сделали всё от нас зависящее — так давайте же теперь перестанем волноваться и переживать. — Он устало улыбнулся. Прикрыл глаза ладонями и вдруг стал цитировать — вроде бы «Откровение Андрея Богослова», но со странно изменёнными словами:

«И услышал я голос с неба, говорящий мне, напиши: отныне блаженны мёртвые, умирающие в Господе. Ей, говорит Дух, они успокоятся от трудов своих, и дела их вслед идут за ними».

Конрад гордился своим знанием древних верований. «Откровение Андрея Богослова» — самая известная среди крестианских священных писаний, но слова, слова... Какая-то малоизвестная редакция? Забытая секта? Крестиане яростно доказывали, что пророк их, казнённый прибиванием к кресту, не умер, а воскрес — однако, похоже, сами были не слишком в этом уверены, и даже самые священные из их книг — Евангелия — расходились в этом вопросе, не приводя ни одного прямого доказательства или хотя бы «свидетельства очевидца»...

И к чему координатор вспомнил эти полузабытые сказки?

— Возвращайтесь на своё место, Конрад. — Исайя энергично потер глаза. — Возвращайтесь. Я очень надеюсь, что в ближайшие два-три дня Умники активизируются... ну хотя бы на участке Сергея Иванова. По моим данным, они усиленно стягивали туда тяжёлое оружие.

— Вот когда штурм был бы кстати! — проскрипел Конрад.

— Правильно. Но — да минет нас чаша сия! Хорошо бы не штурм, а так, небольшая стычка. Иванов ни за что не покинет свой участок, если только на нём не спокойно, как в могиле.

— Разрешите идти? — Его высокопревосходительство упрям, как всегда. А если Умники не станут штурмовать? А если даже и станут — в Совете найдётся немало смутьянов и помимо неукротимого великана.

— Разрешаю, Конрад. И смотрите, чтобы всё было тихо у вас самих!

* * *

Рассвета Твердислав ждать не стал. Слишком жутко сделалось. Так страшно, как, наверное, не было даже в подземельях Острова Магов. Милые, славные, смешные обитатели древесного городка, так похожего на нарядную детскую игрушку, закончили ночь битвы тем, что при свете факелов тщательно собрали все тела крылатых — и раненых, и умирающих, и уже уме́рших. А собрав, устроили пиршество.

О, что это было за пиршество!

Твердислава, вождя Лесного клана, водительствовавшего многими большими охотами и заправлявшего сытным мясоедом после них, трудно было б удивить подобным — если бы не истошные вопли жертв, стоны, проклятия, бесполезные мольбы о пощаде, исторгавшиеся на *понятном ему языке* из уст раненых крылатых. Недостаточно сильные, чтобы добить жертву одним ударом, и достаточно, как видно, скупые, чтобы не тратить попусту стрелы, коротышки собирались гурьбой вокруг ещё живой жертвы, после чего дружно накидывались, во множестве мест перепиливая жилы костяными ножами. Брызгала кровь, такая же алая, как у самого Твердислава, невелички жадно припадали ртами к ранам; нарядные и забавные кафтанчики мгновенно покрылись бурыми пятнами, обитатели города теперь казались неотличимы от злобных ведуньих тварей, что пируют на побоищах, догрызая переживших рукопашную.

Кое-кто уже плотоядно поглядывал и на Твердислава.

А когда раненых, что не умерли ещё от потери крови, стали живыми рубить на мелкие части, намереваясь, очевидно, приготовить рагу, парня попросту вывернуло наизнанку.

Дожидаться конца пиршества он не стал. Ночь, никому и никогда ещё не отказывавшая в помощи, мягко раскрыла ему свои объятия. Ей всё равно, кого укрывать под тёмным своим плащом — бегущего ли от преследования изгоя, или жаждущего чужих мук татя. Ночь не подводит никого.

Не подвела она и Твердислава. Несмотря на плотные тучи, скрывшие луну, ему удалось добраться до лесной дороги. Не теряя времени, он зашагал прочь, думая сейчас только об одном — добраться до перекрутной дыры, до заветного люка. Полумёртвый мир чёрных игл, плюющегося огнём железа и недействующей магии казался сейчас родным домом.

Конечно, с куда большей охотой он разыскивал бы сейчас Аэ, но...

«Дурак! — вопила оставшаяся ни с чем плоть. — Чего испугался? Чего струсил? Мужчина ты или кто? Воин или?.. Девка мало что перед тобой сама не разделась, а ты глазами хлопал?! Да завалил бы её, и вся недолга! А то скоро в глазах темнеть начнёт!..»

Рассудок с некоторым трудом, но в целом всё же успешно отражал эти наскоки.

Когда забрезжил рассвет, Твердислав встревожился уже по-настоящему. Он пропустил свёртку? Забыл место? До городка он добрался куда быстрее...

Если понимаешь, что заплутал, самое разумное — остановиться и успокоиться. Вождю не раз и не два приходилось блуждать по самым глухим чащобам; случалось и терять тропу, да так, что по три дня крутил. Поэтому он не слишком взволновался; кое-как устроил себе нечто вроде постели из лапника, забился в яму меж древесных корней и тотчас заснул, как провалившись под тёмный лёд. Наутро предстояли поиски хода; а ещё — ещё Твердислав совсем по-детски хотел понять, из-за чего кипит война между крылатыми и обитателями древесного города. Но последнее могло подождать.

Не могла ждать лишь Аэ. Ночью она вернулась — в жарком и стыдном сне...

Спал он недолго — несколько часов, не более. Под веками жгло. Хуже некуда — проснуться вот так, лучше уж тогда и вовсе не спать.

Твердислава разбудил громкий топот на дороге и шумное ворчанье. Сонливость слетела с него, точно весенний пух, и, яростно растирая протестующие, слезящиеся глаза, он увидел — по узкой дороге строем топало десятка три давешних мохнатых зверюг в сопровождении трёх или четырёх коротышек. Мохнатые имели при себе увесистые дубины. Выглядели они вполне внушительно, и почему только невелички не использовали эту силы против крылатых? И, кстати, что там был за огонь на поле, откуда вынырнули атакующие?

Отчего-то попадаться на глазам этим малышам и их слугам не слишком хотелось. Твердислав крадучись двинулся следом — было любопытно, чем же в мире, который Аэ назвала своим, занимаются простые смертные?

Солнце достигло зенита, когда отряд вышел на просторную росчищь посреди дремучей чащи. Два холма почти соприкоснулись здесь боками; вдаль тянулся длинный овраг. Когда-то его, наверное, покрывал лес, на дне лежали вечные сумерки, журчал окружённый папоротником ручей... Теперь от ручья осталось лишь сухое русло, деревья срубили, пни выкорчевали и усиленно вгрызались в обнажившиеся склоны. Здесь ломали массивные блоки белого камня.

Мохнатые отложили дубины и взялись за разбросанные в изобилии тут и там кирки. Работа закипела.

Ясно было, что белый, похожий на мрамор камень предназначался не для города — там вообще ничего не делали из камня. Интересно, куда же они его девают? Продают? Во всяком случае, берущая начало возле каменоломен дорога, широкая и наезженная, вела отнюдь не к лесу.

Твердиславу быстро наскучило это не отличавшееся разнообразием зрелище. Стук молотов, казалось, отдавался прямо у него в голове, где-то посредине между ушами. Он уже совсем было собрался двинуться обратно, на поиски люка, как...

О, это вечное «как»! До чего же дорого оно порой обходится!..

На уходящей куда-то вдаль широкой дороге появилась тёмная фигура. Неспешным, мерным шагом она двинулась к каменоломням. Приглядевшись, Твердислав только и мог, что изумиться — за спиной существа были сложены могучие крылья, точь-в-точь такие же, как и у атаковавших древесный город этой ночью!

Существо шествовало отнюдь не нагишом. На нём Твердислав разглядел нечто вроде широкой накидки, со специальными разрезами на спине для крыльев. Белое и голубое — цвета неба.

Это создание имело вполне человеческую голову, человеческие же ноги и руки. Грудь же её... грудь её выдавала принадлежность к иному, нежели мужи и воины, роду.

Четверо коротышек дружно вскочили на ноги, подняв луки. А крылатая девушка (теперь Твердислав видел, что она ещё очень молода) остановилась, не доходя пары дюжин шагов до них. Подняла правую руку.

— Проклинаю вас, ночные кровопийцы! — она кричала, надсаживаясь и тряся перед собой судорожно сжатыми кулачками. Проклинаю во веки веков! И проклинаю вашу Защитницу! Её я бы убила... убила! Убила! Как и всех вас, одного за одним, как вы убивали вчера моих братьев!.. Рой погиб, мне незачем жить — но и вас я уничтожу! Что вы станете делать без этих каменоломен? Что дадите взамен защиты? И тогда другие рои отомстят за наш!

Прежде чем ошеломлённый Твердислав успел понять хоть что-либо, странная гостья высоко воздела правую руку. Точёная головка запрокинулась — и с подъятой длани потёк огонь, да такой, что Джейана, наверное, умерла бы на месте от зависти.

В следующий миг на месте каменоломен в небо рванулся тугой, свитый в тройную спираль столб иссиня-чёрного дыма. Грохот тяжело ударил по ушам, Твердислава ощутимо тряхнуло. Заросли вокруг карьера вспыхнули.

Из огня не выбежал никто.

Но не уцелела и мстительница. Руки бессильно упали вдоль тела, она пошатнулась и беззвучно, безмолвно повалилась в дорожную пыль.

Твердислава подбросило словно пружиной. Забыв об осторожности, он ринулся из укрытия вниз, к распростёртому на дороге крылатому телу.

Она была мертвее мёртвого, и тут уже не смогла бы помочь вся магия Джейаны. Твердислав стоял, чувствуя, как перехватывает горло и незримые когти раздирают сердце в клочья — мстительница, пожертвовавшая собой, чтобы убить четверых врагов, была потрясающе, невообразимо, преступно красива. Дикой, нелюдской красотой — длинные и узкие глаза, сошедшиеся на переносице брови-стрелки, высокие идеально очерченные скулы, маленький чувственный рот... Тонкая шея бессильно заломлена, растрепавшиеся дивные волосы невиданной густоты разлились в серую пыль дороги, и Твердислав неосознанным движением потянулся поправить тяжёлые пряди...

— Не касайся! — прошипели над самым ухом так, что он вздрогнул. Опять, в который уже раз, обитатели этого мира подкрадывались к нему незамеченными. И куда только делись все его охотничьи инстинкты?

На родине ни один зверь, ни один Ведун не мог бы похвастаться этим.

Стараясь не делать резких движений, он поднял голову.

Два крылатых существа, как две капли воды похожие на тех, что атаковали древесный город, стояли рядом. Человек, по-видимому, их совершенно не занимал — они смотрели на погибшую. Вид эта пара имела довольно-таки жуткий — нелепое полуовальное вздутие между плеч, там, где полагается быть голове, два громадных выпуклых, точно у болотной ящерицы, глаза на ней — и всё. Ни носа, ни рта. Одеты в плотно обёрнутые вокруг мускулистых торсов накидки, запылённые, кое-где запятнанные кровью. Длинные мечи — в ножнах на левых боках.

Непонятным оставалось, как они могли разговаривать.

— Я только хотел поправить волосы, — тихо ответил Твердислав. — Такая красота... Я не мог видеть их в пыли...

Крылатые помолчали, переглянулись.

— Ты человек из Мира Чёрных Игл? — осведомился тот, что покрупнее. Голос у него исходил откуда-то из середины брюха.

— Чёрных Игл? — невольно удивился Твердислав. — Ах да, Чёрных Игл... наверное, можно сказать и так, — закончил он, вспоминая исполинские строения Столицы. «Хотел бы я знать, — подумал он, — откуда этот здешним обитателям известно про это мир?»

— Ты из Мира Игл... — медленно пробасил крылатый. — Че-ло-век?

— Ага. — Твердислав кивнул.

— Сказано, — бас крылатого зазвучал торжественным раскатом, — сказано в Книге Судей: в день оный придёт Некто из Чёрного Каменного Леса, не имея путей и знаний, и станет судить, по сердцу своему сверяясь. Сказано в Книге Пророков: и станет он величайшим из великих воителей, и возглавит он народ Хабба-Нор, и под его началом взята будет великая слава. И ещё сказано в Книге Смертей: объединятся Лес и Небо против Гор и Степи, и грянет великая битва, где падут герои, после же наступит мир. Если ты тот...

— Погоди, но откуда ты можешь это знать? — оторопел Твердислав.

Крылатый взглянул на него с презрением.

— Достаточно взглянуть на тебя, че-ло-век. Сила пронизывает тебя, Сила имеет в тебе своё начало и свой конец, ты способен двигать взглядом горы и хлопком ладоней гасить звёзды.

— Постой, постой! — взмолился Твердислав. — Да с чего ты всё это взял?

— С чего ты берёшь, что небо голубое? — надменно ответил крылатый. — Так и я. Идём с нами, че-ло-век!

— Постойте... погодите... я не...

— Он колеблется, брат, — вступил в разговор второй крылатый, поменьше и не столь громогласный. — Сказано в Книге Блужданий: не будет ведом ему ни один путь. Не принуждайте посланного Роком.

— Всё верно, брат, — отозвался первый. — Но помни также, что говорит мудрая Книга Убийц: если примет он сторону, противную Небу, не устоять ему.

— Мы бессильны решить за него, брат, — в голосе второго крылатого слышалась печаль.

— Ты прав, брат. Нам неуместно говорить с ним сейчас, смущая его нашими путями. Все рои Небесного народа узнают о появлении Предсказанного, но свой путь он должен избрать сам.

— Да погодите вы! — завопил Твердислав. — О чём вы? Какая война? С кем? Для чего? Почему вы сражаетесь с теми, из древесного города?

— Потому что они — вампиры, — прогудел первый крылатый. — В Книге Превращений сказано: а ежели встретишь живущего чужой кровью, готовящего себе из неё трапезы и яства, истреби его самого, его род, его жилище и все его имение сожги.

— Ибо, — подхватил второй, — в Книге Убийц сказано: если ты не убьёшь вампира, сегодня он поглотит кровь твоего ближнего, завтра — тебя самого, а через седмицу — весь мир.

— Так эти человечки... они что, высасывают кровь? — Твердислав сморщился от омерзения. Вампиры встречались и среди ведуньих тварей, и их всегда истребляли с особенным тщанием...

— Воистину, Предсказанный не мог бы выразиться точнее, — одобрил его первый.

— А почему я понимаю ваш язык, а язык этих... вампиров — нет?

— Потому что сказано в Книге Превращений — мерзок и противоестествен язык этих созданий, и заповедано, что никто не будет понимать их речей, — ответил второй.

— А почему...

— Нам неможно отвечать далее на вопрошения твои, Предсказанный, — с достоинством поклонился первый из крылатых. — Пусть тропа твоя приведёт тебя к нам. Твоя тропа, а не нами указанный путь. У нас же сейчас есть неотложное дело, прости. Берём, брат, — прогудел он. Второй молча взял погибшую за ноги — кстати, очень красивые, как и всё остальное. Говоривший осторожно, словно боясь побеспокоить мёртвую, обнял её за плечи. Могучие крылья упёрлись в воздух — без всякого видимого усилия двое существ поднялись над землёй, круто уходя вверх.

Они уже почти скрылись из глаз, когда в пыль под ноги Твердислава внезапно упало нечто небольшое, овал с пол-ладони величиной; голубое плавно перетекало в белое, а граница серебрилась, точно там, на этой границе, вовсю размахивали крошечными снежными фонариками мириады столь же крошечных созданий...

Это была брошь, брошь, и ничего больше, с иглой сзади и крохотной проушиной сверху — чтобы носить и на цепочке. Левая половина — белая. Правая — голубая. И изломанная, ветвящаяся, точно небесная молния, черта разделяла эти два поля...

Случайно ли она сорвалась с одежды погибшей, или унёсшие мёртвую сородичи специально бросили вещицу вниз на память тому, кто пусть молча, но отдавал дань мужеству той, что не пожалела самоё себя ради святого дела мести, — кто знает? Не колеблясь Твердислав поднял брошь и спрятал в карман. Приколоть её к бронекомбинезону он не мог при всём желании.

Дым тем временем рассеялся. На месте аккуратной, ухоженной и ладно устроенной каменоломни осталась лишь безобразно выжженная в теле холма ямища.

Белизна камня исчезла, и камень весь, похоже, исчез тоже — взорам Твердислава предстала лишь спекшаяся от огня земля. «Что бы ни двигало крылатыми, — невольно подумал Твердислав, — умирать они умеют. Дай нам, Великий Дух, всем так умереть в день нашего последнего боя...»

Вампиры, значит... Не-ет, здесь полжизни проведёшь, загадки разгадывая, и то ни одной не отгадаешь.

Твердислав поднялся и нехотя побрёл обратно к лесу. Крылатые, их враги, месть, красота, брошь — всё это, конечно же, очень интересно, но ему пора возвращаться. Хотя при других обстоятельствах он бы, конечно, избрал совсем иную дорогу...

Стой! А вдруг именно этого и добивалась коварная Аэ? Что, если она подсунула ему очередной, её чародейством сотворённый мо́рок? У Твердислава даже перехватило дыхание. Чему можно верить в этом поистине ведунском мире, мире, полном коварных обманок, ловушек и западней? Не верь глазам своим, не верь рукам своим, не верь, не верь, не верь... К Ведунам всё это! Там, за спиной, где остался верховный координатор и его неулыбчивые, больные от вечного страха сподвижники, по крайней мере не стояло таких вопросов. Стена оставалась стеной. Пусть даже Аэ и могла набросить на неё маскарадный плащ.

Стараясь не оборачиваться, Твердислав быстро углублялся обратно в лес — именно в такой, где ему больше всего хотелось бы постранствовать недельку-другую, поночевать под звёздами, полюбоваться чистыми лесными ручьями и озерками... Иногда тебе как воздух нужна тишина, вождь Твердислав. И тебе показали место, где этой тишины хватило бы на всю жизнь. Где могут появиться враги или друзья. Где — вполне возможно! — ты встретишь и ту, что... ох, стыдно!.. — займёт место Джейаны подле тебя...

Стараясь не обращать внимания на эти мысли, Твердислав шагал и шагал. Он не сомневался, что найдёт предусмотрительно оставленные им знаки. Пусть даже на это уйдёт день или даже два...

* * *

— Ваше высокопревосходительство. На сегодня назначен Совет...

— Знаю. Знаю, Конрад. — Исайя, не оборачиваясь, смотрел в окно. За окном моросил унылый дождь — общепланетной сети управления климатом давно уже не существовало, и каждый город обходился своими силами. До недавнего времени в Столице всё оставалось более-менее благополучно, однако, как видно, беда добралась и сюда. Отказывала уникальная аппаратура, и нечем оказывалось заменить вышедшие из строя блоки. Непогода всё чаще и чаще показывала свой крутой норов в городе, и поделать с этим ничего было нельзя.

— Сергей Иванов...

— Связан прорывом, — тотчас с готовностью сообщил Конрад. — Как вы и предвидели, Умники начали атаки на стыке его и соседнего боевых участков. Свара нешуточная, но ситуация под контролем.

— Это хорошо, что под контролем, — медленно сказал Исайя, не отрывая взора от бегущих по стеклу дождевых струек. Отрегулированное на минимум, силовое поле не задерживало безвредную воду. Увы, энергию приходилось экономить. — Не хватало только к неурядицам с Проектом получить ещё и крупномасштабный прорыв Умников...

— Они не прорвутся, — уверенно заявил Конрад. — Что бы там ни говорилось об Иванове, своё дело он знает...

— То-то и оно, — вздохнул Исайя. — Это меня порой и пугает.

Почему, он не пояснил, а Конрад не стал расспрашивать. Когда начальство решит посвятить его в эти тонкости, оно это сделает само.

— Камарилья приготовилась, — негромко заметил Конрад.

— Я знаю, — без выражения ответил Исайя. И он, и Конрад, словно сговорившись, ни разу не упомянули исчезнувшего Твердислава. Шёл уже пятый день, как парень исчез, перейдя тоннелем на контролируемую Умниками территорию, где сразу же угодил в самую сердцевину Сенсорного облака. Один раз ему удалось вырваться; что-то будет теперь?.. Что, если он уже — один из солдат врага? — безмолвно терзался Конрад. Чёрт, чёрт, чёрт, какая досада, что залп Эстерры тогда оказался нацелен чуть ближе, чем следовало!

— Пора ехать, — с непривычной обречённостью произнёс Исайя. — Пора ехать, Конрад. Дадим им бой! Нельзя сдаваться! — он решительно сгрёб со стола несколько папок и двинулся к дверям.

Выход его высокопревосходительства верховного координатора господина Исайи Гинзбурга был обставлен весьма торжественно. Охрана в парадных мундирах, с церемониальным оружием наперевес — погоны, нашивки, аксельбанты, галуны, кивера, ментики со шнуровкой... Солдаты выстроились вдоль всего коридора, от апартаментов его высокопревосходительства до скоростного лифта, и далее, от скоростного лифта до зала заседаний Совета.

Конрад, нахмуренный и суровый, сопровождал патрона на правах не то адъютанта, не то порученца. Под парадным кителем старого солдата прятался бронежилет.

Зал Совета в плане являл собой пятилучевую звезду. Высокий потолок был декорирован по последней моде — скопищем хаотично свисавших пластиковых не то сталактитов, не то сталагмитов, — Конрад никак не мог запомнить, чем же они отличаются друг от друга и оправдывался перед собой тем, что человеческая память, мол, не резиновая и что в его положении гораздо полезнее назубок помнить все положения полевых уставов.

Афитеатром поднимаясь от центральной округлой трибуны, в глубь каждого из лучей тянулись ряды удобных кресел с пюпитрами — здание было выстроено для заседаний какого-то из забытых Малых Планетных Парламентов, где по традиции должно было быть представлено не более пяти наиболее популярных партий. Сейчас об этих партиях и парламентах, как больших, так и малых, помнили одни лишь архивные крысы, однако деление Совета на пять фракций осталось. Первую составляли военные — полевые командиры, вторую — военные теоретики, третью — тыловое обеспечение, четвёртую — наука и пятую — здравоохранение. В условиях войны всем прочим решено было пренебречь.

Разумеется, верховный координатор появлялся последним.

Он почувствовал нависшую грозу ещё у дверей. Очевидно, стараниями кое-кого из членов Совета последняя сводка разошлась несколько шире, чем хотелось бы ему, Исайе. И, разумеется, семена пали в хорошо унавоженную почву.

Противники Проекта были кем угодно, только не дураками. И они отлично знали, чего хотят.

А хотели они солдат, и ничего больше. Они считали, что война застыла в неустойчивом равновесии, которое только толкни — и лавина покатится сама собой. Им казалось, что мальчики и девочки из кланов — отличный человеческий материал, самой судьбой назначенный в защитники им, потрёпанным жизнью, отступившим на последний рубеж обороны своего родного, привычного мира. Исайя не осуждал их за это. Он вообще никого не осуждал. Ибо не судите и не судимы будете. Но сейчас его ждал бой, и бой нешуточный. Редкий случай — на Совет удалось собрать почти всех, не исключая и командиров боевых участков. И это несмотря на начавшиеся в южном секторе атаки!

Исайя взошёл на трибуну. Прямо от дверей зала заседаний, не поворачивая головы, притворяясь, что не слышит оскорбительных шепотков за спиной... Конрад следовал за ним как тень; охрана осталась за дверьми, и в случае чего рассчитывать верховный координатор мог лишь на одного абсолютно надёжного сторонника.

— Сограждане! Коллеги! — Исайя говорил размеренно и монотонно, скучным голосом человека, исполняющего давным-давно надоевшую обязанность. — Сегодня традиционный день заседания. Я рад, что столько достойных коллег не пренебрегли своей обязанностью посещать заседания, их мнения для нас очень важны...

Он испытывал терпение аудитории. Рискнут ли перебить, рискнут ли кричать с мест? Он чувствовал скопившиеся в зале недовольство, горечь, страх, зависть, мстительность — но не мог сказать, когда и во что это выльется. И сейчас он нарочно дразнил зал — сорвать им заранее продуманный план, заставить импровизировать, на ходу искать новые решения, метаться, перераспределять роли... Заставить противников делать то, что они умеют хуже всего, — приноравливаться к быстро меняющейся обстановке. Умение, коим в полной мере обладали Умники и что обеспечило им подавляющую часть громких побед в самом начале. Потом, конечно, они упёрлись в воздвигнутую оборону, но инициативы не утратили, по-прежнему ставя в тупик командиров противника неожиданными и порой даже просто абсурдными решениями.

— Позвольте мне кратко ознакомить вас с реакцией моего штаба на важнейшие события последних дней... Прорыв в районе сектора «восток» благополучно локализован, вдавливание наших оборонительных линий ликвидировано, противник понёс большие потери в живой силе и технике. Подробности известны вам из сводки, я же хотел заострить ваше внимание на следующих положениях...

Монотонно и медленно, то и дело опуская глаза в бумажку. Исайя не пользовался микромониторами или суфлёрами, предпочитая всему бумагу. Пусть, пусть слушают. Я терпелив. Я подожду. Ведь есть ещё надежда...

Так, Малкольм рядом с Мак-Найл. Сладкая парочка сидит с кислыми физиономиями и о чём-то лениво шепчется. Похоже, что все мои слова их нимало не занимают...

И точно.

Стоило Исайе позволить себе кратчайшую, почти незаметную паузу, как грузный седовласый Малкольм тотчас поднялся с места. В поднятой руке он держал светящийся алым личный жетон члена Совета — знак того, что использует своё право перебить председателя. Каждый из членов Совета мог поступить так не более раза в месяц, и Исайя понимал теперь поразительную покладистость недавних оппонентов — они берегли силы, накапливая «красные фонари».

Однако в то же самое время это означало, что противники Исайи вновь наступили на те же грабли — попытались придать всему происходящему видимость законности. Грубая сила ещё ждала своего часа.

Тем не менее Малкольм заговорил предельно резко, словно показывая, что приличия уже отброшены.

— Я полагаю, что следует изменить повестку дня. Со мной согласно большинство в этом зале. Требую голосования!

— А не будет ли позволено мне, как председателю, узнать — в чём же заключается суть изменений? — мягко осведомился Исайя.

— Отчего же, конечно, можно. — Малкольма не обманешь так просто спокойным и сдержанным тоном. — Суть в полном провале столь любимого нашим дорогим председателем Проекта «Вера», массовый переход клановых выкормышей на сторону наших врагов, бессмысленное растранжиривание громадных средств, материальных и энергетических ресурсов... Но обо всем этом я бы хотел сказать с трибуны, как и положено, а потому настоятельно прошу — нет, требую! — поимённого голосования!

Он имел на это право.

Малкольма поддержали — не слишком громким, но уверенным и слитным шумом. Исайя обводил взглядом зал — повсюду напряжённые, нахмуренные лица. Похоже, он недооценил противников — они навербовали куда больше сторонников, чем он полагал в самых пессимистических прогнозах...

Конрад с обманчиво-равнодушным лицом на всякий случай стал чуть ближе к Исайе.

— Конечно, уважаемые члены Совета, — умиротворяюще заговорил Исайя. — Почтенный Малкольм вправе поставить такой вопрос. Итак, на голосование следующий пункт — о внесении изменений и дополнений в повестку дня...

Проголосовали. 67 — за, 33 — против. Исайя мог рассчитывать ровно на одну треть голосов. А для снятия его с поста Малкольму и компании требовалось ровно 68 (Совет по традиции состоял из 101 человека). Этим шестьдесят восьмым должен был стать Иванов — однако он геройствовал сейчас на своём боевом участке, спасибо Умникам...

— Очень хорошо, — не меняя интонации, сказал

Исайя, ласково глядя на обильно потеющего от волнения Малкольма и бледную как смерть Мак-Найл. Видно было, как их трясёт от возбуждения — похоже, сами не рассчитывали на такой исход первого голосования. Шестьдесят семь голосов! Полный ажур! А ещё один голос... что ж, не обязательно проводить полный импичмент за один раз. Ограничение полномочий... перераспределение средств... назначения на ответственные посты в системе Проекта... Для всего этого достаточно простого большинства. — Очень хорошо, уважаемые члены Совета. А теперь попросим достопочтенного Малкольма сообщить нам, какие же конкретно изменения желательно было бы внести в повестку дня...

Бледность на лице толстяка сменилась краснотой. Обильно потея и отдуваясь, он прошествовал к трибуне. Исайя скромно отступил в сторону, к своей конторке. Достал платок, промокнул губы. Пальцы незаметно прошлись над левым обшлагом...

Малкольм заговорил, и Исайя с невольной скукой подумал, что даже сегодня его враги не сумели измыслить ничего нового, ничего неожиданного, ограничившись перечислением длиннейшего списка «злоупотреблений».

Неправильное расходование ресурсов, ошибки в планировании, авантюризм, замешанный на некомпетентности, уверенность в собственной непогрешимости, создавание культа собственной личности... Знакомо, господа. Так... диктаторские замашки? — ещё более старо.

По Проекту Малкольм прошёлся, но как-то подозрительно кратко, больше упирая на несоразмерность расходов и полученных результатов.

— Затратив такие средства, мы могли бы построить не менее трёх полностью автоматизированных дивизий, которых нам так не хватило во время последнего наступления!..

Ага. Вспомнили последнее наступление (после провала которого Исайя и стал верховным). Проект «Вера» реализовывался уже тогда... правда, явочным порядком. Исайя тогда занимал пост первого заместителя верховного... покончившего с собой после того, как Умники, нанеся неожиданные удары по флангам прорвавшей их фронт группировки, окружили два ударных корпуса и в течение следующих трёх дней, накрыв их невиданным облаком Сенсорики, поголовно уничтожили. Исайя был тогда против этой авантюры — что, собственно, и принесло ему тогда пост председателя и верховного координатора.

Малкольм выдохся и умолк, с некоторой опасливой растерянностью глядя на Гинзбурга, который с любезной улыбкой кивал ему на протяжении всей гневной филиппики.

— Очень хорошо, — задушевно сказал Исайя. — Достопочтенный член Совета Малкольм выдвинул, насколько я могу судить, тринадцать конкретных фактов перерасхода средств, каковые требуют, по его мнению, расследования, одиннадцать случаев принятия мной, как председателем, некорректных решений, каждое из каковых также нуждается в тщательном обсуждении, возможно, с созданием особых комиссий по каждому указанному факту...

Зал дружно взвыл. Точнее, взвыли те 67 человек, что голосовали за предложение Малкольма. То, что говорил Исайя, было абсолютно логично и правомерно. Обвинения требовали проверки. Проверки основательной, фундаментальной и кропотливой. А для этого нужны комиссии. С аппаратом, специалистами, экспертами, с обеспечением безопасности, блокированием доступа к нежелательной информации и тому подобным.

Исайя даже удивился — неужели хитрец Малкольм не предусмотрел этого совершенно очевидного ответного хода?

Поднялась Мак-Найл. На щеках медленно разгорались два пятна лихорадочного румянца.

— Прошу слова!

Очевидно, роли были распределены заранее. Никто из сторонников этой пары не рвался выступить.

— Прошу вас, уважаемая член Совета Мак-Найл. — Верховный координатор был сама любезность.

— Дорогие коллеги! — женщина очень волновалась, судорожно стискивая руки перед грудью. — Мой единомышленник, член Совета от фракции военных теоретиков Эдвин Малкольм, сказал многое, но не всё.

Он справедливо перечислил большие и мелкие грешки нашего уважаемого координатора. А уважаемый координатор также совершенно справедливо потребовал проверок. Но я скажу о другом. — Она перевела дыхание. — О том, что представляет из себя так называемый Проект «Вера», любимое детище нашего дорогого командующего. Профессор Корнблат!

Пожилой эколог встал. Конрад скрипнул зубами — экологическая группа «Вяз», для чего-то прикомандированная к Проекту, давно уже слыла притчей во языцех. Профессор Корнблат имел, как и Авель Алонсо, генеральское звание и, в общем-то, считался вполне преданным верховному координатору человеком... Конрад взглянул на командующего — с прежней любезной улыбкой он смотрел на взлохмаченного коротышку, что пробирался к трибуне, размахивая какими-то бумагами, но — Конрад не мог ошибиться! — будь Исайя Гинзбург обыкновенным человеком, глаза бы его уже вылезли на лоб. Корнблат изменил! Корнблат перешёл в стан неприятеля! А может, и не перешёл, а всегда был с ними? А на Планете Сказок выполнял, так сказать, разведывательную функцию?..

— Прошу слова! — фальцетом выкрикнул профессор. — Требую!.. Дайте сказать!

— Зачем же так кричать, Пол, — едва заметно пожал плечами Исайя. — Ты член Совета. Если коллега МакНайл закончила своё выступление, я с радостью предоставлю слово тебе...

— Я бы хотела остаться, выступление профессора Корнблата потребует некоторых комментариев.

Это разрешалось регламентом.

Краем глаза Исайя заметил гримасу злого торжества на лице Малкольма.

«Погодите. Рано радуетесь, господа... Ну, давай, Пол, говори, о чём ты там хотел сказать?»

— Уважаемые коллеги! Не тратя времени на предисловия, перейду сразу к сути. В лице Проекта «Вера» мы имеем дело с крупномасштабной диверсией Умников, и я берусь, стоя на этой трибуне, доказать вам это.

Наступила тишина. Ошеломлённые, умолкли даже сторонники Исайи, да и сам верховный координатор впервые, наверное, опешил по-настоящему. Самое нелепое обвинение, какое только можно было придумать! Помнится, о чём-то подобном упоминал Конрад... а он, он не прислушался к этим словам — и вот вам результат.

Корнблат заговорил — но Исайя его уже не слушал, воспринимая лишь отдельные фразы. И без того понятно, что станет говорить этот человек, не понаслышке знакомый с методами наставников. Грязь, конечно, но ничего лучшего ведь так и не придумали, кроме одного — гнать ребятишек в казармы, объясняя, что Умников надо убивать просто потому, что они Умники... И не объяснишь им, что Сенсорика есть дьявольское прельщение...

— Как вы знаете, я осуществлял контрольно-экологические функции в планетарном объёме... имел возможность наблюдать и сравнивать... — пламенное вступление Исайя пропустил мимо ушей почти целиком. — На планете, с кощунственным цинизмом поименованной «Планета Сказок», в полном объёме (очевидно, это слово — «объём» — очень нравилось профессору) реализована диктатура феодально-фашистского типа. Командующий там генерал Алонсо с полного одобрения и ведома верховного координатора не гнушается никакими преступлениями и вот-вот доведёт дело до войны. Только в результате прямых военных акций, связанных с подавлением стихийных выступлений протеста, за последний год уничтожено более тысячи детей, я подчёркиваю — детей, а не Умников, в возрасте от нескольких месяцев до семнадцати лет. Уничтожение клана Хорса... бомбовые удары по клану Лайка-и-Ли... безумные эксперименты, едва не закончившиеся глобальной экологической катастрофой... сейчас высокому собранию будут продемонстрированы видеоматериалы, неопровержимо свидетельствующие... — Корнблат входил во всё больший раж, и Исайя вновь бросил слушать. Всё ясно и так.

...Запретить демонстрацию он не мог да и не собирался делать этого. Раньше подобные словесные схватки бодрили, внося приятное разнообразие в тяжёлый и достаточно однообразный труд планетного администратора, однако на сей раз он ощущал лишь усталость и опустошённость. Исайя не сомневался в себе — в его силах заговорить весь этот Совет так, что снятым с должности, быть может, окажется тот самый Корнблат — но во имя чего?..

«А не желающим спастись не поможет даже Спаситель, ибо сказано — не верящий в Воскрешение и Вознесение хуже хулящего истинную веру». Книга Эсфири, глава восьмая, стих четырнадцатый.

«Может, и правда — пусть Идущий по Следу делает здесь что хочет? А я умываю руки, ибо трижды просил вас отпустить его, вы же, как сговорившись, кричали дружно «распни его, распни!».

Да, пусть. Ибо он, Идущий по Следу, ничего не сможет тут сделать больше уже имеющегося, до чего они дошли сами. Без искушения и прельщения.

Господи, за что же ты заставил меня испить чашу сию?

Non sum qualis eram[1]... А раньше такие сомнения не возникли бы. Хотя... хотя, конечно, была одна ночь, когда я сомневался, и негодовал, и плакал... Но был ли это я? Или кто-то иной?.. Какая разница... Мир отчаянно не хочет, чтобы его спасали, — какая банальная всегдашняя история! Во все времена и при всех правителях они хотели только одного — покоя, даже если покой означает бесконечную истребительную войну. Они готовы умереть все до единого, но не допустить, чтобы кто-то — не важно, кто — решал бы за них их судьбы».

А профессор Корнблат уже мчался дальше на всех парусах, демонстрируя видеозаписи, потрясая какими-то таблицами, цифрами, графиками; неведомым образом он раздобыл леденящие душу кадры: клан Лайка-и-Ли под бомбовым ковром, горят деревья, дома, горит земля, горит, похоже, даже воздух, всюду — мёртвые тела... разумеется, он не мог пропустить рвущего сердце кадра — молодая мать, совсем ещё девчонка, лет, наверное, шестнадцати, уже мёртвая, всё ещё пытается закрыть телом от рушащейся с неба смерти крошечного младенчика, отчаянно пищащего и пытающегося ползти; к ребёнку бросается девочка лет десяти, хвата-

[1] Non sum qualis eram — я уже не тот, что прежде (*лат.*).

ет малыша на руки, но тут над ними рвётся очередная бомба, и ударная волна обращает детей в кровавые ошмётки...

А посреди этого хаоса, посреди вопящей толпы маленьких стоит, вскинув руки над головой, главная Ворожея клана, девушка по имени Ли, отклоняя, отводя сыплющиеся бомбы, объединяя в этот миг все силы клана, весь ужас и всё желание жить...

«Перехватил Алонсо. Пересолил. Хотя, с другой стороны, если бы он не разбомбил клан и его люди не взяли бы под контроль динамическую структуру, взрыв напрочь снёс бы полконтинента...»

Материал Корнблата бил наповал. Зал разразился яростными воплями — головы Алонсо требовали все поголовно, но 67 человек — ещё и голову верховного координатора Исайи...

Координатор поднял руку. Кажется, спокойствие, кроме него, сохранил один Конрад. Этот просто принял боевую стойку.

Корнблат стоял весь мокрый, нервно облизывая верхнюю губу. Похоже, он и сам не понимал, в какой капкан угодил и какую сорвал лавину. Обратной дороги не стало, теперь взовьётся Подкомитет Этики, завопят врачи и учителя (обычные, не из кланов), заскрипят зубами командиры боевых частей...

Алонсо придётся пожертвовать.

Пусть мёртвые хоронят своих мертвецов.

Верховный координатор Исайя Гинзбург стоял посреди накаляющегося всё больше и больше зала, слушая поневоле утрачивающую связность обвинительную речь Корнблата, и ждал.

* * *

«Как бы ни был интересен и необычен мир, ты должен вернуться», — как заклинание твердил себе юноша, пробираясь девственным лесом. — Да, крылатые, да, их враги, да, наверное, тут хватает и иных диковинок — но Великий Дух возложил на меня бремя войны под иным солнцем».

Конечно, ужасно хотелось хоть краем глаза взглянуть, что это там за крылатые, что у них за жизнь, что за «рои»... О чём говорится в книге под завлекательным названием «Книга Убийц»; почему его встретили так, словно посланника вышних сил...

Разумеется, на всё это имелся один всеобщий ответ. Если весь мир вокруг — всего лишь насланный Аэ мо́рок, то и гадать нечего. Его хотят замкнуть в бесконечном лабиринте мёртвых снов; и всё, им увиденное, в том числе и предсмертный героизм безвестной крылатой девушки, — лишь плод воображения Аэ да её магической силы. Тогда тем более отсюда надо было бежать... но вот дадут ли уйти так просто? Да и можно ли вырваться из наваждения?..

Но тут он вспомнил, что видения исчезли, стоило ему оказаться вне багрового облака. Здесь никакого облака не наблюдалось, но, наверное, в своих владениях Умники могли измыслить и что-то похитрее.

Знак Пути отыскать удалось, хоть и не без труда. Уже сгущался вечер, когда Твердислав добрался наконец до заветного дерева. Ему не препятствовали, хотя коротышки целыми отрядами маршировали через лес, направляясь к разгромленной каменоломне. Что они рассчитывали там найти, Твердислав не знал, да и знать не хотел. Он не видел правых и виноватых в этой войне. Это была не его война.

— Уже уходишь? — Аэ появилась из-за дерева, словно поджидала его тут всё время. Встала, прижавшись щекой к мягкой древесной коре.

Нельзя сказать, что он не ждал её. Ждал. И даже был почти уверен, что просто так его не отпустят.

За спиной девчонки маячил верный Кхарг.

— Ухожу, — кивнул Твердислав. Не имело смысла запираться.

— А можно тебя спросить зачем? — Аэ оттолкнулась от ствола, шагнула ближе.

— Так нужно. — Ей ведь всё равно не объяснить...

— Нужно. А зачем нужно? И кому?

— Прежде всего мне.

— Ты так жаждешь убить меня? Ещё раз? — она прищурилась.

— Почему? — глуповато спросил Твердислав.

— Ты призван сражаться с Умниками. Убивать и уничтожать их. Перед тобой сейчас стоит одна из них.

Умница, так сказать, — она попыталась усмехнуться, но губы отчего-то её не слушались. — Один раз ты уже хотел меня убить...

— Если б хотел — убил, — пожал плечами Твердислав.

— Ой, ой, скажите, пожалуйста! Да не строй ты из себя холодного убийцу-профессионала, всё равно не получится. Тем более со мной. — Она скорчила презрительную гримаску — получилось лучше, чем секунду назад. Верно, и в самом деле рассердилась. — И не увиливай! — Аэ даже ножкой притопнула.

— А чего это ты тут с меня ответы требуешь? — в свою очередь огрызнулся Твердислав. — Хочешь биться — будем биться. Не хочешь — прощай. А отвечать я тебе не намерен. Хватит, наотвечался. — Он взялся за меч. — Ну, решай быстро!

— Погоди... — она закусила губу. — Постой... Давай поговорим. Почему ты так враждебен к нам? Ты ведь ничего о нас не знаешь!

— Когда на тебя нападают, не до разговоров, — отрезал Твердислав. — Когда тебя убивают, ты убиваешь в ответ.

— Но сейчас-то тебя никто не трогает!

— Сейчас — да. А тогда, первый раз, там... — он махнул рукой себе за спину. — Когда штурмовали дом... Тот старик с огненными глазами, признайся, твоя выдумка? И это ваше дурацкое «хайле анде фэйле» — тоже твоё?..

Аэ сморщилась, точно от сильной боли. Плотнее запахнула на груди простой чёрный плащ.

— Твердь... послушай. Старика-огневика послала не я... послал другой мальчишка. Он теперь мёртв. Ты убил его. Перевоплощение оказалось слишком сильно... мы не успели разорвать связь, и он погиб. Болевой и эмоциональный шок...

— Очень мило, — Твердислав скривился. — Очевидно, мне следовало дать себя укокошить. Нравится мне, как ты рассуждаешь, подруга! Хотел бы я знать, как вы вообще узнали, что я здесь? Как послали этого... старика-огневика? Зачем? Вы что, так меня боитесь?

— Мы? Боимся? — Аэ очень натурально расхохоталась. — Да знаешь ли ты, что я могу сделать с тобой здесь, в моём собственном мире? Знаешь?..

— Предположим, что нет, ну и что? — невозмутимо ответил Твердислав. — Что-то при нашей первой встрече могущество твоё не слишком-то помогло.

— А об этом мог бы и не напоминать! — обиделась Аэ.

— Напоминай не напоминай... всё едино. Ну ладно, если больше нам говорить не о чем, я пойду, — он шагнул к дыре.

— Постой... — она протянула руку. Смущённо отвела глаза под пристальным взором и пояснила: — Не хочу, чтобы ты уходил. Не хочу, и всё тут.

— Ну... мало ли кто чего не хочет, — философически парировал Твердислав. — Я вот тоже умирать не хотел, когда ваш старичок-огневичок меня в тупике прижал...

— И не умер, — вставила Аэ.

— По чистой случайности! А теперь ты эвон что несёшь — «не хочу, чтобы уходил!».

— Но ведь это война. На войне убивают, — защищалась девчонка.

— Ты сама сказала — оборотня послали именно по мою душу! Так зачем я вам нужен, во имя Великого Всеотца?!

Аэ опустила голову, кусая губы. Словно хотела что-то сказать — и не решалась.

— Если я расскажу тебе... ты не сможешь вернуться назад, — предупредила она.

— Не ставь условий, — губы Твердислава даже побелели от бешенства. — Не тебе решать!

— Как ты груб! — обиделась девушка. — И чего я только с тобой...

— Никто не заставляет, — осклабился парень. — Зачем за мной таскаешься? Зачем следишь? Я пришёл — и я ухожу. Недосуг мне по здешним лесам месяцами шастать.

— А чего же ты хочешь?

— Хочу узнать правду. Кто вы такие и почему воюете, — совершенно честно ответил юноша. — Почему вас прозвали Умниками. Что такое эта, как её... Сенсорика. Ты утверждаешь, что этот мир — твой; что это значит? И не мнишь ли ты себя равной Великому Духу, Всеотцу, Творцу Сущего и Не-Сущего?

— Всеотцу... — Аэ криво дёрнула щекой. — Ты так крепко в него веришь?

— Как же мне не верить, если я сам его видел! — поразился Твердислав.

— Когда? — живо заинтересовалась девчонка.

— Да... когда... Недавно совсем. Когда сюда летел.

— Ага! Про мой мир ты говоришь — это, мол, мо́рок, всё тут ненастоящее, и кровь — не кровь, а только краска...

— Да не говорил я ничего подобного про краску...

— Ну, это я фигурально выражаюсь, как ты не понимаешь! — фыркнула Аэ. — Не перебивай, пожалуйста!.. Так вот, в мой мир ты не веришь. Тебя он не интересует, хотя здесь ты ходишь, смотришь, ощущаешь...

— Я тебя ощущать не собираюсь, — торопливо сказал Твердислав, видя, что Аэ сделала пару шагов к нему.

— Да нужен ты мне больно, *задохлик моральный!* — покраснела Аэ. — Что ты меня всё время перебиваешь? Это у вас так принято?..

— У нас не принято убивать первых встречных и посылать к нему всяких там огневиков, — пробурчал Твердислав. — Интересно, а на что бы ты тратила своё красноречие, если б тот оборотень меня без лишних слов прикончил?

— Тратила бы на кого-то другого, — огрызнулась Аэ. — Если бы оборотень тебя прикончил... это значило бы, что ты ничего из себя не представляешь; ни силы в тебе, ни гонора, а гонор, знаешь ли, он порой поважнее силы. То же самое, если б ты вырвался и убежал...

— Ага, от такого старичка, пожалуй, убежишь...

— Можно было убежать, — непреклонно отрезала Аэ. — Но ты предпочёл драться и проявил при этом такие... гм.. странные способности, что мы не могли тобой не заинтересоваться.

— И сильно заинтересовались? — съязвил юноша.

— Суди сам — я сразу же отправилась на тот перекрёсток... готовиться к встрече. Мне, конечно, жаль, что я тебя не убедила ещё в тот раз... сейчас ты намного крепче, недоверчивее, злее... Ты не веришь ничему и никому, только самому себе. Ты и в мой мир не веришь...

— Погоди про мир. Доскажи сперва про перекрёсток!

— Ага, зацепило? — хорошенькое личико вспыхнуло озорной улыбкой. — Сперва я думала, что легко уговорю тебя. Зачем тебе этот город? Для тебя и таких, как ты, он чужой...

— Это уж моё дело, — отрезал Твердислав. — Ну, предположим, уговорила ты меня тогда, и что бы случилось?

— Ты бы стал одним из нас, — Аэ пожала плечами.

— А зачем?

Признаться, он рассчитывал если и не сбить её с толку этим вопросом, то по крайней мере заставить хоть ненадолго растеряться. Однако же Аэ и бровью не повела:

— Как это зачем? У нас. Ты. Бы. Смог. Исполнить. Любые. Свои. Желания! — торжественно, почти по слогам проговорила она, и лицо её словно бы осветилось изнутри.

— Как это так — «все желания»? — не понял Твердислав.

— Да вот так, глупая твоя голова! Чем ты только слушал — ухом или брюхом? Я сказала именно то, что хотела сказать, и без всяких там вторых и десятых смыслов!

— Ну а если я по небу захочу летать, аки птиц?

— Если сумеешь заиметь себе такой мир, где это естественно, — то почему бы и нет? — пожала плечами Аэ.

— Естественно? Это как?

— Ну, малая гравитация, обилие сильных воздушных потоков... Слушай, я не специалист! Костяк должен быть прочный, но лёгкий...

— А где же это я, интересно, заимею мир? — саркастически осведомился Твердислав.

— О! — Аэ с важным видом подняла палец. — Вот если бы ты стал одним из нас...

— Слышал я уже эту песню, — юноша поморщился. — Это, наверное, так выглядит: валяюсь я в какомнибудь подвале, гнилых грибов накушавшись, и кажется мне, что вокруг — мир прекрасный и удивительный, и сам я в поднебесье парю... Я ведь и сейчас под землёй. В коммуникации спустился, да так и не вышел, а ты на меня мо́рок наслала!

— Если я наслала на тебя мо́рок, то почему ты не допускаешь мысли, что твоё свидание с Великим Духом тоже было мо́роком? — прищурилась Аэ.

— Что?.. Мо́роком?.. Ах ты... — у Твердислава всё помутилось перед глазами от ярости.

— Эй, эй, угомонись! — Аэ отступила на шаг, а её огр, напротив, подобрался поближе. Сегодня на нём тоже были добрые стальные доспехи — Твердислав более не считался мухой, которую на одну ладонь положишь, а другой прихлопнешь. — Угомонись и рассуди логически. Если я могу делать мо́роки, почему их не могут делать твои нынешние друзья?

— Потому что... потому что... — не хватало воздуха, Твердислав задыхался. — Потому что они не могут. Я у них ничего подобного никогда не видел. Мо́роки — это злая магия...

— А почему ты уверен, что они не могут пользоваться такой магией? — внезапно осмелев, Аэ одним движением вдруг оказалась совсем рядом с Твердиславом. Тот осторожно отступил, стараясь держать в поле зрения её руки — ещё ткнёт ножом... — Почем ты знаешь, может, они хотели обмануть тебя... заставить сражаться за них... У них мало солдат, мы знаем, много механизмов, но мало живых — так почему бы не устроить эдакий *питомник*, садок, где будут растить бойцов? А чтобы эти бойцы не начали задавать очень много вопросов, придумали вам Великого Духа, Бога, Всеотца, Творца — называй как хочешь. Неужели ты думаешь, что с их техникой не соорудить подходящий мо́рок? Да раз плюнуть... Ты говоришь, что тебя обманываю я — а почему бы не предположить, что тебя обманывают другие?

Твердислав стоял, невольно тиская меч. Аэ говорила логично, очень логично. И разве не мучили сомнения самого Твердислава? Разве не задавался он вопросом: а как получилось, что Учителя — единственные, кто может толковать Его волю и желания? И, восставая против приговора Учителя, приговора, вынесенного Лиззи, разве не восставал он против Его воли?

Да, но Он, милостивый и милосердный, простил Своё своевольное чадо!..

Мысли метались, точно рыбки в банке. Кто знает, на что способны те, из *Звёздного Дома*? Что способны они создать? Какие мóроки напустить?

А если это так...

Твердислав даже пошатнулся. Нет, нет, нет, немыслимо, невозможно, непредставимо даже!

Но страшные слова сами собой возникали у него в сознании:

«Никакого Великого Духа нет!»

Аэ не сводила глаз с искажённого мукой лица Твердислава.

«Да... если я не верю в её миры, почему я должен верить в то, что мне показали не подделку, не хитро наведённый мираж, что случается в южных пустынях?.. Но почему я должен и не верить? Умники — враги... враги всегда лгут... Да, но что плохого они сделали лично мне? Один раз попытались убить? Вздор, ты тоже убивал их. Почему я должен считать их своими врагами? Ты же видел, на что способна та же Аэ. Почему ты думаешь, что у неё не нашлось бы ничего против тебя?

Но когда я пырнул её ножом, она ничего не смогла сделать!

Или не захотела. Быть может, всё это было ею предусмотрено. И тебе позволили ударить её, чтобы ты потом мучился бы угрызениями совести, утратил бы твёрдость, стал лёгкой добычей...

Нет, нет, прочь отсюда, прочь! Не нужно ему никаких тайн, ничего не нужно! Есть Великий Дух, есть, так, растак и ещё раз перетак, есть Всеотец! Я говорил с Ним! Я слушал Его! Вы, вы, Умники, недобрые волшебники, вам никогда этого не понять, вы же никогда не знали Его, никогда не возносили Ему хвалы, никогда не собирались на общую молитву...» Тело Твердислава сотрясло внезапное рыдание. Не обращая внимания на Аэ, он ринулся вниз, в черноту и темень, ему казалось, что там — спасение...

Крик Аэ умер за спиной. Отчего-то она за ним не последовала.

И вновь под руками — железные скобы. Удивительное дело — ему, выросшему в лесах, они вместе с серо-каменными стенами, тьмой и затхлостью подземелья кажутся сейчас роднее и ближе, чем залитые солнцем, покрытые буйной зеленью просторы её мира. Мира Аэ, чьё лицо вновь и вновь появляется перед глазами, как его ни отгоняй. Есть что-то завораживающее, даже не понять где — в разрезе ли глаз, в трепете ли ресниц, в едва уловимом движении губ? Он не знал.

Она то откровенно дразнила его, то, напротив, мало что не пускала в ход кулаки. И почему, почему он не может никак отделаться от этого лица? Скользит вниз по скобам, обдирая ладони, болью стараясь заглушить неотвязный зов: «Вернись, Предсказанный... Вернись, Твердь... Слышишь меня? Вернись, и все тайны этого мира станут твоими!»

«Нет уж. Не надо мне никаких тайн такой ценой. Великий Дух ей, видите ли, мо́роком чудится! Ну не ерунда ли? Да откуда ж тогда всё и взялось? — Твердислав почти успокоился, отыскав для себя спасительный аргумент. — Бездонность ночного неба, бесчисленные звёзды, миры, планеты — откуда всё это? Откуда же я сам, Твердислав? Клан мой — откуда? Разве ж не от Него? Откуда ещё всему этому взяться?»

Нехитрая мысль эта действовала почти магически. Он летел по коридору, не чуя ног, летел скорее очутиться там, в Мире Чёрных Игл, дома...

«Вот и вырвалось главное слово, Твердь. Теперь твой дом тут. Так сказал Всеотец, и не мне, его верному воину, подвергать Его слова сомнению. Я должен вернуться к координатору и всё ему рассказать. Не знаю, почему эта война длится — если у Аэ и в самом деле есть целый мир (не будем сейчас гадать, откуда он взялся и как я там очутился), — то зачем им эти Чёрные Иглы, эти развалины, эти жалкие остатки былого, эти защитники былого, отчаянно цепляющиеся за прежний уклад? Мои глаза не видят правды ни за кем из них. А раз моим глазам не хватает зоркости, значит, поверим очам Великого Духа. И нечего тут гадать».

...Из подземного коллектора он выбрался вполне

благополучно. Умники его не преследовали. На поверхности он тотчас же угодил в пламенные объятия Колдуэлла. Люк был окружён тройным... нет, даже четверным кольцом; каждый сантиметр поверхности под прицелом, сотни стволов, тысячи глаз, и живых, и оптоэлектронных...

Твердислав не успел вымолвить и пары слов, а к злополучному люку двинулись автоматы. Сначала полился бронепластик, тёмно-вишнёвый, горячий; за ним — *композитные* пластины, сталь, керамика и что-то ещё; наконец, поверх всего этого бутерброда шлёпнули тяжеленную каменную плиту, словно надгробие.

— Ничего не знаю, это личный приказ верховного, — невозмутимо отвечал Колдуэлл на все Твердиславовы вопросы. — Дырки надо заделывать, чтобы крысы не наползли.

— А его высокопревосходительство... где он? — Твердислав уже привык к этому нелепому величанию.

— На Совете он... — отчего-то хмуро отозвался Колдуэлл. — Жарко там сейчас... из-за тебя, кстати. Кое-кто тут слушок пустил, будто бы ты к Умникам решил переметнуться...

Твердислав покраснел.

— Так что на твоём месте я добрался бы до Совета... явил себя там, — продолжал советовать Колдуэлл. — И поторопился бы, а то не ровён час...

Краска на щеках юноши сменилась бледностью.

— Понял. Бегу!..

ЧАСТЬ ТРЕТЬЯ

СЕРДЦЕ СИЛЫ

Пусть они найдут мне останки. Не могла же эта парочка раствориться в воздухе! И уцелеть они тоже не могли — никто не уцелеет, пролетев вниз почти четыре километра!..

— Ваше превосходительство, умоляю вас — не нервничайте. Ясно как день — Джейана и её тварь поняли, что живыми им не уйти и... Глупые, они же не знали, что мы в силах собрать их почти из кусков!

— Если успеем вовремя, Михаэль, если успеем вовремя. Когда позади порог Эрхарта, им не поможет уже ничто. Коммуникационные тоннели, увы, не рассчитаны на флаеры. Транспортные же капсулы запитывались от сети, как вы помните.

— Как? И даже без резервных двигателей?! Не могу поверить... я никогда не сталкивался с такой техникой...

— В том-то и дело, что без. Кастрировать бы таких конструкторов. Чёрт, о чём мы!.. О каких-то капсулах...

— Но, может, локальный луч...

— Ормузд уже нацеливает тарелку. Связисты! Что там у Кристоферсона?

— Кристоферсон на связи, ваше превосходительство.

— Крис! Минуты через три будет энергия. Возьмите капсулу... лучше — две, если хватит мощности, — и вниз. Найдите мне тела.

— Сканирование не даёт результата, ваше превосходительство.

— Знаю! И места себе не нахожу! Но я скорее поверю во внезапную поломку сканера, чем в загадочное исчезновение трупов!

— Ваше превосходительство, Ормузд докладывает — они управились раньше намеченного, начат обратный отсчёт. До подачи луча десять секунд... девять... восемь... семь...

* * *

Висок невыносимо жгло. Джейана открыла глаза. «Я жива? Как? Почему?!» Она лежала на гладкой чёрной поверхности; под ней что-то басовито урчало. Алое сияние медленно угасало над головой, и вместе с ним — чувствовала Ворожея — исчезал образ той жуткой Смерти, что преследовал её во время пути с Чёрным Иваном.

Здесь было самое дно. И — тьма. Она быстро вступала в прежние права по мере того, как гасло красноватое свечение, разлитое над лежащими телами.

Рядом заворочался Буян.

— Джей?.. Мы что, мы живы? И целы?

— Целы... — Она приподнялась. Странно. Всё цело. И совершенно никаких воспоминаний о том, как она падала. — Погоди, ты же ранен!

— Ранен... Ага... но кровь уже не течёт... и не болит... Ох...

— Встать можешь?

— Могу...

— Пошли.

Щеки касалось лёгкое воздушное дыхание. Где-то рядом был проход.

Они исчезли в низкой арке. На чёрной блестящей поверхности осталось лишь несколько капель крови, совершенно невидимых в абсолютном мраке.

Вал неведомо как запустившегося генератора медленно останавливался.

...Горячая волна Силы окатила её с ног до головы, не успели они сделать и десятка шагов по узкому и прямому тоннелю. Шли они в полной темноте.

Великий Дух, неужели?.. Кровь неслась по жилам, подгоняемая бешеными толчками сердца. Кажется, всё тело замерло, трепеща в ожидании, — ещё хоть раз, но окунуться в этот сказочный океан, именуемый Магической Мощью. Откуда взялась Сила — неважно!..

Хотя... нет, как раз важно. Важно, Джей, очень! Сила оставалась с кланом, пока там заправляла малость рехнувшаяся Фати. Откуда ж она там бралась? И здесь... вдруг, внезапно — целый поток! Не слабая неуверенная струйка, как в прошлый раз, когда они вместе с Учителем удирали от поимщиков — но воистину мощный, *неслышно грохочущий* водопад, от которого — с непривычки — начинает ломить виски. Сила — она не делает различий, ею может воспользоваться любой. Например, те, что шли за ними следом.

...И постоянно, неотвязно вертелось в голове — как я осталась жива? Как мы уцелелели? Конечно, последней испепеляющей мыслью было невероятное, запредельное желание жить, но... Многие хотевшие жить не слабее уже отправились к Всеотцу. А нас он почему-то не принял. Почему же?..

* * *

— Кристоферсон к Первому. Достигли дна... Трупов не обнаружено, мой генерал!

— О Господи...

— Только несколько пятен... похоже, кровь. Экспресс-анализ сейчас будет. Да, и ещё — мы засекли след снятого защитного поля. Генератор был активирован в локально-импульсном режиме, если я ещё хоть что-нибудь понимаю. Техники уже возятся. Поисковые партии я пока не высылал. Вот отключите луч, тогда...

— В старину, Крис, после такого следовало бы обратиться к священнослужителю...

— Простите, не понял, ваше превосходительство?

— Обстоятельства предполагают наличие *нечистой силы*, мой капитан...

* * *

Куда идти дальше, Джейана совершенно не понимала. Здесь, в запредельных глубинах, всё и впрямь оказалось совершенно иным, зыбким, каким-то призрачным. Раньше она неплохо умела видеть в темноте — и просто так, и при помощи заклятий; однако здешний мрак, казалось, есть не просто отсутствие света, а нечто плотное, вязкое, тягучее, где тонут даже умеющие «пронзать» ночь взгляды. Но этого мало. Там, где чутьё подсказывало проход, откуда даже могло тянуть воздухом, — протянутая рука встречала глухую стену. Гладкую, отполированную, холодную, отчего-то живо напомнившую Змеиный Холм и обиталище незабвенного Дромока. Совершенно непохожую на те земляные ходы, по которым странствовали они с Чёрным Иваном. Здесь тоже когда-то была жизнь — но с уходом Силы всё словно оледенело. Закрывшиеся ходы, намертво замурованные двери — опустевшие проводники Силы. Джейана смутно ощущала следы мёртвой жизни за стенами. Когда-то здесь текли настоящие реки Силы; а теперь не осталось и капель. Льющийся с небес поток тоже слабел, ещё немного, и магия иссякнет окончательно. Они окажутся без еды, без света, без надежды выбраться. И без всякой надежды добраться до загадочного Сердца Силы — а тогда к чему весь проделанный путь?..

Они отчаянно рвались вниз. И вот — достигли. Неведомо как оставшись живы (и неведомо почему сердца не разорвало ужасом во время падения), достигли теперь... чего? Мрака, пустоты да отживших теней? И это та завораживающая *глубина* с дремлющей в ожидании добычи Смертью, куда Иван заказал соваться? Это и есть то самое, последнее Дно, ниже которого — сама сердцевина земная?..

«Всё в этом мире приводится в движение Силой, — отстранённо подумала Джейана. — Так заворожившая меня глубина на деле... на деле лишь один тёмный и узкий тоннель, в конце которого — Ничто. Умерло всё — удивительно, что мы сами остались живы».

— Буян, — негромко окликнула она спутника. Джейана не боялась — да и чего бояться в пустом царстве мёртвых? Здесь не оказалось даже неупокоенных могильных призраков. — Ты понимаешь, что.. что всё?

— Ещё нет, — прохрипел Буян. Раны на его груди

волшебным образом затянуло, но каждый шаг отзывался болью. — Надо... идти. Может... чего и будет.

— Нет, — тихонько возразила девушка. — Ничего уже не будет. Силы нет. Здесь всё мертво, Буян.

— Но мы-то живы, — упёрся парень. — Мы-то живы, хотя должны были валяться сейчас расшибленные в кашу. И Сила... Она ведь была, там, у колодца!

— Была, — согласилась Джейана. — Но только что с ней делать-то?

— Как это «что»? — опешил Буян. — Ты же говорила — оживить Сердце Силы. Такое только тебе по плечу.

Тьма скрыла горькую и кривую усмешку Ворожеи. Только тебе по плечу! С этим и шла, ради этого убивала... И пришла — в чёрную кишку.

— Это сделано волшебством, — гнул своё Буян. — Стены эти... ну точь-в-точь как у Дромока в обиталище. Ни с чем не спутаешь. Уж не Ведуны ли их строили?

— Знаешь, а я бы сейчас и Дромоку обрадовалась, — призналась девушка. — Хоть что-то привычное. Тут не знаешь, жива ты ещё или уже у Всеотца...

— Ну, что не у Всеотца, это точно, — прохрипел за плечами Буян. — Никогда не допустил бы Он около Себя такой погани, как тут!

— А как допустил, чтобы Лиззи украли? — не оборачиваясь, бросила Ворожея. — Как допустил, чтобы Ведуны нас кровью умываться заставили? Как, скажи ты мне?

Буян молчал. Только дыхание сделалось ещё труднее, словно ему приходилось силой проталкивать воздух в лёгкие. Что творилось у него сейчас внутри — поди догадайся... Неужто до сих пор ещё верит, что мы здесь что-то сможем сделать? Что я его куда-то осознанно веду, а не просто бреду вперёд, бреду, потому что больше ничего не остаётся делать. Бреду наугад, чувствуя вокруг лишь слабые отзвуки угасшей мощи, бреду, чтобы через сколько-то дней тихо отдать концы и отправиться в путь без возврата, просто умерев от жажды...

Да. Всё. Как она и ожидала, Сила иссякла. Джейана

сделала шаг назад — по коже вдоль ключиц разлилось лёгкое приятное жжение. Сила вернулась... словно Ворожея вступила под освежающий незримый дождь. Она и в самом деле текла откуда-то сверху, точно дождевые струи. Чем ближе к колодцу, тем Сила проявлялась мощнее; Джейана стояла сейчас на самой границе её досягаемости.

Что же это такое? Откуда берётся и чему подчиняется? — понять не дано. Силой можно лишь воспользоваться, а свои секреты она бережёт ревнивее Учителей. Как наивна она была, надеясь «прорваться вниз и оживить Сердце Силы»! Даже знай она, где это самое Сердце, как выглядит...

Ноги несли её всё дальше и дальше. Девушка переставляла их чисто механически, разум занят был борьбой с тёмным иссушающим отчаянием, что волнами накатывалось со всех сторон, будто штормящее море.

Они уже никогда не увидят солнца. Они навсегда останутся здесь, в тёмном сердце мира, где властвует Вековечная Тьма. Равнодушная, незлобивая, но — беспощадная, она никого не заманивает ложью, но и не даёт уйти случайно попавшимся жертвам, таким, как они с Буяном. Сколько они ещё выдержат? Ну Буян-то скроен крепко, на совесть, смог бы в случае чего вынести — если б было куда нести. А сколько она выдержит без воды, пусть даже и без сознания? Выхода нет. Остаётся только идти вперёд и взывать к Великому Духу.

* * *

— Получен ответ из лаборатории, Крис. Ваши первоначальные данные подтверждены, однако есть одно небольшое дополнение — пятна крови. Зачитываю... так... ага! «Набор константно экспрессирующихся белков-поверхностных маркеров Т-лимфоцитов на определяемых клетках негибридомного характера позволяет, после сличения с банком данных, предположить принадлежность этих клеток человеческой особи, кодовый номер такой-то, индекс генотипа такой-то, инициация тогда-то... принадлежащей к клану... серия...

номер... известному под туземным названием «Тверди-славичи», клановое имя особи — Буян».

— Прошу прощения, ваше превосходительство, но...

— Вы не в курсе, Крис. Этот Буян пропал без вести некоторое время назад, а потом совокупно с Тверди-славом и Джейаной начал действовать некий монстр, нанёсший нам весьма чувствительные потери и тоже, судя по всему, наделённый паранормальными способностями. А мы-то ломали головы... Учтите это.

— То, насколько он опасен, мы уже знаем, ваше прльство. Поэтому я не двинусь с места, пока ещё подаётся энергия.

— Ормузд... о! Крис, начат отсчёт. Сейчас всё обесточим.

— Да... есть! Датчики на нуле. Сенсоры... показывают след! Два следа! Дорожка отхода... зафиксирована.

— Есть предложение задействовать биомехов, Крис.

— Исключено, ваше превосходительство. Это ведь даже не фронт... А аккумуляторы долго не протянут. Да и, по-моему, против таких, как эта Джейана, автоматы применять бессмысленно.

— Не настаиваю, Крис. Операция ваша. Однако я выдвину из резерва пару десятков ловчих. Жаль, жаль, что нельзя было поручить всю ту злополучную акцию «Кольцо» автоматам... Так, всё, у нас чисто.

— Вторичное излучение?

— На нулях. Поблагодарите от меня Ормузда, великолепно сработано. Мы выходим. Думаю, через час-другой всё будет в порядке.

— Надеюсь на вас, Крис. Sapienti sat[1].

— Не подведём, мой генерал.

* * *

Коридор кончился внезапно и сразу. Без предупреждения, без всяких там отсветов, колыхания воздуха, эха и тому подобного, что может говорить о приближении пещеры. Вот только что теснили с боков стены —

[1] Sapienti sat — мудрому достаточно (*лат.*).

и нет их; мрак по-прежнему непроницаем, но ощущаешь теперь только пол.

Громадная каверна. Исполинская. А больше без света и Силы ничего не скажешь.

«Свет! Мне нужен свет!»

Осторожно двинулись влево, наугад. Вскоре отыскалась потерянная было стена; Джейана пуще смерти боялась вновь забрести в какую-нибудь галерею. Пространство сулило хоть что-то; коридор означал тупик.

«Мне нужен свет!!! Казалось — теки он по жилам вместо крови, зубами бы перегрызла, только б увидеть».

Вот... руки натыкаются на преграду... холодную и гладкую... поворот вправо... обрыв... на обращённой к простору стороне — кнопки, рычажки, тому подобное... а вот это — и кое-что знакомое, вроде б тот самый *монитор*...

От отчаяния, что *не видит*, Ворожея зарычала, впившись зубами в истончившееся за последнее время запястье. Казалось, она и впрямь сейчас вскроет себе жилы в безнадёжных поисках вожделенного пламени.

И тут... тут глупое, глупое, трижды глупое сознание заученно принялось повторять простейшее, детское, неведомцам и тем доступное заклятие Света. Ну, не настоящего Света, конечно же, — а так, малого огонька, что пляшет над ладонью, освещая кривую засадную тропу.

И — нет, не голос раздался, не видение вспыхнуло, а просто — пришла уверенность. Что сейчас то, во что неложно веруешь, может *дать* Силу, но притом и потребовать платы.

Может, потом она бы придумала что-то получше. Но тогда...

— Буян... держи меня за руку... коготь давай! Здесь режь. Режь, тебе говорят!

Ойкнула. Сложила ладони горстью. Тёплое, щекочущее потекло по пальцам; гулко ударила об пол первая капля.

Простенькое детское заклятие... Наложить. Закрепить. Да, да, что там тебе привиделось — скобы? Сойдут и скобы, крепи ими, вбивай их, вбивай!

...Заныли руки, словно и в самом деле Ворожея сжимала в них пудовый молот. В висках быстро-быстро застучало... а где-то в глубине души, в том же тайнике, где хранилось заветное «мама!» и смутный образ громадных распахнутых глаз и таких же, как у неё, Джей, густых, чуть вьющихся волос, — там, в этой глубине, возникло: «Но если имеешь Веру с маковое зерно, скажи горе — ступай сюда, и она повинуется...»

— Волосы... срежь прядь. Да потолще! Так... скрути фитиль... опусти мне в горсть... А теперь... ГОРИ!

На кончике нелепого волосяного фитиля появился крошечный огонёк.

— Ты великая Ворожея... — простонал Буян, падая на одно колено.

* * *

— Первый, я — Кристоферсон. Зафиксирован слабый энергетический всплеск. Прошу проверить...

— Нечего проверять, Крис, на сотню километров от вас нет ни одного работающего генератора. Все стопоры отфиксированы, самопроизвольная активация... ну, ты помнишь насчёт типографского шрифта, выброшенного из самолёта и сложившегося при этом в «Илиаду»!..

— Тогда это она! Опять она! Генерал!..

— Что за паника?! Вы солдат или дрянь, Кристоферсон?! Только посмейте повернуть назад... Чёрт возьми, Крис, да что с вами?!

— Если у неё есть энергия... она положит нас всех, как баранов...

— Да откуда здесь взяться энергии?! Генераторы холодные, все до единого! Может, приборы барахлят?

— Все вместе, все сразу и на одинаковую величину?

— Но откуда, ОТКУДА она возьмёт энергию?!

— Не знаю. Не знаю, мой генерал. Но... вы что-то сказали о *нечистой силе*?..

— Кристоферсон! Перестаньте пороть чушь! Девчонка явно обладает свехвыраженными паранормальными способностями... Но при чем тут нечистая сила?! Немедленно прекратите панику, капитан, и продолжайте преследование.

— Но приборы...

— Крис, все генераторы заглушены. Там стальные

стопорные стержни в крыльчатках! Контроль показывает, что ни один агрегат не активирован. Можете идти смело.

— Это приказ, генерал?

— Это приказ, капитан.

* * *

Волосяной фитиль в горсти, опущенный в собственную кровь. Язычок пламени совсем крошечный, однако даёт достаточно света, чтобы разглядеть окружающее во всех подробностях.

Они стояли на краю исполинской подземной каверны. Вправо и влево, насколько мог окинуть глаз, тянулись, исчезая в темноте, стены, заполненные уже знакомой Джейане по Острову Магов *машинерией*. Сейчас все эти многочисленные устройства были мертвы — Сила ушла из этих мест, могущественные металлические монстры испустили дух. Правда, в любой момент они готовы были проснуться.

Дальше от стен тянулись бесконечные ряды серых коробов, примерно в рост человека, поставленных стоймя и соединённых настоящей паутиной разноцветных жил, толстых и почти волосяных. Короба казались совершенно одинаковыми; кое-где виднелись мониторы с *клавиатурами* и прочее, предназначенное для управления, — всё тёмное, холодное, безжизненное...

Лавируя между серыми шеренгами, Ворожея и Буян неожиданно оказались возле невысоких перилец, за которыми распахнула пасть непроглядная пропасть. Впрочем, не совсем непроглядная — движимая наитием, Джейана уронила вниз несколько *горящих* капель собственной крови; падая, они светили ярко, точно маленькие звёзды. Мрак в ужасе бежал; разбившись о твёрдую поверхность внизу, кровяные капли вспыхнули настоящими кострами. Они быстро угасли — но и нескольких секунд хватило, чтобы охватить взглядом теряющиеся в дальнем мраке контуры громадного сооружения, ребристого, составленного из бесчисленных углов и граней, обмотанного толстенными связками жил, вздувающегося снизу исполинским чудовищным пузырём. Свет коротко блеснул в кровавых овальных глазницах, разбросанных тут и там по неоглядному телу.

— Вот это да... — пробормотал Буян. — Как ты думаешь, что это такое, Джей?

— Это?.. Это... — Ворожея пристально смотрела на плавающий в левой горсти огонёк. Её заклинание всё-таки сработало, несмотря ни на что; и сейчас Джейана пыталась сосредоточиться, проникнув мыслью под мёртвые покровы дремлющего в пропасти монстра. Что-то подсказывало ей, что они добрались до цели. Перед ними лежало Сердце Силы. Вожделенное Сердце. Но... безнадёжно мёртвое.

Всё это обрушилось в её распахнутое настежь сознание, точно грохочущий водопад. Сердце Силы! Не единственное, конечно... одно из многих. Спуститься! Оказаться рядом! Прижаться... почувствовать его... оживить! Неведомо как, но оживить! И тогда...

О, как она отомстит. Как она отомстит, заставит визжать и корчиться их всех — начиная с Фатимы и кончая теми, кто загнал их с Буяном в эти катакомбы! И с Учителем разберётся. Что-то не слишком верится, что он оказался в тех пещерах случайно...

— Вон лестница, — мгновенно понял её мысли Буян.

Узкая железная полоса ступеней винтом уходила вниз, касалась бока чудовищного Сердца и начинала ветвиться, оплетая исполинскую глыбу подобно тому, как паутина паука-птицелова опутывает его жертву. Жалобно затрепетал огонёк на кончике волосяного фитиля — в горсти почти не осталось крови. Пришлось задержаться и вновь полоснуть когтем Буяна по едва затянувшимся плотной коркой порезам.

— Смотри, обессилеешь, — мрачно заметил спутник Ворожее, но девушка не обратила на его слова никакого внимания. Собственно говоря, она не обратила бы внимания ни на чьи слова, она пошла бы даже на стену огня, только чтобы прорваться к Сердцу. И это при том, что она понятия не имела, что же станет делать с этим Сердцем дальше.

...Холодный красный глаз размером с большущую лужу, блестящий и твёрдый, равнодушно пялился куда-то мимо непрошеных гостей. Джейана опустилась на

корточки, ласково коснувшись ладонями ледяной поверхности.

— Ничего, — прошептала она. — Ничего. Сейчас. Сейчас всё сделаем. Ты у меня ещё поглазеешь... у тебя будет на что поглазеть, это я тебе обещаю... Будет огонь, такой красивый и багряный... тебе понравится, вот увидишь.

...Буян смотрел на Ворожею со всевозрастающей тревогой. Вот уже и заговариваться начала — обращается к мёртвой громаде! Дарованным Ведунами чутьём, не отказавшим и при полном отсутствии магии, Буян ощущал сейчас всю глубину исполина — полностью, совершенно, безнадёжно мёртвого. Джей же, похоже, совсем обезумела — даже лицо исказилось, заострилось, ввалившиеся глаза вспыхнули, по руке тёмной дорожкой струится кровь, сгорая в пламени волосяного фитиля... Неужели она ещё надеется что-то здесь сделать? Сам Буян уже распростился с надеждой — как и с Ольтеей. Распростился молча, без внешней дрожи и тому подобного — но в душе дав крепкую, точно горный гранит, клятву сполна рассчитаться с теми, кто лишил мир Силы. Парень в облике боевой копии Дромока ни на миг не верил, что на такое сподобился добрый и всеблагой Великий Дух.

Джейана поднялась с колен. Молча двинулась вперед, крутыми витками железных лестниц — вниз, к подножию исполина. Она не знала, что ждёт её там. Просто никакой иной дороги им уже не оставалось — за спиной девушка ощущала погоню.

* * *

— Первый, я — Кристоферсон. Веду преследование. Детекторы показывают след. Идут к главному генератору сектора.

— Вас понял, Крис. Ловушки? Следы использования магии?..

— Ничего из названного. Наши сенсоры тем не менее держат сигнал. Он очень слабый, но достоверный. Прошу вас, генерал, прикажите техникам...

— Половина людей из техотдела только этим и занята, Крис. Поверьте, я не больше вашего хочу получить вашу группу обратно в хорошо прожаренном на плазме виде. Пока никаких следов. Кстати, никакими иными сенсорами, кроме ваших, этот сигнал не зафиксирован.

— Ваше превосходительство... отдайте приказ об аварийном затоплении генераторного зала. Прошу вас. Опустить заглушки, и...

— Не паникуйте, Крис. Вы пока ещё не дошли даже до балюстрады. Что с вами, капитан? Не узнаю вас, однако...

— Там нечистая сила, мой генерал. Там точно нечистая сила!

* * *

Основание Сердца сделало бы честь любой уважающей себя скале. Не сразу и обойдёшь. Буян только безнадёжно присвистнул, глядя на бесчисленные кнопки, рукояти, *переключатели* и тому подобное, что шёпотом называла ему Джейана. Им никогда с этим не справиться. Ну разве что смилостивится сам Всеотец. Оживить Сердце Силы — это не зажечь огонёк из собственной крови. Тем менее Джей уверенно направилась к длинному изогнутому выступу основания, густо уставленному теми самыми *мониторами* и где под покровом из клавиш и кнопок исчезала сама поверхность Сердца.

...Нет, конечно, если она станет пытаться *скопировать* действия тех, кто обычно работал за этими пультами, они с Буяном точно ничего не добьются. Потому что Сердце убито именно отсюда, убито медленным и неимоверно запутанным способом; нечего и пытаться воспроизвести его за те немногие оставшиеся у неё минуты. Нужно что-то иное... ну а если не повезёт — что ж, они постараются дорого продать свои жизни.

И всё-таки дело их не совсем уж безнадёжно. Ведь они выжили — хотя должны были разбиться, падая со страшной высоты; Буян с растерзанной грудью должен был по крайней мере истечь кровью — а раны вместо этого затянулись почти мгновенно; и, наконец, вспыхнувший огонь! Это означало только одно — где-то совсем рядом таилась Сила; и теперь оставалось лишь дать ей должное направление.

Машины, машины, машины... Сонмище холодного железа, хитроумно сопряжённого, соединённого, связанного. Зачем всё это Великому Духу, в единый миг сотворившему Вселенную из ничего? Было в этом что-то неправильное, что-то унизительное... вроде того *запроса на прохождение заклинания*, памятного по *аппаратной* под Островом Магов. Она знала, что Учителя способны властвовать над магией... но тогда ей не пришла в голову одна простая мысль: а имей она, Джейана, чуть больше времени — ведь она тоже спокойно могла управлять заклятием той несчастной девчонки... могла подарить ей жизнь или отнять её... она, Джейана, могла — а может, и ещё кто-то? Ну да, наверное, любой оказавшийся в том кресле смог бы отдать приказ... и глупая мёртвая МАШИНА исполнила бы его. Машина, а вовсе не Великий Дух!

А вот здесь стоит нечто, питавшее Силой всю систему заклятий и ворожбы. Разрешённой ворожбы для борьбы с неведомым врагом. Ведуны? Но властвующий над этой машиной властвовал и над всеобщим пугалом кланов; без Силы Ведуны превратились в смешных и даже не слишком страшных кукол. Чьи-то чудовищные игрушки, натравленные на кланы... зачем? *Испытания?* Во имя чего такие испытания?!

Злость закипала, точно тёмная и тягучая весенняя смола в котелке. Сейчас её, эту смолу, расплескают по ещё не осевшему снегу на тропе кособрюхов, и могучие звери послушно свернут с удобной и широкой дороги, покорно рванутся в заранее расставленные ловушки... Злость Джейаны сейчас тоже была оружием. И, наверное, самым страшным оружием из всех, что когда-либо знал этот мир.

Перед ней равнодушно дремало мёртвое Сердце.

Буян тревожно обернулся — чуткий нечеловеческий слух уловил слабый отзвук осторожно крадущихся шагов. Погоня совсем рядом. Парень вздохнул, повёл могучими плечами. Сейчас он уже точно готов был возблагодарить Дромока. Последний его бой врагу запомнится надолго.

Джейана же словно ничего и не замечала. Стояла, замерев и высоко подняв руку с тлеющим огоньком, — точно разглядывая что-то; однако глаза её при этом оставались закрыты. Буян догадывался — взор Ворожеи сейчас скользит вдоль бесчисленных путей Силы внутри спящего исполина, скользит, чтобы найту ту единственную ниточку, крепящую заветный запор.

Ну что же, пусть. А он, Буян, должен постараться, чтобы у неё оказалось в запасе хотя бы несколько лишних секунд.

Человекозверь повернулся и неслышно пошагал-полился в темноту. Он встретит их на изломе лестницы. Пусть они думают, что это даст им преимущество, — ничего им не дадут несколько лишних ступенек, кроме ложной уверенности. Или... или нет, лучше — у выхода из тоннеля. Да, да, это лучше...

Джейана не обернулась. Перед ней огненными росчерками горели вскрытые незримым клинком внутренности Сердца, и, чем дольше взор её отслеживал бесчисленные сплетения и соединения жил, где некогда струилась Сила, тем явственнее проявлялось недоумение: неужели *это* — творение Великого Духа? Разве можно было сравнить несложную в принципе машину, сжигающую нечто, чтобы на выходе получить стократ меньше Силы, чем возможно, — с дивно сотворённым и украшенным Миром, звёздным куполом, горами, лесами и морем, зверями — и, наконец, с людьми?

Почему же для великого Дара Всеотец избрал такой... такой недостойный Его творящих рук инструмент?

И ещё «почему» — если Силы сейчас нет, откуда же берётся её, Джейанино, волшебство? Впрочем, какое это волшебство — так, одна видимость. Ей не остановить врага, ей не повинуются боевые заклятия, у неё одна надежда — на вот этот злой *агрегат*, созданный явно не Его руками!

Она узнавала надписи на знакомом языке, хоть и переполненные непонятными даже сейчас словами. Зачем такие таблички Всеотцу, изначально владеющему всей полнотой Абсолютного Знания?

Сердце убивали долго и со знанием дела. Длинные

железные штыри — и те пошли в ход. Джейана мысленно застонала. С этим ей не справиться... уже, наверное, не справиться...

* * *

— Огонь только на поражение. Огнемётчики, вперёд! Стрелки во второй линии. Огонь сразу и по всем секторам. Первая пара ставит левый заслон, третья пара — правый. Майк и Снупи сразу продвигаются к лестнице. Борис и Билл, с гранатомётами! Слушайте сюда. По обойме газовых гранат — вниз, сразу, навесным. Через пять секунд после балансировки облака начинаем общую атаку. Всё ясно? Парни, если сделаете хоть что-то не так... не видать нам не только Земли, но и здешних бараков. Хайди! Что на сенсорах?

— Вторичная эмиссия достигла...

— Сам вижу. Растёт с каждой минутой. Ждать больше нельзя. Пошли!..

* * *

— Кристоферсон начал атаку, ваше превосходительство. Они дали видеоканал узким лучом.

Изображение шло плоское, подрагивающее, подёрнутое белым «дымом» помех и потому чувствовало себя явно неуютно на громадном штабном мультиэкране, способном мгновенно отразить информацию с сотен, если не тысяч дозорных точек. Кристоферсон включил передатчик за считанные секунды до начала прорыва, и на экране теперь вовсю бушевало пламя. Две огненные полосы вспороли темноту, жидкое пламя докатилось до перил и громадными рыжими космами полилось вниз. Тёмные фигуры с оружием наперевес рванулись по отсечённому огнём коридору; захлопали примитивные (но и очень надёжные) пороховые гранатомёты; снизу донеслись характерные хлопки и шипение рвущихся газовых гранат.

— Я его расстреляю, подонка!!! Парализующий-2, мы получим безнадёжных уродов... хотел бы я знать, где он раздобыл этот боекомплект... их расстрелять тоже...

Пламя отсечных завес быстро опадало. Через пять

секунд после газовой атаки основная группа рванулась из-под прикрытия. Камера последовала за ними, явно укреплённая у кого-то на шлеме. Картинка было дёрнулась, вмешались гироскопы, удерживая прицел. Штурмовики Кристоферсона плотным комком катились к лестнице, иные прыгали прямо через перила, закрепив на железных прутьях когтистые якоря. Атака развёртывалась по всем правилам — и это при том, что после Парализующего-2 никакого сопротивления не могло быть в принципе, внизу коммандос могли встретить только трясущиеся и пускающие слюни паралитики с совершенно пустыми глазами и девственным, как у новорожденного, сознанием.

* * *

Когда темноту рассекли два длинных огненных клинка, Буян уже точно знал, что он будет делать.

Оставаться здесь, сбоку. Пусть огонь отгорит — ему нечем поживиться на каменном полу среди серых железных коробок. А вот потом, когда они повалят... он зайдёт им в спину.

План был хорош, однако фигуры со странными круглыми головами оказались слишком быстры. Когда огонь чуть опал — так, что Буян мог прорваться сквозь его завесу, — рой четвероногих муравьев уже облепил лестницу и градом сыпался вниз. Их оказалось неприятно много — долго ему не продержаться, у Джей будет меньше времени. Плохо, но что поделаешь — так судил Великий Дух.

Буян ринулся следом. Точно бесшумная ночная буря, точно губитель — зимний шторм, выбрасывающий на морские берега обессиленных в неравной борьбе исполинских китов. В два прыжка он настиг бегущих. Когти ударили под круглый поблескивающий шлем, прорвали напрягшийся было материал и вошли врагу в шею.

Первый. Жертва не успела ни крикнуть, ни даже застонать — молча повалилась, Буян перемахнул через труп, ударил второго... когда впереди загрохотало. Эти парни очень быстро соображали.

Первый гибельный веер прошёл мимо — Буян тоже

кое-чему научился. Он уже набрал скорость и сейчас летел прямо на сгрудившихся у парапета людей. На бегу упал, покатился чудовищным комком, пропуская над собой второй залп. Совсем рядом вновь расцвела огненная поросль — стрелок промахнулся лишь на ничтожную малость. Однако же промахнулся; и Буян врезался в самую гущу врагов. Это был его единственный шанс — второго промаха бы не последовало.

Однако на сей раз ему противостояли умелые бойцы. Никто из них не собирался даром подставляться под смертоносные когти. Как бы быстро ни двигался Буян, враги оказались ещё расторопнее. Оставив одно мёртвое тело, они откатились; ожидая стрельбы, Буян резко пригнулся — как оказалось, зря. Что-то защёлкало и зашипело, плечи обдало горячей липкой дрянью; стремительные ручейки потекли по спине, в ноздри ударило нестерпимым смрадом. Буян рванулся — поздно; струйки в один миг отвердели, парень оказался намертво прилеплен к полу. Когти лишь впустую скользили по упругим канатам.

От стыда и бессилия Буян заревел. Впервые — в полную мощь дарованных Дромоком лёгких. Больше он ничего сделать не мог. Даже покончить с собой.

* * *

Джейана видела всё, что творилось наверху, даже не открывая глаз. Когда совсем рядом раздался сухой треск лопнувшей *гранаты*, она лишь брезгливо поморщилась — начинена она была какой-то вонючей дрянью, но угрозы никакой не несла.

Веки Ворожеи были плотно зажмурены. Она стояла у цели. Создававшие Сердце наворотили много лишнего... напихали железяк, словно надеясь остановить этим всякого истинно верущего Великому Духу. Нужно было лишь замкнуть цепь... здесь, здесь и здесь. И немного, совсем чуть-чуть начальной Силы... первотолчок... а дальше *реакция* пойдёт, разогревая самоё себя.

Сила эта была. В её собственной крови. Та самая Сила, что заставила эту кровь гореть, точно тяжёлую чёрную жижу, добываемую в южных болотах.

Позади вскипел бой. «Буян... бедняга... я уже не успею тебе помочь. Но, Великий Дух, как же отомщу за тебя!»

Она осторожно протянула руку. Пальцы беспрепятственно миновали метры броневой стали, свинца, керамических композитов и тому подобного; бесплотные, невероятно удлинившиеся, они мягко коснулись чёрных головок топливных стержней и, легко преодолев сопротивление пятидесятисантиметровых бетонных заглушек, вогнали болванки в чрево реактора.

Сердце Силы дрогнуло, пробуждаясь к жизни.

Что при этом стало с ней самой, Джейана не видела. Ноги её подкосились — просто вдруг не стало мочи стоять. Но это ничего. Ещё несколько секунд, и у неё будет достаточно Силы, чтобы поставить весь этот мир вверх тормашками.

* * *

Контрольные панели вспыхнули многоцветьем. Энергия рекой лилась по сухим руслам волноводов, заставляя оживать одну систему за другой. Люди в серой форме, остолбенев, смотрели на экраны — группа Кристоферсона повязала чудовище, но сумасшедшая девчонка Джейана Неистовая, словно и не курились вокруг неё тяжёлые облака Парализующего-2, медленно опускала руку. Лицо девушки казалось мягким и умиротворённым — словно она наконец-то исполнила тяжкий, но жизненно важный Долг. Генератор сектора заработал. Заработал, несмотря ни на что. Без прогрева, из холодного состояния полной консервации, с вставленными на место предохранительными скобами и стержнями... Энергия — или, по-здешнему, Сила — звенящей волной разливалась окрест, и уже ликовали кланы: кончился голод, кончились беды, великий Всеотец вернул свой Божественный Дар!

— Она его всё-таки запустила...

— Так точно, ваше...

— Всё затопить.

— Мой генерал, там Кристоферсон! И приказ верховного...

— Если она выберется оттуда живой, её не остановит уже никто! Никто, Михаэль!..

Пальцы выбивали стремительную и сложную дробь на рядах разноцветных кнопок. Здесь было много архаичных устройств — никаких мыслеусилителей, ментопередатчиков, панелей непосредственного контакта и тому подобного. Старые как мир кнопки с фиксаторами — пока не вытащишь предохранительный стерженёк, кнопку нажать невозможно. Включались, пробуждаясь от долгого сна, смонтированные на самый крайний случай устройства. Древние, примитивные, они имели только одну задачу — заглушить вышедший из повиновения генератор и открыть дорогу потокам воды в машинный зал. Потом воду сменит мгновенно каменеющий пластобетон, не поддающийся даже лазерному лучу, не пропускающий никаких излучений. Кристоферсон... жалко, конечно, но ничего не поделаешь.

Мягко упало тело. Адъютант Михаэль не выдержал. На его глазах только что генерал Алонсо, командующий вооружёнными силами Проекта, хладнокровно убил почти тридцать человек, тридцать лучших бойцов, ещё остававшихся под его началом.

* * *

Джейана ощутила угрозу. Нет, не от схвативших Буяна людей — с ними она справится легко. Из-за невидимых стен зала накатывалась Смерть, и оставались считанные секунды, чтобы...

Шею что-то ужалило, и голова враз закружилась. Достаточно сильно и неприятно, но ничего страшного. Она успеет... Проклятие, она истребила бы всех вокруг — если б не нависшие массы воды, вот-вот готовые низринуться вниз, их надо удержать, ещё немного, ещё самую малость, она наглухо запечатает водяные норы, она не даст им прохода, и тогда...

Второй укол. Она пошатнулась. По шее ползла ледяная боль, тело немело. Ещё немного, и она справится, непременно справится, только бы не отвлекаться! Не отвлекаться!..

* * *

— Помехи в управляющих сетях, генерал!

— Сервомоторы третьего водовода заблокированы!

— Ворота четвёртого водовода не открываются!..

— Эта проклятая девчонка ставит помехи...

— Первый, я — Кристоферсон. Первый, я взял одного. Джейана иммунна к парализаторам... вплоть до иммостина! Начинаю атаку...

— Всем. Продолжать попытки затопления вплоть до особой команды!

* * *

...Она не успела. Эти твари хуже и презреннее Ведунов, навалились прежде, чем отуманенное сознание успело сплести противодействующее заклятие. Умелые и крепкие руки вцепились в неё, пригибая к полу, выламывая запястья и накидывая скользящую петлю на шею.

...А удерживающее воду заклятие держалось уже еле-еле...

Она зарычала, точно попавший в ловушку кособрюх. С пальцев потёк огонь; кто-то истошно завопил, опрокидываясь навзничь и корчась в агонии; однако другие не отступили. Удар! И ещё! Жаркий комок боли вспух в животе. Ещё удар! По голове... Боль... тьма... забытьё...

* * *

— Всем. Отставить затопление. Поздравляю с орденом, Крис. Поздравляю и благодарю за службу. Михаэль!.. О Господи, так и не очухался. Эй, там, кто-нибудь! Аварийную команду на сорок пятый генератор! Надо его заглушить... Только пусть будут поосторожнее — ловушка-то активирована! А вы, Крис, со всей добычей давайте-ка скорее в штаб. Локальным переходом. Потери?

— Четверо убитых, мой генерал.

— Вынести всех. Похороним с воинскими почестями.

— Вас понял, конец связи.

* * *

Когда обжигающая волна Силы прокатилась по жилам, Файлинь чуть не закричала от боли. Как же, однако, быстро отвыкаешь от, казалось бы, привычного с детства, от того, что у тебя в крови! Другие Ворожеи, мальчишки из старших — словом, все, кто умел колдовать, в один миг оказались на улице. Небо расцвело шафранными огнями — в центре визжащей от восторга толпы малышей, вскинув руку, стояла Гилви, рыжие волосы растрёпаны, щёки разалелись...

В отличие от остальных серьёзная Фай не скакала, не вопила и не прыгала. Тонкие смуглые пальцы так и замелькали, свивая незримые цепочки сложного заклинания. Оставалось надеяться, что в поднявшемся кругом хаосе это волшебство останется незамеченным.

Заклятие Поиска. Одно из сложнейших. Недоступное даже Джейане. Защищённое перед Учителем совсем недавно, уже без главной Ворожеи. Заклятие это позволяло «прощупать» окрестности, отыскав нужного человека, особенно если он творит в этот миг волшбу. А Фай отчего-то не сомневалась, что возвращение Силы напрямую связано с Джей. Файлинь так и не поверила, что Джейана погибла. Не из таковских главная Ворожея клана Твердиславичей, далеко не из таковских.

Ворожба вилась тонкой нитью, нить ложилась петлями, окружая клан. Дальше... дальше... дальше... день пути... два... три... стоп! Подземелья!

Фай аж подпрыгнула на месте. Джейана здесь! Жива! Совсем рядом! И... творит такую волшбу, что дрожат сами корни скал!.. Вот это да! Куда уж тут Фатиме!..

«Сказать Диму. Джей надо вытаскивать! Немедленно!» — мелькнуло в голове, хотя и сама Фай не слишком хорошо представляла, как это сделать. Да, она знала, где сейчас Джейана... там, в страшных, недоступных глубинах (как только занесло её туда!) — но как туда пробиться? Да и нужно ли? Может, Джей теперь вернётся сама? Как бросишь клан, беспомощных малышей-неведомцев?..

...После суда над Димом Твердиславичи как будто

бы поуспокоились. Фатима сообразила (не без помощи Учителя), что слегка перегнула палку, но и отступить, не потеряв лица, она уже не могла. Только слегка ослабила вожжи — но не до конца. Парни глухо бурчали, но до открытых стычек дело не доходило. Может, ещё и потому, что закрома клана и в самом деле оказались пусты, а Великий Дух не спешил проявить заботу об избранных своих чадах, и Фатиме пришлось вывести на охоту всех от мала до велика. А в лесу изначально распоряжались парни; Вождь-Ворожея скрипела зубами, но поделать ничего не могла. У неё хватило ума не лезть указывать там, где она ничего не смыслила.

Диму осталось сидеть ещё два дня. Потом его придётся выпустить. И что станет делать молчаливый и упрямый мальчишечий вожак? Вновь поднимет копьё? Смирится с поражением? Нет, едва ли. Тоже не из таких. Его проще сломать, чем согнуть. Правда, и сломать можно, только убив.

Решение пришло не сразу. Точнее, не решение даже, а решимость исполнить решённое.

Увести Дима прочь из клана. А вместе с ним — Джига и Льва. Что эта пара станет делать без вожака? И — туда, отыскать Джей!

Правда, тотчас же резануло — вот точно так же ушли Твердислав и Джейана. Ушли и не вернулись, а клан оказался вовлечён в лавину небывалых, смертельно опасных событий. Как бы и теперь так не обернулось... Уж слишком всё похоже. Тогда шли за Лиззи по чёткому следу. Теперь идут за Джейаной — по её, Файлинь, знанию.

Файлинь очень не любила подобных совпадений. Однако, раз на что-то решившись, действовала всегда чётко и резко. Вокруг плещется океан Силы — так отчего же ею не воспользоваться?

Отыскать Джига и Льва она сумела быстро. Несколько слов, брошенных скользящим шёпотом, — и парни, враз посуровев, помчались собирать мешки. Фай досадливо дёрнула щекой — с такими лицами только идти Фатиме во всём признаваться. Или, того пуще, Гилви.

Самой Файлинь на сборы хватило одного мгновения — уложенный заплечник она держала наготове с того самого дня, когда Дим принёс весть о чудесном спасении Джейаны.

Когда парни вернулись, Фай уже стояла невдалеке от сарайчика, где держали Дима.

— Я сбиваю запор. Хватаем его — и уходим.

Ей повиновались беспрекословно. Когда нужно, тихая Фай умела приказать не хуже Джейаны. Даже неугомонный Джиг на сей раз не позволил себе ни одного слова.

Всё прошло как нельзя лучше. Стражи возле жилища осуждённого Фатима не держала — к чему? Клан пока ещё у неё в руках. А вот если в открытую выставить сторожа... Да и засов к тому же заговорён.

Фай легонько дунула — и толстенный запор вылетел из гнёзд подобно соломинке.

Времени на объяснения не было. Друзья просто подхватили Дима под руки и выволокли прочь. Фай всё рассчитала точно — клан очумел от радости, возвращение Силы заставило Твердиславичей, не исключая и Фатиму, забыть обо всём. Никто не обратил внимания на четвёрку беглецов.

* * *

Однако они не одолели и поприща, когда по коже прокатился уже горько-привычный озноб. Фай вскрикнула, закрывая лицо ладонями, — Сила уходила, исчезала, истаивала, оставляя после себя лишь тяжкую, томительную пустоту. Так уже было в клане.

— Ведун меня сожри! — Джиг яростно швырнул оземь своё любимое, тщательно вырезанное и заострённое копьё. — Что, поворачиваем назад, Фай?..

Девушка медленно отвела ладони от лица.

— Назад?.. Да, верно, придётся назад. Без Силы нам Джей не отыскать.

— Так, может, всё-таки эту Фатиму... — ляпнул Джиг.

— Ты что! Ты что! Кровь сородичей! — ужаснулась Файлинь, словно и не она совсем недавно стояла среди готовых к бою парней, чья толпа в любой миг готова была обернуться воинским строем, а палки за спиной — самыми настоящими копьями. — Возвращаемся. Только вот тебе, Дим, возвращаться нельзя. Знаешь что... — девушка задумалась, — ступай-ка ты к старому Джейанину шалашу. Там мы тебя и отыщем.

— Зима на носу, — сдавленно прохрипел Дим. — Зима на носу, Фай, в лесу не отсидишься — по следам отыщут. Эх, эх, не надо было тебе меня вытаскивать!

— Молчи! — притопнула Файлинь, узкие чёрные глаза сверкнули гневом. — Молчи! Ишь как запел — «не надо, не надо!». Очень даже надо!..

— Ну и что ты теперь делать станешь? — в хрипе парня теперь слышалась насмешка. — Силы-то нет, Джей не отыщешь.

Файлинь не колебалась с ответом ни секунды.

— Что я тут говорила раньше? Назад поворачивать? Нет, никуда уже не повернём. Где была Джей — я запомнила. Туда и двинем. А там, глядишь, какой-никакой след да отыщем. — Она озабоченно подняла голову, взглянула на небо. Тяжёлые тучи набухли, набрякли снегом, не сегодня-завтра белая пелена опустится на леса, идти станет тяжело, а вот преследовать — легче лёгкого.

Примолкшие Джиг и Лев, замерев, слушали.

— Чего голову повесили? — напустилась на них Фай. — Глядите веселей, вы, оба! Нам бояться нечего. Потому что за правду стоим. Всеотец... Он поймёт, ежели что.

И такая уверенность слышалась в негромком голоске всегда спокойной воспитательницы неведомцев, что ни Джиг, ни Лев, ни даже Дим ни на миг не усомнились в праве Фай судить и рядить, поймёт или нет их поступок Великий Дух.

Они шли почти что налегке. Файлинь думала о том, что за Джей, возможно, гоняться придётся долго, а еды мало, но это ничего — в клане все приучены к долгим голодовкам. В крайнем случае мясо добудут охотой — зимой, по белотропу, оно хорошо.

Дни предзимья коротки. Печален и прозрачен лес; большинство обитателей уже попряталось. Правда, не пройдёт и недели, не успеет лечь снег, как зверьё вновь вылезет из логовищ. Двинутся всегдашними тропами кособрюхи; осторожные и хитрые махи станут выслеживать добычу, засев возле оленьих троп; и другие, во многих обличьях, тоже покинут укрывища. Зимний лес возродится к жизни.

Четвёрка миновала угодья клана. Далеко справа остался Пэков Холм, где в последний раз схватывались с Ведунами, Пожарное Болото, Лысый Лес... Они шли на северо-запад, где Фай сумела на краткий миг ощутить разум и сознание Джейаны. По её расчётам, идти им предстояло не менее двух дней.

* * *

Фатима сидела на лежаке, со злостью теребя плетёный шнур, украшавший угол расшитой праздничной скатерти. Файлинь, наверное, совсем свихнулась. Сбила засов и увела Дима! Куда, зачем, для чего? Что они станут делать в предзимнем лесу? Где укроются? А главное, к чему всё это? Парню оставалось сидеть взаперти два дня. Всего лишь два дня! Так зачем такой разумной, такой сдержанной Фай потребовалось заводить всё это?

И тем более сейчас, когда по совету Учителя она чуть *приотпустила слишком туго натянутые вожжи*, как выразился Наставник. Парни, конечно, всё равно ворчат... но это и хорошо, пусть ворчат, лишь бы не хватались за дреколье. Иначе... страшно подумать... клан и в самом деле могут *расформировать*, разослав Твердиславичей по всем краям земли...

Пигалица Гилви тотчас выпалила, что, мол, надо послать погоню. Дурёха. От горшка два вершка. Что она понимает, желторот тринадцатилетний! Не обидел Великий Дух силушкой, вот и вознеслась. А ума больше пока не стало. Нет, никого в погоню мы слать не станем. Наоборот. Пустим-ка мы слух, что сами Дима отпустили. Да-да, именно так! Пусть поостынут горячие головы.

* * *

Боль уходила. Зловредная и вонючая *химия* в её крови делала своё дело. Сознание внезапно и резко прояснилось, оно всё чувствует — и раны, и синяки, и ссадины, и сами *лекарства*, змеями ползущие по жилам

вместе с чистой кровью. Она слышала голоса, глаза жёг яркий свет, жёг даже сквозь плотно сжатые веки — однако она продолжала лежать неподвижно, как и прежде, даже ресницы не дрожали. Инстинктивно она искала Силу... искала и не находила. От испепеляющего потока не осталось даже следов. Что ж, понятно — они вновь убили Сердце. Они — те самые, что схватили её и Буяна.

И в то же время — обжигающая, яростная радость: жива! Жива! Дышу! И, значит, — мы ещё потягаемся! Я ещё выберусь отсюда! Я ещё отомщу! Вы у меня...

— Достаточно, Ворожея Джейана, — спокойно произнёс незнакомый властный голос, тотчас показавшийся ей до тошноты омерзительным: словно лязгали железные клешни. — Довольно *ломать комедию.*

О, «ломать комедию»! Из любимых словечек нашего незабвенного Учителя!

— Вы, конечно, с лёгкостью обманули бы даже опытного *терапевта.* Ещё бы — дыхание очень замедленное и неглубокое, мышечная реакция век отсутствует, бледность, пульс слабый, едва прощупывается... Но *приборы* вам не обмануть. — Теперь в неприятном голосе звучала едва ли не гордость за эти самые любезные *приборы.* — Они показывают, что вы в сознании. Со стимуляторами вам не справиться. По крайней мере пока. — Голос усмехнулся, довольный шуткой. — Ну-ну, на сей раз и в самом деле хватит.

Жёсткие и холодные пальцы коснулись её кисти. Джейана едва подавила вскрик — так случается, когда тебя вдруг задевает ящерица-уродка, существо совершенно безобидное, но донельзя отвратительное на вид. Правда, *эти* пальцы трудно было назвать «безобидными». Отчего-то девушка ни на миг не сомневалась, что именно их обладатель стоит за всей этой войной, назовём вещи своими именами.

Она открыла глаза. И спокойным, плавным движением, точно освобождаясь от захвата, отняла руку.

Каморка с серыми стенами. Узкий лежак, на нём распростёрта она сама, Джейана Неистовая. По стенам, на полках — странного вида *приборы*, рядом — высокая блестящая стойка с перевёрнутой прозрачной банкой наверху, от банки тянется тонкий жгут — прямо в руке Джейаны. В жилу воткнуто нечто вроде тонкой иглы, и вот к этой-то игле и идёт жидкость по трубке.

А на жёстком круглом табурете, пристально глядя на неё, сидит, забросив ногу на ногу, седой худощавый человек среднего роста, смуглый, с носом, точно у хищной птицы. Одежда его тоже вся серая — длинные штаны и причудливо вздутая куртка с бесчисленными накладными карманами. В правой руке — нечто чёрное, тупорылое, источающее угрозу — оружие. Хищно щерятся шесть чёрных дул — из чего-то похожего, только куда больше, она стреляла в колодце.

Глаза у человека могли показаться и суровыми, и волевыми, и властными — но только не Джейане. Потому что она безошибочно чувствовала за холодом и уверенностью неизбывный страх.

— Давайте-ка поговорим, — человек чуть пошевелился. Ему было неудобно всё время держать свою шестистволку нацеленной на девушку. — У нас накопилось очень много тем для приятной беседы.

— А ты кто такой? — презрительно поинтересовалась Джейана.

Как ни странно, в тот миг ей стало и в самом деле интересно. Потому что наконец-то падала маска с лика загадочных врагов, неведомых врагов, так долго не дававших ей житья. На них туманно намекал Иван... именуя когда Чёрными Колдунами, а когда — прямо утверждая, что Чёрные Колдуны и Учителя — одно и то же...

— А кто вам сказал, что я буду отвечать на ваши вопросы? — весело удивился человек на табурете. Вернее, ему казалось, что он «весело удивился». Он пытался это изобразить, но не слишком искусно. — Отвечать станете вы, моя дорогая.

— А если не стану? — Её почти наверняка «вели», и это злило ещё больше. Чем раньше она свернёт с проторённой дорожки... Вот не стала отвечать. А может, именно этого от неё и дожидались?

— Станете, станете, — человек совершенно не пытался казаться дружелюбным. — Хотя бы для того, чтобы узнать, что случилось с вашим дружком Буяном.

Ворожея молчала.

Так. Буян у них. Следовало ожидать.

— Судьба его зависит от ваших ответов, — заметил допрашивающий.

И вновь молчание.

«А что, если... да пусть себе спрашивает! Я о нём не знаю ничего, а он обо мне — почти всё. Пусть начнёт — может, я что-то сумею извлечь из его же вопросов?»

— Ну, так и что дальше? — сварливо поинтересовалась Джейана. — Долго так сидеть станем?

— Вы готовы отвечать?

— Ну... Посмотрим. — Она не отрывала глаз от хмурого лица напротив.

— Вас зовут Джейана?

«Глупый вопрос. Он и так знает её имя. Значит, задаёт для чего-то иного. Ну, давай, давай, я заставлю тебя попотеть...»

— Нет. — Девушка опустила глаза, принявшись разглядывать собственные ногти. Зрелище они являли ужасное, аккуратистка Ирка-травница небось пришла бы в ужас...

Белёсые брови на тёмной коже дрогнули, сломались, поползли вверх.

— Вы лжёте. Зачем?

— Мне так хочется, — сообщила Ворожея.

«Мне, конечно, они вкололи какую-то гадость. Голова как в тумане... и когда только подобралось? Не заметила, проглядела, глупая... Великий Дух, вот и перед глазами всё поплыло...»

— Мне вы известны под именем Джейана Неистовая, бывшая Ворожея клана Твердиславичей. Отвечайте, так это или нет?

Её подталкивали к ответу. Очевидно, им было очень важно получить его — на любой, пусть даже самый невинный вопрос. «ДА» или «НЕТ» — но вот только зачем?

— А кто ж его знает, — вяло пробормотала Джейана, пытаясь повернуться на бок лицом к стене. — Что-то у меня голова кружится.

— Отвечайте! — хлестнуло из-за спины. — Отвечайте на вопрос! Я приказываю!

Бессмысленные слова. Как можно приказывать ей, Ворожее гордого Лесного клана? Если этот человек знает хоть что-нибудь о Твердиславичах, он не станет так спрашивать. Или он почему-то уверен, что она выполнит его приказ и станет отвечать? Уж не потому ли, что у неё ползает холодная гадость в крови?

— Да не стану я ничего говорить, — лениво процедила девушка, стараясь поудобнее устроить руку со введённой в жилу иглой. Она бы, конечно, давно уже вырвала бы эту мерзость, но шесть дул... Не при них.

— Станете, Неистовая. Хотя бы потому, что пожалеете своего спутника.

— С чего это ты взял, что я стану его жалеть? Да хоть на куски его режьте, не поморщусь!

С минуту человек напротив неё молчал, точно к чему-то прислушиваясь, а потом вдруг довольно улыбнулся — на сей раз *действительно* довольно! — И, не сказав больше ни слова, вышел. Дверь закрылась. Джейана осталась одна.

Куда она попала?.. И что с Буяном? Неужели его и в самом деле изрежут на мелкие кусочки за её отказ отвечать?.. «Нет! Всё равно не поддамся. *На войне как на войне* — правильно говорил Учитель».

Она приподнялась. Прозрачная жила натянулась, рука отозвалась вспышкой боли. Неосознанно Джейана бросила заклятие — утишить боль; никакого *эффекта.* Словно даже то немногое, что позволило ей оживить Сердце Силы, покинуло её окончательно.

Джейана откинулась обратно на подушку. Спокойнее. Если что-то её и выручит — так только спокойствие. Держат её крепко — только теперь она заметила плотный матерчатый пояс, охватывавший талию. Две серые лямки крест-накрест пересекали спину и грудь. От пояса к вделанному в стену кольцу тянулась привязь — подозрительно тонкая, чтобы думать, будто её можно разорвать. Окон в каморке не было. Выход перекрывала глухая серая же дверь.

И каждое движение отзывалось болью в проткнутой руке.

Она стиснула зубы, закрыла глаза. Забыть обо всём. О клане, о Твердиславе, о Буяне, о себе самой. Внутреннее молчание и сосредоточение. Она отыщет Источник Силы или погибнет. Третьего не дано.

* * *

Пробуждение Буяна оказалось куда более болезненным. Его крепко помяли, не спасла даже Дромокова броня. Открыл глаза он не в уставленной *приборами* каморке, где как ни крути было сухо, тепло и светло, — а в зловонной яме, во тьме, слыша совсем рядом отвратительные хруст, шипение и топоток. Никто не озаботился обработать его раны.

И вновь — спасибо Дромоку. Сработанные им броневые чешуйки оказались не по зубам местным обитателям — иначе от Буяна очень скоро остались бы одни кости. Почти ничего не видя, на звук, он ударил когтистой лапой — и под пальцами затрепыхалось нечто живое, горячее, брызгающее обжигающей даже через броню кровью. Буян брезгливо оттолкнул трупик — в темноте тотчас раздался слитный хруст. Здешние обитатели быстро расправились с лакомой подачкой.

Глаза привыкали к темноте. Творитель-Ведун наделил его способностью видеть почти в абсолютном мраке. Теперь это очень пригодилось.

Буян лежал возле осклизлой стены, изрытой какими-то не то дырами, не то норами. Стена равномерно вспучивалась и опадала, словно дыша. Высоко наверху он различил частую сеть — горловина ямы была надёжно замкнута. В ширину она имела, пожалуй, шагов сто. В глубину — и того больше.

Яма кишмя кишела донельзя неприятными созданиями — многоногими змеями, зубастыми ящерицами, здоровенными крысами наподобие тех, что, случалось, дочиста сжирали все запасы в кладовых, — только эти, здешние, крысы казались куда крупнее. Все это сонмище алчно взирало на завидную добычу — правда, подступать всерьёз пока остерегалось. Очевидно, хватило одной придавленной крысы, чтобы дать урок остальным.

Буян выпрямился. Куда бы он ни попал, в чьих бы руках ни оказался — так просто он не сдастся. «Клянусь Всеотцом, здесь будет славная схватка!»

Обитатели ямы как будто только этого и ждали. Шипение, визг, шуршание — свора ринулась в атаку, вместе, дружно, точно подчиняясь неслышимой для Буяна команде.

Бесшумно вынырнули изогнутые когти человекозверя. Взмах могучей лапы — в рядах атакующих образовалась настоящая просека. Рассечённые тела корчились и извивались, ещё пытаясь ползти, вцепляться, грызть и пожирать; на покрытый слизью земляной пол щедро хлестала кровь.

— Ну, давайте же, давайте! — забыв об осторожности, взревел Буян, пуская в ход все четыре дарованные Ведуном лапы.

* * *

— Куда вы его сунули, Михаэль?

— В четвёртую компостную, ваше превосходительство. Она сейчас пустует. Ну и... добавил ему кое-кого в соседи.

— Очень хорошо. Дайте изображение...

На громадном экране появился Буян, всеь облепленный терзающей его сворой. Обрывки тел летели в разные стороны, в воздухе повис кровяной туман — разорванные тушки фонтанировали кровью. Несмотря на массированность атаки, непохоже было, что человекозверь слабеет или уступает.

— Запись ведётся?..

— Разумеется, мой генерал. По всем каналам. Аналитики уже рвут на себе волосы — Дромок сотворил нечто абсолютно неописуемое!

— Вот и ещё одна загадка... Как он сумел это сделать? Как простой биоробот мог проделать такую операцию? Операцию, которая не по плечу нашим лучшим хирургам?.. Не напрягайтесь, Михаэль, этот вопрос чисто риторическй. Кстати, где сам Дромок?

— Пока ещё не доставлен, ваше превосходительство.

— Не доставлен? Опять отложили на потом? А смотрите, смотрите, как наш Буян расправился с удавом! Отличная работа... Может, предложить его высокопревосходительству переориентировать Проект на выпуск вот таких монстров? Ручаюсь, Умникам это не слишком понравится!

Буян и в самом деле отбился, в клочья изорвав толстенное тело обвившей его громадной змеюки.

— Вы использовали только биоформы?

— Так точно. Прикажете пустить биомехов?

— Держите их наготове, Михаэль. Держите их наготове... Ну, так что там с Дромоком?

— Все данные об операции над Буяном стерты из его памяти.

— Стё... Что?! Стёрты? Как так — стёрты?! Ну это уже точно какая-то мистика! А восстановление?

— Поверх записана ничего не значащая информация. Основной же массив памяти попросту завайпирован.

— Внешнее воздействие?

— Никаких следов.

— Понятно. Ясно, что ничего не ясно. Ну что ж, Михаэль, зашифруйте всё это и отправьте Кришеину. Пусть ребята там, на орбите, тоже поломают себе головы. Будем пока разбираться с Буяном. Он кажется мне более подходящим для разработки, чем эта сумасшедшая девчонка.

— На которую не действуют психотропные препараты?

— Да. Наши лейб-медики чуть ума не лишились... хотя я лично абсолютно не удивлён. Мы имеем дело с паранормальным объектом невероятной силы, Михаэль, и, если нам удастся понять, в чём тут дело... Война, считайте, будет выиграна.

— Осмелюсь заметить, мой генерал, всё это так — но как можно разобраться в паранормальном явлении, если тут отказывают все наши методы познания, включая матаппарат?

Буян на экране, весь покрытый липкой слизью и кровью, уверенно теснил яростно огрызающуюся стаю к противоположной стене.

— Кришеин утверждает, что ему удалось ввести какие-то новые спецфункции. Старик Мортимер их уже опробовал — говорит, кое-что получается, но до полного успеха ещё далеко. Вот погоняем как следует Буяна, может, удастся выжать что-то ещё... О! Да он, похоже, справился даже раньше, чем мы ожидали! Неплохо, чёрт возьми, совсем неплохо! Проследите, Ми-

хаэль, чтобы вся телеметрия одновременно ушла бы и нашим головастикам, и в *Звёздный Дом*.

— Прикажете выпустить биомехов, мой генерал?

— Биомехов?.. Да вы, похоже, вошли во вкус этой маленькой корриды, Михаэль!.. Нет, с биомехами пока погодим. Вытащите его оттуда, отмойте, иммобилизуйте и вызовите к нему Эйбрахама. Если, конечно, у того нет опять гражданской войны в клане...

* * *

— Прибыл по вашему приказанию...

— Здравствуйте, Эйб. Ну, вот всё и кончилось. Твердислав уже... уже там, Джейана — в камере, на надёжном поводке, накачанная самыми лучшими снадобьями, которые...

— Которые почти наверняка на неё не действуют.

— Правильно. А откуда вы знаете, Эйб?

— Прочёл последнюю оперативную сводку Конклава. Она сумела запустить секторный генератор...

— И если бы не Кристоферсон, перевернула бы тут всё вверх дном. Парализаторы не действовали на неё уже тогда.

— Это необъяснимо. С точки зрения химии её метаболизм...

— Вот этим и предстоит заняться нашим высоколобым. А для вас, дорогой Эйб, у меня особое задание. Расколите Буяна.

— Буяна? Ах, ну да, Буяна... Но на предмет чего?

— Ну, в наименьшей степени меня интересуют имена сообщников Чёрного Ивана, хотя и от этого списка я бы не отказался. Признаюсь, мне не слишком верится, что он творил все это один от начала и до конца... Нам важно понять другое. Как именно работает Джейана? Как именно Дромок сотворил эдакое чудо, стоившее жизни пяти десяткам моих лучших людей? Но, кроме этого, Эйбрахам, кроме этого, — третье, едва ли не важнее всего остального. Сейчас уже яснее ясного, что в клане Твердиславичей всё созрело для мятежа.

— Клянусь, ваше превосходительство, я...

— Нужно иногда заглядывать чуть дальше собственного носа, мой дорогой Эйб. Весь поход Твердислава был открытым бунтом, открытым вызовом. Тот самый парень, которого мы осудили и изгнали, Чарус, поднял род на открытую войну, послав к чёрту все наши заветы. Потом начались разборки с Вождь-Ворожеей Фатимой. И это ещё не предел. Власть Слова Учителей дала в этом клане трещину. Я подозреваю, что скоро она проявится и в других. Например, у Лайка-и-Ли. Вам известно, Эйб, что эта парочка активно разыскивает Твердислава и Джейану, ещё ничего, конечно же, не зная об уходе парня и о том, что девчонка у нас?

— Впервые слышу, мой генерал!

— Неудивительно, мне самому только что доложили, и я вас отнюдь не виню. Я собирался сказать совсем о другом. Назревает мятеж. Пока ещё очертания его едва заметны, но, когда они станут заметны хорошо, будет уже поздно. Пламя надо гасить, пока не разгорелось. Лесные кланы крепко считаются родством и соседством, они привыкли приходить на помощь друг другу... а теперь представьте, что какая-то информация просочится отсюда к... ну, хотя бы к тому же Лайку. Что, если ему удастся поднять Твердиславичей, близлежащие кланы...

— Мануэла, Петера и Середы.

— Вот именно. Я боюсь мятежа, боюсь междуусобицы... Вот она способна похоронить Проект окончательно. И поедем мы с вами, мой добрый Эйб, на передовую, палить в Умников да кидаться со связками гранат под их бронетехнику. Не исключено, что компанию нам составит и его высокопревосходительство. Не делайте круглых глаз! Не прикидывайтесь, что не знаете — половина постоянных членов Совета очень и очень недовольна верховным координатором. И если мятежные кланы вцепятся в глотку друг другу, господин Гинзбург не удержится. Не поможет даже его несравненное искусство интриги. Речь идёт о наших головах, Эйб, так что уж прошу вас постараться. А я пойду загляну к научникам. Надеюсь, первичную обработку телеметрии они уже произвели. Так что там с нашим могучим другом?.. Управился со всеми? Какой молодец... Распорядитесь, чтобы его окатили водой, Эйб, и не теряйте времени даром. Желаю удачи.

— Но, ваше превосходительство... выйдя на контакт с Буяном, я тем самым подтвержу, что именно Учителя стоят за всем приключившимся с ними. И, если всё же по каким-то причинам...

— Не волнуйтесь так, Эйб. Да, я согласен с вами, риск есть. Но кого ещё отправлять работать с этой бронированной громадиной, на которую, если верить «чёрным ящикам», не действуют бластеры? К тому же я подозреваю, что этот парень скорее умрёт, чем скажет что-то под принуждением. Постарайтесь, чтобы вам он всё рассказал добровольно. А уж потом я отдам его на вскрытие. Давно обещал нашим медикам.

— Но, мой генерал, это бесчеловечно!..

— А кто вам сказал, что мы имеем дело с человеком, Эйб?.. И, кроме того, вы правы, отпустить его или даже просто оставить в живых — значит совершить непростительную ошибку. Эту пару нельзя недооценивать. Живой мне нужна одна лишь Джейана, прочим можно пренебречь. Проект должен жить!

* * *

Когда Буян прикончил последнюю тварь в яме, то на миг ощутил даже что-то вроде разочарования. Врагов было много, драка выдалась нелёгкая, и всё же он вышел из неё без единой царапины, лишь на чешуйчатой броне кое-где шипели, испаряясь, капельки яда, оставляя после себя едва заметные оспины впадин. Брезгливо перешагивая через изуродованные тела, он вышел на середину ямы, задрал голову кверху. Там теперь горел неяркий свет, и зоркие глаза Буяна различили склонившиеся над ямой человеческие фигуры. Его пристально рассматривали.

Дальнейшее оказалось не таким уж и неприятным. Из стены выдвинулось нечто вроде гибкого отростка, из которого ударила тёплая вода — самая обыкновенная вода, без всяких фокусов. А когда Буян рывком увернулся от нацеленной явно в него струи, сверху внезапно раздался... хорошо знакомый голос Учителя:

— Мне кажется, тебе не мешает помыться, Буян.

Кровь застыла в жилах от этого голоса. Прознал! Проведал! И теперь об этом станет известно в клане!

А ведь даже Твердислав — и тот за всю долгую дорогу вместе так ни о чём и не догадался!

Буян бездумно повиновался.

Смывать с себя липкую дрянь было наслаждением; однако в голове вертелась одна-единственная мысль: «Что же теперь будет?» До сих пор ничего страшнее гнева Учителя Буян представить себе не мог. Он пережил встречу с Дромоком; однако даже она не вытравила из памяти накрепко врезанного ужаса перед *неодобрением* наставника.

Потом стена раскрылась. Ему позволили идти невозбранно, не связывали, не держали на прицеле; когда долгий подъём кончился, в комнате с решётчатым полом, где вдоль стен тянулись вереницы *пультов*, его встретил один Учитель.

— Ах, Буян, Буян... Что же ты наделал... — старик укоризненно покачал головой. — Отчего же ты не пришёл ко мне раньше, не пришёл ко мне сразу? Неужели ты думаешь, что тогда — *тогда*! — я не сумал бы развеять вражьи чары по свежему следу?

Буян вздрогнул. Верить? Не верить? Всё существо его исступлённо желало поверить — хотя дорога с Твердиславом и Джейаной, их разговоры, конечно же, не могли пройти бесследно. Да и последнюю встречу с Учителем он тоже помнил. И даже слишком хорошо. Интересно, как же наставнику тогда удалось выскользнуть из рук пожирателей плоти?

— Мой совет тебе, Буян, — не отмалчивайся. Ведь я хочу тебе помочь. Видишь же, недоразумение проясняется, тебя освободили, мы одни...

— Где Джейана? — Не было смысла играть в молчанку, изображая немого.

— Ею занимаются искусные лекари, — не моргнув глазом ответил Учитель. — Боюсь, что она... э-э-э... немного пострадала. Но ничего опасного, уверяю тебя. Скоро всё опять будет в полном порядке.

— Я хочу её видеть! — заявил Буян, сам пугаясь подобной наглости. Разговаривать с наставником в таком тоне?!..

— Увидишь, дорогой мой, ну, конечно же, увидишь! — Учитель успокаивающе поднял руку. — Но разве ты сперва не хочешь поговорить со мной? Рассказать о своей беде? Тут нет ничего постыдного, Буян. Ты попал в скверный переплёт, сила Дромока куда больше, чем ты полагаешь. Он искусный и изощрённый Творитель. И, раз Великий Дух до сих пор не отъял от него длани своей, значит, деяния этого Ведуна в чём-то совпадают с предначертанным рукою Всеотца. Стоит ли роптать, если ты — избран, отмечен особой печатью, и судьба твоя отделена от судеб всех прочих? Никто ещё не претерпевал подобного. Так, может, Всеотец поставил тебя на этот путь, готовя к небывалому подвигу, какой свершить можешь лишь ты один? Ты не думал об этом, друг мой?

— Нет, — невольно признался Буян. Слова Учителя находили дорожку...

— Ну, вот видишь! — тотчас же подхватил наставник. — Ты не думал! А следовало бы. Ведь ты далеко не малыш, которого я ругаю за невымытые руки. Ты убивал...

— Я защищал землю! — нашёл в себе силы ответить Буян. И ему показалось, что Учитель хотел сказать совсем иное, чем прозвучавшие затем слова:

— Нет, нет, я не собираюсь обсуждать с тобой мораль и нравственность. Что сделано, то сделано, ответ ты дашь Великому Духу. Расскажи мне о ваших странствиях! О чудесах и о прочем... Я так хочу услышать твою историю! Ведь вы совершили небывалое — прорвались в цитадель Чёрных Колдунов и спасли Лиззи! Спасли уже приговорённую девочку! На вас должно было лежать особое благословение Великого Духа. Так ты ничего не хочешь мне рассказать?

Учитель не угрожал, не укорял, не стыдил. Напротив, голос его был ласков и дружелюбен, как никогда.

«...А всё-таки, как ему удалось вырваться тогда из пещеры?..»

— Не хочешь со мной разговаривать? — Учитель опечаленно покачал головой. — Отчего же, Буян? Даже если люди ссорятся — смертельно ссорятся, я имею в виду, — они всегда могут обменяться хотя бы несколькими фразами. Я не понимаю, отчего ты молчишь, и это очень меня огорчает. Ведь я же люблю вас всех, Буян, весь ваш клан...

— И Чаруса? — прохрипел парень.

Наставник вздохнул, поник головой.

— Я знал, что ты вспомнишь об этом. Чарус — моя боль... вечная и неизбывная, потому что он погиб, считая себя непрощённым. А это было не так. Ему достаточно было раскаяться — и мы всё предали бы забвению. Так что... — Наставник поднял голову. В глазах у него стояли слёзы. — Чарус приходит ко мне по ночам... и я кричу от ужаса, и молю Всеотца отвести от меня эту кару, но...

Буян растерянно замер. Он ожидал всего, чего угодно, но не эдакой задушевной беседы. Когда его валили и вязали возле Сердца Силы, ему казалось — всё, конец, забьют. Ан нет.

Но если Учитель заодно с теми, кто властвует над Силой, вдруг полыхнуло в сознании, — то, быть может, он заодно и с теми, кто слал иссушающую засуху на землю в тот миг, когда Великий Дух указал Путь ему, Буяну?

— А если я спрошу тебя, наставник? — хотел, чтобы звучало по-человечески, но получился какой-то звериный рык. — Если я спрошу тебя — почему ты здесь? Кто схватил нас с Джей возле Сердца Силы? И — кто отнял Силу?

— На твои вопросы легко ответить. — Учитель свободно устроился на сером сиденье возле одного из пультов, похлопал рукой по соседнему. — Садись, Буян. Эта штука прочная, выдержит даже твою тяжесть.

Когда твоя ярость и твой гнев встречают лишь дружелюбную улыбку, трудно оставаться всё время готовым к драке. Буян повиновался, словно всё происходило в родном клане.

Учитель заговорил. Негромким внятным голосом, очень приятным и располагающим.

Буян слушал.

* * *

— Получен доклад Кришеина, мой генерал. Анализ происшедшего возле генератора.

— А остальное? Где остальное? Я отправлял ему всю телеметрию по этой девчонке!

— Кришеин приносит свои извинения и ссылается на высокую загруженность научного персонала.

— У него всегда на всё ответ найдётся. Давайте доклад. Ишь ты, на бумаге, не в файле!

— Проставлен гриф «совершенно секретно, только для персонала категории «А», ваше превосходительство. Разрешите идти? У меня всего лишь категория «С», мой генерал.

— Останьтесь, Михаэль. У вас светлая голова. Временно присваиваю вам искомую категорию. Но помните...

— Как же иначе, ваше превосходительство!

— Так... формулы... «поскольку», «следовательно», «откуда», «из формулы [25] с очевидностью вытекает...». Да ничего из неё не вытекает! Кришеин, помоему, просто издевается. Я, конечно, был в докторантуре у Мортимера, но когда то было!.. Ладно. То, что девчонка обладает паранормальными способностями, мы знаем и так. Что она способна к генерации магнитных, гравитационных и силовых полей, я тоже знаю. Характеристики уже не принципиальны. Выводы! Смогли они или нет хоть что-нибудь понять?! Так... ага... Вот это уже кое-что... Послушайте-ка, Михаэль: «Исходя из вышеизложенного, с высокой вероятностью можно предположить следующий способ реализации паранормального волшебства: создание мысленного образа необходимой вещи, инструмента, орудия, выполняемого действия, и затем масштабирование созданной мысленной модели. Поскольку материализация осуществляется без активации каких бы то ни было приборов, агрегатов и силовых установок, остаётся предположить, что мы имеем дело со способностью к непосредственному воздействию на структуры пространства-времени, обусловленному, как нам представляется, абсолютной убеждённостью в возможности такого рода действий. Последний вывод является чисто интуитивным и основан на сравнительном анализе линий поведения выходцев из кланов в основном мире». Великолепно. Девчонка манипулирует пространством и временем, а они подсовывают мне интуитивные выводы. Хотя... ага, вот тут ещё дальше: «Разработанный приблизительный математический аппарат, описывающий взаимодействие объекта с окружающей средой, позволяет смоделировать возможные его действия и способы противодействия. Работа в этом направлении уже начата». Ну-ну, ладно, посмотрим. Что скажете, Михаэль?

— По-моему, ничего существенного, мой генерал. Единственный интересный вывод ничем не подкреплён. Я про убеждённость, ваше превосходительство.

— А мне сдаётся, что они правы, адъютант. Впрочем, я уже давно твержу об этом. Джейана верит. Назовём вещи своими именами: она верит по-настоящему, и это позволяет ей творить чудеса. В механизме Кришеин рано или поздно разберётся — путём ввода новых необъяснимых сущностей. Кто знает, что такое «силовое поле»? Никто. А ведь на использовании этого самого непознанного поля базируется вся звёздная технология; так что, пожалуй, скоро наши высоколобые введут термин «магическое поле», опишут его двадцатичетырёхэтажными формулами и успокоятся. Кризис физики будет успешно преодолён. Непонятно только, что делать с Умниками. Впрочем, если мы научимся генерировать это самое «магическое» поле искусственно... или хотя бы использовать в этих целях его, гм, естественных носителей... Впрочем, всё это дело не сегодняшнее. Пойду поговорю с Джей. Галлюциногены и психотропные средства на неё не действуют... так что остаётся простая человеческая хитрость.

— Мой генерал, разрешите вопрос?

— Прошу вас, Михаэль. Ваши вопросы порой подсказывают неожиданные ходы.

— Собственно говоря, зачем нам теперь Джейана? Они изолирована и опасности не представляет. Почему бы не отправить её дальше, в распоряжение его высокопревосходительства, неоднократно выражавшего желание видеть её?

— Несогласен с тем, что она не представляет опасности. Представляет, Михаэль, и схватка у генератора — лишнее тому подтверждение. Она высосала энергию из ничего, понимаете? Просто из ничего.

— Осмелюсь возразить, ваше превосходительство. Да, генераторы заглушены... и, кстати, начались уже проблемы с климатом — в приёмной ждёт Вильсон, начальник ветродуев.

— Знаю, всё знаю! Подождёт... Продолжайте, Михаэль!

— Генераторы глобальной сети заглушены. Но ведь работают локальные установки. В штабе, например, есть и свет, и тепло. И работает связь. Да, генератор экранирован — но что, если Джейана способна одолевать такие преграды? Мне кажется, только отключив все энергоустановки на всей планете, мы сможем говорить, что наша волшебница полностью отрезана от Силы.

— Чёрт возьми! Дельное предложение, Михаэль... Но... невыполнимое.

— В противном случае, мой генерал, мы рискуем, что ситуация, подобная случившейся у сорок пятого генератора, повторится уже здесь, в штабе.

— Гм... Признаюсь, вы меня озадачили. Какие же будут предложения?

— Перевести Джейану подальше от штаба. Куда-нибудь к законсервированному строительству. Даже она едва выжила там.

— А аппаратура? Нам же надо понять, как она это делает, свои чудеса! Кришеин просит снабдить его дополнительной информацией, особенно его интересует взаимодействие со слабыми энергетическими полями!.. Конечно, я бы с радостью отправил её вон с планеты... но что, если её способности пробудятся на корабле? Уж там-то энергии хоть отбавляй! А снотворное на неё не действует...

— Достаточно сильный удар, нанесённый по черепу, способен...

— Чёрт возьми, Михаэль, вы что, затачиваете карандаши, паля по ним из бластера? На всю дорогу вы её всё равно не отключите. Нет, пока я не получу прямого приказа его высокопревосходительства — девчонка останется здесь. Как и её дружок, кстати. Ладно, зовите Вильсона. Он прав — ещё месяц, и генераторы придётся подключать, хотим мы этого или нет. К тому времени Джейаны уже не должно быть на планете. Нашим высоколобым придётся потрудиться. А кроме того, есть у меня ещё одна идея, достаточно рискованная, правда. Но если она сработает... Попробуем свести вместе нашу парочку... Слушайте и запоминайте, что вы должны сделать, Михаэль. Для начала свяжитесь с прозекторской...

* * *

Первый снег в этом году оказался неожиданно ранним и обильным. К утру намело по щиколотку, а с неба всё валило и валило. Файлинь озабоченно качала головой, глядя на враз побелевшую землю. Первый снег обычно стаивает, но этот, похоже, лёг сразу и надолго. Похолодало. Ночью никто из путников не сомкнул глаз — несмотря на взятые предусмотрительной Фай пуховые одеяла.

— Эх, эх, люблю морозец! — неугомонный Джиг скакал вокруг шалаша, размахивая руками. — Давайте вылезайте! Я уже согрелся!

Молчаливый Дим последовал его примеру. Файлинь схватила за руку скривившегося было Льва и тоже потащила его наружу.

— Нам ещё идти и идти. А по такому холоду...

Оставляя за собой тонкую цепочку следов, четвёрка отправилась дальше. Файлинь надеялась добраться до цели сегодня к вечеру и гнала парней, не давая ни минуты отдыха. Когда смерклось, она едва двигала ногами — зато цель была уже рядом.

— Ух ты! — Джиг так и заплясал вокруг уходившего вглубь широкого и тёмного колодца. — Отродясь такого не видывал! Что это может быть за штука, а, Дим?

Тот только пожал плечами. Спросил, не поворачиваясь:

— Фай, нам вниз?

— А зачем я, спрашивается, столько верёвок тащила? — огрызнулась девушка. — Давайте, мальчишки, вяжите их, да не мешкайте! Джей была там... надо спешить.

Дим молча кивнул и взялся за работу, подавая пример.

— Сташновато! — пожаловался Джиг, оробело заглядывая в чёрную щель. Странную щель — идеально прямую и ровную, словно от хорошего ножа. Вообще-то трещины в земле такими не бывают; но сейчас думать об этом некогда.

— Ничего, перетерпишь, — буркнул другу Лев. Впрочем, и по его лицу видно было, что ему смерть как не хочется лезть в темноту.

Верёвка, добрая, плетённая девчоночьими руками верёвка, скользнула вниз. Все невольно напряглись, ожидая... чего? Жуткой подземной твари?..

Однако всё осталось спокойно. Дим первым скользнул в щель, за ним — Файлинь. Лев пошёл третьим, а последним, с крайне кислой миной — Джиг. Он, похоже, уже жалел, что ввязался в эту историю.

И хорошо, думала Фай, что никто не догадался бросить в трещину камень. Кто знает, сколько там до дна? У них, конечно, есть не только веревки, но и крюки — однако сколько они смогут так пройти?

Первого яруса карнизов они достигли благополучно. Внизу свернулась плотным клубком непроглядная тьма; в руках Льва засветился факел.

— Слушай, сколько тут этих... — Дим смотрел на череду уходящих вниз ярусов. — И пещеры какие-то...

— На пещеры не смотри, нам туда надо, — Фай кивнула на распахнутое чёрное жерло. — Джей была на самом дне.

— Это сколько ж тащиться придётся? — застонал Джиг.

— Сколько нужно! — непреклонно отрезала девушка.

Перебираться с яруса на ярус, с карниза на карниз оказалось нетрудно. Верёвки приходилось тащить с собой, и поэтому последнему приходилось снимать крюк с тонких перил и мало что не прыгать. Продвигались медленно, очень медленно...

Миновало много часов, прежде чем решили сделать привал. Расположились в устье какого-то тоннеля; Джиг тотчас же начал клевать носом.

Молчали. Дим сидел, зажмурив глаза, словно вслушиваясь во что-то; Лев хлопал глазами, глядя то на друга, то на Файлинь.

Глубины молчали. Молчали недобро, выжидающе,

словно готовые вот-вот обрушить страшную кару на головы дерзнувших потревожить их вечный покой.

— Ничего, ничего, — подбодрила парней Фай. — Нам бы только до дна спуститься... там уж легче.

— А ты хоть когда-нибудь слышала о таких подземельях? — спросил Лев. — Мы, если честно, — то никогда. И по лесу сколько хожено — а таких ямищ никто не встречал. Да и эта... места хоть и дальние, а и тут тоже бывали. Гарни и Тарни, например, точно были. Едва ли они бы такую вещь не заметили!

— Да откуда ты знаешь, что они именно здесь были? — возразила Фай. — В лесу ведь пять шагов мимо сделаешь — и всё, не разглядишь!

Лев покачал головой.

— Нет, Фай. Близнецы — они по-особенному ходили. Они не только глазами смотрели. Твердислав их всегда наряжал пещеры искать, где могут Ведуны угнездиться. Уж они бы мимо эдакой трубы никак не проскочили. Тут ведь до Лысого Леса — рукой подать; Гарни с братом здесь на брюхе всё исползали ещё год назад. Да вон пусть Дим скажет — сколько они тогда пещер нашли? Засыпанных да заваленных?

— Восемь, — разлепил губы Молчаливый.

— И в двух — ведуньи выводки! Не зря старались...

— Э-эх, то когда ж было! — пригорюнился Лев.

— Ладно, ладно, не про те выводки речь! Так что же, Лев, ты думаешь?

— А тут и думать нечего, — Дим оттолкнулся от стенки. — Люди всё это построили. А щель наверху — закрывается хитро́. И Джей, раз на самое дно пробралась, — на их след напала. Ясно как день.

Все слушали Молчаливого, затаив дыхание. Только Джиг мирно спал, свесив голову набок и слегка посапывая.

— Ясно, что строили это не Ведуны. Иначе нам давно бы конец пришёл. А кто ещё, кроме Ведунов, есть? Учителя. Значит, их это рук дело. — Дим умолк. Выводы его, как всегда, оказались краткими и бьющими наповал.

— Да откуда ты знаешь, что тут, кроме Учителей, никого нет? — заспорила было Файлинь. — Те же колдуны, что Лиззи уволокли...

Дим молча пожал плечами и отвернулся.

— Эльфы или гномы? Нет, куда там, — махнул рукой Лев. — Эльфы вообще, говорят, землю заступом не ранят, а гномы — так те далеко. Они от гор не уходят, какой им резон тут тоннели рыть? Того и гляди с Ведунами схлестнёшься, а гномы войны пуще огня боятся.

— Учителя... — растерянно повторила Фай. Нет, к такому обороту она готова не была.

— Хватит сидеть! — не дал разгореться спору Дим. — Спустимся — сами всё узнаем.

Растолкав задремавшего Джига, они двинулись дальше.

* * *

Когда седой человек в серой одежде пришёл к ней вторично, Джейана уже знала, что ему говорить.

Позади остались бесчисленные (и бесполезные) попытки перерезать, перетереть, перегрызть серый пояс вокруг талии или его лямки. Серая ткань казалась непрочной только на первый взгляд. Позади остались и попытки избавиться от иглы в руке — любое резкое движение отзывалось такой болью, что меркло сознание. Когда склянка пустела, поводок натягивался и Джейана оказывалась на лежаке. Появлялась молчаливая немолодая женщина в серой одежде, не говоря ни слова, заменяла склянку новой и так же беззвучно удалялась. Поводок слабел, Джейана вновь могла вставать, ей позволяли добраться до устройства в углу — справить нужду.

И постоянное ощущение ядовитой дряни в крови. Отравы, с которой она ничего не могла сделать. Несмотря на то, что Сила здесь как будто бы имелась. Правда, несколько иной природы, но имелась! И отчего-то не давалась в руки. Может, потому, что её, Джейану, одурманили?

На сей раз седовласый гость явился без оружия. Сел на табурет, вольготно скрестил ноги, с ухмылкой поглядел на девушку.

— Давайте поговорим начистоту, Джей. Вы в очень скверном положении. У вас на руках — кровь по меньшей мере сотни человек. По нашим законам вы подлежите *экстерминации*.

Отвратительное, холодное, колючее слово! Джейана возненавидела его, едва заслышав.

— А экстерминация — это, знаете ли, очень неприятная процедура. Вас опускают в *компостную яму* и подают рабочий раствор. Медленно, чтобы вы не умерли сразу от болевого шока. Ваше тело постепенно превращается в первичную *протоплазму*. Феерические ощущения, могу вас уверить.

— А что, самим довелось побывать? — съязвила Джейана.

— Представьте себе, да, — усмехнулся седой. — Правда, это был несчастный случай, а раствор шёл сильно разбавленный — меня успели спасти. Но ощущения я запомнил на всю оставшуюся жизнь. Ну, так как, будем разговаривать? Выбор у вас невелик. Или яма — причём вместе с вашим многоруким дружком, — или откровенный рассказ и сотрудничество.

— Что-о?!

— Сотрудничество, — не обращая внимания на вспышку её ярости, спокойно пояснил гость. — Смерть людей может быть прощена. Если, конечно, вы не станете делать глупостей вроде тех игр с огнём, что затеяли в крепости Чёрных Колдунов, откуда освободили Лиззи.

— Все разговоры — не раньше, чем снимут эту удавку! — ощерилась девушка.

— Это легко исполнить.

Седовласый ткнул пальцем в один из мигающих огоньков у себя на обшлаге.

— Михаэль, распорядитесь прислать мне сюда от Кристоферсона пару-тройку его лучших ребят. А когда они прибудут, пусть снимут привязь... Да, да, я вполне отдаю себе отчёт. Да, моему превосходительству так угодно. Всё.

Каждый из ввалившихся в каморку мужиков был, наверное, способен в одиночку уложить целый выводок кособрюхов. Здоровенные, широкоплечие, они живо напомнили ей Чёрного Ивана — только ещё крупнее. На Джейану тотчас же оказались направлены восемнадцать широких дул. Эти явно шутить не собирались.

Правда, поводок внезапно ослаб, соскользнув на пол.

— Первое условие выполнено, — заметил седой. — Что дальше?

— Я хочу увидеть Буяна!

— Сомневаюсь, что *он* захочет увидеть вас, дорогая моя. Он, знаете ли, крепко на вас обиделся — за отказ спасти его жизнь правдивым рассказом. Не верите? Тогда пойдёмте к нему в гости.

* * *

Разговор с Учителем вышел у Буяна долгим, очень долгим. Наставник объяснял и растолковывал всё. Правда, при этом он стойко держался уже раз сказанного — Учителя никакого отношения к похищению Лиззи не имеют; это, мол, дело рук всё тех же загадочных Чёрных Колдунов. Подземелья, звери, машины? О да, всё так. Но таково возложенное на них Всеотцом бремя. Сила не берётся из ниоткуда, из ничего не может возникнуть нечто, Учителя, вернее, те из них, что не водительствуют кланами, приставлены Великим Духом управлять сложнейшими *машинами*, преображающими Его волю и приказ в нечто подчиняющееся заклятиям. Сами Учителя-де только и могут, что присматривать за исполинскими *агрегатами*; оживить их или нет — зависит лишь от воли Всеотца. По дороге Джейану пытались остановить, потому что её безрассудство могло бы обернуться всеобщим пожаром, уничтожившим бы всё живое от моря до моря. Её пытались остановить и Колдуны, и сами наставники. Ничего хорошего из этого не получилось, погибло множество невинных людей, за что так или иначе придётся держать ответ. Но ему, Буяну, страшиться нечего — если он поможет сейчас своему старому Учителю, Учитель, в свою очередь, поможет ему...

Ах, как хотелось поверить. Так сладко было оживить вновь старую любимую сказку. Всезнающие, исполненные любви Учителя — и их неразумные ученики. И наставник так хорошо всё объяснял! Так складно! Так логично!

Сперва речь, само собой, зашла о его собственных приключениях. Учитель слушал внимательно и сочувственно, не ругал, а, напротив, вздыхал, качал головой и тёр ладонями лицо.

Правда, об Ольтее Буян рассказать так и не решился. Связь с ламиями каралась особенно строго.

— И ты, значит, поддался этому щелкунчику?.. И пошёл на север?.. Великий Дух, да зачем же ты это сделал-то?

— Джей бы с меня шкуру спустила...

— Ерунда, ты эту тварь всё равно бы не остановил.

— Вам ерунда, а она бы не простила! — обиделся Буян.

— Не сердись, не сердись. Ну, так и что дальше?.. Дошёл до Змеиного Холма?.. И встретил Дромока?.. И он?.. Ох! Да как же ты вытерпел?! Без анестезии, без обеззараживания... Ох... вот и новая загадка...

— Он сильный чародей, этот Дромок...

— Ну, это уж ты мне предоставь судить, — сурово отрезал наставник. — Никакой он не чародей, а... — старик внезапно осёкся. — Впрочем, извини. Продолжай.

Буян содрогнулся. Старая боль вновь напомнила о себе.

...Когда он закончил, наставник долго молчал, сердито кусая губу.

— Ясно, что ничего не ясно, — наконец буркнул он. — Ну хорошо, мы закончили об том, сказку дальше поведём... Ты мне нужен, Буян, не скрою.

— Так в чём я могу помочь? — вырвалось у парня.

— О! — Учитель поднял брови. — Видишь ли, меня очень интересует, как именно Джей творила... свои чудеса. Что она при этом делала? Что ты чувствовал?.. Ох, извини, — вдруг спохватился Учитель, — может, ты голоден? Я сейчас же распоряжусь, чтобы принесли поесть.

Буян отрицательно покачал головой. Он не помнил, когда в последний раз набивал свой желудок, но вот уж что интересовало его сейчас в наименьшей степени, так это еда.

— Как делала чудеса? — медленно повторил он. Рассказывать не хотелось. Его брали жестоко, норовя не просто оглушить, но ещё и искалечить, от серьёзных увечий уберегла Дромокова броня. И знать, что Учитель, оказывается, заодно с этими типами... Но отвечать всё-таки надо, потому что перед тобой — Учитель. А если он прознает ещё и про ламию Ольтею...

Оставайся Буян человеком, он бы, наверное, густо покраснел.

— Как делала чудеса? Да откуда ж мне знать, Учитель? Когда кто из нас ведал, как Ворожеи ворожат?

— Ворожеи ворожат... — поморщился наставник. — Что за оборот! Два однокоренных слова рядом...

Даже здесь он оставался прежде всего Учителем. Или искусственно хотел создать такое впечатление.

— Ну, э, так всё равно ведь — не знаю, — Буян развёл когтистыми лапами.

— Убери, пожалуйста, свои клинки, мне от них дурно делается, — проворчал Учитель. — Ну хорошо. Когда вы шли через подземелья... там, на Острове... что она делала?

Буян искренне пожал плечами.

— Там огонь был, Учитель. Смерть да огонь, а больше ничего, и всё в нас, всё в нас... Джей их назад заворачивала. А уж как — не ведаю. Только в ушах звон стоял. Она такую Силу в ход пустила... я никогда не думал, что ей такое подвластно.

— Понятно... не только ты, никто не думал, — вздохнул наставник. — Продолжай, пожалуйста.

— Так а что продолжать? — удивился Буян. — Больше я про её ворожбу ничего не знаю. Она никогда не говорила. А я сам ничего такого особенного и не почувствовал. Джей потом провалилась... и всё.

— А когда ты её снова встретил? — потребовал Учитель.

— Тогда уже Силы не было.

— А как же в пещере? Когда к этим... нелюдям угодили?

— Не ведаю. Сила откуда-то притекла... не знаю уж, откуда.

Учитель помолчал, глядя в пол. Потом разочарованно вздохнул.

— Это всё, что ты можешь сказать мне, Буян? Смотри, будь откровенен, прошу тебя! Это для твоего же и Джейаниного блага.

— Всё, — уродливая голова виновато потупилась.

— Ну, всё так всё, — Учитель прихлопнул ладонью по подлокотнику. — Тогда оставим это. Скажи мне лучше другое... почему Твердислав пошёл против моего Слова? Разве не запретил я ему идти на поиски Лиззи? — брови наставника несколько сдвинулись.

— На вожде был Долг Крови, Учитель, — вырвалось у Буяна. Он тотчас же пожалел об этом — но было уже поздно.

— Про Долг Крови я уже слышал, — поморщился старик. — Ещё в клане. Ответь мне, почему эта глупость...

— Это не глупость, Учитель, — тихонько возразил Буян.

— Не глупость?! А что же это такое, объясни мне, пожалуйста! — брови совсем сошлись.

— Долг Крови. Ну кто же вождя... кто за вождём... словом, что он за вождь, если за своих не отомстит? Кровь за кровь. Смерть за смерть. С Ведунами у нас война... и со всеми, кто наших малышей таскать будет. А про Лиззи говорили, что из неё самая сильная Ворожея клана выйдет... Так что же, бросить её? Пусть погибает, что ли? Не-ет, тогда и вождь — не вождь, и клан — не клан, и сами мы — не избранные Дети Всеотца, а так, дрянь мелкая, ни на что не годная...

— Вот как? — задумчиво протянул Учитель. — Интересно...

— Мы же не неведомцы какие, мы клан. Твердиславичи шею не гнули, Ведунам не кланялись, — Буяна понесло. — Неможно нам без гордости! Неможно! И ещё... того... нельзя, чтобы всё от Учителей бы шло... Своё тоже надо...

— И, значит, придумали Долг Крови? — очень серьёзно спросил Учитель.

Буян кивнул.

— А ещё чего? — тихо спросил наставник.

— Ну... много чего. Своё. Так сразу и не упомнишь.

— Ты самое главное, — подбодрил его старик.

Буян перечислял не слишком долго. Законы,

жёсткие, словно старый копьерост, и обычаи, совсем ещё юные — многим и года не сравнялось.

— Кровная месть?.. И спор об угодьях решать поединком?.. И торговать своими же?! — глаза Учителя полезли на лоб. — Сколько, ты говоришь, леса можно за искусную травницу взять?.. О чёрт!.. Так... спокойно... — Он прижал пальцы к вискам. — Но ведь ничему этому я вас не учил!

— Сами выучились, — попытался сострить Буян.

— То-то и оно, что сами... ну хорошо. То есть -- хотели что-то своё сделать?

Буян кивнул.

— Поня-а-тно... Ладно, спасибо тебе, ты мне здорово помог... — Учитель поднялся. — Кстати, тебе совсем неинтересно узнать, что с ней, с твоей подругой?

Буян замешкался.

— Интересно, Учитель, — выдавил он после продолжительного молчания.

— Ей задавали вопросы, — не без злорадства сообщил наставник. — Она отказалась отвечать. Её положение... гм... похуже твоего, она убила очень и очень многих, куда больше тебя, и ты убивал в запале, в горячке боя, в *состоянии аффекта*, а она — расчётливо и хладнокровно. Когда стало ясно, что она запирается, ей сказали, что от её ответов зависит и твоя участь... И хочешь знать, что она ответила? Хочешь? — голос Учителя поднимался всё выше и выше, едва не срываясь в визг.

Буян опешил. Глаза наставника лихорадочно блестели, руки мелко дрожали.

— Она отказалась отвечать — да-да, отказалась! Даже чтобы спасти тебе жизнь, она не пожелала поделиться своей тайной! Сейчас... — пальцы его судорожно пробежали по рядам кнопок, — сейчас я тебе покажу...

И показал.

Круглая площадка размером с ладонь засветилась нежно-голубым. Над ней вспух прозрачный небесного цвета пузырь, и Буян увидел свою гордую спутницу. Джей лежала на низком ложе, к руке её тянулись какие-то нити, а перед ней сидел человек в серой одежде; похоже, здесь такой цвет носили все.

— Да не стану я ничего говорить, — раздался ленивый, полный презрения голос Джейаны.

— Станете, Неистовая. Хотя бы потому, что пожалеете своего спутника.

— С чего это ты взял, что я стану его жалеть? Да хоть на куски его режьте, не поморщусь! — глаза Ворожеи зло, ненавидяще блеснули.

— Повторить ещё раз? — сладеньким голосом осведомился Учитель, едва не подпрыгивая от нетерпения. — Или не стоит? Как ты считаешь, достаточно?

Буян упрямо нагнул голову. Что-то тут не так.. определённо не так. Магия Учителей велика... но что же, тогда это значит, что наставник лжёт?!

Простая душа Буяна металась, точно в ловушке, меж двух огней. Или увиденное им — неправда, обманный мо́рок, и тогда все словеса наставника — гнилой ветер; либо это правда, и тогда...

«А что «тогда»?! — вдруг зло подумал он. — Не знаешь Неистовую?! Чтобы она вот так подняла бы лапки при первой же угрозе? Она не выносит, когда ей угрожают... Меня не собирались резать при ней на куски... да и я хотел бы посмотреть, как у них это получится... Что ж, может, и правда! Только что из того? Когда клан выручать надо, и не такое сделаешь...»

— Что скажешь?! — напирал Учитель. — Каково, а?!

— А что «каково»? — угрюмо буркнул Буян. — Это всё слова. Вот если бы меня и в самом деле на куски резали...

Учитель осёкся, с удивлением воззрился на человекозверя, задумчиво пожевал губами.

— М-м-м... Интересно. Твоя подруга готова на всё, ей безразличны твои жизнь и смерть...

— Я могу и не жить. Жить должен клан, — с мрачной гордостью проворчал Буян.

— Ишь ты! — на миг во взгляде наставника скользнула искра неприязни. Скользнула и исчезла, однако Буян её разглядеть успел. — Гордый, значит... Смотри, Буян, не огорчай меня. Не разочаровывай. Я так хочу помочь тебе выпутаться! — Старик поднялся. — Я ухожу, а за тобой сейчас придут. Ты не упрямься, делай, что тебе говорят. Никакого худа, — он внезапно поперхнулся, — тебе не будет. А я удалюсь. Мне необходимо обдумать сказанное тобой.

...Безликие фигуры в тёмных масках и длинных балахонах не внушали никакого доверия; однако, помня слово Учителя, Буян покорно дал повести себя куда-то по бесконечным коридорам...

* * *

Джейану вели со всей возможной осторожностью. Руки ей велели завести за спину, и запястья охватило мягкое, но очень прочное кольцо. В затылок упёрлось жёсткое рыло шестиствольного чудовища; девушка слышала хриплое, сбивчивое дыхание человека, державшего её на прицеле.

Шли довольно долго. Коридоры были битком набиты действующей техникой, однако найти Силу Ворожее никак не удавалось. Магия была мертва... мертва, потому что не билось великое Сердце там, в подземельях. И всё. Не спастись, не ударить разящей молнией, не накинуть невидимую удавку, не обратить в ничто пол под ногами — ничего не сделать! Ворожее оставалось только идти вперёд.

Она надменно молчала, всем видом своим выказывая полнейшее равнодушие к собственной участи. Что могут сделать с ней *эти*, неведомо кто, неведомо каким образом овладевшие Сердцем? Она не забыла подземелья Острова Магов, не забыла *запроса на прохождение* заклятия, не забыла, что их волшебство — есть волшебство *разрешённое*. Разрешённое, как она всё больше и больше убеждалась, неведомым врагом. Невольно на память приходили слова Чёрного Ивана... многое, очень многое заставляло думать, что она — в руках тех, кто стоит за Учителями... что пресловутые Чёрные Колдуны на самом деле — те же наставники, только по-иному переодетые, перелицованные на другой лад...

Кому, кроме Учителей, подчинялись заклятия? Кто *разрешал* родовичам новые?

Кому, кроме Учителей, могло подчиняться Сердце Силы? Кто мог наложить на него печать молчания? Кто мог втиснуть грубые железные стержни прямо в его трепещущую плоть? Всеотец? Ему нет нужды в подобном. Он всемогущ и всеведущ. Нет. Железо — это от людей... таких, как Учителя.

Шаги отзывались беспощадной ясностью. Шаг — мысль. Мысль — шаг. Серые коридоры, казалось, вели Джей к последнему и окончательному ответу, ответу, который она знала уже давным-давно, к которому её пытался осторожно подвести Чёрный Иван, да будут легки его шаги к Престолу Всеотца.

Сила подчинялась не Великому Духу. Она подчинялась Учителям. Потому что Всеотец не имеет нужды в слугах, запирающих его Дар железными засовами. Они, Учителя, пытались остановить нарушивших их волю. Они посылали на них воинов и чудовищ...

Стоп. А как же тогда Ведуны? Испытание, ниспосланное кланам самим Всеотцом? Если Сила в руках Учителей, и им ничего не стоит обратить могущественных Ведунов в скопище едва-едва шевелящихся обрубков плоти, лишив даже великого Дромока всего, ему покорного, то почему же...

Или Всеотец и в самом деле действует здесь руками наставников?

Но эти руки не чисты. Они лживы и покрыты кровью.

Джейана шагала, уже ничего не видя вокруг. Шаг — мысль. Шаг — мысль, крепкая и неотвязная.

...Да, руки Учителей покрыты кровью. Клан Хорса, о котором столько шептались. Да что там клан Хорса! Каждый Ведуний набег, после которого на клановом кладбище прибавлялось могил, — это ведь тоже их рук дело. Испытание! Испытание от Великого Духа — это одно, а если Сила в руках Учителей...

«Но ведь они Его избранные слуги!» — возразил чей-то слабый голос глубоко внутри. Голос, идущий ещё из детства, когда крепка была вера и Слово Учителя действительно было законом и истиной. «Они могут распоряжаться от Его имени... и откуда ты знаешь, что Его воля не может передаваться через них?»

«За» говорила только вера. «Против» — главным образом злость... потому что все добытые сведения подтверждали только одно — власть над Силой и, следовательно, магией — в руках Учителей. От Дима Джейана знала о том, что объявлена Учителями преступницей, что якобы из-за неё Всеотец лишил кланы магии... Но если Он лишил всех магии, почему же тогда отдельные искры её проскальзывали у самой Джейаны?

Она даже замедлила шаг, не обращая внимания на уткнувшееся в затылок дуло. Как она могла забыть об этом! Пройти мимо самого очевидного! Если, по Слову Всеотца, она — преступница и кланы лишены магии в качестве наказания за её преступления, то уж у неё самой *никакого волшебства не должно оставаться и в помине!* А оно действовало. Да что там действовало! Она, Джейана, беглая преступница, сумела на время оживить Сердце Силы! Против всемогущего Слова Великого Духа! Да разве ж могло быть так, если бы Он и в самом деле наложил бы Свой запрет?

Ответ один — никогда.

А что отсюда следует?

Всю жизнь им лгали. Учителя лгали на каждом шагу, прикрываясь словом Всеотца.

Голова кружилась всё сильнее, словно Джей стояла на самом краю страшной бездны; наклонись чуть дальше, и всё — соскользнёт нога, свистящая пустота примет падающее тело, и захохочут ожидающие добычу камни на дне...

Ещё немного, и она вообразит себе самое страшное, до чего только может додуматься выросший в кланах.

Если Учителя лгут, прикрываясь Его именем, и Он не карает их, то не значит ли это, что Его и вовсе нет?!

Остро заболело сердце. Подкосились ноги. Нет, нет, нет! Это слишком страшно. Ой, мама... мамочка... да что ж это со мной?! Твердь! Твердь, помоги...

Тело с сухим треском ударилось затылком о пластик пола.

* * *

— Ох, не к добру это, не к добру! — стонал Джиг. И чем глубже уходил вниз по шахте маленький отряд, тем громче становились его стоны и причитания. Парень не на шутку перетрусил. Горячий, несдержанный на язык, он не боялся ничего — или почти ничего — из привычного, повседневного, пусть даже это привычное было жутким страшилищем. В своё время Джиг бестрепетно вступил в схватку с живоглотом, чудом спасся — вернее сказать, его спасли вовремя подоспевшие Твердислав, Джейана и их Старшие Десятки — однако не отступил и не дрогнул. Он бестрепетно дрался в безнадёжном бою на Пэковом Холме — потому что Ведуны были опасностью привычной, можно сказать, едва ли не родной. С ней свыклись, и это помогало. Однако сейчас, опускаясь в неизвестность по чёрному жерлу бездонного колодца, Джиг неожиданно пал духом.

Это не удивило бы Твердислава; вождь нашёл бы слова, чтобы подбодрить, однако его сейчас не было. А Дим, сам отличавшийся железокаменной храбростью, не мог, не умел сказать в нужный миг нужного слова потерявшему сердце... наверное, потому никогда бы и не сделался настоящим вождём.

— Молчи! — бранилась Файлинь, однако это помогало мало. Джиг замолкал ненадолго, а потом вновь принимался скулить и жаловаться.

Они отдыхали уже трижды. Узкая щель наверху давно скрылась в темноте — там наступила ночь. Сберегая факелы, они гасили их, едва остановившись.

— А может, там и вовсе дна нет? — осторожно предположил Лев, когда Фай остановила команду в пятый раз. — Фай! Ты уверена?..

— Уверена! — голос невидимой во мраке Файлинь прозвучал едва ли не жёстче, чем у самой Неистовой времён расцвета клана. — Магия не лжёт. Уж сколько раз так людей находили!

Она несколько кривила душой, но как поднять настроение парням другим способом — не знала.

— Там Джей была, точно — там. Силы больше нет, значит, никуда ей не деться. Отыщем.

— В эдакой тьме? — фыркнул Джиг. Дим молча и чувствительно сунул ему кулаком в рёбра.

— Можешь наверх идти, если хочешь! — вышла из себя Фай. — Давай, давай, иди! Фатима тебя с распростёртыми объятиями примет и вместо Дэвида с собой спать уложит!..

...Фай не сомневалась, что беду накликали как раз

эти стоны Джига. Небось промолчи он, и ничего бы не случилось, добрались бы они до дна, тихо-мирно, спокойно, не торопясь...

На одном из ярусов их поджидали. Спускавшийся первым Дим внезапно замер на раскачивающейся верёвке.

— Наверх тащите, — вдруг спокойно сказал он. В тот же миг щёлкнул его маленький самострел, с каким можно управляться одной рукой. Бьёт он слабо и недалеко, серьёзного зверя из него только раздразнить и можно, однако против мелкой ведуньей пакости такая штука порой оказывалась очень полезна, иногда так даже и незаменима.

В тусклом свете факела они увидели молча стоящих на карнизе зверей. Что-то вроде лесных крыс, только покрупнее. Худые, заморённые, облезлые, с волочащимися позади голыми чёрными хвостами... маленькие красноватые глазки без выражения пялились на пришельцев, пасти были оскалены. Одна из тварей уже валялась со стрелой Дима в голове. Остальные же, однако, не торопились броситься на её труп, хотя явно были очень голодны. Они смотрели вверх, на людей, и от этих не по-звериному спокойных взглядов становилось ещё страшнее.

Дорога вниз была перекрыта.

Лев принялся натягивать тетиву на рога своего небольшого лука. Он мужественно тащил его всю дорогу, хотя все в один голос убеждали его, что в подземельях это оружие не понадобится.

— Нет, — перегнувшись через перила, Файлинь некоторое время смотрела вниз. — Нам их не перебить.

— Почему это не перебить? — удивился Лев, а Дим просто выстрелил вторично. Ещё одна тварь опрокинулась на спину, однако остальные не выказали ни страха, ни паники. Просто отступили чуть глубже в тоннель; из тьмы сверкали только их глаза.

— Понял теперь? Они дождутся, пока мы спустимся, и тогда нападут.

— Вот, говорил же я вам! — прохныкал Джиг. — Не пройдём мы дальше, поворачивать нужно...

Дим, не отвечая, в свою очередь перегнулся через барьер. Долго и молча смотрел вниз.

— Их тут не должно быть, — наконец заговорил он. — Это ж хищники, что они здесь жрут? Тоннели мертвее мёртвого. Пришли с поверхности? Едва ли, слишком глубоко. Да и на глаза их гляньте. Подземные твари не выносят света, а эти словно вчера ещё по лесу шастали. И это не ведунские твари. Их я за поприще чую. Новые какие-то совсем. Так что... Думаю я... их сюда специально пригнали.

Все так и обмерли.

— Кто пригнал? Зачем? Для чего? — вскинулась Файлинь.

— Пригнали по нашу душу, — со всегдашним спокойствием ответил парень. — А кто... мыслю, найдём их внизу.

— Ага, а теперь скажи, как нам спуститься, — скривился Джиг.

Дим мрачно усмехнулся. Вытащил из ножен меч и продемонстрировал его изумлённому приятелю.

— Стрел на них не хватит. Остаются мечи. Действуем так...

— С ума сошёл! — не выдержала Фай, едва поняв, в чём суть предложенного парнем. — Они ж тебя враз...

Дим только пожал плечами.

— Ты, Фай, свети. А вы двое — меня держите. Да покрепче!

...Из заботливо припасённых верёвок смастерили нечто вроде горной обвязки. Дим покрепче примотал рукоять меча к ладони — чтобы ненароком не выронить — и шагнул за перила. Повис на верёвках. Крысы заметно оживились, ярче засверкали глаза, голые хвосты хлестнули по тощим бокам. Стая подалась ближе к краю карниза.

— Давай, — спокойно скомандовал Дим. И... рухнул вниз. Джиг и Лев отпустили заранее сделанные петли. Дим камнем пролетел мимо нижнего карниза, непостижимым образом успев аж дважды рубануть мечом. Две крысы сорвались; рассечённые тела мгновенно поглотил мрак.

В следующий миг свора чёрным потоком ринулась на обидчика. Крысы бестрепетно сиганули с карниза, не думая о собственной жизни и стремясь лишь достать его.

Джиг и Лев судорожно рванули верёвки. Три или четыре крысы повисли-таки на Диме; тот отчаянно размахнулся мечом. Он не вскрикнул, не застонал, хотя, когда разрубленные тушки канули во тьме колодца и друзья выхватили его, задыхающегося, наверх, лицо парня стало совершенно белым от боли. Одежда быстро пропитывалась кровью.

А крысы падали. Стая оказалась не так и велика — и сейчас она вся, до последней твари, исчезла в бездне.

Было не до восторгов. В самом начале пути отряд понёс первую потерю.

Ноги Дима ниже колен превратились в сплошное кровавое месиво. Челюсти крыс работали с невероятной скоростью.

Файлинь в отчаянии всплеснула руками. Она, разумеется, умела врачевать, в её сумке хранился набор снадобий, но... Дим же всё равно не сможет идти!..

— Смогу, — прохрипел парень. — Смогу, вот увидишь. Ты только... сделай так... ну, чтобы не болело.

Легко сказать! Промывая раны, Фай потратила почти всю воду. Потом осторожно нанесла заживляющие мази. Все — из особо сильных, какие нельзя давать малышам, да и старшим-то не слишком следует; но да уж сейчас никуда не денешься. Потом, конечно, придётся лечить Дима от последствий лечения этими самыми мазями, но...

— Ух ты! — затуманенный болью взгляд Дима прояснился. — Действует! Здорово! Фай, молодец!..

* * *

— Ваше превосходительство. Отмечено проникновение в колодец сорок пятого генератора. Тот же ствол, по которому спускались Кристоферсон и его команда.

— Вот как? Откуда стало известно?

— Лизуны. Ими вся крышка поглотителя завалена. Свалились из поперечного хода...

— Полагаете...

— Когда мы их разгребали, то нашли несколько разрубленных мечом тушек. Работа кого-то из кланов.

— Благодарю вас, лейтенант, продолжайте наблюдение... Отбой. У нас тут девчонка в обморок хлопнулась...

* * *

Джейану привели в чувство быстро, спокойно и безжалостно, дав вдохнуть такой дряни, что из глаз слёзы даже не брызнули, а прямо-таки хлынули сплошным потоком. Подавилась, закашлялась, дёрнулась, попытавшись прижать связанные руки к горлу. Казалось, внутри вспыхнул самый настоящий пожар.

— Очухались, милочка? — сухо поинтересовался седой. — Тогда пошли. Осталось недолго. Буян ждёт.

Ноги девушки подкашивались; двое молчаливых здоровяков подхватили её под локти и почти понесли вперёд. Она не сопротивлялась, ждала, когда наконец рассеется та предательская муть в голове.

«Поворот. Поворот. Поворот. Вы заплатите мне за это. Да, да, я уже обещала... но тогда не была уверена... А вот теперь сомнений не осталось. Вы не должны жить. Вы все. Я убивала вас, но мало, мало, мало!.. Как мало! Но ничего. Ничего. Делайте, что хотите. Спрашивайте, про что хотите. Я отвечу. Потому что теперь значение имеет только одно — скольких из вас я ещё успею убить. Без Силы, одним лишь холодным железом. Как поздно я догадалась... только теперь, связанная, вся в вашей власти. А надо было не лезть в подземелья, не лезть, а убивать. Охотиться и убивать. Точнее, нет, сперва допрашивать, а потом уже убивать. Я бы всё выяснила. И в том числе — откуда взялся Учитель в той пещере, где нас схватили «людоеды»... (Неужто и здесь обман? Наверное...)»

Его превосходительство господин бригадный генерал Авель Алонсо, правая рука верховного координатора господина Исайи Гинзбурга, командующий Вооружёнными Силами Проекта «Вера», оказался слишком занят разговорами по интеркому, чтобы следить за выражением глаз ценной пленницы. А если бы он последил, то все его по-молодому густые и короткие волосы, покрытые благородной сединой, немедленно встали бы дыбом. Или быдом, как сказал бы один из сподвижников господина верховного координатора на далёкой планете Земля. У Джейаны совершенно исчезла радужка глаз. Чудовищно расширились зрачки, глаза подёрнулись каким-то безумным блеском. Белки в единый миг исполосовала сеть алых кровяных прожилок, резко обозначились не по возрасту глубокие морщины под нижними веками. На скулах проступили красные пятна. Безумный взгляд вонзился в спину Алонсо, точно клинок; ещё немного, и Джейана просто бросилась бы на своего мучителя, невзирая на связанные руки и вооружённую стражу по бокам. И кто знает, быть может, она и успела бы перегрызть врагу шею, однако в этот миг генерал повернулся, сделал широкий насмешливо-приглашающий жест и склонился в шутовском полупоклоне:

— Мы пришли, сударыня.

* * *

Сперва ничто не предвещало недоброго. Безликие фигуры привели Буяна в помещение, довольно-таки тесное, где вдоль стен высились сверкающие штабеля их *приборов*. Мигала под потолком синяя лампа, и в воздухе пахло, точно при грозе.

— Привели? — брюзгливо проговорил кто-то у него за спиной. Буян обернулся — старик, весь морщинистый, в лёгком зелёном халате, руки подняты, все блестящие, точно облитые какой-то слизью. — Ассистент! Примите карточку... Нуте-с, давайте посмотрим, что это тут у нас за экземпляр...

— Способен понимать и воспроизводить членораздельную речь, — осторожно прошелестел за спиной Буяна «ассистент».

— Ах, оставьте, Догар, — поморщился старик. Глубоко посаженные глаза пристально изучали растерянного Буяна. Только теперь парень понял, что в комнате как-то очень странно пахнет: лёгкий, едва уловимый запах крови. Звериной. — Оставьте! Я ни на грош не верю в измышления полевых агентов. Экземпляр перед нами, бесспорно, любопытный, но я никогда не поверю, что Дромок...

— А чего же тут не верить, так оно и было, — обиделся Буян. Старик ему очень не нравился. А комната и того меньше.

Зелёный халат ничуть не удивился, только стал разглядывать Буяна ещё пристальнее.

— Обратите внимание, Догар, как тщательно выполнено наложение мускульной массы на костяк. Какое отличное сопряжение броневых пластин... бесшовное соединение; запомните, Догар, очевидно, сращивались одновременно с формированием эпителиального слоя. Любопытно будет взглянуть на кровеносную систему... Загоните-ка его в сканер, а там посмотрим.

— Слушаюсь... Эй ты, если слова понимаешь — иди вперёд!

Старик Буяна совершенно не боялся. Стоял себе с нелепо задранными руками, покачиваясь с носка на пятку да осматривая добычу. Тот же, кого называли Догаром, напротив, умирал от страха. Лицо его стало зеленоватым, по одутловатым щекам обильно струился пот, который он даже не смел вытереть. Голос Догара дрожал и звучал совсем не повелительно.

— Идти? Это ещё зачем? — подозрительно проворчал Буян, делая тем не менее несколько шагов в указанном направлении.

— Заходи-заходи. Не бойся... — продолжал уговаривать Буяна Догар и при этом врал. Врал его голос, врали бегающие глаза, врал искривившийся рот. Буян насторожился. Слово Учителя есть слово Учителя... но и себе не доверять тоже не следует.

Тем не менее сперва и впрямь ничего не случилось. Он вошёл в неглубокую нишу... прозрачная дверца закрылась у него за спиной... негромкое гудение...

— Всё, выходи, — услышал он.

После этого о нём на какое-то время забыли. Старик и Догар замерли над громадными мерцающими панелями, заполненными какими-то мутными разводами, и бубнили один другому что-то совершенно невнятное. Буян стоял, маясь и не зная, куда себя деть.

Наконец старик что-то приказал Догару — и тот, внезапно уже даже не позеленев, а прямо-таки посинев, отрицательно помотал головой. В широко раскрытых глазах застыл ужас. Старик досадливо дёрнул головой и двинулся к Буяну. В руках его позвякивали три пары нешироких железных колец.

— Давай лапы, — распорядился старик. — Ну, чего трусишь, это же просто кольца!

На первый взгляд эти штуки выглядели и впрямь как немудрёные железные кольца толщиной едва ли в палец. Опешивший Буян и глазом моргнуть не успел, как весь этот металл оказался у него на запястьях и щиколотках.

— Да, сканограмма у него очень интересная... — повернулся старик к своему «ассистенту». — Надо вскрывать.

Тело Буяна рванулось прежде, чем зловещий смысл этого слова постиг его сознания. Но было уже поздно.

Что-то тонко зазвенело под потолком. Напряглись невидимые нити; из пола, разворачиваясь и обхватывая его, поднялось нечто вроде жёсткой лежанки; железные браслеты неудержимо потянули его вниз, растягивая и прижимая конечности; не прошло и секунды, как Буян оказался распластан на широком лежаке, абсолютно беспомощный и не в состоянии пошевелить даже пальцем.

Напряжённо гудело под потолком. Наливался алым недобро пялящийся на него глаз неведомого *аппарата*.

Кажется, тогда он и застонал от отчаяния. Едва ли не первый раз после того, как покинул обиталище Дромока. Всё. Скрутили...

— А вот и ваш Буян, полюбуйтесь-ка, — вдруг сказал чей-то новый голос. Благодаря подаренному Дромоком целому поясу глаз вокруг головы Буян увидел, как в стене открывается проход... и на пороге возникают: какой-то высокий седой тип с крайне неприятной мордой (так и располосовал бы когтями!), двое жлобов с шестиствольными железяками наперевес и, наконец, бледная, с горящим взором — Джейана.

Взгляды Ворожеи и человекозверя встретились.

* * *

— А вот и ваш Буян, полюбуйтесь-ка, — глумливо бросил седой. Однако Джейана уже всё видела и сама. В отличие от Буяна-тугодума ей не потребовалось много времени, чтобы понять, что это за комната и зачем сюда притащили её спутника.

Полыхнуло внутри. Гады, гады, хуже Ведунов, хуже, хуже... Она не знала более страшных ругательств и проклятий. Они не страшатся никакого Великого Духа, не страшатся ничего. И вправду станут резать Буяна на мелкие кусочки, потому что не знают, как же Дромоку удалось создать такое чудо, если бы знали — не преминули бы послать навстречу нечто похожее...

Однако тут было и кое-что ещё. Источник Силы!

Она обмерла, едва поняв это. Источник Силы был слабеньким, его мощи едва хватило бы разжечь костёр... но это была Сила, самая настоящая, долгожданная Сила!

«Стоп. А не ловушка ли это? Они настойчиво добивались секрета заклятий... хотя какой тут секрет? Что, если всё это подстроено и они рассчитывают, будто я немедля брошусь спасать Буяна?»

Она осторожно попробовала прощупать стены и покрывавшую их *аппаратуру*. Хитроумная, невероятно сложная... зачем она здесь?..

Едва сдерживая нетерпение, она скользила внутренним взором по запутанной сети внутренних потоков Силы — едва заметных, настолько они были слабы.

По губам Алонсо скользнула довольная ухмылка. Генерал осторожно отодвигался ближе к порогу. На расставленных вдоль стен приборах тревожно замигали огоньки, качнулись стрелки прадедовских указателей — когда техники не хватало, её, не стесняясь, брали даже из музеев. Охрана в тяжёлой броне, напротив, кинулась вперёд, заслоняя генерала собственными телами. На лежанке рычал и корчился Буян — правда, корчи его становились всё тише и тише, силовое поле прижимало его, заставляя расслабить сведённые судорогой мышцы. Пожилой патологоанатом включил холодноплазменный резак и повернулся к распростёртому телу. Голубое лезвие газового клинка светилось мягко и мирно.

Джейана стояла недвижно, только по лбу и вискам ручьями струился пот. Однако... она бездействовала! Генератор под потолком старался вовсю; маломощная модель, она должна была сыграть роль приманки. Но — проклятая девчонка и не думала пускать в ход своё хвалёное чародейство!

* * *

«Всё ясно. Всё ясно. Они обещали мне изрезать Буяна на кусочки, если я не начну говорить. Я сказала — режьте! Вот, пожалуйста, режут. Что им Буян! Что им я! Им нужна тайна... наша тайна! Глупцы — как я объясню им, как получались самые сильные заклинания? Как я оживляла Сердце Силы? Что мне им ответить?! А может, именно этого ответа они и ждут? Нет! Не бывать этому!»

...А рука этого дёрганого человека в глубине комнаты, которого старик в зелёном называет Догаром, лежит на большой тёмно-синей клавише. Зачем?..

* * *

Она не слышала многого из того, что говорилось в эти мгновения.

— Взаимодействие с тестовыми контурами минимально...

— Взаимодействие не отмечаю...

— Напряжённость поля ниже расчётного...

— Похоже, она в ступоре, мой генерал.

— Поднять энергоподачу?

— Нет! Всё остаётся как было! Продолжаем согласно разработанному плану!

— Есть, мой генерал...

* * *

— Ну и что? — вслух произнесла Джейана. — Что дальше?

— Она отказалась помочь тебе, Буян, — саркастически усмехнулся седой. — На тебя ей плевать. Сейчас этот газовый резак начнет отслаивать твою несравненную броню — медленно, чешуйка за чешуйкой и слой за слоем. Что ты при этом будешь испытывать — полагаю, понятно. Единое слово Ворожеи Джейаны могло —

и всё ещё может! — избавить тебя от мучений. Если, конечно, госпожа Ворожея прислушается к голосу разума.

Джейана стояла, склонив голову набок. И молчала.

:Буян! Ты слышишь меня?:

И неуверенный, слабый ответ:

:Д-да... слышу...:

:Они охотятся за тайной нашего волшебства. За всем этим — наши Учителя...:

:Я... только что... говорил... с нашим... наставником...:

Нет времени для охов, ахов и удивления. Учитель здесь. Всё становится на свои места.

:Держись, Буян. Мне надо молчать... Сломаться не сразу.:

Вздох. И сразу —

:Я понимаю...:

* * *

Она не знала, сколько чутких, куда чувствительнее обычных человеческих, ушей вслушиваются сейчас в тишину комнаты, ловя малейшее колебание. Не знала, что изощрённые приборы уже выбросили на мониторы перед опешившими операторами перехваченные спектры малопонятных резонансных колебаний. Не знала, что заработали мощнейшие эвристические анализаторы. Что группа Геллы, сидевшей на прямом канале, тотчас же взялась за расшифровку. Что Феликс Кришеин с Мортимером, впервые в жизни забыв о пикировке, стремительно и молча покрывали сложнейшими формулами лист за листом, не доверяя компьютерам, порой на ходу вводя в анализ новые, неведомые функции, обозначая их заковыристыми символами наподобие —, — и | со штрихом...

Ничего этого Джейана не знала. Она лишь чувствовала — противостоящая ей Мощь собрала в кулак самоё себя, готовая к решительному отпору. Ворожея чувствовала и приготовленную западню. И отчего-то пребывала в неколебимой, точно камень, уверенности, что говорить ни о чём нельзя. Нельзя давать и малейшего следа. А нужно... нужно попытаться накопить Силу.

Не устраивать тут огненной потехи, а вторично оживить Сердце, и уж на сей раз — не дать уйти живым никому.

И потому она равнодушно смотрела, как голубой язычок резака приближается к судорожно вздрагивающей груди Буяна. Точнее — ей очень хотелось выглядеть равнодушной. Но противостояли ей отнюдь не глупцы. Седовласый, напряжённо глядя на неё, что-то ещё и шептал, а возле губ его застыла крошечная чёрная капля...

* * *

— Ещё немного, мой генерал, и она сломается. Эмоции на пределе. Сверхсинтез стрессового комплекса. Она либо упадёт без чувств, либо сломается. Образно выражаясь, у неё сейчас горит вся це-эн-эс.

— Меня это не волнует! Мне нужно или её воздействие, или её слова! Хотя бы слова! Я не для того рискую здесь шкурой, чтобы выслушивать абстрактные соображения!

— Взаимодействия с тестовым полем не отмечено.

— Управляющие контуры свободны от её контроля...

— Степень мышечной готовности шестнадцать процентов... Она не прыгнет, ваше превосходительство. Она не прыгнет. Девочка спеклась.

* * *

Когда резак коснулся брони и в комнате резко завоняло палёной костью, Джейана подумала, что всё, это конец. Сейчас Буян не выдержит. А она — что она может здесь, где Силы едва-едва хватит вскипятить походный котелок? Оставалось только презрительно молчать, глядя на корчащееся громадное тело.

— Можете резать его на куски, — громко повторила она. — Я всё равно ничего не скажу.

:Бу! Держись! Держись, миленький, ну, пожалуйста! Нельзя говорить сейчас ничего! Нельзя! Иначе они нас всех... и всё... Держись!:

Не закрывая глаз, без полного сосредоточения, она

постаралась оттянуть часть боли на себя. Просто оттянуть, без всяких там заклятий и тому подобного. Сейчас — она знала — Силы хватит на слабенький щит, что утишит страдания несчастного; но ведь именно этого от неё ждали пленители и именно этого она бы не сделала никогда. В конце концов она отомстит и за Буяна, если его замучают насмерть.

* * *

Дим, Файлинь и Джиг со Львом упрямо продолжали спуск. Шли в молчании; только Дим время от времени шипел и морщился, когда боль всё-таки пробивалась через поставленные Фай заслоны. Больше по пути им никто не встретился; загадочные крысы так и остались загадкой — сами ли они здесь оказались, или и впрямь их привела чья-то злая воля — какая теперь разница?

Так или иначе, они продвигались. Воспрявший духом Джиг первым додумался разломать перила на шесты и просто съезжать вниз по ним. Спустя какое-то время (они не знали, какое именно, чувствовали лишь, что идут уже очень долго) шедший первым Лев вдруг негромко присвистнул.

Они достигли дна.

— Стоим... — прошептал Дим.

Кажется, парни готовы были тут подзадержаться, но неугомонная Фай безжалостно погнала их дальше — она-то лучше других знала, сколько продлится действие обезболивающего...

Сами того не зная, они шли путём Джейаны. По бесконечному мёртвому тоннелю... в исполинский, подавляюще громадный зал.

— Вот это да... — только и смог благоговейно пробормотать Джиг.

— Джей была здесь, — шепнула Фай спутникам. — Я не знаю... но чувствую. Она отозвалась мне отсюда... Точно.

— Теперь-то её здесь давно уже нет, — хмуро буркнул Лев. Дим молчал, пристально вглядываясь в очертания громадной *машины* внизу.

Здесь сражались, и притом совсем недавно. Пол,

стены — многое носило следы огня. Лев первым заметил и пятна крови.

Джей билась здесь. И... что с ней случилось дальше?

Фай почувствовала, как горло сдавливает судорога. Ну почему, почему Всеотец лишил их Силы? За что? Неужто, как говорят Учителя, из-за «прегрешений» Джейаны? Нет! Он справедлив, Он милостив, Он не может не понимать, что Твердь и Джей отправились спасать малышку (и спасли, кстати!), которая иначе неизбежно бы погибла — как можно карать за такое?!

Нет, нет, кто-то лжёт, лжёт отчаянно и неприкрыто...

Учитель бы умер на месте от ужаса, доведись ему увидеть сейчас выражение глаз Файлинь.

Она упала на колени — неосознанный жест отчаянной мольбы.

— Всеотец, Ты, Даритель Жизни, созиждевший всех нас! Помоги мне, укажи путь! Мы не хотим никого убивать, мы хотим вызволить нашу Ворожею! Помоги нам, Дух, помоги, ведь мы твои дети!

Рвущиеся слова не имели ничего общего с медленным речитативом, которому обучали наставники. *Их* молитва служила *сосредоточению и медитации*, а Фай просто просила — яростно и упорно, со всей верой, что жила в её простом сердце, любившем малышей-неведомцев, что дружно звали её мамой... Все, все без остатка силы вложила она в эту вспыхнувшую безумным факелом мольбу, мольбу, после которой — если Великий Дух промолчит — останется только наложить на себя руки, потому что жить станет невозможно.

Парни смотрели на коленопреклонённую девушку с невольным ужасом. Вера её опаляла, словно жгучее пламя. Никто из них не смог бы так молиться. Ни один.

Фай умолкла, глядя перед собой остановившимся взглядом. Внутри её разливалась звенящая пустота, пустота Не-Жизни; пустота, где тонут и мысли, и чувства, и память, и даже сама Вера.

Никто не мог даже вздохнуть.

А потом Фай вдруг ощутила, как где-то глубоко-глубоко у неё внутри начинает разливаться приятная, успокаивающая теплота. По перевившим руки жилам текучий огонь устремился к внезапно заледеневшим кистям. Она не слышала ничьих слов, но откуда-то явилось твёрдое как сталь и единственное убеждение — её молитва услышана, Всеотец даровал ей Силу.

Она подняла руку, с каким-то детским изумлением глядя на пляшущие вокруг кончиков пальцев голубоватые огненные капли. Подумала о том, что неплохо бы сменить факелы на что-то поудобнее — и перед ней в воздухе тотчас возник белый светящийся шарик.

Парни разинули рты.

— Мальчики... — счастье, звучавшее в голосе Файлинь, невозможно ни передать, ни описать. Не переживший *ответ* на запредельно искреннюю молитву даже не поймёт, о чём здесь идёт речь. — Мальчики... милые мои... Он ответил... дал Силу... сейчас... сейчас мы всё сделаем...

Дим, Джиг и Лев смотрели на неё с благоговейным ужасом. Никто не мог похвастаться самоличным ответом Великого Духа. Теперь и они уже чувствовали снизошедшее на девушку облако Силы; неугомонный Джиг попытался сотворить какое-то несложное заклинаньице — подействовало!

А Файлинь, подхваченная внезапно нахлынувшим ураганным потоком Силы, медленно, словно творя великий обряд, плела чары Поиска. Она должна найти Джей!

...А совсем рядом с ними неслышимо вздохнул, пробуждаясь ото сна, генератор сорок пятого сектора.

* * *

Это было как волна душистого летнего аромата. Джейана застыла, не в силах поверить, не в силах двигаться. Сила!..

Миг спустя перед глазами возникло мокрое от счастливых слёз лицо Файлинь.

:Джей, мы идём к тебе!:

* * *

— Сорок пятый генератор: срочный разогрев!..

— Сорок пятый — прошёл надкритическую точку!

— На запросы не отвечает!

— Контроль утерян! Цепи управления... не отвечают!

— Тревога! Тревога по сорок пятому сектору! Самопроизвольный запуск сорок пятого генератора! Аварийную бригаду техников — на выезд!

— Кристоферсон! Вызываю капитана Кристоферсона! Крис, ответьте штабу! Нештатная ситуация по классу А-3!

— Кристоферсон на свя...

— Капитан, немедля к сорок пятому генератору! Это я, Алонсо!

— Вас понял, мой генерал, команда готова к выходу.

— Дьявол, что происходит?

— А вот этого я и сам не знаю.

* * *

Телохранители у седовласого оказались хороши. Очень хороши. Им удалось, казалось бы, невозможное — за миг до того, как Джейана, даже не освобождая скованных рук, нанесла свой удар, громилы подхватили патрона под руки, одним движением вышвырнув его за дверь. Вся мощь ответа Ворожеи досталась им — вдавило, вплющило в стену, так что из-под серых пластин *брони* брызнула кровь. Один свалился сразу; второй, хоть и рухнул, точно куль, попытался ползти и стрелять. Джей легко воздвигла на пути раскалённого *свинцового* потока испытанный уже щит. Свистящая смерть вспыхнула роем безобидных огоньков.

О, какое это было наслаждение — бить, крушить, ломать и жечь! И ещё — убивать. В этом крылось высшее блаженство, острее и ярче, чем даже пик любовного безумия.

— О-о... — захрипела она, исправляя волну пламени на типа с резаком в руках и его трусливого помощника. — О-о-о...

В глазах темнело. Внизу живота вспухал пульсирующий комок наслаждения. Джей уже ничего не видела и не слышала; её удар обратил Буяновых мучителей в две обугленные головешки; человекозверь кубарем скатился под стол.

— Джей!.. — он давился криком. — Удалось, Джей, удалось!..

:Джей! Это я, Фай. Идём к тебе... прямо!..:

:Фай, чувствую тебя! Мы к тебе!.. Убивай всех!.. Жги!.. Пусть получают за всё!..:

* * *

— Тревога по классу А-1. Всему персоналу Проекта «Вера». Общая тревога. Всем наставникам немедля прибыть к своим кланам и любыми путями удержать подопечных от активных действий. Группе Кристоферсона во взаимодействии с резервными группами поддержки обеспечить деактивацию сорок пятого генератора и захват всех так или иначе причастных к его запуску. Произвести арест всей бригады, выполнявшей работы по консервации агрегата, статья — преступная халатность. Блокировать медицинский сектор штаба, повторяю — блокировать весь медицинский сектор штаба и приготовиться к его уничтожению. Запустить все системы самоликвидации. Персоналу даётся три минуты, чтобы покинуть зону взрыва, повторяю, персоналу даётся три минуты, чтобы покинуть зону взрыва. Джейану и её спутника, фенотип по каталогу Ведунов Х-21-4, уничтожить любыми средствами, не останавливаясь перед разрушением даже жизненно важных объектов...

— Внимание, пост 41 — вижу объекты, движущиеся в общем направлении к северному выходу из медблока, предположительный азимут совпадает с направлением на сорок пятый генератор.

— Внимание, я — контроль коммуникативных переходов, гипертоннели между штабом и машинным залом сорок пятого генератора... активировать! Пытаюсь блокировать... управляющие сети не отвечают! Не отвечают, мой генерал! Что делать?!..

— Внимание, пост 11 — вижу четверых человек, движущихся от сорок пятого генератора в общем направлении к северному входу в медблок, произвожу опознание... кодовые номера... клановые имена...

— Я — Алонсо, информацию принял. Подготовить

коммуникации между штабом и сорок пятым генератором к затоплению.

— Ваше превосходительство, поступление воды в камеры локальных переходов...

— Плевать на безопасность! Пусть всё взлетит на воздух — но если мы не уничтожим эту шестёрку, при наличии энергии они уничтожат всех нас!

— Вас понял, ваше превосходительство...

— Мой генерал!..

— А, Эйб... Что нужно?

— Дайте им уйти.

— Вы с ума сошли, наставник Эйбрахам!

— Мой генерал, наше оружие против них бессильно. Арриол тому наглядное подтверждение...

— Ваше превосходительство, здесь Кристоферсон. Прибыли в машинный зал. Никого не наблюдаем. Начинаем преследование. Техники уже приступили к заглушке генератора. Ситуация под конролем.

— Вот видите, Эйб, а вы ударились в панику!

— Это временно, поверьте, мой генерал, это вре...

— Отбой. Крис, докладывайте как можно чаще.

— Вас понял.

* * *

Они шли по вымершим коридорам. Фай — ах, какая умница, какой молодец! — чётко давала направление. Остановить Джейану сейчас не смогли бы ни огонь, ни сталь — она с садистским наслаждением разнесла в клочья несколько плюнувших в неё огнём стволов.

Ещё немного, ещё чуть-чуть, как, бывало, напевал себе под нос Учитель — это ещё когда она почитала его за настоящего Учителя. Она не знает и не хочет знать, откуда взялась эта Сила. Может, кто-то по ошибке запустил какое-то Сердце Силы? Впрочем, какая разница? Пришло время требовать долги. Со всех и за всё.

О, с каким удовольствием она отыскала бы этого седоволосого! С каким удовольствием подвесила бы его, словно пойманную ламию, вниз головой над медленным огнём! Но нет, нельзя, нельзя терять времени, нельзя отвлекаться, надо, чтобы Сила жила, чтобы никто не смог бы посягнуть на неё, а для этого убить всех, кто приблизится к Сердцу ближе, чем на пяток поприщ, будь то зверь, человек или Ведун, парень, девчонка или даже крошечный ребёнок. Больше Силу она не отдаст никому.

Она чувствовала, как в предсмертном ужасе задрожало окружавшее её железо — гибким нитям Силы пришёл самоубийственный приказ, и дремлющие бутоны огненных цветов, готовые в любой миг расцвести клубами истребительного пламени, начали обратный отсчёт. Надо торопиться — даже она, при всей нынешней Силе (хотя и то надо сказать — пока этой Силы не в пример меньше, чем во время схватки под Островом Магов), не сможет обрезать все приказы или поставить абсолютно надёжный щит. А потому надо спешить навстречу Фай. Потом — к Сердцу Силы... там будет последний бой.

* * *

— Пост 39. Объекты продолжают движение к северному выходу из медблока.

— Центральная механическая — есть блокировка всех дверей медчасти!.. Броневые заслонки... опущены! Противовзрывные фильтры... выдвинуты! Изоляция осуществлена, ваше превосходительство!

— Не думаю, что это остановит нашу парочку. Механики! Срочно заливайте все северные выходы из медзоны бронепластиком. Потом переходите к остальным. У вас осталось полторы минуты, на активацию аварийных комплектов времени хватит. Силовая! Готовьтесь зафиксировать координаты возможного переноса. Кристоферсон! Как дела у тебя, Крис?

— Держим минимально возможную дистанцию, но, поскольку поле сейчас включено...

— Открывайте огонь на поражение, и немедля! Огнемёты, автоматы — что там у вас есть? Эту четвёрку уничтожить любой ценой!

— Есть, мой генерал...

— Диспетчерская. Всем. Сто секунд до взрыва. Девяносто... Восемьдесят...

— Здесь Кристоферсон. Вступил в огневой контакт...

— Семьдесят секунд до взрыва...

* * *

То, что сзади враги, первым почуял, конечно же, Дим. Файлинь — та и вовсе брела, полузакрыв глаза, вся поглощённая разговором с Джей и поиском дороги. Джиг и Лев, очевидно, так и не отошли от Нисхождения на Файлинь Милости Всеотца, так что едва ли вообще что-то замечали вокруг. А к Диму медленно, но верно возвращалась боль, действие мазей и снадобий заканчивалось, но, как ни странно, это даже помогало сознанию оставаться ясным. Сила вернулась — это, конечно, хорошо, но и по сторонам смотреть тоже необходимо.

— Фай! Сзади! — и рывком бросил девушку на пол за миг до того, как воздух заполнила свистящая смерть. Очевидно, метили именно в Фай; пробиравшихся вдоль стен Джига и Льва, далеко не сразу сообразивших броситься ничком на пол тоннеля, на первый раз даже не оцарапало.

Дим навскидку выстрелил в ответ из своего самострела; он знал, что попал, но короткий болт бессильно отскочил в сторону от груди одной из поднявшихся в атаку фигур. Доспехи, йомть...

Лёжа ничком, Джиг по-своему, по-особому, кое-как сплёл пальцы перед собой — и там, где шевелились нелепые фигуры с округлыми, без шей, головами, с треском лопнул огненный шарик. Джиг никогда не отличался успехами в боевой магии, и сейчас он превзошёл самого себя. Один из нападавших упал, задёргался на полу, словно придавленный кухонный рыжеусец.

Это неожиданно вывело Файлинь из столбняка.

Между девушкой и нападавшими в озаряемой вспышками выстрелов темноте тоннеля медленно появилось слегка светящееся мужское лицо. Тонкое, совсем не воинственное, с большими печальными глазами и длинными, ниспадающими на незримые плечи волосами. И — больше ничего. Ни грома, ни столь любимых Джейаной огненных молний. Один только взгляд — вопли ужаса и топот поспешно убегающих ног.

Си ющий лик постепенно растворился во мраке.

— Идём, — с непоколебимой уверенностью произнесла Фатима. — Больше они нас не тронут.

Никто не дерзнул задать ни одного вопроса. Дим хотел было вернуться, подобрать оружие — Фай лишь досадливо дёрнула головой. Ни к чему, мол.

* * *

— Шестьдесят секунд до взрыва...

— Эвакуация персонала завершена по всему периметру угрожаемых зон.

— Центральная механическая — закончена разгрузка самоактивирующихся аварийных комплектов бронепластика. Время до завершения полимеризации — тридцать секунд.

— Пятьдесят секунд до взрыва...

— Внимание! Джейана у выхода G-40! Повторяю...

— Сорок секунд до взрыва...

— Десять секунд до завершения полимеризации...

— Генерал, всё пропало! Мы бежим!..

— Чёрт возьми, что с вами, Крис?!

— Она... они... Это ужас! Генерал, это смерть!.. А-а!.. Смерть!..

— Объясните толком!..

— Тридцать секунд до взрыва!

— Полимеризация завершена! Они в мешке, ваше превосходительство!

* * *

Времени до Мига Огня оставалось совсем мало. Рядом отчаянно сопел Буян. Помочь сейчас он ничем не мог, и Джейана выкинула из головы всякие мысли о спутнике.

Дверь. Железо, броня, что-то ещё за ней, вязкое, плотное и тёплое, как гниющее болото. Ворожею даже передёрнуло от омерзения.

:Двадцать секунд до взрыва...: — вдруг прошелестело в голове.

Всего ничего. Надо спешить.

Ударить здесь, здесь и здесь. Хватит ли Силы? Гм... вопрос... Может и не хватить... Это, горячее и липкое, — вот главная преграда, а не твёрдое и жёсткое, как могло показаться. Ну, попробуем?..

«Стоп! А что, если проще? Щита мне не поставить, но вот повернуть огонь — неужели не сумею? Повернуть, воспользовавшись его собственной мощью?

Рискованно, Джей? Конечно! Но... мне всё равно не успеть проломить эту преграду, — вдруг с холодной отчётливостью поняла она. «Не успеть. Десять секунд до взрыва», — услужливо подсказал чужой голос... — Да, не успеть. Что ж, значит, будем по-другому».

— Прикрой голову, Буян, — успела сказать она и проследить, чтобы человекозверь выполнил команду.

Время распускаться.

Ну, идите же сюда, вы, дети Огня, столь долго ожидавшие свободы. Идите, я дам её вам, я дам вам много места для танцев, много пищи для ваших бездонных утроб; слушайте и повинуйтесь, ибо аз есмь Алфа и Омега, Начало и Конец; покорствуйте!

Медленно-медленно летели приятного коричневато-золотистого цвета стенные панели, а из открывшейся черноты так же неправдоподобно медленно выплёскивалось пламя. Его жаркие руки тянулись к неподвижно замершим Джейане и её спутнику; и неожиданно обретали иной путь, не натыкались на преграду щита, а мягко сворачивали, потому что появлялась новая цель.

Джейана говорила с ними, точно с живыми.

Внешне это выглядело так, словно вся сила взрыва оказалась направлена лишь на одну дверь. И поток ревущего пламени обратил в ничто и сталь, и броню, и ещё многое, многое за ней.

Вой сирен смешался с треском догорающего пламени. Вскрытые чудовищным клинком взрыва, чадно пылали внутренности подземного гнезда врагов — Джейана не знала и не хотела знать их подлинного имени. Она хотела лишь одного — добраться до всех без исключения их главарей и посворачивать им шеи. Или сжечь живьём, что тоже неплохо.

Буян смотрел на неё со священным ужасом.

* * *

Они встретились в неведомых подземельях, в мире без света и солнца, в мире, где царила лишь злая мощь их врагов. После взрыва никто не дерзнул заступить им дорогу. Ни один живой или неживой враг.

Девчонки бросились друг другу на шею.

— Фай! Файлинь!..

И разревелись, конечно же. Парни с удивлением косились на Буяна — их главная Ворожея не стала ничего объяснять, бросила лишь — это свой.

— Идём назад, домой, в клан? — предположила Фай.

— В клан? Не-ет! Сперва надо тут кое с кем посчитаться. — Джейана смотрела назад. Вдалеке в тоннелях полыхало багровым — там всё ещё длился вызванный взрывом пожар. — Выжечь это гнездилище дотла! Ты ещё не знаешь, Фай, это хуже Ведунов, это... это... предательство...

— Я попросила Всеотца о Силе, — робко проговорила Файлинь. — Я молила его даровать мне Силу, чтобы помочь тебе, Джей. Я не знаю, захочет ли Он...

Джейана расхохоталась. При звуках этого хохота всех, не исключая и Буяна, продрал по коже мороз. Так могла смеяться только сама Смерть.

— Всеотец?! Не-ет... Фай, его же нет! Нет никакого Всеотца! Они нас обманывали! Всё это дело рук Учителей... А Сила... просто мы лучше их научились ею пользоваться...

Парни в испуге шарахнулись — даже Дим, который едва мог стоять от боли. Невозмутимой осталась одна Фай.

— Он ответил мне на мольбу, — мягко и терпеливо, словно неразумному неведомцу, произнесла Файлинь. — Он даровал мне Силу.

— Силу даёт *машина*, сложная, но всего лишь машина, — скривилась Джейана. — И ничего больше. Как горящая лучина... только сложнее... Так что... Я иду назад. — Она была непреклонна. — Они ответят мне... все до одного.

— Не надо, Джей, — жалобно попросила Файлинь. — Всеотец дал Силу для твоего спасения... Ты нужна клану, а то у Фатимы совсем в голове помутилось...

— Клану?! Клан подождёт. И идти надо не туда, а к Сердцу Силы... его сейчас попытаются остановить... Опередим!

— Ты бы, Джей, решила, что ли — вперёд или

назад? — дерзнул произнести Дим. Джейана не удостоила его взглядом.

— Вперёд, — решилась она. — Сейчас они постараются заглушить генератор, и нам хана.

— Гене... что? — не понял Джиг. Правда, ответа на его вопрос так и не последовало.

— Так, придумала, — быстро заговорила Джейана. Сейчас она казалась всем полубезумной — Ворожея обращалась исключительно в пространство, и ни к кому в отдельности. — Рушим все ходы. И... там вода... я чувствую воду... надо перекрыть. Давай, давай, Файлинь, помогай, что ли! Не стой столбом!

* * *

... — Потери в личном составе: безвозвратные — шесть человек, общие — одиннадцать. Потери в боевой технике...

— Заткните его, Михаэль. И доложите обстановку. Только поспокойнее!

— Слушаюсь. Помещения медзоны полностью уничтожены. Развёртываем мобильные госпитальные комплексы резерва. С группой Кристоферсона нет связи. Предположительно — она рассеялась по боковым коммуникационным ходам где-то в районе сорок пятого машинного зала. Выход из строя передающей аппаратуры не позволяет проследить их перемещения. Причины рассеивания неизвестны. Группа Джейаны в общем составе из шести человек продолжает движение к сорок пятому залу. Попытка затопить генератор не удалась. Створки водоводов не подчиняются командам. Осмотровые группы выехали для проведения контрольных работ. В настоящее время наблюдается активное воздействие группы Джейаны, направленное на перекрытие всех ведущих к генератору коммуникаций. Осмелюсь передать вам мнение доктора Кришеина, только что полученное с сеансом экспресс-связи, — он считает, что произошла необратимая утечка информации, и вышеуказанная шестёрка подлежит экстерминации.

— Дьявол! Я это знаю и сам!..

— Разрешите продолжать, мой генерал?.. Доктор

Кришеин считает, что в связи с массовым проявлением паранормальных способностей группой Джейаны следует противопоставить им такие же точно способности.

— А именно?

— Запустить все генераторы и двинуть против Джейаны верные нам кланы, такие, как...

— То же, что предлагал Эйбрахам!..

— Так точно, ваше превосходительство. У вас отличная память, мой генерал...

— За насмешки над старшим по званию — десять суток гауптвахты, Михаэль!.. По... по завершении операции.

— Есть, ваше превосходительство, десять суток по завершении.

— Вызовите сюда Эйба.

— Есть... Срочное сообщение, мой генерал! Аллюр три креста!

— Читайте.

— Группа тектоников... Все подходы к машинному залу... обрушены. Длина завалов... от двухсот до трёхсот метров. Время, необходимое на восстановление коммуникаций с учётом периода расконсервации техники и возможного противодействия противника... шесть суток.

— Шесть суток! За это время они поднимут на ноги всю планету!..

— Совершенно согласен с вашим превосходительством.

— Хорошо!.. Наставников всех местных кланов — ко мне, срочно! Эйбрахама — тоже. Отправьте активационные команды на сорок третий, сорок второй, сорок четвёртый и сорок шестой генераторы. Быстро подготовьте мне сводку надёжности кланов... кто у нас там? Подтяните силы к родному клану Джейаны. И ещё одно, Михаэль. Немедленно эвакуируем штаб. Переходим на коптеры.

— Ваше превосходительство, вы полагаете?..

— Джейана Неистовая именно для того и завалила все тоннели в машинный зал, чтобы без помех вернуться и рассчитаться с нами, друг мой. Больше никакой цели у неё быть не может. Теперь вам понятен смысл приказа об эвакуации?

— Д-да, мой генерал... конечно...

— Тогда выполняйте.

* * *

Противостоять воле Джейаны сейчас не мог никто. Казалось, внутри Ворожеи вспыхнул такой огонь, что, дай ему волю — пройдёт алым серпом до самого моря, оставив на месте благословенных лесов одни только головешки.

— Они обманывали всех нас!.. — хрипло кричала она прямо в умиротворённое, никак не отзывающееся на всё это бешенство лицо Файлинь. — Учителя присвоили себе Силу... они распоряжались ею... я сама всё это видела...

Благодарного слушателя она нашла в Диме. Парень слушал её заворожённо, боясь упустить хоть одно слово.

— Надо!.. пойти!.. отплатить!.. — кричала Джей, тыча пальцем себе за спину. — Туда... туда, где их гнездо...

— А по-моему, там уже ничего нет, — кротко заметила Файлинь.

Под ногами вздрогнул пол. Раз, другой, третий... Там, где светилось багровым, пламя исчезло, слизнутое ярко-рыжим клубящимся огнём, высунувшим свою пышущую жаром морду далеко в тоннели.

— Там что-то взорвалось, Джей, — тем же мягким голосом произнесла Файлинь. — Всеотец явил свой гнев. Едва ли нам надо возвращаться туда и ставить тем самым под сомнение справедливость Его суда...

Кипя от ярости, Джейана смотрела в глаза Файлинь... и видела там лишь бесконечное спокойствие. Поколебать уверенность той, что только что говорила с Великим Духом, не смогла бы даже смерть.

— Хорошо! Но пойти и взглянуть-то мы можем?..

...Осмотр удовлетворил бы кровожадность десяти Джейан. Там, где тянулись поприща набитых техникой коридоров и комнат, где мерцали огоньки на пультах и мониторах, сейчас осталась лишь громадная, дотла выжженная пещера. Они переместились туда играючи, несмотря на то, что все хитроумные переходные машины были разрушены.

— Ну что, убедилась? — ласково спросила Файлинь. — Здесь нет ничего живого. Нам пора домой, Джей. Твердиславичи ждут.

* * *

Учитель появился в клане на рассвете, сразу после побудки. Для Твердиславичей настали трудные дни. Осень выдалась пустой, запасов мало, охота плохая, да и вдобавок столько времени оказалось потрачено впустую на поиски беглой Джейаны.

О, конечно же, Учитель не забыл своих чад.

Клан собрался вокруг наставника. Куда менее напряжённый и готовый к кровавой сваре, чем в прошлый раз. Что-то сломалось в отсутствие главных бунтарей; да и напуганная Фатима во многом пошла на попятный. Надвигался голод, помощи не было, и поневоле пришлось вернуться к испытанному — парни били в лесу зверя, девчонки оставались в клане, разделывая добычу и запасая мясо впрок. И только некоторые, самые оголтелые вроде Гилви или крепко обиженной Димом Хайди, продолжали требовать «мести».

А парней «умеренных», как ни странно, возглавил Дэвид. После того, как Фатима выставила его — из домика главной Ворожеи и, что самое обидное, из своей постели, — он очнулся от спячки. И оказалось, что его спокойная рассудительность, тактика постоянного, невзрывного давления приносит куда больше, чем бунты и поножовщина. Правда, Диму от такой тактики стало бы дурно, да и его друзьям тоже, но...

Учитель заговорил, и клан тотчас ответил тревожным гулом. Было отчего.

— Ваша Ворожея Джейана пробудила могучие, доселе дремавшие тёмные силы! — тонко выкрикнул Учитель. — И теперь Ведуны в великих силах двинутся на вас... если вы все не объединитесь и не покараете отступницу!.. Все, кто может носить оружие, кто владеет боевой магией, — пришла пора показать ваше умение, ибо Джейана Неистовая, коя будет лишена имени и низвергнута в бездну, тоже сильна, и она обманом заставила других присоединиться к себе! Их имена: Файлинь, Дим, Джиг и Лев! Они сейчас — такие же отступники; но мы ещё надеемся на их исправление...

Клан Твердиславичей нелегко было поднять на такое дело. Здесь не слишком охотно шли на прошлые поиски; без восторгов встретили и это известие.

Глядя на ряды угрюмых лиц, наставник Эйбрахам понимал, что, наверное, умнее было б взять из этого клана лишь нескольких — вроде Гилви — на всю жизнь обиженных бывшей Ворожеей: эти не отступят. А тащить всю эту массу... похоже, Фатима малость преувеличила степень своего влияния на клан...

Наставник Эйбрахам не был бы наставником Эйбрахамом, не умей он мгновенно подлаживаться к любой ситуации.

— Но понимаю я — многие помнят Ворожею Джейану совсем другой. — Голос его очень естественно дрогнул. — Помню и я, чада мои... и потому, наверное, лучше всего будет, если со мной отправятся лишь те, кто пожелает этого сам. Я буду у Ветёлы... у Раздвоенного Копья.

* * *

— Здесь Авель Алонсо. Доложите обстановку. Наставник Герейд!

— Клан Середы поднялся в полном составе. Степень участия 45 процентов. Все способные к бою парни и девушки. Ворожеи пошли все до единой.

— Отлично, наставник Герейд, благодарю за службу. Наставник Кавад!

— Клан Мануэла — процент участия тридцать девять. Ворожеи вышли все.

— Наставник Смайлз!

— Клан Петера — сорок процентов. Ворожеи вышли все. Им только скажи — «Джейана», на куски разорвать готовы.

— Итого у нас, Михаэль?..

— Восемьсот сорок два человека, ваше превосходительство, из них пятьдесят одна Ворожея.

— Не слышу наставника Эйбрахама...

— У меня четверо Ворожей.

— Как?! И всё?

— Никак нет. Клан выдвинул всех, кого мог... но я не уверен в их надёжности.

— Значит, пустим их первыми. Пусть Неистовая покажет им пару-тройку своих молний, посмотрим, как они запоют тогда!.. Местоположение Джейаны?..

— Установлено. Вышли на поверхность в районе сорок пятого колодца, взорвали его за собой и движутся по направлению к клану Твердиславичей...

— Очень хорошо! Начинайте операцию. И помните — неудачи не должно быть!

* * *

Тихая Лесная страна встрепенулась. По узким тропкам и редким здесь дорогам потянулись колонны новоявленной армии.

Странное это было войско. Мальчишки шли, вооружившись верной зверовой снастью — далеко не у всех кланов был такой же, как у Твердиславичей, опыт схваток с Ведунами; Середичи, правда, все как один взяли мечи. Кланы Петера и Мануэла — нет; они поверили словам наставников (да и почему же им было не поверить?), однако боевого оружия взяли мало. Если будет поединок Ворожей — там мечи ни к чему, а если придётся ловить — то тут сподручнее тупые копья, сети и арканы.

Середичи шли охотно — клан Твердислава они откровенно не любили и сейчас ни в коем случае не желали упустить такую возможность поквитаться разом за все обиды, неважно уже, подлинные или мнимые. Кланы же Мануэла и Петера — далеко не так весело; там, когда схлынул первый угар, начали чесать в затылках и недоумённо морщить лбы. Гладко говорили Учителя, да только всё равно — кто знал Неистовую, никогда не поверит по-настоящему в то, что она — злодейка.

Но одно дело чесать в затылках, недоумевать — и совсем другое сказать: «Мечи в землю! Никуда мы не пойдём!» На подобное не решился никто. Учителям верили... и убеждённые в этой вере тянули за собой сомневающихся. Тут и там шепотком передавались внезапно всплывшие подробности о клане Хорса, о страшной каре Великого Духа за содеянный грех... Были такие и среди Твердиславичей, кто верил — мол, я за Джейаной никакого греха не знаю, но... Всеотцу-то виднее, и, чтобы не покарал он мой клан... Такие тоже имелись, и немало.

Вожди не знали, куда идут армии. Общее направление выходило куда-то на обиталище Твердиславичей, но куда идти точно — знали одни наставники.

По лесному пределу щедро гуляли незримые волны Силы, специально возвращённой Всеотцом для схватки с отступницей, а Ворожеи кланов спешно, без защиты, разучивали самые убийственные, самые запретные заклятия из разряда боевой магии.

* * *

Вообще говоря, при такой Силе Джейане ничего не стоило в один миг оказаться где угодно, хоть в родном клане, хоть на краю земли; они задержались исключительно из-за ног Дима. Раны и в самом деле выглядели кошмарно. Одному Всеотцу известно, как парень ухитрялся не только не терять сознания, но и даже не стонать. Мази и примочки помогали плохо, Джейана пускала в ход всё, что знала из врачующих заклятий, и раны подживали, но слишком медленно. Ночью Дим горел в лихорадке, метался по устланной лапником земле; днём же, ещё более молчаливый и угрюмый, со страшно ввалившимися щеками, он шёл наравне со всеми и даже слышать не хотел ни о какой помощи или носилках. Мысленно Джейана стократ изругала себя — молнии метать умеешь, а вот сделать так, чтобы носилки сами бы над землёй плыли, не можешь!

Неистовая чувствовала, как вокруг них сжимается кольцо. Настоящее не чета всем прежним. Ненависть наплывала со всех сторон — на сей раз её не будут брать в плен, а прикончат сразу. Что ж, может, оно даже и к лучшему. Зачем жить с такой дырой в сердце?..

Только теперь, выбравшись из подземелий, она поняла, чего лишилась. Веры больше не было, осталась лишь холодная уверенность, что здесь всех всю жизнь обманывали, готовя из них... кого? Ответ на это знали лишь Учителя, и Джейана не сомневалась, что сумеет вытянуть его... если только переживёт эту охоту. С каким-то нежданным даже для неё холодным спокойствием она уверилась в том, что Твердислав скорее всего мёртв — его забрали «на небо», а что там может быть, если сам Великий Дух — лишь выдумка для легковерных глупцов?.. И какой же дурой была она сама... Твердь ведь подозревал, догадывался о чём-то... а она тогда верила Учителю.

Буяну не терпелось отправиться к Змеиному Холму. Неистовая шёпотом отчитала его: «Никуда его Ольтея не денется... Сила вернулась, значит, Дромок справится... а вот нам сейчас разделяться незачем, наведём в клане порядок и пойдём дальше, как же я без тебя, надо Учителям животы вспарывать, шеи сворачивать, народ против них поднимать — как я одна справлюсь?»

Буян повздыхал, однако же понял и остался.

На следующий день, утром, пока все ещё спали, Джейана тихо позвала его.

:Буян! Не обижайся на меня. Тебе нельзя сейчас уходить. Фай я не верю. А впереди у нас драка.:

:Ч-что? Что случилось?:

:Впереди у нас засада,: — с необычным терпением пояснила Джей. — *:Я отпускать тебя не могу... без тебя не прорваться, понимаешь? Но... я дарую тебе право уйти в тот миг, когда сочтёшь нужным. И это всё, что я могу сделать для твоей девчонки!:*

Резко отвернулась и тотчас принялась будить остальных.

* * *

Примерно в полудне пути от Твердиславичевых скал на северо-запад, за Ветёлой, есть довольно большая росчищь среди дремучего векового леса. Когда-то здесь вволю порезвился огонь. Рождённый случайной молнией, свирепо завывающий рыжий зверь ринулся было во все стороны, но, подгоняемый жёсткими бичами ветров, быстро смирился и покатил от невысокой холмистой гряды вниз, к реке. Пламенные звери добежали до русла и остановились; за ними лежал пепел да торчащие обугленные остовы.

Твердиславичи не оставили без внимания нежданный подарок. Пожарище расчистили; получился отличный луг. По благословению Учителя травы там вымахали в первую же весну после пала отменные, нигде таких не было...

— Вот уже, считай, и дома, — заметил Лев. — Ветёлу перейдём...

Мельком глянул на Джейану и осёкся. При ней хотелось только одного — молча и очень быстро убраться куда-нибудь подальше.

— Они уже близко, — глухо произнесла Неистовая. — Совсем близко... и нам не уйти.

Решили не ломать ноги по дебрям, срезать напрямик через пожарную росчищь — благо зима пока стояла почти бесснежная.

— Смотрите! — Дим вскочил, забыв о боли в не заживших ещё ногах.

Джейана глянула — и беззвучно осела в мелкий сухой снежок. Как она могла так оплошать? Не заметить, не почувствовать, не догадаться?..

С трёх сторон, с севера, запада и юга, из лесной черты появлялись люди. Десятки и сотни людей. Поле почернело, и тут уже все, даже Дим, ощутили поднимающуюся мутную волну магии. Поднимающуюся против них.

— Да это ж никак наши!.. — потрясённо выкрикнул вдруг Лев и разрыдался.

Буян молча стоял. Грудь человекозверя бурно вздымалась, словно ему не хватало воздуха. Биться со своими?! Убивать своих?! Нет, всё, что угодно, только не это! Он слишком хорошо помнил схватку с Середичами...

Джейана заставила себя встать. Мышцы затрещали от напряжения, словно не лёгкое тело тащили они вверх, а неподъёмную гранитную скалу.

Да, это были «наши». Она узнавала. Вот справа — Середичи. Бегут густо, орут, размахивая копьями... Дураки. Кто густо идёт, больше всех и потеряет.

Слева — Петер с Мануэлом. Эти идут потише. Заметно тише и никто не рвётся вперёд. Оно и понятно — слухи о подземном Звере разнеслись широко, а подробности о Лиззи мало кто помнил. Для большинства убийцей чудища оставалась именно она, Джейана Неистовая.

А вот кто это там, впереди всех, прямо по центру?!

Ворожея почувствовала, как перехватывает горло. Все сильнее и сильнее, словно на шею кто набросил невидимую удавку. Рядом сдавленно ахнула Файлинь.

Твердиславичи! Твердиславичи надвигались угрюмой стеной, наставив колья, без криков и кличей, молча, словно на бойню...

Ну, раз вы так!..

Огненная плеть жестокой обиды хлестнула по глазам. «Быдло вы несчастное, тупое и покорное стадо, вот шикнули на вас эти куклы, постращали ими же придуманным Великим Духом — и вот вы уже готовы резать и убивать во славу этих самых кукол. Всё, чем я была для вас, — пустой звук. Полноте, да живые ли вы сами? Или Учителя успели подменить ваши души? Но если так — зачем вам вообще жить? Вам всем?!»

Девушка с сухими и мёртвыми глазами молча смотрела на приближающиеся чёрные шеренги. Лучники и арбалетчики пока молчали; вот-вот своё слово должны были сказать Ворожеи, но и они отчего-то медлили — или, быть может, это просто время стало идти быстрее для неё, Джейаны?

«Нет, я вам этого так не оставлю. Отравленное семя не должно взойти; ты, проклятый мир, пожирающий собственных детей, — скольких ещё ты опустишь в неведомые мучилища, сколько ещё таких вот на всё готовых убийц вырастишь ты по заказу этих нелюдей в серых плащах, что назвали себя Учителями? Нет, нет, есть лишь одно средство — огонь. Огонь очищает всё, он очистит и этот плывущий в пространстве шар, чтобы когда-нибудь Жизнь начала на нём всё сначала...»

Джейана знала, что она так сделает. Она уничтожит их всех. Одним ударом. Как жаль, что она сейчас не в силах испепелить целую планету!..

Нет, погоди, оспорила она саму себя. Мало убить слуг. Надо уничтожить хозяев в их логове. В их коренном, главном логове, откуда они спустились сюда. А для этого...

Но в этот миг рыжая Гилви начала бой, метнув в старого врага расцветший в небе огненный цветок.

«Что-о? Ты, соплячка, всё-таки бросила мне вызов! — Джейана зарычала, словно стая самых лютых ведуньих тварей. — Ты об этом пожалеешь... и очень скоро пожалеешь...»

Это самое первое заклятие Джейана отбила играючи: жгучий сноп пронзающего пламени косо ушёл в тотчас задымившуюся землю.

— В круг! — рявкнула Джейана. — Взяться за руки! Сейчас мы их всех...

— Джей, ты что, Джей, там же наши!.. — Файлинь плакала, сама не замечая льющихся слёз. — Ты их хочешь?..

— Я убью всех! — выкрикнула Ворожея. — Всех, кто встанет!.. Или — лучше, чтобы они нас?.. Отбивай!..

Файлинь невольно повиновалась — она чувствовала нацеленное в неё убийственное заклятие, неосознанно отразила его, мгновенно сотворив «зеркало», — и во вражьих рядах по земле с воплем покатилась охваченная огнём фигурка. Дерзкой Ворожее из клана Середичей было едва ли больше двенадцати лет.

«Убивать, чтобы самой не быть убитой, — закон не людской, звериный, закон кособрюшьего прайда, где сильный пожирает слабого. Не для этого я шла освобождать тебя, Джейана... я думала, это нужно для клана... но, похоже, лекарство оказалось ещё злее болезни. И я уже убила... убила, спасая себя, хотя ясно, что спасения нет и быть не может».

Мысли Файлинь прервала новая атака.

Четыре Ворожеи клана Твердиславичей (или теперь они будут называться как-то иначе, по имени своей новой Вождь-Ворожеи Фатимы — Фатимычи, что ли?!) — сама Фатима, Гилви, Светланка и Линда — ударили вместе. Новым, только что от Учителя полученным заклятием...

Воздух вокруг Джейаны внезапно сгустился, сжался и навалился на плечи неподъёмной тяжестью. Рука еле-еле продиралась сквозь эту густоту — ага, решили раздавить и сплющить...

Ответ последовал немедленно. Пусть парни и Фай уже лежат на земле, круг распался, и она может рассчитывать только на свою Силу — рыжая стерва просчиталась, её, Джейану Неистовую, так просто не взять!

— Я тебе помогу... — предложил вдруг вкрадчивый и мягкий голос.

Под сжавшимся голубовато-серым куполом заблистал стремительно распухающий чёрный шар. Он рос и ширился, совершенно скрыв под собой пятёрку окружённых. А ещё миг спустя там, где столкнулись чёрный шар и вызванный магией четырёх Ворожей воздушный молот, вспыхнуло алым, змеящиеся молнии пронзили голубую толщу, шар внезапно посерел, напружился — и лопнул, вдребезги разнося остатки заклятия нападавших.

Гилви рухнула без сознания, Линду и Светланку просто сшибло с ног; у Фатимы из носа и ушей потекла кровь, однако она устояла.

— Круг! Круг! Составить круг! Всем! — неслось от края до края леса. Учителя хотели предложить Неистовой битву её же любимым оружием. Разве сможет одна Ворожея, пусть даже и выдающаяся, противостоять восьми сотням, объединившим все силы?

Катившаяся через поле людская волна взволновалась, взвихрилась и замерла. Там торопливо хватали друг друга за руки... а Твердиславичи? Неужто и они тоже?..

Нет, там возникла заминка. И наставник Эйбрахам, опять-таки первым почувствовав, что происходит — никто из его клана не протянет руки Середичам, — быстро скомандовал: вперёд!

Гилви приподнялась, поддерживаемая за плечи Светланкой.

— Дрянь... гадина... сейчас... я тебя... — шептали губы рыжей Ворожеи.

А Твердиславичи угрюмо шли вперёд. Слишком властным ещё оставалось слово Учителя... За их спинами кланы Середы, Петера и Мануэла смыкали ряды, а сбежавшиеся к наставнику Ворожеи быстрым шёпотом проговаривали последние детали заклятия, которого — они не сомневались — Неистовой не отразить.

Джейана ждать не стала. Дивное упоение Силой наплывало привычным уже, сверкающим забытьем, по сравнению с которым ничто все иные чувства. За миг этого блаженства можно смело отдать годы серого существования... что Джей сейчас и делала. Словно воспарив над равниной, она видела, как со всех сторон, вырвавшись из подземных каверн, к ней мчатся потоки, целые реки Силы; Учителя запустили свои *машины* на полную мощь, питая Силой своих Ворожей; сейчас они поймут, насколько просчитались. Она не верит в их Великого Духа; она верит только в месть и в смерть.

— *Правильно веришь; ни во что иное верить и не следует,* — мягко проговорил уже знакомый голос. Однаединственная фраза, ответа на которую не ждут.

Ну, что ты сделаешь теперь, Ворожея по прозвищу Неистовая? Землетрясение? Яд? Молния? Смерч? Ураган?

Нет. Всё это слишком мелко для *ЕЁ* ненависти, Ненависти с большой буквы. Она не успеет воздействовать на разумы тех, кто пришёл убивать её; а это значит — Сила против Силы!

Взор её пронзал толщу земли; извиваясь подобно змеям, там тянулись бесконечные ходы, вновь полные жизни. Стоило Учителям вернуть Силу, как из всех потайных гнёзд полезли разнообразные твари — заняться привычным своим делом, для чего они и были запущены туда...

«Нет, чада мои. Сегодня вы будете слушаться *меня*!

Сюда. Сюда. Сюда. Я приказываю. Вы повинуетесь. Сюда, ко мне, ко мне!»

А чтобы на той стороне не скучали, пока подземные обитатели выберутся на поверхность, Джейана показала, что не только Гилви владеет здесь огненными заклятиями.

За её спиной из земли прямо в небо ударил исполинский фонтан жидкого пламени. Чадное, рыже-чёрное, оно вздымалось всё выше и выше — над полем, над лесом, над холмами, чуть не достигая туч; пламенная

змея замерла, изогнулась — и, распадаясь на сотни отдельных ручьёв, ринулась вниз, прямо на оторопевшие кланы.

Твердиславичи оказались самыми умными. Дружно развернувшись и побросав копья, со всей наивозможной скоростью бросились наутёк. На пути возникло кольцо из взявшихся за руки Середичей — его прорвали в один миг, даже не пуская в ход мечей, одной только массой, воспользовавшись мгновенной растерянностью.

— Стоять!.. Куда?!.. Стоять! Прокляну-у-у! — надсаживался наставник Эйбрахам, однако его никто не слушал.

Горело уже всё поле. Пламя в один миг слизнуло снег с земли и сейчас катилось, катилось океанским валом на жалкие фигурки ребят.

Джейана дико расхохоталась. Из-за дыма и пламени она не видела бегство своего клана — и считала, что первыми сгорят как раз Твердиславичи. И поделом им, поднявшим оружие против своей Ворожеи, бившейся за их свободу! Ах, Иван, Чёрный Иван — если бы ты был рядом!..

Она гнала и гнала огонь вперёд, чувствуя уже на пути упругую незримую преграду — Ворожеи на той стороне разобрались-таки, что к чему, и сейчас начнут действовать...

Уже раздались первые крики ужаса в рядах кланов Мануэла и Петера. Уже дрогнули Середичи, пятясь перед неотвратимо накатывающейся пламенной лавиной... Уже заметались в растерянности наставники, видя, что лихорадочные усилия девчонок-волшебниц ни к чему не приводят...

— Ты этого не сделаешь! — Фай вскочила на ноги. — Ты безумна! Проклинаю тот час, когда пошла спасать тебя!..

Её удар Джейана отбила играючи. Фонтан взрыхлённой земли взметнулся едва ли не выше огненного вала Неистовой; однако драгоценная секунда оказалась потеряна.

— Сейчас! — невидимая за огнём и дымом, выкрикнула Гилви.

Мгновение позже — и Джейана успела бы вернуть

власть над пламенем. Но Гилви, очень, очень, очень способная Гилви, одна из сильнейших Ворожей всего Лесного края, не ошиблась.

Пять десятков волшебниц — очень большая сила.

С неба низринулась вода — первое, что пришло на ум Гилви. Не дождь, не ливень — а настоящие потоки под стать огненным. Вода возникала из ничего прямо над полем, обрушиваясь на замершее, утратившее на миг быстроту и напор пламя Джейаны.

Огонь не сдавался. Файлинь уже лежала на спине, раскинув руки; Дим, Джиг и Лев бросились к ней — жива, но в шоке; Дим распрямился, бросил быстрый взгляд на главную Ворожею — и бессильно покачал головой. Пульсирующее облако Силы, через которое не пробиться его оружию.

Буян стоял не шевелясь. Он мог бы броситься даже сквозь огонь, мять, рвать, давить, убивать... Но впервые за много месяцев не захотел подчиниться приказу Джейаны. Тех, *настоящих* врагов — убивал бы с наслаждением десятками. Разве не на это вдохновил его Великий Дух, что бы там ни говорила Неистовая?

Парням было хуже — они не могли уйти. Впереди их ждала смерть в разожжённом Джейаной огне. Оставалось только ждать...

Джейану окутывал сине-светящийся кокон. Бледные тени скользили вокруг, изрыгая неслышимые проклятия, но стены прозрачной тюрьмы держали их крепко.

Сбитое водяной волной, пламя медленно отступало, оставляя лишь обугленную чёрную землю. Не скоро на ней вырастет хоть одна былинка...

Подземная армия Джейаны близилась к поверхности.

Клан же Твердиславичей почти в полном составе скрылся в лесу, и некого было отправить в погоню — Середичи вновь сомкнули живое кольцо, потому что, лишь объединив все силы, полсотни Ворожей могли противостоять одной Джейане.

Они почти сплели заклятие, когда обгорелая земля начала вспучиваться во множестве мест сразу.

* * *

— Контроль над глубинниками утерян, мой генерал!

— Все мобильные ремонтно-диагностические системы вышли из строя! Движутся вверх... Предотвратить не могу...

— Эйбрахам, Герейд, Кавад! Смайлз! Отводите кланы!..

— Нам не разомкнуть кольцо! Заклятие уже готово!..

— Проклятие!.. Проклятие!.. Прокля-а-атие!..

* * *

Джейана торжествовала победу. Её армада поднялась на свет из земных глубин; и едва ли все Ворожеи на свете сумеют отразить атаку этих зверей. Она хорошо помнила бой у Ближнего Вала.

...Да, вот они. Памятная башка — синевато-стальная пластинчатая броня, она раскрывается, появляются глаза-шары на длинных стеблях, распахивается щель зияющей чёрной пасти... Когда-то эта тварь шла на её клан — теперь же она сама выпустила эту смерть против сородичей.

Огонь быстро угасал.

Поле взвыло и разрыдалось сразу множеством голосов, стоило несчастным кланам Мануэла, Петера и Середы разглядеть, что их ожидает и кто лезет из чёрных нор. А подземные полчища, едва завидев *добычу*, не обращая внимания на огонь, повалили вперёд...

Это был миг наивысшего торжества Джейаны.

:Девчонки!..: — пронёсся мысленный приказ Фатимы. На сей раз она опередила Гилви.

Потоки воды перестали низвергаться на воспрявшее было пламя. А земля под ногами у мятежной Ворожеи внезапно начала расползаться, размякать, стремительно углублялись ямы, ямищи и настоящие провалы; Джиг и Лев подхватили на руки бесчувственную Файлинь и бросились наутёк. Следом кое-как ковылял Дим. Они делали единственное, что им ещё оставалось, кроме доблестной гибели, конечно же.

Творение чар и поддержание заклятий требует предельной сосредоточенности. И когда под ногами поплыла земля, а требуемое противодействие ещё не было найдено и Джей невольно взмахнула руками, теряя равновесие, она поняла, что проиграла.

Края ямы, куда она проваливалась — и стремительно уходила всё глубже, — мгновенно отвердели, превратившись в подобие усыпанных острыми зубьями жерновов. Жернова навалились, сдавливая со всех сторон... сделали первый оборот...

Дикий вопль человека, с которого живьём сдирают кожу, а за ней и мясо с костей.

Инстинкты опередили разум. Выход один — бежать; но та, что сильнее боли и желания жить — ненависть, — отдала другой приказ.

Они знали, что делать, они подстраховались на случай, если она начнёт перемещение; и, если бы ей пришлось выбирать *место*, она бы никогда не успела. Но её вела ненависть, которой не нужны *очертания*. Она довольствуется меньшим.

А передние ряды её подземного войска уже сцепились с воинами кланов; правда, самые опасные, те самые глубинники, поворачивали назад, не чувствуя более управляющей ими Воли.

Джей чуть не умерла, пробивая призрачную, прижавшую её к гибельной давильне тяжесть. От одежды и собственной кожи остались жалкие лохмотья; она оставляла за собой кровавый веер алых брызг.

Фатима только и успела разинуть рот, когда перед ней возник жуткий призрак. Джейана казалась восставшим из могилы упырём, вся покрытая грязью и собственной кровью.

— Ты!.. — в этом возгласе было всё. Приговор, презрение, вызов — что угодно. Окутанный голубоватым сиянием кулак по-мужски врезался в скулу Фатимы; Вождь-Ворожею отшвырнуло шагов на десять, где она и осталась лежать с нелепо заломленной шеей.

— Убить её!

«Кажется, ты опять здесь, мой дорогой наставник? Ага, вот тебя-то мне и не хватало... У меня нет времени перебить их всех — второго удара мне не выдержать, — но уж ты-то от меня не уйдёшь...»

Джейана отшвырнула в ослеплении бросившуюся

на неё Гилви, точно матёрый пёс — щенка. Фигура в сером плаще заметалась... но в следующий миг окровавленные руки сдавили ей горло, а прежде чем растерявшиеся Ворожеи успели нанести новый удар — и отступница, и Учитель исчезли.

О Файлинь и компании все просто забыли в суматохе. А Буян, перехватив у опешивших парней лёгкое тело девушки, широким стелющимся бегом мчался к дальнему лесу. Кланы повсюду сцепились со зверьём — и успешно его теснили. Кто-то из Мануэловых попытался было заступить им дорогу — Буян просто сгрёб пару смельчаков второй парой лап и зашвырнул в кусты для отдохновения. Пусть полежат, говорят, помогает от дурной храбрости...

Им повезло — они скрылись в зарослях.

* * *

...Он заговорил, лишь когда перед ними уже расстилалось Пожарное Болото. Невозмутимый Дим так и сел прямо в снег, едва заслышав знакомый голос.

Конечно, Буян рассказывал не всё. Далеко не всё.

— Так вот оно и вышло... Оглушили... связали... притащили к себе... а потом — превратили вот в это. Но, братцы, я вам так скажу — не всё так просто и ясно...

Убедить троицу оказалось нелёгким делом.

— Ты что?! — вопил Джиг, хватаясь за голову. — К Ведунам? Рехнулся! Сожрут нас там и косточек не оставят!..

— Ты вылечишь Фай? — рявкнул на него Буян во всю мощь новых своих лёгких, так что Джига аж слегка отбросило и у всех без исключения зазвенело в ушах. — А Дромок — он не только ведь калечит! Да и то сказать, одолел бы я такой путь в ином теле?.. А кроме того — куда вам ещё? В клан? Ага, вас там Учитель ждёт. С распростёртыми объятиями. Помните, что с Чарусом сделали?..

Спорили долго и, наверное, если бы не Фай, так ни до чего бы и не договорились.

Джиг всю дорогу плёлся в хвосте процессии и жалобно ныл, пока Дим молча не дал ему по шее.

Змеиный Холм встретил их полной тишиной. И только между всё теми же странными домиками из блестящего тёмного стекла неподвижно стояла закутанная в плотный плащ громадная фигура Творителя. А рядом с ним...

У Буяна едва не подкосились ноги. Рядом с ним в короткой шубейке подпрыгивала от нетерпения Ольтея!

Дим, наверное, никогда в жизни так много не удивлялся за один день. Ламия с визгом бросилась на шею чудовищу Буяну, обнимая его с такой страстью, что целомудренный Дим счёл за лучшее отвернуться, не забыв дёрнуть за рукав бесцеремонного Джига. Лев, хвала Всеотцу, сообразил сам.

... — Куда же вам идти? Оставайтесь, — говорил Дромок. — Еды у нас хватит. Но... буду с вами откровенен — едва ли Змеиный Холм можно считать надёжным убежищем. Как только Учителя прознают, что вы здесь... сюда двинутся орды, — он криво усмехнулся, показав жуткие зубы, — орды наших *меньших братьев*. Всё, что они умеют, — это убивать. Мы, конечно, дадим отпор, но... посудите сами, долго ли можно продержаться? Я, конечно, сделаю всё, чтобы нарастить наши силы... Но вам надо думать и о том, куда уходить дальше. Да и мне, кстати, тоже.

— Дромок, — решился спросить Буян. — Скажи же наконец, кто ты? Слуга Учителей, их рода, переделанный, как я?

— Переделанный? — Дромок улыбнулся. — О нет, ты мне — как это по-вашему? — ты мне *льстишь*. Не переделанный... был таким всегда. Вот только разума слишком много для *машины*. И способность чувствовать. И ощущать интерес. И удовлетворение. А так — творение рук Учителей... предназначен для войны с кланами.

— А почему ты переделал меня? Я помню, что ты говорил что-то о *расширении задачи*...

— О! — Дромок опустил уродливую голову. — Такого *эксперимента* ещё не ставил никто и никогда. Мной двигало любопытство. *Состраданию* мне ещё предстояло научиться. И... я учусь. Так что теперь и сам не знаю, кто я такой...

...Ноги Диму Дромок залечил за два дня.

С Файлинь Творитель провозился чуть дольше, но и тут не оплошал.

— Хорошая вещь *биоплазма*... — только и сказал на прощание.

...На четвёртый день они уходили. Ведуны собрали последние сведения — Учителя в полной растерянности, Джейана скрылась с поля боя, прихватив с собой одного из наставников. Клан Твердиславичей занял круговую оборону в своих скалах — потому что три других, главным образом Середичи, вполне серьёзно вознамерились рассчитаться с ним за бегство. У наставников же хватает иных тревог, чтобы гасить эту свару, — а может, напротив, они хотят, чтобы мятежный клан покарали собственные сородичи. Кто стоит во главе — непонятно; во всяком случае, Ключ-Камень, захапанный было Гилви, травницы у неё отобрали — «пока не появится вождь».

Друзья переглянулись. Это был шанс!..

Файлинь не колебалась ни секунды. Конечно, в клан, в клан, и только в клан!..

Буян хмурился.

— Да брось ты, — уговаривала его Фай. — Пойдём с нами... поможешь... не убивать же этих дураков в самом-то деле... стукнешь кого аккуратно, и всё...

— Так ведь они решат, что Ведуны ворвались... — возражал Буян.

— Ничего. Я свет буду держать, нас увидят.

— Иди, Буян, — неожиданно поддержала Файлинь Ольтея. Как ни странно, между ламией и девушкой из клана очень быстро всё сладилось, и теперь они, бывало, даже шептались где-то в уголке о своём, девичьем, время от времени дружно хихикая. — Иди, иначе ведь тебя совесть вконец замучает... — Она вздохнула, опустила голову, сдерживая слёзы. — Только возвращайся. Я хоть и *искусственная, из биоплазмы*, — ротик жалко скривился, — а чувствую всё равно как вы...

...Тёмной зимней ночью, когда впервые завьюжило по-настоящему, проскользнув мимо строжевых постов (обозлённые Середичи не снимали осады), они оказались у ворот.

— Эй! Свои! Дим и Файлинь!

Часовой осторожно высунулся.

Ярко и ровно горел в поднятой руке Файлинь магический огонь. Рядом с ней стоял Дим, чуть поодаль — Джиг и Лев.

— Открывай, Середичи нас вот-вот продырявят!

Во вражьем стане горн сыграл тревогу.

Часовой долго не раздумывал. Ходивший ещё с Чарусом на Пэков Холм, он, сам того не замечая, давно уже привык больше доверять себе, а не слову Учителя.

Они скользнули внутрь.

— С нами ещё один, — остановила его Файлинь. — Буян.

— Буя-ан? — парень разинул рот.

— Ну да, я, — перед часовым выросло жуткое чудище. Голос, правда, и впрямь как у Буяна. — Что сомневаешься, Гжег? Ну тогда вспомни, как мы с тобой раков ловили в твои штаны...

Об этом и впрямь никто не знал, кроме Буяна.

Не задерживаясь, они прошли прямо к домику травниц. Файлинь одним движением заставила отодвинуться запертый изнутри засов.

— Файлинь! — заспанная Ирка вскочила. — Великий Дух, а мы-то...

— Где Ключ-Камень, Ира?!

— Здесь... у нас... девятью наговорами запертый, Гилви, сколь ни билась, снять не смогла. Да ты погоди, расска...

С каменным лицом Файлинь протянула руку к каменной шкатулке — вместилищу самого ценного в клане, казны и ядов.

— Мамочка! — охнула маленькая травница при виде того, как рука Файлинь спокойно откинула крышку.

— Бери, Дим. Он твой по праву. Завтра соберём клан... И будем драться!

* * *

Звёздный Порт. Он должен быть где-то здесь... Там — последняя надежда.

Джейана посмотрела на слабо хрипящего старика.

Чтобы не тратить на него сил, связала обрывками его собственного плаща. Тщательно обыскав, вытряхнула кучу каких-то мелких устройств — что это такое, она разберётся позже.

Ворожея не сомневалась, что её уже ищут. И наверняка знают, где она находится. И наверняка сейчас начнут гасить Сердце Силы, чтобы вновь, как в прошлый раз, превратить её в простую смертную. Только теперь она знала, что вторично ей утрату Силы не пережить.

Былые подружки, Ворожеи кланов, оказались сильнее, чем она рассчитывала. Открытого боя она не выдержала... приходится признать. Заклятие перемещения... интересно, известно ли оно Учителям? Судя по тем переходным тоннелям, которыми они выбирались навстречу Файлинь, чем-то подобным наставники владели. Поэтому, как только они поймут, где она скрывается, следует ждать гостей.

Чахлый лес кончался в нескольких шагах от беглянки. За ним тянулось уныло-серое поле, ровное, как стол или как замерзшая река. В отдалении высилось нечто напоминающее поставленные стоймя серые же ящики.

«Серый мир, — с презрением подумала Джейана. — Серый мир, откуда приходят серые люди... Ну, ничего — теперь-то мы посчитаемся!»

Она не сомневалась, что там, в Начальном мире, откуда пришли наставники, Силы будет вдосталь — здесь, у кланов, Учителя могли *отключить энергию*, но едва ли им удастся подобное в их собственном мире, там, где идёт жестокая война, которая без этой Силы всё равно что река без воды или человек без крови. А ей очень надо туда! Очень! Чтобы узнать наконец всю правду. Чтобы добраться до того придумщика, кто стоял во главе этой конечной пирамиды, кто «разрешал» или «не разрешал» кланам волшебство, кто оттуда, издали, командовал всем этим *маскарадом*...

Джейана бросила беглый взгляд на Учителя. Связанный, с заткнутым ртом, он только и мог, что мычать.

— Сейчас ты поведёшь меня к Летучему Кораблю. — Джейана нагнулась к нему, и старик отшатнулся — отчего-то сделавшиеся иссиня-чёрными глаза отступницы, казалось, прожигали насквозь. — Слышишь, отродье? Поведёшь к кораблю. И мы взлетим. И ты приведёшь меня в ваш мир... к самому главному зачинщику. Тогда я тебя отпущу. Целого и невредимого. Ну а если откажешься... или заведёшь не туда... умирать будешь очень долго и тебе будет очень больно. Куда больнее, чем сейчас.

Наставник замотал головой, захрипел, задёргался, отчаянно замычал что-то...

— Что-то сказать имеешь? — девушка выдернула у него изо рта кляп.

— Имею... нам не долететь... собьют... и потом... не сесть... тоже собьют...

— Мы умрём быстро? — переспросила Джейана.

— Быстро?.. Х-р-р... о да!

— Тогда ты ничем не рискуешь, — безумные глаза ласково улыбнулись. — Здесь — смерть лёгкая и быстрая, если нам не повезёт, и смерть очень долгая и мерзкая — если ты лететь откажешься. Что станет со мной — ты уже никогда не узнаешь. Убить себя мгновенно и без боли я всегда сумею. Ну, так что скажешь, охвостье?

— Я... я... не умею пилотировать...

— Не умеешь? Что ж, тогда я сперва проделаю с тобой всё, что собиралась, а потом поймаю того, кто умеет, — невозмутимо пожала плечами Ворожея.

Плечи наставника совсем поникли.

— Х-хорошо... я согласен...

— Правильное решение, — холодно одобрила его Джейана. — Теперь, если тебе суждено умереть, ты умрёшь легко и быстро. Или не умрёшь вообще. Теперь говори — вон тот корабль годится?

— Годится. Он предназначен как раз для межзвёздных перелётов...

— Очень хорошо. Веди.

— Но космопорт охраняется! — взвыл Учитель.

— Тебя это волновать не должно. — Тоненькая девушка, закряхтев, взвалила костлявое старческое тело себе не плечо. — Посмотрим, какая там охрана...

...Первый ряд заграждений — забор из серого бронепластика — Джейана разнесла одним ударом. Она больше не желала прятаться. Напротив — она вызывала на бой их всех, сколько б ни набралось, всю эту мразь — Учителей и их прихлебателей.

Где-то в отдалении взвыло нечто донельзя громкое, гнусавое, буравящее уши.

— Сейчас здесь будут солдаты... — пробулькал Учитель с плеча Ворожеи.

— Сколько бы ни было — все лягут, — пропыхтела она в ответ.

Джейана и в самом деле не сомневалась сейчас в своей способности справиться с любым противником — кроме Ворожей из кланов.

Очевидно, мысль о том, что отступница может покинуть *планету*, так и не посетила светлые головы здешних заправил. Корабль охранялся лишь для очистки совести. Перекошенное лицо стражника, вскинутая шестистволка, горящие в невидимом щите пули...

Голову и плечи стрелка оплела белая молния, сотканная из чистого, незамутнённого пламени. Стон, пахнуло горелым, и человек покатился на серую поверхность поля, так и не выпустив бесполезного оружия.

— Внутрь!

Корабль больше всего напоминал здровенную лохань, перевёрнутую вверх ногами и с чуть закруглёнными концами. Ни крыльев, ни оперения — ни дать ни взять и в самом деле лохань. Только вот умеющая летать.

Набитые машинерией коридоры Джейану нимало не смутили. Она чувствовала, куда надо идти и что надо делать. И для управления простейшими механизмами вроде дверного поршня и запора ей не требовалось изучать многостраничное «Руководство пользователя». Достаточно было проследить текущие под обшивкой слабые токи Силы и отдать нужную команду.

Дверь с шипением закрылась. Клацнул замок.

Наставник с посеревшим лицом следил за ней.

— Иди! — скомандовала она. — В *рубку*...

Коридоры были пустынны. Команда — на её счастье — вся сошла «на берег».

Рубка мало чем отличалась от коммуникационного центра и иных помещений *врагов*. Экраны, мониторы, подковообразные пульты, перемигивающиеся десятками огоньков, масса разнообразной техники, при виде которой спасовал бы и растерялся любой — только не Джейана Неистовая.

Она не могла сказать, почему поступает так, а не иначе, но мысли её, обращённые сейчас в орудия, один за другим запускали стартовые генераторы, малый пускач, основной пускач, движок системы жизнеобеспечения, питание навигационного вычислителя... Наставник, освобождённый от кляпа и пут, смотрел на неё уже почти с мистическим ужасом.

Девушка, точно в трансе, медленно двигалась по рубке, словно исполняя плавный священный танец. Глаза её оставались полузакрыты, руки плавно поднимались и опускались, как будто она плыла — плыла куда-то вверх или даже летела; она не прикоснулась ни к одной кнопке, тумблеру или переключателю, однако в такт её движениям вспыхивали всё новые и новые созвездия контрольных лампочек — дань традиции: чем проще устройство, тем оно надёжнее.

Вот засветились экраны, главный и четыре боковых. Стало видно лётное поле, толпящийся по его краю народ; Джейана заметила четыре приплюснутые сегментчатые машины, угрожающе нацеливающиеся стволами в сторону корабля.

Она понимала, что её берут на прицел, — а стартовать пока нельзя, главный двигатель ещё холодный и не набрал нужной мощности.

Тяжёлый вместительный транспорт не имел иного оружия, кроме толстой брони — поняла Джейана, едва мысль её пронеслась по всем отсекам корабля.

А её собственная Сила?..

С необычайной пьянящей лёгкостью она слепила шар из туго свитых молний и, не долго думая, словно снежком, швырнула его в головной танк.

Белёсый мячик коснулся покрытой серыми камуфляжными разводами брони, прилип к ней, втянулся внутрь... В следующий миг танк взорвался изнутри, огненный смерч вырвал башню из креплений, поднимая её словно чудовищную шляпу на голове высунувшегося из машины пламенного змея.

Три оставшихся, в свою очередь, плюнули огнём, и

корабль Джейаны тряхнуло трижды; но у транспорта этого типа двигатели, системы управления и жизнеобеспечения прятались в самой глубине, по периметру тянулись пустые сейчас грузовые трюмы; флегматично зафиксировав пробоины, автоматы наглухо задраили два повреждённых отсека... и всё!

«Рабочая тяга» — вспыхнул красный транспарант. И сразу же — «Отсутствуют координаты места достижения».

— Вводи, — громко скомандовала Джейана. — Координаты вашего мира... самого главного!

Трясясь как в лихорадке и поминутно оглядываясь, наставник начал вводить координаты. Он не рискнул ввести неверные цифры, он был совершенно сломлен. Увиденное потрясало сильнее, чем все на свете доклады, файлы, распечатки и оперативки. Ободранная и окровавленная девушка посреди вылизанной до блеска рубки земного корабля с эмблемой Космических Сил проекта «Вера» не была человеком. Кем угодно, но только не им.

— *Неплохо бы тебе помолиться Великому Духу, в которого ты не веришь*, — мягко сказал чей-то бесплотный голос в ухо наставнику Эйбрахаму. Тот судорожно дёрнулся, как от удара, — естественно, вокруг никого. — Проклятая девка... — только и смог простонать он...

«Ввод координат... завершён. Расчёт орбиты... закончен. Расчёт точки входа... закончен. Расчёт точки выхода... закончен» — один за другим вспыхивали алые надписи на одном из центральных мониторов.

«Запрос на старт?»

Джейана медленно повела головой из стороны в сторону, как бы говоря «нет»... однако на языке Силы в данном случае это как раз означало обратное.

Эйбрахам обратил внимание, что девчонка сразу и напрочь заблокировала всю связь с наземными службами. Теоретически диспетчерская могла накрыть корабль силовым зонтиком, не дав ему оторваться от поля; но наставник Эйбрахам отчего-то ни на миг не сомневался, что всё это окажется бесполезным.

...Она ощутила небольшое сопротивление, когда

начался подъём, — словно великан, рвущий плечом тонкие сети карликов.

...Генераторы и эмиттеры вспыхивали один за другим, люди с криками разбегались от аппаратных, преследуемые по пятам струями сизого пламени...

Транспорт пробивал атмосферу, и Джейана невольно прилипла к экранам. Наставник Эйбрахам лежал в глубоком обмороке, постигшем его при виде исполинского грибовидного облака, вздыбившегося над энергостанцией космопорта...

А потом небо почернело и зажглись звёзды.

Нарушая все правила космогации, транспорт ушёл в прыжок, не достигнув расчётной точки, так, словно у него на борту стоял по меньшей мере второй, равный по мощи двигатель. Батареи *Звёздного Дома,* дюжина взлетевших истребителей и полсотни охранных спутников, готовивших сокрушительный — вернее, почитавшийся таковым — удар, остались ни с чем.

Теперь остановить корабль мог только флот самой Земли.

* * *

У дверей Совета стояла внушительная охрана. В незнакомой Твердиславу белой форме, в полном боевом и с оружием, снятым с предохранителей. На парня и сопровождавшего его офицера — подчинённого Конрада — стражи смотрели тускло и подозрительно. На все однообразные заявления — нас ждёт его высокопревосходительство! — следовал столь же однообразный ответ — никто не смеет входит в зал Совета, не будучи его членом.

— Бесполезно, — офицер только махнул рукой. — Лучше и в самом деле подождать где-нибудь здесь.

Фойе перед залом Совета и впрямь располагало к неспешному ожиданию. Ручейки, живые рощицы, фонтаны, птицы... Цветы, буйное смешение красок, тяжёлый аромат громадных мясистых лепестков и венчиков...

— Подождём?.. — провожатый уже направился к уютной беседке возле орошающего воздух фонтана.

— Нет, — хрипло ответил Твердислав. Там, за плот-

15 Зак. № 766 Перумов

но закрытыми дверьми Совета, сейчас творилось что-то... нет, не страшное... но грозящее перерасти потом в это самое страшное и даже непоправимое.

* * *

Совет бушевал. Никогда ещё чинное собрание не знало таких страстей, такого нагромождения доводов и контрдоводов, обвинений и контробвинений; Корнблат так и не ушёл с трибуны, стоял, забрасываемый наводящими вопросами оппонентов Исайи:

— Не считаете ли вы, профессор, что в данном конкретном случае имело место превышение полномочий уважаемым верховным координатором?..

— Не считаете ли вы, профессор, что отсутствие какого бы то ни было статистически достоверного результата при столь богатой выборке однозначно свидетельствует в пользу отказа от эксперимента «Вера» в его нынешнем смысле?..

— Не считаете ли вы, профессор, что в изначальном своём виде Проект был обречён на неудачу и не имел никакого шанса на успех — что должно быть ясно, по моему мнению, любому трезвомыслящему человеку, знакомому хотя бы с азами точных и естественных наук?..

— Не считаете ли вы, профессор, что утверждённая его высокопревосходительством верховным координатором смета расходов Проекта «Вера» полностью абсурдна и ведёт лишь к разбазариванию ресурсов?..

— Не считаете ли вы, профессор, что при составлении самого Проекта имел место злой умысел и его создатели стремились лишь ослабить наши ряды?..

После этого вопроса, выкрикнутого с места самой Мак-Найл, в зале разом наступила мёртвая тишина. Роковые слова произнесены. Теперь — открытая схватка. Отмолчаться и не ответить на такое обвинение Исайя Гинзбург не может.

Красный, потный Корнблат судорожно утирался огромным носовым платком. Руки его тряслись — потому что рядом стоял каменно-спокойный Исайя и ласково, даже ободряюще смотрел на него...

— А... Э-э-э... Я, собственно говоря, старался излагать высокому собранию... э-э-э... лишь те факты, кои мог подтвердить документально, равно как и выводы, вытекающие лишь из таких фактов...

Завилял хитрец, подумал Исайя. По лицу Мак-Найл явствовало, что старая львица рассчитывала совсем на другой ответ. Взгляд её буравом впился в переносицу генерала-от-экологии, и тот, лишний раз утеревшись платком, с великими мучениями принялся выдавливать из себя слова.

— А... э... Собственно говоря, факты, что я привёл высокому собранию... ярко характеризуют людей, стоящих и посейчас во главе Проекта «Вера», как... мнэ-э-э... действующих по принципу «quia nominor leo»[1], как персон глубоко... мнэ-э-э... безнравственных, лишённых каких-либо человеческих чувств, закоренелых властолюбцев... — Оратор старался взвинтить сам себя, отрезать пути к отступлению. Мак-Найл следила за ним с удовлетворением. Сейчас она напоминала уже не львицу, а старую паучиху, хладнокровно наблюдающую за трепыханием жертвы. — Таким образом, учитывая всё вышеизложенное... м-м-м... кратко подытожу: чудовищный перерасход материальных средств и людских ресурсов, полный провал идеологии, приведшей к массовому дезертирству... м-м-м... этого, очевидно, достаточно. Sublata causa, tollitur morbus[2]. Без этих людей, что стояли у истоков Проекта... Difficile est proprie communia dicere...[3] В общем, ответ утвердительный. Косвенные данные говорят, что...

Исайе пришлось сделать шаг и слегка коснуться плеча Конрада — тот уже готов был броситься на говорившего.

Зал молча стоял, ожидая. Малкольм закряхтел и нажал кнопку — зелёный огонёк, вежливый запрос к председателю на предмет получения слова.

— Уважаемые коллеги! Независимый эксперт донёс до вас мнение своей комиссии. Вы все были свидете-

---

[1] Quia nominor leo — ибо я называюсь лев (*лат.*).

[2] Sublata causa, tollitur morbus — устраните причину, тогда пройдёт и болезнь (*лат.*).

[3] Difficile est proprie communia dicere — трудно хорошо выразить общеизвестные вещи (*лат.*).

лями демонстрации видеоматериалов. Согласно Уставу Совета, часть вторая «Председатель Совета», пункт 48 «Досрочное прекращение полномочий», процедура импичмента может быть начата, если в случае поименного голосования не менее двух третей членов Совета плюс ещё один голос последовательно выскажутся за. В этом случае, согласно пункту 48, подпункту 48-точка-2, председатель лишается права самостоятельного принятия решений и, пока длится расследование его деятельности, обязан согласовывать каждое с Опекунским Советом в количестве 10 человек, каковой Совет вправе также самостоятельно предлагать к обязательному исполнению решения, направленные... ну и так далее, уважаемые коллеги. Согласно пункту 46 части второй, любой член Совета может поставить вопрос об инициации процедуры. — Он перевёл дыхание. Если он сейчас произнесёт роковые слова, отступления для него лично уже не будет. — Я ставлю вышеупомянутый вопрос на голосование. Но прежде, чем начать его...

За плотно запертыми дверьми зала заседания что-то глухо рвануло. Срывая с плеч шестистволки, отделение внутренней охраны ринулось к выходу.

Исайя негромко вздохнул, поворачиваясь к Корнблату.

— Вы слегка опередили события, профессор. Твердислав всё-таки вернулся.

* * *

Сидеть и ждать — невыносимо! Там, за дверью, за спинами охранников в белом, творилось что-то жуткое, неправильное, неправедное. Твердислав не мог объяснить, что именно, он просто не находил себе места, рыща по нарядному залу, словно голодный кособрюх весной в поисках корма.

«Великий Дух, вразуми меня. Что, что влечёт меня с такой силой за эти бронированные двери? Там пытают ребёнка, насилуют девочку, режут на куски живьём парня из моего клана? Нет. Там разбираются с его высокопревосходительством верховным координатором господином Исайей Гинзбургом. Мне вообще-то нет до него никакого дела, но...

— Они потребовали его крови, — прозвучал рядом негромкий голосок. Твердислав... нет, он даже не *раз*вернулся, он как-то немыслимо *из*вернулся, чуть ли не перекинувшись через себя.

Аэ, в обычном боевом комбинезоне сторонников верховного координатора, сидела в ближней беседке, закинув ногу на ногу. А рядом с ней... У Твердислава едва не подкосились ноги.

Вторую девчонку — точнее говоря, девушку, он знал, хоть и плохо. Видел мельком, когда ещё только знакомился с Джейаной.

Мелани, главная Ворожея клана Старка, родного клана Неистовой, три года назад взошедшая на Летучий Корабль. Твердислав совсем забыл, что она тоже может оказаться здесь. Но... неужели Мелани могла предать Его? Могла оказаться с Его врагами?.. И как Аэ сумела проникнуть сюда?..

— На пределе дыхания, — тихонько откликнулась та. Ясное дело, опять читает мысли. — На очень короткое время... Мелани помогла. Она знает дорогу.

Высокая, темноволосая, с прямым тонкие носом и большими серыми глазами, Мелани рядом с Аэ походила на большую ночную птицу — всегда настороже, всегда готова ударить...

— Мы пришли помочь тебе сделать выбор, вождь Твердислав, — голос бывшей Джейаниной наставницы казался далёким и холодным. — Вдвоём с ней мы откроем ворота... и уйдём. Тайны мира крылатых ждут тебя.

— Прежде всего меня ждут тайны этого мира! — огрызнулся Твердислав.

— Какие? Наша магия тут не работает. — Мелани покачала головой. — Нас бессовестно обманули, вождь Твердислав, пойми это. Шайке Гинзбурга нужно только пушечное мясо. Только солдаты, бестрепетно умирающие с криками «да здравствует верховный координатор!».

— Да такое и выговоришь-то еле-еле, куда уж с таким в бой идти или там умирать, — огрызнулся вождь.

Он ненавидел переветников. Если уж поднято знамя — стой рядом с ним, доколе не упадёт.

— Погоди, Мелани... Твердь, выслушай меня. Ты не кажешься мне *фанатиком*. Ты разумен. Ты понимаешь, что сила координатора Исайи против нашей — ничто. Война будет длиться, ибо она даёт цель низшим и потому полезна. Мы можем сломать им спины... но тогда это будет означать начало совсем иного мира. Нас же пока устраивает мир существующий.

— Существующий? О каком ты говоришь? О том мире, с крылатыми?

— Мир един, вождь Твердислав, — вмешалась Мелани. — Мир един, но вот слоёв в нём — очень много. Бесконечно много...

— А зачем я вам? — в упор спросил юноша. — Ты, Аэ, бегаешь за мной по пятам...

— Отвернись, Мелани. — Аэ вдруг покраснела. И... прикрой нас.

На бесстрастном сероглазом лице не отразилось ничего.

— Будет, как ты хочешь, сестра.

И — отступила во внезапно сгустившуюся тень.

Кажется, Твердислав с Аэ остались одни.

— Я люблю тебя! — прошептали мягкие губы возле самого его уха. — Я люблю тебя! — острые зубки, играя, укусили за мочку уха. Слышишь, тигр? Я люблю тебя и хочу тебя! Здесь, сейчас!..

Мутная волна желания, сокрушая преграды, мчалась вверх, от паха к груди. Руки помимо воли уже сжимали податливое, точно глина, тело; губы впились в загорелую шею — всё это сами, словно и не нужен им был никакой Твердислав...

— Дёшево покупаешь, девочка, — хрипло сказал он, отталкивая её.

Мир вокруг стремительно менялся. Нет уже искусственного сада, разбитого в кадках среди голых серых плит; вокруг шумит где-то у самого поднебесья листвой девственный лес. Журчит, выбиваясь из-под мшистой коряги, ключ... а на другом берегу ручья — нагое тело, белое-белое, даже белее снега, бьётся под грудой коричневых мускулов громадного зверя... или нет, человека, просто очень большого и похожего на зверя...

— Мóрок! — сам себе крикнул Твердислав. И, не зная, что делать, впился зубами в ладонь — быть может, боль проможет прояснить отуманенный разум?..

Не помогла. Всё остаётся по-прежнему. Человеко-зверь громаден, вонюч, космат; одной рукой он прижимает к земле локти жертвы, другой — раздвигает ей ноги.

— Тве-е-ердь!.. — отчаянно кричит Аэ.

На нём, Твердиславе, серый бронекомбинезон, мёртвый, без энергии и оружия. Сенсорика? Или самое обычное видение, насланное посредством магии?

Он не раздумывает, бросаясь на выручку. Оружия нет, только голые руки. Очень удачно подвернувшийся булыжник врезается насильнику чуть повыше уха. Великан ревёт, отбрасывает Аэ, выпрямляется (руки его при этом всё равно свисают до самой земли), колотит себя в грудь кулачищами... Из оставленной камнем раны стекает кровь, но, очевидно, это просто рассечена кожа.

— Магию, Твердь! — истошно кричит Аэ. — Я не могу...

Продолжение фразы теряется в рёве исполина.

Твердислав поднимает руку и чётко, словно на защите перед Учителем, произносит формулу молнии.

Ослепительный зизгаг пламени врезается в покрытую косматым мехом грудь. Великан нелепо взмахивает руками и рушится — прямо в мелкую воду ручейка.

И тотчас же начинают таять древесные стволы.

Твердислав стоит посреди торжественного зала, рядом с ним — голая, исцарапанная, дрожащая Аэ, и вскочившая на ноги Мелани уже рвёт с себя куртку бронекостюма...

— Сумел! Ты — сумел! — не стесняясь наготы, Аэ виснет на парне, настойчивые руки начинают шарить по комбинезону в поисках застёжек. — Мелани! Отвернись!

Что это было? Специально подстроенный спектакль — или они и в самом деле побывали в каком-то из миров, миров Аэ, быть может?..

Тело Твердислава, здоровое и сильное молодое тело,

отзывается тотчас. Упирается рассудок — он заставляет руки оттолкнуть льнущую девчонку.

— Нет! Аэ, нет!

— Но, почему, почему, глупый? Ты ведь один из нас! — Аэ плачет крупными слезами.

— Один из ва-ас? — изумляется Твердислав.

— Конечно! У тебя работает магия! Понимаешь? Магия! И это значит...

— Аэ! Уходим! — резко и зло кричит Мелани. — Мне их не удержать...

Фигуры девушек накрывает серая колышущаяся завеса. Слуха Твердислава достигают приглушённые крики, стрельба... но миг спустя всё стихает, точно отрезанное ножом, и воцаряется плотная тишина — только кровь звенит в ушах.

Вокруг него — никого. Запрокинув голову, с полуоткрытым ртом, откуда тянется ниточка слюны, откинулся на скамье офицер-сопровождающий. Недвижно стоит на местах возле входа в зал Совета стража в белом.

Твердислав лежал на полу. Правую ладонь что-то щекотало, он взглянул — мокрый песок... ну да, он ведь выдернул булыжник из берега лесного ручья... Так что же, получается, он и в самом деле был *там*? Или это всё такой же мо́рок?

Он поднялся. Сколько прошло времени? И что происходит там, за дверьми? Нет, ему обязательно надо пройти... координатор должен знать, что Твердислав, в которого он верил, вернулся, чтобы сражаться рядом с ним, какие бы чудеса ни развёртывали Умники...

...Потому что если уж встал под чьи-то знамёна — бейся за них, пока не падёшь сам или пока не падут они.

Твердислав шагнул навстречу белой охране.

— Я должен пройти, — холодно произнёс он, глядя поверх голов.

Стволы смотрели ему в лицо и грудь, и он знал, что особые заряды этих шестистволок прошьют его броню навылет.

И тут его как громом ударило — что там сказала Аэ? Магия работает?.. Работает магия?..

Он поднял руку. Времени на пробы не оставалось,

и он сделал то единственное, что ему оставалось, — заклятие Разрыва, нацелив его в дверные запоры.

И сам упал долей секунды раньше, чем шестистволки изрыгнули огонь.

Двери окутало едким желтоватым дымом, створки перекосило и вывернуло наружу. Меж ними появилась щель — примерно *полметра*, как сказал бы координатор Исайя. Охрана, большей частью оглушённая, оказалась на полу, и Твердислав не раздумывая ринулся в проход.

* * *

Внутренняя охрана не успевала. Да и то сказать — как могли далеко не молодые уже люди, пусть даже и в оснащённой самыми современными псевдомышцами броне, соперничать в реакции с молодым тренированным парнем, прошедшим жестокую школу кланов?

Он вылетел из окутавшего двери дыма, перекатился через плечо, уходя с *возможной* линии огня, и Исайя невольно вновь порадовался за своего протеже. Молодец. Вернулся. Не соблазнился. Устоял. Мне пока неведомо, перед чем — но устоял. И чувствовал что-то значит, иначе не рвался бы сюда, сметая всё и всех.

— Тихо! — гаркнул верховный координатор, разом перекрыв весь шум и гам собрания. — Тихо! Кто-то говорил здесь, что лучший мой воспитанник изменил, перебежал к Умникам?! Вот вам доказательство! Ну что, будем голосовать?

Нестройные вопли в ответ.

— Нет, нет, не увиливайте! — гремел Исайя. — Я сам, своей волей, ставлю вопрос на голосование! Прошу всех высказаться, господа! Прошу всех!

Твердислав ничего не понимал в происходящем, кроме одного — координатору нужна его помощь и что он, Твердислав, успел в самую последнюю секунду.

Однако Мак-Найл не была бы Мак-Найл, если б сдалась без борьбы.

— А откуда известно уважаемому координатору, — выкрикнула она, — что тот, кого мы видим перед собой, — и впрямь Твердислав, а не сотворённый Умниками подменыш?

И тут Твердислав сделал то, на что никогда не осмелился бы раньше. Поднял голос на пожилую женщину.

— Молчи! — рыкнул он. — Молчи! Великий Дух сподобил меня вернуться... и, — вера подхватывала его, восторг душил горло, — Он вернул магию!

Со вскинутой руки потекли огненные спирали. Прежде чем зал успел хотя бы охнуть, под потолком ослепительно сверкнуло, с грохотом полетели вниз обломки облицовки...

— Бластер в рукаве! — истошно заорал кто-то. Охрана кинулась было скрутить смутьяна; её остановил лишь властный окрик Исайи.

— Нет у меня ничего! — заорал Твердислав, вскидывая пустые ладони.

— Спокойнее, господа, спокойнее! — страшным голосом произнёс Исайя, и, как ни странно, все от этого и в самом деле успокоились. В этом голосе, несомненно, имелось что-то магическое, надчеловеческое... иначе отчего вдруг разом побледнели Малкольм и Мак-Найл, с ужасом глядя уже не на Твердислава, а на уважаемого и достопочтенного председателя Совета?..

— Всё, беспорядки закончены, — вполне будничным голосом произнёс Исайя, возвращаясь к своей конторке. — Я предлагаю продолжить согласно изменённой повестке дня...

В голосе его звучал металл. За дверью зашевелились оглушённые взрывом стражи. И растерянный, утративший запал и злость Совет как-то сник, поддался, упустил момент, когда ещё можно было кричать и топать ногами, требуя ареста вторгшегося чудища и тщательной экспертизы оного, равно как и выяснения вопроса, не способствовал ли в этом мальчишке сам верховный координатор. Наверное, если бы не молния, грянувшая в потолок из рук Твердислава, Малкольм нашёл бы что сказать, да и Мак-Найл, старая грымза, не уступила бы так просто. Но они оказались слишком ошеломлены, слишком ошарашены, чтобы мгновенно организовать сопротивление.

— Садитесь, господа Совет, прошу вас, садитесь, —

нарочито буднично говорил Исайя. — Коллега Малкольм поставил на голосование очень важный вопрос, спасибо ему большое. А до этого профессор Корнблат сделал очень хороший доклад, думаю, мы все должны выразить ему нашу признательность. Теперь взгляните на Твердислава, уважаемые члены Совета. Юноша прошёл сквозь самое сердце Сенсорики и остался одним из нас. Более того — чистый душой, он обрёл возможность распоряжаться своими паранормальными способностями, чему вы все сейчас были свидетелями. Имеется видеозапись — все желающие могут подвергнуть её сколь угодно тщательной экспертизе... А теперь, я полагаю, нам следует проголосовать. Итак, кто за предложение уважаемого коллеги Малкольма?.. Благодарю вас. Сорок восемь человек. Против? Тридцать пять, остальные воздержались. Поскольку для принятия решения требовалось пятьдесят процентов списочного состава плюс ещё один голос, предложение уважаемого коллеги Малкольма отклоняется Советом...

* * *

Корабль вошёл в прыжок. За экранами расстилалось серое Ничто, объяснить природу которого Эйбрахам то ли не смог, то ли не захотел. Съёжившись в пилотском кресле, он сидел, закрыв лицо руками, не замечая ничего вокруг. Приборы вели корабль сами, вмешательства человека не требовалось, так что Джейана некоторое время даже недоумевала, зачем здесь эти кресла, пульты и бесчисленные клавиши с рукоятками, если всё, что требовалось от экипажа, — задать координаты конечной точки.

Через несколько часов этого злого молчания Джейане стало невмоготу.

— Эй ты!

Эйбрахам вздрогнул и попытался скорчиться ещё сильнее. Джейана ухватила старика за шиворот, одним рывком выдернув из кресла.

— Сейчас ты мне будешь рассказывать, — объявила она, устраиваясь напротив. — Что у вас там и как. Кто нас встретит, кто обнимет...

Эйбрахам жутко осклабился, даже не осклабился — оскалился. Загнанный и сломленный зверь, ещё пытающийся показывать зубы.

— О, нас встретят, нас встретят! — брызгая слюной, прошипел он. — Нас сожгут ещё на орбите! Космические боевые станции... Алонсо, конечно же, отправит рапорт... они будут предупреждены...

— Чем вооружены? — хладнокровно стирая с лица слюну старика, спросила Джейана. — Как далеко бьют?

— Чем вооружены?! — Эйбрахам дико расхохотался. — Тебе этого не понять, дикарка, невежество! Что ты понимаешь в теории поля, в гиперпереходах, квантовых генераторах или пушках прямого луча?

— Не понимаю ничего, — с прежним спокойствием отозвалась Ворожея. — И понимать не желаю. Объясняй, на что оно похоже, это оружие? Огонь? Солнечный луч? Ядовитый дым?

— Ха-ха-ха! — расхрабрившийся Эйбрахам презрительно помотал головой.

Не меняя выражения, Джейана коротко, без замаха, ударила старика ногой в скулу. Несильно, чтобы унизить, а не покалечить. Наступила упавшему на спину коленом и деловито заломила руку.

— Теперь я начну поворачивать тебе кисть... вот так, — дружелюбно сообщила она. — На корабле достаточно Силы, чтобы медленно разорвать тебе сустав. Медленно, чтобы ты как следует всё прочувствовал. А может, сперва я примусь за пальцы... ещё не решила.

Учитель тонко заверещал.

— Я ведь ещё не поквиталась с тобой за тот обман... в пещере, — мягко продолжала девушка. — Хорошо придумали, молодцы... людоеды, значит... Чтобы мы размякли и сдались... Какие же вы всё-таки лжецы!..

— После того, как вы убили стольких людей... — прохрипел Эйбрахам, видимо, собрав для этого последнюю храбрость.

— Ну, об этом мы тоже потолкуем, — посулила Джейана. — Чуть позже. Поговорим про Лиззи, Чёрного Ивана, подземных зверей, природу Силы и про другое. Но прежде — про орбитальные базы. И про их оружие.

— Ты ничего не узнаешь, сумасшедшая! — фальцетом взвыл Эйбрахам. Джейана подняла брови и чуть усилила нажим. Старик завизжал и задёргался.

— Лежи смирно, — посоветовала девушка, ещё немного поворачивая кисть.

— О! Ой-ой!.. Хорошо, хорошо, лежу-у-у!

— Вот таким ты мне нра́вишься гораздо больше, — сообщила Джейана. — Говори!

— Не... А-а-а!!! Я скажу-у-у!!! Всё скажу!..

— Так излагай, а то мне уже надоело ждать, — невозмутимо сказала Ворожея.

— Мы выйдем из прыжка... на пересечении секторов баз А2 и А3. Десять дальнобойных батарей... мы сразу окажемся в радиусе их огня. С первой секунды. Это... острые лучи... вроде солнечных... только в пустоте они не видны.

— Очень хорошо, — Джейана была очень, очень терпелива. — Что ещё?..

Эйбрахам рассказал много интересного. Очень много. Подгоняемый болью, он выдал всё, что мог, — и наконец умолк, всхлипывая и совсем по-детски утирая нос рукавом.

— Очень хорошо, — медленно сказала Джейана. — А теперь последний вопрос. С кем мне говорить? Кто стоял во главе?

Эйбрахам шмыгнул носом.

— Верховный координатор, председатель Руководящего Совета Исайя Гинзбург.

— Ты проводишь меня к нему.

— Да ты что, ты что! — Исайя замахал руками. — Нас сто раз расстреляют!

— Меня не расстреляют, — бросила Джейана.

— А я? А как же я? Ты обещала мне жизнь!

— Ну вот я тебя и не убью, — пожала плечами Джейана. — А за других я не в ответе...

— Тогда убивай! Здесь убивай!

— Я тебя очень больно убью, ты разве забыл? А там — раз, и всё! — она ухмыльнулась.

— Т-ты не человек, — пролепетал наставник. — Ты

не та девочка, которую я растил... которой вручил клан... Ты — подменыш!

— И кто же меня подменил? — хладнокровно поинтересовалась Джейана. — Кто сотворил?

Наставник Эйбрахам молчал.

* * *

— А теперь рассказывай!

Они остались вдвоём в кабинете координатора. Исайя казался вымотанным, очень постаревшим и осунувшимся. Совет, как и следовало ожидать, окончился ничем. Его высокопревосходительство не стал требовать крови обвинителей. Растерянно замерев, Совет проголосовал за создание каких-то комиссий и комитетов по расследованию... и этим всё кончилось.

— Рассказывай. Ты был у них?

Твердислав кивнул.

— Это не мо́роки, координатор. Или если мо́роки — то неотличимые от реальности... хотя кто скажет, что есть реальность?

— Какие рассуждения... — покачал головой Исайя. — Продолжай, пожалуйста...

Твердислав стал рассказывать. Про подземный ход, ныне заваленный и заваренный, что вёл в сказочный мир, мир обитателей древесного городка и их крылатых врагов...

Исайя слушал с непроницаемым лицом — так, словно Твердислав принёс чёрные, самому вестнику непонятные известия.

— Звали остаться? — он вздохнул. — Правильно сделал, что вернулся... Знаешь же, что сказано — не страшитесь убивающих тела, души же не могущих убить... А вот они как раз могут...

— Но, координатор Исайя... я не видел там никакого зла... кроме естественного, присущего природе... Но — неужели они сами творят миры?

— Не знаю, — мрачно сказал координатор. — Хочу верить, что это лишь наваждение.

— Я не понял главного... — хрипло сказал Твердислав. — Почему мы воюем? За что? Почему они хотят убить нас, а мы — их? Может, все слишком хорошо затвердили — «убей, чтобы не убили тебя!»?

— Слова твои воистину золото, — вздохнул Исайя. — Если бы мы смогли понять... Но они-то нас отлично понимают! Они отлично знают, что мы просто хотим жить... дожить, если быть справедливым.

— Координатор... откуда взялись Умники?

— Твердислав... скажи мне, ты — веруешь?

— Верю, — опешил парень. — Великий Дух сказал... и я исполняю Долг. И вот — Он вернул мне магию... Наверное, теперь такое случится и с остальными...

— Если бы все были такими, как ты, — вздохнул Исайя. — А про Умников... Что ж тут странного — они такие же люди, как мы... наши дети, внуки, правнуки... Отринувшие наш путь, избравшие свой собственный... понять бы ещё, в чём он...

— А как всё это началось?

Исайя уже открыл рот, собираясь отвечать, когда загорелась одна из лампочек на его многоцветном пульте. Координатор поднял бровь.

— Авель Алонсо... Он присматривает за кланами. Что-то срочное...

Исайя читал поползшее из щели сообщение — он ни за что не хотел отказываться от архаичных бумажных распечаток, — и брови его ползли всё выше и выше, явно намереваясь слиться с шевелюрой надо лбом.

— Ну и натворила же дел твоя подружка, — шёпотом проговорил он, хватаясь за голову. — Разнесла там всё вдребезги... Захватила корабль... и вот-вот будет здесь, Авель наладил связь только на второй день...

Твердислав только и смог, что разинуть рот.

* * *

Конрад стоял перед верховным координатором. Подле мрачного как смерть Твердислава.

— И запомните, Конрад. Никакой стрельбы. Встретить. Проводить ко мне. Не допустить перехвата Умниками. Всё. Приказы несложные, но исполнить их, пожалуй, будет трудновато. Судя по отчёту Алонсо, Джейана безумна... поэтому соблюдайте осторожность.

— Координатор... Может быть, я всё же встречу её один? — Твердиславу не слишком нравилась эта роль просителя. Но что делать — Конрад и его солдаты подчинялись только его высокопревосходительству.

— Нет, Твердь, слишком рискованно, — Исайя покачал головой. — Она может решить, что ты — предатель... и начать действовать. Её надо доставить сюда, ко мне... я надеюсь, мне удастся её уговорить.

— Но почему она так ненавидит? — пожал плечами Твердислав.

— А ты разве не ненавидел тех, что пытались преградить тебе дорогу к похищенной девочке? — ответил вопросом на вопрос координатор. — Впрочем, погоди. Пора отвечать на вопросы настанет... и очень скоро, поверь мне. Джей задаст их множество. Ты тоже послушаешь.

* * *

Корабль вышел из прыжка в строго рассчитанной точке. И почти весь экран сразу же занял голубовато-серый шар — тот самый, *исходный*, Прародительский мир. Мир, откуда пришли Учителя.

— Ну, всё... — слабо пробулькал наставник из кресла. — Сейчас сожгут...

Однако грозные орбитальные крепости молчали. Минута истекала за минутой, а всеуничтожающего залпа, отразить который готовилась Джейана, всё не следовало.

Они вошли в атмосферу — целыми и невредимыми. Глаза Учителя стали слово пара круглых циферблатов.

— Ничего не понимаю... Неужели Алонсо скрыл случившееся?!

И до самого приземления не произнёс больше ни слова.

Корабль садился в автоматическом режиме. Он уже завис над серым посадочным полем, когда на пульте внезапно мигнули огоньки, и спокойный мужской голос произнёс вслух:

— Я уверен, ты слышишь меня, Джейана Неистовая. Очень тебя прошу — не надо больше огня, крови и смертей. Ты наверняка хочешь увидеть меня, верховного координатора Проекта «Вера»? Я к твоим услугам. Меня зовут Исайя Гинзбург, если наставник Эйбрахам ещё не назвал тебе моего имени. Тебя встретят — без оружия — и проводят ко мне. Прошу у тебя снисхождения — подожди мстить и рушить до того, как поговоришь со мной. Ты ведь к этому стремилась? А теперь, если хочешь ответить, пусть Эйбрахам включит передатчик... Слышите меня, наставник Эйбрахам? Включайте!

Старик сполз с кресла. Трясущимися руками нажал какие-то кнопки.

— В-всё г-готово, в-ваше...

— Благодарю вас, наставник. Ваша миссия исполнена. Уважаемая Джейана, ты ведь, конечно, отпустишь теперь старого человека? Он, насколько я понимаю, выполнил всё, что ты от него потребовала...

— Отпущу... когда увижусь с тобой! — Джейана сказала — точно плюнула в лицо.

— Хорошо, — казалось, невидимый собеседник пожал плечами. — Как тебе будет угодно. Только не причиняй ему вреда сверх уже причинённого, ладно?

— Не будет дёргаться — не причиню!

...Когда корабль наконец сел и всё стихло, Джейана толкнула Эйбрахама локтем.

— Вставай и пошли. Я — первая. Если они решили обмануть меня... то лучше бы тебе и не рождаться на свет. — По телу катились сладкие волны Силы. Её было тут много, очень много. Хватит, чтобы поднять на воздух весь их проклятый мирок.

...Бронированная дверь отползла вбок, и Джейана напряглась, ставя на всякий случай щит...

Напрасно. В неё никто не стрелял. На огромном сером поле было пусто, лишь шагах в пятидесяти от корабля стояла небольшая кучка людей — человек пять или шесть. Один из них отделился и шагнул навстречу Джейане, высоко подняв безоружные руки.

— Нам приказано сопроводить тебя к верховному координатору! Не надо стрелять! — крикнул он ещё издали.

— За мной! — сквозь зубы приказала девушка Эйбрахаму. Старик, правда, и так тащился следом, не отставая ни на шаг и трясясь крупной дрожью.

Постоянно ожидая подвоха, девушка не сводила глаз со «встречающих». Однако те держались совершенно спокойно — в лёгкой одежде, пустые руки на виду — хотя как можно до конца доверять пустым рукам в мире, где столько хитроумнейшей машинерии?

— Пойдём, Джейана, — сказал костистый старик, тот самый, что вышел ей навстречу. — Пожалуйста, не надо мгновенных перемещений... всем нам ведомы твои возможности. Поедем на нашей таратайке... не так быстро, зато надёжнее. Да, да, конечно, при первом же признаке обмана с нашей стороны ты... — он понимающе потряс головой. — Но прошу тебя, подожди до разговора с координатором...

Ни *Звёздный Порт*, ни путь через город, составленный из высоченных чёрных игл, не произвели на Джейану ровным счётом никакого впечатления. Сказать по правде, она почти и не видела, что творится за окнами стремительно мчащегося по стальной ленте вагончика. Ненависть внутри сжималась в тугой комок. Сперва она разберётся с главным... а уж потом решит, что делать с остальными.

Однако же её не обманули. Подмены самого «координатора» она не боялась — всегда почувствует. Да и Эйбрахам — он сейчас не в том состоянии, чтобы врать.

Её провели в здание. Совершенно, абсолютно пустое. Только провожатый Конрад, четверо молчаливых спутников да по-прежнему трясущийся Эйбрахам. Ничего не осталось от исполненного достоинства Учителя, каким являлся он в клан...

Двери... открываются...

Джейана напряглась. Неужто и тут нет ловушки?

Нет, нету. Конрад и его люди остаются в коридоре.

А вот человек у громадного, во всю стену, окна... У Джейаны едва не подкосились ноги. В этом человеке крылась Сила — настолько исполинская и неоглядная, что она, при всей своей нынешней мощи, перед ним была меньше, чем муравей перед кособрюхом, да что там! Меньше, куда меньше!

А сбоку, в нише, замер... напряжённый и бледный... не может быть... Твердислав!

Парень дёрнулся, словно хотел шагнуть к ней; Джейана гордо вскинула голову:

— С прислужниками не разговариваю!

Краем глаза заметила, как у Твердислава сжались кулаки. Правильно, поделом ему, поделом...

— Я верховный координатор Проекта «Вера», — сказал человек у окна, улыбаясь Джейане. — Исайя Гинзбург. Наверное, тебе стоит поговорить со мной.

Джейана чувствовала, как темнеет в глазах от ненависти. Да. Это действительно *координатор* — человек на вершине пирамиды. Человек, отдававший приказы. Человек, сотворивший чудовищный обман...

— Наша магия — она от вас? — она не спрашивала, она утверждала.

— Да, — спокойно сказал Исайя. — Ваша магия — от нас. Мы построили и смонтировали генераторы... ментальные усилители... разработали систему заклятий — овладевая ими, вы одновременно и учились... Да, Джей. Ты права. Вся магия — от нас.

Краем глаза Джейана заметила, как вздрогнул в своём углу Твердислав. Ага, парень, для тебя это тоже новость? Но почему же тогда тебя не удалили отсюда?..

— Вы обманули нас. Никакого Всеотца нет!

Исайя улыбнулся. Мягкой понимающей улыбкой.

— В том смысле, который ты вкладываешь в это слово, — да, его нет.

Твердислав сдавленно вскрикнул.

— Спокойно, Твердь. Я всё объясню... прямо сейчас. — Почему он так поразительно хладнокровен?!

— Значит, всё была ложь?! — взвизгнула Джей. Отчего-то ей очень было нужно, чтобы этот наделённый великой Силой человек ответил ей... словно бы после этого рухнут последние барьеры.

— Да, Джей. Всё было ложью. Ведуны подчинялись Учителям. Подземный зверь, напавший на клан, был всего лишь очень сложной машиной... отчего-то разладившейся. Заболевшую Лиззи похитил слуга Учителей... правда, не с целью убивать и мучить, а, напротив, вылечить. Хотя она была почти безнадёжна... но каким-то чудом, — он вновь улыбнулся, — поправилась в клане...

Джейана хотела выкрикнуть что-то ещё — и не смогла. Слова вязли в горле.

— Мы хотели вырастить свободное от соблазна Умников поколение, — медленно говорил Исайя. — Не просто солдат, но именно тех, кто обладал бы Верой. И... несмотря ни на что, нам это удалось! Ты — тому наглядный пример...

— Значит, вы убивали нас...

— Так тяжкий млат, дробя стекло, куёт булат, — пожал плечами Исайя. — У нас не было иного выхода. Мы хотели жить.

— Те, кто умер, тоже хотели жить, координатор, — очень тихо произнёс Твердислав. — И что же с ними стало, если... если Его не существует?

И вновь Исайя мягко улыбнулся.

— Жизнь очень жестока, вождь Твердислав... но погоди, время твоих вопросов настанет чуть позже. Итак, Джей, Джейана Неистовая, что ещё ты хочешь узнать?

— Вам нужны были солдаты... и вы убивали нас, чтобы выжили лучшие...

— Да. Это так. Но задумайся вот над чем, — Исайя подошёл к ней почти вплотную. — То, что делала ты... отражала огонь лазерных установок, плазменных пушек и тому подобного... как могла ты это сделать?

Джейана не нашлась что сказать. А и в самом деле, как? Если Великого Духа нет...

— Будь уверена, от ментального усилителя тебя отключили тотчас, едва вы с Твердиславом покинули клан. Но тем не менее способности творить чудеса ты не утратила. В чём же тут дело?.. — Исайя сделал паузу, но девушка по-прежнему молчала.

— А я скажу тебе, Джей. В глубине души ты попрежнему верила. Пусть не в Великого Духа, не во Всеотца... но ты верила во что-то высшее, высший разум или высшую справедливость... и творила чудеса. Собственно говоря, именно этого я и добивался... — Координатор поёжился, словно ему внезапно стало холодно. — Если бы вы знали, каких трудов в своё время стоило убедить Совет! Мне возражали, и вполне резонно — что за дикая чушь с этим Всеотцом? Зачем нужна эта магия, если мы всё равно не сможем обеспечить её функционирование здесь, на фронте, — ибо генераторы и ментальные усилители занимают объём, сравнимый с объёмом планетного ядра, а здесь мы не можем даже прорыть подземный ход, чтобы не столкнуться с сопротивлением Умников... Мы пошли на то, чтобы каждый пришедший из кланов проходил бы испытание своей Веры — когда отказывает магия. Прошли его немногие, но... Твердислав, ведомо ли тебе, что кроме тебя волшебство ожило ещё у трёх твоих сородичей? Они верят, понимаешь, Джей, верят по-настоящему... и творят чудеса. — И вновь загадочная улыбка.

— А... а как же я? Ведь я не верю...

— А ты и не творишь, Джей, — лицо Исайи посуровело. — Каждым словом, каждым поступком ты убиваешь в себе Веру... Веру в справедливость и добро. И чем меньше в тебе этой веры, тем слабее твои способности. Ненависть — это пламя; но пламя нуждается в топливе, а топливо — это как раз Вера, а не наоборот.

Джейана в один миг прижала руку ко рту, словно гася отчаянный вопль. Нелепо, рывком, вскинула вверх сжатый кулак... и ничего. По-прежнему зажимая рот, крутнулась и бросилась прочь...

Твердислав ринулся следом.

— Остановись! — властно прозвучал голос Исайи. — Остановись, сын мой. И сделай, пожалуйста, какое-нибудь простенькое волшебство. Ну хотя бы засвети огонёк.

Твердислав молча повиновался. Он не мог сейчас ни о чём думать — услышанное давило, гнуло и ломало; как жить после этого? Однако...

Приказу Исайи он повиновался не раздумывая.

Огонёк? Хорошо, пусть будет огонёк...

Над ладонью мягко воспарил голубоватый шарик.

Твердислав уставился на него так, словно узрел перед собой самого Всеотца.

— Вот видишь, — тихо сказал Исайя. — Не верь

речам моим, верь сердцу своему... А что оно говорит сейчас? Тебя ведь обманули, коварно и подло обманули... Что сделаешь ты теперь?

Несколько секунд Твердислав молчал, глядя на танцующий огонёк.

— Ты побежишь вслед за Джейаной? Или попытаешься прикончить меня здесь? Ведь это я инициировал Проект. Я придумал то самое разрешённое волшебство...

— А почему же оно действует... здесь? — прошептал Твердислав.

— А эту загадку ты решишь сам... и очень скоро. Ну так каково твоё решение?

— Пусть даже всё так, и никакого Всеотца нет... — медленно проговорил Твердислав. — Пусть вы всё это выдумали... но... я стал тем, кем хочу быть... вот видите — огонёк... а смогу и молнию... и что-то сильнее молнии... но... не для того, чтобы убивать всех без разбору... с Умниками надо мириться... воевать нет смысла... И потом... жизнь в кланах... она правильная. Есть друг и есть враг... наверное, так плохо... но мне нравилась та жизнь... я правил кланом... был первым среди равных... и пусть даже нас обманывали... мы создавали что-то своё... преодолевая обман...

— Золотые уста твои, — прошептал Исайя.

— Я с вами, координатор. — Твердислав посмотрел прямо в глаза собеседнику.

— Хо... — начал было тот, однако в этот миг разговор их прервали. Самым невежливым образом.

— Координатор! — срывая голос, завопил кто-то, врываясь в кабинет без стука. — Джейана проникла на космодром... и захватила «Разрушитель»!..

И тут Твердислав увидел, как у Исайи от ужаса разом отлила кровь с лица.

— «Разрушитель»? Но как...

И им рассказали, как.

* * *

Вихрем вылетев из кабинета, Джейана промчалась по коридорам. Никто не дерзнул преградить ей путь — они не знали, что Сила покинула Ворожею.

Как, как, как?! Рыдания душили горло. Да, пережить *это* второй раз — хуже смерти, за которой — ясно теперь — лишь пустое ничто.

Значит, осталось последнее. Она не допустит, чтобы обман процветал и дальше. Огонь! Огонь! Вот последнее средство. И она бросит этот огонь... она сожжёт всех этих кукол, что послушно двинулись против неё... кто сам пошёл под пяту... Как хотелось бы уничтожить всё здесь, не там, а именно здесь! Но... она понимала, что слова Эйбрахама об орбитальных крепостях не были пустым звуком. А теперь... что этот гад сделал с ней? Всего лишь объяснил, что она теряет Веру — и всё? И Сила ушла? Или он всё врал и это просто хитрое заклятие?..

...На свою беду, наставник Эйбрахам оставался сидеть там, где его и оставила Джейана, — в одном из кресел неподалёку от выхода из здания. При виде Джейаны — а она ведь так и не сменила изодранную и совершенно задубевшую от крови одежду — его затрясло так, что зубы принялись выбивать какую-то несусветную дробь. Девушка легко, словно тряпку, сгребла его за шиворот.

— В *Звёздный Порт*, быстро!

Старик повиновался без звука.

Их никто не попытался остановить. И сам Эйбрахам не задумался, отчего Ворожея, одним мысленным усилием управлявшая тяжёлым транспортом, вдруг вознамерилась воспользоваться его услугами. Он просто выполнил приказ — механически, не рассуждая, как автомат.

...Когда они выскочили из вагончика монора, Джейана вновь встряхнула несчастного:

— А теперь ты поведёшь меня к кораблю... который может стрелять так же, как и звёздные крепости... Быстро!

О том, что наставник Эйбрахам совершенно не обязан знать, где тут стоят такие корабли и есть ли они вообще, она тоже не подумала. А окончательно раздавленный ужасом старик, конечно же, додуматься до столь простого ответа не смог. Он не знал, какие конкретно корабли есть здесь... но раньше при каждом порту на случай нападения Умников с воздуха всегда в боевой готовности стояла пара беспилотных «Разрушителей». И он повёл девушку к ним.

Наверное, если бы не приказ Исайи, удаливший всех с космодрома, безумный план не удался. Но люди ушли, боевую автоматику на всякий случай отключили, и старик с Ворожеей беспрепятственно добрались до ангара.

— Вот... говорили, он способен уничтожить целую планету...

— Очень хорошо, — улыбка Джейаны была страшной. — А теперь беги, старик. Беги и скажи — Джейана возвращается, чтобы заплатить долги.

...Управление ничем не отличалось от той системы, что стояла на транспорте. Даже ещё проще, достаточно было одного человеческого существа в кабине, чтобы «Разрушитель» перестроился на голосовое управление — по замыслу проектировщиков, это облегчало оборону, поднять машину в воздух мог любой; теперь же это оказалось роковым.

Корабль с рёвом ушёл в небо.

* * *

— За ней! — крикнул Исайя, бросаясь ко второму «Разрушителю». В своём безумии Джейана не стала уничтожать всё вокруг, наверное, она даже и не заметила второго, ничем не отличающегося корабля.

Порт уже наполнился людьми. Крики, вопли, суета...

— Координатор... я с вами. — Твердислав смотрел прямо в глаза Исайи. Тот не колебался.

— Хорошо. Стартуем!..

* * *

Обратный полёт в сером Ничто не отличался от только что проделанного. Джейана провела эти томительные часы в мрачном одиночестве. Теперь она уже жалела, что не убила старика. Получилось, что возмездие не совершено?.. Однако затем она вспоминала трясущееся от ужаса тело, слезящиеся глаза, жалкие, бессильно упавшие руки — и становилось лучше. Нет, смерть — не то. Проклятый умер бы слишком быстро, слишком легко. Она не успела бы проделать с ним всё, что до́лжно. Так что нечего жалеть. Ужас, покорность и унижение — тоже неплохо. Позор хуже смерти.

...Там, возле планеты, её, конечно же, будут ждать. Но ей надо совсем немного времени. Броня корабля выдержит — это ей услужливо сообщил компьютер. А потом ей уже всё равно.

...«Разрушитель» вышел из прыжка в оптическом радиусе камер *Звёздного Дома*. Заложенная в память каждого боевого компьютера станции цель стремительно росла, приближаясь с каждой секундой.

— Ты повинуешься только мне! — выкрикнула Джейана, однако это было излишним — система опознавания «свой-чужой» на «Разрушителе» отсутствовала. С Умниками были бесполезны любые пароли и коды.

Первая вспышка впереди... вторая...

— Атака! — заверещал вычислитель.

Отстрел металлизированной пыли. Постановка защитного поля. Запуск противоракет. Активация главного оружейного комплекса...

Корабль ощутимо тряхнуло. Но «Разрушитель», маленький, стремительный и вёрткий, как раз и создавался в своё время для боя с такими вот орбитальными гигантами (их Умники захватили в первую очередь, и стоило немалой крови уничтожить или захватить их вновь). Попадания не вывели из строя ни одной жизненно важной системы. А Джейана у пульта ручной наводки уже совместила перекрестье прицела и гигантский, плывущий перед ней *Звёздный Дом*.

«Разрушитель» был слишком вёрток для планетарных пушек.

...У Феликса Кришеина оставалось примерно три секунды, чтобы понять, что происходит. Самые страшные секунды в его обрывающейся жизни.

Звёздный Дом взорвался изнутри. Клубящееся пламя хлынуло в пустоту, словно там, внутри, весь воздух обратился в одно огненное облако. Разнося переборки и стены, дробя и плавя броню, оно, это облако, чудовищным зверем глянуло в лицо Великой Пустоте... и умерло, поражённое вечным холодом. Гореть здесь было больше нечему.

Чёрный и мёртвый остов плыл по орбите дальше...

* * *

— Мы не успели, — Исайя схватился за голову.

Орбитальная станция медленно двигалась под ними. Точнее, её скелет.

— Какие потери, какие потери!.. — шептал координатор.

— Вижу её, — разлепил спёкшиеся губы Твердислав.

Внутри у него всё ходило ходуном. Неужели ему сейчас придётся схватиться с Джейаной, с *его Джей*, с которой проведено вместе столько сладких ночей, с которой они дрались плечом к плечу и поднимали клан в атаку?.. Неужто им сейчас придётся убивать друг друга?

Но задуманное ею поистине чудовищно. Невинные — там, внизу. Твердиславичи, ради которых она не щадила жизни... Как же можно, что с ней случилось?

— Постарайся подбить ей двигатели, — глухо сказал Исайя.

— Я? — опешил Твердислав.

— Конечно, ты. У меня уже не та быстрота, чтобы сладить с ней.

— А разве не машины...

— Машины — да. Но они слишком прямолинейны. Нам то и дело придётся брать управление на себя — иначе всё кончится вечной ничьей. Корабли одинаковы, и вычислители на них одинаковой мощности...

Твердислав стиснул зубы и поглубже вжался в кресло, налаживая мысленную связь с кораблём, чуть ли не становясь им, ощущая все его пушки и двигатели как продолжение собственного тела. Он не сомневался, что точно так же поступает сейчас и Джей. Не дура ведь она в самом деле!

Он был совершенно прав.

* * *

Ну, вот мы и у цели. Теперь дело за малым — сжигая двигатели, выплюнуть огненный сгусток в этот проклятый мир... чтобы навеки не осталось там ни слуг, ни господ, ни тех, кто обманывает, и ни тех, кто готов положить жизнь за этот обман. Она прервёт эту чудовищную ложь — чего бы это ни стоило.

— Угроза. Задняя полусфера, — забеспокоился корабль.

И тотчас же ожила связь.

— Джей, это я, Твердислав. Джей, остановись, одумайся, там же внизу — наши!

— Эти наши хотели убить меня, — безразлично отозвалась она.

— Джей, погоди.

— К бою, вождь Твердислав. К бою, если, конечно, ты ещё вождь, которого я любила, а не тряпка под ногами Учителей. Убей меня! Докажи свою преданность, постарайся!

— Джей... — теперь голос был полон муки. — Джей, ну погоди...

— Боевой разворот? — услужливо предложил вычислитель.

— Да, — сказала она и оборвала связь.

* * *

Середичи хоть и не снимали осаду, но и от переговоров не отказывались тоже. Дим и Файлинь ходили вместе — вождь и главная Ворожея, а как же иначе!

Клан успокаивался. Даже Гилви, видя, что никто её не гонит и не старается свести с ней счёты, поутихла. И другие Ворожеи — Светланка с Линдой, что ходили вместе с бедной Фатимой, — тоже, повинились и раскаялись.

Фатиму похоронили по обычаю. На клановом кладбище. Фай настояла — хотя кое-кто из горячих голов и порывался оставить тело лежать там, где лежало.

А ещё выздоравливала Лиззи. Чудо всё-таки свершилось — то ли помогли Иркины травы, то ли ворожба Файлинь...

Однако пока ещё она если и ходила, то исключительно по домику травниц. И потому всех видоков разом пробрала дрожь, стоило им заметить девочку, с отчаянным воплем «Фай, Фа-а-ай!» мчащуюся через Костровое место.

— Что, что стряслось? — Файлинь выскочила из-за угла, подхватила малышку на руки. — Ты почему бегаешь — холод такой?

— Фай... там...ой! Я покажу лучше...

Девчушка крепко вцепилась в руку главной Ворожеи.

И в этот миг весь клан, весь до последнего младенца, сосущего материнскую грудь, увидел, почувствовал, *прочувствовал* неотвратимо надвигающуюся Смерть. Смерть, от которой нет спасения. Смерть в облике Кары Великого Духа. Смерть, которая не пощадит никого, ни между кем не делая различий.

Лиззи всю трясло.

— Молитва! — отчаянно вскричала Файлинь. Даже сейчас она не потеряла головы.

Кто-то отчаянно заплакал, кто-то, оцепенев, смотрел в пустое небо...

— Клан сюда! Всех! И Середичей зовите! Смертную молитву чтоб сказать!..

...Осаждавшие онемели от удивления, когда ворота широко распахнулись перед ними. Вихрем вылетела Файлинь, с искажённым от ужаса лицом, бегом бросилась к вышедшим навстречу Середе и Танье, главной Ворожее клана... стала что-то быстро и горячо втолковывать...

Лицо самого вождя Середы стало белее снега, Танья закусила палец и разрыдалась...

...Середичи и Твердиславичи, недавние враги, мирно, бок о бок сидели вокруг Кострового места. А в самой середине многолюдного круга, задрав к небесам золотистую головку, стояла Лиззи; рядом с ней — Файлинь и Танья. Маленькая волшебница уже сказала — с неба идёт Смерть... но другая Смерть гонится за этой, первой Смертью, и сейчас они схватятся... И она, Лиззи, должна будет сказать, какая из них победила, чтобы оба клана в любом случае успели бы — все! — произнести Смертную молитву, без которой нельзя, никак нельзя идти к Великому Духу...

Лиззи смотрела в небо. И видела там не облака и не зимнюю голубизну — но два стремительных Летучих Корабля, бросающих друг в друга истребительный огонь. Вот один из низ внезапно круто ринулся вниз... окутался огнём... но уцелел... поднял нос... полыхнул ответным пламенем...

В небе над кланами вспыхнуло новое солнце. Яркое-яркое, куда ярче привычного, быстро растущее, оно растекалось ярким пятном, и видели его теперь все, имеющие глаза.

Тысяча человек смотрела на Лиззи, затаив дыхание.

А Лиззи смотрела в небо.

Сейчас она поймёт, которая из Смертей убита. И скажет остальным.

КОНЕЦ

СОДЕРЖАНИЕ

Литературно-художественное издание

Перумов Николай Даниилович

ВРАГ НЕВЕДОМ

Редактор *Е. Арсиневич*
Художественный редактор *И. Сауков*
Технические редакторы *Н. Носова, В. Фирстов*
Корректор *В. Викулкина*

Изд. лиц. № 065377 от 22.08.97.

Налоговая льгота — общероссийский классификатор продукции ОК-005-93, том 2; 953000 — книги, брошюры.

Подписано в печать с готовых монтажей 22.02.00.
Формат 84×108 1/32. Гарнитура «Таймс».
Печать офсетная. Усл. печ. л. 24,4. Уч.-изд. л. 22,4.
Доп. тираж 7 000 экз. Заказ № 766.

ЗАО «Издательство «ЭКСМО-ПРЕСС»,
125190, Москва, Ленинградский проспект.
д. 80, корп. 16, подъезд 3.

Изготовлено с оригинал-макета в Тульской типографии.
300600, г. Тула, пр. Ленина, 109.